D1755649

Robert Wilson

ÚLTIMO ACTO EM LISBOA

Robert Wilson

ÚLTIMO ACTO EM LISBOA

Romance

Tradução de
Maria Douglas

Publicações Dom Quixote
[Uma editora do Grupo LeYa)
Rua Cidade de Córdova, n.º 2
2610-038 Alfragide • Portugal

Reservados todos os direitos
de acordo com a legislação em vigor

© 1999, Robert Wilson
© 2009, Publicações Dom Quixote

Título original: *A Small Death in Lisbon*

Design: Atelier Henrique Cayatte

Este livro foi composto em Rongel
fonte tipográfica desenhada por Mário Feliciano

Revisão: Susana Baeta
1.ª edição na Dom Quixote: Março de 2009
Paginação: Virgílio Lourenço
Depósito legal n.º 288 295/09
Impressão e acabamento: Guide – Artes Gráficas

ISBN: 978-972-20-3729-7

www.dquixote.pt

Para Jane e minha mãe

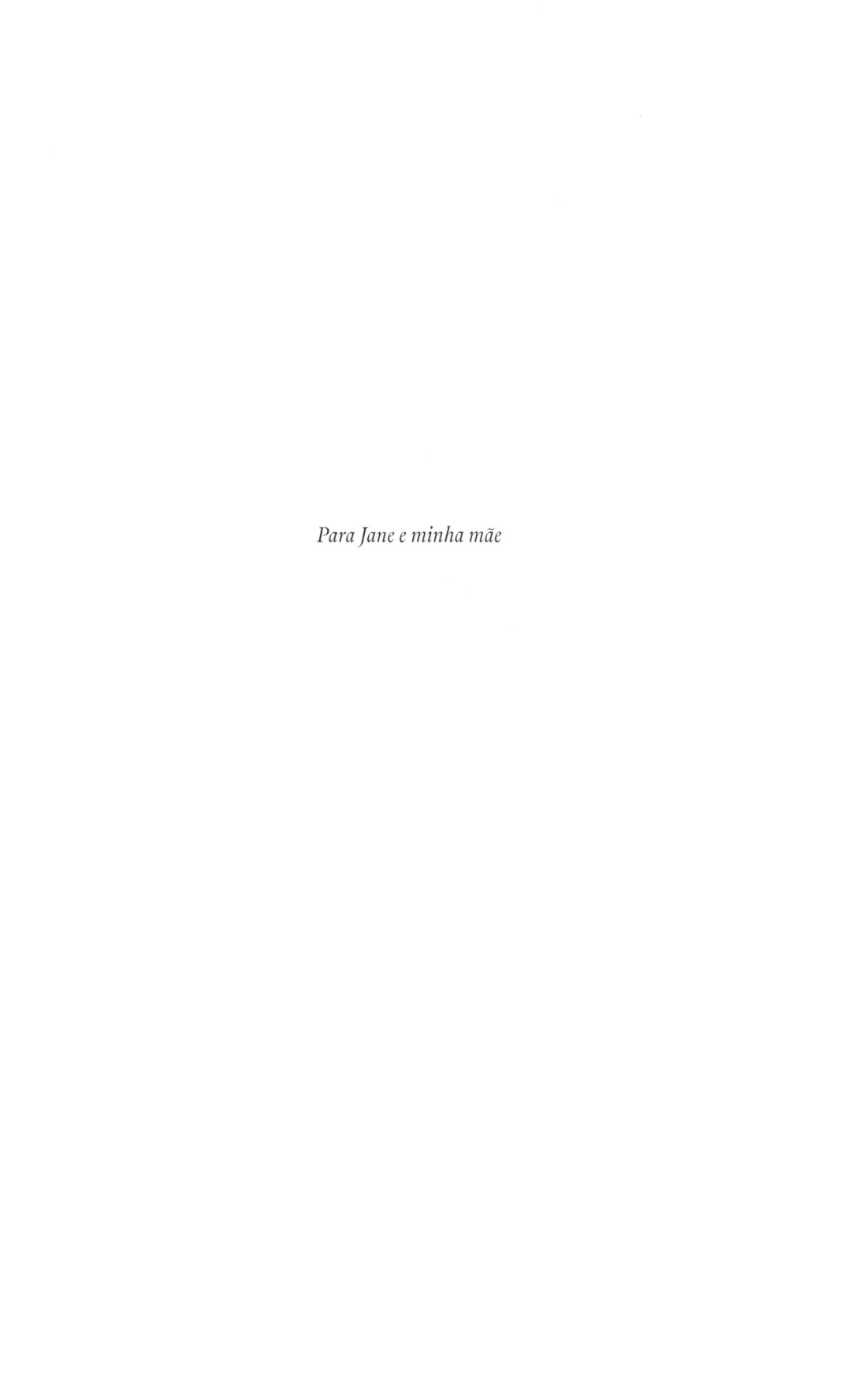

Embora este romance se baseie em factos históricos, todas as personagens e acontecimentos são inteiramente fictícios.

Agradecimentos

Quero agradecer a Michael Biberstein, que corrigiu o meu alemão, e a Ana Nobre de Gusmão, que verificou as referências portuguesas. Quaisquer erros que persistam são da minha responsabilidade.

Ao longo dos anos muitas pessoas falaram comigo e contribuíram com informações, conhecimentos e livros. Quero agradecer especialmente a Mizette Nielsen, Paul Mollet, Alexandra Monteiro, Natalie Reynolds, Elwin Taylor e Nick Ricketts.

Este livro exigiu bastante investigação, e o pessoal da biblioteca The Bodleian, de Oxford, da Biblioteca Museu República e Resistência, da Biblioteca de Estudos Olisiponenses e da Biblioteca Nacional de Lisboa prontificou-se sempre a facilitá-la.

Visitei também a Beira e as seguintes pessoas foram particularmente amáveis e prestáveis: R. A. Naique, director-geral da Beralt Tin & Wolfram, Fernando Paulouro, do *Jornal do Fundão*, José Lopes Nunes e conselheiro Francisco Abreu, de Penamacor. Quero, além disso, agradecer ao povo do Fundão, Penamacor, Sabugueiro, Sortelha e Barco pela sua ajuda e as suas reminiscências. Quero ainda agradecer a Manuel Quintas e ao pessoal do Hotel Palácio, no Estoril.

Finalmente, embora este livro lhe seja dedicado, isso não faz justiça à contribuição da minha mulher na sua feitura. Ela foi incansável em discutir comigo a forma do livro, passou dias a fazer pesquisas em Oxford e em Lisboa, deu-me total apoio e encorajamento durante os longos meses de escrita, e foi uma revisora dedicada e paciente. A tarefa teria sido duplamente difícil sem ti. Obrigado.

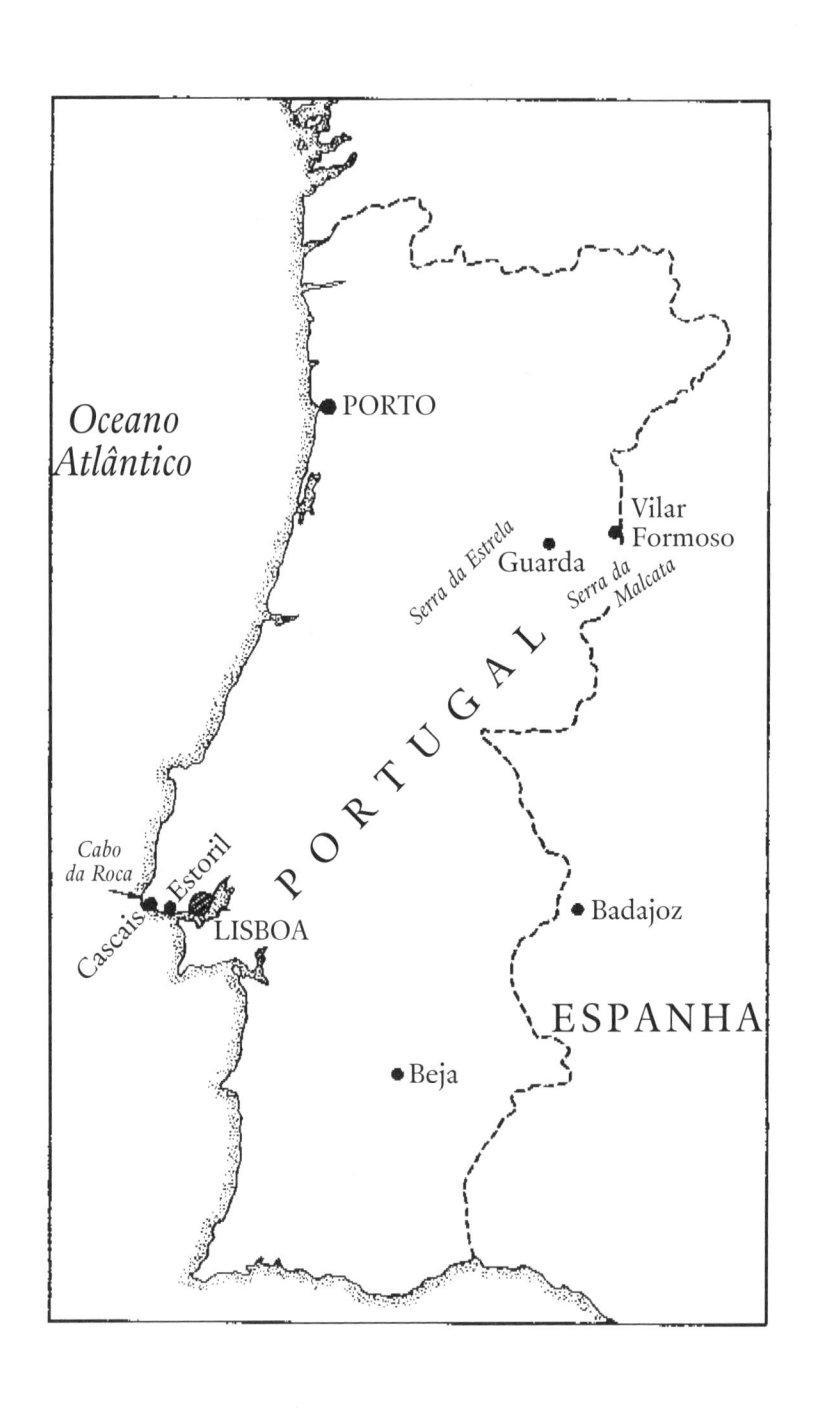

Deitada num tapete de caruma, via o Sol através dos ramos, para lá das pinhas recortadas, das copas que acenavam. Sim, sim... Vinha-lhe à lembrança outro dia, outro lugar, com o cheiro dos pinheiros e a acidez da resina no nariz. A areia debaixo dos pés, o mar por perto, não muito distante do búzio que levava ao ouvido para ouvir as ondas. Estava a fazer o que aprendera há anos. Esquecer. Apagar tudo. Escrever de novo os pequenos parágrafos da sua história pessoal. Pintar um quadro diferente da última meia hora, desde o momento em que se virara e sorrira à pergunta «Sabe dizer-me como...?» Não era fácil o trabalho de esquecer. Mal acabava de esquecer uma coisa e de a escrever a seu gosto, logo aparecia outra a precisar de correcção. E acabava sempre por chegar à única coisa em que não queria pensar – que estava a esquecer-se de quem era. Mas desta vez, mal a ideia lhe surgiu, soube que o melhor para ela era viver no momento presente, avançar apenas milímetro a milímetro. «Vou ficar com as agulhas de pinheiro marcadas na parte de trás das coxas», foi o mais longe a que chegou no momento presente. Uma brisa fresca recordou-lhe que perdera as calcinhas. Doía-lhe o peito que o *soutien* trilhava. Uma ideia perseguia-a: «Ele vai voltar. Viu na minha cara... Viu na minha cara que o conheço.» E conhecia-o, mas não sabia de onde, não sabia identificá-lo. Virou-se de lado e sorriu – o ruído parecia o dos cereais do pequeno-almoço ao ser-lhes deitado o leite. Pôs-se de joelhos e agarrou-se à casca rugosa do pinheiro com as pontas ásperas dos dedos – unhas roídas até ao sabugo, uma delas com um fiozinho de sangue ainda húmido. Sacudiu a caruma do cabelo loiro e liso, e foi então que ouviu os passos. Passos pesados. Botas em relva coberta de geada? Não. Mexe-te. Mas o medo não a deixava mexer. O medo nunca a deixava mexer-se. Uma imagem rápida passou-lhe no espírito, como num filme, e viu uma garotinha loira sentada nas escadas, a chorar e a fazer chichi pelas pernas abaixo, porque ele a tinha seguido e ela não suportava ser seguida. O impulso. A raiva. A onda de terrível energia. O vento a subir os degraus, a assobiar por baixo da porta. O reunir de forças para desferir o golpe. Portas a bater dentro de casa, ao longe. O estouro. O estouro de uma melancia a cair sobre as lajes. A casca despedaçada. A polpa cor-de-rosa. O cabelo loiro tingiu-se de vermelho. A linha do crânio estalou. A casca da árvore feriu-lhe um canto da testa. Os grandes olhos azuis contemplavam o vale negro.

PARTE I

1

15 de Fevereiro de 1941, Quartel das SS, Unter den Eichen, Berlin-Lichterfelde

Escurecera muito cedo, mesmo atendendo à época do ano. Nuvens de neve, baixas e pesadas como zepelins, tinham feito as ordenanças acorrer mais cedo à messe para correr os cortinados do *blackout*. Não que fosse necessário – simples questão de rotina. Nenhum bombardeiro descolaria com um tempo destes. Nenhum tinha aparecido desde o Natal.

Um criado da messe, de jaqueta branca e calças pretas, pousou uma bandeja de chá diante do homem vestido à paisana, que não levantou os olhos do jornal que não lia. O criado esperou um momento e depois saiu com as ordenanças. Lá fora a neve camuflava em silêncio o subúrbio, e o seu peso acumulado ia nivelando crateras, cimentando ruínas, alisando os sulcos enlameados dos carros, pintando as estradas negras de uma brancura uniforme.

O civil serviu-se duma chávena de chá, tirou do bolso uma cigarreira de prata e dela um cigarro turco de tabaco preto. Bateu a ponta sem filtro no tampo da cigarreira, gravado com as iniciais KF em letras góticas, e colou a mortalha seca ao lábio inferior. Acendeu um isqueiro de prata, com as iniciais EB – um pequeno furto temporário. Pegou na chávena.

Chá, pensou. Que era feito do velho café forte?

O tabaco bem prensado crepitou quando ele aspirou profundamente, a querer sentir o sangue pulsar nas veias. Sacudiu dois pontinhos brancos de cinza do seu novo fato preto. O peso do tecido e a precisão do corte judaico trouxeram-lhe à lembrança a razão de já não estar a gostar muito do cenário. Aos 32 anos era um empresário, um industrial de sucesso, ganhando mais dinheiro do que alguma vez sonhara. Mas agora tinha aparecido um obstáculo a que continuasse a ganhar dinheiro. As SS.

Essa gente não podia ele sacudir. Essa gente era a razão de ele ter trabalho, a razão de a sua fábrica – a Neukölln Kupplungs Unternehmen, manufactura de atrelagens para comboios – trabalhar em pleno, a razão de ele ter já encomendado a um arquitecto o projecto das ampliações. Era um *Förderndes Mitglied*, um membro patrocinador das SS, o que significava que lhe era dado o gosto de levar homens de uniforme negro a conhecer a vida nocturna berlinense e eles se encarregavam de lhe arranjar trabalho. Nada que se comparasse a ser um *Freunde der Reichsführer-SS*, mas trazia as suas vantagens para o negócio... e, como estava agora a perceber, as suas obrigações.

Há dois dias que convivia com os cheiros institucionais da couve cozida e do polimento de botas no quartel de Lichterfelde, errando num labirinto militar de Oberführers, Brigadeführers e Gruppenführers. Quem eram aqueles homens que ostentavam uma caveira no uniforme e faziam perguntas intermináveis? Que fariam eles todo o santo dia, quando não estavam a esquadrinhar-lhe os avós e os bisavós? Estamos em guerra com o mundo inteiro, e o que lhes interessa é a minha árvore genealógica!

Não era o único candidato. Estavam lá outros industriais, um dos quais seu conhecido. Todos do sector metalúrgico. Tinha esperado que fossem considerá-los para a adjudicação dum contrato, mas nenhuma pergunta se relacionava com questões técnicas, eram todas de avaliação de carácter, o que significava que se tratava de um cargo.

Um ajudante de campo, oficial às ordens, ou lá como se chamavam esses tipos, entrou e fechou a porta atrás de si com o cuidado dum bibliotecário. O estalido preciso da lingueta e o aceno de cabeça satisfeito do recém-chegado fizeram a irritação começar a subir-lhe à cabeça.

– Herr Felsen – disse o oficial, sentando-se em frente do civil de cabelo escuro que enristava os ombros largos.

Klaus Felsen sacudiu o pé rígido, levantou a possante cabeçorra de suábio e pestanejou devagar, fixando no homem os olhos azul-acinzentados, por baixo da falésia encrespada da testa.

– Está a nevar – foi o que disse.

O oficial, que mal podia acreditar que as SS estivessem reduzidas a recorrer àquele... àquele... àquele rústico com um talento inexplicável para línguas como um candidato sério para o cargo, ignorou-o.

– Está tudo a correr bem para si, Herr Felsen – disse, limpando os óculos.

– Sim? Tiveram notícias da minha fábrica?

– Não é bem isso. Claro, está a pensar...

– Está tudo a correr bem para *vocês*, é o que quer dizer. *Eu* estou a perder dinheiro.

Um olhar nervoso do oficial às ordens adejou por sobre a cabeça de Felsen como a camisa duma virgem.

– Joga às cartas, Herr Felsen?

– A resposta continua a ser a mesma. Jogo tudo, menos *bridge*.

– Vai haver um jogo esta noite aqui na messe, com alguns oficiais de alta patente.

– Vou jogar *poker* com Himmler? Que interessante!

– Não. Com o SS-Gruppenführer Lehrer.

Felsen encolheu os ombros. Não conhecia o nome.

– Então é isso? Lehrer e eu?

– E os SS-Brigadeführers Hanke, Fischer e Wolff, a quem já foi apresentado, e um outro candidato. É só uma oportunidade para poder... para eles poderem conhecê-lo mais informalmente.

– O *poker* ainda não é considerado degenerado?

– O SS-Gruppenführer Lehrer tem fama de ser um jogador exímio. Creio...

– Nem quero ouvir.
– Creio que seria aconselhável que o senhor... hum... perdesse.
– Ah. Mais dinheiro?
– Depois recupera-o.
– Estou por conta da casa?
– Não é bem isso... mas recupera-o de outra maneira.
– *Poker* – disse Felsen, pensando que ia ser um jogo muito descontraído.
– É um jogo muito internacional – disse o oficial às ordens, levantando-se. – Então, às sete horas? *Black tie*, creio.

Eva Brücke estava sentada à secretária do pequeno gabinete do seu apartamento, num 2.º andar da Kurfürstenstrasse, no coração de Berlim. Vestia apenas uma combinação por baixo de um pesado quimono de seda preta com motivos dourados de dragões e cobrira os joelhos com um cobertor de lã. Ia fumando, a brincar distraidamente com uma caixa de fósforos e a lembrar-se do mais recente cartaz afixado no quadro de anúncios do prédio. Dizia ele: «Mulheres alemãs, o vosso líder e o vosso país confiam em vós.» Soava-lhe nervoso e inseguro, como se os nazis, ou talvez apenas Goebbels, revelassem um receio inconsciente do incomensurável mistério do belo sexo.

O pensamento fugiu-lhe da propaganda para o seu clube nocturno do Kurfürstendamm, Die Rote Katze. Os lucros tinham-se multiplicado nos últimos dois anos, simplesmente porque ela sabia o que agradava aos homens. Bastava-lhe olhar para uma rapariga e via os pequenos rastilhos que os incendiavam. As animadoras dos seus clubes nem sempre eram beldades, mas tinham sempre uma qualidade especial, talvez uns angelicais olhos azuis, um torso delgado, longo, vulnerável, ou uma boquinha tímida, numa combinação perversa com a sua total disponibilidade, a sua prontidão em fazer qualquer coisa que esses homens pudessem imaginar.

Endireitou os ombros e puxou o cobertor pendurado nas costas da cadeira, embrulhando-se nele. Começava a sentir-se tonta por fumar tanto e tão depressa, tão depressa que a ponta do seu cigarro era um longo, fino, aguçado, lápis. Isso só acontecia quando se irritava, e pensar em homens irritava-a. Os homens só lhe arranjavam problemas, nunca lhe resolviam nenhum. Pareciam ter sido feitos para inventar complicações. O amante dela, por exemplo. Porque não havia ele de fazer o que lhe competia e amá-la, simplesmente amá-la? Porque havia de querer ser dono dela, interferir na sua vida, ocupar o seu território? Porque havia de ter a mania de levar coisas dela? Com um piparote atirou a caixa de fósforos para cima da secretária. Ele era um homem de negócios, e isso, naturalmente, era o que os homens de negócio faziam – acumular coisas.

Tentou não pensar nos homens, sobretudo nos seus clientes e nas suas visitas às traseiras do clube, onde se sentavam a fumar e a beber, cheios de falinhas mansas até chegarem ao que pretendiam, e que era sempre uma coisa especial, qualquer coisa realmente especial. Devia ter sido médica, um daqueles médicos à nova moda que curavam os doidos a falar com eles, porque, à medida que a guerra se prolongava, tinha verificado que os gostos dos clientes mudavam. Agora era habitual incluírem, como tinha descoberto à sua custa, um componente de dor – tanto provocá-la como, numa espécie de compensação, sofrê-la. E também havia aquele homem que tinha vindo com um pedido que nem ela sabia se poderia satisfazer. Um homem tão discreto, apagado, calado, que ninguém adivinharia...

Bateram à porta. Eva apagou o cigarro, libertou-se dos cobertores e tentou tufar com os dedos o cabelo loiro, mas desistiu quando se viu ao espelho sem pintura. Apertou o cinto do quimono e foi abrir.

– Klaus – disse, forçando um sorriso. – Não te esperava.

Felsen puxou-a para si ali mesmo no patamar e beijou-a com força na boca, desesperado depois de dois dias no quartel. Fez deslizar a mão pelas costas dela abaixo. Ela empurrou-o levemente com os punhos cerrados, afastando-se.

– Estás todo molhado e eu ainda agora acordei.

– E depois?

Ela voltou para dentro, foi pendurar-lhe o chapéu e o sobretudo e encaminhou-o para o gabinete. Ele seguiu-a, coxeando ligeiramente. Eva nunca usava a sala de estar, preferia divisões pequenas.

– Café? – perguntou ela, já a caminho da cozinha.
– Tinha pensado...
– Café de verdade. Com *brandy*?

Felsen encolheu os ombros e foi sentar-se no gabinete, na cadeira dos clientes em frente da secretária. Acendeu um cigarro e retirou da língua os fiapos de tabaco. Eva voltou com o café, duas chávenas, uma garrafa e cálices. Tirou-lhe um cigarro, que ele acendeu.

– Não sabia onde isto tinha ido parar – disse, aborrecida, arrancando-lhe o isqueiro da mão.

Já tinha posto *bâton* e escovado o cabelo. Foi tirar o telefone da tomada para poderem falar à vontade.

– Onde tens estado? – perguntou.
– Ocupado.
– Problemas na fábrica?
– Antes fosse isso.

Ela serviu o café e deitou umas gotas de *brandy* na sua própria chávena. Felsen impediu-a de fazer o mesmo na dele.

– Depois. Agora quero saborear o café. Há dois dias que me fazem beber chá.

– Fazem? Quem?
– Os SS.
– Brutais, esses rapazes – disse ela com uma ironia automática, sem sorrir. – Que querem os SS do meu cordeirinho suábio?

O fumo subia em espirais sob o candeeiro *art deco*. Felsen baixou o *abat-jour*.

– Não me disseram, mas acho que é um cargo.
– Pediram o teu *pedigree*?
– Disse-lhes que o meu pai lavrava com as mãos nuas a fértil terra alemã. Gostaram.
– Falaste-lhes do teu pé?
– Disse que o meu pai me tinha deixado cair um arado em cima.

— Riram-se?
— Não é um ambiente muito animado.
Felsen acabou de beber o café e deitou *brandy* sobre as borras.
— Conheces um tal Gruppenführer Lehrer? – perguntou.
— O SS-Gruppenführer Oswald Lehrer – disse ela, imobilizando-se. – Porquê?
— Vou jogar cartas com ele logo à noite.
— Consta que está encarregado de gerir as SS, ou, mais precisamente, os KZ, como uma empresa comercial... pagando as suas próprias despesas, ou coisa parecida.
— Conheces toda a gente, não é?
— É o meu trabalho – disse ela. – Admira-me que nunca tenhas ouvido falar dele. Já esteve lá no clube. Neste e no antigo.
— Ouvi falar, claro – disse ele, mas era mentira.
Felsen pensava febrilmente. Os KZ. Os KZ. Que tinha ele a ver com isso? Quereriam distribuir-lhe mão-de-obra barata dos campos de concentração? Reconverter a sua fábrica para a indústria bélica? Não. Um cargo. Queriam dar-lhe um cargo. Sentiu de repente um calafrio na espinha. Não iam decerto encarregá-lo de gerir um KZ? Ou...?
— Bebe mais *brandy* – disse Eva, sentando-se ao colo dele. – Não te canses a adivinhar. Nunca se sabe.
Passou-lhe os dedos pelos cabelos ásperos e acariciou-lhe a maçã do rosto com o polegar, como se ele fosse uma criança com um sinal. Inclinou-lhe a cabeça para trás e deixou-lhe a marca do *bâton* na boca.
— Pára de pensar – disse-lhe.
Felsen introduziu uma manápula na manga do quimono e foi agarrar-lhe um dos seios firmes, sem *soutien*. Deixou a outra mão correr por baixo da bainha da combinação. Eva sentiu-o retesar-se sob o seu corpo. Levantou-se, voltou a embrulhar-se no quimono e apertou o cinto. Encostou-se ao vão da porta.
— Vejo-te esta noite?
— Se me deixarem sair – disse ele, mudando de posição na cadeira, incomodado pela erecção.

– Não te perguntaram como é que um moço de lavoura suábio sabe tantas línguas?
– Por acaso perguntaram.
– E tiveste de lhes fazer um relatório completo das tuas amantes.
– Mais ou menos.
– Francês com a Michelle...
– Ah, chama-se francês?
– Português com aquela brasileira, a... Como se chamava ela?
– Susana. Susana Lopes – disse ele. – Que é feito dela?
– Tinha amigos que a fizeram sair para Portugal. Em Berlim não durava muito com aquela pele morena... E a Sally Parker. Foi a Sally quem te ensinou a falar inglês, se bem me lembro?
– E a jogar *poker* e a dançar o *swing*.
– Como se chamava a russa?
– Não falo russo.
– Olga?
– Não passámos do *da*.
– Acredito. *Niet* não fazia parte do vocabulário dela.
Riram os dois. Eva debruçou-se por cima dele para endireitar o *abat-jour*.
– O meu mal foi ser bom de mais – disse Felsen, não conseguindo mostrar-se arrependido e deitando mais *brandy* na chávena.
– Com as mulheres?
– Não, não. Chamei a atenção... com a vida que faço...
– Tivemos bons momentos – disse Eva.
Felsen, que fitava a carpeta, levantou bruscamente a cabeça.
– Que disseste? – perguntou, surpreendido.
– Nada – respondeu ela, inclinando-se por cima dele a apagar o cigarro. Felsen aspirou-lhe o cheiro. Ela recuou. – Qual é o jogo desta noite?
– A especialidade de Sally. *Poker*.
– Onde me levas com os ganhos?
– Aconselharam-me a perder.
– Uma forma de mostrares a tua gratidão.

– Por um cargo que não quero.

Lá fora um carro derrapou na neve derretida da Kurfürstenstrasse.

– Há uma saída – disse Eva.

Felsen levantou a cabeça, a ver se o Sol aparecia entre as nuvens.

– Podias depená-los.

– Já pensei nisso – confessou ele a rir.

– Podia ser perigoso, mas... – e ela encolheu os ombros.

– Não me podiam mandar para um KZ. Sou-lhes muito útil.

– Eles mandam para um KZ quem lhes der na gana, convence-te. São os mesmos que cortaram as tílias da Unter den Linden. Agora, se fores ao Café Kranzler, só tens as águias a olhar lá de cima dos pilares... Unter den Augen, devia chamar-se agora. Quem pôde fazer isso pode meter num KZ Klaus Felsen, Eva Brücke ou o príncipe Otto von Bismarck.

– Só que esse está morto.

– A eles que diferença faz?

Felsen levantou-se. Ficaram frente a frente, ele poucos centímetros mais alto, mas três vezes mais largo. Ela estendeu um braço branco e fino, com um pulso transparente de veias azuis, em diagonal sobre a porta.

– Aceita o conselho que te deram – disse. – Estava só a brincar.

Ele agarrou-a e os dedos correram-lhe o rego do traseiro, coisa de que ela não gostava. Quis beijá-la, mas ela esquivou-se e afastou-lhe a mão das costas. Giraram à volta um do outro para ele poder sair.

– Eu volto – disse ele, mas não era uma ameaça.

– Vou ter ao teu apartamento quando fechar o clube.

– Venho tarde. Sabes como é o *poker*.

– Acorda-me se eu estiver a dormir.

Ele abriu a porta do apartamento e virou-se no corredor a olhar para ela. Uma prega do quimono abrira-se e os joelhos de Eva, logo abaixo da bainha da combinação, pareciam cansados. Aparentava mais que os seus 35 anos. Felsen fechou a porta, desceu as escadas em passo vivo. No patamar parou com a mão na bola do corrimão e, à luz fraca da caixa da escada, teve a sensação de amarras cortadas.

Pouco depois das seis já Felsen estava no seu apartamento de luzes apagadas, a fumar um cigarro abrigado nas mãos em concha, espreitando a escuridão mate da Nürnbergerstrasse, enquanto o vento e a saraiva batiam nos vidros da janela. Um automóvel – duas frinchas de luz – descia a rua, esparrinhando neve derretida das rodas, mas não era um carro oficial e continuou o seu caminho para o Hohenzollerndamm.

Ele continuou a fumar mecanicamente, sem deixar de pensar em Eva – como tinha sido embaraçosa a cena, como ela o provocara ao enumerar todas as suas antigas amantes, as de antes da guerra, as que o tinham ensinado a não ser um campónio... Tinha sido Eva a apresentá-lo a todas elas, e mais tarde, depois de os ingleses entrarem na guerra, ocupara o seu lugar. Não se lembrava sequer de como tinha isso acontecido. Só conseguia pensar que Eva lhe tinha ensinado a omissão, tinha tentado ensinar-lhe o mistério das ausências, a complexidade das pausas entre as palavras, dos espaços entre as linhas... Ela era mestra a silenciar.

Recordou a sua relação até ao momento em que, num acesso de frustração por vê-la tão distante, a tinha acusado de representar o papel de «mulher misteriosa», quando o que fazia afinal era dirigir um bordel e chamar-lhe clube nocturno. Ela esquivara-se à questão dizendo que não representava papéis. Tinham-se separado por uma semana e ele havia andado com mulheres anónimas da Friedrichstrasse, sabendo que a notícia não demoraria a chegar-lhe. Ela ignorou o seu reaparecimento no clube e depois recusou-se a recebê-lo na cama até ter a certeza de que ele estava limpo, mas... tinha-o deixado voltar.

Outro carro descia a Nürnbergerstrasse – de novo duas frinchas de luz a iluminar a queda diagonal da saraiva. Felsen apalpou os dois maços de Reichsmarks nos bolsos interiores, saiu da janela e desceu.

Os SS-Brigadeführers Hanke, Fischer e Wolff, com um dos outros candidatos, Hans Koch, estavam já sentados na messe, servindo-se das bebidas trazidas por um criado numa bandeja de aço. Felsen encomendou um *brandy* e sentou-se ao pé deles. Comentavam a boa qualidade do conhaque da messe desde que tinham invadido a França.

– E os charutos holandeses – disse Felsen, oferecendo uma mancheia deles aos jogadores. – Agora se vê que ficavam sempre com os melhores.

– É bem característico dos judeus – disse o Brigadeführer Hanke. – Não acham?

Koch, um homem com as faces rosadas dum rapazola de 14 anos, acenou convictamente através do fumo do charuto que Hanke lhe acendia.

– Ignorava que os judeus estivessem envolvidos na indústria tabaqueira holandesa – disse Felsen.

– Os judeus estão em todo o lado – disse Koch.

– Não fuma um charuto dos seus? – perguntou o Brigadeführer Fischer.

– Depois do jantar – disse Felsen. – Antes só fumo cigarros. Turcos. Quer experimentar?

– Não fumo cigarros.

Koch olhou para o seu charuto aceso e sentiu-se ridículo. Viu a cigarreira de Felsen pousada na mesa.

– Dá-me licença? – perguntou, pegando-lhe e abrindo-a. O nome da loja estava inscrito no interior. – Samuel Stern. Como eu dizia, os judeus estão em todo o lado!

– Os judeus estão connosco há séculos – disse Felsen.

– Tal como Samuel Stern, até à Kristallnacht – ripostou Koch, recostando-se na cadeira com ar satisfeito e sincronizando um aceno de apoio com Hanke. – E cada hora da sua presença no Reich contribui para nos enfraquecer.

– Enfraquecer-nos? – repetiu Felsen, pensando que a frase soava a citação do *Der Stürmer*, o pasquim de Julius Streicher. – A mim não *me* afectam.

– O que quer insinuar, Herr Felsen? – disse Koch, tornando-se ainda mais corado.

– Não quero insinuar nada, Herr Koch. Estou simplesmente a dizer que não senti enfraquecer a minha situação, os meus negócios, ou a minha vida social por causa dos judeus.

– É muito possível que não tenha...

– E quanto ao Reich, temos levado de vencida quase toda a Europa nestes últimos tempos, de modo que não me parece...

– ... que não tenha dado por isso – terminava Koch, quase a gritar.

As portas duplas da messe abriram-se de rompante, e um homem alto e corpulento atravessou a sala em três passos. Koch saltou da cadeira. Os Brigadeführers ergueram-se. O SS-Gruppenführer Lehrer levantou negligentemente a mão à altura da cinta.

– *Heil* Hitler – cumprimentou. – Quero um *brandy*. Velho.

Os Brigadeführers e Koch responderam com uma saudação rigorosa. Felsen levantou-se devagar, à vontade. O criado da messe foi segredar qualquer coisa ao Gruppenführer, que teve de baixar a cabeça escura para o ouvir.

– Então leve-me um *brandy* à sala de jantar – berrou Lehrer.

Seguiram imediatamente para o jantar, com Lehrer de mau humor porque contara ficar a aquecer-se um bocado diante da lareira, com um *brandy* ou dois.

Koch e Felsen ficaram sentados dos dois lados de Lehrer. Foi servida uma sopa verde de mau aspecto, e Hanke perguntou a Felsen pelo pai. A pergunta que ele já esperava.

– Meu pai foi morto por um porco em 1924 – disse.

Lehrer sorveu ruidosamente a sopa.

Por vezes dizia um porco, outras vezes um carneiro. O que nunca fazia era dizer a verdade, ou seja, que, aos 15 anos, Klaus Felsen tinha dado com o pai enforcado numa trave do celeiro.

– Um porco? – perguntava Hanke. – Um javali?

– Não, não. Um porco doméstico. Escorregou na pocilga e uma porca espezinhou-o e matou-o.

– E o senhor ficou à testa da quinta?

– Talvez já conheça a história, Herr Brigadeführer. Fiquei lá a trabalhar mais oito anos, até a minha mãe morrer. Nessa altura vendi a quinta e juntei-me ao milagre económico do Führer, sem voltar a olhar para trás. Não é coisa que goste de fazer.

Hanke recostou-se na cadeira, ombro a ombro com o seu protegido, que sorriu satisfeito. Lehrer continuava a sorver a sopa. Já sabia de tudo. Menos do porco, claro. Uma história interessante. Falsa, mas interessante.

As tigelas de sopa foram retiradas e substituídas por travessas de carne de porco esturrada com batatas cozidas e uma papa de repolho. Lehrer foi comendo, à falta de outra coisa para fazer, enquanto Koch lhe recitava a ladainha do Partido. Metia a comida na boca em pazadas cada vez mais rápidas. Num intervalo virou-se para Felsen.

– Não é casado, Herr Felsen?

– Não, Herr Gruppenführer.

– Ouvi dizer – e acertava com os dentes uma unha partida – que tem uma grande reputação com as mulheres.

– Eu?

– Como é que um homem que nunca atravessou os Pirenéus fala português? – perguntou Lehrer, apalpando o lóbulo da orelha entre o polegar e o indicador. – Não me diga que é isso que se ensina agora nas escolas da Suábia...

Levantava os sobrolhos, numa inocência teatral. Felsen percebeu que Susana Lopes tinha entrado em círculos mais altos do que ele imaginava.

– Costumava montar nos campos do Havel com uma pessoa amiga nascida no Brasil – mentiu, e o estômago de Lehrer roncou.

– Cavalos? – perguntou ele.

Depois do jantar passaram a uma sala adjacente. Compraram cem Reichmarks de fichas cada um e sentaram-se a uma mesa coberta com um pano verde. Os criados puseram-lhes ao alcance da mão um carrinho de madeira com garrafas e copos, serviram *brandies* e saíram. Lehrer desapertou a túnica militar e puxou do charuto oferecido por Felsen, expelindo o fumo em golfadas.

Através das camadas de fumo, a lâmpada da mesa mal iluminava os rostos dos jogadores. Koch, ainda mais corado do vinho e do *brandy*. Hanke, com os olhos velados impenetráveis e a sombra da barba escura já a aparecer. Fischer, com grandes papos debaixo dos olhos e a pele esticada e esfolada como se tivesse passado metade da noite debaixo dum nevão. Wolff, loiro, de olhos azuis, aspecto incrivelmente jovem para um Brigadeführer, a precisar duma cicatriz de duelo para lhe dar personalidade ao rosto. E Lehrer, o manda-chuva, com maxilares salientes, o cabelo grisalho nas têmporas, olhos escuros, húmidos e brilhantes, a antecipar o prazer e a corrupção. Se Eva aqui estivesse, pensou Felsen, diria que este homem é dos que gostam de bater.

O jogo começou. Felsen perdia metodicamente. Deitava fora mãos com possibilidades e fazia *bluff* sem depois o prolongar. Koch perdia espectacularmente. Ambos compraram mais fichas e transferiram-nas para os oficiais SS, que não pareciam dispostos a parar o processo.

Algum tempo depois Felsen começou a ganhar. Houve comentários sobre a sorte ao jogo. Hanke e Fischer depressa saíram do jogo. Koch perdeu tudo, ficando com um prejuízo de 1600 RM. Felsen concentrou-se em Wolff e começou a perder com ele regularmente, em jogadas de *bluff*. Estava reduzido a 500 RM quando Lehrer pôs Wolff fora de jogo com «quatro iguais» contra «casa cheia». Wolff ficou colado à sua cadeira. Lehrer parecia enorme, atrás do seu monte de fichas.

– Talvez seja melhor renovar os seus provimentos para jogar comigo – disse Lehrer. Felsen serviu-se dum *brandy* e chupou o charuto. Lehrer exibiu um grande sorriso. Felsen meteu a mão no bolso e tirou 2000 RM.

– Acha que chega? – perguntou, e Lehrer lambeu os beiços.

Jogaram por mais uma hora, estando Lehrer agora a perder. Wolff, fora do círculo de luz, seguia o jogo com a intensidade dum falcão. Hanke e Koch cochichavam no sofá e Fischer dormia ruidosamente.

Pouco depois da uma e meia, Lehrer declinou trocar de cartas. Felsen pensou por mais de três minutos e tirou duas, que olhou e colocou na mesa de face para baixo. Empurrou 200 RM para o centro da mesa. Lehrer igualou e picou mais 400 RM. Felsen imitou-o, igualando e picando. Pararam a estudar-se mutuamente. Lehrer procurava um sinal, a luz, a fissura mínima que lhe bastaria. Felsen percebeu que a sua carta mais alta não estava virada sobre a mesa e permitiu-se um sorriso que não lhe chegou aos lábios. Lehrer não precisava de mais. Igualou Felsen e picou 1000 RM. Felsen empurrou para o centro os 500 RM que lhe restavam, tirou do bolso um maço de 5000 RM e acrescentou-o ao monte.

Wolff estava pregado à mesa, os olhos a queimar o pano verde. Hanke e Koch calaram-se. Fischer tinha parado de ressonar.

Lehrer sorria e tamborilava com os dedos na mesa. Pediu papel e caneta, colocou no monte os 2500 RM que lhe restavam e assinou uma promissória de 2500 RM.

– Acho que chegou a altura de ver – disse.

– O senhor primeiro – respondeu Felsen, que não se importaria de continuar.

Lehrer encolheu os ombros e virou as cartas – quatro ases e um rei. Koch rangia os dentes de fúria perante a maneira como Felsen lhe roubara o lugar.

– Então, Felsen? – chamou Wolff.

Felsen virou primeiro as cartas que trocara. O sete e o dez de ouros. Wolff sorriu desdenhosamente, mas Lehrer inclinou-se para a frente. As duas cartas seguintes eram o oito e o nove de ouros.

– Espero que a última não seja o valete – disse Lehrer.

Era o seis.

Lehrer arrancou o casaco das costas da cadeira e saiu da sala.

Talvez tivesse ido demasiado longe, pensou Felsen, olhando para os homens abatidos à sua volta, que se retiravam. Vencer «quatro iguais» com uma simples «sequência» podia ser considerado uma humilhação.

A saraiva dera lugar à neve, depois o frio transformara a neve em gelo. Os sulcos escuros nas estradas brancas estavam cobertos de gelo, e o carro oficial que levava Felsen de volta a Berlim derrapava a toda a largura da Nürnbergerstrasse.

Felsen quis gratificar o motorista, que recusou. Devagar, a coxear acentuadamente, subiu as escadas do seu apartamento. Abriu a porta, desembaraçou-se do sobretudo e do chapéu e atirou com os ganhos para cima da mesa. Serviu-se dum *brandy*, acendeu um cigarro e, apesar do frio, tirou o casaco para o pendurar nas costas duma cadeira.

Eva tinha adormecido na *chaise-longue*, aconchegada num casacão de lã e com um cobertor sobre as pernas. Felsen sentou-se diante dela, observando os olhos que se agitavam sob as pálpebras. Estendeu a mão para lhe tocar e ela acordou com um pequeno grito que mais parecia vir da noite que da sua garganta. Ele retirou a mão e deu-lhe um cigarro.

Eva ficou a fumar, olhando para o tecto e acariciando-lhe o joelho, a pensar noutra coisa.

– Estava a sonhar.

– Um pesadelo?

– Tu tinhas saído de Berlim. Eu estava sozinha numa estação do metro e onde deviam estar os trilhos estava uma multidão a olhar para mim, como se esperasse que eu fizesse qualquer coisa.

– Para onde tinha eu ido?

– Não sei.

– Não devo ir para muito longe depois desta noite.

– O que foi que fizeste? – interrogou ela, como uma mãe a um filho pequeno.

– Depenei-os.

Eva endireitou-se.

– Que estupidez. Conheces o Lehrer... não é boa peça. Não te lembras das duas judias?

– As que foram atiradas ao Havel? Lembro-me. Mas isso não foi ele, pois não?

– Não, mas estava lá. Foi ele que encomendou as pequenas.

– Sabia muita coisa de mim – comentou Felsen, saboreando o *brandy*. – Sabia de mim e da Susana Lopes. Como será que descobriu?

– É da natureza do regime, não é?

– Foi há anos.
– Já tínhamos um estado totalitário antes da guerra – disse ela, girando os joelhos para os meter entre os dele e tirando-lhe o cálice de *brandy* da mão. – Foi por isso que lhe ganhaste às cartas?
– Que queres dizer? – perguntou ele, aborrecido por parecer estar a defender-se.
– Tiveste ciúmes, não foi? Nota-se. Dele e da Susana.
Passou as mãos pela frente das calças de Felsen e esfregou o tecido espesso.
– Ganhei porque não queria deixar Berlim.
– Berlim? – perguntou ela, agora a brincar com ele.
Abriu-lhe as calças e desabotoou-lhe a braguilha. Felsen libertou-se dos suspensórios e ela puxou-lhe as calças para baixo e arrancou-lhe as cuecas por sobre a sua erecção.
– Não era só por Berlim – disse, e arquejou quando as mãos dela lhe rodearam a base do pénis.
– Desculpa – disse ela, nada arrependida.
Felsen engoliu em seco. Sentia o pénis muito quente dentro daquelas mãos pequenas, frias e brancas. Eva fez deslizar os punhos para cima e para baixo, numa lentidão dolorosa, sem desviar os olhos do rosto dele. O pescoço de Felsen deu um sacão convulsivo, e ele puxou-a para o colo, abrindo-lhe o casaco e levantando-lhe o vestido. Arredou-lhe a nesga das calcinhas e ela teve de se agarrar aos braços da cadeira para não cair. Então foi ao seu encontro e inclinou-se sobre ele, sentindo o fogo lento penetrá-la.

Na madrugada, as pesadas cortinas negras esmagavam a luz cor de chumbo vinda da rua. Os lençóis de linho branco estavam rígidos de frio. Felsen levantou a cabeça da almofada ao segundo estrépito, que lhe soou como uma porta de madeira a ser arrombada. Barulho de botas sobre o chão de madeira. Qualquer coisa que caía e rolava. Felsen virou-se, os ombros enregelados de frio, tentando pôr em funcionamento o cérebro, atordoado pelo álcool e pelo cansaço. Os dois enormes painéis espelhados das portas do quarto despedaçaram-se. Dois homens em compridos sobretudos de cabedal negro atravessaram as molduras. Porque não abririam simplesmente as portas? – foi só o que pensou Felsen.

Eva despertou como se tivesse sido apunhalada. Felsen deslizou da cama para fora e começou a rastejar, nu. O salto de couro duma bota preta atingiu-o de lado na cabeça entorpecida e ele caiu de borco.

– Felsen! – trovejou uma voz.

Felsen murmurou qualquer coisa para consigo, as ideias baralhando-se-lhe na mente, o quarto cheio dos gritos de Eva em alemão de carroceiro.

– Calada!

Ouviu uma pancada seca, dada com um punho fechado, e depois o silêncio.

Felsen conseguiu sentar-se com a cabeça encostada à cama, os genitais encolhendo-se ao contacto do chão frio.

– Vista-se!

Vestiu-se atabalhoadamente. Um fio de sangue quente corria-lhe atrás da orelha. Os homens agarraram-no pelos ombros e saíram com ele pisando os vidros partidos, mas desta vez abrindo as portas educadamente.

Uma carrinha verde de portas trancadas era a única nota de cor num vale sombrio de edifícios cor de chumbo coroados de neve, na rua gelada em mapas árcticos brancos, franjados de cinza e negro. A porta da carrinha abriu-se. Içaram Felsen para dentro, para a escuridão e o latejar do medo.

2

18 de Fevereiro de 1941, Prinz Albrechtstrasse, n.º 8, Quartel-general das RHSA

As portas da carrinha abriram-se a um berro indefinido dum soldado armado. Felsen recebeu uma forte coronhada no ombro. Apeou-se – a neve suja e meio derretida chegava-lhe aos tornozelos – e subiu a cambalear os degraus que levavam do pátio ao sinistro edifício da Gestapo. Era um de quatro prisioneiros. Todos foram levados directamente para as caves, por um comprido corredor estreito com celas de ambos os lados. A luz mais forte provinha duma porta aberta donde saía o gemido dum homem depois da cópula. Os dois prisioneiros que precediam Felsen olharam para a luz e viraram apressadamente a cabeça. Um homem em mangas de camisa, usando um grosso avental castanho muito manchado, ocupava-se doutro, amarrado a uma cadeira.

– Feche a porta, Krüger – pediu o homem do avental, na voz cansada e resignada de quem tem um longo dia de trabalho duro pela frente.

O corredor escureceu e ficou apenas uma soturna luz de sódio. Felsen foi metido numa cela fétida, sem iluminação, com um catre e um balde cheio por companhia. Encostou as mãos à parede húmida e tentou respirar fundo, a expulsar a sensação fria e viscosa que lhe oprimia o diafragma. Tinha *ido* longe de mais, reconhecia agora.

Vieram buscá-lo ao fim de várias horas. Passou pela porta fechada da câmara do horror e foi conduzido ao 1.º andar, a um escritório com janelas altas onde um homem vestido de escuro limpava os óculos com uma lentidão absurda. Felsen esperava. O homem mandou-o sentar-se.

– Sabe a razão de aqui estar?
– Não.

O homem pôs os óculos e abriu uma pasta sobre a qual se inclinou. Felsen ficou a contemplar-lhe a risca rigorosa do cabelo.

– Comunismo.
– Está a brincar!

O homem ergueu os olhos, mas não fez comentários.

– É pró-judeu.
– Isso é ridículo.
– Também conheceu uma mulher chamada Michelle Duchamp.
– *Isso* é verdade.
– Os meus colegas estão há uma semana a interrogá-la, em Lyon, e ela tem estado a recordar o tempo que passou em Berlim, nos anos 30.
– Antes da guerra... quando nos conhecemos, é isso?
– Mas não antes da política. Como sabe, ela trabalhava para a Resistência Francesa há mais de um ano.
– Não sou político e não sabia disso.
– Todos somos políticos. Cartão do Partido n.º 479 381, *Förderndes Mitglied* das SS...
– O senhor sabe tão bem como eu que não há vida fora do Partido.
– Foi por isso que se inscreveu, Herr Felsen? Para aumentar os seus negócios? Melhorar as suas perspectivas? Quis apanhar boleia no nosso comboio porque a viagem dá lucros, é isso?

Felsen encostou-se às costas da cadeira, afastando-se da secretária, e olhou pelas janelas altas para o céu desolado de Berlim, a compenetrar-se de que uma coisa destas podia acontecer a qualquer pessoa, e acontecia mesmo... todos os dias.

– Bonito casaco – disse o homem. – Feito pelo alfaiate...

– Isaac Weinstock. É um nome judeu, caso não...
– Deve saber que é proibido aos judeus comprar fazenda.
– Fui eu que a comprei e lha levei.

Recomeçara a nevar. Mal se distinguiam os flocos cinzentos contra o céu cinzento, no reflexo dos vidros cinzentos do armário cinzento.

– Olga Kasarov – disse o homem.
– Sim?
– Conhece-a.
– Fui para a cama com uma Olga em tempos.
– É uma bolchevique.
– É russa, é só o que sei... e de qualquer modo ignorava que se pudesse apanhar comunismo pelas partes baixas.

A resposta pareceu fazer estalar qualquer coisa dentro do homem, que se levantou e meteu a pasta debaixo do braço.

– Parece-me que não está a compreender bem a sua situação, Herr Felsen.
– Tem razão, não estou mesmo. Se quisesse ter a gentileza...
– Talvez um período de reeducação seja conveniente.

Felsen sentiu bruscamente o carro sem travões que tentava guiar precipitar-se por uma ladeira íngreme.

– As suas investigações... – começou, mas o homem já ia a caminho da porta. – Herr... Herr... Espere!

O homem abriu a porta. Dois soldados entraram, fizeram Felsen pôr-se em pé e levaram-no para fora.

– Vamos mandá-lo voltar à escola, Herr Felsen – disse o homem de fato escuro.

Levaram-no de novo para a cela e lá o deixaram ficar três dias. Ninguém lhe dizia uma palavra. Davam-lhe uma tigela de sopa por dia. O balde não era despejado. Ficava sentado no catre, no meio da sua urina e excrementos. Esporadicamente a escuridão era atravessada por gritos, umas vezes fracos, outras vezes terrivelmente próximos e altos. Espancamentos brutais sucediam-se no corredor do lado de fora da cela. Mais que um homem gritou pela mãe por baixo da frincha da porta.

Passava as horas e os dias a preparar-se. Treinou o cérebro para uma exagerada cortesia e o comportamento para uma timidez submissa. Ao quarto dia foram buscá-lo. Cheirava mal e tropeçava de medo. Não foi levado para a câmara de tortura nem para o 1.º andar, para outra sessão com o homem do fato escuro: algemaram-no e levaram-no para o pátio, onde a neve caía em grandes flocos macios, mas o chão estava duro como pedra, de tão pisado por botas e pneus. Meteram-no numa carrinha vazia com uma grande mancha viscosa no chão. As portas fecharam-se.

– Para onde vamos? – perguntou à escuridão.

– Sachsenhausen – ouviu dizer o guarda, lá fora.

– Mas a lei? – protestou Felsen. – O julgamento?

O guarda bateu no painel lateral da carrinha. O motorista arrancou e Felsen foi atirado com força contra as portas.

Eva Brücke, no seu escritório do Die Rote Katze, ia fumando cigarro sobre cigarro e deitando pingos de *brandy* na chávena de café, que àquela altura já só tinha *brandy*. O inchaço do rosto tinha diminuído com a aplicação diária de gelo e só lhe ficara uma nódoa roxa e amarela, que desaparecia debaixo da base e do pó branco que usava.

Pela porta aberta do escritório podia ver todo o espaço das cozinhas vazias. Ouviu bater de leve na porta das traseiras e levantou-se para ir abrir. Nesse momento o telefone tocou, com o som duma bandeja de copos a cair no chão. Eva deu um salto, depois controlou-se. Não queria atender, mas o barulho era tão estridente que acabou por levantar o auscultador.

– Eva? – perguntou uma voz.

– Sim – respondeu ela, reconhecendo-a. – Fala do Die Rote Katze.

– Parece cansada.

– É um trabalho com longas horas e pouco repouso.

– Devia tirar umas férias.

– Uma espécie de «Força pela Alegria», talvez – disse ela, e o homem riu-se.

– Tem aí mais alguém com sentido de humor?

– Depende muito de quem conta as piadas.
– Não... Quero eu dizer... alguém que goste de se divertir. Duma forma pouco vulgar.
– Conheço pessoas que ainda são capazes de rir.
– Como eu – disse ele, rindo alto para demonstrar.
– Talvez – disse ela, sem o acompanhar na gargalhada.
– Poderiam vir e participar numa noite de divertimento e surpresas?
– Quantas?
– Acho que três é um bonito número. Pode ser?
– Não podia passar por cá e dar-me uma ideia...?
– Neste momento é muito difícil.
– Sabe, fico preocupada desde...
– Não, não, não tem que se preocupar. O tema é comida. Quer tema mais alegre nos tempos que correm?
– Verei o que posso fazer.
– Obrigado, Eva. Não esquecerei a sua ajuda.

Eva desligou e foi à porta das traseiras. O homem pequeno e calado lá estava à espera, como combinado, na rua coberta de neve. Ela abriu e ele sacudiu a neve do chapéu e limpou as botas. Entraram no escritório e ela tirou o telefone da tomada.

– Toma alguma coisa, Herr Kaufman?
– Só chá.
– Tenho café.
– Nada então, obrigado.
– Em que posso ser-lhe útil?
– Por acaso terá lugar para dois visitantes?
– Já lhe disse...
– Eu sei, mas é uma emergência.
– Aqui não.
– Não.
– Quanto tempo?
– Três dias.
– Posso ter de me ausentar – disse ela de repente, inspirada pelo telefonema.

– Eles arranjam-se sozinhos.
– Já lhe disse que isto é... tem de ser...
– Eu sei – disse ele, cruzando as mãos no colo –, mas trata-se de circunstâncias excepcionais.
– Não serão sempre excepcionais?
– Talvez tenha razão.
Ela acendeu um cigarro e expeliu o fumo num suspiro.
– Quando vêm?

Sachsenhausen era um velho quartel em Oranienberg, a trinta quilómetros de Berlim, agora transformado em campo de concentração. Felsen só sabia da sua existência porque tinha admitido para as limpezas da fábrica um político e dois judeus de lá saídos em 1936, nas vésperas das Olimpíadas. Nem era preciso falarem das condições do KZ – os tendões do pescoço furavam a pele sob as cabeças rapadas, faltavam-lhes pelo menos quinze quilos para um peso normal.
Era uma viagem enervante, nas estradas cobertas de neve. A carrinha derrapava e resvalava. Em Sachenhausen ouviu os portões a abrirem-se e um terrível martelar nos painéis da carrinha, que parecia estar a ser atingida por barras de metal. Percorreu assim uns cem metros, até Felsen sentir os nervos completamente descontrolados. A seguir, silêncio, só quebrado pelo chiar dos pneus na neve. A carrinha parou. Ouviu o vento gemer e o motorista tossir na cabina. As portas abriram-se.
Felsen levantou-se, as mãos pegajosas e manchadas do sangue mal seco do chão. Cambaleou até à porta. Lá fora estendia-se um vasto campo branco onde apenas se viam os sulcos traçados pelas rodas da carrinha. Mais longe, a uns duzentos metros (era difícil calcular devido ao clarão ofuscante da neve) distinguiu árvores e edifícios.
A carrinha arrancou, fazendo-o cair sobre uma camada de neve que chegava aos tornozelos dum homem. As portas da carrinha fecharam-se com estrondo e ele levou as mãos à cabeça, confundido pelo barulho inesperado. Ao fundo do enorme campo

coberto de neve viu um vulto na posição militar de descanso. Felsen arrastou-se para a frente, franzindo os olhos. O vulto, cinzento e indistinto, não se moveu. Felsen estremeceu ao ouvir outro barulho atrás dele, o som de metal afiado cortando a neve. Virou bruscamente a cabeça. Eram três homens com o capote negro e o capacete das SS. As bainhas dos capotes roçavam o chão. Um deles trazia na mão um bastão de madeira, outro uma pá que girava em arco, fazendo cantar a lâmina contra a neve cristalina, e o terceiro um cabo de um metro, descarnado numa ponta. Felsen olhou para trás, para o vulto, como se ele o pudesse ajudar. O vulto tinha desaparecido. Levantou-se. Os homens não pareciam ter olhos debaixo dos capacetes. As pernas de Felsen tremiam.

– *Sachsengruss* – disse o guarda do bastão.

Felsen pôs as mãos na cabeça e começou a fazer flexões de joelhos. A saudação saxónica. Mantiveram-no nisso uma hora. Depois fizeram-no estar outra hora em posição de sentido, até o corpo lhe tremer de frio e os ouvidos lhe zumbirem com o assobiar do cabo, o silvar da pá, o bater surdo do bastão. Os guardas marchavam em círculo à volta dele.

Tiraram-lhe as algemas. A pá voou pelos ares na sua direcção. Felsen apanhou-a, pensando que os dedos se lhe iam estilhaçar como porcelana.

– Abra uma passagem para o edifício.

Foram andando atrás dele pelo enorme terreno, enquanto ele escavava centenas de metros de passagem. Pelo rosto corriam-lhe riachos de lágrimas e muco gelado, o corpo emitia um vapor espesso como o hálito dum touro. Começou a nevar. Mandaram-no limpar de novo os caminhos que já tinha aberto.

Não o largaram durante seis horas, até a treva ser total (nem uma réstia de luz se escapava dos edifícios envoltos no *blackout*). Fizeram-no pôr em sentido no escuro, postaram-se à sua frente e deram-lhe mais uma hora de *Sachsengruss*, enquanto lhe diziam que no dia seguinte iria limpar tudo de novo. Nos últimos dez minutos,

Felsen caiu duas vezes ao chão e os guardas levantaram-no a pontapé. Era bom sentir os pontapés. Sabia o que significavam – não ia ser morto a golpes de bastão, pá e cabo.

Voltaram a mandá-lo pôr em sentido até que um fino fio de música lhes chegou aos ouvidos atravessando o negrume. Mandaram-no marchar para o edifício. Felsen caiu e eles levaram-no de rojo para dentro, as costas a varrer a neve. Os pés do prisioneiro deixavam riscos molhados no soalho encerado.

O calor do edifício pareceu descongelar-lhe a mente, as lágrimas soltaram-se-lhe dos olhos, corria-lhe água em bica do nariz e dos ouvidos. A música tornou-se mais forte. Conhecia-a. Mozart. Tinha de ser. Todas aquelas notas... Vozes e risos sobrepuseram-se à música. Um cheiro familiar. As botas dos guardas ecoavam no soalho encerado. Felsen recomeçou a sentir os pés, numa agonia de dor, mas por dentro sorria. Sorria porque tinha agora a certeza do que suspeitara lá fora na neve – não estava em Sachsenhausen.

Chegaram a uma sala com cadeiras e carpetes, jornais e cinzeiros – um luxo incrível depois da Prinz Albrechtstrasse. Pararam. Os guardas puseram-no de pé. Um deles bateu a uma porta, e Felsen, sempre de costas, foi levado para dentro. Uma risada de mulher. As vozes calaram-se, só ficou a música.

– O prisioneiro gosta desta música? – perguntou uma voz.

Felsen engoliu com esforço. As pernas tremiam-lhe. A humilhação retesava-lhe o pescoço.

– Não sei se devo gostar, *mein* Herr.

– Não tem opinião?

– Não, *mein* Herr.

– É Mozart. O *Don Giovanni*. Foi proibido pelo Partido. Sabe porquê?

– Não, *mein* Herr.

– O libreto foi escrito por um judeu.

A música foi desligada.

– E agora, o que pensa da música?

– Não gostei, *mein* Herr.

– Porque é que está aqui?
– Fui enviado para a reeducação, *mein* Herr.

Os pés de Felsen latejavam nos sapatos desfeitos, o sangue parecia querer rebentar.

– Porque é que está aqui? – perguntou uma voz diferente.

Ele pensou um longo minuto.

– Por ter sorte ao jogo, *mein* Herr – respondeu, e a tensão na sala baixou, a mulher deu uma risadinha. – Perdão. Queria dizer por fazer *batota* ao jogo, *mein* Herr.

– Meia volta. Descansar.

A princípio não distinguiu quem estava à mesa. Os olhos cheios de água fixaram-se antes de mais nada nas enormes quantidades de comida. Depois viu Wolff, Hanke, Fischer e Lehrer, mais dois homens que não conhecia e uma rapariga que fumava, sujando o *bâton* já esborratado.

Lehrer sorria. Os Brigadeführers estavam divertidíssimos. Fischer foi o primeiro a não conseguir conter-se e explodiu em grandes gargalhadas, dando patadas no chão com as botas. Todos se riram, aos socos na mesa – até a rapariga, que não sabia do que se ria.

– O prisioneiro está autorizado a rir-se? – perguntou Hanke.

Mais gargalhadas estrondosas.

– Prisioneiro Felsen. Ria-se! – gritou Lehrer.

Felsen sorriu e começou a piscar os olhos, conjurando o riso do alívio. Os ombros começaram a tremer, o estômago soltou-se e ele começou a rir. Riu-se, riu-se como um perdido, riu-se até os oficiais SS se terem calado.

– Prisioneiro, pare de rir – disse Lehrer.

A boca de Felsen fechou-se instantaneamente. Voltou à posição de descansar.

– Há roupa lá dentro. Vá-se vestir.

Felsen entrou nas cozinhas, despiu-se e enfiou um fato escuro grande de mais para ele. Voltou à mesa.

– Coma – ordenou Lehrer.

Felsen fez desaparecer as vitualhas ao seu alcance com mais eficiência que um exército em retirada. Os oficiais falavam entre eles, à excepção de Lehrer, que dedicou a sua atenção a Felsen.

– Não pense que sou um mau perdedor.
– Não penso tal, *mein* Herr.
– Então o que pensa?
– Penso que é o que o seu nome indica... um professor, *mein* Herr.
– E que lhe ensinei eu?
– Obediência, *mein* Herr.
– Vamos dar-lhe este cargo que não deseja por várias razões, Felsen. Você é um organizador nato, é decidido e agressivo. Mas não pode ser insubordinado. No seu negócio pode perder-se uma hora de produção se alguém não cumprir as suas ordens. No negócio da guerra a perda pode ser de mil ou mais vidas. Não há lugar para franco-atiradores. O controlo tem de ser total. E quem controla sou eu – terminou, emborcando o cálice de *brandy*. – Ora bem, porque não quer o cargo?
– Não quero deixar Berlim, *mein* Herr. Tenho uma fábrica para dirigir.
– Pelo menos não é por uma mulher.
– Tenho produzido material de qualidade e demonstrado a minha gratidão...
– Não desvie a conversa. Que tem Berlim para um suábio como você, tirando a sua fábrica? Não se trata de Paris ou Roma. Berlim não é cidade que apaixone ninguém. Não é como Nuremberga, a minha terra. E quanto aos berlinenses... Valha-nos Deus, parece que trazem o rei na barriga!
– Acho que aprecio o sentido de humor deles.
– Bem, vocês, suábios, sempre tiveram realmente muito pouco humor.
– Não compreendo, *mein* Herr – reagiu Felsen, picado.
– Espezinhado por uma porca. Que lhe parece?
Felsen não respondeu.
– Pensa que eu não sei tudo sobre o seu pai?

– Aí tem um exemplo duplo do humor suábio.
– Ia-me arranjando um problema. Hanke achava que você era psicologicamente instável.
– Devia ter-me esforçado mais com ele.

Lehrer inclinou-se sobre a mesa, a cara vermelha do vinho, um hálito a azedo e a charuto.

– Este cargo é uma grande oportunidade para si. Uma grande oportunidade. Ainda um dia me há-de agradecer. Acredite.
– Então porque não me diz do que se trata, *mein* Herr?
– Ainda não. Amanhã. Tem de vir a Lichterfelde. Antes de tudo tem de ser alistado.
– Nas SS?
– Claro – disse Lehrer, que depois viu o rosto petrificado de Felsen. – Não se preocupe, você não vai para o Leste, vai para o Oeste.

O automóvel levou-os devagar de regresso a Berlim, através da neve recém-caída. O cheiro familiar tinha sido o do quartel de Lichterfelde. Nas poucas vezes em que se cruzaram com outros carros, Felsen pôde ver as sombras dos oficiais no carro da frente passando a rapariga uns para os outros. Lehrer não falava. Parou de nevar. Entraram em Berlim e o carro da frente afastou-se em direcção ao Tiergarten e Moabit. Lehrer mandou o motorista dar uma pequena volta à cidade. Felsen olhava para fora, os parques negros, as torres das baterias anti-aéreas, as casas de luzes apagadas, a estação de Anhalter deserta.

– É da natureza da guerra acontecerem coisas – dizia Lehrer. – Mais coisas do que podem suceder em tempo de paz. Nesse sentido, é o tempo mais excitante da vida dum homem. Num dia está a dirigir uma fábrica, a ganhar mais dinheiro do que imaginava que existisse quando era lavrador na Suábia... Dança com as raparigas do Golden Horseshoe, assiste aos espectáculos do Frasquita, vai ao Kudamm como todos os outros sacanas endinheirados. E no dia seguinte...

– Estou na Prinz Albrechtstrasse.

— Um regime jovem e radical tem de se proteger. A força pelo medo.

— E no dia seguinte... Continue, por favor.

— Pense em termos internacionais. A Alemanha já não é só a Alemanha, é toda a Europa. Uma potência mundial, tanto política como económica. Não tenha vistas curtas.

— É a minha mentalidade camponesa. É assim que ganho dinheiro.

— Isso é bom, mas tem de alargar os seus horizontes. O Reichsführer Himmler quer tornar as SS uma potência económica independente no seio do novo Reich. Pense nisso.

O carro chegou finalmente a Nürnbergerstrasse e deixou Felsen diante de sua casa. Subindo os dois lances de escada, foi encontrar a porta do seu apartamento reparada. Entrou, acendeu um cigarro, espreitou por trás das cortinas corridas e viu que o carro desaparecera. Agarrou num sobretudo e num chapéu e saiu para a noite.

Dali à Kurfürstrasse era um pequeno passeio. Foi andando pelo meio da rua, onde o piso o magoava menos. Não havia ninguém à vista, a temperatura baixara subitamente.

Desceu a pequena travessa que levava ao prédio de apartamentos onde Eva morava e empurrou o portão. Os montes de terra e entulho tirados da cave tinham uma espessa capa de neve. A porta estava trancada. Bateu várias vezes, depois subiu para um dos montes a tentar distinguir algum fio de luz à volta das janelas. Gritou por Eva até que por fim alguém abriu uma janela e o mandou ir curar a bebedeira para outro lado.

Voltou para casa, tomou um banho demorado e meteu-se na cama. Eram 2h30 da noite. De manhã telefonaria a Eva, pensou, deixando-se afundar no primeiro sono. Acordou quatro vezes, sempre com um sobressalto e um estoiro na cabeça, como se tivesse sido atingido por um tijolo. Tinha o cheiro de excrementos no nariz e as últimas cenas do pesadelo não se apagavam — a brancura da parada estendendo-se, estendendo-se até ao infinito. Só conseguiu dormir com a luz acesa.

3

26 de Fevereiro de 1941, Quartel das SS, Unter den Eichen, Berlin-Lichterfelde

Sentado no corredor encerado para onde dava o gabinete de Lehrer, Felsen olhava para dois soldados de faxina que limpavam os cantos com escovas pequenas de mais. Por duas vezes no último quarto de hora aparecera um sargento a berrar com eles e a saudar Felsen, que se sentia pouco à vontade no seu uniforme de SS-Hauptsturmführer.

Um oficial às ordens saiu do gabinete de Lehrer e fez-lhe sinal para entrar. Felsen saudou o Gruppenführer, que lhe indicou uma cadeira de espaldar alto diante duma secretária com embutidos de couro negro. Felsen puxou dos seus cigarros, levou um à boca e Lehrer recordou-lhe que só com autorização se podia fumar diante dum oficial superior.

– Há-de habituar-se – disse Lehrer. – Até há-de acabar por gostar.

– Não vejo bem como.

– O maior fardo – sentenciou Lehrer, fitando nele o olhar da autoridade suprema – o *verdadeiro* fardo, que é a responsabilidade, é um jugo de ferro pousado nos meus ombros. As *suas* acções são um peso suplementar para *mim*. Você, pelo contrário, pode mover-se com a ligeireza dum homem desimpedido.

– A cumprir ordens.

– Verá que tem muito mais liberdade que a maioria.

– Agora que sou um membro efectivo e devidamente remunerado das SS...

– Só desconta um marco do seu vencimento mensal para a *Spargemeinschaft-SS*, o que o habilita a obter empréstimos sem juro e...

– O meu problema não é esse marco mensal. Estou a ser pago para fazer o quê, afinal? Já posso saber?

– Não queria aborrecê-lo, Hauptsturmführer Felsen, estava apenas a dar-lhe um exemplo prático do que lhe disse já... aquilo que mencionei ontem à noite no carro.

– As SS como uma potência económica do novo Reich alemão, estendendo-se do cabo Norte da Escandinávia até aos Pirenéus e do extremo da península de Brest até Lublin.

– Sem esquecer a Grã-Bretanha, a Península Ibérica, a Ucrânia, os estados do mar Negro e por aí adiante – disse Lehrer. – Vistas largas, não se esqueça.

– Para já, contento-me com um resumo. É a minha mentalidade de camponês.

– Como deve saber, as SS dirigem várias empresas.

– Só lhes tenho fornecido atrelagens para comboios, não sei praticamente nada sobre outros negócios que tenham.

– Temos pedreiras, estaleiros, cerâmicas, cimenteiras, fábricas de materiais de construção, de refrigerantes, de conservas, padarias... e, claro, fábricas de armas e munições. Temos muito mais coisas, mas isto deve dar-lhe uma ideia.

– Não vejo nada em que a minha experiência se enquadre, Herr Gruppenführer.

– Falemos de munições. Qual a diferença entre esta guerra e a guerra passada?

– É uma guerra aérea, uma guerra de bombardeamentos aéreos.

– Estes berlinenses só pensam nos ataques aéreos – suspirou Lehrer. – Estou a falar da guerra! Da ofensiva!

– Não há frentes fixas. É uma guerra móvel. A *Blitzkrieg*.

– Exactamente. Uma guerra móvel. E isso requer maquinaria, ferramentas, artilharia. E é também uma guerra de tanques. Ora os tanques são blindados. Para deter um tanque tem de se penetrar o aço reforçado da sua blindagem, e isso requer munições com um ponto de fusão altíssimo.

– A ogiva das granadas é reforçada com uma liga – tungsténio, parece-me... tal como as máquinas-ferramentas, os canos das metralhadoras e a blindagem dos tanques.

– Liga também conhecida como volfrâmio ou volframite – completou Lehrer. – Sabe donde vem?

– Da China, sobretudo. E da Rússia. A Suécia tem jazidas, mas pouco importantes, apesar de terem sido os suecos a cunhar a palavra tungsténio. E... – Felsen interrompeu-se, as peças caíam no seu lugar – ... e da Península Ibérica.

– Percebe do assunto.

– Aprendi muito com Wencdt.

– Wencdt?

– O meu gerente geral. É metalurgista – explicou Felsen. – O senhor tinha mencionado a Ucrânia e os estados do mar Negro.

– Ah... – fez Lehrer, recostando-se, unindo os dedos e lambendo os beiços – as vistas largas!

– Tinha a ideia de em 1939 termos assinado um pacto de não agressão com Estaline. Não espero que me confirme que o pacto vai ser quebrado, mas os berlinenses já se deram conta de que as fábricas estão a fazer fornadas duplas de material e que todo ele segue na mesma direcção.

– Esperemos que Estaline não seja tão perspicaz como os berlinenses.

– Bastava-lhe passar pelos *Bierstuben* e *Kneipen* de Kreuzberg e Neukölln e pagar uma rodada de cerveja para obter todos os segredos militares que quisesses.

– Uma ideia preocupante – declarou Lehrer, nada preocupado. – Continue, Herr Hauptsturmführer, está a ir muito bem.

– O volfrâmio que recebemos da China não vem através da Rússia?

– Exacto.

– Quando rompermos o pacto de não agressão, ficamos sem acesso aos maiores fornecedores de volfrâmio do mundo.

– Percebe agora porque quis vê-lo de uniforme antes de lhe falar da sua missão.

– Susana Lopes – disse Felsen, acenando uma concordância. – Quer que eu use o português que aprendi com a minha amante para ir comprar volfrâmio.

– Portugal tem as maiores reservas da Europa. E não o escolhemos só por falar português.

– Koch não servia?

Lehrer fez um gesto a varrer o nome como um cheiro incómodo.

– Não tem subtileza. É um trabalho que requer finura, psicologia, uma certa inclinação para jogos... sabe, o gosto pelo *bluff*, o jeito para a dissimulação, esse género de coisas. Talentos que já o vimos pôr em acção. E, além disso, Koch não é aquilo a que Susana chamaria, como se diz... *simpático*, não é?

– Vou comprar volfrâmio para as SS?

– Não, não. Para a Alemanha. Mas o Departamento de Aprovisionamentos é chefiado pelo Dr. Walter Scheiber, que, além de ser um grande químico, é um velho membro do Partido e um bom SS. Desta maneira, o Reichsführer Himmler assegura às SS o crédito pela campanha *e* em troca aumentamos a nossa quota na produção de munições. Mas isso já nada tem que ver consigo. A sua missão é não deixar escapar nem um quilo de volfrâmio não concessionado.

– *Não concessionado*? Que concessões existem então?

– A maior mina é dos ingleses. A Beralt. Produz duas mil toneladas por ano. Os franceses têm a concessão da Borralha – uma mina que produz seiscentas toneladas. A United Kingdom Commercial Corporation assinou um contrato com a Borralha no ano passado, mas, por intermédio do governo de Vichy, temos conseguido impedir que entre em vigor. Nós controlamos uma mina pequena, a Silvicola, cuja produção máxima é de umas centenas de toneladas. O resto está no mercado livre.

– E de quanto precisamos?
– Três mil toneladas este ano.
Felsen ouviu o tiquetaque dum relógio atrás de si e viu através da janela a neve do telhado cair como um véu macio.
– Dá-me licença que fume, *mein* Herr? – perguntou, e o outro acenou que sim. – Não me tinha dito que a produção da maior mina era de duas mil toneladas por ano?
– Exactamente. É um dos seus grandes problemas. A UKCC vai lançar uma ofensiva de compras antecipadas. Você vai ter de lidar com grandes quantidades de trabalhadores independentes, além dos seus homens e dos agentes portugueses seus associados. Vai ter de assegurar reservas, organizar transportes... Terá de usar... como direi... métodos pouco ortodoxos.
– Contrabando?
Lehrer esticou a papada para fora da gola.
– Vai precisar de informações sobre os passos dos seus concorrentes. Terá de estimular os seus trabalhadores e manter na linha os agentes estrangeiros.
– E o Führer português, o doutor Salazar, como é que se...?
– Esse é um caso de equilibrismo. Ideologicamente é seguro, mas há uma velha tradição de aliança com os ingleses, que não se cansam de a invocar. Vai sentir-se dividido, mas acabaremos por ganhar nós.
– E quando parto para Portugal?
– Não é para já. Vai primeiro para a Suíça. Esta tarde.
– Esta tarde? E a fábrica? Não tenho nada organizado. É completamente impossível. Nem pense nisso.
– É uma ordem, Herr Hauptsturmführer – disse Lehrer, glacial. – Nenhuma ordem é impossível. Um carro irá buscá-lo à uma da tarde. Não se atrase.

À uma em ponto, Felsen esperava à porta de casa. Estava de uniforme, mas com um sobretudo seu por cima, e olhava sem simpatia um trabalhador de fato-macaco que colava na parede oposta, ao lado da farmácia, um grande cartaz vermelho e preto com os dizeres, «Ao Führer, a nossa gratidão.»

Tinha passado a manhã a telefonar a Eva, sem resultado. Quando finalmente acabou de fazer a mala e de tratar dos assuntos da fábrica com Wencdt, tinha corrido ao apartamento dela, batido à porta e chamado debaixo das janelas até que o mesmo vizinho que na noite anterior o mandara calar apareceu à janela e começou outra vez aos berros. Parou bruscamente ao ver o uniforme e tornou-se servil. Disse a Felsen, num alemão pegajosamente doce, que Eva Brücke estava ausente, ele tinha-a visto entrar com malas num táxi na véspera de manhã, Herr Hauptsturmführer.

Uma velhota que vinha a subir pelo passeio gelado da Nürnbergstrasse passou por Felsen, aconchegado no seu sobretudo, e viu a expressão carrancuda com que ele olhava o cartaz. Lançou o *Berlinerblick* rua acima e rua abaixo e apontou com a bengala para a farmácia.

— A nossa gratidão pelo *quê?* — disse, protegendo a boca do frio com a mão livre, metida numa velha luva de punho de pele. — O café de feijão nacional-socialista? Os bolos sem ovos? A única coisa que temos de lhe agradecer é o *Völkischer Beobachter*... ser mais macio que o papel higiénico nacional-socialista.

Interrompeu-se como se lhe tivessem cravado uma faca na garganta. O sobretudo de Felsen abrira-se e ela avistara o uniforme negro. Fugiu, os pés subitamente ágeis como os dum patinador no gelo do passeio.

Lehrer chegou num Mercedes branco guiado por um motorista, que arrumou as malas na bagageira. O carro arrancou e passou pela velhota, que não tinha ainda chegado ao Hohenzollerndamm. Felsen contou o episódio.

— A sorte dela foi não ter encontrado alguém mais severo — disse Lehrer, batendo com força as mãos enluvadas. — Talvez você devesse ter sido mais severo. Vai ter de o ser.

— Não com velhinhas no meio da rua, Herr Gruppenführer.

— A severidade selectiva enfraquece o todo — replicou o outro, e limpou o vidro com um gordo dedo negro.

Deixando Berlim, dirigiram-se para sudoeste, para Leipzig, e depois, através duma paisagem toda branca, para Weimar,

Eisenach e Frankfurt. Lehrer foi todo o caminho a trabalhar, lendo documentos que trazia na maleta e escrevinhando memorandos numa caligrafia ilegível. Felsen estava livre para pensar em Eva, mas não conseguia descobrir qualquer alteração palpável no padrão habitual – longas noites a beber, rir e ouvir *jazz*... horas de amor em que ela parecia não conseguir saciar-se do corpo dele... terríveis discussões que começavam porque ele queria que ela se entregasse mais e ela se recusava e só terminavam quando ela começava a atirar-lhe coisas – geralmente sapatos, nunca a louça, a menos que estivessem no apartamento dele e houvesse alguma peça de Meissen à mão.

Não tinha havido nada... excepto o incidente com as duas judias. Quando soube do que lhes acontecera, Eva tinha ficado durante dias como a única sobrevivente dum bombardeamento – pálida, apática, trémula. Mas isso tinha passado... e de qualquer modo não tinha nada que ver com ele, com eles os dois. Olhou para Lehrer, que cantarolava agora entre dentes, olhando pela janela.

Chegaram a uma *Gasthaus* no outro extremo de Karlsruhe quando a noite começava a descer. Felsen foi para o quarto e deitou-se; Lehrer ocupou o escritório do gerente e pôs-se a fazer telefonemas. Ao jantar estavam sozinhos, mas Lehrer mostrou-se distraído até ser chamado ao telefone. Voltou muito expansivo e mandou servir *brandy* em frente da lareira.

– E café! – gritou. – Do autêntico, não quero água de lavar pratos!

Esfregou as coxas e aqueceu o traseiro. Depois olhou em redor, como se há muito tempo não tivesse entrado numa estalagem simples de beira da estrada.

– Não me lembro de o ter visto no Rote Katze – disse Felsen, a experimentar terreno.

– Eu vi-o – disse Lehrer.

– Conhece a Eva há muito tempo?

– Porque pergunta?

– Estava a pensar como saberia o senhor das minhas antigas amigas. Foi ela que me apresentou a todas, inclusive à jogadora de *poker*.

– Quem era essa?
– Sally Parker.
– Eva não me falou dela.
– Se tivesse falado, o senhor não teria proposto o jogo.
– Pois... Conheço a Eva há algum tempo. Desde que ela abriu o primeiro clube. O... Der Blaue Affe, não era?
– Nunca ouvi falar dele.
– Nos anos 20, quando ela começou.

Felsen sacudiu a cabeça.

– Seja como for, o seu nome veio à baila. Perguntei à Eva, que me disse muito bem de si, sabendo perfeitamente que não era isso o que eu queria. Depois, ora... ela foi tão discreta quanto pôde, mas eu sou um SS-Gruppenführer e... e foi só isso – concluiu, tirando o *brandy* da bandeja. – Você não estava...?
– Não estava o quê?
– Fraülein Brücke não era uma das suas razões para querer ficar em Berlim, espero?
– Não, não – disse Felsen, aborrecido consigo mesmo por ter puxado o assunto.
– Eu ia dizer...

A lenha crepitava na lareira. Lehrer correu as mãos sobre as nádegas, a aquecê-las.

– O que ia dizer, *mein* Herr? – perguntou Felsen, incapaz de se conter.
– Bem... Sabe, os clubes berlinenses... as mulheres... não é muito...
– Ela não era uma pega – disse Felsen, recalcando a sua fúria.
– Não, claro. Eu sei. É só que... É a cultura ambiente. Não é propícia à... – esperou, a ver se Felsen completava a frase e assim se revelava mais um pouco, mas Felsen manteve-se calado – ... à estabilidade. Um meio muito artístico. Muito livre. Muito aberto. Um compromisso permanente é muito raro numa cultura nocturna.
– O comício mais famoso do Partido não foi realizado à noite?
– *Touché* – gargalhou Lehrer, atirando-se para um cadeirão –, mas isso foi só para as câmaras não mostrarem os paneleiros

pançudos do Amtswalter a fazer o Partido parecer uma vara de porcos bávaros... E deixe-me recordar-lhe, Herr Hauptsturmführer, que a piada não é encorajada no nacional-socialismo.

Foram deitar-se pouco depois. Felsen sentia-se derrotado e agoniado. Estendeu-se na cama estreita e ficou a olhar para o tecto, fumando cigarro sobre cigarro, remoendo a rejeição de Eva, a destreza com que o guiara para a armadilha e o fizera cair.

– Paciência – disse em voz alta, esmagando o último cigarro no cinzeiro que colocara sobre o peito – mais uma num longo rol.

Levou mais de duas horas a adormecer. Não conseguia afastar do pensamento uma imagem e uma ideia. Os pés descalços do pai, balouçando de mansinho à altura dos seus olhos... e porque teria ele tirado os sapatos e as meias?

27 de Fevereiro de 1941

Desceram para o pequeno-almoço de fato completo – o de Lehrer um fato azul-escuro de pura lã, pesado, com uma só fileira de botões. Felsen sentia-se a dar nas vistas com o seu fato assertoado cor de chocolate, de corte parisiense, e uma lamentável gravata vermelha.

– Caro? – perguntou Lehrer, com a boca cheia de presunto e pão escuro.

– Barato não foi.

– Os banqueiros só levam a sério quem veste de azul-escuro.

– Banqueiros?

– Os banqueiros de Basileia. Quem acha que viemos ver à Suíça? Não se compra volfrâmio com fichas.

– Nem com Reichsmarks, pelos vistos – comentou Felsen.

– Exactamente.

– Mas francos suíços... dólares...

– O doutor Salazar foi professor de Ciências Económicas.

– E isso dá-lhe direito a pagamento diferenciado?

– Não. Mas dá-lhe direito a pensar que em tempo de guerra é melhor ter boas reservas de ouro.

– Vai mandar-me para Portugal com um carregamento de *ouro?*

– Surgiu-nos um problema. Os americanos estão a fazer-se difíceis para nos dar os nossos dólares, pelo que começámos a pagar o que queremos em francos suíços. Os nossos fornecedores em Portugal trocam esses francos suíços por escudos, e em devido tempo, através dos bancos locais, os francos suíços vão parar ao Banco de Portugal... que por sua vez, logo que tem divisas suficientes, compra ouro à Suíça.

– Não vejo o problema.

– Os suíços não gostam. Receiam perder o controlo das suas reservas de ouro – explicou Lehrer. – Por isso vamos fazer a experiência.

– Mas como transportamos esse ouro?

– Em camiões.

– Que espécie de camiões?

– Suíços. Vai levar uma escolta armada. Foi preciso organizar bem as coisas, posso dizer-lhe. Ou acha que eu gosto de passar o dia com a cabeça mergulhada em papéis?

– Não pensei que o ouro fosse fisicamente transportado. Pensava que era contabilizado em documentos dos bancos nacionais.

– Talvez o doutor Salazar goste de... se sentar em cima do ouro... – Lehrer ia acrescentar qualquer coisa, mas deteve-se.

– De quem é o ouro?

– Não percebo.

– O ouro alemão não está guardado no Reichsbank?

– A essa pergunta não posso... não tenho informações nem autorização para responder. Sou apenas um SS-Gruppenführer, como sabe.

Às onze da manhã, o automóvel estacionou junto dum edifício anónimo na zona de negócios de Basileia. Nenhum sinal, dentro ou fora do prédio, indicava que actividade lá se desenrolava. À entrada estava uma bonita mulher na casa dos trinta, sentada diante duma secretária em que havia apenas um telefone. Por trás dela, a espiral duma grande escadaria de mármore. Lehrer falou à mulher em voz baixa e Felsen só apanhou uma palavra – *Puhl*. Ela levantou o auscultador, marcou um número e disse uma frase breve, após o que se levantou e se dirigiu à escadaria. Tinha umas pernas notáveis. Lehrer fez sinal a Felsen para o esperar e seguiu as pernas.

Felsen sentou-se num confortável sofá de cabedal. A mulher regressou e retomou o seu lugar à secretária sem olhar para ele. Teve de gastar meia hora e metros cúbicos de sedução para ficar a saber que estava na recepção do Banco de Pagamentos Internacionais. Nunca ouvira tal nome.

À uma da tarde, Felsen e Lehrer estavam já sentados à mesa no restaurante Bruderholz. Todos os outros frequentadores eram homens de fato escuro, sentados em mesas bem afastadas umas das outras. Em frente deles tinham quatro *petits poussins* e uma travessa de batatas à *boulangère*. Lehrer tinha na mão um copo de Gewürztraminer, cujo pé alto fazia rodar entre o polegar e o indicador.

– É bom ter a Alsácia de volta ao redil alemão, não lhe parece? Uma terra magnífica. Um vinho magnífico. A carne dos *poussins* talvez seja um pouco delicada de mais, devíamos ter pedido ganso ou porco, um robusto prato alsaciano, mas não devo abusar das gorduras. Mesmo assim temos os frutos de Verão em pleno Inverno. À sua!

– A reunião correu bem, Herr Gruppenführer?

– Que tal lhe parece este Gewürztraminer?

– Aromático.

– Não seja tão lacónico. Sempre me disseram que era um conhecedor dos prazeres da vida.

– Atrevidamente frutado, mas límpido e seco, com um aroma e sabor a especiarias que se mantém igual do princípio ao fim, como um cruzeiro pelo Atlântico.

– Onde foi buscar essa? – riu-se Lehrer.

– Por acaso é mentira?

– É verdade... mas não é aborrecido nem perigoso como um cruzeiro pelo Atlântico – disse Lehrer. – Acho que a seguir caía bem um divinal brioche.

Comeram os *poussins* e beberam duas garrafas de Gewürztraminer. O restaurante foi ficando vazio. Comeram o brioche com mais meia garrafa de Sauternes. Mandaram vir café e conhaque e recostaram-se na luz doce da tarde que escurecia, com os charutos a acumular a cinza em concertina. Estavam os dois à vontade, Lehrer passara o braço com o charuto pelas costas da cadeira, Felsen abrira as pernas, ficando com um pé de cada lado das pernas da mesa.

– Um homem – disse Lehrer, como quem vai pontificar, apontando para Felsen com o charuto de cinza ainda intacta – deve sempre pensar sozinho naquilo que é importante.

– O que é importante para um homem? – perguntou Felsen, lambendo os beiços.

– Saber onde quer chegar, claro... no futuro – olhou para o tecto à procura das palavras. – Quer dizer, pelo caminho deve reunir informações, pedir opiniões, mas determinar o seu lugar no mundo... isso é uma decisão muito íntima, muito secreta. Quem quiser ser um homem, um homem acima do vulgar, tem de pensar nisso sozinho.

– Vai escrever uma tese sobre «Como chegar a SS-Gruppenführer»?

Lehrer sacudiu o charuto numa negativa.

– Isso é apenas a minha posição. Uma prova do sucesso das minhas ideias, mas não o meu objectivo final. Veja um exemplo. Você venceu-me ao *poker* naquela noite porque o seu objectivo final era mais importante que o meu. Disseram-lhe para perder porque eu gosto de ganhar. Você queria ficar em Berlim, e por isso ganhou. As informações que eu tinha, como me sugeriu na noite passada, eram demasiado incompletas para eu poder ganhar.

– Mas *ganhou*. Estou aqui. O senhor perdeu algum dinheiro, nada mais.

Lehrer teve um sorriso largo, os olhos brilhantes de vinho, divertimento e triunfo.

– Talvez esteja agora a perguntar a si próprio porque é tão importante para mim – disse. – Não pense nisso. O meu objectivo final não lhe diz respeito.

«O mal é que eu estou metido nele», pensou Felsen.

— Talvez eu devesse ter um objectivo — foi o que disse.

— Exactamente — concordou Lehrer, com um pesado encolher de ombros.

— Esta campanha da Rússia... — começou Felsen, e o outro ergueu a mão a detê-lo.

— Receberá as suas informações gradualmente — disse. — Primeiro deixe-me perguntar-lhe uma coisa. O que aconteceu nos céus de Inglaterra no Verão passado?

— Não sei bem se lemos a verdade exacta no *Beobachter* ou no *12-Uhr Blatt*.

— Ora a verdade exacta... — Lehrer inclinou-se para a frente e passou a falar para dentro do cálice de *brandy* — ... é que *perdemos* uma grande batalha. Goering diz o contrário. Até a mim disse o contrário, mas todos sabemos que *ele* vive a milhas da realidade...

— Como?

— Nada — disse Lehrer, endireitando-se com um arroto. — Perdemos uma grande batalha aérea. O que significa isso para si?

— Mas Berlim não é bombardeada há quase dois meses.

— Estes berlinenses — disse Lehrer, desanimado — mesmo os de fresca data... Valha-lhe Deus, homem, perdemos a batalha. Agora diga-me o que isso significa.

— Se é verdade, então ficámos expostos.

— Na frente oeste e no espaço aéreo.

— Mas então, se abrirmos uma frente leste...

— Chega. Acho que já percebeu.

— Mas o que é a Inglaterra com a Mancha pelo meio? Não é uma ameaça.

— Não estou a ser derrotista — disse Lehrer. — De modo algum. Mas escute. Deixámo-los escapar em Dunkirk. Se os tivéssemos esmagado nas praias, a esta hora estaríamos a almoçar em Londres e não tínhamos nada a preocupar-nos. Mas os ingleses são determinados e têm um amigo do outro lado do Atlântico que é a maior potência económica do mundo. O Führer não acredita, mas é verdade.

– Talvez unamos as nossas forças para esmagar os bolcheviques.
– É uma visão optimista. Mas há outra. Veja.

Lehrer pousou o copo, prendeu o charuto com os dentes e bateu com o cutelo da mão esquerda sobre a toalha.

– Os Estados Unidos e a Inglaterra.

Tirou o charuto da boca, estendeu o cutelo da mão direita.

– A Rússia.

Apertou as mãos uma contra a outra.

– O que fica no meio? Uma salsicha de fígado... esmagada.
– Uma fantasia pura e simples – disse Felsen. – Esquece que...

Lehrer riu-se.

– É o mal dos informadores. Nem sempre nos dizem o que queremos ouvir.
– Mas o *senhor* acredita...?
– Claro que não. É apenas uma teoria. Não se preocupe. Vamos ganhar a guerra e você estará na posição perfeita para se tornar um dos mais importantes homens de negócios da Península Ibérica. A menos, claro, que eu me tenha enganado e você seja um completo idiota.
– E se perdermos, como sugeriu que teoricamente poderia acontecer?
– Quem estiver em Berlim, a acreditar nos berlinenses, ficará reduzido a uma colher de pó no fundo da cratera duma bomba. Mas quem estiver no extremo do continente ficará bem longe desse desastre.
– Então devo realmente agradecer-lhe por me ter obrigado a aceitar este cargo, Herr Gruppenführer.

Lehrer ergueu o cálice.

– À Prosperidade – brindou.

Tinham bebido quase meia garrafa de conhaque e, quando saíram para o ar fresco da tardinha, Lehrer aspirou-o profundamente, recostou-se no banco de trás do Mercedes e deixou-se ficar com a cabeça descaída sobre o peito. Felsen ainda tentou analisar a conversa anterior enquanto ouvia o outro ressonar, mas era tentar completar um *puzzle* com demasiado céu. Daí a pouco também ele tinha a cara marcada pelo cordão que debruava os estofos de cabedal.

Acordaram na Bundesplatz, no centro de Berna. Lehrer estava de ressaca e de mau humor. O carro passou pelo Palácio do Parlamento e pelo Banco Nacional Suíço, depois saiu da praça e estacionou à porta do Schweizerhof, onde um porteiro e dois mandaretes se apressaram ao seu encontro.

Tinham quartos em andares diferentes, e no elevador Lehrer disse a Felsen que nessa noite tinha negócios a resolver e lhe deixava portanto o resto do dia livre.

– Aproveite para ler isto – disse, estendendo-lhe uma pasta que tirara da maleta.

– O que é?

– As suas instruções. Eu volto para Berlim amanhã cedo. Você pode ter algumas perguntas a fazer, por isso prepare-as. Boa noite.

Felsen pôs a água a correr para o banho e passou os olhos pelas instruções, que começavam no Banco Nacional Suíço às oito da manhã. Tomou um banho prolongado, mas o almoço continuava a pesar-lhe no estômago. Secou-se, voltou a vestir-se e saiu, a refrescar a cabeça na temperatura negativa da rua. Daí a poucos minutos já se sentia gelado. Um bar perto da estação tinha aspecto de ser quente e viu que nele estava o motorista de Lehrer.

Pagou duas cervejas e foi ter com o motorista.

– Invejo-o – disse Felsen, tocando o copo no dele. – Amanhã à noite está outra vez em Berlim.

– Quem me dera!

– Tem o dia inteiro, e logo que chegue à auto-estrada...

– Primeiro ainda vamos estar uns dias em Gstaad. Ele gosta do ar da montanha... e de outras coisas.

– Sim?

– Quando saem do país, gostam de se divertir. Até Himmler, e é difícil acreditar que alguém se queira divertir com Himmler. É o poder – sentenciou o motorista, com os olhos no seu copo de cerveja. – Atrai as mulheres. Eu que o diga.

Felsen acabou de beber e voltou para o hotel. Lehrer continuava no quarto e ele deixou-se ficar no bar até o ver passar pela recepção e sair para a noite. Tinha resolvido colher as suas próprias informações, em vez de deixar Lehrer servir-lhas a conta-gotas, e seguiu o outro, que se encaminhava para a cidade velha. Havia pouca gente na rua, mas era fácil seguir Lehrer pelos passeios escuros sobre os quais se debruçavam as casas de grés verde. Por fim Lehrer dobrou uma esquina e, quando Felsen lá chegou, encontrou-se num beco onde havia apenas um letreiro em lâmpadas vermelhas: Ruthli. Sentiu-se ridículo – nada mais natural que Lehrer ter uma amante em Berna. Mas a curiosidade empurrou-o.

Entrou no clube, entregou o chapéu e o sobretudo e sentou-se numa mesa pouco iluminada. Um homem gordo, de cabelo preto cheio de brilhantina, acompanhava ao piano uma rapariga com uma comprida peruca vermelha, que debaixo dum projector cantava qualquer coisa melancólica em suíço-alemão. Mandou vir um conhaque. Não via Lehrer na sala. O conhaque chegou e poucos minutos mais tarde uma rapariga sentou-se a seu lado. Falaram em francês. Os olhos de Felsen foram-se acostumando à escuridão e distinguiu então Lehrer, sentado a uma mesa perto do palco e acompanhado por uma mulher que os seus largos ombros ocultavam.

O clube ia-se enchendo. A rapariga pediu-lhe uma bebida, que chegou num balde de gelo. Era muito jovem e magra de mais para o seu gosto. Chegou-se mais a ele e roubou-lhe um cigarro. A cantora de peruca vermelha deixou o palco, com a sua canção triste e o seu pianista gordo. Seguiu-se um rufar de tambores e feixes de luz varreram a sala, apanhando as pessoas desprevenidas. Um projector iluminou em cheio o rosto da companheira de Lehrer. Encandeada, ela fechou os olhos e virou a cabeça, mas tarde de mais. Felsen levantou-se de um salto, fazendo rolar o copo da rapariga pela mesa. Soaram címbalos. A assistência mergulhou nas trevas. Os projectores focaram uma cortina vermelha, que se abriu, revelando um homem em fato de cerimónia. Mas Felsen vira sem qualquer possibilidade de engano que o rosto branco sob o projector era o de Eva Brücke.

4

Sexta-feira, 12 de Junho de 199..., Paço de Arcos, arredores de Lisboa

– Senhoras e senhores – dizia o presidente da Câmara – apresento-vos o inspector José Afonso Coelho.

Tinha sido um dia de calor, com um céu perfeitamente azul, e agora uma suave brisa vinha do lado do mar misturar-se com os choupos e as aroeiras do jardim público. As paredes, outrora cor-de-rosa, do cinema fechado reflectiam a luz da tarde; uma menina dava gritinhos, montada num dinossauro sorridente, um homem enorme fumava e bebia cerveja ao lado dela, mulheres encontravam-se e beijavam-se, com os vestidos a ondular ao fresco. Na Marginal voavam carros, por sobre a duna um avião ultraleve tossicava em direcção ao mar. O ar cheirava a sardinha assada e um burocrata agarrava-se a um microfone.

– O Zé Coelho... – dizia o presidente, usando o nome pelo qual sou mais conhecido, mas sem conseguir com isso despertar maior interesse nos participantes da festa de Santo António, que incluíam a minha filha Olívia, de 16 anos, a minha irmã, o meu cunhado e quatro dos sete filhos do casal.

O presidente ia falando, explicando empenhadamente o acontecimento numa linguagem floreada a um público saudavelmente desatento, composto, na grande maioria, por vizinhos meus, que conheciam de sobra os simples factos, a saber: que a minha mulher tinha morrido há um ano, eu aumentara de peso e, para me obrigar a emagrecer, a minha filha organizara esta festa de caridade com dinheiro apostado por cada quilo que eu perdesse, e que, se eu pesasse um grama acima dos 80 quilos, teria de cortar a minha bonita barba de vinte anos, sempre tão bem aparada.

A minha filha acenou, o meu cunhado ergueu os polegares num encorajamento. Naquela manhã a balança marcara setenta e oito quilos, desde os 18 anos que o meu estômago não se apresentava tão duro e tão liso, e eu fazia 250 quilómetros semanais de bicicleta com o treinador da Polícia. Sentia-me totalmente confiante... até que o presidente começou a falar. Havia qualquer coisa de artificial na despreocupação das pessoas, qualquer coisa de pouco sincero no gesto do meu cunhado, até mesmo no aceno da minha filha. Eu tinha um papel a representar. Percebi-o nesse instante.

Um homem gordo, a ficar careca e com um grande bigode, usando um *blazer*, calças desportivas cinzentas e uma gravata maluca, tinha chegado à mesa da minha filha. Beijou-a nas duas faces e pôs-lhe a mão no ombro. As minhas sobrinhas arranjaram-lhe lugar e, depois de ter apertado a mão a toda a gente, ele lá se sentou.

Fez-se silêncio de repente. O presidente tinha chegado à questão do dinheiro. O dinheiro impunha respeito.

– Dois milhões, oitocentos e quarenta e três mil, novecentos e oitenta escudos!

A assistência ergueu-se como uma revoada de pombos. Até eu tinha de concordar que era muito dinheiro por 17 quilos de banha. Levantei o braço e correspondi aos aplausos como um monarca regressado.

A banda no palco atrás de mim estragou-me a pose de dignidade atacando uma musiquinha animada, como se eu fosse um toureiro que tivesse acabado de fazer um lance fulgurante na arena, e um bando de miudinhas em trajo folclórico começou a dançar com uma graça elefantina. Dois pescadores locais apareceram com uma grande balança. A assistência deixou os seus lugares e correu para o palco. O gordo sentado ao lado da minha filha tinha puxado da caneta e estava a escrever. O presidente empurrava as pessoas que também queriam falar ao microfone; acabou por metê-lo dentro do casaco, e a cada apertão os altifalantes transmitiam o som de estalidos vindos do sovaco.

A calma só regressou quando o meu médico subiu ao palco. Encavalitando as lunetas no nariz, começou a anunciar as regras, como um oncologista a quem tivessem pedido que explicasse um prognóstico terrível sem poupar nos detalhes. A seguir apresentou o meu barbeiro, que já se tinha esgueirado para trás de mim com um penteador e uma tesoura.

Tirei os sapatos e subi para a balança. O médico ajustou o travessão superior nos 80 quilos e começou a contagem regressiva a partir dos 89. A assistência fez coro com ele. Eu mantive a cabeça alta, com um sorriso que mostrava a minha dentadura acabada de arranjar, fechei os olhos e pensei: *soufflé*. Um *soufflé* cheio de hélio.

Aos 83 ouvi a assistência vacilar. Eu levitava que nem um brâmane. Aos 82 voltei subitamente a terra: os braços da balança estavam lado a lado e o médico anunciava gravemente a inevitabilidade de uma operação. Senti-me ultrajado. A assistência desatou a rir.

Os dois pescadores empurraram-me para uma cadeira. Esbracejei, soltei-me. As meninas de fato regional fugiram. Teria eu exagerado? Protestei, mas deixei-me agarrar. O barbeiro assentou a navalha e avaliou-me por entre os olhos semicerrados, como um assassino casual. O presidente gritava, parecia que os olhos lhe iam sair das órbitas, até que se lembrou do microfone.

– Zé, Zé, Zé – dizia ele, fazendo avançar o gorducho careca de bigode que estivera sentado com a minha família –, o Dr. Miguel da Costa Rodrigues, director do Banco Oceano e Rocha, tem uma coisa para lhe dizer.

A textura cutânea do indivíduo testemunhava que ele ganhava por hora umas cinco vezes o meu salário mensal, mesmo tratando-se de horas passadas a comer lagosta na praia.

– Tenho muito prazer em fazer esta oferta em nome do Banco Oceano e Rocha. Se o inspector Coelho aceitar a sentença e deixar cortar a barba, este cheque de três milhões de escudos será somado ao dinheiro já angariado para caridade, perfazendo um total de quase seis milhões de escudos.

Parecia que o Sporting tinha ganho a Taça da Europa, tal o clamor da assistência. Não havia nada a fazer. A elegância impunha-se. Quinze minutos mais tarde eu parecia uma espécie zoológica rara – um texugo português.

Fui praticamente levado em ombros para o Bandeira Vermelha, o café dum velho amigo – António Borrego, autodenominado o último comunista de Portugal. O director do banco foi para lá empurrado comigo, assim como a minha filha e o resto da família. Até o presidente da Câmara apareceu a meu lado, ainda com o microfone no bolso do casaco.

António alinhou as cervejas bem geladas em fileiras. Era um homem com cara de fome, uma fome velha, atávica. Aquele género que não aumenta de peso nem que se lhe ponha um porco ao colo. Peito metido para dentro, branco, cabeludo. Olhos muito enterrados na cabeça, sobrancelhas desalinhadas, braços magros e peludos como os dum macaco e um passado de que eu nem metade conhecia.

Olívia, o gordo e eu pegámos cada um numa cerveja. António foi buscar a Polaroid para registar o acontecimento na sua parede de bacanais.

– Já nem o conheço – disse-me. – Preciso duma referência.

Ergui o copo. Corriam-lhe lágrimas. Uma cerveja sentimental.

– Com a minha primeira bebida alcoólica em 172 dias – disse eu – proponho um brinde à saúde e prosperidade do Dr. Miguel da Costa Rodrigues, do Banco Oceano e Rocha.

Olívia explicou-me como conhecia o banqueiro. Era colega de escola da filha e desenhava a roupa da mulher dele. A gravata que ele trazia era obra dela. Ele até se tinha oferecido para lhe patrocinar uma carreira no ramo da moda. Eu disse-lhe que primeiro ela teria de acabar a sua educação. Andava numa caríssima escola internacional de Carcavelos, paga pelos avós do lado inglês, que não admitiam que uma neta deles não falasse a sua língua. O banqueiro suspirou diante da oportunidade perdida. Olívia fez-se de amuada. Cada um representava o seu papel.

– Um brinde – propôs Rodrigues, entrando no espírito das festividades – a Olívia Coelho, que tornou possível tudo isto.

Bebemos outra vez e Olívia plantou um «O» vermelho na minha bochecha, agora branca.

– Só mais uma coisa – disse eu para a sala apinhada de bebedores de cerveja. – Quem foi que viciou a balança?

Houve dois segundos dum silêncio frágil como um primeiro gelo até que eu me ri, um copo caiu ao chão e o barbeiro apareceu com um saco de plástico que me estendeu.

– A sua barba – disse ele, pesando-a com um beijo. – Dois quilos de cama para o seu gato.

– Não me diga isso agora!

– Devia ser a fauna que pesava – disse o presidente. Virámo-nos todos para ele, muito sérios. Ele agarrou-se ao microfone. António pôs mais três cervejas no balcão. Olívia e eu olhámos um para o outro.

– Por mim – disse eu em voz baixa –, acho que era o passado que estava preso nela.

Ela lambeu um dedo e limpou-me o *bâton* da cara, os olhos rasos de água por um instante.

– Tem razão – disse António, inesperadamente entre nós dois. – O passado já é história... e a história também é um peso, um peso morto... não concorda, Dr. Rodrigues?

O banqueiro arrotou educadamente atrás da mão. Não estava habituado a bebidas proletárias.

– A história repete-se – disse, e até António se riu, o comunista capaz de cheirar a carne dum porco capitalista a ser assado nem que seja no Alentejo.

– Tem razão – disse António. – A história só é um peso para quem a viveu. Para a geração seguinte pesa menos que os livros da escola e esquece-se com uma cerveja e o último CD.

– António, beba também uma cerveja – disse eu. – É sexta-feira à noite, amanhã é dia do seu padroeiro, os pobres de Paço de Arcos estão quase seis mil contos mais ricos e eu já posso beber outra vez. À nova história!

António sorriu:

– Ao futuro.

Fomos todos jantar fora naquela noite, até o Dr. Rodrigues, que não devia estar habituado às cadeiras e mesas de metal, mas fez honras à comida. Era a refeição pela qual o meu estômago ansiava há seis meses. Amêijoas à Bulhão Pato, em vinho branco, alho e coentros frescos. Robalo grelhado, pescado nessa manhã nas escarpas do cabo da Roca. Borrego assado, do Alentejo, com a carne a abrir em lascas. Vinho tinto de Borba. Café forte como um beijo de mulata. E, para terminar, aguardente amarela, da escaldante.

O Dr. Rodrigues voltou para a sua casa de Cascais quando nós íamos na aguardente. Daí a pouco foi Olívia que seguiu para uma discoteca de Cascais com um grupo de amigos. Dei-lhe o dinheiro para o táxi de regresso. Bebi mais duas amarelinhas e fui para a cama com um litro de água e duas aspirinas no estômago, sentindo a frescura macia da almofada nas faces escanhoadas que queimavam.

Acordei de noite por uns dez segundos, perdido na escuridão e sentindo-me enorme e pesado como o pilar central duma ponte rodoviária. Tinha estado a ter sonhos tétricos, mas uma imagem não se desvanecia – um carreiro no cimo dum penhasco na penumbra da tardinha, um abismo perto, o rugir do mar e a rebentação salgada nas rochas lá em baixo. O medo, a apreensão e a excitação intensificaram-se. Voltei a adormecer.

Era mais ou menos à hora em que uma rapariga começava a deixar a marca do seu corpo na areia, a poucas centenas de metros do lugar onde eu dormia. Os olhos abertos, banhada pela lua na noite cheia de estrelas, o sangue parado, a pele fria e firme como atum fresco.

5

Sábado, 13 de Junho de 199..., Paço de Arcos, arredores de Lisboa

Pratos a cair num chão de mármore. Pratos a cair, a partirem-se, a estilhaçarem-se repetidamente no chão de mármore. Vim à superfície com o barulho brutal da mais áspera realidade que existe, um telefone a acordar-nos duma ressaca às seis da manhã. Puxei o auscultador para o ouvido. Um silêncio abençoado, o murmúrio do mar – um telemóvel à distância. O meu chefe, o engenheiro Jaime Leal Narciso, dava-me os bons-dias e eu tentei responder, mas tinha a boca ressequida.

– Zé? – perguntava ele.

– Sim, sou eu – respondi num murmúrio rouco, como se tivesse a mulher dele na minha cama.

– Tudo bem consigo? – disse ele, sem esperar pela resposta. – Ouça, encontraram na praia de Paço de Arcos o corpo duma rapariga, e eu queria...

As palavras fizeram-me saltar da cama, a tomada do telefone arrancou-me o auscultador da mão e fui catapultado da porta para o *hall*. Voei por cima da passadeira puída e quase arranquei o puxador. A roupa dela fazia uma recta desde a porta até à cama – pesadas socas de saltos largos, um *top* preto de seda, blusa lilás, *soutien* preto, calças de folho pretas. Olívia dormia, atravessada de bruços debaixo do lençol, os ombros nus, os braços abertos, o cabelo preto, macio e brilhante como zibelina, espalhado pela almofada.

Bebi sofregamente na casa de banho até ter a barriga a rebentar de água. Levei o telefone ao ouvido e estendi-me outra vez na cama.

– Bom dia, senhor engenheiro – cumprimentei, tratando-o pelo título académico, como era costume.

– Se tivesse esperado dois segundos, eu dizia-lhe que era uma loira.

– Eu devia ter ido vê-la ontem à noite, mas... – interrompi-me, duas correntes de ideias entrechocavam-se-me dolorosamente nos neurónios. – ... mas telefona-me às seis da manhã por causa dum cadáver na praia? Se bem me recordo da escala do fim-de-semana, estou de folga.

– Sim, mas está a duzentos metros da ocorrência, e o Abílio, que é quem está de serviço, vive no Seixal, que, como sabe... Seria...

– Não estou em condições de... – disse eu, sentindo ainda a cabeça andar à roda.

– É verdade, esquecia-me. Como correu? Como está?

– Com a cara mais fresca.

– Óptimo.

– E a cabeça mais pesada.

– Parece que a temperatura hoje vai aos quarenta – dizia ele, sem me escutar.

– Onde está, Sr. Engenheiro?

– No meu telemóvel.

Grande resposta.

– Também há boas notícias, Zé – disse ele, apressadamente. – Vou mandar-lhe um assistente.

– Quem?

– Um tipo novo. Muito vivo. Bom para os recados.

– Filho de quem?

– Como?

– Bem sabe que não gosto de pisar os calos de ninguém.

– A linha está a cair – gritou ele. – Ouça, é um tipo muito capaz, mas precisa de experiência. Acho que é o ideal para si.

– Quer dizer que mais ninguém quis ficar com ele?

– Chama-se Carlos Pinto – continuou ele, ignorando a minha pergunta. – Quero que ele veja a sua abordagem. A sua abordagem particular. Sabe, o seu jeito com as pessoas. Consigo falam. Quero que ele o veja em acção.

– Ele já sabe para onde vai?

– Disse-lhe que fosse ter consigo àquele café comunista de que tanto gosta. Ele leva-lhe a última lista de desaparecidos.

– E como me reconhece?

– Mandei-o procurar um homem que tivesse cortado na véspera uma barba de mais de vinte anos. Um teste interessante, não lhe parece?

A linha caiu finalmente. Ele sabia. Narciso sabia. Sabiam todos. Mesmo que eu fosse um insecto pregado num alfinete, a balança teria igualmente parado nos 82 quilos. Já um homem não pode confiar em ninguém – nem na sua única filha, nem na sua própria família, nem sequer na Polícia Judiciária.

Tomei um duche e sequei-me em frente do espelho. Numa cara nova, uns olhos velhos a fitarem-me. Tendo há pouco ultrapassado os quarenta, talvez estivesse velho de mais para a mudança, mas de facto, como a minha mulher prognosticara, parecia cinco anos mais novo sem a barba.

A luz do Sol começava a tingir de azul o retalhinho de oceano que se via da janela da casa de banho. Um minúsculo barco de pesca passou no quadro e pela primeira vez num ano ergui-me na mesma onda de esperança, com a sensação de que este poderia ser o primeiro dia duma vida diferente.

Pus uma camisa branca de manga comprida (a manga curta subtrai gravidade), um fato cinzento-claro e um par de sapatos pretos ingleses. Escolhi uma das trinta gravatas que a Olívia me fez – discreta, não uma daquelas que um patologista gostaria de apanhar debaixo do microscópio. Cheguei ao topo das gastas escadas de madeira e por um instante senti-me como um homem a quem tivessem mandado carregar sozinho um piano.

Saí de casa, a mansão decrépita que herdei dos meus pais, com uma renda antiga, e dirigi-me ao café. A tinta descascava-se no muro do jardim, que transbordava de buganvílias por podar. Tomei nota, mentalmente, de que aquela anarquia não podia acabar.

Do jardim público olhei para trás, para a casa cor-de-rosa desbotada, cujas grandes janelas tinham perdido toda a pintura branca, e pensei que, se não tivesse de ir inspeccionar cadáveres amachucados e brutalizados, poderia convencer-me de que era um conde retirado com as rendas vitalícias desvalorizadas.

Estava nervoso, uma parte de mim opunha-se a que na agenda do dia se seguisse um primeiro encontro de cara descoberta com um desconhecido – todo um ritual de avaliação, de adaptação, a cumprir sem máscara.

As aroeiras do jardim bichanavam entre si, como pais que não querem acordar os miúdos. Para lá das árvores, António, que nunca dormia – não dormia, tinha-me ele dito uma vez, desde 1964 –, desenrolava o seu toldo vermelho, no qual se lia apenas o nome da casa, sem anúncios de café ou de cerveja.

– Não esperava vê-lo a esta hora – disse-me.

– Nem eu – respondi. – Bem, pelo menos reconheceu-me.

Entrámos e ele ligou o moinho de café. Foi como se me esfregassem os olhos com palha de aço. A foto da véspera já estava entronizada na parede memorial. A princípio não me reconheci. O homem de aspecto jovem entre o tipo gordo e a rapariga bonita. Só que Olívia também não parecia uma rapariguinha, estava mais... mais...

– Julguei que hoje estivesse de folga – disse António.

– Estava, mas encontraram um cadáver na praia. Já cá veio alguém?

– Não – disse ele, olhando vagamente para os lados da praia. – Deu à costa?

– O corpo? Não sei.

Um homem apareceu à porta. Era novo e trazia um fato escuro cortado nos tempos da outra senhora, com mangas que lhe chegavam aos dedos. Aproximou-se do balcão em passo rígido, como se fosse a sua primeira aparição na TV, e pediu uma bica, a dose de 2,5 centímetros de cafeína responsável pela adrenalina matinal de alguns milhões de portugueses. Ficou a ver o líquido negro e creme correr para as chávenas. António desligou o moinho e o efeito da escova de arame nos meus olhos atenuou-se.

O rapaz pôs dois pacotes de açúcar no café e pediu outro. Atirei-lhe um dos meus. Ele mexeu devagar o xarope obtido.

– Deve ser o inspector Dr. José Afonso Coelho – disse, sem olhar para mim, a cabeça virada para a foice e o martelo pendurados atrás do balcão de António. As suas relíquias.

– O engenheiro Narciso vai gostar – disse eu, com uma mirada ao café vazio. – Como foi que adivinhou?

Ele virou bruscamente a cabeça. Devia andar nos vinte e tal, mas não parecia diferente do que fora aos dezasseis. Os olhos castanhos, muito escuros, enfrentaram os meus. Estava irritado.

– Tem um ar vulnerável – disse, e acenou com a cabeça, num «ora toma!».

As sobrancelhas de António mudaram de posição.

– Uma observação interessante, agente Pinto – disse eu, solene. – A maioria das pessoas ter-se-ia referido ao palor das minhas faces. E não precisa de me chamar doutor. Não sou.

– Disseram-me que era licenciado em Línguas Modernas.

– Na Universidade de Londres, e lá só é doutor quem fez um doutoramento. Chame-me Zé ou inspector.

Apertámos as mãos. Simpatizei com ele. Não sei porquê. Narciso achava que eu gostava de toda a gente, mas ele confundia gostar com «dar-se com as pessoas», coisa de que ele era incapaz, sendo mais frio e coriáceo que um tubarão com sangue no radar. Na minha vida eu só tinha amado uma mulher e as pessoas a que chamaria íntimas contavam-se pelos dedos. E agora este Carlos. Vejamos. Aquele fato? Corte antigo, grande de mais, fazenda em pleno Verão: pouca vaidade... e pouco dinheiro. O cabelo? Preto, resistente, rebelde, curto como o dum magala, fazia-o parecer – pelo menos a meus olhos – sério e de confiança. O ar irritado: susceptível, na defensiva. As suas primeiras palavras? Directas, francas, perspicazes. Um intransigente. Uma combinação difícil para um polícia. Estava a perceber por que mais ninguém tinha querido ficar com ele.

– Não sabia que esteve em Londres – disse ele.
– O meu pai viveu lá – disse eu. – Que mais sabe?
– É filho dum oficial do Exército. Passou muito tempo em África. Na Guiné. Está há dezassete anos na PJ e há oito nos homicídios.
– Teve acesso à minha ficha?
– Não. Perguntei ao engenheiro Narciso. Não que ele me dissesse tudo – acrescentou, sugando o café espresso. – Por exemplo, não me disse qual era o posto do seu pai.

As sobrancelhas de António voltaram ao seu lugar, uma luz de interesse acendeu-se-lhe nos olhos encovados. Era uma pergunta política: pertenceria o meu pai aos jovens oficiais na origem da revolução de 1974 ou à velha guarda? Ambos estavam à espera.

– Meu pai era coronel – disse eu.
– Como foi parar a Londres?
– Pergunte-lhe a ele – disse eu, fazendo sinal a António, farto da conversa.
– Quanto tempo tem? – perguntou ele, agarrando a beira do balcão.
– Nenhum – disse eu. – Temos um cadáver à nossa espera na praia.

Atravessámos o jardim em direcção à Marginal e seguimos pela passagem subterrânea até um pequeno parque de estacionamento em frente do Clube Desportivo de Paço de Arcos. Pairava um cheiro a peixe seco e a gasóleo sobre os velhos barcos deitados de lado ou arrimados a pneus por entre reboques enferrujados e latões de lixo. Num barril cortado a meio ardiam duas tábuas, a aquecer um tacho com azeite. Dois pescadores que eu conhecia alheavam-se da cena, separando as redes e as armações de caranguejo e de lagosta à entrada dos seus barracões de zinco. Fiz um sinal de cabeça e eles responderam na mesma linguagem, indicando-me a multidão que já se formara, apesar da hora matinal.

A fila de gente que se juntara no paredão à beira da praia olhava para baixo, para a areia. Umas quantas varinas espadaúdas tinham interrompido o trabalho para se afligirem com a tragédia, murmurando «ai mãe» e «coitadinha» por entre os dedos.

Estavam presentes quatro ou cinco rapazes da Polícia de Segurança Pública, ignorando a contaminação total da cena do crime, à conversa com dois elementos da Polícia Marítima. Dali a duas horas a praia estaria cheia de raparigas palradoras e nem a Polícia Marítima poderia investigar. Identifiquei-me e perguntei quem tinha descoberto o corpo. Indicaram-me um pescador sentado um pouco mais longe no paredão. A posição do corpo, acima da areia lisa da marca da maré, mostrava que a vítima não tinha dado à costa. Tinha sido lançada, atirada, mais ou menos do sítio onde eu estava agora no paredão. Uma queda de três metros.

A Polícia Marítima concordava que o corpo não tinha dado à costa, mas queria que o patologista confirmasse se havia ou não água nos pulmões. Deram-me autoridade para começar as investigações. Disse aos homens da PSP que fizessem voltar para a estrada os curiosos que já transbordavam do paredão.

Chegou o fotógrafo da polícia e mandei-o fazer fotografias de cima e também lá em baixo na praia.

O corpo nu da rapariga ficara torcido pela cintura, o ombro esquerdo enterrado na areia. O rosto, com um pequeno corte na testa, estava virado para cima, de olhos abertos. Era muito nova, o peito ainda alto e arredondado pouco abaixo das clavículas. Os músculos do tronco destacavam-se abaixo das costelas e tinha um refego de gordura infantil na barriga. As ancas repousavam na areia, a perna esquerda estendida, a direita dobrada pelo joelho, com o tornozelo quase junto da nádega e da mão direita, que ficara debaixo do corpo. Calculei que nem 16 anos teria, e vi por que razão o pescador não se tinha dado ao trabalho de descer para ver se estava viva. O rosto estava pálido, à excepção do corte, os lábios roxos e os olhos muito azuis sem expressão. Não havia pegadas perto do corpo. Deixei o fotógrafo descer para fazer os grandes planos.

O pescador disse-me que ia a caminho da sua oficina às 5h30 quando avistou o corpo. Bastou-lhe um olhar para perceber que estava morta, e, em vez de descer à praia, seguiu a Marginal, passando pelo estaleiro do Clube Desportivo, até à Direcção de Faróis, onde pediu que telefonassem à Polícia Marítima.

Levei a mão ao queixo e encontrei a pele em vez da barba. Fiquei a olhar estupidamente para a palma da mão, como se a mão tivesse alguma culpa. Tinha de arranjar novos tiques para esta nova cara. Tinha de arranjar um trabalho novo para esta nova vida.

Rapariga morta na praia, gritavam as gaivotas.

Talvez estar exposto me tivesse tornado mais sensível aos pormenores da vida quotidiana.

Apareceu a patologista, uma mulher pequena e morena chamada Fernanda Ramalho, que corria maratonas quando não estava a examinar cadáveres.

– Eu tinha razão – anunciou a olhar para mim, mal acabei de lhe apresentar Carlos Pinto, que ia tomando notas no seu bloco.

– Acontece sempre aos melhores patologistas, Fernanda.

– És bonito. Havia quem dissesse que usavas barba para esconder que tinhas o queixo metido para dentro.

– É isso que as pessoas de agora pensam? – protestei, a proteger-me. – Que um homem deixa crescer a barba por ter qualquer coisa a esconder? Quando eu era miúdo todos usavam barba.

– Porque é que os homens usam *barba*? – perguntou ela, sinceramente perplexa.

– Pela mesma razão que os cães lambem os testículos – disse Carlos, parando de escrever. Virámos os dois a cabeça. – Porque podem – terminou ele.

Fernanda fez uma pergunta com as sobrancelhas.

– É o primeiro dia dele – disse eu, o que o aborreceu outra vez. Duas vezes em menos de uma hora. Melindroso como se sofresse de zona no cérebro. Fernanda recuou um passo, como se ele fosse um cachorrinho ainda não treinado e pudesse começar para ali a lamber. Narciso devia ter-me avisado da sua falta de treino.

O fotógrafo acabou os grandes planos, e eu fiz sinal a Fernanda, que estava à espera, com a maleta aberta e as luvas cirúrgicas já calçadas.

– Veja a lista – pedi a Carlos, que se tinha afastado de mim. – Procure uma rapariga de quinze ou dezasseis anos, loura, olhos azuis, um metro e sessenta e cinco, cinquenta e cinco quilos... Algum sinal particular, Fernanda?

Ela levantou a mão e continuou a falar baixinho para o gravador enquanto inspeccionava a escoriação na testa da morta. Carlos folheou a lista, são muitos os nomes no buraco negro. O trânsito começava a intensificar-se na Marginal. Fernanda inspeccionava minuciosamente os pêlos púbicos e a vagina da rapariga.

– Comece pelas últimas vinte e quatro horas – disse eu a Carlos, que suspirou.

Fernanda estendeu uma folha de plástico à sua frente. Tirou o termómetro da axila da morta e virou-a. Já havia sinais de *rigor mortis*. Com uma pinça abriu caminho através da massa de cabelo, sangue e areia da nuca. Pegou num saco de recolha de provas, meteu-lhe qualquer coisa dentro e marcou-o. Atou o cabelo da vítima e voltou a beijar o gravador. Inspeccionou o corpo da cabeça aos pés, separou as nádegas com o indicador e o polegar, sempre a falar. Finalmente desligou o gravador.

– Um lunar no pescoço, na raiz do cabelo, central. Uma mancha cor de café no interior da coxa esquerda, quinze centímetros acima do joelho – gritou.

– Se foram os pais que comunicaram o desaparecimento, isso deve chegar – disse eu.

– Catarina Sousa Oliveira – disse Carlos, estendendo-me uma folha.

Chegou uma ambulância. Dois paramédicos desceram e abriram a porta de trás. Um puxou de lá uma maca, o outro o saco para o corpo. Fernanda afastou-se do corpo e sacudiu-se.

Desci do paredão em direcção ao mar. Ainda não eram 7h15, mas o sol já se fazia sentir. À minha esquerda, olhando para leste, tinha a foz do Tejo e os pilares maciços da ponte suspensa de 25 de Abril, que pareciam flutuar, com os pés ocultos na névoa densa. Com o Sol mais alto, o mar deixara de ser azul, tornando-se uma chapa de prata batida. Pequenos barcos de pesca ancorados ao largo balouçavam sobre a superfície ofuscante, ao sabor da brisa matinal. Um avião de passageiros que descia, seguindo o rio, virou sobre as torres de cimento e as praias da Caparica em direcção ao aeroporto – turistas que vinham para o golfe e uns dias de sol.

Mais a oeste e em mar mais alto, um rebocador puxava uma draga encostada ao Farol do Bugio, a antiga miniatura portuguesa de Alcatraz. No extremo do paredão, um pescador atirou a cana para trás, deu dois passos e lançou o anzol ao oceano com um golpe violento dos ombros e um repelão dos pulsos.

– Levou uma forte pancada na nuca – dizia Fernanda atrás de mim. – Não posso precisar com quê, mas qualquer coisa como uma chave inglesa, um martelo ou um pedaço de cano. O golpe fê-la cair para a frente e a testa bateu num objecto sólido que tem noventa por cento de probabilidades de ser uma árvore, mas verei melhor no Instituto. A pancada deve tê-la deixado inconsciente e bastava para a matar, mas o tipo quis certificar-se e estrangulou-a com as mãos.

– O tipo?

– Desculpa. Uma suposição.

– Não aconteceu aqui, pois não?

– Não. A clavícula esquerda está partida. Foi atirada do paredão. Encontrei isto na ferida, no meio dos cabelos.

O saco continha uma agulha de pinheiro. Chamei um dos agentes da PSP.

– Agressão sexual?

– Houve actividade sexual, mas não encontrei provas de agressão ou de penetração violenta. Mais tarde terei mais pormenores.

– Podes calcular a hora da morte?

– Há umas treze ou catorze horas.

– Como chegou a essa conclusão? – perguntou Carlos.

O tom agressivo valeu-lhe uma resposta completa.

– Falei com os serviços meteorológicos antes de vir para cá. Disseram-me que a temperatura não desceu muito abaixo dos vinte graus ontem à noite. O corpo iria arrefecendo cerca de 0,75 °C a 1 °C por hora. O termómetro marcava 24,6 °C e havia já *rigor mortis* instalado nos músculos curtos e a instalar-se nos longos. Por isso a minha opinião, baseada na experiência, é que o homicídio foi cometido entre as cinco e as seis da tarde de ontem... mas isto não é uma ciência exacta, como o inspector Coelho poderá dizer-lhe.

– Mais alguma coisa? – perguntei.
– Nada debaixo das unhas. Era uma miúda nervosa. Mal tem unhas. A unha do indicador direito estava partida, quero dizer ensanguentada... não sei se isso significa alguma coisa.

Fernanda foi-se embora, seguida pelos maqueiros, que em passo incerto levavam pela praia e pelos degraus do paredão o corpo fechado no seu saco. Eu disse aos homens da PSP que revistassem o parque de estacionamento e depois levassem uma brigada pela Marginal, na direcção de Cascais, até encontrarem os primeiros pinheiros. Que procurassem roupas e um objecto pesado ou uma peça de ferramenta metálica.

– O que lhe parece, agente Pinto?
– Levou uma pancada que a deixou inconsciente num pinhal; foi despida, violada, estrangulada, metida num carro que seguiu pela Marginal... quase certamente do lado de Cascais, que é o único que dá para este parque... e atirada do paredão.
– OK. Mas a Fernanda diz que não houve penetração violenta.
– Ela estava desmaiada.
– A menos que o assassino tivesse tido a precaução de trazer consigo lubrificante e preservativo, teria de haver sinais... escoriações, equimoses, esse género de coisas.
– E um violador não pensaria nisso?
– Ataca a pequena por trás, fá-la bater com a cabeça numa árvore com força suficiente para a matar, mas, à cautela, estrangula-a... Palpita-me que queria matá-la, e não violá-la, mas posso estar enganado. Vamos ver o que diz o relatório da Fernanda.
– Assassinada ou violada, correram riscos.
– Plural? Interessante.
– Nem sei porque disse isso... cinquenta e cinco quilos não é muito.
– Mas tem razão. Porquê deixá-la aqui? Um sítio tão à vista da Marginal, com automóveis a passar constantemente... Apesar de o local não ser muito iluminado...
– Alguém cá do sítio? – perguntou Carlos.
– Ela não é daqui. As moradas de contacto são em Lisboa

e Cascais. Aliás, o que se entende por «daqui»? Há um quarto de milhão de pessoas a viver num raio de um quilómetro. Mas se ela veio para cá e encontrou um tarado, porque havia ele de a matar nos pinheiros e vir atirá-la à praia? Porque havia de a matar em qualquer pinhal da zona de Lisboa e trazê-la para aqui?

– Acha que é relevante o facto de o *senhor* morar aqui perto?

– Vai dizer-me que também não sabe porque disse isso?

– Provavelmente porque era o que o senhor estava a pensar.

– E você consegue ler-me o pensamento... logo no primeiro dia?

– Talvez esteja a revelar mais do que pensa, agora que não tem a barba.

– Isso é muito para se ler na cara dum homem, agente Pinto.

6

Sábado, 13 de Junho de 199..., Paço de Arcos, arredores de Lisboa

Revistámos o armazém ao pé do porto e não encontrámos nada. Atravessámos a Marginal pela passagem subterrânea e falámos com o pessoal que estava a limpar o lixo da noite anterior na tenda dos Bombeiros Voluntários, mas o turno da noite já tinha saído. O café-restaurante do jardim estava fechado. Fomos até ao pinhal ver como ia o trabalho dos homens da PSP. Tinham a habitual colheita de preservativos usados, seringas e pornografia velha. Nem um pinhal inocente na zona. Disse-lhes que mandassem um saco com os achados para a Fernanda, no Instituto de Medicina Legal em Lisboa. Carlos e eu voltámos ao Bandeira Vermelha e comemos umas torradas com café.

Às 8h30 telefonei ao Dr. Aquilino Dias Oliveira, que presumi ser o pai da vítima e que, pelas moradas que dava em Lisboa e em Cascais, não devia ter de se preocupar muito com a luta financeira do comum dos mortais. Sendo sábado, liguei primeiro para a casa de Cascais, e já pensava que me tinha enganado quando ao décimo segundo toque ele atendeu e com voz estremunhada concordou em receber-nos daí a meia hora. Metemo-nos no meu Alfa Romeo preto, de 1972 que, ao contrário do que muita gente pensava, não era um carro clássico, apenas um carro velho, e ele pegou sem fazer alarde de esforços heróicos. Virámos para oeste na

Marginal, com Carlos pregado ao assento pelo cinto de segurança, que estava encravado numa extremidade à medida duma rapariga do tamanho de Olívia.

Cascais tem grandes apaixonados, mas eu não sou um deles. Antigamente era uma pequena aldeia de pescadores com as casas a descer em cascata pelas ruas empedradas que levavam à baía e ao porto. Agora era o pesadelo de qualquer urbanista, a menos que ele fosse um dos urbanistas que tinham aprovado os numerosos planos de desenvolvimento, caso em que certamente viveria bem e bem longe. Uma vila turística, com uma população nativa de mulheres que mudavam de roupa de cada vez que iam às compras e de homens que deviam ser proibidos de sair dum clube nocturno. A vida real tinha sido expropriada e substituída por um cosmopolitismo internacional que agradava a muita gente que tinha dinheiro e a outros tantos que gostariam de lho tirar.

Passámos pelo supermercado, pela estação dos caminhos-de--ferro e por um painel electrónico que nos informou de que eram 8h55, a temperatura era de 28 ºC e devíamos fazer um seguro. A lota do peixe dava por terminado o trabalho da manhã. Grades de lagosta e de caranguejo empilhavam-se à porta do Hotel Bahia. O forte, feio e quadrado, dominava a paisagem. Levei o carro por uma ruazinha empedrada atrás da Câmara e entrei numa praceta rodeada de bonitas árvores, toda ela frescura, sombra e riqueza, na parte velha da cidade. A casa do Dr. Oliveira, uma vivenda tradicional de dois pisos, erguia-se grande e silenciosa na manhã abafada. Carlos Pinto farejou como um cão em jejum perante a possibilidade dum osso.

– Pinheiro – disse.

– A pista da agulha de pinheiro pode ser difícil de seguir nesta zona, agente Pinto.

– Há um pinheiro no jardim das traseiras – disse ele, espreitando.

Entrámos pelo portão da frente, ultrapassámos um pilar de buganvília vermelha e contornámos a casa. O pinheiro era enorme e tapava a luz do jardim. O chão à sua volta era um perfeito tapete de agulhas secas.

– Ponha aí o pé – disse eu.

O pé de Carlos afundou-se nuns bons centímetros de agulhas.

– Não me parece que se pudesse matar alguém aqui e deixar isto...

– Bom dia, meus senhores – disse uma voz atrás de nós. – São...

– Estávamos a admirar o seu pinheiro – disse Carlos, escolhendo fazer de idiota.

– Vou mandá-lo cortar – disse o homem. Era magro, alto, erecto e usava gel no cabelo branco, penteado para trás a partir da testa alta e virado sobre o colarinho. – Corta a luz a todo o lado de trás e deprime a criada. São da Polícia Judiciária, suponho?

Apresentámo-nos e seguimo-lo para dentro de casa. Trazia uma camisa inglesa leve, aos quadrados, calças cinzentas com dobra e sapatos desportivos castanhos. Ao andar cruzava as mãos atrás das costas e inclinava-se ligeiramente, como um padre pensativo. Entrámos num corredor com chão de *parquet* e paredes em que se alinhavam retratos de antepassados deprimidos pela falta de luz. O escritório tinha também soalho de *parquet* e tapetes de Arraiolos de certa idade e qualidade. A secretária era grande, em nogueira, e atrás dela havia uma cadeira de cabedal castanho, luzidia onde as costas do ocupante a vinham polindo. Quatro candeeiros, sustentados por mulheres esculpidas em azeviche brilhante, forneciam a luz – a buganvília vermelha lá de fora tinha tapado a do Sol. Fomos convidados a sentar-nos nos sofás de um canto forrado de livros. Só mesmo um advogado seria capaz de ter tantos livros com a mesma encadernação. Um relógio de bronze dourado fazia tiquetaque como se cada um pudesse ser o último.

O Dr. Oliveira não parecia ter pressa de falar. Enquanto nos sentávamos, pôs uns óculos bifocais no rosto moreno e procurou na secretária qualquer coisa que não encontrou. A empregada entrou e trouxe café, sem olhar para nós. Vi uma fotografia da rapariga morta numa estante, entre alguns velhos livros de bolso – romances policiais – escritos em inglês.

Catarina Oliveira sorria para o fotógrafo, mas os olhos azuis bem abertos não condiziam com a expressão da boca. Senti um aperto no peito. Tinha visto o mesmo olhar em Olívia quando lhe disse que a mãe tinha morrido.

– É ela – disse o Dr. Oliveira, com as sobrancelhas brancas a saltar-lhe por cima dos bifocais.

Era velho para pai duma rapariga de 15 anos – 60 e muitos no corpo, mais que isso nas linhas e rugas do rosto e do pescoço. Tinha era idade para tentar lembrar-se do nome dos netos. Inclinou-se para a frente e tirou um pequeno charuto duma caixa de jade em cima da secretária. Lambeu os lábios, que ficaram cor de fígado de porco, e fechou-os sobre o charuto. Acendeu-o. A empregada pousou com estrépito uma chávena de café à frente dele, inverteu a marcha e saiu da sala.

– Quando a viu pela última vez? – perguntei, voltando a colocar a fotografia na estante.

– Quinta-feira à noite. Na sexta-feira saí bastante cedo da minha casa de Lisboa. Tinha de ir ao meu escritório preparar umas coisas para o tribunal.

– Qual é a sua especialidade?

– Direito empresarial. Nunca pratiquei direito criminal, se é que isso vem ao caso.

– A sua esposa viu a Catarina na sexta de manhã?

– Foi levá-la à escola e veio para cá. É o costume nos fins-de-semana de Verão.

– E Catarina vem sozinha da escola? Apanha o comboio no Cais do Sodré?

– Costuma chegar pelas seis ou sete da tarde.

– O desaparecimento foi comunicado às nove da noite.

– Cheguei a casa por volta das oito e meia. A minha mulher há uma hora que andava preocupada... Telefonámos a toda a gente que nos veio à ideia e finalmente participei o seu desaparecimento...

– Ela tem amigos próximos? Namorado?

– Canta numa banda. Passa a maior parte do seu tempo livre com eles – disse ele, recostando-se com o café. – Namorado... Não, que eu saiba.

– Uma banda da escola?

— Os outros andam todos na faculdade. Dois rapazes, Valentim e Bruno, e uma rapariga chamada... Teresa, acho eu. É isso. Teresa.

— Todos eles bastante mais velhos que a Catarina.

— Os rapazes devem ter uns vinte ou vinte e dois anos. A rapariga não sei. Provavelmente é da mesma idade, mas veste-se de preto e usa *bâton* roxo, de modo que é difícil saber.

— Precisamos dos elementos deles — disse eu, e o Dr. Oliveira pegou num bloco e começou a folhear a agenda, escrevendo nomes e direcções. — É a sua única filha?

— Deste casamento é. Tenho quatro filhos adultos. A Teresa... — deixou o nome evolar-se com o fumo do charuto e lançou um olhar à fotografia que tinha na secretária.

— Teresa é o nome da sua actual esposa? — perguntei, e olhei para a mesma fotografia, que era dos quatro filhos do casamento anterior.

— É a minha *segunda* mulher — respondeu ele, aborrecido consigo próprio. — Catarina é a única filha dela.

— A sua esposa está em casa, Dr. Oliveira?

— Está lá em cima. Não se sentia bem. Está a dormir. Ela toma... tomou qualquer coisa para conseguir dormir. Acho preferível...

— É uma pessoa nervosa, habitualmente?

— Tratando-se da Catarina... Quando a sua única filha desaparece uma noite inteira e se recebe um telefonema da Polícia Judiciária logo pela manhã... num caso desses, sim, fica...

— Como descreveria a relação existente entre a Catarina e a sua esposa?

— Como? — perguntou ele, virando a cabeça para Carlos, como se ele pudesse explicar a minha pergunta.

— Nem sempre é uma relação simples a de mãe e filha.

— Não compreendo onde quer chegar.

— O ideograma chinês para «conflito» é representado por duas mulheres debaixo do mesmo tecto.

Aquilino Oliveira apoiou as palmas das mãos na borda da secretária e olhou para mim por cima dos óculos. Os olhos castanho--escuros verrumavam-me.

– Ela nunca tinha saído sem dizer uma palavra – disse em voz baixa.

– Quer dizer que tem havido desavenças entre as duas?

– Conflito – repetiu ele, a ruminar a palavra. – Catarina tem andado a ensaiar para mulher, sim, estou a percebê-lo... É muito interessante.

– Por «ensaiar para mulher» refere-se a experiência sexual? – perguntei, a sentir-me em terreno familiar.

– Receio que sim.

– Pensa que ela pode ter passado dos limites?

O advogado aspirou uma grande golfada de ar e deixou-se cair para o lado na cadeira. Era a sério ou representava? É espantoso o número de pessoas que recorrem ao teatro em ocasiões de *stress*... mas um advogado daquela categoria?

– No Verão passado, na rotina das sextas-feiras, a minha mulher esqueceu-se de qualquer coisa na casa de Lisboa. Voltou para trás à hora do almoço e encontrou a Catarina na cama com um homem. Houve uma grande discussão...

– Catarina teria na altura catorze anos. Qual foi a sua reacção?

– Eu acho que todos os miúdos fazem o mesmo se tiverem uma oportunidade... meia oportunidade. Mas para mim é diferente. Já tive quatro filhos antes. Já passei por isso tudo. Cometi erros, tentei aprender... Acho que fiquei mais compreensivo, mais liberal. Não me zanguei. Falei com a Catarina. Ela mostrou-se muito directa, muito franca, com a desfaçatez dos miúdos de agora... a exibirem--se para mostrar que também são adultos.

Carlos estava há dois minutos com a chávena de café a dez centímetros da boca, fascinado pelo diálogo. Abri-lhe os olhos e ele mergulhou no café.

– Quando disse «um homem», que a sua esposa «encontrou Catarina na cama com um homem», deu-me a impressão de que o companheiro seria mais velho... mais velho que um dos «rapazes» da banda, por exemplo. É esse o caso?

– Tem um ouvido sensível, inspector Coelho.

– Que idade tinha ele, Dr. Oliveira? – insisti.
– Trinta e dois anos.
– É muito preciso. Foi a Catarina que lho disse?
– Não era preciso. Eu conhecia-o. Era o irmão mais novo da minha mulher.

O relógio dourado quase saltou uma batida.

– E isso não o deixou furioso, Dr. Oliveira? Não é preciso ser advogado para saber que o seu cunhado estava a ir contra a lei. Isso é abuso sexual.
– Não podia chamar a Polícia, não acha?
– Não estava a pensar nisso.
– Eu sinto-me dividido, inspector Coelho. Antes de ser advogado fui contabilista. Tenho sessenta e sete anos e a minha mulher trinta e sete. Quando nos casámos, eu tinha cinquenta e um e ela vinte e um. Quando ela tinha catorze anos...
– Não tinha catorze anos quando o senhor a conheceu. Não estava a abusar duma menor.
– É verdade.
– Ter-lhe-ia talvez Catarina, depois desse incidente, no decorrer da vossa conversa, fornecido alguma atenuante para o seu cunhado? – perguntei, dando voltas à frase como se ela fosse um polvo gigante.
– Se se refere a não ser virgem, inspector Coelho, tenho de concordar. Poderá talvez ficar também chocado ao saber que ela confessou ter seduzido o meu cunhado – respondeu ele, com uma sintaxe copiada da minha.
– Acha que ela estava a dizer a verdade?
– Eles não pensam como nós quando tínhamos catorze anos.
– Falou-se na altura em drogas?
– Ela confessou que fumava haxixe. É muito vulgar, como sabe. Nada mais. Aliás, ela nunca... Já sei – interrompeu-se. – Começo a ver pela sua expressão, inspector, que depois de semelhante conversa eu devia tê-la fechado numa torre até aos vinte anos.

Não era isso que eu estava a pensar. Estava a pensar um turbilhão de coisas, mas essa não. Tenho de aprender a controlar esta cara.

– Talvez o senhor tenha um conceito ético mais avançado que a maioria dos portugueses.
– Estamos quase a uma geração de distância da era da ditadura e a proibição leva a uma sociedade mais criminosa. Não é uma questão de ética, apenas de observação.
– Disse que ela não confessaria ter fumado mais que haxixe...
– O meu filho é... era viciado em heroína.
– Catarina conhecia-o?
– Conhece-o. Ele vive no Porto.
– Deixou a droga?
– Não foi fácil.
Lembrei-me do andar inclinado de padre. Com pesos destes, admira é que não andasse dobrado em dois.
– Ainda exerce direito.
– Minimamente. Sou consultor de algumas empresas e represento alguns amigos em questões financeiras.
– Nos seus telefonemas de ontem à noite falou com algum professor da sua filha?
– Tentei falar com a professora das sextas à tarde, mas não a apanhei. Era Santo António...
Escreveu o nome, a direcção e o telefone sem eu lhos ter pedido.
– Gostaria de ter algumas fotos da sua filha. E agora creio que seria a altura de falar com a sua esposa.
– Era preferível voltarem mais tarde – disse ele, estendendo-me a folha do bloco. – Também anotei o número do meu telemóvel, para o caso de terem notícias.
– Dá uma grande liberdade à sua filha. Acha que ela podia ter ido para as festas de Santo António sem avisar?
– À sexta-feira jantamos sempre os três e a seguir ela gosta de ir para as discotecas de Cascais.
Saímos. Ele não nos acompanhou à porta e a criada ficou a espiar-nos do fundo do corredor. Depois da frescura da casa, a rua parecia ainda mais quente. Ficámos sentados no carro, com as janelas abertas. Fixei os olhos na praceta para lá da linha das árvores, sem ver nada.

– Não lhe devia ter dito? – perguntou Carlos. – Acho que lhe devia ter dito.

– Uma personagem complexa, este advogado, não lhe parece?

– A filha dele está *morta*!

– Desconfiei que podíamos saber mais se não lhe disséssemos – disse eu, estendendo-lhe o jornal. – A decisão foi minha.

Passado um quarto de hora, um Morgan descapotável cor de fogo, conduzido pelo advogado, apareceu na rua. Seguindo-o, demos a volta ao parque, passámos o forte, metemos pelo centro de Cascais e daí para a Marginal, na direcção de Lisboa. O dia parecia estar a compor-se.

– Veja se ele olha para a praia quando passarmos Paço de Arcos.

Carlos, amarrado como um astronauta para a descolagem, não pestanejou, mas o advogado não desviou a cabeça. Nem quando chegámos a Belém e passámos pelo Bunker, a que há quem chame Centro Cultural, ou pela complexidade gótica dos Jerónimos. Virou-a porém bruscamente para mirar a proa do navio do Padrão dos Descobrimentos, onde o Infante D. Henrique e os seus homens fitavam, do outro lado do Tejo, um gigantesco navio-contentor que partia para mares muito dantes navegados. A menos que fosse para mirar a loira do BMW que o ultrapassava na faixa interna.

– Então? – perguntou Carlos.

Não respondi.

A névoa levantara à volta da ponte, os guindastes usados na construção do novo tabuleiro saudavam o Cristo Rei, a grande estátua de Cristo cujos braços abertos nos lembravam que tudo é possível. Não era preciso lembrar-mo. Eu sabia. Lisboa tinha mudado mais nos últimos dez anos que nos dois séculos e meio depois do terramoto.

Tinha sido como uma boca que não visse dentista há muito tempo. Edifícios podres tinham sido arrancados, ruas velhas descarnadas, praças restauradas, o sarro de séculos removido, fachadas brocadas e obturadas com uma amálgama moderna de cimento e azulejo, buracos tapados com escritórios, centros comerciais, blocos de apartamentos... Tinham sido injectados novos troços de metro, implantada uma nova rede de cabos nas raízes da cidade. Tínhamos rasgado estradas novas, construído uma nova ponte, aumentado o aeroporto. Somos a nova tacha nas maxilas ibéricas da Europa. Já ninguém desmaia ao ver-nos sorrir.

Seguíamos pelo esburacado piso de Alcântara. Um velho eléctrico fazia tilintar a campainha na estação de Santos. À direita, os cascos de aço dos cargueiros brilhavam entre pilhas de contentores e anúncios da cerveja Super Bock. À esquerda, blocos de escritórios e prédios de apartamentos trepavam pelas colinas de Lisboa. Passámos o sinal verde no semáforo do Cais do Sodré, com um eléctrico novo, uma grande caixa de Kit Kat, a assobiar atrás de nós. Acendi o primeiro cigarro do dia – SG Ultralights, mal chega a ser tabaco.

– Talvez ele vá para o escritório trabalhar umas horas ao sábado de manhã – disse Carlos.

– Para quê especular se pode ligar para o telemóvel?

– Está a brincar.

– Estou.

As fachadas amarelas e o arco triunfal do Terreiro do Paço afastaram-nos do rio para o quadriculado da Baixa, entre as colinas do Castelo de S. Jorge e o Bairro Alto. A temperatura ia nos trinta graus. Gordas e feias esculturas de bronze mandriavam na praça. O Morgan do advogado cortou pela Rua da Alfândega e virou à esquerda para a Rua da Madalena, que subia a pique antes de descer para a nova versão do Largo de Martim Moniz, com os seus quiosques de aço e vidro e as suas fontes sem graça. Contornámos a praça, acelerámos pela ladeira da Rua de S. Lázaro, passámos o Hospital de S. José e entrámos no largo dominado pela fachada de pilares do Instituto de Medicina Legal. Deixámos o carro perto da estátua do Doutor Sousa Martins, em cujo plinto se amontoavam ex-votos de pedra, membros de cera e velas. O Dr. Oliveira já tinha arrumado o carro e descia a colina para o Instituto de Medicina Legal. Carlos tirou o casaco, revelando uma longa tira escura de camisa suada.

Quando chegámos ao Instituto, estava o advogado a usar toda a sua experiência para conseguir o que queria – mas o pessoal aqui era mais difícil de convencer que um juiz. Deixei Carlos com ele e fui tratar do reconhecimento do corpo. Um servente fez entrar o Dr. Oliveira, que tinha tirado os óculos de sol e usava agora os bifocais. O assistente levantou o lençol, o advogado pestanejou duas vezes e fez que sim com a cabeça. Depois pegou no lençol que o assistente segurava e puxou-o para trás de modo a ver o corpo todo, que inspeccionou atentamente. Voltou a tapar a cabeça da morta com o lençol e saiu da sala.

Fomos encontrá-lo lá fora, na rua empedrada. Limpava os óculos repetidamente e tinha uma expressão de extrema determinação.

– As minhas condolências, senhor doutor – disse eu. – E as minhas desculpas por não lhe ter dito mais cedo. Tem todo o direito de estar sentido.

Não parecia sentido. O ar de determinação desaparecera e a confusão de emoções subsequente tinha-lhe deixado o rosto estranhamente flácido. Parecia ter dificuldade em respirar.

– Vamos até ao jardim, sentar-nos à sombra – propus.

Com ele no meio, passámos por entre os automóveis parados e pela estátua do médico taumaturgo, que em vez de imbuída do triunfo das curas, parecia, assim pintalgada de excrementos de pássaros, contagiada pela tristeza das perdas. Sentámo-nos os três num banco surpreendentemente fresco, a certa distância das pessoas que davam de comer aos pombos e das que tomavam a bica preguiçando nas cadeiras de plástico da esplanada.

– Por estranho que possa parecer-lhe, estou satisfeito por ser o senhor a investigar a morte da minha filha – disse o advogado. – Sei que é um trabalho difícil e compreendo também que sou um suspeito.

– Começo sempre pelas pessoas mais próximas da vítima... é um triste facto.

– Faça as suas perguntas, tenho de ir ter com a minha mulher.

– Certamente – disse eu. – A que horas saiu ontem do tribunal?

– Pelas quatro e meia.
– Para onde foi?
– Para o meu escritório. Tenho um pequeno escritório no Chiado, na Calçada Nova de S. Francisco. Apanhei o metro no Campo Pequeno, mudei na Rotunda e saí nos Restauradores. Subi no elevador para o Chiado e de lá fui a pé para o escritório. Devo ter levado uma meia hora e estive no escritório outra meia hora.
– Falou com alguém?
– Atendi uma chamada.
– De quem?
– Do ministro da Administração Interna, convidando-me a ir tomar um copo ao Jockey Club. Saí do escritório pouco depois das cinco e meia e, como provavelmente sabe, são dois minutos de caminho da Calçada Nova à Rua Garrett.

Acenei que sim. Um álibi de ferro. Pedi-lhe que me desse os nomes das pessoas que tinham estado com ele no Jockey, e Carlos estendeu-lhe o seu bloco de notas.

– Posso falar com a sua esposa antes de o senhor lhe dizer o que aconteceu?
– Se vier agora comigo, sim. Caso contrário, não posso esperar.
– Iremos atrás de si.

Ele entregou-me a folha de papel e voltámos para os carros.

– Como soube que era aqui que tinha de vir? – perguntei, enquanto ele ia a caminho do Morgan.
– Falei com um amigo meu, um advogado criminalista, e ele disse-me que é para aqui que são trazidos os corpos de quem morre em circunstâncias suspeitas.
– E o que o levou a pensar que ela tivesse morrido nessas circunstâncias?
– Já lhe tinha falado de si e ele disse-me que era um investigador de homicídios.

Virou costas, atravessou o empedrado e entrou no carro. Acendi um cigarro, entrei no Alfa, esperei que o Morgan arrancasse e segui-o.

– Que lhe pareceu? – perguntei a Carlos.

— Se fosse uma filha minha que ali estivesse...
— Esperava um desgosto maior?
— O senhor não?
— E o choque? Há quem fique paralisado com o choque.
— Não me pareceu nada paralisado. Pela cara que tinha quando saímos, estava era galvanizado.
— Preocupado consigo próprio?
— Não sei dizer... só o vi de lado.
— Então só me lê os pensamentos quando estou de frente?
— Isso foi uma questão de sorte, inspector.
— Foi? – disse eu, e ele sorriu. – Que achou da contabilidade do Dr. Oliveira? A matemática da diferença de idade com a mulher.
— Achei que era um pulha sem sentimentos.
— É um homem de emoções fortes, agente Pinto. O que faz o seu pai?
— Era serralheiro na Lisnave. Instalava as bombas nos navios.
— Era?
— Perderam uns contratos para os coreanos.
— A sua política fica mais à esquerda, calculo?
Ele encolheu os ombros.
— O Dr. Aquilino Oliveira é um homem importante – disse eu. – É artilharia pesada... um canhão de 125 milímetros, nada menos.
— O seu pai era coronel de artilharia?
— Cavalaria. Mas escute. O advogado tem usado a cabeça toda a sua vida. O trabalho dele é servir-se da inteligência.
— Lá isso é verdade. Até agora tem andado sempre um passo à nossa frente.
— Você viu-o. A reacção dele foi inspeccionar o corpo. A cabeça dele funciona antes das emoções... pelo menos até se lembrar de que é suposto ter sentimentos.
— E nessa altura sai de cena e vai buscá-los.
— Interessante, agente Pinto. Começo a perceber porque mo mandou o Narciso. Você é um tipo singular.
— Eu? Geralmente acham-me muito normal. Ou seja, muito aborrecido.

– De facto ainda não disse uma palavra sobre futebol, carros ou mulheres.

– Gosto da sua ordem de prioridades, inspector.

– Talvez seja um homem de ideais. Não vejo um exemplar desses desde...

– 1974?

– Um pouco depois disso. No caos que se seguiu à nossa gloriosa revolução abundavam as ideias, os ideais, as visões. Foram murchando.

– E dez anos depois entrámos para a Europa. E agora já não temos de lutar sozinhos. Não temos de acordar à noite a pensar donde virá o próximo escudo. Bruxelas diz-nos o que temos de fazer. Estamos no rol de pagamentos. Desde que...

– E isso é mau?

– Mudou alguma coisa? Os ricos ficam mais ricos. Os que são da cor sobem mais alto. Claro que alguma coisa pingou. Mas é esse o ponto. É uma gota. Achamos que vivemos melhor porque podemos andar num Opel Corsa que nos custa o ordenado inteiro para manter e continuamos a viver à custa dos nossos pais. Isso chama-se progresso? Não. Chama-se crédito. E quem lucra com o crédito?

– Não me lembro duma raiva dessas desde que o Porto veio cá jogar e deu três a zero ao Benfica.

– Não estou com raiva – disse ele, pondo a mão de fora a arrefecer. – Não estou com tanta raiva como o senhor, inspector.

– O que o leva a pensar que estou com raiva?

– Está cheio de raiva porque acha que ele matou a filha, mas ele deu-lhe um álibi irrefutável... e isso enraivece-o.

– Já me lê os pensamentos de perfil. Não tarda a lê-los de costas.

– Sabe o que me irrita? – disse Carlos. – Ele faz gala em se apresentar como um pensador liberal, mas repare. Ele tem quase setenta anos. Deve ter trabalhado a maior parte da vida sob o regime de Salazar, e o senhor sabe tão bem como eu que nesse tempo só tinha trabalho quem era politicamente de confiança.

— Mas o que se passa aqui, agente Pinto? Há vinte anos que da revolução só recordo que nos deu o feriado do 25 de Abril. Estou há umas horas consigo e já falámos dela três ou quatro vezes. Não me parece que a melhor maneira de começar uma investigação seja recuar vinte e cinco anos e procurar...

— Era só paleio. Ele queria convencer-nos de que é um liberal. Não acredito nele... e essa é uma das razões.

— Homens como ele são inteligentes de mais para acreditar seja no que for. Mudam...

— Não creio que mudem. Não nestas idades. O meu pai tem quarenta e oito anos, não sabe mudar e agora foi para a sucata com as suas velhas bombas.

— Não crie ideias fixas sobre as pessoas, agente Pinto. Isso turva-lhe o raciocínio. Não quer condenar ninguém à pena máxima só por lhe ser politicamente antipático, pois não?

— Não – disse Carlos, tão natural como o seu cabelo. – Não seria justo.

7

Sábado, 13 de Junho de 199..., Casa do Dr. Aquilino Oliveira, em Cascais

Desta vez fomos conduzidos à sala de estar, que, a julgar pela decoração, não fazia parte dos domínios do Dr. Oliveira. Era uma divisão com luz natural, cerâmicas extravagantes e sem cantos escuros de livros. Os quadros nas paredes eram do género a pedir comentário, a menos que se fosse um inspector da Polícia de Lisboa, caso em que ninguém estava interessado na sua opinião. Sentei-me num dos dois sofás de cabedal cor de caramelo. Por cima da lareira estava retratado um vulto esquelético num cadeirão, visto através de chicotadas de tinta. Perturbante. Só alguém perturbado moraria com aquela coisa.

Por baixo do tampo de vidro da mesinha baixa encontrava-se o lado mais humano de Teresa Oliveira. Revistas como a *Caras*, *Casa*, *Máxima* e a espanhola *!Hola!*. Havia plantas na sala e um arranjo floral de lírios, mas, quando os olhos começavam a sossegar, eram agredidos por uma escura figura metálica a emergir da lama primordial ou uma cabeça de terracota de boca aberta num grito para o tecto. O melhor para a vista ainda era o soalho, *parquet* com tapetes persas.

O Dr. Oliveira acompanhava a mulher. Ela devia ser da altura da filha, mas o cabelo dava-lhe mais dez centímetros. Um cabelo grande, ripado e loiro. O rosto bronzeado parecia tenso, ainda inchado do sono dos barbitúricos, e, para disfarçar, ela carregara na pintura dos olhos. Tinha os lábios cor-de-rosa e traçara uma linha mais escura à volta da boca. Trazia uma blusa creme e um *soutien* que criava um vinco onde ele não existia naturalmente. Uma saia curta de seda, em cinco tons, a combinar com a blusa, e correntes de ouro à cinta. As jóias pareciam maciças.

– Gostaríamos de falar a sós com a sua esposa, Dr. Oliveira.

Ele ia protestar, estava em sua casa, mas no perfil da mulher leu qualquer coisa que me escapou e resolveu sair. Sentámo-nos. Carlos puxou do bloco.

– Quando viu a sua filha pela última vez, minha senhora?
– Ontem de manhã. Fui levá-la à escola.
– O que tinha ela vestido?
– Uma *T-shirt* branca, uma minissaia azul-clara com quadradinhos amarelos... Umas socas daquelas que se usam agora, com pedras de cores. Ao pescoço tinha uma tira de cabedal rendada, com uma pedra barata.
– Com este calor, não devia usar meias...
– Não, só *soutien* e calcinhas.
– Alguma marca especial?

Em vez de responder, apertou o lábio inferior entre o polegar e o indicador e depois esfregou-os um no outro a dispersar o óleo.

– Ouviu a minha pergunta, minha senhora?
– É que...

Carlos inclinou-se para a frente e o sofá rangeu, fazendo-o interromper o gesto a meio. Teresa Oliveira bateu as pálpebras sobre os olhos castanhos ligeiramente encovados.

– *Sloggi* – acabou por dizer.
– Lembrou-se de mais alguma coisa, minha senhora?
– Uma ideia horrível, quando me perguntou pela roupa interior.
– O seu marido já nos disse que a Catarina é sexualmente activa há alguns anos.

Carlos voltou a recostar-se. Ela passou um dedo pelo lábio inferior esborratado.

– Minha senhora...?
– Qual é a pergunta, inspector Coelho?

– Gostaria que nos dissesse o que pensa. Talvez isso ajudasse.

– Todas as mães têm medo que uma filha sua seja violada e morta – disse ela automaticamente, como se não fosse isso o que estava a pensar.

– Como se tem dado com a sua filha nestes últimos anos?

– Ele disse-lhes... – começou ela, e interrompeu-se.

– O quê, exactamente? – perguntei.

Ela olhou de relance para Carlos, que não reagiu.

– Como nos temos dado.

– Mães e filhas nem sempre...

– ... são rivais – completou ela a minha frase.

– Rivais? – perguntei, e ela aproveitou a minha surpresa.

– Não vejo em que possa isso ajudá-lo a encontrar a Catarina.

– Gostaria de saber mais alguma coisa da psicologia dela. Seria capaz de se meter numa situação difícil? É uma rapariga segura de si. Isso poderia levá-la...

– Porque diz que ela é segura de si?

– É vocalista duma banda. Isso quer dizer alguma coisa.

– Nunca foi uma banda de muito sucesso – disse ela e mudou de assunto. – Sim, é verdade, às vezes parece mais velha do que é.

– Foi por isso que falou em rivalidade?

Os olhos dela encontraram os meus para logo se desviarem. Parecia estar a segurar-se à mesinha baixa, tamborilando nela com os dedos cheios de anéis.

– Eu não... Não sei o que foi que ele vos disse – e olhava para a porta.

– Diga-me simplesmente o que aconteceu.

– Ele contou-lhes que encontrei a Catarina na cama com o meu irmão?

– Porque havia isso de ser rivalidade?

– Ele tem trinta e dois anos.

– Mas é seu irmão.

– Não vejo razão para discutirmos as psicoses da meia-idade feminina quando se trata de investigar o desaparecimento da minha filha. O facto é que, se ela o seduziu a ele, pode...

– O seu marido disse a mesma coisa.
– Isto é absurdo!
– Talvez o seu irmão pudesse ajudar-nos na...
– Não sei porque está ele a fazer isto... logo agora!
– Ele?
– Não foi com o meu irmão que encontrei a Catarina na cama. Foi com o meu amante – disse ela friamente, desistindo de representar.
– Continua a dar-se com esse homem?
– Enlouqueceu, inspector?
– E a sua filha?
Um silêncio.
– Não sei – acabou ela por dizer.
– Vou ter de falar com ele.
Carlos estendeu-lhe o bloco e ela escreveu com raiva, terminando com um ponto que deve ter perfurado a capa.
– Como foi que o seu marido descobriu?
Ela esticou o queixo para a frente, como um lutador de boxe disposto a tudo. Verdades, meias verdades e mentiras passaram-lhe nos olhos.
– Pode calcular o ambiente nesta casa... entre mim e a Catarina. O meu marido falou com ela. Ele é muito persuasivo. Arrancou-lhe a história toda.
– Foi ela que seduziu o seu amante, Paulo Branco?
– É difícil resistir à delicadeza da carne jovem, ao que me dizem – e sofria ao dizê-lo.
– Ela drogava-se. O seu marido sabe que ela fumava haxixe. A senhora sabe se tomava alguma coisa mais forte?
– Nem saberia distinguir. Nunca me droguei.
– Mas sabe como se sente quando toma comprimidos para dormir.
– Adormeço.
– Refiro-me à manhã seguinte.
Ela pestanejou.
– Não lhe dá uma sensação de isolamento, com o mundo real mantido à distância? Alguma vez reparou que a Catarina estivesse

nesse estado, ou então no oposto – nervosa, hiperactiva, com uma «pedrada», acho que é como lhe chamam...?

– Francamente não sei dizer.

– Quer dizer que não reparou ou...

– Quero dizer que ultimamente não tenho ligado.

Houve uma longa pausa, em que o silencioso ar condicionado fez sentir a sua presença.

– Que dinheiro tinha ela? – perguntei.

– Eu dou-lhe cinco contos por semana.

– E as roupas?

– Dantes era eu que lhas comprava. Até ao ano passado.

– Foi a senhora que comprou a roupa que ela trazia vestida?

– Menos a saia. Não lhe ia comprar uma coisa tão curta. Mal lhe tapava as calcinhas... mas agora é moda, por isso...

– Ela ia bem na escola?

– Tanto quanto sei, sim.

– Não teve problemas de faltas?

– Se tivesse, teríamos sido avisados. Quando eu a deixava na escola, ela entrava como um cordeirinho.

– Só um momento – pedi e saí da sala.

Encontrei o Dr. Oliveira no seu escritório, a fumar um charuto e a ler o *Diário de Notícias*. Disse-lhe que tinha chegado a altura de pôr a mulher ao corrente e perguntei-lhe se queria ser ele a fazê-lo. Respondeu que deixava isso comigo. Voltámos para a sala. A senhora Oliveira falava animadamente com Carlos. Estava sentada de lado no sofá e a saia tinha-lhe subido pelas pernas acima. Carlos estava tão rígido como o seu cabelo. Ao ver-nos, ela imobilizou-se. O marido foi sentar-se ao lado dela.

– Esta manhã, às seis menos um quarto, minha senhora – comecei, e os olhos dela cravaram-se em mim, ávidos e horrorizados –, o corpo de sua filha, Catarina Oliveira, foi encontrado na praia de Paço de Arcos. Estava morta. Lamento muito.

Ela não disse nada. Ficou a olhar para mim fixamente, como se quisesse ver-me por dentro. O marido pegou-lhe na mão e ela distraidamente retirou-a.

– O agente Carlos Pinto e eu fomos encarregados de investigar a morte da sua filha.

– A morte? – repetiu ela, espantada, e saiu-lhe da boca uma espécie de risada espavorida.

– Lamentamos muito a sua perda. Peço desculpa por não lha ter comunicado antes, mas tinha de lhe fazer algumas perguntas que exigem a sua presença de espírito.

O marido voltou a tentar pegar-lhe na mão, e desta vez ela deixou-a ficar. Estava petrificada com o que eu tinha dito.

– Pensamos que foi assassinada noutro local e que o corpo foi levado para Paço de Arcos e deixado lá.

– Catarina assassinada? – disse ela, incrédula, como se isso fosse uma coisa que só acontecia à plebe na televisão. Deixou-se cair para trás no sofá, atordoada. Tentou engolir, mas não podia, não conseguia engolir a notícia. Compreendi que então não tiraria mais nada dela. Apertámos as mãos e saímos. Quando chegámos ao portão do jardim, ouvimos um longo pranto incontrolável vindo da casa.

– Não sei bem se percebi tudo – disse Carlos.

– Foi... muito lamentável.

– Eu achei que era...

– Foi muito lamentável uma pessoa com a sua idade e com o seu optimismo ter de assistir a uma cena destas.

– Porque haviam de nos falar do caso com o irmão, ou o amante? Qual é o jogo do Dr. Oliveira?

– Foi isso que foi tão lamentável – disse eu. – Ele esteve a usar-nos. Usou a nossa investigação à morte da filha para castigar a infidelidade da mulher. O que vimos foi uma lição mestra de humilhação. Uma demonstração da inteligência do advogado.

– Mas a mulher – disse Carlos, agitado – a mulher... Quando o senhor saiu, ela não disse uma única palavra sobre o desaparecimento da filha. Nada. Puxou conversa. Perguntou a minha opinião sobre aqueles quadros idiotas, há quanto tempo estou na Judiciária, se vivo em Cascais...

– Imagino. Mas há duas coisas interessantes a respeito deste casal. Primeiro, o Dr. Oliveira tem um retrato da primeira ninhada na secretária, enquanto o de Catarina estava no canto dos livros velhos. Segundo, os dois têm olhos castanhos.

– Não reparei – disse ele, tomando nota no bloco.

– E um casal de olhos castanhos poucas vezes tem filhos de olhos azuis, como era o caso de Catarina.

8

2 de Março de 1941, Sudoeste de França

Estava uma manhã perfeita, a primeira manhã perfeita há muitos dias. O céu puríssimo, sem uma nuvem e dum azul que apertava o coração só de o olhar. Para o sul as montanhas nevadas dos Pirenéus recebiam os primeiros raios do Sol nascente, e o ar rarefeito e cortante dos cimos tornava mais nítidos os cumes brancos e mais profundo o azul do céu à sua volta. Os dois motoristas suíços de Felsen não se cansavam de falar da paisagem. Eram do Sul, falavam italiano, e de montanhas só conheciam os Alpes.

Não falavam com Felsen, a menos que ele lhes falasse primeiro, o que era pouco frequente. Achavam-no frio, distante, abrupto e, numa ocasião, brutal. Quando ele adormecia uns instantes na cabina, ouviam-no ranger os dentes e viam-lhe os músculos dos maxilares movendo-se por baixo da pele. Chamavam-lhe «quebra-ossos» quando ele estava visível e a certa distância. Não se atreviam a mais depois de o terem visto quase desfazer a pontapé um motorista que acidentalmente fizera marcha-atrás contra um poste na caserna à saída de Lyon. Afinal de contas, eram ítalo-suíços.

Felsen nem tinha reparado. Não lhe interessava. Andava às voltas num círculo fechado, pisando e repisando o mesmo terreno, de tal modo que, se os seus pensamentos fossem passos, teria cavado uma trincheira circular até aos ombros. Tinha fumado horas, metros, quilos de cigarros enquanto analisava cada momento da sua vida com Eva, à procura *daquele* momento. E, como não conseguia identificar *aquele* momento, voltava a considerar Eva sob outro ângulo, medindo cada conversa, cada frase, cada palavra que ela alguma vez lhe dissera e também todas as que não dissera, o que era ainda mais difícil porque Eva costumava falar nas entrelinhas. Calava o que se podia dizer e dizia o que pensava sem o pôr em palavras.

Voltou a rever a cena da primeira vez que ela acabara na sua cama depois de se conhecerem há quatro anos, depois de serem amigos há quatro anos. Tinha-se sentado a cavalo sobre ele, em meias de seda preta e cinta de ligas, passando-lhe as mãos pelo peito.

– Porquê? – tinha ele perguntado.
– Porquê, o quê?
– Ao fim destes anos todos... porque estás agora aqui?

Ela tinha apertado os lábios, lançando-lhe um olhar de soslaio, a medir a pergunta em termos de longo prazo. De repente tinha-lhe agarrado o pénis com as duas mãos.

– Por causa desta tua grande cabeça suábia.

Tinham-se rido. Não era resposta, mas servia.

Ao chegar, pela centésima vez, à cena em que Eva o tinha humilhado, quase se torcia de ciúme no seu lugar. Via, via o gordo Gruppenführer – pele cor-de-rosa, cintura pesada, nádegas moles – arremeter e elevar-se entre as finas coxas brancas de Eva... os calcanhares dela a encorajá-lo... a respiração dela em arranques... os grunhidos dele na cova do pescoço dela... as mãos dela a cravarem-se nas costas flácidas dele... as mãos ávidas dele... ela a levantar os joelhos, ele a penetrá-la mais profundamente... Felsen sacudia a cabeça. Não. E voltava a recordar Eva sentada em cima do seu peito, com as meias de seda... Porquê?

«O poder atrai as mulheres», tinha dito o motorista de Lehrer, «até Himmler...» E era nisso que Felsen pensava ao tomar o pequeno-almoço com Lehrer na madrugada seguinte à noite em que o vira no clube com Eva. Era nisso que pensava naquela manhã sombria, a caminho do Banco Nacional Suíço, ao assinar os documentos da entrega, ao supervisionar o carregamento de ouro, ao apertar a mão a Lehrer e ao vê-lo voltar para o Schweizerhof, para os seus três dias em Gstaad com Eva.

Mal se lembrava de ter atravessado a fronteira. Não conseguia recordar nada de França, excepto o caso do motorista incompetente. Tinha vivido absorto nos seus pensamentos até o nevoeiro ter levantado sobre os Pirenéus naquela manhã e os suíços não pararem de falar disso.

Nessa noite embebedou-se na companhia dum Standartenführer duma divisão Panzer em Baiona que lhe garantiu que os seus tanques estariam em Lisboa antes do fim do mês.

– Chegámos aos Pirenéus em quatro semanas. Chegaremos a Gibraltar em duas semanas, a Lisboa numa. Só estamos à espera que o Führer dê o sinal de partida.

Beberam clarete, um Grand Cru Classé de Château Batailley, garrafa sobre garrafa, como se fosse cerveja. Nessa noite dormiu vestido e acordou de manhã com a cara dolorida e a garganta irritada de roncar como um porco. Cruzaram a fronteira para Espanha, onde os esperava uma escolta militar que o general Francisco Franco encarregara pessoalmente de velar pela sua segurança. À noitinha continuavam a avançar penosamente pelas curvas fechadas das Vascongadas, como se arrastassem atrás de si a ressaca de Felsen.

Agora, que não havia risco de ataques aéreos dos Aliados, podiam avançar de noite e preferiam não deixar parar os motores porque, uma vez saídos das montanhas e entrados na meseta, não havia defesa contra o vento que lançava contra os camiões uma áspera mistura de chuva gelada e gelo. Os motoristas batiam com os pés no estrado de metal para não ficarem enregelados. Felsen, ao abrigo da gola do seu capote de lã, fitava a escuridão, a estrada tortuosa, os arcos de luz traçados pelos faróis sobre as árvores. Não se movia. Aquele género de temperatura tinha passado a agradar-lhe.

Reabasteceram-se em Burgos, uma terra desolada e gélida, com uma comida repugnante temperada com, ou antes afogada num, azeite ácido e rançoso da pior qualidade, que de tal forma desarranjou os intestinos dos motoristas que eles não pararam de obrar até Salamanca. Obravam tão frequentemente que Felsen acabou por lhes proibir que parassem e eles espetavam o rabo nu para fora da porta e deixavam o vento gelado encarregar-se do resto.

Começavam a aparecer refugiados na estrada – quase todos a pé, alguns grupos com uma carreta, de longe em longe uma mula escanzelada. Eram morenos, com os rostos cavados de medo e de fome. Andavam como autómatos, os adultos carrancudos, as crianças sem expressão. Ver aquela gente fez calar os motoristas, que não voltaram a queixar-se da comida e do frio. Quando os camiões os ultrapassavam, nem uma cabeça se virava, nem um só chapéu de feltro se desviava do rumo. Os judeus da Europa erravam pelas lonjuras desérticas de Espanha com as suas malas de cartão e as suas trouxas, tendo como único horizonte o próximo carvalho batido pelo vento.

Felsen olhava-os da sua cabina. Tinha esperado sentir compaixão, como sucedera com os dois homens de Sachenhausen que tinha admitido como varredores na fábrica ao serem libertados na altura das Olimpíadas de Berlim. Não sentiu nada. Descobriu que não conseguia sentir mais nada.

Atravessaram Salamanca. A pedra dourada da catedral e da universidade era baça sob a cúpula branca do céu gelado. Não havia combustível. Os motoristas conseguiram comprar *chorizo* e pão bichado. O comboio seguiu para Ciudad Rodrigo e para a vila fronteiriça de Fuentes de Oñoro. Os soldados da escolta espanhola hostilizavam as colunas de refugiados, que se desviavam da estrada para a planície pedregosa sem sequer esboçarem um gesto.

Vinte casebres caiados, erguidos num terreno pedregoso sem uma árvore, constituíam Fuentes de Oñoro. A vila estava enregelada sob um vento cortante que mantinha os habitantes dentro de suas casas e os refugiados encolhidos atrás de pedregulhos e carretas viradas. Os motoristas andavam por ali aos tropeções à procura de comida, mas encontraram-nos a todos em pior estado que eles. Na única loja existente, uma mulher ofereceu-lhes pedaços de gordura de porco no que parecia o mesmo azeite rançoso que tinham provado em Burgos. Chamaram ao prato *Gordura alla Moda della Guerra* e não lhe tocaram.

As formalidades alfandegárias no lado espanhol foram breves. Os funcionários deixaram o trabalho pouco lucrativo de escrutinar os papéis dos nervosos refugiados e o saldo dos seus haveres de uma vida inteira e foram receber os seus bónus. Felsen, sabendo que por este posto da fronteira iria passar a maior parte das suas operações, vinha prevenido para a passagem com *brandy* francês e *jambon de Bayonne*. Os motoristas ficaram furiosos. O acordo foi selado com copos de aguardente barata, e o comboio atravessou para o lado português de Vilar Formoso.

A escolta militar portuguesa ainda não tinha chegado. Estava presente um elemento da Legação Alemã, que já tinha despachado um mensageiro para a Guarda. Os motoristas receberam ordem de estacionar os camiões numa praça que ficava à saída da estação do comboio, uma estação toda decorada com azulejos com imagens das principais cidades de Portugal. A praça estava cheia da mesma gente de olhos desvairados. Os motoristas foram outra vez procurar comida. Encontraram uma cozinha económica fundada por firmas do Porto, mas era só para detentores de passaporte britânico. Tentaram falar com os refugiados. As mulheres, prostradas sob os xailes coloridos, não olhavam para eles. Com os homens, de compridos sobretudos com as bainhas debruadas a lama e chapéus de pele enfiados sobre o grosso cabelo emaranhado, rostos inexpressivos e barbas hirsutas, não conseguiram encontrar uma língua comum. Eram polacos, checos, jugoslavos, húngaros, turcos e iraquianos. Procuraram os menos pitorescos – homens de fato completo, agora amachucado, que se mantinham de pé no meio de mulheres exaustas e crianças chorosas, mas esses eram holandeses ou flamengos, romenos ou búlgaros, com pouca paciência para a linguagem gestual, sobretudo do género que envolvia apontar com um dedo para a boca. Mesmo as crianças eram taciturnas – os rapazinhos desconfiados, as meninas medrosas, os bebés ou lamurientos ou mudos e apáticos. Ao ouvirem a descarga do escape duma motocicleta da escolta portuguesa que se aproximava, todos os elementos flutuantes da guerra estremeceram e se baixaram como uma só pessoa.

Felsen manobrou os funcionários da alfândega fazendo uso de toda a sua simpatia e dos mantimentos que o elemento da Legação Alemã tinha trazido consigo. Os portugueses responderam com queijo, chouriço e vinho, e foram muito úteis a preencher as resmas de papelada necessária para camiões serem autorizados a circular livremente no país. Quando o comboio partiu, o chefe da alfândega ficou a acenar-lhes e a fazer votos de um rápido regresso, consciente de que este auspicioso início poderia resultar em anos de suborno.

Atravessaram o rio Côa e passaram a noite num posto militar da Guarda, onde comeram uma lauta refeição com quatro pratos de sabor idêntico regados a garrafões de cinco litros de vinho. Felsen começava a recuperar. Deu-se conta disso porque sentiu interesse em ir ver as mulheres da cozinha. Desde que se mudara para Berlim poucas vezes passara quarenta e oito horas sem uma mulher, e agora a sua abstinência prolongava-se há mais de uma semana. Quando finalmente as viu, fez votos para que tivessem sido escolhidas de propósito para manter em cheque o ardor dos soldados. Eram todas minúsculas, com menos de dois dedos de testa entre as sobrancelhas escuras e os lenços da cabeça. Tinham narizes aduncos, faces encovadas e dentes podres ou partidos. Foi para a cama e passou uma má noite num colchão cheio de pulgas.

De manhãzinha começaram a passar por alguns dos locais que tinham visto pintados a azul e branco na estação de Vilar Formoso. Os condutores repararam no que não vinha nos quadros, ou talvez que as más estradas, a pobreza e a porcaria fossem diferentes nas suas cores naturais Contornaram as encostas da serra da Estrela, cheias de pinheiros e de pedras, no limite norte da Beira Baixa. Aquela, sabia já Felsen, iria ser a sua terra nos próximos anos. Onde o xisto e o granito se cruzavam era onde o volfrâmio – preto, brilhante, cristalino – crescia, e bastou a Felsen ver as casas de blocos de pedra castanho-cinza e os telhados de ardósia para saber que estava no sítio certo.

Passaram o Mondego e o Dão na direcção de Viseu e seguiram para sul, para Coimbra e Leiria. O ar mudava. O frio seco das serras desaparecia e instalava-se um calor húmido. O sol era quente, mesmo no princípio de Março. Tiraram os casacos. Os motoristas arregaçaram as mangas da camisa e só faltou começarem a cantar. Não havia refugiados na estrada. O delegado da Legação Alemã disse-lhes que Salazar estava a tomar medidas para impedir a entrada de mais refugiados em Lisboa – a cidade já estava cheia. Passaram uma última noite na estrada, em Vila Franca de Xira, e levantaram-se cedo na manhã seguinte para que o ouro fosse entregue no Banco de Portugal antes da hora de expediente.

O Sol começava a brilhar quando entraram no Terreiro do Paço. Os camiões meteram por trás da fachada em arcos oitocentista e entraram na traça simétrica da Baixa pombalina, construída de raiz pelo marquês de Pombal depois do terramoto de 1755. Seguiram a Rua do Comércio, por trás do grande arco triunfal da Rua Augusta, até ao complexo de edifícios, incluindo a Igreja de S. Julião, que constituía o Banco de Portugal. Esperaram no Largo de S. Julião que os portões se abrissem. Finalmente, um a um, os camiões entraram em marcha-atrás para descarregar.

No banco, Felsen já era esperado pelo director financeiro e por outro membro da Legação da Alemanha, este mais velho e mais alto, que, em resposta à sua mão estendida, ergueu o braço como se tivesse molas, proferindo um intempestivo «*Heil* Hitler». O director financeiro do banco não pareceu perturbado – Felsen descobriria mais tarde que ele pertencia à Legião Portuguesa. Na altura o gesto apanhou Felsen de surpresa, pelo que só conseguiu responder com uma saudação desajeitada, como se estivesse a chamar a atenção do empregado dum restaurante, e as palavras «*Ja, ja*». Também não apanhou o nome do homem alto, que parecia prussiano. Só depois de o ouro ter sido descarregado e contabilizado, quando Felsen o viu assinar a infindável documentação com a mão esquerda, soube que se chamava Fritz Poser. Só então reparou também que a mão direita era uma prótese enluvada.

Às onze horas a transacção estava terminada. O jovem da Legação levou os condutores para um quartel dos arredores, e Poser e Felsen entraram num Mercedes com o estandarte alemão, que desceu a Rua do Ouro em direcção ao rio. Os passeios estavam cheios de gente, na sua maioria homens de fato escuro, camisa branca, gravata escura e chapéu pequeno de mais, pelo meio dos quais corriam pequenos ardinas descalços. As poucas mulheres eram elegantes, usavam fatos de *tweed*, chapéus e peles, embora não fizesse frio. Os rostos desfocaram-se quando o carro acelerou na rua vazia. Uma mulher loira sem chapéu ficou hipnotizada a olhar para a pequena suástica que adejava na capota do carro, para depois virar apressadamente a cabeça e recuar para o meio dos transeuntes. Felsen voltou-se. Um garoto corria ao lado do carro, brandindo o *Diário de Notícias*.

– Lisboa está cheia – disse Poser. – Parece que o mundo inteiro veio para cá.

– Vi-os na fronteira.

– Os judeus?

Felsen acenou uma afirmativa. Depois da tensão da viagem, o cansaço começava a invadi-lo.

– Aqui temos uma mistura mais ecléctica. Em Lisboa há para todos os gostos. Para alguns é uma festa permanente.

– Não há racionamento?

– Ainda não, e de qualquer modo não nos afectaria. Mas vai haver. Os ingleses estão a organizar o bloqueio económico e os portugueses estão a começar a sofrer. O combustível pode tornar--se um problema, não têm petroleiros e os americanos estão a fazer-se difíceis. Mas come-se bem desde que se goste de peixe, e o vinho bebe-se desde que não se tenha um paladar muito francês. Por enquanto ainda há açúcar e o café é bom.

Viraram na Praça do Comércio e seguiram pelas docas ao longo do Tejo. Em Santos viram um enorme ajuntamento – homens, mulheres e crianças altercando à porta dos escritórios das agências de navegação.

– É o sítio mais desagradável de Lisboa – disse Poser. – Está a ver aquele paquete na doca, o *Niassa?* Toda a gente quer embarcar nele, mas o barco está cheio. Há semanas que se esgotaram os bilhetes. Aliás já leva o dobro da lotação, mas estes idiotas acham que, uma vez que o barco ali está, podem embarcar nele. A maioria nem sequer tem dinheiro, e portanto não tem visto americano. Bem, a Guarda Nacional Republicana não tarda aí para os dispersar. Na semana passada foi o mesmo com o *Serpa Pinto*, na próxima será com o *Guiné*... É sempre a mesma coisa.

– Parece-me que estamos a sair de Lisboa – disse Felsen ao ver o condutor acelerar em direcção aos arredores verdejantes da cidade.

– Por enquanto não. Logo à noite talvez. Agora vamos para o Palácio do Conde dos Olivais, na Lapa, onde está instalada a nossa Legação. Verá que temos a melhor situação de Lisboa.

Entraram pela Madragoa e subiram a Rua de S. Domingos à Lapa. A meio do caminho, a bandeira britânica pendia molemente num comprido prédio cor-de-rosa com altas janelas brancas e um frontão triangular que ocupava uns cinquenta metros de fachada. O Mercedes passou ruidosamente pela rua empedrada.

– Os nossos amigos britânicos – disse Poser, com um gesto da mão artificial.

O motorista virou para a Rua do Sacramento à Lapa e daí a uns cem metros um palácio cubóide, rodeado de jardins, apareceu à esquerda. A cerca de ferro estava coberta de buganvílias, as folhas das palmeiras-de-leque roçagavam na brisa ligeira e as bandeiras com a suástica ondeavam docemente, vermelhas, brancas e negras. Os portões estavam abertos. O carro contornou uma vista para o mar, subiu um pequeno caminho de saibro e parou diante da escadaria. Um porteiro veio abrir o carro.

– Almoçamos cedo? – propôs Poser.

Foram sentar-se na sala de jantar, onde o sol lançava pequenos rectângulos de luz sobre as mesas vazias. Ficaram à espera da sopa. Felsen tentava recordar há quanto tempo não sentia uma calma semelhante. Tinha sido antes da guerra, antes das Olimpíadas, no seu antigo apartamento de... não conseguia recordar onde ficava o seu antigo apartamento... as janelas abertas para o Verão, deitado na cama com Susana Lopes, a brasileira...

– Gosta? – perguntava Poser, direito como se tivesse a coluna metida em talas.

– Como?

– Se gosta da nossa Legação. Do nosso palácio.

– É magnífico.

– A Baixa – Poser franziu o nariz – com aqueles refugiados todos, sabe, é muito enervante. A Lapa é muito mais civilizada. Aqui pode-se respirar.

– E a guerra parece tão distante – disse Felsen, duro.

– É verdade. Berlim, ao que me dizem, não tem sido muito agradável – disse Poser, tentando regressar a um tom mais prático. – Logo à noite damos uma pequena recepção e um jantar em sua honra, para lhe apresentar algumas das pessoas com quem vai trabalhar. Fato de cerimónia. Por acaso...?

– Sim, sim.

– A seguir pensei que talvez gostasse de sair da cidade e ir até ao Estoril. Tem um quarto reservado no Hotel Parque. Há lá um casino e dança-se. Penso que o achará muito agradável.

– Também gostaria de umas horas de sono. Há praticamente uma semana que não durmo.

– Mas é claro. Não quis impor-lhe nada. Só queria oferecer-lhe um pouco de conforto e de companhia interessante depois duma reunião de negócios.

– E terei muito prazer nisso. Basta-me dormir umas horas esta tarde.

– Tenho um divã num quarto ao lado do meu gabinete. Pode deitar-se quando quiser.

A sopa foi trazida e os dois homens começaram a comer.

– Esse Hotel Parque...? – começou Felsen.

– Sim. Nós temos o Hotel Parque e os ingleses o Hotel Palácio. Ficamos lado a lado. O Palácio é maior, mas o Parque tem as águas... para quem aprecie essas coisas.

– Ia perguntar...

– É uma frequência muito internacional, como lhe disse. Uma longa festa. Pelas conversas que lá se ouvem poderia pensar-se que ainda há bailes da corte no Palácio de Versalhes. E as mulheres que lá vão, ao que me dizem, têm uma atitude muito mais progressista que as nativas.

Os pratos de sopa foram retirados e substituídos por uma lagosta grelhada.

– Respondi à sua pergunta? – perguntou Poser.

– Cabalmente.

– A sua reputação precedeu-o, Hauptsturmführer Felsen.

– Nunca pensei ter uma reputação que interessasse a alguém.

– Verá que as estrangeiras do Estoril são muito acessíveis, embora eu deva...

– Está muito bem informado, Herr Poser. Pertence à *Abwehr*?

– ... embora eu deva avisá-lo de que neste país há duas moedas: o escudo e a informação.

– E por isso o senhor está cá.

– Em Lisboa todos são espiões, Herr Hauptsturmführer. Desde o mais miserável dos refugiados até ao mais alto membro das legações – o que inclui criadas, porteiros, empregados de mesa, pessoal de bares, lojistas, homens de negócios, executivos, todas as mulheres, putas ou sérias, e todos os membros da realeza, verdadeiros ou falsos. Qualquer pessoa que saiba ouvir pode ganhar a vida com isso.

– Também deve haver muitos boatos. Não me disse que a cidade está cheia? Deve haver muita gente sem nada que fazer para passar o tempo, excepto falar.

– É um facto.

– E então quem separa o trigo do joio?

– Lá estão as suas raízes rurais a manifestarem-se.

Felsen separava a carne branca da casca da sua lagosta.

– Onde passam o tempo os verdadeiros espiões? – insistiu.

– Os que nos informam do que pensa Salazar acerca da exportação de volfrâmio?

– Ele pensa nisso?

– Está a começar a pensar. Parece-nos que ele está à espreita de uma oportunidade. Estamos a trabalhar nisso.

Felsen esperava que Poser continuasse, mas, em vez disso, o prussiano dedicou a sua atenção às patas da lagosta, uma operação dificultada pela rigidez da mão artificial.

– Quantas pessoas sabem da minha presença aqui?

– Só as que vai conhecer esta noite. Dez, no máximo. O seu trabalho é muito importante e, como deve compreender, um tanto dificultado pela delicada situação política, na qual, de momento, estamos a ganhar. Os nossos contactos daqui vão facilitar o seu trabalho no terreno.

– Ou complicá-lo, se a balança se inclinar para o outro lado.

– Temos boas relações com Salazar. Ele compreende-nos. Os ingleses confiam na força duma velha aliança... de 1386, salvo erro... não sei em que século pensam eles que vivem! Nós, por outro lado, vamo-lo...

– Intimidando?

– Ia dizer que o vamos abastecendo do que ele precisa.

– Mas certamente ele sabe que há uma divisão Panzer em Baiona.

– E submarinos no Atlântico. Mas quem quer armar-se em pega e dormir com dois homens sabe que se arrisca a apanhar. Gosta?

– Como?

– Da lagosta.

– É óptima.

– É lagosta portuguesa... pequena, mas deliciosa. A melhor do mundo.

– Acho que depois de dormir vou desentorpecer as pernas.

– O Jardim da Estrela não fica longe e é muito agradável.

Eram cinco da tarde e o Café Chave d'Ouro, no Rossio, no topo superior da grelha da Baixa, o coração da cidade, estava cheio de gente. Ainda não fazia frio e as janelas estavam todas abertas. Laura van Lennep tinha-se sentado ao pé de uma dessas janelas e olhava repetidamente para a praça. Tinha diante dela a pequena chávena de café que pedira há hora e meia, quando chegara, mas os empregados não a incomodavam. Já estavam habituados.

Distraidamente, ia ouvindo a conversa duma mesa de refugiados que falavam francês com forte sotaque. Os dois homens tinham visto camiões do exército na Baixa, de manhã cedo, e desenvolviam uma fantástica teoria de invasão que não contribuiu nada para acalmar Laura. Não podia suportar a inércia daquela gente, que sabia vir duma pensão a três prédios da sua, na Rua de S. Paulo, por trás do Cais do Sodré. Tinha-os ouvido na rua, corrigindo-se mutuamente acerca de aristocratas que tinham conhecido em festas, como se isso tivesse sido na semana passada, e não noutro país e noutra década. Estava desesperada por não ter cigarros, e o homem que ia mudar a sua vida, que tinha prometido mudar a sua vida, não chegava.

Um homem apareceu no cimo das escadas e olhou em redor. Atravessou vagarosamente a sala e parou na mesa dela. Não era baixo, mas a corpulência e a largura dos ombros faziam-no parecer mais baixo do que era. Tinha o cabelo escuro cortado curto, *en brosse*, e olhos azul-acinzentados. Ela sentiu-se tremer por dentro e voltou a olhar para o Rossio, para os eternos grupos de homens vestidos de escuro parados na calçada branca e preta, para as eternas filas de táxis, para o eterno quiosque onde os taxistas bebiam café e falavam de futebol. Este ano o Sporting ia ganhar o campeonato. Até ela já sabia isso. Virou a cabeça e o homem ainda ali estava. Sentiu-lhe os olhos nela. Agarrou a carteira onde tinha os documentos. Seria da polícia? Já lhe tinham falado da polícia à paisana. Ele não parecia português, mas tinha um certo ar de autoridade. Laura alisou o vestido cor de vinho, que não precisava de ser alisado, devia era ter sido deitado fora no ano anterior.

– Dá licença que me sente? – perguntou o homem em francês.

– Estou à espera de uma pessoa – respondeu ela na mesma língua e virou de novo a cabeça loira para a janela.

– Não há mais lugares vagos e só quero um café. A senhora está sozinha numa mesa de quatro.

– Estou à espera de uma pessoa.

– Desculpe – disse ele. – Não queria...

– Não, não, sente-se – disse ela de repente, e os nervos fizeram-na adejar as mãos como os pombos da praça.

O homem sentou-se à sua frente e ofereceu-lhe um cigarro. Recusou, forçando-se a controlar as mãos. Ele acendeu um cigarro e pareceu saborear algo mais que o cheiro do tabaco a arder. O empregado de mesa aproximava-se.

– O seu café parece frio. Dá-me licença...?
– Não, obrigada.

O homem mandou vir um café. Ela voltou a olhar para a praça. Ele tinha falado português, mas não o português de Lisboa – mais aberto, como o espanhol falado devagar.

– Ele não vem mais depressa por isso – disse o homem.

Ela sorriu com uma espécie de alívio; começava a sentir que ele não ia pedir-lhe os documentos.

– Detesto esperar – disse.
– Aceite um cigarro, um café quente... Ajuda a passar o tempo.

Aceitou o cigarro e ele viu o gesto tenso da mão sem aliança. Ela aspirou e deixou uma marca vermelha na ponta branca. Expeliu o fumo forte, de gosto estranho.

– São turcos – disse ele.
– Aqui encontra-se tudo, desde que se pague.
– Não sei. Estes vieram comigo. Cheguei hoje a Lisboa.
– Donde vem?
– Da Alemanha.

Era isso que a tinha feito tremer.

– Para onde vai?
– Fico em Portugal algum tempo e depois... quem sabe? E a menina?
– Da Holanda. Quero ir para a América.

Os olhos azuis da jovem desviaram-se novamente para a varanda e depois revistaram a sala atrás dele. O café chegou. Ele mandou vir outro para ela. O empregado de mesa levou a chávena manchada de *bâton*. Os olhos dela voltaram a pousar no desconhecido.

– Ele já vem – disse o homem, com um piscar de olho a sossegá--la.

Os quatro refugiados da mesa de trás tinham começado a criticar os portugueses. Que pouco civilizados eram. Que grosseiros.

Toda a comida tinha o mesmo gosto, e já tinham provado o tal bacalhau? Lisboa, ah, Lisboa era *tão* aborrecida!

Ela já conhecia o tema e inclinou-se para a frente para ficar mais distante deles. Sabia que podia ser perigoso falar com o homem, mas achava que ao fim de três meses no mundo dos refugiados de Lisboa começava a poder confiar no seu instinto.

– Detesto não saber – disse.

– Tal como esperar.

– Sim. Se eu se... se eu soubesse... – deixou a frase em suspenso. – O senhor não sabe como isto é, ainda agora chegou.

– Onde mora?

– Na Pensão Amesterdão, na Rua de S. Paulo. E o senhor?

– Hei-de encontrar um sítio.

– Está tudo cheio.

– Parece que sim. Talvez fique no Estoril.

– Lá é tudo mais caro – avisou ela, abanando a cabeça.

O homem não pareceu ficar preocupado. Ela virou de novo a cabeça para a janela. Desta vez pôs-se de pé num salto e começou a acenar. Depois deixou-se cair novamente na cadeira e fechou os olhos. O seu companheiro de mesa voltou-se para olhar para as escadas. Um homem de vinte e poucos anos, de cabelo loiro-arruivado, avançava em grandes passos por entre as mesas. Hesitou quando viu o desconhecido, mas puxou uma cadeira e sentou-se ao pé da rapariga. Ela abriu os olhos e o desânimo leu-se-lhe no rosto. Ele pegou-lhe nas mãos. Ela ficou a olhar para a toalha, como se visse uma mancha do seu próprio sangue a espalhar-se sobre o pano branco. O rapaz falou-lhe quase ao ouvido, em inglês.

– Fiz tudo o que pude. É impossível sem... A mulher dos vistos – calou-se enquanto o empregado lhe punha o café na frente, olhou de revés o homem sentado à mesa, que, por sua vez, olhava pela janela. – Só com dinheiro. Muito dinheiro.

– Já não tenho dinheiro, Edward. Sabe o preço a que estão agora os bilhetes? Antigamente arranjava-se um por setenta dólares, agora custa cem. Estive hoje na agência. Um homem pagou quatrocentos dólares para embarcar no *Niassa*. Quanto mais tempo aqui estiver...

– Consegui chegar ao balcão... mas nessa altura apareceu *ela*. Fez de conta que não me reconhecia. Que nunca me tinha visto. Nem sequer aceitou o requerimento. A menos que se possa pôr-lhe à frente dinheiro, ou os convites certos, ou...

O alemão chamou o empregado e pagou os dois cafés, após o que se levantou e olhou para o jovem par. O inglês sentiu-se desconfiado. A rapariga tinha um ar diferente – uma expressão de intensidade faminta. O alemão pegou no chapéu e inclinou-se ligeiramente à frente dela.

– Obrigada pelo café – disse ela. – Não me disse o seu nome.

– Nem a menina o seu. Acho que não tivemos tempo.

– Laura van Lennep. Edward Burton.

– Felsen – apresentou-se ele. – Klaus Felsen.

Estendeu a mão. O inglês não lha apertou.

9

8 de Março de 1941, Legação Alemã, Lapa, Lisboa

O embaixador não esteve presente na recepção nem no jantar daquela noite. Felsen ficou sentado entre dois exportadores de volfrâmio: um português que tinha três concessões na área de Trancoso, na Beira Alta, e um aristocrata belga que só lhe disse que seria o grupo dele a fornecer uma companhia testa-de-ferro através da qual Felsen exportaria o volfrâmio.

Os membros da Legação, a quem faltava o embaixador para lhes lembrar a sua própria insignificância, passaram a maior parte do tempo a falar da sua influência em áreas que não lhes diziam respeito. Felsen ficou com a impressão de que todo o trabalho ia ser feito nos corredores do poder e nas festas dos hotéis de Lisboa, e não nas desoladas serranias nortenhas. Não se tornou muito popular ao perguntar como é que essas oblíquas intrigas se iriam traduzir em toneladas de material a passar a fronteira. Responderam-lhe com condescendência, aludindo a complicadas negociações, mas sem dizerem nada de concreto. Garantiam-lhe que sentiria os resultados. Felsen interpretou a situação: a *Abwehr* e o Departamento de Aprovisionamentos não apreciavam a intrusão das SS no território. Estava por sua conta.

Depois do jantar reuniram-se nas escadas, à espera dos automóveis que os levariam ao Estoril. Felsen ainda não deixara de se sentir nervoso com o aparato de luz à sua volta. Todas as janelas do palácio – e tinham dois metros de altura – resplandeciam de pródigos candelabros cintilantes. Quando tinha apanhado o táxi, à tardinha, o *Niassa* ainda estava ancorado, bem no meio das docas, todo iluminado para o carregamento. Berlim vestia crepes há dois anos. Podia-se ser mandado para um campo de concentração por acender um cigarro na rua depois do escurecer. Os carros andavam à noite como toupeiras, com faróis que eram duas frinchas estreitas. O resto da Europa era como um poço de carvão e Lisboa a sua boca incandescente.

Um estralejar de armas ligeiras começou a ouvir-se pela cidade. Um jovem membro da Legação, que tinha bebido de mais, gritou «a invasão!» e desatou a rir.

O português estava com cara de poucos amigos quando os carros chegaram. Felsen voltou a ficar ao lado de Poser no Mercedes da frente. Desceram a colina para Alcântara e viraram para oeste.

– O que é «a invasão»? – perguntou Felsen.

– Uma prova diária de quem manda – disse Poser, olhando pela janela como se esperasse ver uma multidão lá fora. – Salazar proibiu que se batam tapetes antes das nove da noite.

Passaram por Belém, com as casas e os monumentos iluminados.

– Ainda não se habituou à luz, Herr Hauptsturmführer? – perguntou Poser. – Ainda sente os nervos em Berlim, com as baterias antiaéreas e as sirenes a soar o alarme? Olhe, aqui foi a exposição do ano passado. Enquanto Londres ardia e a França caía, Lisboa exibia ao mundo os seus oitocentos anos de independência.

– Não sei bem onde quer chegar, Herr Poser.

– Sei que hoje foi passear.

– Fui até ao Jardim da Estrela, como me aconselhou, e de lá fui andando... Passei no Bairro Alto, desci ao Chiado e depois à Baixa.

– Ah, o Bairro Alto – disse Poser. – E viu o mercado da Praça da Figueira? Nesta altura do ano nem cheira muito mal... Viu o ninho de ratos que é a Mouraria, ou a ruína fedorenta que é Alfama?

– Fui até ao Castelo de S. Jorge e de lá regressei de táxi.

– Então já viu uma face de Lisboa. Agora vai ver a capital de Salazar à noite e talvez perceba porque falei numa pega. Lisboa é uma prostituta, uma campónia árabe prostituída, que à noite usa uma tiara.

– Talvez o senhor esteja aqui há demasiado tempo, Herr Poser.

– Ah, esse Salazar diz uma coisa e faz outra, dá com a esquerda e tira com a direita. Aceita os nossos francos suíços e barras de ouro e dá crédito ilimitado aos ingleses. Protesta por eles lhe bloquearem as importações das colónias, e... Tch... O homem é um mouro e dorme com toda a gente – concluiu Poser, amargo.

– Um homem paga a uma prostituta para dormir com ela. Não está a comprar-lhe a fidelidade e muito menos o amor.

– Tem razão, Felsen – disse Poser friamente. – Esquecia-me que é perito na matéria.

Chegaram à nova estrada ao longo do rio, a Marginal. As luzes dos bairros periféricos de Caxias, Paço de Arcos, Oeiras, Carcavelos e Parede eram clarões contra a onda negra do Atlântico invisível. Poser continuava de má catadura quando o carro abrandou a marcha ao aproximarem-se das fachadas resplandecentes dos hotéis Parque e Palácio. As copas das palmeiras nos jardins eram mais altas que as luzes. Poser apontou o Casino, no topo duma comprida praça que descia várias centenas de metros até à praia – um edifício baixo, moderno, do qual saía música. Filas de carros estendiam-se ao longo dos jardins. O mandarete foi retirar as malas da bagageira. Felsen e Poser atravessaram o grande arco romano que constituía a fachada do Hotel Parque.

– Está aqui uma pessoa que tem de conhecer – disse Poser, encaminhando-se para a recepção.

– Felsen – disse ao homem de rosto anguloso atrás do balcão.

O recepcionista folheou o registo e deu uma ordem ao paquete sem tirar os olhos do livro.

– Não precisa de lhe dizer nada – disse Poser, referindo-se ao recepcionista. – Ele sabe tudo antes de nós. Não é assim?

O homem não respondeu, mas Felsen compreendeu pelo seu silêncio atento que se tratava de alguém com experiência de hotéis.

– Vá-se instalar, Felsen, depois eu levo-o a dar uma volta – disse Poser, e riu-se, olhando para o recepcionista. – Não fale com as flores, nem use o telefone. Não é assim?

O outro baixou devagar as pálpebras.

Felsen voltou e juntou-se a Poser no bar. Deixaram a companhia enfadonha dos outros membros da Legação e seguiram pelos jardins, na noite perfumada, em direcção ao Casino.

– O recepcionista sabe que falamos assim quando queremos que toda a gente ouça.

– É por isso que o bar está vazio?

– Vai-se enchendo à medida que a noite avança.

– Talvez devessem tornar isto mais interessante – convidar algumas mulheres do outro lado, parece que vão todas para lá.

Entraram no átrio do Casino ao mesmo tempo que uma mulher pequena, de cabelo preto, muito sofisticada, que tirou um casaco de peles e um chapéu caro antes de ser escoltada até ao bar por dois homens, mais jovens e mais escorreitos que ela. Usava meias de *nylon*, e metade da sala virou-se para a ver entrar.

– É alguma rainha? – perguntou Felsen.

– A rainha de Lisboa – respondeu Poser.

– A filha da prostituta árabe? – perguntou Felsen, e o outro desatou a rir.

– Chama-se Madame Branescu. É a chefe da secção de vistos do consulado americano. Viu aquela gente que queria entrar no *Niassa?*

– Cobra uma percentagem por cabeça?

– Está irreconhecível. Há ano e meio tinha metade do tamanho e um vestido tão gasto que se lia o jornal através dele. Mas... fala catorze línguas, e, se passar diante do Consulado Americano, verá que são bem necessárias essas catorze e mais algumas.

Entraram no bar. O empregado já estava ao pé da mesa a que a mulher e os seus louros acompanhantes se foram sentar. Nem mesmo a roupa, o penteado e a pintura conseguiam torná-la atraente. Felsen viu-a numa vida anterior, no escritório dum advogado importante. Uma mulherzinha sem graça, de fato cinzento, ignorada por todos – mas, como ao recepcionista do Hotel Parque, nada lhe escapava, e tinha aprendido tudo... as línguas, o controlo, a arte do poder. E agora ali estava a insignificante criatura a outorgar a vida ou o desespero aos milhares de acantonados das pensões de Lisboa. Homens e mulheres iam cumprimentá-la à mesa, dizendo breves palavras obsequiosas, fazendo vénias respeitosas. Alguns tinham a honra de levar aos lábios os dedos sapudos, outros voltavam para o seu lugar pálidos e trémulos.

Felsen despediu-se de Poser e apresentou-se na mesa da mulher. Os olhos dos acompanhantes trespassaram-no. Num inglês perfeito, convidou-a para dançar. A mulher perscrutou-lhe o rosto, tentando recordar se o conheceria, depois examinou-lhe o fato e os sapatos, uma perita em qualidade.

– Disseram-me que Madame Branescu dança excepcionalmente bem. Eu também. Penso que deveríamos abrir o baile.

Ela tentou fulminá-lo com um olhar de aço, mas o dele não parecia menos temperado. Ela acabou por sorrir e estender-lhe a mão.

– Não é inglês, pois não? – perguntou, enquanto se encaminhavam para a pista de dança, observados por todos. – E coxeia.

– Não terá razões de queixa.

– É suíço? Ou talvez austríaco? Tem um sotaque imperceptível.

– Alemão.

– Não gosto dos alemães – disse ela, mudando para a língua dele.

– Ainda não chegámos às portas de Bucareste.

– Quando lá chegarem não é só às portas que vão bater.

– Será por isso que aqui está?

– Porque os alemães ou são assassinos ou animais. É por isso que aqui estou.

– Não sei que género de alemães conheceu.

– Os alemães da Áustria. Eu vivia em Viena.

– Mas é romena, creio? – perguntou Felsen.

– Sou.

– Permita que lhe mostre a nossa face menos animalesca.

Ela olhou para o lavrador suábio com certa desconfiança, mas ele fê-la balançar num *swing* que a deixou espantada e sem respiração. Felsen tinha sentido uma ponta de preocupação ao ouvir o *swing*, não sabia se as ancas de Madame Branescu estariam à altura, mas a mulher sabia mexer-se. Dançaram três músicas e saíram da pista ao som de alguns aplausos.

– Não pensei que Hitler aprovasse o *swing* – disse Madame Branescu.

– Receia que nos desengonce o passo de ganso.

– Tenha cuidado com o que diz. Não seria o primeiro alemão a ser preso aqui. Sabe que a PVDE é treinada pela Gestapo?

– PVDE?

– A Polícia de Vigilância e Defesa do Estado – a polícia política de Salazar. E as prisões portuguesas não são nada agradáveis, a menos que se possa pagar bem.

– Duvido que alguém possa ensinar alguma coisa sobre prisões aos alemães.

A mulher quis ir retocar a pintura. Felsen notou que as ancas balançavam agora mais. Poser aproximava-se.

– Surpreendeu-me, Felsen – disse-lhe Poser ao ouvido.

– Aprendi com uma americana, antes da guerra.

– Referia-me ao seu gosto. À sua escolha de par.

– São as minhas raízes rurais, Poser. Desde miúdo que corro atrás dos leitõezinhos.

Poser sorriu e afastou-se. Madame Branescu reapareceu, já menos afogueada. Felsen acompanhou-a à mesa. Ao vê-la aproximar-se os acompanhantes levantaram-se, mas ela enxotou-os para as suas cadeiras.

– Está há pouco tempo em Lisboa, Herr...?

– Felsen. Klaus Felsen. Adivinhou, cheguei hoje.

– Não fala como um homem que precise de ir para a América.

– Porque não preciso.

Os olhos dela apertaram-se.

– Está cá em trabalho?

– Pelo contrário, estou aqui para dançar e espero que voltemos a fazê-lo.

Inclinou-se e ela permitiu que lhe roçasse os nós dos dedos com os lábios antes de voltar a sentar-se.

Felsen foi encontrar Poser com o nariz metido num cálice de *brandy*.

– Pelos vistos já tomou as medidas à casa – disse Poser, levantando a cabeça dos vapores do vinho.

– Não me parece. Simplesmente nós dois procuramos coisas diferentes. O Poser é um diplomata e quer saber o que toda a gente pensa. Eu sou um oportunista e quero saber o que as pessoas fazem. Madame Branescu é como eu. Reconhecemo-nos, é só isso.

– Mas o que poderiam vocês fazer um pelo outro?

– Logo se vê, logo se vê – e Felsen afastou-se.

Continuava a entrar gente no Casino – uma mistura heterogénea, uns felizes e sorridentes em belíssimos trajes de noite, outros encolhidos e furtivos em roupas emprestadas. Felsen abriu caminho com os ombros até à caixa e foi direito à mesa da roleta. Só os tolos jogavam roleta.

Encontrou as cenas e os cheiros habituais no interior dum casino, com a diferença de aqui serem mais nítidos e mais pungentes. As mesas eram iluminadas pelo habitual brilho cruel da avidez – uma ânsia incessante, incontrolável. Mas o ar que circulava estava carregado de fumo e de um medo tão pungente que Felsen o sentiu na garganta como vapores de vinagre. De tempos a tempos uma revoada de alegria subia duma mesa como um bando de pássaros tropicais numa floresta, mas persistia, cada vez mais rastejante, um desespero silencioso que deixava marcas de suor nas camisas baratas e nos vestidos de noite em segunda mão. As esperanças que se colavam à bola de marfim, tão saltitante, tão chilreante, tão trepidante, eram o tudo ou o nada. Cada ficha batida no pano verde era a primeira nota de mais um maço que se abria ou a última jóia duma família. Os rostos mais próximos da mesa, os mais sôfregos, ora empalideciam até à transparência a um salto atrevido da bola, ora, como num doente obstipado, se coloriam momentaneamente de alívio perante um movimento perfeito.

Felsen deixou-se ficar atrás dos jogadores de roleta, onde só a sua camisa engomada reflectia a luz cortante. Um americano falava alto por cima do ombro para quem o quisesse ouvir, fazendo a aposta máxima num número em que nem se detinha a pensar. Mal parava para deitar um olhar à bola e aplaudir quando ganhava ou encolher os ombros quando perdia. Ao lado, sentada e dobrada pela idade, banhando-se no calor dourado do monte de fichas do americano, uma figura espectral de velha aristocrata, provavelmente russa, que apertava as suas fichas de valor mínimo nas mãos avaras, ossudas, tensas. Um inglês, muito aprumado no seu colarinho duro revirado, olhava com desprezo o girar da roda e desdenhava todos os números vencedores, até o colarinho ser a única coisa aprumada que nele restava. A boca já tinha os cantos para baixo, no sorriso escarninho de quem vai ter de almoçar pão e cavala de salmoura até receber o próximo cheque. À frente de Felsen estava uma portuguesa pequenina, com a roseta da Legião de Honra, que fumava por uma boquilha de quinze centímetros e usava umas luvas que lhe chegavam às axilas. Jogava por desporto e dava cigarros a uma mulher jovem sentada a seu lado, que fumava apressadamente, o peito encostado à madeira da mesa como se pudesse influenciar o girar da roda. A jovem tinha uma só ficha das mais baixas, que lhe tinha marcado a vermelho a palma da mão. Era uma ficha insegura, que parecia muito senhora de si sozinha num nicho até ao momento das últimas apostas, e nessa altura corria a juntar-se a outras fichas nos quadrados vizinhos antes de sofrer a humilhação de ser retirada. Sobreviveu assim a cinco voltas da roleta, até que se instalou no número cinco, que tinha ganho duas vezes nos últimos dez minutos. A roda girou, a bola de marfim rodopiou com um estalido, a mão branca estendeu-se.

– Madame – disse o *croupier* severamente, e a mão recuou.

A bola parou no vinte e quatro e a ficha turbulenta foi apanhada na rede. A jovem baixou a cabeça. A senhora portuguesa deu-lhe uma palmadinha de simpatia no ombro e ofereceu-lhe outro cigarro.

A jovem levantou-se e virou-se, dando com os olhos de Felsen fitos nela. Sorriu.

– O Sr. Felsen, não é?

– Exactamente, menina Van Lennep – e estendia-lhe um maço de fichas. – Importa-se de jogar por mim no vermelho?

A transfusão teve efeito imediato. A anemia desaparecera. O sangue voltava a circular. O vermelho ganhou. Ela virou-se.

– Tudo no par – disse Felsen.

O par ganhou. Ele dividiu as fichas e deu-lhe metade.

– Estas são suas. Se quiser jogar, jogue na cor ou nos números, mas lembre-se de que a roda tem um zero que aumenta as suas probabilidades de perder, por isso...

Ela já se tinha virado outra vez para a mesa quando percebeu que o último conselho era o mais importante.

– Por isso...?

– Por isso não jogue por necessidade, jogue só por prazer.

A dama portuguesa, que de pé tinha a mesma altura que a rapariga sentada, acenou a sua aprovação. Laura van Lennep meteu as fichas na malinha de mão. Felsen ofereceu-lhe o braço. Foram juntos até ao Wonderbar, onde beberam uísque que ela diluía em soda. Dançaram na pista iluminada até Felsen ser abalroado por um dos acompanhantes de Madame Branescu, que a rebocava como se ela fosse um fogão de ferro fundido. Trocaram um leve sinal de cabeça, e Felsen abandonou a pista com o seu par. Sentaram-se a uma mesa da primeira fila e mandaram vir mais uísque.

– Não me disse o que fazia em Lisboa, Sr. Felsen.

– Que é feito do seu amigo? Edward, creio? Edward Burton?

– Teve de ir para o Norte. É um desses anglo-portugueses do Douro. Os Aliados compram muita coisa por intermédio deles, sabe como é, eles conhecem a terra... Edward disse-me que era muito importante, mas eu desconfio que ele é um bocadinho tolo – disse ela, a desdenhar no ausente para chegar ao presente.

– Porque é que lhe pediu ajuda?

– Ele é novo, bonito, conhece muita gente...

– Mas não a mulher da secção dos vistos.

– Ele tentou. Ela gosta de rapazes novos e bonitos...
– E com dinheiro.

Ela acenou tristemente e voltou a olhar para a sala de jogo. A orquestra fizera uma pausa, libertando Madame Branescu, que passou ao lado de Felsen e lhe fez um sinalzinho de olhos.

– Quem é? – perguntou Laura van Lennep.
– Madame Branescu, da secção de vistos do Consulado Americano.

Algo parecido com amor iluminou o rosto da rapariga.

Uma hora mais tarde Felsen desapertava o botão de pérola do colarinho e tirava-o. Seguiram-se os botões de punho em ouro com o seu monograma, que pousou na mesinha-de-cabeceira, ao lado duma carta que escrevera em papel timbrado do Hotel Parque dirigida à atenção de Madame Branescu. Desapertou um botão da camisa.

– Deixa-me fazer isso – disse a rapariga.

O vestido emprestado jazia na *chaise-longue* para onde ela o atirara, ao lado da malinha envergonhada. Ajoelhou-se na cama, em combinação e meias negras. Ele ficou de pé à sua frente, sentindo o primeiro formigar da adrenalina a trepar-lhe pelas pernas envolvas nas volumosas calças pretas. Ela desapertou-lhe a camisa, baixou-lhe os suspensórios, puxou-lhe a fralda da camisa para fora do elástico das calças. Felsen puxou-a gentilmente para si e sentiu-a tensa contra o seu peito. Ela desabotoou-lhe as calças, que caíram no chão. A cabeça tremia-lhe no pescoço ao ritmo do movimento das cuecas dele. Puxou-lhas e levou os dedos aos lábios. Estava muito vermelha, e não do uísque.

Na casa de banho encontrou, entre os frascos de perfume e óleos fornecidos pelo Hotel Parque, um que servia para os seus intentos. Óleo de jasmim. Felsen estava de pé no quarto, de camisa aberta. Ela lubrificou-o cuidadosa e profundamente, levando-o ao paroxismo dum homem acossado. Mas assustou-se quando ele a puxou para a cama, lhe amarfanhou a combinação e lhe rasgou as puídas cuequinhas rendadas.

– Cuidado – disse, nervosa, estendendo a mão a tentar moderá-lo.

Ele ficou de pé entre os calcanhares nus que saíam dos buracos das meias de seda muito usadas. Ela gritou quando ele a penetrou e os seus cotovelos fraquejaram. Felsen agarrou-a pelos quadris e voltou a puxá-la para si. As mãos dela esvoaçavam nas suas costas. Tinha o rosto desfigurado de dor, o pescoço contorcido pelo jeito que dera à cabeça quando ele a penetrou.

Felsen sentiu-se chocado pelo prazer sentido com cada estremecimento dela, com a mão que se estendia para o afastar, os nós brancos dos dedos da outra mão, que se agarrava à colcha trabalhada da cama. Não demorou muito.

Ficaram estendidos na cama, respirando o ar leve e fresco que entrava pelas janelas abertas. Ela encolhia-se debaixo das cobertas, a tiritar, tentando não chorar. Essa parte fazia-a sempre chorar. Que vergonha. Quantas vezes fizera o mesmo em três meses?

Felsen fumava. Tinha-lhe oferecido um cigarro, mas ela não respondera. Sentia-se irritado, tinha esperado ficar satisfeito, mas tinha-se simplesmente esvaziado e continuava a pensar em Eva.

Dormiu mal e acordou cedo, sozinho no quarto agora frio e húmido do ar marinho. Fechou a janela. A carta que escrevera para a rapariga, dirigida a Madame Branescu, tinha desaparecido, tal como os botões de punho de ouro que Eva lhe tinha oferecido no seu último aniversário.

Mais tarde apanhou boleia para Lisboa e foi à Pensão Amesterdão, na Rua de S. Paulo. Disseram-lhe que não conheciam nenhuma Laura van Lennep nem ninguém que correspondesse à sua descrição. Correu as outras pensões da rua, mas em vão. Foi ao Consulado Americano, mas não havia nenhuma mulher sozinha na fila de espera. Finalmente foi à agência de viagens. Estava fechada e a doca vazia. O *Niassa* tinha levantado ferro.

10

15 de Março de 1941, Guarda, Beira Baixa, Portugal

Toda a noite tinha chovido na Guarda. Chovia ao pequeno--almoço e choveu durante a reunião estratégica convocada por Felsen para discutir com os agentes locais as tácticas necessárias à compra e expedição de cerca de trezentas toneladas de volfrâmio por mês até ao fim do ano.

Só tinha compreendido bem a enormidade da tarefa ao ver a Beralt, a mina inglesa da Panasqueira, perto do Fundão, no Sul da Beira. A mina e os edifícios eram enormes, a montanha de escória fazia já parte da paisagem. Ter criado uma tal quantidade de escória pressupunha uma pequena cidade de poços com centenas de metros de profundidade e quilómetros de galerias subterrâneas. Não havia nada que se lhe comparasse, nem de longe, em todo o resto da Beira. E essa proeza de engenharia arrancava do solo, por ano, 2000 toneladas de grossos veios horizontais de volfrâmio. As outras minas da zona eram, em comparação, simples esfoladelas e mossas superficiais. A sua única esperança era conseguir uma motivação total das pessoas. Galvanizar milhares de homens que respigassem a superfície. E, claro, roubar.

A reunião tinha começado mal. Os homens estavam já a dar o seu máximo e não conseguiam nada que se parecesse com 300 toneladas por mês. Começaram por se queixar dos concessionários portugueses, que tinham percebido de que lado soprava o vento e estavam a açambarcar. Depois queixaram-se dos britânicos, que tinham lançado várias operações de compra antecipada, provocando uma subida de preços que encorajou os portugueses a prolongar a espera.

– O preço não importa agora – disse Felsen, e fez-se silêncio. – O que temos agora de fazer é pôr as mãos no minério por todos os meios ao nosso alcance. Segundo os meus informadores em Lisboa, a UKCC tem um processo muito moroso de tomar decisões, só está activa no mercado por breves períodos e foge a pagar preços altos, porque os administradores são cautelosos e compram com dinheiro emprestado. Deram um tiro no pé. Fizeram subir os preços e agora estão a perder pessoal – os mineiros começaram a ver que podem ganhar mais a apanhar pedras por conta própria que descendo às minas por um ordenado. Nós não temos esses problemas. Temos dinheiro e podemos ser agressivos. Damos garantias de estabilidade.

– Que quer dizer com isso de garantias de estabilidade?

– Quero dizer que nós nunca deixamos de comprar. Os ingleses não podem fazer o mesmo. Trabalham aos arrancos. Desapontam as pessoas. Nós não vamos desapontá-las. Temos de estabelecer relações íntimas com as pessoas da terra, os homens que controlam as comunidades locais, e torná-los fiéis ao comprador alemão.

– E como quer fazê-los fiéis? – riu um dos agentes. – Os ingleses dão-lhes chá e bolos e beijam as criancinhas. Acha que nos sobra tempo para isso, à caça de trezentas toneladas mensais?

– Na Beira só são fiéis a uma coisa – disse outro agente, carrancudo.

– Não é bem assim – discordou o primeiro. – Há donos de concessões que *só* vendem aos ingleses. Alguns deles têm sangue inglês. Nunca se passarão para nós.

– Os dois têm razão – disse Felsen. – Primeiro ponto: a gente daqui, os homens da terra. Vivem como nós vivíamos na Idade Média. Não têm nada. Fazem quarenta quilómetros a pé com cinquenta quilos de carvão às costas para irem vendê-lo à vila, onde comem o lucro para poderem voltar à sua aldeia. Gente muito pobre, que não sabe ler nem escrever e que tem à sua frente uma vida dura. São eles que vão bater a Beira para nós e trazer-nos cada pedra de volfrâmio que encontrem. Daí a algum tempo correrá a notícia, todos perceberão como é fácil ganhar dinheiro aqui e virá mais gente do Sul. O Alentejo está cheio das mesmas vítimas da pobreza, que virão também trabalhar para nós.

– E as minas que preferem vender aos ingleses, seja qual for o preço?

– Segundo ponto: os trabalhadores que vivem nas aldeias das concessões. Vamos encorajá-los a fazer turnos nocturnos. Pagar-lhes-emos ao preço do mercado.

– Está a falar em roubar?

– Estou a falar em distribuir riqueza. Tirar ao inimigo. Fazer a guerra na Beira.

– Esta gente da Beira é difícil.

– É gente da serra. Os homens das serras são sempre difíceis, têm uma vida dura e fria. O nosso papel é compreendê-los, encorajá-los, ajudá-los... e comprar-lhes volfrâmio.

Felsen dividiu a região, destacando um grupo de agentes para Mangualde e Nelas, outro para Celorico e Trancoso, um terceiro para Idanha-a-Nova, mais a sul, e reservou para si a área ao sul da Guarda até à serra da Malcata, desde o sopé oeste da serra da Estrela até à fronteira espanhola. A maior parte do minério seguiria pela estrada Guarda-Vilar Formoso, atravessando a fronteira em Vilar Formoso. Precisava de ter a Guarda Nacional Republicana num bolso para os camiões poderem chegar à fronteira e a Alfândega no outro para poderem passar para Espanha sem problemas. A cidade da Guarda era o coração da área do volfrâmio. Era o local indicado para quartel-general.

A chuva tinha parado quando a reunião terminou. O motorista veio informar que tinha entregue as duas garrafas de *brandy* ao chefe da GNR e que Felsen devia comparecer no posto da GNR, se possível antes do almoço, para uma reunião.

O chefe da GNR tinha sido transferido de Torres Vedras para a Guarda há pouco tempo. Era um homenzarrão com uma cara pequena numa cabeça grande. Tinha um grande bigode de pontas reviradas, preto e luxuriante como pele de marta, que o fazia parecer sempre muito satisfeito, como aliás estava geralmente. A mão era pequena e macia ao aperto camponês de Felsen; não era mão habituada a fazer pesar a força da lei. Felsen sentou-se do outro lado da secretária do chefe, que parecia ter entrado em muitas escaramuças na Guerra Peninsular. O chefe agradeceu-lhe o presente e convidou-o a tomar um absinto. Deitou o licor verde em dois cálices. Com a boca ainda encortiçada do sabor amargo, Felsen pôs uma folha de jornal diante do chefe, apontando-lhe um artigo no fundo da página. O outro leu, beberricando o seu absinto e a pensar no almoço. Aceitou um cigarro de Felsen.

– Está nas primeiras páginas de Lisboa – disse Felsen.

– Os assassinatos – disse o chefe, olhando para a janela, a ver o céu clarear – são agora muito vulgares nesta zona.

– É o terceiro morto em duas semanas. Os corpos foram todos encontrados na mesma zona e todos eles tinham sido despidos, amarrados e mortos à paulada.

– É o volfrâmio – explicou o chefe, como se nada tivesse que ver com isso.

– Claro que é o volfrâmio.

– Endoideceram todos. Até os coelhos bravos andam na apanha do volfrâmio.

– E como vão as investigações?

O chefe mexeu-se na cadeira e aspirou o estranho tabaco turco. O fogo ardia na chaminé.

– Depois desses já houve outro morto – disse.

– Um dos seus homens?

O chefe acenou que sim e voltou a encher os cálices. O absinto alisava-lhe as rugas, começava a parecer outra vez um rapazinho.

– Tem dado seguimento ao caso?

– A anarquia reina nesta terra – disse o chefe teatralmente, varrendo a secretária com a mão. – Encontrámos o corpo...

– Na mesma área?

O aceno foi mais vagaroso desta vez.

– Onde tinha ele começado as investigações?

– Numa aldeia chamada Amêndoa.

– Naturalmente vai voltar lá com mais tropa?

– A área que tenho de cobrir é muito grande. Nas presentes circunstâncias... é difícil.

– Quer dizer que gostaria de ver a anarquia terminar sem ter de usar a sua gente.

– É pouco provável – disse o outro em tom triste. – Há muito dinheiro em jogo. Esta gente sempre viveu de cinco tostões aqui e cinco acolá... para eles, um escudo é dinheiro. Quando uma pedra de volfrâmio vale setenta, oitenta ou até cem escudos, é uma febre. Não pode imaginar. Ficam doidos.

– Se eu puder garantir que a sua autoridade é respeitada e que ponho cobro à violência, acha que poderá ajudar-me com uns problemas que tenho?

– Pôr cobro à violência – disse o chefe, e repetiu-o para o cálice de absinto, como se ele lhe tivesse dado a ideia. – Toda?

– Toda – disse Felsen, repetindo a mentira.

– De que espécie são os seus problemas?

– Como sabe, vou ter uma grande quantidade de camiões a transportar volfrâmio das zonas de mineração para a fronteira de Vilar Formoso.

– A Alfândega é uma entidade separada.

– Eu sei. No que poderia ajudar-me era com a papelada, as guias de conhecimento que temos de apresentar quando transportamos o minério.

– Mas as guias são muito importantes para o Governo. Têm de saber onde andam as coisas.

– Claro, e normalmente não deve haver problemas... mas a burocracia...

– Ah, pois, a burocracia – disse o chefe, sentindo-se de repente prisioneiro do seu uniforme. – Compreendo. É um homem de negócios, habituado a fazer o que quer e quando quer.

Houve um silêncio. Pela mímica facial do chefe dir-se-ia que ele lutava com um grave problema de consciência ou de intestinos.

– Também me encarrego de descobrir o que aconteceu ao seu subordinado – disse Felsen, mas não acertou no alvo. O chefe não estava muito preocupado com o caso.

– As guias são um instrumento muito importante. Seria uma séria quebra de...

– Teria naturalmente a sua comissão por cada tonelada transportada – disse Felsen, e viu que desta vez tinha acertado. As rugas desfizeram-se. O estômago calou-se. O chefe pegou noutro cigarro de Felsen, lançando-lhe um olhar de esguelha.

– Mas, sem as guias, como vou eu saber quantas toneladas foram transportadas? Como vamos calcular a minha comissão?

– Nós os dois teremos uma reunião mensal com a Alfândega.

O sorriso do chefe aumentou de meio metro a alegria do seu bigode. Apertaram as mãos e acabaram de beber. O chefe abriu a porta a Felsen e bateu-lhe no ombro.

– Se for a Amêndoa, fale com Joaquim Abrantes. É um homem muito influente lá no sítio.

A porta fechou-se atrás de Felsen, deixando-o num corredor mal iluminado. Saiu devagar do edifício, remoendo a sua primeira lição. Tinha subestimado os portugueses.

Entrou no carro e mandou seguir para Amêndoa, no sopé da serra da Estrela.

Não havia estrada para Amêndoa, apenas um carreiro de terra batida onde afloravam pedras de granito, correndo entre urzes e giestas, e depois, mais alto, entre pinhais. A chuva tinha parado, mas o nevoeiro persistia e ia descendo das montanhas para o topo das árvores e daí até envolver o automóvel. O motorista poucas vezes passou da segunda. Cruzavam-se pelo caminho com homens encapuchados como monges, com grandes sacos pela cabeça. Cinzentos e calados, chegavam-se para a berma, sem olhar para o lado.

Felsen, no banco de trás, sentia cada metro entre ele e a tosca civilização da Guarda alongar-se mais. Tinha falado da Idade Média, mas isto mais parecia a Idade do Ferro ou pior. Não se espantaria de ver alguém a cavar com instrumentos de pedra. Ainda não avistara uma só mula ou burro. As cargas iam às costas dos homens ou à cabeça das mulheres.

O carro chegou a um terreno plano, sem qualquer sinal a indicar Amêndoa. Casas de granito apareceram no meio do nevoeiro, uma mulher de preto atravessou a estrada. O motorista parou diante da única casa de dois pisos. Saíram. Uma porta ao nível da rua estava aberta. Uma velha trabalhava entre sacos de grão, salgadeiras de presunto, queijos curados, grades de batatas, ramos de ervas, baldes e ferramentas. O motorista perguntou por Joaquim Abrantes. A velha deixou o trabalho, trancou a porta com mãos nodosas e encarquilhadas e levou os dois homens pelas escadas exteriores até um alpendre suportado por dois pilares de granito. Deixou-os aí e entrou na casa. Minutos depois voltou a abrir a porta e Felsen baixou a cabeça para entrar no escuro casarão. O motorista regressou ao carro.

O lume estava aceso e produzia uma fumarada densa numa grande lareira que não emitia calor. Quando os olhos se adaptaram à falta de luz, Felsen distinguiu um velho sentado junto da lareira. Por cima da sua cabeça havia chouriços pendurados num pau. A mulher tinha tirado um trapo do bolso e limpava os olhos do velho, que gemia baixinho, como se o tivessem incomodado no seu sono para o trazerem para um mundo de dor. A velha saiu. Dentro da casa alguém tossiu e cuspiu. Ela voltou com duas pequenas candeias de azeite. Pôs uma na mesa e apontou uma cadeira a Felsen. Através das ripas entre as vigas do tecto viam-se bocados de ardósia. A mulher colocou a segunda candeia num nicho da parede, voltou a limpar os olhos do velho e saiu. As duas janelas da sala estavam permanentemente fechadas por portadas de madeira robustas.

Ao fim de alguns minutos, as portas duplas por trás de Felsen abriram-se uma nesga, pela qual entrou de lado um homem baixo e muito entroncado. Berrou uma ordem para as traseiras da casa e por fim estendeu a Felsen a mão duma dureza mineral. Sentou-se com os antebraços sobre a mesa; as mãos rudes, de unhas quebradas, saíam-lhe de uns punhos quadrados. Felsen reconheceu qualquer coisa nele e soube, desde esse primeiro momento, que este era o homem que o iria ajudar a controlar a Beira.

Uma rapariga de lenço na cabeça trouxe uma garrafa de aguardente e dois copos. O rosto do português era impassível à luz da candeia de azeite, vasto como uma paisagem de mina a céu aberto. O cabelo era penteado para trás numa grossa onda de lava preta e cinzenta, a testa e o nariz pareciam um talude com uma aresta de granito exposta, as órbitas e faces eram crateras. Toda a geografia do rosto tinha sido temperada até ao osso por anos de vento frio e seco. Era impossível adivinhar-lhe a idade – podia ter 35 a 55 anos. Mas, se o rosto parecia mineral, o mesmo não acontecia aos dentes, que eram escuros e gastos, partidos e amarelos ou simplesmente inexistentes.

Joaquim Abrantes deitou a bebida pálida nos copos. Beberam.

A rapariga voltou a aparecer, com pão, presunto fumado, queijo e chouriço. Pôs uma faca à frente de Abrantes. O rosto dela era muito jovem, os olhos claros, azuis ou verdes, era difícil dizer àquela luz. Uma madeixa loira fugia-lhe do lenço. Era a coisa mais bonita que Felsen tinha visto desde a sua saída de Lisboa. Muito nova – não teria mais que 15 anos – mas, estranhamente, com o corpo e as formas duma mulher feita.

Abrantes reparou como o alemão olhava para a rapariga. Empurrou o presunto para a frente dele e estendeu-lhe o pão e a faca. Felsen comeu. O presunto era perfeitamente curado, delicioso.

– Bolotas – disse Abrantes. – Fazem a carne mais saborosa, não acha?

– Não tinha visto carvalhos por aqui, só giesta e pinheiros.

– Há carvalhos do outro lado da serra. Mando vir de lá a bolota. Tenho os porcos mais saborosos da Beira.

Continuaram a comer e a beber. O chouriço era rugoso, com pedaços de gordura. O queijo era macio, picante e salgado.

– Disseram-me que vossemecê vinha ver-me – disse Abrantes.

– Não sei como.

– As notícias chegam cá acima. Até ouvimos falar da vossa guerra.

– Então sabe o que cá vim fazer.

– Investigar um crime – disse Abrantes, com os ombros a abanar, metais a chocalhar dentro do casaco. Estava a rir.

– O crime interessa-me realmente.

– Não vejo porque há-de vossemecê estar interessado na morte duns labregos portugueses.

– E dum elemento da GNR.

– Isso foi um acidente. Caiu do cavalo. Essas coisas acontecem em terrenos difíceis – disse Abrantes. – E, de qualquer maneira, porquê tanto interesse? Não têm mortos que cheguem na vossa guerra, precisam de vir para a Beira?

– Interessa-me porque significa que alguém está a controlar a situação.

– E gostaria de ser vossemecê a controlá-la?

– Esta é a sua terra, Sr. Abrantes. Esta é a sua gente.

Voltaram a encher-se os copos. Felsen ofereceu um cigarro. Abrantes recusou, não querendo ainda aceitar fosse o que fosse. Felsen admirou a psicologia.

– Sr. Abrantes – disse Felsen –, vou fazer de si um homem muito rico.

Joaquim Abrantes rodou o copo sobre a mesa como se estivesse a aparafusá-lo. Não respondeu. Talvez já tivesse ouvido a mesma frase antes.

– Nós os dois, Sr. Abrantes, vamos deitar a mão a cada apara de volfrâmio não concessionado desta região.

– Porque havia eu de trabalhar consigo se me dou bem sozinho? E, além disso, se vossemecê me pode fazer rico, os ingleses também podem, não é? Talvez que eu prefira especular. O mercado tem só uma direcção, tanto quanto vejo.

– Os ingleses nunca comprarão tanta quantidade como nós.

– Ainda estão a comprar. Compram para vossemecês não terem onde ir buscá-lo.

– Que lhe parece o preço actual do volfrâmio? – perguntou Felsen.

– Está alto.

– Está a comprar?

Abrantes mudou de posição na cadeira.

– Tenho reservas. O preço está a subir.

– Se, como diz, o preço do volfrâmio só tem uma direcção, vai ter de vender alto para comprar mais alto... isto, claro, se quiser manter-se no mercado.

O olho mais escuro de Abrantes, o que ficava do lado oposto à luz, espreitou por sobre a aresta de granito do nariz.

– Qual é a sua proposta, Sr. Felsen?

– Aumentar a sua capacidade para comercializar volfrâmio por minha conta.

– Não duvido que tenha dinheiro para isso... mas faz ideia do que tem de fazer?

– Sei que conhece a terra melhor que eu.

Abrantes meteu um naco de pão e queijo na boca e empurrou-o com um trago de aguardente.

– Grande parte do volfrâmio que me trazem não é puro – disse. – Tem sempre quartzo e pirites. Havendo companhias para limpar o volfrâmio, podíamos atrair mais minério e garantir a qualidade.

Felsen concordou com um gesto.

– Eu teria de ter o controlo financeiro – continuava Abrantes. – Não quero ter de pedir autorização para cada pedra que compre e teria de ter uma parte dos lucros, ou, não havendo lucros, uma percentagem garantida sobre o movimento.

– Quanto?

– Quinze por cento.

Felsen levantou-se e encaminhou-se para a porta.

– Pode fazer isso por sua conta em lotes pequenos, mas eu não posso oferecer nada de parecido nas quantidades que me interessam.

– Que quantidades?

– Milhares e não centenas de quilos.

O português pesou mentalmente a questão.

– Se trabalhar consigo, fico fora do mercado..

– Não o impeço de negociar por sua conta.

– Quanto tempo estarão vossemecês no mercado? Não tenho garantias...

– Senhor Abrantes, esta guerra, para a qual precisamos de milhares de toneladas de volfrâmio, vai mudar tudo. Sabe o que está a acontecer na Europa? A Alemanha controla tudo, da Escandinávia ao Norte de África, da França à Rússia. Os ingleses estão liquidados. A Alemanha vai controlar toda a economia da Europa e, se trabalhar comigo, será um amigo da Alemanha. Para responder à sua pergunta, Sr. Abrantes, nós vamos estar no mercado durante toda a sua vida, a vida dos seus filhos, dos seus netos e mais tempo ainda.

– Dez por cento.

– É uma percentagem que o negócio não suporta – disse Felsen, e estendeu a mão para a porta.

– Sete.

– Acho que não está a compreender o alcance da minha proposta, Sr. Abrantes. Caso contrário, saberia que um por cento bastaria para fazer de si o homem mais rico de toda a Beira.

– Venha cá e sente-se. Podemos discutir o caso. E temos de comer. Vossemecê deve saber que nesta altura é importante comermos.

– Eu sei – disse Felsen, sentando-se.

A rapariga trouxe um espesso guisado com porco, fígado e morcela. Pôs mais pão na mesa e um jarro de vinho tinto. Os dois homens comeram sozinhos. Abrantes disse a Felsen que o prato se chamava sarrabulho e era a melhor coisa que a rapariga tinha aprendido com a mãe.

Joaquim Abrantes podia ter sido em tempos um lavrador, mas já não o era. O que não queria dizer, como Felsen descobriu enquanto discutiam para chegar a um acordo sobre volumes e percentagens, que soubesse ler ou escrever. Queria dizer que o pai dele tinha cultivado a terra e pai e filho tinham comprado mais terra. Tinha a casa grande, que era ligada a duas outras nas traseiras e ao lado. Tinha gado. Gostava de comer e beber bem. Tinha aquela mulher jovem. Era um animal estranho. Nas poucas ocasiões em que os seus olhares se encontraram, Felsen sentiu o mesmo que ao olhar para uma cabeça de touro. Havia qualquer coisa de grande, secreto e cósmico a trabalhar no cérebro daquele homem. Compreendia coisas surpreendentes sobre negócios e números, mas não tinha qualquer ideia de mapas ou distâncias, a menos que já as tivesse percorrido. Tinha o instinto do poder. Não gostava de ninguém a não ser do pai, o velho quase cego. As mulheres só falavam quando ele se lhes dirigia.

Depois do almoço pediu licença e saiu da sala. Felsen levantou-se e espreguiçou-se.

Pela nesga entre as portas duplas via-se uma saleta onde a velha fazia croché, e para lá da saleta uma cozinha. Abrantes estava de pé atrás da rapariga, que se inclinava, com as duas mãos em cima da mesa. A mão de Abrantes subia-lhe pela saia. Endireitou a frente das calças e olhou para baixo como se fosse montá-la ali mesmo, depois reconsiderou e saiu pelas escadas das traseiras.

11

3 de Julho de 1941, Guarda, Beira Baixa, Portugal

Felsen transpirava, sentado à mesa junto da janela com persianas do restaurante abafado, cujas ventoinhas não funcionavam. As persianas não deixavam entrar o calor abrasador, que fumegava nas fachadas de pedra e calhau dos edifícios, mas também não ajudavam à ventilação da sala. No restaurante estavam quinze homens divididos por duas mesas perto da porta e ele sozinho na outra extremidade. Os homens eram barulhentos – volframistas, com dinheiro a mais no bolso e *brandy* a mais no estômago. Todos usavam chapéus de rico, do mesmo feitio que os chapéus de pobre, mas mais caros, e todos tinham canetas no bolso do lenço, embora nenhum deles soubesse escrever. O restaurante tinha estado tranquilo até se ter esgotado o melhor vinho da casa e os volframistas começarem a beber *brandy* como se fosse vinho de mesa. Os rivais da mesa ao lado acompanhavam-nos, garrafa por garrafa. Os insultos iam subindo como a louça suja na pia e ameaçavam fazer correr sangue pelo soalho de madeira áspera.

Joaquim Abrantes entrou e deu um berro aos homens gordos e suados da primeira mesa. Eles calaram-se. Os outros volframistas continuaram a lançar insultos, agora sem resposta. Abrantes virou devagar a cabeça e sorriu-lhes com a sua dentadura nova. Ficava mais sinistro que com as pedras partidas que tinha dantes, e os homens calaram-se.

Abrantes foi sentar-se em frente de Felsen. Trazia um fato novo, estava a aprender o valor dum sorriso para tratar com os europeus do Norte, mas ainda não controlava bem a nova dentadura que tinha ido pôr a Lisboa no mês anterior, por conta de Felsen.

Felsen acabava de regressar de Berlim, onde tivera uma reunião com um Gruppenführer Lehrer muito maldisposto. A 20 de Junho Lehrer tinha sido convocado por Fritz Todt, o ministro do Armamento, que estava preocupadíssimo com as consequências que ia acarretar para a sua linha de produção a invasão da Rússia, marcada para dia 22. Lehrer tinha dito a Felsen que as existências de volfrâmio eram ridículas e mesquinhas, e fizera-lhe uma descrição muito viva de outra reunião que tivera com o SS-Reichsführer Himmler, que lhe tinha pisado os tomates na carpeta. Felsen duvidava. Tinha visto Himmler num comício em Munique e o homem parecera-lhe mais um contador de feijões que um pisador de tomates.

A reunião tinha um objectivo claro. Era preciso arranjar volfrâmio a qualquer preço. Felsen devia além disso procurar estanho e vários outros produtos – sardinhas, azeite, cortiça, peles, cobertores...

– Quer dizer que vamos atacar a Rússia no Inverno russo? – perguntou Felsen.

– A Rússia é muito grande – respondeu Lehrer, lentamente, em voz baixa. – O nosso pequeno atraso não foi... oportuno.

– Não é em dois dias que se conquista a Jugoslávia, a Grécia, a Roménia, a Bulgária...

– O champanhe corre a rodos no Hotel Parque, suponho – interrompeu Lehrer, em tom selvagem.

– Não faço ideia, Herr Gruppenführer.

O Riesling tinha-lhe sabido a ácido.

Regressado a Lisboa, Felsen tinha pedido à *Abwehr* informações que pudessem dar-lhe alguma vantagem sobre os ingleses, que tinham acompanhado os novos preços e tinham ganho um contrato de 50 toneladas mesmo debaixo do seu nariz. Não recebeu qualquer ajuda. Agora, de volta à Beira, Felsen vinha ansioso por poder, por sua vez, espezinhar alguém.

Abrantes ia sorvendo a sopa com a dentadura nova. Felsen, que já ia no segundo prato, olhava sem apetite para um grande naco de porco.

– Amanhã à tarde, entre as duas e as quatro, vai passar um carro no caminho de Melos para Seixo.

– Com um agente inglês?

Abrantes fez que sim.

– Que mais sabemos?

– Nada. Só que a estrada passa por um pinheiral.

– Quem lhe disse?

– O motorista.

– É de confiança?

– Custou mil escudos e quer um emprego. Vamos ter de olhar por ele.

– A confiança está a ficar cara.

Abrantes indicou com a cabeça os volframistas.

– Aqueles agora não comem pão por ser comida de pobres. Trazem relógios, embora não saibam ver as horas. Põem coroas de ouro nos dentes podres, mas continuam a dormir por cima do curral. A Beira transformou-se numa terra de doidos. Ontem uma aldeia inteira foi procurar-me. Uma aldeia inteira! Quatrocentas pessoas duma terra qualquer nos arredores de Castelo Branco. Ouviram falar dos preços... Duzentos escudos por uma pedrinha é cinquenta vezes a sua jorna. Chamam-lhe o ouro negro.

– Não pode continuar assim.

– Não tarda muito compram carros. Aí é que estamos mortos.

– Quero eu dizer que o professor Salazar não vai deixar que isto continue assim. O Governo não vai permitir que as pessoas saiam das suas casas e deixem de cultivar as suas terras. Não pode deixar que os salários e os preços disparem e se descontrolem. Salazar tem medo da inflação.

– Inflação?

– É uma doença dos bolsos.

– Explique-me isso.

– É uma doença que mata o dinheiro.

– O dinheiro é papel, Sr. Felsen – disse Abrantes, categórico.
– Sabe o que é um cancro?

Abrantes parou de desfiar o seu bacalhau.

– Também há cancros do sangue. O sangue parece o mesmo, continua vermelho, mas tem uma coisa ruim a crescer lá dentro. Olha-se para uma nota de dez escudos e no dia seguinte é uma nota de cem, e no outro dia uma nota de mil.

– E isso não é bom?

– O dinheiro parece o mesmo, mas perde o valor. O governo começa a imprimir notas só para acompanhar as subidas dos salários e dos preços. Uma nota de mil escudos passa a não dar para comprar nada. Nós na Alemanha conhecemos bem a inflação.

Joaquim Abrantes continuava com o garfo e a faca suspensos sobre o bacalhau. Foi a única vez que Felsen o viu com medo.

4 de Julho de 1941, serra da Estrela, Beira Baixa, Portugal

Fazia calor, um calor insuportável, sufocante. Mesmo no sopé da serra, onde deveria correr uma aragem, havia apenas aquele calor cáustico, tão denso que Felsen o sentia queimar-lhe a garganta e os pulmões. Escorria-lhe o suor pelo corpo. Ia sentado no banco traseiro do Citröen, com as janelas abertas e o ar de fornalha a pesar sobre o carro. Bebeu água morna dum frasco de metal. Abrantes, ao lado dele, não tinha tirado o casaco e não transpirava sequer.

Tinham vindo de Belmonte, onde haviam encontrado multidões nos campos quentes como brasas. Tanta gente que Felsen pensou que tivesse havido outro milagre, outra aparição como a de Fátima em 1917, e que as pessoas acorressem para ver a Virgem Santíssima. Afinal tinham vindo por causa do volfrâmio. O magma cristalizado, negro e brilhante, vomitado do centro da Terra há um milhão de anos.

Tinha sido ele a dar início a este novo culto, e isso fascinava-o e horrorizava-o. As pessoas deixavam para trás as suas vidas. Regedores de pequenas terras, burocratas, advogados, sapateiros, pedreiros, carvoeiros, alfaiates... todos tinham abandonado o seu trabalho para irem esfarelar os montes, catar a urze, esgaravatar a terra, com os cérebros atacados pelo vírus do volfrâmio. Se alguém morresse, não se encontraria quem organizasse o funeral ou fizesse um caixão.

O inglês loiro sentia-se enjoado. Ia estatelado no banco traseiro do seu automóvel a cair aos bocados, tentando refrescar um pouco a pele clara, os braços vermelhos e o rosto rosado. Tinha sido uma viagem longa e brutal desde Viseu, com tudo a correr mal. Depois do primeiro furo tinha deixado de pensar no volfrâmio e deixara-se arrastar num vago delírio em que era casado com uma holandesa de olhos azuis, tinha filhos e cultivava vinhas.

Um salto do carro arrancou-o ao seu devaneio – o condutor tinha um talento instintivo para acertar em todos os buracos. Farrapos de realidade cruzavam-se-lhe no pensamento. Porque queria ela ir para a América? Era escusado tentar fazê-la mudar de ideias. Deveria sentir-se culpado? Talvez. Talvez devesse pelo menos ter ido ao Consulado Americano tentar falar com a mulher dos vistos... mas isso seria contrário aos seus próprios interesses. Meu Deus, que calor, que luz estranha. Poeira do deserto, dizia o motorista. O tipo era um completo idiota e ainda por cima insolente. Era difícil lidar com esta gente da Beira. Porque o tinham feito descer do Minho? Lá nunca havia um calor destes e as pessoas eram mais fáceis. Volfrâmio. Nunca chegara sequer a beijá-la.

O carro de Felsen desceu a encosta até ao pinhal, passou as curvas apertadas que levavam ao vale e depois voltou a subir pelo outro lado. Atrás dele vinha uma camioneta com quatro homens e um motorista. Chegaram à curva que tinham marcado na véspera e saíram. O automóvel e a camioneta subiram até um pouco mais longe e lá pararam.

Dois homens arrastaram o pinheiro que tinham desenraizado na véspera e cortaram com ele a estrada. Outro homem, com um machado, desapareceu na curva. Felsen, Abrantes e os outros entraram no calor sussurrante da floresta de pinheiros. Abrantes deu a cada homem um cacete de madeira. Sentaram-se sobre o tapete de caruma seca. Abrantes endireitou uma perna e retirou do cós das calças uma Walther P48. Felsen acendeu um cigarro e deixou pender a cabeça entre os joelhos. Tinha bebido de mais na noite anterior e agora o calor parecia cada vez mais próximo, a luz começava a ter contornos avermelhados, como se alguma coisa terrível estivesse para acontecer, talvez um tremor de terra. Os homens murmuravam atrás dele, os calcanhares enterrados na encosta.

– Calados – disse ele sem levantar a cabeça.

Os homens calaram-se.

Felsen tentou compor as cuecas à volta dos genitais, que estavam doloridos da farra nocturna. Arrepiou-se só de pensar na mulher, com as grandes nádegas pregueadas, a espessa moita negra, o hálito a alho e a esgoto. A repugnância subiu-lhe à garganta, não conseguia engolir. As moscas pousavam-lhe na camisa suada e picavam-no, fazendo-o esbracejar. Estava a entrar outra vez em depressão. Tentou desviar o pensamento, mas voltava sempre ao mesmo – Eva, Lehrer, os botões de punho de ouro roubados pela rapariga.

Os homens tinham recomeçado a falar baixinho. Enfurecido, pôs-se de pé num salto, sacando a arma da algibeira. Apontou-a a cada um dos homens.

– Calado. Calado. Calado.

Abrantes levantou a mão.

Todos ouviram ao mesmo tempo o carro no vale. Mudava de velocidade e começava a subir a ladeira. Os homens estavam imóveis como mochos num ramo. Felsen sentou-se outra vez e espreitou através das árvores o homem do machado, que esperava mais acima, na margem da estrada, a uns cinquenta metros da árvore derrubada. Levantou a mão. O carro passava pelas curvas fechadas, o motorista ignorava a embraiagem e fazia ranger as mudanças. O cheiro agudo da resina começou a arder na garganta seca de Felsen.

– Vai dar cabo da caixa de velocidades se não usar a embraiagem – gritou o inglês do banco de trás.

O condutor nem se virou. Sacudiu desajeitadamente a alavanca das mudanças e meteu a mudança como se gostasse de ouvir ranger o metal. O inglês deixou-se outra vez cair no banco, o carro meteu-se a sacolejar pela curva seguinte. Como seria beijar-lhe a boca? Tinha-a sentido roçar-lhe os lábios com os seus uma vez, e essa nova experiência tinha-o trespassado. Já tinham passado meses. Ainda iria encontrá-la? Tirou a carteira e com o polegar puxou o retrato dela. Sentiu o carro abrandar.

– Que foi agora?

– Uma árvore caída – disse o motorista, acelerando o motor, desesperado para não parar.

– Caída ou cortada? – perguntou o inglês, olhando a floresta de pinheiros à sua volta e voltando a guardar a carteira.

– Caída... Tem as raízes à mostra.

– Como é que um pinheiro cai assim nesta altura do ano?

O condutor encolheu os ombros. Não sabia. Não sabia nada, nem mesmo conduzir.

– Saia e vá lá ver – disse o inglês.

O motorista carregou outra vez no acelerador.

– Não, espere – disse ele, agora nervoso, desconfiado.

Ninguém saiu do carro por uns bons dois minutos. O condutor carregou no acelerador até o motor se calar de vez. Os homens continuavam sentados no silêncio resinado da floresta, que apenas o cantar das cigarras perturbava. O condutor acabou por sair e lançar um olhar preguiçoso à árvore. Voltou ao carro, abriu a bagageira e meteu lá a mão à procura de qualquer coisa, sem olhar. Depois fechou-a e inclinou-se para a janela de trás.

O agente inglês saiu. Era alto, usava calças de caqui e uma camisa branca com as mangas arregaçadas. Tinha um revólver na mão direita. Olhou para os pinheiros por cima do carro e foi ver as raízes da árvore tombada. Voltou para o carro, pôs a arma no tejadilho, tirou a camisa e atirou-a lá para dentro pela janela. Ficou em camisola interior branca, os braços vermelhos até ao cotovelo e brancos daí para cima.

Felsen baixou o braço e o homem do machado começou a descer a estrada em direcção à árvore.

– Boa tarde – disse ao aproximar-se dos dois homens.

O agente pegou rapidamente na arma e apontou-a ao camponês, que ergueu as mãos, deixando cair o machado. O agente chamou-o para junto da árvore. O camponês olhou para o machado caído. O inglês abanou a cabeça.

– Não, não. Anda cá.

O homem gaguejou que não podia deixar o machado ali no chão. O condutor repetiu a frase para benefício do agente. O agente mandou-o pegar no machado e entregar-lho e o camponês estendeu-lho pelo cabo de madeira polido. O agente deu o machado ao condutor e disse-lhe que se pusesse ao trabalho.

– Ele que o faça – protestou o condutor.

– Prefiro que seja você. Não o conhecemos.

O condutor abanou a cabeça e afastou-se. O inglês ficou furioso, mas só havia uma solução. Meteu o revólver no cós das calças e começou a atacar a árvore. O condutor sentou-se no pára-choques a limpar o suor da testa. O camponês ficou a olhar para o agente com a expressão contristada de um profissional que vê alguém que não sabe pegar numa ferramenta. O agente depressa ficou alagado em suor; a princípio parava para o limpar, depois limitava-se a sacudir a cabeça para o suor não lhe tapar os olhos. As mãos do camponês formigavam.

– Deixa-o estar – disse Felsen baixinho, descendo cautelosamente a encosta para a beira do caminho. – Ele que trabalhe.

Felsen e Abrantes avançaram cada um de seu lado do carro, ultrapassando o condutor sentado no pára-choques. Felsen fez um sinal.

– Posso? – pediu o camponês.

O agente estendeu-lhe o machado e sentiu a Walther P48 de Felsen atrás da orelha. Abrantes tirou-lhe a arma do cós. As pernas do agente tremiam. Virou-se devagar e não pôde evitar uma centelha de reconhecimento nos olhos ao ver o alemão.

Este, pensou Felsen, que sentia os olhos a arder, este era o amigo de Laura van Lennep. O tal que não tinha querido apertar-lhe a mão. Como se chamava ele? Edward Burton.

Abrantes mandou o motorista do inglês ajudar os seus homens a tirar a árvore da estrada. O homem tinha outras ideias. Já não era nenhum jornaleiro, esse trabalho não lhe competia, e onde estavam os seus mil escudos? Abrantes enterrou o chapéu na cabeça. Felsen, já com os nervos esgotados, perdeu a cabeça. Arrancou o cacete das mãos dum homem e correu para o condutor, que recuou, mudando rapidamente de ideias, mas tarde de mais. Felsen caiu-lhe em cima com todo o seu peso, manobrando o cacete como um possesso. O condutor foi ao chão com a primeira saraivada de golpes. Felsen, com o coração a saltar-lhe do peito, caiu de joelhos e continuou a bater, a bater, a bater até não saber em que estava a bater.

Os outros homens pararam o trabalho e ficaram a olhar para ele.

Felsen limpou a testa à camisa, que ficou com uma mancha escura. Esfregou os olhos, mas não conseguiu clarear a vista perturbada. Arquejava, ainda de joelhos, a cabeça a latejar e a vista a fugir-lhe. Olhou para a peça de carne à sua frente e sentiu o estômago revoltar-se. Conseguiu pôr-se de pé sobre as pernas trémulas, o cacete ensanguentado pendendo-lhe molemente da mão. O inglês estava a vomitar.

A luz tornava-se cada vez mais estranha, a poeira vermelha velava o Sol.

Os homens não tinham voltado ao trabalho e Felsen pensou que ia vomitar como o inglês até que viu as caras deles. Estavam confusos e assustados com o poder dum homem capaz de fazer semelhante coisa sem qualquer razão. Felsen já os tinha visto assim noutras ocasiões, mas só em frente de Joaquim Abrantes.

– Agora já viram – disse, ainda ofegante, apontando para eles com o cacete. – Agora talvez percebam a importância da obediência. Não é assim, Sr. Burton?

Ao ouvir o seu nome, o agente inglês endireitou-se de súbito, mas não conseguiu falar. Os lábios eram linhas brancas no rosto pálido. Tinha a testa coberta de suor gorduroso, como um doente de cólera.

– Enterrem-no – disse Felsen, atirando com o cacete aos pés dos homens.

Abrantes levou Burton para o banco traseiro do carro, e Felsen sentou-se ao volante. Pararam em casa de Abrantes para apanhar uma cadeira, um rolo de corda, e uma garrafa de bagaço bem frio, do fundo da adega. Seguiram depois para uma mina desactivada nas colinas próximas de Amêndoa, onde o veio de volfrâmio se tinha esgotado após uns trinta metros. Na bagageira do carro estava um fogareiro, carvão e chouriço. Abrantes salpicou o carvão com bagaço e chegou-lhe fogo. Felsen abriu a pasta de Burton e encontrou maços de notas no valor de 500 contos e um contrato por assinar – 80 toneladas de volfrâmio de uma concessão mineira de Penamacor. Continuava a sentir a garganta seca, mas não havia ali água, pelo que bebeu o bagaço fresco e limpou a boca à manga.

– Voltou a ver Laura? – perguntou Felsen em inglês, folheando o contrato.

– O Chave d'Ouro – disse Burton automaticamente.

– Ela sempre conseguiu o visto?

Burton olhou o passado como se fosse o seu próprio país a desaparecer no horizonte. Felsen tomou outra golada de álcool, tentando embotar a agulha que lhe arranhava o crânio. O bagaço fresco queimou-o por dentro.

– Conseguiu ou não? – perguntou de novo, e Burton ficou a olhar para ele, desorientado, mas sem responder.

Felsen revistou os bolsos do inglês e encontrou a carteira. Conferiu o dinheiro e encontrou a fotografia. Mirou-a à luz cor de barro da tarde.

– E você, conseguiu o que queria? – perguntou Felsen. – Pelo menos diga-me isso.

– Mas eu *não* queria que ela tivesse o visto.

– Então provavelmente não conseguiu o que queria.

– O que eu queria...?

– Quer dizer... – Felsen interrompeu-se. – Comê-la, Mr. Burton. Não queria comê-la?

– A Laura?

– Ah – disse Felsen. – Um mal-entendido.

– Não compreendo.

– O jogo de Laura. Não percebeu o jogo dela? Arranjas-me um visto... Não. Tens ar de quem pode arranjar-me um visto... e podes comer-me. Bastava a palavra «visto» para lhe trazer amor aos olhos.

Toda a gente via, Mr Burton. Não fui eu o primeiro, nem de longe, isso posso garantir-lhe!

Virou a fotografia.

— «Para o Edward, com amor» – leu, e por qualquer razão tornou-se mais cruel. – Ora, Edward, não me diga... Andava ela a fazer coisas que uma puta da Friedrichstrasse recusa...

Burton saltou da cadeira e atirou-se a ele, os braços magros à volta do pescoço taurino do alemão. Meteu o seu punho de rapazola nos rins do homem. O cotovelo de Felsen deu um coice como um êmbolo de máquina a vapor. O rapaz caiu. Abrantes abanava as brasas já quase brancas.

Felsen amarrou Burton à cadeira e bebeu outro golo de bagaço. Sentia a cabeça melhor, mais clara, mais serena. Sacudiu o contrato à frente do inglês.

— Está em território meu, Edward. Este volfrâmio é meu. Com quem mais anda a negociar?

Burton trancou o cérebro. Não ouvir o alemão. Não cheirar as brasas acres. Não sentir o sopro quente do abano de Abrantes. Não ver as nuvens vermelhas a arder no céu estranho.

Felsen encontrou um bocado de arame na bagageira do carro. Abrantes começou a assar os chouriços, virando-os com dedos inesperadamente delicados. Felsen fez mais perguntas ao agente inglês, em voz pastosa do álcool. O álcool a trazer-lhe à memória Laura, os botões de punho roubados, Eva, Lehrer, a puta da noite passada, na Guarda. Burton mantinha-se calado, a afastar do cérebro o cheiro espesso do chouriço assado.

— A porca romena da secção dos vistos disse-me que a polícia de Salazar era treinada pela Gestapo – disse Felsen. – Soube pelos meus colegas que o instrutor foi Kramer. Agora é comandante dum KZ. Num KZ sabem como tratar as pessoas. Todos ouvimos falar disso, Edward, todos sabemos... mas não há nada como experimentar. Eu nunca estive num KZ, de modo que a minha experiência é em segunda mão e receio que os meus métodos lhe pareçam um tanto toscos.

Meteu o arame no meio das brasas. Tirou o cinto ao agente inglês e com a faca de Abrantes cortou-lhe as calças e as cuecas.

Foi buscar uma luva de couro e pegou no arame quente. Parou ao sentir uma rajada de vento nas costas, olhou para fora da mina, viu o céu químico e encaminhou-se para o inglês.

Os camponeses que tinham enterrado na floresta o corpo do motorista chegaram a Amêndoa pouco depois das cinco da tarde, a hora mais quente do dia. Traziam os olhos a arder, a boca cheia de saliva espessa e rançosa. Foram à fonte, beberam sofregamente e molharam trapos na água para refrescar com eles a cara e o pescoço. Só pararam quando ouviram o animal pela primeira vez. Um animal desconhecido, de um tipo que nunca tinham ouvido, numa agonia atroz.

Foram até aos limites da aldeia. Um grito saía dum buraco nas colinas e de repente reconheceram-no. Enterraram os chapéus na cabeça e voltaram para a frescura das suas casas de granito, onde se deitaram nos catres com a cabeça nos braços, a tapar os ouvidos.

O tempo mudou. A trovoada acordou Felsen do seu sono de bêbedo. Não sabia onde estava, a cabeça doía-lhe tanto que pensou que devia ter dado uma queda, a boca sabia-lhe a queijo azedo. Rolou sobre si, viu o inglês dobrado na cadeira e achou estranho. Ia ver o que se passava, mas deu com a arma no chão, o sangue no peito do homem, e... como tinha acontecido aquilo?

A chuva começou a cair pesadamente. Felsen foi à boca da mina lavar as mãos. Recuou dum salto, tropeçou e caiu por cima do corpo estendido de Abrantes. Tinha as mãos e a camisa vermelhas, os braços salpicados de vermelho... Desatou aos pontapés nas pedras para fugir da esconsa abertura da mina. Lá fora estava a chover sangue! Gritou por Abrantes, que acordou e estendeu a mão para a chuva.

– Já aconteceu antes – disse, limpando a mão às calças. – O meu pai contou-me que viu chover assim há quarenta anos. É da terra vermelha do deserto. Não é nada.

Meteram o corpo dobrado do inglês na bagageira do carro e voltaram para casa de Abrantes. Descarregaram Burton no pátio.

Felsen voltou a levar o carro para a velha mina, deixando-o tão ao fundo quanto possível. A tempestade trouxera a escuridão consigo. Quando apagou os faróis, não viu um fio de luz dentro da mina. Agarrou o volante com força e encostou a testa aos braços. Lembrava-se do som do vidro a quebrar-se, a garrafa de bagaço contra a parede da mina, o gargalo partido formando o cabo duma ferramenta primitiva. Como tinha podido acontecer?

Abrantes estava metido até à cintura numa cova aberta no pátio, com a rapariga a olhar para ele. Estava mais gorda, grávida, a meio do tempo. Serviu um copo de vinho fresco a Felsen e retirou-se para casa.

– Parabéns – disse Felsen, de volta ao mundo.

Abrantes não percebeu a que se referia ele. Felsen fez um gesto de cabeça a indicar a casa.

– Espero que seja um rapaz – disse Abrantes.
– Ela não é nova de mais para ter filhos?
– São as melhores para ter rapazes.
– Não sabia.
– É o que diz a velha Santos, a nossa mulher de virtude.

Abrantes ia cavando a terra, de cigarro ao canto da boca.

– Que idade tem ela?
– Não sei.

A rapariga voltou a aparecer com azeitonas, queijo e carne. Pousou tudo na mesa, ao lado do vinho.

– Que idade tens tu? – perguntou-lhe Abrantes.
– Não sei – respondeu ela.

Enterraram o corpo e foram para a cama. Felsen teve sonhos agitados. Acordou com a bexiga apertada. Meio adormecido, entrou por engano na casa grande para se aliviar e ouviu o grunhido animal de Abrantes e a rapariga a fazer um som sibilante como se se tivesse cortado com uma faca. Voltou a sair para o pátio e depois para a berma da aldeia, onde o ar era agora fresco e a terra cheirava bem depois da chuva. Urinou vinte metros de arame farpado. As lágrimas corriam-lhe pela cara. Maldita puta da Guarda! A dor era atroz.

12

16 de Dezembro de 1941, Quartel das SS, Unter den Eichen, Berlin-Lichterfelde

– Portanto – dizia o Gruppenführer Lehrer, resumindo a campanha do volfrâmio aos Brigadeführers Hanke, Fischer e Wolff – foram recebidas 2200 toneladas na Alemanha, há 300 toneladas em trânsito e 175 armazenadas em Portugal. Pelas minhas contas, isto perfaz um total de 2675 toneladas, o que quer dizer que faltam 325 para o objectivo de 3000 toneladas para este ano.

Silêncio dos quatro. Felsen fumava, sentado numa cadeira a uns três metros de distância de Lehrer.

– Os nossos serviços em Lisboa informam que os ingleses exportaram 3850 toneladas.

– Julgo que não conhece a mina da Beralt, *mein* Herr – disse Felsen. – É uma operação colossal...

– Os nossos serviços também informam que 1300 toneladas da exportação inglesa eram constituídas por volfrâmio «franco», não concessionado. A meu ver, essas 1300 toneladas deviam ter vindo para a Alemanha. Valha-nos Deus – Lehrer ia folheando a papelada à sua frente –, com o dinheiro que pagamos...

– Seiscentos e sessenta contos a tonelada – disse Felsen.

– Sei lá o que é isso!

– Seis mil libras a tonelada – disse Wolff.

– Pois – disse Lehrer. – Uma fortuna.

– Em Espanha pagam-no a 7000 libras a tonelada e o minério está a atravessar a fronteira para aproveitar a vantagem – disse Felsen. – Num mercado destes nem sempre é fácil convencer as pessoas a vender. Os ingleses saíram do mercado em Outubro e, como sabe, o preço baixou 25 por cento. Agora regressaram.

– Isso não pode impedi-lo de comprar.

– Temos de aceitar que, quando os ingleses estão no mercado, terão sempre os seus contactos. Há pessoas que não conseguimos convencer a negociar connosco, nem por dinheiro nem por medo.

– Medo?

– Também temos a nossa guerra na Beira, só que é menos conhecida que a campanha da Rússia.

– Cobertores – disse Hanke, numa reacção automática à palavra Rússia.

– Daqui a pouco, Hanke – disse Lehrer.

– Talvez fique mais feliz se souber que os ingleses pagam o volfrâmio mais caro – disse Felsen. – Salazar introduziu em Outubro um imposto de 700 libras por tonelada. Como o minério dos ingleses sai todo pelos portos, eles têm de declarar até ao último quilo. Eu exportei mais de 300 toneladas sem pagar imposto.

– Contrabando? – perguntou Lehrer.

– É uma fronteira grande e difícil.

– Sabemos que Salazar quer reduzir a produção de volfrâmio. Está preocupado por ver o dinheiro entrar em torrentes no país... tem medo da inflação, e essas coisas.

– Por isso instituiu o imposto de exportação – disse Felsen. – Agora criou uma secção especial da Comissão de Metais para comprar todo o volfrâmio e estanho...

– Sim, sim, nós sabemos – disse Hanke. – A nossa Legação em Lisboa vai ter de persuadir Salazar de que a Alemanha merece a parte de leão do volfrâmio «livre» antes dos ingleses.

– Vou continuar a comprar e a passar contrabando – disse Felsen –, mas daqui em diante as grandes quantidades vão ter de ser negociadas nos gabinetes de Lisboa, e não nos campos da Beira. Só que isso vai levar tempo...

– Porquê?

– Pergunte ao Poser. Ele considera Salazar o maior vigarista da história desde Napoleão.

– E o que quer Salazar? – perguntou Wolff.

– Ouro. Matérias-primas. Tranquilidade.

– Ouro temos. Também podemos fornecer-lhe aço de primeira e, se isso não chegar, podemos puxar-lhe as orelhas – disse Lehrer.

– Como? – perguntou Fischer.

– Afundámos o *Corte Real* em Outubro, Fischer, já não se lembra? Em qualquer altura podemos torpedear outro.

– Ah, percebo – disse Fischer, que tinha pensado em qualquer coisa mais pessoal.

– Passemos aos cobertores, Hanke – disse Lehrer.

A reunião e o jantar que se lhe seguiu prolongaram-se até às onze da noite. Lehrer acompanhou Felsen até ao automóvel que o esperava. Estava animado, bêbedo e perigoso.

– Os americanos já entraram na dança, Felsen. Lembra-se? – e passava o dedo na palma da mão, como se estivesse a espalhar qualquer coisa. Depois bateu as palmas. – Não se esqueça da salsicha de fígado.

Felsen não reagiu. O outro desatou a rir.

O carro levou-o a passo de caracol para o seu apartamento de Berlim. Felsen não tinha dito nada na reunião, mas os números apresentados preocupavam-no. Sabia que não tinha atingido a fasquia das 3000 toneladas, mas também sabia que falhara por muito menos que 325 toneladas. Tinha de haver algum erro nas contas feitas em Portugal. Fumou um cigarro em três haustos a matutar no caso.

Era quase meia-noite quando o carro o deixou à porta. Felsen esperou que ele se afastasse e dirigiu-se ao clube de Eva, no Kurfürstendamm.

Sentou-se a uma mesa pequena, numa alcova donde se via a porta do escritório de Eva. Uma mulher jovem, de curto cabelo de azeviche e braços nus muito brancos, cantava no palco. Não cantava bem, mas em compensação tinha pernas compridas, delgadas e perfeitas nas meias de *nylon*. Felsen mandou vir um *brandy* e passou em revista as mulheres presentes. Eva não estava. Uma rapariga parou diante da mesa a perguntar-lhe se queria companhia. Parecia um rapazinho, sem ancas nem rabo. Ele abanou a cabeça sem falar e ela encolheu os ombros ossudos.

Felsen puxou dos cigarros. A cigarreira de prata escapou-lhe da mão e ele tentou apanhá-la debaixo da mesa. Encontrou outra mão. Voltou à superfície. Eva estava a meter na boca um cigarro dele. Acendeu-o, depois acendeu o de Felsen e limpou a cigarreira ao vestido.

– Pareceu-me que eras tu – disse. – Ainda não te reconheço de uniforme. Nunca distingo os homens quando estão fardados. Fico contigo um momento?

Moveu as pernas debaixo da mesa e os joelhos de ambos tocaram-se. Houve uma faísca de reconhecimento, uma pulsação acelerada que trouxe de volta um tempo e duas pessoas que tinham sabido algo uma da outra.

– Que te aconteceu? – perguntou ela, estendendo-lhe a cigarreira, roçando-lhe a mão, o cabelo familiar, áspero e forte como cerdas. – Perdeste a tua palidez berlinense.

– Tu é que sempre foste pálida – disse ele.

– Nos últimos tempos tornei-me translúcida – disse ela. – Da dieta e do medo.

– Não pareces assustada.

– A única razão de termos a casa cheia esta noite é o céu estar carregado de nuvens. Às vezes só cá estamos eu e as pequenas... e os nossos amigos do outro lado, a mandarem-nos perus de Natal.

– As pequenas parecem mais magras – disse Felsen, sem reparar nos braços de Eva, quebradiços como fósforos.

– Também eu – disse ela, mostrando-lhe um braço fibroso.

Ele mexeu no copo e formou um cone perfeito com a cinza do cigarro. Por onde começar? Nove meses longe de Berlim, e tinha perdido a petulância, o verniz de cinismo e de espírito que mantinha de pé os berlinenses no seu dia-a-dia.

– Vi-te em Berna – disse para o cinzeiro.

Ela franziu a testa e o rosto ficou mais chupado quando aspirou o tabaco.

– Nunca fui a Berna. Deves ter-te...

– Vi-te num clube nocturno de Berna. Em Fevereiro.

– Mas, Klaus, eu nunca fui sequer à Suíça!

– Vi-te lá com ele.

Estava completamente imóvel, olhando para ela com a intensidade dum lobo faminto da montanha. Ela enfrentou-lhe o olhar, a luz atrás dela formando uma auréola, o fumo em espirais à roda da cabeça. Não podia recuar na mentira.

– Mudaste – disse ela, e bebeu um golo do *brandy* dele.

– Passo muito tempo ao ar livre.

– Todos nós mudámos – e o joelho dela afastou-se do dele. – As pessoas endureceram.

– Todos acabamos por fazer coisas que nem sempre queremos – disse ele. – Mas não quer dizer que não haja oportunidade.

– Só que nem sempre a decisão é nossa.

– Não – concordou ele, e ao nariz veio-lhe o horrível cheiro quente duma tarde de Julho numa mina abandonada, quando a decisão era sua, mas alguma coisa tinha corrido mal.

– Klaus, o que foi que te *aconteceu*? – perguntou ela, e a diferença de tom alertou-o, como se tivesse revelado algo que não devia.

– Há coisas difíceis de explicar.

– Isso é verdade – disse ela.

A rapariga que o tinha abordado há pouco aproximou-se de Eva.

– Ninguém me quer na mesa.

– Senta-te ao pé do Klaus – disse Eva. – Ele quer.

Olharam as duas para ele. Ele apontou o espaço vago e a rapariga deslizou a ocupá-lo, já satisfeita. Eva inclinou-se e encostou a cara à dele.

– Foi bom falar contigo – disse.

Não deixou rasto de perfume, apenas o seu hálito quente.

– Chamo-me Traudl – disse a rapariga.

– Já nos conhecemos – disse ele, e voltou a pegar no *brandy*, levando-o aos lábios pela borda em que Eva bebera. Ainda usava o mesmo *bâton*.

Levou Traudl para o seu apartamento. Ela falava pelos dois. Tirou o casaco, serviu-se duma bebida e viu que ela tinha desaparecido. Sentiu-se aliviado até a ouvir no quarto, a chamá-lo. Pediu-lhe que voltasse para a sala.

– Tenho frio – disse ela.

Apareceu nua, em bicos de pés sobre o chão envernizado. Distinguiam-se-lhe todos os tendões e nervos das pernas. Os seios eram asas vazias, donde pendiam os mamilos engelhados, que ela apertava contra si. Ele tirou a túnica militar e soltou os suspensórios. A rapariga tiritava, com as mãos fechadas debaixo do queixo. Felsen viu-a de costas no reflexo das portas espelhadas – o traseirinho triste com os ossos das ancas espetados. Quase perdeu todo o entusiasmo pelo projecto. Sentou-se e pediu-lhe que massajasse a frente das calças. A rapariga batia os dentes. O pénis não se movia.

– Estás gelada, volta para a cama – disse ele.

– Não – disse ela. – Deixa-me fazer isto.

– Volta para a cama – repetiu ele, com uma pequena lâmina na voz, e ela não discutiu mais.

Sentado no escuro, bebeu a aguardente que tinha trazido consigo para o Natal. Soube-lhe mal. Não conseguia deixar de pensar no seu encontro com Eva, à procura de migalhas... Não havia. De madrugada decidiu que já não tinha nada a fazer em Berlim e ia apanhar o primeiro avião para Lisboa.

Voltou no dia seguinte, via Roma, e só ficou em Lisboa o tempo suficiente para Poser lhe dizer que tinha acontecido qualquer coisa. Não sabia o quê, tinha homens a investigar, mas o caso é que Salazar não andava satisfeito.

– Está a deitar espuma pela boca – dizia Poser, prazenteiro – completamente furioso! E os Aliados estão a pagar as favas...

mesmo a tempo para as nossas conversações com a Comissão de Metais.

Felsen partiu para a Beira e passou a tarde de 19 de Dezembro com o contabilista da Guarda. Deu uma pequena volta pelo seu território e três dias antes do Natal, numa manhã gélida e batida pelo vento, apareceu em Amêndoa. Não havia sinal de Abrantes. A velha lá estava com o marido, o pai de Abrantes, sentado no seu habitual lugar de Inverno diante da lareira, com os olhos a chorar do fumo. A rapariga também lá estava com o filho, Pedro, de quatro meses. Felsen perguntou-lhe pelo marido e ela pareceu ficar embaraçada, coisa que já não era costume acontecer, agora que estava habituada a ele. Não tinha aliança. Não era casada.

Felsen acariciou a cabeça penugenta do bebé, que se ajustava à palma da sua mão. A rapariga perguntou-lhe se queria comer e encavalitou a criança na anca.

– Deixe-me pegar nele – pediu Felsen.

Ela hesitou e tentou ler o rosto do alemão com os seus olhos cor de tília. Estrangeiros! Estendeu-lhe o bebé e foi para a cozinha. Não tinha recuperado o seu corpo juvenil, o peito continuava cheio e as ancas rolavam sob as saias compridas. Quando regressou, viu Felsen a olhar para ela e quase sorriu. Ele fez cócegas ao bebé. Pedro riu-se e Felsen teve uma visão de Joaquim Abrantes sem dentadura.

A rapariga trouxe vinho e chouriço. Ele devolveu-lhe a criança, que se esticou para o peito da mãe.

– Está nas terras dele? – perguntou Felsen, pensando que Abrantes tivesse ido revolver os seus vinte hectares, agora que o preço do volfrâmio estava tão alto.

– Saiu esta manhã. Não disse para onde.

– Quando o espera?

Ela encolheu os ombros – Abrantes não conversava com as mulheres da casa. Felsen bebeu dois copos do vinho rascante, comeu umas rodelas de chouriço e saiu para a manhã fria. Foi de carro até ao vale mais próximo e encontrou quem o levasse até aos terrenos de Abrantes. Realmente estava lá gente. Mas não Abrantes.

Havia uma pequena casa de granito e ardósia na propriedade. Metade do telhado tinha desabado e as placas inteiras estavam enfileiradas no chão, as partidas numa pilha de cacos cinzentos. Uma mulher cozinhava ao abrigo do vento, mexendo uma panela num fogareiro enferrujado. Estava suja e macilenta, o rosto encovado pela falta de dentes.

A porta do outro lado da casa estava podre. Vivia gente ali. Havia uma enxerga coberta de trapos e peças de barro esboroadas. Cheirava a terra molhada e a urina. Uma coisa pequena mexia-se debaixo dos trapos.

Um dos trabalhadores de Abrantes apareceu à esquina da casa e parou surpreendido ao ver Felsen. Tirou o chapéu e dirigiu-se a ele respeitosamente. Felsen perguntou por Abrantes.

– Não está cá – disse o camponês, sem tirar os olhos do chão.

– E os outros? Onde andam? Porque não estão cá?

Não houve resposta.

– E quem é esta gente que vive nas terras do Sr. Abrantes nestas condições?

A mulher largou a panela e começou a falar com o camponês num português desdentado, gesticulando com a colher de pau.

– O que diz ela?

– Não é nada – disse o camponês.

A mulher ralhou com ele. O camponês olhou para outro lado. Felsen repetiu a pergunta à mulher, que encetou uma longa resposta que o camponês interrompeu para resumir.

– É a mulher do Sr. Abrantes.

– E esta criança?

O camponês fez sinal a Felsen e levou-o para longe da velha encarquilhada, para as traseiras da casa, onde havia três montículos de terra cobertos de erva e sem qualquer lápide.

– As filhas do Sr. Abrantes – disse o camponês. – Tísicas.

– E lá dentro...?

O homem fez que sim.

– Todas raparigas?

Novo sinal afirmativo.

– E onde está o Sr. Abrantes?
– Em Espanha – disse o homem, sem tirar os olhos dos montículos.

O camponês chamava-se Álvaro Fortes. Felsen mandou-o sentar no banco da frente, ao lado do motorista, e seguiram para a fronteira de Vilar Formoso. Felsen ia bebendo aguardente pela mesma garrafa de metal que usava para beber água no Verão e conferia rapidamente os seus cálculos – 28 toneladas de Penamacor, 30 de Casteleiro, 12 trazidas de Barco, 34 de Idanha-a-Nova... Faltavam todas. Por isso o minério em armazém tinha menos 109 toneladas do que devia.

Na fronteira bebeu com o chefe da alfândega, que informou com satisfação que os ingleses tinham andado todo o mês anterior no encalço de carregamentos alemães e que corria o rumor de que Lisboa ia suspender os transportes de volfrâmio. Felsen ofereceu-lhe uma garrafa de *brandy* e perguntou por Abrantes. Havia uma semana que o chefe não o via.

Começou a chover quando desciam para Aldeia da Ponte, a caminho de Aldeia do Bispo e Fóios, no sopé da serra da Malcata, cujas vastas colinas povoadas de linces atravessavam a linha da fronteira. Vivia lá um contrabandista que poderia levar uma récua de mulas através da serra no caso de Salazar decidir fazer-lhe a vida difícil.

– Alguma vez já atravessou para Espanha? – perguntou às costas de Álvaro Fortes. Não obteve resposta.
– Não ouviu?
– Ouvi, Sr. Felsen.
– Já passou aqui antes?
Novo silêncio.
– Quando foi a primeira vez?

Álvaro Fortes respondeu não respondendo. Felsen começou a sentir o calor da sua tonelagem em falta à medida que o vento norte açoitava o carro. Atravessaram a aldeia até à casa do arrieiro. A serra estava oculta por nuvens baixas.

Chegados a casa do homem das mulas, Felsen foi à bagageira e abriu um pequeno cofre de metal. Tirou a sua Walther P48 e carregou-a. Mandou Álvaro Fortes descer do carro e acompanhá-lo. Foram às traseiras da casa, às cavalariças, que tinham numa extremidade um armazém trancado com uma corrente. Não se viam mulas. Álvaro Fortes remexia-se como um homem com a bexiga cheia.

Felsen bateu à porta das traseiras com o punho fechado. Ninguém respondia. Mandou Fortes continuar a bater até que ouviram a voz do velho lá dentro.

– Calma, calma, já vou!

A chuva caía em diagonal sobre o pátio quando o velho abriu a porta e deu com o alemão ali especado com o seu casaco de couro grosso e as mãos atrás das costas. Percebeu que tinha problemas muito antes de uma das mãos aparecer com um revólver apontado.

– Não vejo as mulas – disse Felsen.
– Estão a trabalhar.
– Quem está com elas?
– O meu filho.
– Mais alguém?

O homem enviesou um olhar a Álvaro Fortes, que não o ajudou.

– Tem a chave do armazém?
– Está vazio.

Felsen pôs-lhe o cano do revólver diante dos olhos, tão perto que ele pôde cheirar o óleo, ver o estreito e escuro caminho por onde podia fugir-lhe a vida. O velho entregou a chave. Atravessaram o pátio encharcado. O velho abriu o cadeado e tirou a corrente. Álvaro Fortes abriu as portas. O armazém estava vazio. Felsen acocorou-se e passou os dedos pelo chão seco, retirando-os com finas aparas negras coladas à pele. Levantou-se.

– De joelhos, vocês dois – ordenou.

Encostou o cano do revólver à nuca do velho.

– Quem está com o seu filho e as mulas?

– O Sr. Abrantes.
– A fazer o quê?
– A levar volfrâmio para Espanha.
– Para onde o levam?
– Para um armazém em Navasfrias.
Encostou o revólver à cabeça de Fortes.
– Que fazem com o volfrâmio?
– Ele vende-o.
– A quem?
– A quem der mais.
– Já vendeu aos ingleses?
Um silêncio. A chuva fustigava o pátio e o telhado por cima deles.
– Ele já vendeu aos ingleses?
– Não sei a quem vende. O Sr. Abrantes não fala dessas coisas.
Felsen voltou ao velho.
– Quando regressa ele?
– Depois de amanhã.
– Vai dizer-lhe que estive cá?
– Não senhor, não digo... se vossemecê não quer.
– Não quero – disse Felsen. – Se lhe disser, volto cá só para o matar. Meto-lhe um tiro na cabeça.

Para mostrar que falava a sério deu um tiro ao lado da orelha do velho, capaz de o deixar surdo por uma semana. A bala fez ricochete nas paredes de granito e ardósia. Álvaro Fortes cobriu a cabeça com as mãos e caiu para o lado. Felsen agarrou-o pelo cachaço e atirou-o para o pátio.

Voltaram para o carro. Felsen beberricava a sua garrafa, Álvaro Fortes tremia, com o cabelo colado à testa branca.

Mandou o motorista levá-los outra vez para Amêndoa. O vento soprava a chuva por sobre as colinas, através dos castanheiros e dos carvalhos, até às paredes de granito; mas, em vez de pensar em volfrâmio ou em Abrantes, Felsen deu consigo a pensar em Eva. Poucas noites antes ele era um homem civilizado sentado ao lado de uma mulher num clube de Berlim. Ela tinha-lhe mentido.

Antes de lhe mentir tinha-o traído. Mesmo assim ele não tinha sido capaz de erguer um gesto de raiva. Aqui, neste fim de mundo rochoso batido pelo vento, onde as casas eram escavadas no chão, dava consigo a recorrer a uma brutalidade obsessiva para chegar até ao dia seguinte. Era um primitivo, um homem reduzido à sua essência.

E agora ia ter de matar Joaquim Abrantes.

Já era escuro quando chegaram a Amêndoa. A rapariga e os pais de Abrantes estavam a cear. Foi ter com eles. A chuva tinha parado, mas o vento continuava a remexer as telhas. O velho não queria comer. A mulher levava-lhe a colher à boca, mas ele recusava. Ela comeu, limpou os olhos do marido e levou-o para a cama. A rapariga serviu Felsen, recusando sentar-se. Ele perguntou pela criança. Estava a dormir. Ofereceu-lhe maçãs, mas ele nem tinha acabado o guisado. Ouvia-lhe o roçagar das saias quando ela se movia à sua volta. Lembrou-se de Abrantes grunhindo em cima dela e do som sibilante que ela fazia.

Ela olhava para ele enquanto ele comia. Sempre que podia. Mesmo quando estava atrás dele, Felsen sentia-lhe o olhar. Ele tinha voltado diferente. Pediu café, que não havia na casa antes da chegada do alemão. Bebeu, deitou aguardente no fundo e voltou a beber. Deu as boas-noites. A rapariga levou-lhe uma braseira de metal cheia de carvão para cortar o frio do quarto desguarnecido do outro lado do pátio, onde dantes guardavam o feno para os animais.

Felsen deitou-se e foi fumando cigarros à luz do candeeiro de petróleo. Ao fim de uma hora levantou-se e atravessou o pátio. Foi até ao quarto da rapariga, que tinha apenas uma cortina a tapar a porta. Estava a dormir. Ele pousou o candeeiro no chão, fazendo-a acordar em sobressalto. Tapou-lhe a boca com uma mão e puxou para trás as cobertas com a outra. O bebé dormia ao lado da mãe. Chegou-o devagarinho para o lado. Virou-a de costas, prendendo-lhe os braços sob o corpo. Meteu-lhe a mão pelas pernas calçadas de meias de lã, até às coxas fechadas como uma ostra. Forçou a mão entre elas e obrigou-a a abri-las fazendo um punho. Os olhos dela dardejavam para a esquerda e para a direita por sobre a mão dele. Puxou-lhe as cuecas até aos joelhos e desapertou as calças. Ficou surpreendido por penetrar nela tão facilmente, e os seus olhares encontraram-se à luz fulva do candeeiro pousado no chão. Com a criança na cama, ele agiu devagar, em movimentos suaves. Ao fim de alguns minutos ela fechou os olhos e ele sentiu-lhe o calcanhar na nádega esquerda. Destapou-lhe a boca. Ela começou a retesar-se e a tremer contra ele e o outro calcanhar começou a bater-lhe na nádega direita. Ele apressou-se. Ela abriu os olhos e ele esvaziou-se nela e deixou-se ficar cravado como uma adaga, a tiritar.

No dia seguinte ela serviu-lhe o pequeno-almoço. Um dia como todos, só que ela o olhava directamente, sem timidez.

Felsen esteve fora de casa todo o dia, a dirigir um carregamento de vagões de volfrâmio. Voltou a casa de Abrantes à tardinha. Depois do jantar, os velhos foram-se deitar e a rapariga ficou sentada à mesa com ele. Não falaram. Quando ele se levantou para ir para a cama, ela deu-lhe a braseira. Ele perguntou-lhe o nome. Era Maria.

Uma hora mais tarde ela foi ter com ele. Desta vez, sem a criança na cama, ele pôde mostrar-se mais vigoroso, mas deu-se conta de que ela não silvava como quando Abrantes a cobria.

De manhã vestiu-se e verificou a Walther P48, que prendeu no cós. As pegadas enlameadas da rapariga tinham secado no chão.

Ao pequeno-almoço pediu-lhe que limpasse o quarto. Depois ficou sentado na penumbra da casa grande, ouvindo a chuva, à espera de Abrantes.

13

Sábado, 13 de Junho de 199..., Cascais, Portugal

Carlos e eu fomos ter ao bloco de apartamentos do ex-amante da mulher do advogado. Era um edifício novinho em folha, pintado dum amarelo antipático, donde se via o mar para lá da linha do comboio, da Marginal e do parque de estacionamento do supermercado. Não era perfeito, mas era suficientemente bom para ficar muito longe do alcance dum polícia.

Havia um pátio de entrada com uma corrente, e nele estava estacionado um jipe novinho em folha chamado Wrangler ou coisa parecida, com faixas cromadas e pretas e um polimento de alto lustre. Jipe de mais para as calçadas de Cascais. Por baixo do prédio de apartamentos ficava uma pequena garagem com um BMW prateado série 3 e uma motocicleta Kawasaki 900 pretíssima. Pertencia tudo a Paulo Branco, o ex-amante e único ocupante dum apartamento do bloco. Um vendedor tinha o pé metido na porta e desbobinava os seus últimos dois metros de tretas a um casal novo que estava de saída. Passámos por eles e subimos ao apartamento de cobertura.

Fizemos Paulo Branco sair da cama. Apareceu-nos à porta em calções, a cheirar a uma refrega sexual recente, mas mal vimos a mulher – um braço bronzeado por cima do lençol, um pé tisnado a balouçar. Ele era bem-parecido, no género feito em série – cabelo preto atirado para trás, olhos castanho-escuros, queixo quadrado com a covinha da praxe e o físico dum cliente de ginásios. Insosso, mas emproado, até que nos identificámos.

Entrámos para a sala comum, com uma janela ogival do tecto ao chão e a tal vista. Sentámo-nos a uma mesa por onde se espalhavam fotografias e quatro telemóveis coloridos.

– Conhece D. Teresa Oliveira? – perguntei.

Ele franziu a testa.

– A esposa do advogado Aquilino Dias Oliveira. Têm uma casa aqui em Cascais – recordei-lhe.

– Sim, conheço-os.

– E como?

– Vendi um computador ao Dr. Oliveira no ano passado.

– É o seu ramo de actividade?

– Nessa altura era. Agora estou na Expo. A maior parte do equipamento foi instalada por mim.

– A parte que não funciona? – perguntou Carlos, começando a alfinetá-lo.

– Há sempre problemas numa coisa nova.

– Mas não perdeu dinheiro.

As fotografias em cima da mesa eram de uma casa de campo, no Alentejo, a julgar pela paisagem de sobreiros e olivais. Outro acessório muito em moda.

– Também é sua? – perguntou Carlos.

Acenou com a cabeça. Nós também.

– Sabemos que se tornou amante da mulher do advogado. Quando foi isso?

Ele olhou por cima do ombro para a porta entreaberta do quarto.

– Em Maio. Acho que foi em Maio do ano passado. Estou a precisar dum café... Aceitam um café?

– Não vamos demorá-lo – disse eu. – Porque é que se tornou amante de Teresa Oliveira?

– Mas que raio de pergunta é essa?

– Uma das fáceis – disse Carlos.

O homem inclinou-se sobre a mesa, a tomar-nos por cúmplices.

– Ela queria sexo. Disse-me que o velho já não se aguentava.

— Onde? — perguntou Carlos.

— No sítio do costume — disse Branco, a recuperar o seu descaramento, agora que sabia que não éramos das Finanças.

— Geograficamente.

Ele lançou o seu melhor sorriso falso a Carlos.

— Na casa dela, em Lisboa.

— E aqui não?

— Uma ou duas vezes... se eu chegava cedo à sexta, ela vinha até cá... mas geralmente era em Lisboa. Eu saía em trabalho e passava por casa dela. Só isso.

— E a filha? — perguntei eu. — Catarina.

Parecia um homem cujo pára-quedas se negasse a abrir.

— A *filha?*

— Chamava-se Catarina.

— *Chamava-se?*

— Foi o que eu disse.

— Mas ouça, eu não vejo a Catarina há... há...

— Continue. Há quanto tempo?

Ele engoliu em seco e passou os dedos pelo cabelo modelado.

— Sabemos que ia para a cama com ela — disse eu. — Quando foi a última vez?

Ele bateu nas coxas, levantou-se, gritou qualquer coisa inarticulada e atravessou a sala a gesticular. Uma cena de novela.

— Sente-se, Sr. Branco — disse eu, levantando-me da minha cadeira e apontando-lhe a dele.

O homem estava atordoado. A porta do quarto fechou-se — por esta altura a rapariga já devia estar à procura da roupa. Paulo Branco sentou-se e apertou a cabeça nas mãos, sem querer ouvir mais nada.

— Quero um advogado — disse.

— Conhece um aqui mesmo em Cascais — disse Carlos, divertindo-se muito.

— Não vamos acusá-lo por ter feito sexo com uma menor... abusar de uma criança, como se costuma dizer — disse eu. — Mas se a matou, Sr. Branco, o caso muda de figura, e talvez seja melhor chamar um advogado.

– Eu? – o dia tão bem começado estava a tornar-se negro. – Eu não matei ninguém! Não a vejo há... há...
– Quando foi a última vez?
– Há meses.
– Como foi que a conheceu?
– Na casa de Lisboa.
– Perguntei *como*, Sr. Branco, não onde.
– Eu vinha a sair do quarto...
– Qual quarto?
– O quarto da mãe dela... da Teresa. Ela estava parada no corredor.
– Quando foi isso?
– À hora do almoço... em Junho ou Julho do ano passado.
– O que se passou depois?
– Eu não... Ela tinha os sapatos na mão. Desceu as escadas. Eu estava de saída. Olhei para trás, para a mãe, e segui-a. Encontrei-a na rua. Estava a calçar os sapatos.
– Ela disse alguma coisa?
– Disse-me para voltar na sexta-feira à hora do almoço.
– E aceitou isso duma miúda de catorze anos?
– Catorze? Não, não. Não pode ser. Ela disse-me...
– Não nos faça perder tempo, Paulo – disse eu. – Conte lá o resto.
– Voltei na sexta-feira. A Teresa não estava. Às sextas ia para Cascais.
– Nós sabemos.
– Fiz sexo com ela – disse ele, e encolheu os ombros.
– Na cama da mãe?
Ele coçou a cabeça e acenou que sim.
– Mais alguma coisa?
– Ela tirou-me cinco contos.
– E você deixou?
– Não sabia o que fazer. Tinha medo do que ela pudesse fazer.
– Não me venha com tretas. Você é homem... comparado com ela.

– Nem sequer precisava de ter aparecido – acrescentou Carlos.
Ele olhou para nós, um rapazola a fazer a grande confissão.
– Estamos sentados – disse eu.
– Excitava-me – disse ele. – Dormir com a mãe e a filha na...
– Muito original – disse eu. – E quantas vezes dormiu com ela até a mãe descobrir?
– Três. À quarta ela apareceu.
– Alguma coisa de especial nesse dia?
A cara dele regrediu à de um miúdo de seis anos. Deu uma risadinha nervosa.
– Raios – apertou a cana do nariz –, foi diferente, foi. Pela primeira vez a Catarina parecia estar a gostar.
– Ah, ela não costumava fingir? – perguntou Carlos.
Paulo Branco fixou os olhos na mesa, determinado a não reagir à provocação.
– Gritava e tinha uma espécie de sorriso, mas não era para mim... olhava por cima do meu ombro. Virei a cabeça e vi a Teresa à porta.
– Que fez ela?
– Eu saltei da cama. A Catarina sentou-se... nem sequer fechou as pernas, ficou a olhar para a mãe, a sorrir. A Teresa correu para ela e deu-lhe uma bofetada que parecia um tiro de pistola.
– A Catarina não disse nada?
– Disse, numa vozinha de menina pequena: «Desculpe, mamã.»
– E você?
– Eu desandei pelas escadas abaixo.
– Não voltou a ver Teresa?
– Não.
– E Catarina?
Ele voltou a olhar para a porta do quarto e respondeu em voz baixa:
– Ela veio cá a casa algumas vezes. A última vez..., deixe ver, foi em Março. É isso. Em Março, acho que dois dias depois do meu aniversário, que é a 17.
– Veio cá para fazer sexo?
– Para conversar é que não foi.

– Não falavam?
– Ela entrava pelo quarto dentro e despia-se.
– Acha que se drogava?
– Talvez – disse ele, desviando a cabeça.
– Tirava-lhe dinheiro?
– Até que passei a esconder a carteira.
– Isso não a aborreceu?
– Não fez comentários.
– Quantas vezes ela cá veio?
– Umas dez ou doze.
– E porque não voltou depois de 19 de Março?
– Ela voltou. Eu é que não a deixei entrar.

Indicou mais uma vez a porta do quarto e nós olhámos na mesma direcção.

Pouco depois saímos e sentámo-nos no carro, na rua. A namorada saiu alguns minutos mais tarde, em passo apressado, os arranha-céus dos saltos oscilando sobre a calçada. Carlos acenou a sua satisfação por a rapariga ter visto o mesmo que ele.

– Este tipo é um novo-rico – disse-me.

Voltámos a casa do advogado. Eu queria fazer umas perguntas a Teresa Oliveira, mas o marido opôs-se até ela aparecer no corredor e nos convidar a entrar. Andava como uma velhinha e a fala era vagarosa e pouco nítida.

– No dia em que encontrou Catarina com Paulo Branco, porque voltou a Lisboa?

– Não me lembro.

– Não estava já aqui em casa?

– Estava.

– Deve ter havido uma razão importante para a fazer voltar para trás.

Ela não respondeu. Pedi desculpa e levantei-me para sair. O rosto dela tinha descaído, tinha papos debaixo dos olhos.

– Voltei para trás – e mal conseguia falar, de tão cansada – porque a Catarina me telefonou. Disse que tinha sofrido um acidente na escola.

Os nossos três olhares cruzaram-se. Ela abriu as mãos, num «é assim a vida».

– Foi o fim entre mim e a Catarina – disse.

Voltámos para a 2.ª circular em silêncio. Apreciei Carlos por isso. Era escusado fazer perguntas para que nenhum de nós tinha resposta. Ele estava pensativo, diferente do tipo irritadiço que se revelara na praia e em casa de Paulo Branco. Pensei que não devia ter muitos amigos.

Por mim, sentia-me maldisposto só de pensar naquilo a que podia chegar uma família como os Oliveiras. A família. A moeda mais forte do tesouro português. O nosso ouro. A nossa maior riqueza. O elemento puro que mantém as nossas ruas quase limpas. Ninguém na Europa entende melhor que nós o valor da família, e não se trata de propaganda salazarista requentada. Seria por aqui que as costuras da sociedade começavam a romper?

Fizemos rumo a Odivelas, uma urbanização maciça a norte de Lisboa. Passámos por uma das nossas glórias actuais – o Colombo, o maior centro comercial da Europa – mesmo em frente de uma das nossas glórias passadas, o estádio do Benfica, à beira da falência. Subimos a colina. Lá de cima tinha-se a melhor vista possível de Odivelas – vinte quilómetros quadrados de angustiados blocos de torres, cobertos por uma cabeleira esfiapada de antenas de televisão. Era uma visão infernal, o paraíso dum construtor civil. Casas construídas em semanas – esqueletos de cimento, paredes finas como pele raspada –, fornos no Verão e frigoríficos no Inverno. Nunca fui capaz de respirar naquelas casas, o ar é viciado de mais.

Subimos pelas escadas até ao 4.º andar dum bloco que era parte dum complexo dentro de outro complexo. Este bloco era um dos originais, os outros eram clones. O elevador não funcionava. O chão tinha mosaicos partidos e arrancados, nas paredes de cimento havia velhas infiltrações de humidade. Televisores altercavam nos patamares. Música e cheiros de almoço desciam pelas escadas. Dois ou três garotos surgiram das paredes e apertaram-se para nos deixar passar.

Batemos a uma porta de cartão. Era a morada do guitarrista da banda de Catarina. Abriu-nos a porta um tipo escanzelado, com o que parecia ser um bigode mal colado da mesma textura fraca do cabelo escuro. Trazia uma camisa roxa de manga curta, desabotoada de alto a baixo, e tinha a mão livre no peito, a acariciar os pêlos à volta dos mamilos com os dois dedos que usava para fumar. Viu logo que éramos da polícia.

– Valentim Mateus Almeida está em casa? – perguntei.

Ele virou-se sem uma palavra. Seguimo-lo pelo estreito corredor. Ao passar por uma porta bateu.

– Valentim – chamou. – Polícia.

Seguiu o seu caminho para a cozinha, onde uma gorda platinada apertadíssima numa saia turquesa estava a levantar a mesa do almoço. Quando ele lhe disse quem tinha entrado, ela endireitou-se e encolheu a barriga. Batemos outra vez à porta de Valentim. A casa cheirava a peixe frito.

Valentim mandou-nos entrar, mas não levantou sequer os olhos da guitarra eléctrica desligada em que praticava, sentado na cama. Tinha uma comprida trunfa de cabelo escuro anelado, atada nas costas. Usava *T-shirt* e *jeans*. Era magro, cor de azeitona, com grandes olhos escuros e faces subnutridas. Carlos fechou a porta do quarto estreito, onde havia uma cama e uma secretária, mas faltava uma estante – os livros empilhavam-se no chão. Alguns eram em inglês e francês.

– O seu pai não se preocupa com a qualidade das suas visitas.

– Não é meu pai, nem sequer meu padrasto. É o animal residente que protege a minha mãe contra a solidão... e não se preocupem, eu já lhe disse a ela.

– O quê? – perguntou Carlos.

– Que antes só que com um percevejo, mas ora... se se livrasse deste ia arranjar outro. É da natureza dos percevejos e de quem os alimenta.

– Aluno de Zoologia?

– Psicologia. Zoologia estudo cá em casa. Os insectos rastejantes enfiam-se por baixo da minha porta.

– Conhece uma jovem chamada Catarina Sousa Oliveira?
– Conheço – e voltou a dedilhar a guitarra.
– Morreu. Assassinada.

Os dedos de Valentim imobilizaram-se. Depois pegou no braço da guitarra e encostou-a a uma cadeira aos pés da cama. Estava a pensar, a compor-se, mas tinha mesmo sofrido um choque.

– Não sabia.
– Estamos a reconstituir as suas últimas vinte e quatro horas.
– Não a vi – disse ele, apressado.
– Não a viu nas últimas vinte e quatro horas?
– Não.
– Falou com ela?
– Não.
– Quando a viu pela última vez?
– Quarta-feira à noite.
– Que se passou?
– A nossa banda reuniu-se para falar da actuação do fim-de-semana e marcar os ensaios de sexta e sábado.
– Ontem foi sexta – disse Carlos.
– Obrigado por mo recordar. Os dias são todos iguais em Odivelas – respondeu ele. – Mas a banda desfez-se na quarta. Não houve ensaios e não vai haver actuação.
– Porque se desfez a banda?
– Questões de música. A Teresa, a teclista, anda a dormir com um tipo que toca saxofone e de repente achou que precisávamos dum saxofonista. Disse que tínhamos de dar mais importância à parte instrumental, e eu disse...
– Menos ênfase na solista? – perguntou Carlos

Valentim virou-se para mim a pedir uma opinião.
– Não posso ajudá-lo – disse eu. – A minha vida parou nos Pink Floyd.
– Era só uma questão de música? – perguntou Carlos.
– É a primeira pergunta decente que faz e já respondeu.
– E o tal Bruno, que toca ele?
– Baixo.

– Algum de vocês andava com a Catarina? – perguntei.
– Andar?
– Algum de vocês dormia com ela? – perguntou Carlos, que ia pegando nas palavras à medida que avançávamos.
– Tínhamos um acordo de não haver namoros dentro da banda.
– Coitado do saxofonista.
– Acho que não.
– Onde foi essa vossa reunião?
– Num bar do Bairro Alto, a Toca.
– E não voltou a vê-la – nem na quinta, nem na sexta?
– Não.
– Tem ideia do que ia ela fazer ontem?
– Ir às aulas, suponho.
– E você, onde esteve ontem?
– Na Biblioteca Nacional. Passei lá o dia... Saí às sete ou sete e meia.

Dei-lhe um cartão e disse-lhe que me telefonasse se se lembrasse de alguma coisa. A mãe estava na cozinha a espreitar para o corredor quando saímos do quarto. Dei-lhe as boas-tardes e o percevejo apareceu atrás dela.

– Onde esteve o Valentim ontem? – perguntei.
– Esteve fora todo o dia e praticamente toda a noite – disse o percevejo. – Eram quase três horas quando chegou.

A mulher tinha um ar abatido por trás da tinta fresca da cara. O percevejo gostaria que levássemos o rapaz agora mesmo. Saímos e voltámos ao carro, que queimava. Acendi um cigarro e apaguei-o ao fim de duas fumaças.

– Ele está a mentir – disse Carlos. – Viu-a.
– Vamos falar com a teclista – disse eu, ligando o carro.
– Neste trabalho não se almoça?
– Almoça-se à inglesa.
– Não me soa nada bem.
– Acredito. É português.
– Eles disseram-me... – interrompeu-se.

– O que é que *eles* lhe disseram?
– Que foi casado com uma inglesa.
– E a que vem isso?
– Penso... quer dizer, fiquei surpreendido por falar nos Pink Floyd.
– Estive em Inglaterra nos anos 70.
Um aceno de cabeça.
– Que mais lhe disseram *eles*? – perguntei, surpreendido por saber que as pessoas se davam ao trabalho de falar de mim na minha ausência.
– Disseram que não era... normal.
– Porque é que pensa que veio trabalhar comigo? Meteram as aves raras todas no mesmo saco.
– Não sou uma ave rara.
– Pois, só é aborrecido... Continua a não ter falado de mulheres, carros ou futebol. Tem vinte e sete anos. É polícia. É português. O que é que acha que *eles* pensariam disso?
– Sporting – disse ele, para cumprir os requisitos.
– Bom clube.
– Não tenho dinheiro para carros.
– Isso não vem ao caso.
– Trabalhei numa garagem. Só conheço carros velhos que não andam. Como o Alfa Romeo.
– Mulheres?
– Não tenho namorada.
– Continua a não vir ao caso. É *gay*?
Parecia que eu lhe tinha espetado uma chave de fendas afiada no meio das costelas.
– Não – respondeu, mortalmente ofendido.
– Se fosse, dizia-me?
– Não sou.
– Acha que os nossos colegas têm conversas destas?
Ele virou a cabeça para a janela.
– Por isso nos juntaram – disse eu. – Somos os tipos que não se enquadram, somos os estranhos.

14

Sábado, 13 de Junho de 199..., Telheiras, Lisboa, Portugal

Almoçámos bifanas – um compromisso entre o bife e a sanduíche, uma solução anglo-portuguesa. Brinquei com Carlos até ele voltar às boas. Mandámos vir café. Estendi-lhe o meu açúcar sem falar. Ele fez-me perguntas sobre a minha mulher, coisa que nunca ninguém fazia. Perguntou-me como era ser casado com uma inglesa.

– Qual é a diferença, é o que quer dizer? – perguntei, e ele encolheu os ombros, sem saber bem o que queria dizer. – As únicas desavenças que tivemos foram sobre a educação da nossa filha Olívia. Sobre isso discutíamos um com o outro, discutia ela com os meus pais... Era um choque de culturas. Você conhece o estilo português.

– Somos escandalosamente mimados.

– E adorados. Talvez tenhamos uma visão romântica da infância, que deveria ser uma idade de ouro sem responsabilidades, sem pressões – disse eu, recordando as antigas discussões. – Nós apaparicamos os filhos, fazemos-lhes saber que são para nós uma dádiva, encorajamo-los a pensar que são especiais. E, regra geral, eles tornam-se pessoas seguras e felizes. Os ingleses não pensam assim. São mais pragmáticos e não os estragam com mimos... pelo menos a minha mulher não o fazia.

– E então como saiu ela, a... Olívia? – perguntou ele, a habituar-se ao nome.

– Pelo que se viu, foi óptimo ter sido educada à inglesa. Tem entre dezasseis e vinte e um anos. Sabe tomar conta dela, sabe tomar conta de mim... e *tem* tomado conta de mim, foi a sua maneira de controlar o desgosto. Socialmente também é desembaraçada. Sabe resolver situações sozinha. Sabe fazer coisas. É brilhante na costura. Era o *hobby* da minha mulher, elas as duas passavam o dia inteiro a fazer roupas e a falar uma com a outra. Mas ainda não sei se teve aquilo a que eu chamo uma infância. Às vezes sentia-me a dar em doido. Quando a Olívia era uma garotinha, a minha mulher não lhe respondia se ela não estivesse a falar correctamente. Se queria dizer tolices infantis, tinha de vir ter comigo... E, sabe, às vezes nota-se... ela tem necessidade de se pôr continuamente à prova, de ser boa no que faz, de ser sempre interessante. Nem sempre consegue estar à altura das suas próprias exigências. Bem, você deu-me corda. É melhor calar-me, ou tem de me ouvir o resto do dia.

– O que pensava a sua mulher dos portugueses?

– Gostava de nós... a maior parte do tempo.

– Disse-lhe?

– Que nós não gostamos lá muito uns dos outros? Ela sabia. Aliás, os ingleses ainda se detestam uns aos outros mais que nós, mas ao menos, dizia *ela*, os portugueses gostam dos estrangeiros e os ingleses não. Também dizia que eu tinha uma opinião distorcida dos meus compatriotas por passar o tempo a falar com mentirosos e assassinos.

– Decerto ela não gostava de *toda* a gente.

– Não gostava de burocratas, mas eu expliquei-lhe que recebiam um treino especial. É o que nos resta da Inquisição.

– O que detestava ela nos portugueses? Tem de haver alguma coisa que detestasse mesmo.

– Os programas da televisão nunca serem à hora marcada.

– Ora. De certeza que havia mais coisas.

– Detestava os homens portugueses ao volante, sobretudo os que acelcram quando vêem uma mulher a ultrapassá-los. Dizia que era a única altura em que nos achava machistas. Sempre disse que havia de morrer na estrada e acertou.

Um silêncio. Mas ele ainda não estava satisfeito.

– Devia haver mais qualquer coisa. Qualquer coisa pior.

– Também dizia que a maneira mais rápida de se morrer espezinhado é interpor-se entre os portugueses e o seu almoço.

– Não um almoço como o nosso... e isso só significa que temos fome. Vá lá... que mais? – perguntou Carlos, impelido pelo seu complexo de inferioridade a querer fazer-me dizer algo de extremo.

– Achava que não acreditamos em nós.

– Ah.

– Mais alguma pergunta?

Não houve.

Teresa Carvalho, a teclista, vivia com os pais num prédio de apartamentos em Telheiras, que no mapa não é longe de Odivelas, mas fica uns degraus acima na escala financeira. Vem viver para aqui quem já começou a subir na vida. Prédios isolados, persianas pastel, sistemas de segurança, estacionamento privado, antenas parabólicas, clubes de ténis, a dez minutos do aeroporto e a cinco do Colombo ou do estádio do Benfica. É uma maqueta electrificada, mas morta, como passear num cemitério de mausoléus perfeitos.

Os Carvalhos moravam no último andar. O elevador funcionava. Uma empregada angolana fez-nos esperar à porta enquanto levava os nossos cartões ao Sr. Carvalho e voltou depois para nos acompanhar ao seu escritório. Ele estava sentado à secretária, cotovelos e antebraços peludos fincados no tampo. Usava um pólo YSL vermelho, de cuja gola saíam mais pêlos. Tinha uma cabeça cor de noz sem um único cabelo. O bigode era tão forte que devia ser cortado com um alicate. Esticou a cabeça para a frente e ficou a olhar para nós por baixo das bossas donde se esperava ver sair os chifres, menos amável que um touro com seis bandarilhas no lombo. A empregada fechou a porta com um estalido discreto, como se temesse com a mínima coisa despertar a atenção da fera.

– Para que querem falar com a minha filha? – perguntou.

– Não deve ser a sua primeira visita da Polícia Judiciária – disse eu. – A sua filha já se meteu em sarilhos antes?

– Nunca se meteu em sarilho nenhum, mas isso não impede que a polícia queira arranjar-lhos.
– Somos de homicídios, não de estupefacientes.
– Mas já sabia...
– Um palpite – disse eu. – De que lhe queriam eles falar?
– Produção e comercialização.
– De quê?
– Ecstasy. Um leitor de Química lá da Universidade foi detido para interrogatórios. Vai atirando nomes para se esquivar. Um dos nomes que deu foi o da minha filha.

Expliquei ao que vínhamos e aos poucos ele libertou-se da sua couraça de fúria. Foi buscar a filha. Aproveitei para ligar a Fernanda Ramalho pelo telemóvel. Ela era corredora de maratonas, mas dava as informações em corridas de cem metros.

– Há coisas que devem interessar-te – disse. – Hora da morte: cerca das seis ou seis e meia da tarde de sexta-feira. Causa: asfixia por estrangulamento, pressão aplicada por polegares enluvados na traqueia (não tem marcas de unhas no pescoço). Golpe na nuca: foi atingida uma só vez, com qualquer coisa muito dura e pesada que não era uma barra de ferro – o crânio despedaçado e o tamanho da contusão sugerem mais um malho ou coisa parecida. Estava totalmente inconsciente quando foi estrangulada. Não encontro qualquer sinal duma luta séria, nem lesões além da que tinha na testa, e que foi causada pelo contacto com um pinheiro. Havia fios de casca na ferida. Não tinha nada debaixo das unhas. Actividade sexual: não vais gostar. Penetração vaginal e anal. Foram usados preservativos, não há depósitos de sémen. Vestígios de um lubrificante à base de água no recto e as lesões no músculo do esfíncter parecem indicar que nunca tinha praticado sexo anal anteriormente. Sangue: um grupo pouco vulgar, AB negativo, e com vestígios de metilenodioximetanfetamina... mais conhecida por E ou Ecstasy. Também tinha fumado *cannabis*. Vestígios de cafeína.

– Alguma coisa no estômago?
– Não tinha almoçado.
– Mais nada?

– Nunca nada é bastante para vocês, por muito que se corra.
– Fernanda – disse eu – deixa-me agradecer-te.
Ela desligou.

Teresa Carvalho tinha cabelo roxo, comprido, e pintava de roxo os olhos, a boca e as unhas. Vinha de colete preto, saia curta preta, *collants* pretos e Doc Martens roxas que lhe chegavam à barriga da perna. Foi sentar-se num cadeirão ao canto do escritório do pai e cruzou as pernas. O pai Carvalho saiu da sala e nós ficámos num silêncio só interrompido pelo barulho que Teresa fazia a mascar pastilha elástica.

Os sapatos do pai Carvalho não se afastavam. Teresa não olhava para nenhum de nós, fixava um ponto por cima da cabeça de Carlos. Abri a porta e disse ao pai Carvalho que gostaria de voltar a falar com ele mais tarde. Afastou-se como um urso para a sua caverna. Brilhava um mícron de confiança nos olhos de Teresa quando voltei a sentar-me.

– O que for dito aqui dentro não tem de sair desta sala – disse eu.

– O pai diz que são dos Homicídios. Não matei ninguém, por isso estou nas calmas – disse ela, fazendo estalar a pastilha elástica.

– Falou com algum dos elementos da sua banda depois de a terem dissolvido na quarta-feira à noite? – perguntei.

Essa entrada dava a entender que tinha muito mais munições no coldre e vi as implicações processarem-se nos olhos dela.

– Não, não falei. Não valia a pena.
– Foi essa a última vez que viu a Catarina?
– Foi, sim. Aconteceu-lhe alguma coisa?
– Porque pergunta?
– Não me admirava nada que lhe acontecesse qualquer coisa.
– Por alguma razão especial? – perguntou Carlos.
– Ela tem aquele ar inocente, não é?
– Quer dizer cabelo louro e olhos azuis?

Ela fez outra vez estalar a pastilha e pôs uma das Doc Martens na borda da cadeira.

– Continue, Teresa – pedi eu. – Dê-nos a sua opinião sobre a Catarina.
– Completamente passada.
– Em que sentido? Doida, neurótica, drogada?
– Ela ainda nem tem dezasseis anos, acho eu.
– Pois não.
– Talvez encontrem alguma puta de trinta anos com a experiência dela, mas eu...
– Espero que isso não seja simples má-língua, Teresa.
– É o que dizem os rapazes. Vá à faculdade e pergunte.
– Não gostava dela.
– Não.
– Tinha ciúmes dela?
– Ciúmes?
– Da voz dela, por exemplo.
Ela soprou desdenhosamente.
– Ou de os rapazes andarem atrás dela.
– Já lhe disse, ela era uma puta.
– E o Bruno e o Valentim?
– Que têm esses?
– Limite-se a responder – disse Carlos.
– Qual é a pergunta?
– A banda – disse eu, a tentar segurar Carlos, que também não parecia gostar desta. – Como é que se separaram?
– Fartei-me daquela música.
– Perguntei como se separaram. Discutiram e foi cada um para seu lado, ou dividiram-se em grupos e...
– Não sei o que os outros fizeram. Eu fui ter com um amigo ao Bairro Alto.
– Por acaso era o saxofonista? – perguntei, e ela imobilizou-se.
– Não, não era – disse numa voz tão baixa que tivemos de nos inclinar para a ouvir.
– Que faz ele, além de tocar saxofone?
Não respondeu. Tinha a mão à frente da boca e mordia uma unha.

– Esse saxofonista é seu professor na Universidade?

Acenou que sim. Lágrimas redondas formavam-se na pintura roxa dos olhos. Olhava para os joelhos.

– Não esteve com ele na noite em que a banda se desfez?

Abanou a cabeça roxa.

– Viu-o nessa noite?

Fechou os olhos e lágrimas roxas correram-lhe pelo rosto.

– Talvez o tenha visto com a Catarina mais tarde?

– Ela roubou-mo – explodiu ela, e rebentaram-lhe os soluços e o ranho. – Roubou-mo!

– Foi por isso que alguém telefonou à polícia a dizer que um leitor universitário andava a fabricar e distribuir Ecstasy?

Saltou da cadeira, apanhou uns lenços de papel na secretária do pai e limpou a cara, ficando a parecer uma vítima de maus-tratos.

– Onde esteve na noite passada, Teresa?

– Em Alfama, nas festas.

– A que horas?

– Estive em casa quase toda a tarde, a trabalhar no meu quarto... Uns amigos vieram buscar-me pelas sete horas.

Pedi-lhe que escrevesse os nomes e telefones dos amigos.

– Ainda não me disseram o que aconteceu à Catarina.

– Foi assassinada ontem à noite.

– *Eu* não lhe fiz nada! – disse ela apressadamente, com a caneta a tremer.

– Acha que Bruno ou Valentim estariam sexualmente envolvidos com ela?

– O Valentim estava de certeza... foi ele que a descobriu. O Bruno não. Tinha medo do Valentim.

– Valentim descobriu-a?

– Ouviu-a cantar e trouxe-a para a banda.

– Mas porque pensa que faziam sexo?

– Era o estilo dela.

– Mas nunca viu nada que o confirmasse?

Ela levantou a cabeça, a ver como engoliríamos a verdade.

– Não – disse. – Nunca vi nada.

Levantámo-nos para sair.
– Não vão dizer aos da Droga que eu lhes telefonei?
– Se o seu professor está inocente, vou. Está?
Ela abanou a cabeça.
– E a Teresa?
– Eles querem acusar-me de lhe ter dado assistência técnica, mas não é verdade.
– E fornecimento?
– Não – disse ela com a boca cerrada.
– Catarina tinha vestígios de E no sangue quando morreu.
– Não fui eu. *Eu* não lhe dei nada.
– E ao Valentim ou ao Bruno?
– Não – disse ela, tensa, dura, segura, mentindo.
Lancei-lhe um longo olhar que ela não conseguiu sustentar. Estava a pensar como poderia salvar alguma coisa da situação, o que poderia fazer para eu gostar dela. A rapariga impopular. A fraude. A reaccionária mascarada de roxo e preto.
– Para entender a Catarina – disse – era preciso ouvi-la cantar. Tinha uma linha directa para a dor.

Atravessámos uma Lisboa vazia – era o primeiro sábado quente do Verão. Descemos sem pausas as ruas habitualmente engarrafadas do Campo Grande ao Saldanha, para a grande rotunda do Marquês de Pombal e daí para o Largo do Rato, que cozia em silêncio ao sol. Carlos falava como se estivesse a cuspir pregos.
– O mundo passava bem sem chatas como esta Teresa Carvalho – dizia ele. – Uma menina rica sem personalidade, a fazer-se passar por artista *grunge*, mas continuando a cultivar os valores salazaristas burgueses, água-com-açucar... É do género que sempre teve o que quis e, quando não o consegue por ser chata de mais, também não quer que ninguém o tenha. Denuncia os outros para salvar a pele. Mente. Está sempre a calcular a nossa reacção, para ver se diz o que nós queremos ouvir. Entrega o professor, põe a Catarina pelas ruas da amargura e depois diz – fez uma vozinha lamurienta – «para entender a Catarina era preciso ouvi-la cantar, ela tinha uma linha

directa para a dor...», coisa que aposto que ouviu alguém dizer. Gaita! São todas iguais.

– Quem?

– As meninas burguesas. Ocas. Galinhas de aviário.

– E a Catarina, também era uma galinha de aviário?

– Devia valer mais que os outros todos juntos... por isso é que eles agora fazem fila para a denegrir e dizem que era uma puta, mas até agora não encontrámos ninguém relacionado com ela que valesse mais que cinco tostões.

– Então quer *mesmo* descobrir o assassino dela?

– Pois quero. Há algum mal nisso?

– Só queria saber.

– Mas se ela fosse uma chata como a Teresa Carvalho...

– Já agora, gosta de pretos? – perguntei.

Ele olhou a ver de que lado vinha a bola.

– Não tenho preconceitos raciais, se é isso que quer saber – disse devagar.

– Mas se tivesse uma filha e ela quisesse casar com um preto...?

– Devia ser eu a perguntar-lhe isso.

– Eu não gostava. Pronto... já descobriu.

– O bom velho polícia racista português.

– Não é que eu ache que os pretos sejam todos criminosos – disse eu. – Vivi em África, conheço africanos, fui amigo de muitos. Simplesmente há muita gente que tem preconceitos raciais e eu não gostaria que a minha filha tivesse de enfrentar isso podendo evitá-lo.

Os jardins sombreados do Jardim da Estrela iam passando por nós, frescos e soporíficos. Cortei ao lado da Basílica e subi a colina para a Lapa. É um território de embaixadas, um antigo porto de fortunas a debruçar-se sobre as docas de Alcântara, provavelmente para os ricos poderem ver o seu dinheiro a atracar. Deixámos o carro numa praça central, ao lado de um velho bloco de apartamentos com vista para um velho palácio decrépito todo embrulhado em andaimes e com uma licença de construção pendurada no portão da entrada.

Tocámos à campainha. Nada. Um jardineiro ia cortando o mato do outro lado das grades.

– É o palácio do conde dos Olivais – disse eu a Carlos. – Sempre o conheci fechado e em ruínas.

– Parece que estão a restaurá-lo.

Chamei o jardineiro, um velhote escuro com cara de mula. O homem parou de trabalhar e veio encostar-se ao gradeamento, tirando da boca um cigarro há muito apagado.

– Vão fazer aqui um bordel – disse-nos.

– A sério?

– Sabem o que é preciso para um bom bordel?

– Mulheres bonitas, talvez...?

– Muitos quartos. Esta casa é o ideal – disse ele, e largou uma risada asmática. Depois limpou a cara com um trapo sujo. – Não. Vai ser um daqueles clubes exclusivos para gente rica que não sabe o que há-de fazer ao dinheiro.

Carlos grunhiu uma risada e tocou outra vez à campainha. Nada. O jardineiro voltou a acender o cigarro.

– Era aqui que viviam os nazis durante a guerra – disse-nos. – Quando eles perderam, vieram os americanos.

– É um sítio grande para um clube.

– São gente séria, os ricos. Pelo menos é o que me dizem.

Finalmente tivemos uma resposta. Muito fraca. Uma fina voz feminina, frágil de mais para se perceber. À quinta explicação lá nos deixou entrar. Subimos as escadas até ao 2.º andar. Uma mulher com uma grossa camisola de lã verde e saia de *tweed* veio à porta. Já se tinha esquecido de quem éramos e, quando voltámos a explicar, disse-nos que não tinha chamado a polícia, que não tinha acontecido nada. Começou a fechar a porta com as mãos trémulas da doença de Parkinson.

– Não é nada, mãe – disse uma voz atrás dela. – Vieram falar comigo. Não se preocupe.

– Mandei a criada à rua buscar qualquer coisa... Vêm sempre quando ela está fora e eu tenho de me levantar e atender a campainha, e nunca ouço nada do...

— Não se preocupe, mãe. Ela já volta.

Seguimos a mulher, que, pelo braço do filho, avançou em passos arrastados para uma sala de estar. As paredes estavam cobertas de livros do tecto ao chão e o espaço estava ocupado por cavaletes de desenhos, pinturas, esboços e aguarelas. O rapaz sentou a mãe a uma mesa que tinha em cima um copo de boca larga e uma garrafa lapidada do que poderia ser Porto Tawny e levou-nos para outra divisão.

Usava a *T-shirt* e os *jeans* da praxe, tinha cabelo escuro, liso, comprido, com risca ao meio, e uma cara triste com uma gama limitada de expressões. Mal abria a boca para falar. As paredes da sala para onde nos levou estavam cobertas de mais desenhos e esboços, nenhum deles com moldura.

— Quem é o artista? — perguntou Carlos.

— A minha mãe era galerista. Isto é o que resta.

— Ela parece estar doente.

— Está.

— Já falou com o Valentim?

— Ele telefonou-me.

— Quando foi a última vez que fez sexo com a Catarina? — perguntei eu, e Carlos estremeceu como se fosse ele a ter de responder.

Bruno recuou um passo e sacudiu o cabelo para trás dos ombros, as mãos a adejar como um pássaro espantado.

— Como? — perguntou, abrindo a boca dois milímetros mais que uma ostra, o que para ele devia corresponder ao *Grito* de Munch.

— Ouviu bem.

— Eu não...

— A Teresa Carvalho diz que sim. Você, o Valentim e metade da universidade.

Ele parecia já quebrado, como uma aranha com o esqueleto por fora. Valentim podia tê-lo preparado para qualquer coisa, mas não para isto. Engoliu em seco.

— Também não queremos ouvir o guião do Valentim — disse eu. — Estamos a investigar um crime, e, se me passar pela cabeça que me está a mentir e a obstruir o passo à justiça, faço-o passar o fim-de-semana nos *tacos*. Alguma vez lá esteve?

– Não.

– Sabe o que é?

Um silêncio.

– Chulos, prostitutas, drogados, bêbedos, passadores, ladrões e outros rufias violentos de mais para poderem ir para casa. Sem luz nem ar fresco. Comida de porcos. Meto-o lá, Bruno. A criada toma conta da sua mãe, por isso não tenho de ter remorsos. Esqueça-se do Valentim e conte o que se passou.

Ele estava ao pé da janela. Virou a cabeça, a fitar para lá do palácio a nesga de Tejo visível entre as árvores. Achei que não ia demorar muito a decidir-se.

– Sexta-feira passada – disse ele para o vidro da janela.

– Onde?

– Na Pensão Nuno... perto da Praça da Alegria.

– A que horas?

– Entre a uma e as duas.

– Usaram drogas?

Bruno afastou-se da janela e sentou-se na cama. Inclinou-se para a frente, com os cotovelos nos joelhos, e passou a falar para o chão.

– Tomámos uma pastilha de E cada um e fumámos um charro.

– Quem forneceu a droga?

Um silêncio.

– Não vamos prender ninguém por consumo ou fornecimento de droga – disse eu. – Só quero ter o quadro completo. Quero ver cada minuto desse dia tão claro como se fosse meu. Foi a Teresa Carvalho?

– O Valentim – disse ele.

– Valentim também lá estava? – perguntou Carlos.

O rapaz acenou que sim para o tapete.

– Estavam lá os dois... a fazer sexo com a miúda?

Bruno agarrou a testa, a tentar apagar a recordação.

– Como foi que aconteceu?

– O Valentim disse que ela gostava.
– Era verdade?
Ele abriu as mãos e encolheu os ombros.
– E qual dos dois a sodomizou? – perguntei.
Ele produziu um som entre o soluço e o vómito, cobriu a cabeça com os braços e dobrou-se como quem, num avião, se prepara para um choque terrível.

15

Sábado, 13 de Junho de 199..., Odivelas, Lisboa, Portugal

Deixei Carlos e Bruno no edifício da PJ na Gomes Freire, para Carlos poder pôr o depoimento por escrito, e voltei a Odivelas para ir buscar Valentim.

Pouco tinha mudado no bloco de apartamentos. A vida havia avançado uns milímetros, ouviam-se outros programas televisivos, a caixa da escada emitia música *techno* e as paredes irradiavam calor como se o prédio tivesse febre.

O percevejo abriu a porta e virou-se sem uma palavra. Como na vez anterior, bateu à porta de Valentim de passagem para a cozinha, onde pegou numa garrafa aberta de Sagres.

– Polícia – berrou por cima do gargalo, e começou a sorver a cerveja.

A mãe de Valentim apareceu na moldura da porta. Eu martelei na porta de cartão até Valentim a abrir de rompante.

– Estamos de saída – disse eu. – Não vai precisar de nada.

– Para onde o vai levar? – esganiçou-se a mãe.

– Lisboa.

– O que foi que ele fez? – perguntou ela, deixando a moldura da porta e avançando sobre mim pelo corredor.

O percevejo deixou-se ficar na cozinha, beberricando a cerveja, penteando o bigode ralo com o indicador e o polegar, todo satisfeito.

– Vai ajudar-nos nas nossas investigações sobre o assassinato duma menor.

– Assassinato? – repetiu ela, avançando para o abraçar como se ele já estivesse condenado.

– Vamos embora – resmungou ele, desviando-se.

Entrámos no carro. Valentim apoiou um cotovelo no rebordo da janela e começou a tamborilar no tejadilho enquanto regressávamos à cidade. Era a hora mais quente do dia.

– Que é feito do seu pai? – perguntei.

– Pôs-se a andar há anos. Não me lembro dele.

– Que idade tinha você?

– Era pequeno de mais para me lembrar.

– Deu-se bem, para chegar à universidade.

– Vê-se que não conhece os chatos dos meus colegas.

– Que pensa da sua mãe?

– É minha mãe. Só isso.

– Que idade tem ela?

– Que lhe parece?

– Não sei. É difícil de calcular...

– ... com aquela pintura toda?

– O homem com quem está parece jovem.

– Ela tem trinta e sete anos. Chega-lhe?

– Gosta dela?

Ele interrompeu o concerto.

– Onde é que o descobriram? – perguntou. – Na auto-estrada, com um par de asinhas?

– Sou uma das poucas pessoas que vai encontrar no meu mundo com algum interesse pelos outros seres humanos... o que não quer dizer que seja sempre assim bonzinho. E agora diga-me o que pensa da sua mãe.

– Isto é uma merda – disse ele, enunciando nitidamente cada palavra.

– O estudante de Psicologia é você.

Ele suspirou, maçado até à raiz dos cabelos.

– Acho a minha mãe uma pessoa linda, com fortes valores morais e éticos, muito preocupada com...

– Já respondeu à pergunta. Diga-me... tem uma namorada, neste momento?
– Não.
– Já teve namoradas?
– De vez em quando. De passagem.
– O que foi que o atraiu nelas?
– Escreve para a *Cosmopolitan* nas horas vagas?
– É isso ou um cotovelo na cara.
– Elas é que vieram sempre ter *comigo*.
– Deve ser do seu magnetismo pessoal.
– Estou a referir um facto. Nunca andei atrás delas. Elas é que me procuraram.
– Raparigas de que género?
– Burguesas de famílias com dinheiro que queriam ser diferentes, estar na onda, andar com um tipo que não fosse um atadinho pendurado num telemóvel que nunca toca.
– Mas você era forte de mais para elas. Rico de mais. Não, retiro a palavra. Bravo de mais.
– Não são gente a sério, inspector. Miúdas mascaradas de pessoas crescidas.
– E a Catarina, como era ela?
Ele acenou com a cabeça e fez um sorriso afectado, como se tivesse topado a armadilha.
– Esquece-se duma coisa, inspector. Catarina nunca foi minha namorada.
– Interessante, não acha? Porque você andou atrás dela.
– Eu?
– Descobriu a voz dela. Levou-a para a banda. Andou atrás dela, não foi ela que foi procurá-lo.
– Não quer dizer que ela...
– Mas foi diferente, não foi?
Ele recomeçou a tamborilar no tejadilho.
Para entrar no edifício da PJ tive uma discussão com o guarda de serviço, que me conhecia bem, mas não acreditou que era eu até lhe apresentar documentos com a minha fotografia barbuda.

Seria isto o princípio duma boa crise de identidade à moda antiga?

Deixei Valentim na recepção e subi ao meu gabinete, onde Carlos e Bruno estavam sentados em silêncio. Li o depoimento e mandei Bruno assinar.

– O Valentim tinha alguma combinação para ver a Catarina depois das aulas de sexta-feira?

– Às sextas ela ia sempre para Cascais.

– Viu o Valentim na noite de sexta?

– Vi. Encontrámo-nos em Alcântara, por volta das dez.

– O que fez ele entre as duas e as dez?

– Não sei.

– Estava agitado, quando o encontrou?

– Não.

– A Teresa disse que a Catarina dormia com todo o bicho-careta da universidade. É verdade?

– Se é a Teresa a dizê-lo, não. Não é fiável.

– Ela diz que viu a Catarina com o professor de Química no Bairro Alto, na noite em que a banda se desfez.

– Não faço ideia.

– Para onde foi depois da reunião da banda?

– Para casa. Estive até tarde a acabar um trabalho que tinha de entregar na quinta de manhã.

– E o Valentim e a Catarina?

– Quando saí, ainda ficaram no bar. A Toca, no Bairro Alto.

Fomos para as escadas e disse-lhe que esperasse cinco minutos antes de voltar para casa. Carlos e eu levámos Valentim para a Pensão Nuno, que ficava na Rua da Glória, uma rua estreita entre a Praça da Alegria e o elevador que leva dos Restauradores ao Bairro Alto. Não havia muitas pegas na rua àquela hora. Umas quantas, mais velhas e mais tristes, olhavam pelas montras dos cafés, bebendo a sua bica. O rosto de Valentim no retrovisor parecia sólido, talhado numa só peça.

A pensão ficava num edifício oitocentista de quatro andares, com fachada de azulejos até à varanda do primeiro andar. A recepção era no segundo piso. Subimos uma ampla escadaria de madeira a cheirar a bafio, com uma estreita passadeira de linóleo azul no centro. Um homem na casa dos sessenta estava de pé atrás do balcão, com um jornal aberto à frente e um dedo na língua. Por cima da sua cabeça um tubo de *néon* iluminava teias de aranha e sujidade entranhada. Tinha a barba por fazer e fumava distraidamente um cigarro. Dava a impressão de ter sido gordo em tempos e ter perdido a gordura, ficando com pregas inúteis de pele que descaíam sobre a camisa.

Levantou os olhos e vi neles que sabia que tinha à sua frente dois polícias e um suspeito.

Endireitou-se e pôs uma mão no sovaco. Passou uma unha pelos pêlos debaixo do lábio inferior. O fumo fê-lo fechar um olho. A pele parecia cinzenta, como se tivesse ficado impregnada de pó numa actividade anterior, mineração talvez.

– É você o Nuno? – perguntei.

– Esse já morreu.

– Então quem é você?

– Jorge.

– É o dono da casa?

Ele fez sinal que sim, sempre a fumar.

– Sei quem vocês são – disse.

– Então não precisa de ver a nossa identificação.

– Podem mostrar-ma, mesmo assim.

Estendemos os cartões, que ele inspeccionou de perto, sem lhes tocar.

– Fica melhor sem ela – informou-me.

– Conhece este moço? – perguntei.

Os olhos de Jorge tornaram-se sonolentos como os duma pitão que tivesse comido um cavalo e estivesse com dificuldades em digerir os cascos. Tirou mais umas fumaças. Esmagou o cigarro com uma careta e mostrou-nos uma fieira de dentes amarelos a precisar de escova.

– Vão dizer-me que ele já cá esteve antes e eu vou ter de acreditar, mas... – a voz foi esmorecendo. Pegou no livro de registos e começou a folhear páginas em branco.

– Experimente o livro dos quartos à hora.
– Se alguém ocupa...
– Queremos dar uma olhada a um quarto do último andar. Estão todos livres?
– Se estiverem fechados, estão ocupados.
– Está muito atarefado? – perguntei, e Jorge começou a fazer contas. – É que vou entrar nos quartos todos, fechados ou não.

O homem puxou as calças para cima e deslizou para fora do balcão. Tinha sandálias de dedo calçadas e as unhas dos pés, grossas como azulejos, eram da cor dos dentes. Segui os calcanhares encardidos a caminho do andar de cima.

– Quantos quartos tem o andar?
– Quatro – disse ele, mais lacónico agora, que as escadas lhe iam tirando o fôlego.

Lá em cima tossiu até ficar num silêncio trémulo e cuspiu para um lenço.

– E então? – perguntou, apontando um dedo a Valentim.
– Não me pergunte – disse Valentim. – Nem sei o que estou aqui a fazer.
– Lembra-se do que lhe disse do cotovelo na cara?
– Ouviu? – disse Valentim para Jorge. – Ele está a ameaçar-me.
– Nem o vejo a si nem o ouço a ele – declarou Jorge. – Todos os meus sentidos se embotaram há muitos anos.

Valentim olhou para uma das portas e Jorge abriu-a com um gesto floreado da mão, como um porteiro do século XIX.

Lá dentro, Valentim tratou de colocar a cama entre nós. Carlos sentou-se numa cadeira reumática junto da porta fechada. Eu lavei as mãos na bacia, olhei para Valentim pelo espelho e refresquei a cara nas palmas molhadas. Sacudi as mãos para as secar, endireitei a gravata e tirei o casaco. Fazia calor no quarto, mesmo com as persianas corridas.

– Estou à espera, Valentim.
– Já sabem o que aconteceu.
– Parece que de repente ficaste a saber o que estás aqui a fazer – disse eu. – Mas eu quero que sejas tu a contar-mo. Foste tu que

preparaste tudo. Disseste ao Bruno que a Catarina gostava desse género de coisas. Conta-nos lá a tua versão.

– Ela disse que queria experimentar... mas só com alguém que conhecesse.

– Disse mesmo? Foi ela a fazer a proposta? Uma miúda de quinze anos a um calmeirão de vinte e um?

– Vinte e dois – corrigiu ele, e esperou dois segundos. – Ficou a pensar, hein, inspector?

– Que a tua mãe tinha quinze anos quando nasceste? E depois? Isso é um erro de rapariguinha. Não é o mesmo que três numa cama.

As vibrações de ódio do rapaz que começara a vida por erro pareciam atravessar o quarto. Baixou a cabeça e, quando voltou a levantá-la, os olhos sorriam.

– Talvez as raparigas de agora cresçam mais depressa. Não espero que saiba isso, inspector.

– Tenho uma filha pouco mais velha que a Catarina.

– E sabe o que lhe passa pela linda cabecinha virginal?

– Não é três numa cama.

– Devem ter falado nisso, para ter tanta certeza.

– Cala a boca – disse eu, sentindo-me a chegar ao ponto de ebulição.

– Pelo menos deve saber que as raparigas de hoje já não fazem tanta confusão sobre o que querem.

– Porquê? Antigamente o que pensavam elas que queriam? – perguntou Carlos, vindo em meu socorro.

– Romance.

– E agora?

– Agora sabem que pode haver sexo sem amor e é nisso que estão interessadas – disse Valentim. – Eu não cresci na era pré-revolucionária, como o inspector. Não fui amamentado a catolicismo, valores familiares salazaristas, mulheres em casa, mamas e rabos bem tapadinhos na rua...

– Se é uma justificação, abrevie – disse Carlos.

– Não é uma justificação, é só uma opinião... sobre a razão de uma rapariga de hoje, como a Catarina, que estava longe de ser uma virgem, poder fazer a proposta que ela fez e o inspector não poder acreditar.

– Porque será que cada nova geração se convence de ter inventado o sexo?

– Não o inventámos, só o revolucionámos.

Sentia um fio de suor a descer-me a nuca e infiltrar-se no colarinho, prestes a correr-me pela espinha abaixo. Valentim, como as matacanhas da Guiné, estava a fazer-me comichão debaixo da pele.

– Então e o que tinha a voz da Catarina para teres corrido atrás dela?

– Talento.

– Deve ter havido qualquer coisa mais para o grande Valentim, o ídolo das raparigas, ir atrás duma miúda...

– Era uma loira de olhos azuis. Pouco vulgar em Portugal. Eu estava interessado numa coisa diferente.

Houve um silêncio. Valentim levantou as sobrancelhas.

– Vai pensando um pouco mais na minha pergunta enquanto nos contas o que se passou neste quarto. És capaz de fazer as duas coisas ao mesmo tempo, não és?

– Por onde quer que comece?

– Quando tomaram as drogas?

– Logo que entrámos. O Bruno tinha um charro. Fumámo-lo. Eu tinha umas pastilhas. Tomámos uma cada um. Não se canse a perguntar, era E.

– Onde o arranjaste?

– Na rua.

– Não foi a Teresa, claro – disse eu.

– Bem, não duvido que a Teresa colaborasse convosco, portanto vou entregá-la. Foi ela quem arranjou as pastilhas, sim.

– Que efeito teve o E? – perguntou Carlos.

– Desinibe a pessoa, fá-la sentir-se apaixonada por aqueles de quem gosta...

– E ela acaba por se foder a si própria – concluiu Carlos, satisfeito com a ideia.

– *Consigo* talvez fosse esse o resultado.
– O quarto está como estava ontem?
– Acho que a cadeira estava dez centímetros mais para a direita.

Em silêncio arregacei a manga e deixei à vista um cotovelo tisnado e pontiagudo.

– Pronto, pronto – fez ele, levantando as mãos. – Puxámos a cama.
– Mostra-nos.

Ele empurrou a cama para diante do espelho.
– A ideia foi tua?
– Ela é que disse que se queria ver no espelho.
– Realmente?
– Se se queria ver realmente?
– Se realmente ela disse que se queria ver no espelho.
– Já lhe disse que sim.
– Não sei se acredite.

Ele encolheu os ombros.
– Continua.
– Despimo-nos...
– Conta como foi.
– Tirámos os sapatos primeiro, como rapazinhos bem educados...

Carlos levantou-se da cadeira, a boca uma linha de fúria.
– Eh, pá! Calma! – disse Valentim.
– Despiram-na?
– Já se tinha despido quando acabámos de arrastar a cama.
– Queres tu dizer que era ela quem regia a orquestra.
– Já lhe disse que a ideia tinha sido dela. Ajoelhou-se no meio da cama. Disse ao Bruno para se ajoelhar em frente dela, e eu atrás. Disse-me para usar preservativo. Teve de ajudar o Bruno, ele estava nervoso. Eu pus o preservativo e pronto.
– Não te esqueceste de nada?
– Acho que não.
– O lubrificante.

– Ela não precisava.

– Acho que é costume usá-lo quando se sodomiza alguém. E os exames detectaram vestígios de lubrificante no recto de Catarina.

– Mas eu *não* a sodomizei. De modo algum. Não é nada o meu género.

– Não foi isso o que o Bruno disse.

– O que disse então? Posso saber o que ele disse?

Fiz sinal a Carlos, que pegou na cópia do depoimento de Bruno e começou a ler:

– «... ela masturbou-me e chupou-me o pénis enquanto o Valentim fazia sexo com ela pelas costas. Da minha parte não houve penetração, nem vaginal nem anal, e não ejaculei.»

– Aí não se diz que eu a sodomizei... nem podia dizer. O que o Bruno diz é verdade. Ele estava nervoso e eu fiz sexo com ela; estava por trás dela, mas penetrei-a pela vagina. Pode usar o seu famoso cotovelo à vontade, inspector, que não digo outra coisa.

– Então como explicas o relatório médico?

Um silêncio, enquanto Valentim mudava de posição a pesada trunfa de cabelo e passava um dedo pela testa, sacudindo depois uma madeixa de suor para o chão.

– Deve ter sido outro – disse.

– A que horas saíram daqui?

– Por volta das duas.

– Bruno diz que foi para casa e que tu seguiste com a Catarina na direcção do elevador.

– Correcto.

– Para onde foram?

– Descemos até à Avenida da Liberdade e apanhámos o autocarro. O 45. Ela desceu no Saldanha, para voltar para a escola. Eu segui até ao Campo Grande e fui para a Biblioteca Nacional.

– Quanto tempo lá ficaste?

– Passava das sete quando saí. Fui visto por muita gente.

– Tens carro?

– Está a brincar, inspector.

– Tens acesso a um carro?

– O namorado da minha mãe tem carro. Acha que ele mo emprestava?

– Vamos voltar à minha primeira pergunta. Porque é que levaste a Catarina para a banda?

– Já lhe disse.

– Que tinha ela de tão especial, Valentim? O que era que tanto te interessava nela?

Ele passou a língua pelos lábios secos. A língua também parecia seca.

– Ela não era uma garota feliz, pois não, Valentim?

– Feliz? – repetiu ele, desdenhoso, como se falasse dum estado suspeito.

– Era disso que gostavas? Gostavas de gozar a vulnerabilidade dela, de ter um sofrimento real em que fincar os dentes?

– Daqui a pouco vai dizer-me que odeio a minha mãe – disse ele, com uma risada estrídula. – Andam a estudar Freud na escola da Polícia?

– Pergunta ao agente Pinto, eu já saí da escola há algum tempo. Aliás não precisava de estudar Freud, há dezoito anos que falo com gente da tua laia.

Ele virou-se para Carlos, farejando um alvo mais fácil.

– Tem alguma teoria sobre mim, senhor agente?

– Não és um tipo decente – disse Carlos, tranquilamente, com um olhar directo.

– Se fosses um tipo decente – disse eu – e uma garota de quinze anos te falasse em três numa cama e um bónus de sodomia...

– Não a sodomizei! – gritou ele.

– ... não batias palmas, não achas? Pensavas que ela tinha problemas. És estudante de Psicologia. Sabias que o comportamento dela não era normal. Se fosses um tipo decente, ajudavas a garota. Falavas com os pais. Levava-la a uma terapia. Mas tu não és um tipo decente, Valentim. És um merdas. Olhaste para ela e o que pensaste foi: «Esta posso eu *usar*. Posso *abusar*... e assim fico a sentir-me melhor.»

– Isso tudo por eu não dizer que adoro a minha mãe? Inspector, o senhor é um fundamentalista! Um maldito fundamentalista!

– Foi por isso que planeaste o encontrozinho de ontem, não foi, Valentim? Para fazeres descer a Catarina até ao teu nível, para a sugares para o teu próprio pântano. Agora só preciso de saber se tencionavas dar o passo seguinte e matá-la.

– Vai ter muito que trabalhar para isso.

– Entretanto, podes passar o fim-de-semana nos *tacos*... talvez te refresque a memória. Eu vou pedir um mandado de busca para o teu quarto.

Valentim passou dois dedos pela cana do nariz e sacudiu o suor para o chão. Abanou a cabeça. Estava preocupado e não era por passar umas noites nos *tacos*.

16

Sábado, 13 de Julho de 199..., Pensão Nuno, Rua da Glória, Lisboa

Chegou um carro da Polícia para levar Valentim. Disse ao Carlos que aproveitasse a boleia e fosse tratar do mandado de busca. Jorge abriu o celofane do que devia ser o terceiro maço do dia. Eu peguei no retrato de Catarina.
– Ainda não acabou? – perguntou ele, acendendo um cigarro.
– Perdeu muito peso há pouco tempo, Jorge?
– Estive doente. Pensou-se que era cancro dos pulmões.
– E o que era?
– Uma simples pleurisia.
– Pelo menos serviu para perder peso.
– Não precisa de se mostrar simpático comigo. Ninguém é.
– Você conhece bem as pessoas, não é, Jorge?
– O mundo inteiro já passou por este balcão.
– Foi sempre esta a sua profissão?
– Provavelmente.
– Nunca esteve preso?
– Se estive, foi antes de eu ser capaz de me lembrar se foi sempre esta a minha profissão.
– Deve ter uma memória famosa.
– Até tenho uma sala cheia de prémios. Passe cá um dia em que eu não esteja tão ocupado, que eu mostro-lhos.

– Lembra-se desta moça? – perguntei, batendo com a fotografia no balcão. – Esteve cá com o rapaz de há pouco e um outro, ontem à hora de almoço.

Se possível, os olhos de Jorge tornaram-se ainda mais aguados. Mal olhou para o retrato.

– Inspector, tenha paciência, eu tenho uma reputação a manter. Se constar que a minha amnésia melhorou e entrei num concurso de perguntas e respostas com a Judiciária, fico com a casa às moscas.

– Mais que agora? – disse eu. – O chão não está exactamente a tremer.

– Então imagine.

– Talvez a casa precise duma inspecção.

– Porque é assim tão importante que eu me lembre dela?

– Cinco horas depois de sair daqui estava morta. Assassinada.

As sobrancelhas de Jorge pareceram saltar por um instante.

– Quando?

– Não se arme em parvo. Já lhe disse. Sexta-feira, às seis ou seis e meia da tarde.

– Aqui em Lisboa?

– Talvez. Foi atirada para uma praia em Paço de Arcos.

Ele acenou a cabeça, limpando a cara com as costas da mão, a sentir a barba por fazer.

– Esteve cá à hora do almoço. O inspector já deve saber, já falou com o rapaz. Também vinha outro, um estudante.

– Como sabe?

– Esta é a porta do Céu, inspector. Toda a gente aqui passa... até agentes da Polícia.

– Posso usar o telefone?

Telefonei para o número da professora de Catarina, que atendeu como se estivesse sentada ao pé do aparelho à espera da chamada. Marquei um encontro para daí a uma hora. Ela disse-me que não tencionava sair. Voltei a pousar o telefone, uma pesada relíquia de baquelite que me fez lembrar o quartel do meu pai em África. Dirigi-me às escadas, sempre com os olhos de Jorge em cima de mim. Parei no segundo degrau e ouvi-o suspirar.

– Ela já cá tinha vindo antes? – perguntei.
Jorge virou a folha do jornal e voltou a beijar o cigarro.
– Não ouviu, Jorge?
– Ouvi – disse ele. – E também ouvi a sua chamada. Uma miúda de escola.
– Nem dezasseis anos tinha, Jorge.
Ele abanou a cabeça, não muito admirado com o estado a que o mundo chegou.
– Vinha cá quase todas as sextas à hora do almoço, desde Março ou Abril, salvo erro.
– Prostituição?
– Não subia sozinha para dormir a sesta, se é isso que pergunta – e acendia outro cigarro na beata do último. – As miúdas de agora são diferentes. Limpinhas, bem vestidas, educadas. Vêm cá ganhar uns trocos para o fim-de-semana e assim evitam ter de explicar ao papá porque precisam de trinta contos para uma noite de sábado à maneira. As profissionais também já as conhecem. É só chegar lá fora e reparar. Quando vêem uma garota de saia curta rondar por aqui muito tempo, só não lhe dão uma sova se não puderem. Se quer a minha opinião, inspector, e olhe que pouca gente ma pede, é por causa da heroína.
– Conhece alguns clientes dela?
Jorge deitou-me um olhar triste e deu uma pancadinha na têmpora.
– Quantas vezes foi esta casa fechada?
– Nenhuma... a menos que fosse antes...
– Chega, Jorge. Já me está a aborrecer.
– Ouça, inspector, eu colaboro... mais cedo ou mais tarde.
– E que tal colaborar agora?
Ele pensou no assunto, ansioso por se ver livre de mim.
– Vou dizer-lhe uma coisa. Não é muito, mas se der para descer as escadas...
– Não prometo.
– Não é o primeiro a vir cá perguntar pela miúda... em serviço, entendamo-nos.

– Que quer dizer? Outro polícia?

– Pode ser.

– Cá para fora, Jorge. Duma vez só. Como a arrancar um dente.

– Parecia um polícia, mas não quis mostrar-me a identificação e eu não lhe disse nada.

– Que perguntou ele?

– Primeiro disse que era um engate e estava interessado na miúda. Eu não acreditei, e então ele disse que era da Judiciária. Pedi-lhe que se identificasse, recusou, eu disse-lhe que não me fizesse perder tempo e ele foi-se embora.

– Quando foi isso?

– Pouco depois de ela se ter tornado uma freguesa das sextas-feiras.

– Em Abril ou Maio? – perguntei, e ele fez que sim. – Descreva-me esse homem.

– Baixo, forte, e o pouco cabelo que lhe vi era cinzento. Trazia um chapéu de aba pequena, que não tirou da cabeça, casaco de *tweed* cinzento, camisa branca, gravata, calças cinzentas. Nem barba nem bigode. Olhos castanhos. É só.

– Pronto, Jorge, vou descer a escada.

– Não corra – recomendou ele. – Não quero que caia.

Saí para a ruazinha escura. A recepção sem janelas de Jorge era fresca; cá fora tirei o casaco e pu-lo ao ombro. Já havia mais raparigas por ali e eu desci a rua para o elevador, perguntando a umas quantas se tinham visto Catarina. Duas mulatas brasileiras lembravam-se dela, mas não de ontem. Uma loira oxigenada, empoleirada numa perna a consertar um salto, pegou na fotografia e acenou, mas não se lembrava quando a tinha visto.

Perguntei ao condutor do elevador, achando provável que ele se interessasse pelo que se passava à sua volta em vez de olhar eternamente para duzentos metros de carril velho à subida e à descida, mas esse despachou-me com um encolher de ombros. Voltei a descer a Rua da Glória, meti-me no carro e fui à paragem de autocarro do Saldanha. Era quase tudo edifícios de escritórios, e esses estavam fechados, mas havia algumas casas pequenas abertas.

— Boa tarde... Viu esta moça ontem, pelas duas, duas e um quarto? Não. Obrigado. Adeus.

Trabalho de polícia para mim é uma coisa de estômago. Para muitos dos meus colegas é um trabalho de cabeça. Pegam nos suspeitos, nas pistas, nos depoimentos, nas testemunhas, nos motivos e raciocinam sobre o conjunto. Eu faço o mesmo, mas, além disso, tenho qualquer coisa no estômago que me diz se estou certo. Uma vez o António Borrego perguntou-me com que se parecia isso e a única coisa em que consegui pensar foi «amor». Ele disse-me que tivesse cuidado, porque, como todos sabem, o amor é cego. Boa resposta. Não é como o amor, mas tem a mesma força.

— Boa tarde... Viu esta moça ontem, pelas duas, duas e um quarto? Não. Obrigado. Adeus.

Há quem me pergunte porque estou nesta profissão, como se eu tivesse voto na matéria, como se pudesse largá-la e fugir para ser poeta de vanguarda na Guatemala. Entrei para a Polícia porque em 1978, quando o meu pai e eu voltámos discretamente ao País, foi o único emprego que consegui arranjar, e nessa altura o dinheiro escasseava tanto como os empregos. Quando desembarquei no Rossio depois de cinco anos em Londres, percebi do que tinha tido saudades. O frenesi da pobreza, como eu lhe chamo. Há muito em África, foi por isso que o reconheci. É uma agitação nervosa provocada por uma actividade económica insuficiente para alimentar toda a gente. É a agitação da fome, e agora desapareceu. As ruas estão calmas como as de qualquer outra cidade europeia. Agora há o *stress*, mas isso não é como a fome, é só neurose.

— Boa tarde... Viu esta moça ontem, pelas duas, duas e um quarto? Não. Obrigado. Adeus.

Por isso estou nesta profissão, porque com os anos comecei a acreditar nela. A caça à verdade ou pelo menos a busca da verdade. Gosto das conversas. Maravilha-me o génio natural que as pessoas têm para fingir. Quem pensa que os futebolistas são uns artistas a representar, com os seus truques, quedas e fintas devia assistir à representação dum assassino. Claro que esses têm muita prática, mentem a si próprios a cada minuto do dia. As nossas prisões estão cheias de inocentes. Mas é da natureza do assassino. É a mais profunda fraqueza humana. A solução mais radical para a incapacidade de achar uma solução, e a vergonha dessa fraqueza é a culpa inconfessável. Mas as mentiras... as mentiras são o que torna o trabalho interessante. Sou como um costureiro a avaliar tecidos, apreciando a trama complexa duma tapeçaria brilhante, um brocado fabuloso de fios de ouro, a suavidade sedosa dum damasco, a densa e sombria riqueza dum veludo impenetrável. Mas não subestimo o valor duma ganga leve e forte, uma lona duradoura, uma fina popelina resistente. O que não quer dizer que não tenha de trabalhar com tafetá traçado, ou flanela de lã puída, ou retalhos esfiapados de *voile* ordinário, mas apenas que tenho o gosto apurado dum conhecedor.

– Boa tarde... Viu esta moça ontem, pelas duas, duas e um quarto? Não. Obrigado. Adeus.

Hoje estivemos em dia de mentirosos. O advogado, a mulher dele, o amante dela, o estudante de Psicologia, a menina nova-rica, o rapaz de boas famílias... Mas repare-se no dono da pensão, o Jorge. O homem de quem se esperava que mentisse. O homem com ar de mentiroso. E não mentia. Ignorava, omitia, cortava, excluía, censurava, mas não estava a esconder os seus próprios segredos. Era essa a diferença. Veja-se o Valentim. Esse tem potencial. Tem muita prática. Mente desde que o pai se foi, provavelmente. Não confia em ninguém, nem mesmo na mãe. Esse tem a trama do mais fino brocado. E ainda falta um. A vítima. Ela deve ter dito as suas mentiras no seu tempo, mas o que me intriga é o jogo que jogou com a mãe. O que queria? Telefonar-lhe, fazê-la ir a casa... Para quê? Para lhe mostrar que sabia? Para lhe mostrar que era melhor que ela? Para a castigar?

– Boa tarde... Viu esta moça ontem, pelas duas, duas e um quarto? Não. Obrigado. Adeus.

O meu estômago tinha dado sinal: atenção ao advogado. Até agora é só o que sei. Quanto ao Valentim, tenho dúvidas. Não é fácil confessar ter sodomizado uma miúda. Ainda é um acto vergonhoso, mesmo para ele. Talvez tenha sido outro. Outro tarado que a sodomizou, sentiu vergonha e a matou por ela o fazer sentir vergonha. Mas é um caso sério, este. Jorge a dizer que ela aparecia na pensão há meses, prostituindo-se por uns trocados. O amante a dizer que ela lhe tirava dinheiro depois de fazer sexo. Teresa Carvalho a dizer que ela dormia com todos na universidade, até com o seu professor. Bruno a dizer que isso não era fiável. Nenhum deles a conhecia. Conheciam apenas facetas dela. Só Valentim a conhecia a fundo, mas esse sabia do que andava à procura.

– Boa tarde... Viu esta moça ontem, pelas duas, duas e um quarto? Sim? Viu?

Estava agora num café da Avenida Duque de Ávila, a poucos prédios da Escola Secundária de D. Dinis, onde Catarina era aluna.

– Entrou pouco depois das duas – disse o empregado do balcão. – Já a tinha visto. Anda ali na D. Dinis. Toma uma bica, bebe e vai-se embora, como toda a gente.

– Alguma razão particular para se lembrar dela?

– Eu entro às duas, ela chegou minutos depois. Não estava cá mais ninguém.

– Estava acompanhada?

– Não. Ficou de pé ao balcão, como lhe disse. Loura, olhos azuis, *top* branco, saia curta, bonitas pernas, socas altas com pedras brilhantes nos saltos.

– Olhou bem para ela.

– Porque não?

– Alguma razão particular?

Ele apoiou-se no balcão inoxidável, tamborilou com os dedos na borda, concentrou-se na longa lista dos prós e dos contras, a pesar a resposta. Não desviei os olhos dele. Deixou-se de brincadeiras.

– Está a gozar – disse-me.

– Não, não estou.

Ele levantou os polegares do balcão.

– Porque não me importava nada de a papar. Tinha um belo rabo. Satisfeito? E quem diabo é você?

– Polícia – respondi. – O telefone?

– Ali ao fundo do balcão.

Liguei para Carlos, que ainda não tinha o mandado de busca. Disse-lhe que esperasse por mim no gabinete quando lhe entregassem o mandado, que eu ia falar com a professora, mas isso não demorava mais que uma hora, e depois iríamos os dois revistar o quarto de Valentim. Desliguei, pus umas moedas no balcão e saí.

A professora de Catarina vivia no último andar – o 4.º – dum elegante prédio de apartamentos restaurado, na Rua Actor Taborda. Ficava do outro lado do Saldanha, perto da escola e a pouca distância do edifício da Polícia Judiciária. Já passava das sete e a luz mantinha-se, mas o calor começava a diminuir.

Para começar, não se parecia com nenhuma professora que eu conhecesse. Cabelo curto, escuro, brilhante, cortado à moda. Brincos que pareciam colheres de café torcidas e *bâton*... mesmo para a Polícia. Tinha uns olhos verdes e penetrantes que não se desviavam de mim e dentes perfeitos, brancos, fortes. Trazia um vestidinho azul, leve e muito curto, com uma manga de dois dedos arregaçada sobre os ombros brilhantes para se manter fresca. Tinha a minha altura, braços e pernas compridos e esbeltos. Chamava-se Ana Luísa Madrugada.

– Mas prefiro Luísa – disse. – Chá gelado? Feito em casa.

Acenei que sim.

– Sente-se.

Entrou na *kitchenette* e abriu o frigorífico. Eu sentei-me na sala escura, com as persianas parcialmente corridas contra a luz e o calor lá de fora. Ela tinha estado a trabalhar. Havia um candeeiro de mesa aceso, a focar pilhas de livros e papéis, uns escritos à máquina, outros à mão. Um computador com texto no ecrã piscava ao canto. Trouxe-me o chá gelado e deixou-se cair na cadeira à frente da minha. Estendeu um braço comprido, tubular, firme, mas não musculoso.

Colocou o copo, num movimento elegante, sobre uma mesinha lateral, onde estava um cinzeiro com dois cigarros fumados até ao filtro, como se fossem o máximo permitido. Mal estava sentada, antes quase deitada com as costas no assento da cadeira e as pernas tão estendidas para a frente que os joelhos quase tocavam os meus.

Era descuidada com as pernas, razão de eu as olhar tanto. Falei-lhe do seu trabalho. Disse-me que estava a preparar a tese de doutoramento sobre um tema que não fixei, tão concentrado estava na saia que lhe subia pelas coxas a cada movimento, a fazer-me esperar ver alguma coisa que não era da minha conta, mas eu gostaria que fosse. Ao fim de alguns segundos percebi que aquilo não era um vestido, eram umas *culottes*, e ela podia dar-se ao luxo de ser negligente. Respirei. Levantei de novo os olhos para os ombros brilhantes e as colheres torcidas. Tive pena que Carlos não estivesse ali comigo para se ocupar das perguntas e respostas, enquanto eu poderia simplesmente olhar, sem ter de prestar atenção a mais nada.

Queria saber a idade dela. Tentei ver-lhe as costas das mãos, mas ela não as tinha quietas. Aparentava de vinte e cinco a trinta e cinco anos. O pé dela bateu-me na perna e ela pôs-me a mão no joelho a pedir desculpa. Senti um choque eléctrico, o sangue a percorrer-me como mercúrio. Como era? Quais eram as palavras? Onde estavam as palavras?

– Inspector?

– Sim – disse eu, e vi que ela tinha inclinado a cabeça para um lado, à espera de uma resposta. – Tem sido um dia difícil, doutora.

– Luísa – corrigiu ela. – Eu é que falo de mais. Quando passo o dia a trabalhar e chega a noite, sinto necessidade de falar. Tê-lo aqui é um luxo. Geralmente tenho de ir até ao café e tentar conversar com o empregado, só que eles são carrancudos e não é fácil. Mas digo-lhes tudo na mesma, é a minha dose de fantasia diária. É o que estou a fazer. Estou a falar de mais. Agora é a sua vez.

– Por mim não me importava de ouvir mais fantasia – disse eu. – Não me dão fantasia que baste. Absurdo a mais e fantasia a menos.

– Levantei-me às oito. Às nove já estava a trabalhar. Tudo perfeito, tudo a correr-me bem. Até que ouvi uns garotos a brincar na rua, mas não havia trânsito, e então lembrei-me que era sábado, que por isso é que estava aqui a trabalhar em vez de estar na escola. E foi quando pensei: mas o que estão os miúdos a fazer na cidade, no primeiro dia quente do Verão? O que estou eu a fazer na cidade? Porque não estou a almoçar com alguém na praia? Porque ninguém me leva a almoçar na praia? Porque estou eu em casa a escrever laudas eruditas que não vão ser lidas por mais de cinco pessoas? Comecei a sentir o desalento a avançar como um maremoto e, antes que me afundasse, voltei para o trabalho. Trabalhei toda a tarde... ninguém me telefonou. Está toda a gente na praia.

– Telefonei eu.
– Salva!
– Pela Polícia.
Ela riu-se.
– É o seu trabalho, não é?

Esquivei-me a esta. Há anos que o meu trabalho não é salvar, é apanhar os restos.

– Foi uma sorte encontrá-la em casa. Se alguém lhe tivesse telefonado antes, eu não a apanhava.

– De qualquer modo não ia sair – disse ela, e uma certa melancolia insinuou-se na sala.

– Não só pelo trabalho?

– Não – disse ela, e encolheu os ombros. – Separei-me de um namorado há pouco tempo e caí do mundo abaixo. Mas isto nem é fantasia, é um facto real... e mortalmente aborrecido.

– Uma relação prolongada?

– Prolongada de mais. Tanto que não nos casámos – disse ela, e então apanhou-me em flagrante. – E você?

– Eu? – disse eu, à defesa, habituado a fazer as perguntas e a que nunca ninguém *me* perguntasse nada de pessoal.

– É casado?
– Fui. Dezoito anos.
– O trabalho dum polícia não deve facilitar muito o casamento.
– Ela morreu.
– Sinto muito.

– Há coisa de um ano – disse eu, e depois lembrei-me e pensei em voz alta –, o que quer dizer que afinal só estivemos casados dezassete anos, mas penso sempre...

A sala tinha escurecido. Sentados no círculo de luz do candeeiro de mesa, estávamos agora direitos na borda das cadeiras, tentando ver o rosto um do outro na penumbra tépida.

– Tenho estado a emergir – disse eu, levado pela intimidade presente na sala, e logo a seguir perturbado por ela. Recuei. – Mas isso também é um facto real... e mortalmente aborrecido, suponho.

– É o que nos acontece.

– O quê?

– As pessoas reais e mortalmente aborrecidas acabam por ficar a trabalhar aos sábados à tarde. É a única maneira de sentirmos que estamos a fazer alguma coisa.

– Eu tenho uma filha. É uma ajuda. E só estou a trabalhar porque um homem sem rosto do outro lado do telemóvel me dá ordens e eu obedeço.

– Que ordem o trouxe até minha casa? Algum dos meus alunos se meteu em problemas?

– Ninguém lhe telefonou?

– Escusa de estar a repisá-lo.

– Qual dos seus alunos poderia ter-se metido em problemas?

– Rapaz ou rapariga?

– Rapariga.

– Catarina Sousa Oliveira.

– Acertou à primeira.

– Já tinha pensado que alguém havia de acabar por vir falar comigo.

– Sobre quê?

– Droga, provavelmente.

– Sou dos Homicídios.

Ela levou as mãos à cara. A palavra tinha-a gelado. Foi abrir uma persiana, para deixar entrar mais luz e um pouco do calor remanescente do dia.

– O que aconteceu? – perguntou.

– Foi assassinada ontem à tardinha. Admira-me que ninguém lhe tenha telefonado. O Dr. Oliveira disse-me que tentou falar consigo ontem à noite.

– Fui para Alfama com a minha irmã.

– Estava à espera que lhe falassem de drogas – recordei.

– Considero parte do meu trabalho procurar sinais. Marcas de agulha, pupilas dilatadas, falta de concentração, isolamento...

– O que tinha Catarina?

– Tudo menos marcas de agulha.

– Falou com ela?

– Claro. Falo com todos os miúdos suspeitos.

– Isolamento?

– Não quer dizer que não fosse popular. Sabe como é. Ela tinha talento. Isso chamava as atenções. Tinha uma voz magnífica e era loura de olhos azuis... Muitos dos miúdos gostavam dela e gostariam de ser como ela... mas ela não fazia amizade com os colegas. Era avançada de mais para isso.

– Ouviu-a cantar?

– Não era a clássica voz bonita... não era uma voz clara nem doce, era uma voz que nos fazia arrepiar de alto a baixo. Cantava fado, mas do que mais gostava era de música negra, *blues*... Billie Holiday. Adorava cantar Billie Holiday.

– Também ela tinha muito para chorar – disse eu. – E variações de comportamento?

– Este período nem foi muito mau. Ela passou uma fase de raiva incrível... Ficava roxa, parecia que ia atirar com a carteira pela janela fora, e de repente estava outra vez calada e apática. Falei com a mãe e as coisas melhoraram quase instantaneamente.

– Não lhe encontraram droga no sangue.

– Deve ter deixado de tomar o que estava a descontrolá-la.

– Tinha uma actividade sexual extrema para uma rapariga daquela idade. Sabe de algum relacionamento dentro da escola?

– Não se passa nada na escola sem que toda a gente saiba, mas às vezes o boato é mais excitante que os factos, e não é fácil distingui-los, por isso não falo do que não vi.

– Só estou interessado no que viu.

Ela deixou a janela e voltou a sentar-se na borda da cadeira.

– Deixe-me pôr as coisas desta maneira – disse eu. – Reconstitui os passos dela desde uma pensão manhosa na Rua da Glória até ao café em frente da escola, La Bella Italia, às duas e pouco. Dali foi para as aulas, suponho. Não ia fazer esse caminho todo para depois não entrar.

– Esteve na minha aula até perto das quatro e meia.

– E depois?

Ela apertou as mãos e olhou para o chão.

– Vi-a sair. Ia com um homem... um moço que ensina Inglês. Um escocês. Chama-se Jamie Gallacher. Vi-os na esquina. Ele falava-lhe, ela não respondia. Depois ela subiu a Duque de Ávila e ele seguiu-a. Foi só o que vi.

– Achou estranho?

– A acreditar nos rumores, havia um caso entre eles. Já tinha ouvido dizer que por vezes a Catarina ia ter ao apartamento dele depois das aulas. Mas repito que se trata de boatos e agradeço que não os mencione no seu relatório. As raparigas falam muito.

– Que pensa de Jamie Gallacher?

– Parece-me simpático, mas é como muitos ingleses. Gosta de beber e bebe de mais... e depois já não fica lá muito simpático.

17

20 de Dezembro de 1941, serra da Malcata, Beira Baixa, Portugal

A récua de mulas tinha-se dividido. Abrantes havia mandado o arrieiro à frente. Estava furioso consigo próprio por ter sobrecarregado os animais, mas, por outro lado, teria sido absurdo deixar para trás umas centenas de quilos e ter de fazer outra viagem por causa deles. Duas das mulas tinham ficado inutilizadas, uma coxa, a outra com a cilha rebentada. Tinham tentado dividir a carga das duas pelas outras, mas era impossível, arriscavam-se a ter novas baixas. O tempo não levantava, fazia cada vez mais frio, trazendo uma chuva de gelo batida por um vento feroz de nordeste, e os montes estavam cobertos de nuvens negras.

Abrantes e Salgado, um dos seus homens, descarregaram as mulas e, enquanto Abrantes tratava do casco duma, Salgado tentava reparar a cilha de cabedal da outra. Estavam perto do rio quando os ouviram. Homens a cavalo. A Guarda, numa das suas habituais patrulhas fronteiriças. Os dois contrabandistas olharam para o volfrâmio, mais de 200 quilos, quase 150 contos. Apagaram os cigarros com os dedos e aquietaram os animais.

Abrantes fez sinal a Salgado e cada um pôs às costas um saco de 60 quilos de minério, que levou aos trancos até à beira da água gélida. Salgado queria largar o saco perto da margem, mas Abrantes fê-lo avançar até ao meio do rio, onde a corrente era mais rápida.

Voltaram. Salgado não conseguia carregar com outro saco, pelo que levaram os dois últimos a meias. Voltaram para junto das mulas e fizeram-nas entrar e sair da água. Continuavam a ouvir os cavalos da Guarda, agora mais perto, mas sem avançar, a avaliar a situação.

Não os viram logo porque a acústica do vale confundia os sons dos cascos na rocha. A Guarda apareceu mesmo por cima deles, os bonés de pala nítidos contra o céu distante. Um dos homens apontou para onde estavam. Dois guardas tiraram as armas dos coldres, o terceiro puxou uma espingarda que trazia atravessada na sela. Gritaram para o vale. O homem da espingarda levantou-a e apontou. Abrantes e o assalariado levantaram os braços. Os guardas com as pistolas desceram a galope a crista do monte e entraram no vale, fazendo avançar cautelosamente os cavalos sobre as pedras em direcção às mulas. Os guardas desmontaram. O homem da espingarda baixou a arma, voltou a prendê-la na sela e puxou as rédeas ao cavalo para se ir juntar aos outros à beira do rio.

O chefe de brigada aproximou-se dos dois homens, que continuavam de braços levantados. Apertou bem a arma na mão enluvada e olhou para as mulas.

– O que estão a fazer aqui?

– Tivemos azar com as mulas – disse Abrantes. – Esta está coxa, e a outra tem a cilha rebentada.

– Onde está a carga?

– Não traziam carga.

– Donde vêm?

– De Penamacor.

– Para onde vão?

– Para Fóios – disse Abrantes. – Vamos levar as mulas ao dono. Tinham sido alugadas para trabalhar lá em Penamacor.

– Trabalhar em quê?

– Transportes.

– A transportar o quê? – irritou-se o guarda.

– Sei lá... A trabalhar na mina.

– Volfrâmio?

– Acho que sim. Acho que era isso.

– Vocês traziam volfrâmio?
– Não, só vamos devolver as mulas.
– Estão molhados. Molhados até à cintura.
– Passámos agora mesmo a vau com os animais.

O chefe, mantendo-os na mira da pistola, foi apalpar a barriga das mulas, a ver se estavam molhadas. Depois foi até à beira do rio. O guarda com a espingarda chegou e desmontou. Arrancou um ramo duma árvore e foi ter com o chefe. Começaram a dragar a água com o ramo.

A tarde ia no fim e a luz baixava. Abrantes não sabia donde vinham os guardas, mas, fosse donde fosse, tinham duas horas de caminho pela frente. O chefe e o homem da espingarda falaram um com o outro, longe de mais para serem ouvidos, e por fim voltaram para trás. Os três homens montaram a cavalo e saíram do vale sem mais palavras.

Abrantes chamou Salgado para ao pé de si e sentaram-se os dois a olhar para o rio uns minutos, com a chuva a bater-lhes nas costas. Puxou da Walther P48, a certificar-se de que estava carregada e ainda seca. Fizeram uma fogueira. Abrantes voltou a ocupar-se do casco da mula, Salgado dedicou-se à reparação da cilha. A noite caiu e dormiram junto da fogueira, depois de terem comido pão duro e presunto.

De manhã levantaram-se com o Sol e voltaram a entrar no rio para pescar os sacos de volfrâmio. Levou algum tempo, porque o rio tinha subido mais durante a noite, e só puderam trazer um saco de cada vez. Carregaram as mulas, pondo a carga mais leve na coxa. A chuva tinha parado, mas o vento frio soprava cada vez mais forte, vindo da meseta. Saíram do barranco e chegaram à crista do monte para começar a subida da serra até Espanha. Era aí que os guardas os esperavam, do outro lado do monte.

O chefe de brigada ergueu a pistola e mandou-os parar. Abrantes caiu para o lado como se tivesse apanhado um tiro na cabeça. O chefe premiu instintivamente o gatilho, e Salgado, boquiaberto, apanhou no alto do peito uma bala que lhe estilhaçou o osso da clavícula. A mula esquivou-se. A segunda bala apanhou Salgado no estômago antes que ele tivesse acabado de cair.

Abrantes obrigou a sua mula a deitar-se, sacou a arma da cintura e atingiu o chefe debaixo do sovaco. O homem caiu no chão. O guarda da espingarda estava a tentar dominar o cavalo, que se empinara, e Abrantes disparou duas vezes, acertando-lhe na cabeça à segunda. O último guarda virou o cavalo, mas só foi a tempo de ser atingido por uma bala entre as omoplatas. Caiu para trás com um estalo e o cavalo meteu a galope para o barranco.

Abrantes prendeu a mula e aproximou-se do chefe, que ainda respirava, mas golfava sangue pela boca. Deu-lhe um tiro na cabeça. O homem da espingarda já estava morto. O terceiro guarda tinha partido o pescoço. Abrantes foi ter com Salgado, que estava caído de costas, tão rasteiro que já parecia fazer parte do chão. Arquejava, assustado e cheio de dores, a boca e a cara muito brancas. Abrantes rasgou-lhe o casaco e a camisa e viu a massa de osso e carne da clavícula e o buraco escuro do estômago. Salgado murmurou qualquer coisa. Abrantes baixou a cabeça até junto da boca do outro.

– Não sinto as pernas – dizia ele.

Abrantes acenou que sim, recuou e deu-lhe um tiro num olho.

O cavalo do chefe estava parado ali ao pé. Abrantes carregou-o com dois guardas e levou-o para junto do rio. Encontrou lá os outros dois cavalos, que prendeu a uma árvore. Voltou para trás, carregou o chefe e Salgado. Encheu os bolsos dos mortos com pedras e arrastou-os, um a um, para o meio do rio.

Montado no cavalo do chefe foi buscar a sua mula e encontrou a de Salgado, que pastava numa depressão do terreno, ainda com a sua carga de volfrâmio. Dividiu as cargas das mulas pelos cavalos da Guarda e partiu mais uma vez a atravessar a serra até Espanha.

Era a tarde do dia de Natal, e Felsen continuava à espera em casa de Abrantes, com a pistola limpa e carregada. Tinha sido uma longa espera, para a qual não estava preparado. Não podia passar o tempo todo a pensar em Abrantes, no volfrâmio desaparecido e na maneira como ia convencer o português a passar a fronteira e depois deixá-lo entre a urze e as pedras, com uma bala nos miolos.

De tempos a tempos, Maria entrava a levar-lhe café e mais tarde uma refeição. Queria que ele lhe desse atenção, mas ele recusava-se. A presença dela irritava-o. Despertava-lhe ideias que preferiria deixar adormecidas. Recordava-se do olhar que ela lhe lançara quando estavam a enterrar o inglês no pátio, e isso fazia-o lembrar-se daquela tarde na velha mina, e tinha de abanar a cabeça e pôr-se a andar dum lado para o outro para se livrar da visão. Perguntava a si próprio porque a tinha possuído. Como podia ter sido para desfeitear Abrantes se, de qualquer maneira, ia matar o homem?

Nessa altura ela voltava a aparecer, e a palavra «violação» vinha-lhe à mente, e lembrava-se do prazer de a ter penetrado suavemente, os olhos dela assustados a dardejar sobre os nós da mão que lhe tapava a boca. Mas depois a cena tinha-se modificado. Tinha sentido o calcanhar dela na nádega. Ela tinha voltado na noite seguinte, e isso enojava-o. Disse-lhe que não saísse da cozinha.

Ia pensando noutras mulheres. Pensou na primeira. Uma rapariga, empregada do pai, que devia estar no campo a trabalhar e que ele tinha apanhado a dormir no celeiro. Ela tinha visto a maneira como ele lhe mirava a pele nua entre o canhão da meia e a saia e deixara-o possuí-la para o calar.

Não tinha conhecido outra até chegar a Berlim, um rapazola. Quando uma mulher o abordou na estação, pensou que era parte da tal vida depravada da cidade, até que no fim ela reclamou o pagamento. Ele tinha perguntado «de quê?» e viu os lábios dela transformarem-se em pontas de formão. Tinha chamado o proxeneta, que, ao ver o tamanho do campónio, sacou duma faca. Felsen tinha pago, tinha-se retirado e tinha ouvido o proxeneta espancar a rapariga. *Willkommen in Berlin.*

O tempo escurecia de novo em Amêndoa. A chuva varria o telhado. Felsen fumava e continuava a distrair-se tentando recordar todas as mulheres que já possuíra, por ordem cronológica. Se falhasse uma, tinha de começar outra vez do princípio. Levou algum tempo até chegar a Eva.

Não queria pensar nela, mas na semiescuridão da casa, e depois do seu breve encontro em Berlim, descobriu que não conseguia evitar que o espírito voltejasse sobre os estilhaços da sua ligação como o fumo dos canhões sobre um campo de batalha. Começava a discernir o lento desmantelar da sua relação, desde o momento em que ela o aceitara, depois de se terem separado por ele a acusar de representar, até ao último acto de amor no seu apartamento, antes de a Gestapo o prender de manhã. Mas mesmo nesse período ainda recordava momentos em que se tinham reencontrado e ainda sentia esse reencontro quando os joelhos de ambos se tinham tocado por baixo da mesa, no clube, tão poucas noites antes. Esfregou o joelho como se ainda ardesse.

Acendeu um cigarro e a corrente de ar no quarto bateu o fumo dum lado para o outro até o desfazer. Perguntou a si mesmo se seria assim o amor – essa estranha acidez no estômago que queima incessantemente como uma úlcera, esse aperto de respiração que o fazia arrepiar de alto a baixo e impedia o sangue de correr. Mas nunca tinha ouvido descrever o amor assim, e, como um homem dando um pequeno salto sobre um abismo para um charco, foi cair numa conclusão súbita: tinha passado da intimidade à perda sem nunca ter experimentado o amor. Sentiu-se sufocar e teve de se pôr outra vez a andar pelo quarto para tentar livrar-se da ideia. Fumou em longos haustos até ficar tonto de nicotina, depois foi aos solavancos para a porta e saiu para a tarde ventosa.

O vento atirava-lhe à cara agulhas de saraiva. Respirou fundo, como se procurasse limpar-se com ela. Seria incapaz de dizer quanto tempo ali esteve. A tarde tinha já escurecido e o rosto dele há muito que ficara tolhido. Só sabia que a chuva trazia gelo porque ele lhe picava a língua.

Quando, finalmente, se virou para regressar a casa, viu que não estava sozinho na rua. A uma certa distância vinham dois vultos de cabeça curvada contra o vento. Felsen colou-se aos degraus da escada exterior. Um dos vultos afastou-se do outro e aproximou-se da parede da casa, a procurar abrigo. Vendo-o de perfil, percebeu que era uma mula. O outro vulto avançava teimosamente em frente e, pelo andar e pelo chapéu, reconheceu Abrantes. Sentiu a dureza da arma à cintura. Desabotoou metade do casaco. O vulto não hesitou até chegar a uns cinco metros dele.

Os dedos de Felsen desapertaram outro botão. Viu o outro tirar as mãos de debaixo da roupa. Felsen meteu a mão na abertura do casaco e agarrou a coronha da arma. A mão esquerda de Abrantes levantou-se a soltar o lenço que lhe tapava a cara. A mão direita pendia frouxamente. Quando o gesto aconteceu, foi rápido, rápido de mais para Felsen se mexer. Abrantes cobriu os cinco metros numa fracção de segundo, lançou os braços ao pescoço do alemão e bateu-lhe nas costas de cabedal.

– Bom Natal – disse.

Abrantes encaminhou de novo Felsen para as escadas e para dentro de casa. Gritou por Maria e mandou-a ir cuidar da mula. Ela desapareceu nas traseiras. Os homens foram para a saleta e Abrantes pôs achas no lume. O rosto de Felsen começava a voltar à vida, raspado e dorido. Abrantes foi à cozinha e voltou com uma garrafa de aguardente e dois copos. Serviu o álcool e brindaram ao Natal. Felsen nunca tinha visto o português tão bem-disposto.

– Ouvi dizer que esteve em Fóios – disse, como se Felsen tivesse lá ido para beber um copo e não tivesse encontrado ninguém em casa.

– O chefe de Vilar Formoso disse-me que podemos ter uns tempos difíceis. Fui lá ver das mulas.

– E viu que eu ando há meses com elas.

– Meses?

– Tenho mais de cinquenta toneladas do outro lado.

– Onde?

– Num armazém de Navasfrias.

– Devia ter-me dito. Passei um mau bocado em Berlim a explicar a diferença.

– Lamento. Foi só uma precaução, por causa dos boatos.

– Que boatos?

– Consta que agora que vocês invadiram a Rússia e a campanha é... é prolongada, o doutor Salazar já não receia uma invasão. Diz-se que os alemães já abriram frentes de mais.

– Lembra-se do *Corte Real*, que foi ao fundo em Outubro?

– E o *Cassequel* – disse Abrantes. – O *Cassequel* era um dos nossos melhores navios... Sete mil toneladas.

– E acha que Lisboa pode brincar connosco?

– Acho que devíamos ir amanhã a Vilar Formoso levar outra prenda de Natal ao chefe.

– Ainda há poucos dias lá estive.

– Eles têm a memória curta.

– E podíamos passar a fronteira e ir ver o minério a Navasfrias – disse Felsen. – Está bem guardado?

– Está.

Bem guardado implicava homens armados. Felsen viu-se de repente estendido entre as pedras e a urze, com a cara rebentada, mas não podia recuar agora. Acenou uma anuência, espreitando o outro, mas só viu a pele curtida esticada sobre os ossos largos, e os olhos concentrados na tarefa de deitar mais álcool.

O que lhe tinha dito Poser, ou alguém da Legação, sobre os portugueses? Duas coisas. Primeiro, que não havia em Portugal uma lei que não pudesse ser contornada e, segundo, que os portugueses nunca atacavam de frente. Faziam-nos olhar para a frente e espetavam-nos uma faca nas costas. Sim, tinha sido Poser. Felsen lembrava-se de lhe ter dito que uma coisa dessas, evidentemente, nunca aconteceria na Alemanha e o prussiano tinha levado muito a mal a sua ironia.

Os dois homens comeram a ceia de Natal, uma galinha grande e bacalhau assado. Beberam duas garrafas de Dão de antes da guerra, que deixava na boca o sabor caloroso e redondo dum Verão menos complicado.

Felsen foi para a cama cedo e ficou às escuras, a fumar e a beber aguardente do seu frasco de metal. Tinha a pistola debaixo do travesseiro. Ao fim de uma hora atravessou o pátio e foi escutar à porta da casa, balouçando a pistola na mão. Ouviu o grunhido familiar de Abrantes e o estranho silvo de Maria.

De manhã bebeu o café e fumou um cigarro, ignorando o rosto de pedra da rapariga. Tinha outros problemas. Não queria passar a fronteira com Abrantes e ir meter-se num círculo de espingardas em Navasfrias. Às nove da manhã o problema foi resolvido por um motorista vindo da Guarda que lhe trazia um telegrama de Lisboa: *Tropas holandesas australianas invadiram Timor Leste. Volte imediatamente Lisboa. Poser.*

Apreciou o estilo de Poser. «Invadiram.» Sabia que Salazar o consideraria exactamente assim, uma invasão contra a soberania portuguesa.

– Algum problema? – perguntou Abrantes, subitamente ansioso.

– Acabaram-se as dificuldades na fronteira – respondeu Felsen. – Os Aliados cometeram um erro. Vou ter de seguir para Lisboa imediatamente. Transfira as 109 toneladas de Navasfrias para o entreposto de Ciudad Rodrigo e suspenda o contrabando até eu dar novas ordens.

– Cento e nove toneladas?

Felsen fez-lhe as contas. Os números perpassavam pela cabeça de Abrantes, o rosto por barbear impassível e cinzento como geada. Foi nessa altura que Felsen percebeu o que Abrantes tinha andado a fazer. Não tinha roubado, tinha especulado na diferença entre as fronteiras. Vendia caro em Espanha, voltava e comprava barato em Portugal, e metia a diferença ao bolso. Mas o jogo tinha-se virado, o preço em Espanha havia descido, talvez não houvesse compradores na ocasião. Não tinha dinheiro para substituir o *stock* de Fóios. O mais que podia fazer era tentar compensar a situação diminuindo a tonelagem que tinha contrabandeado. A boa disposição da noite anterior tinha sido o princípio de um *bluff*, um homem a ganhar tempo para controlar as suas perdas.

– Quando quer o minério transferido? – perguntava Abrantes, visivelmente ansioso.

– Tem de entrar nas contas do ano passado, que são fechadas no fim de Janeiro.

Felsen entrou na cozinha. Maria estava lá com o bebé ao colo, uma figura patética. Ele passou sem a olhar, atravessou o pátio e foi fazer a mala.

Já dentro do Citröen escreveu um bilhete para o gerente do entreposto de Ciudad Rodrigo e deu-o ao motorista. Na encosta da serra encontraram um cortejo. Homens que reconheceu transportavam um corpo amortalhado. Atrás iam mulheres. Baixou o vidro da janela.

– Quem morreu?

Os homens ficaram calados. Uma mulher respondeu:

– Álvaro Fortes. Ali vai a viúva com o filho.

Felsen pestanejou e mandou o motorista acelerar.

27 de Dezembro de 1941, Legação Alemã, Lapa, Lisboa

– Salazar – disse Poser, que há mais de vinte e quatro horas não lhe chamava árabe traiçoeiro – estava numa tal fúria... ainda está... por causa da invasão, que achámos oportuno encetar já as negociações de volfrâmio para 1942. Tem sido um espectáculo maravilhoso. Sir Ronald Campbell, o embaixador britânico, tem andado aos tombos dum lado para o outro como um pianista virtuoso com os dedos partidos. O nosso bom professor passou o ano inteiro irritado com os ingleses, que lhe iam pondo um braço à volta do pescoço, cantando a canção da velha aliança e aproveitando o crédito, enquanto com o outro braço o bloqueavam e despejavam tropas em Díli. Nós, pelo contrário...

– ... íamos-lhe afundando os navios.

– É verdade. Medidas de correcção pequenas mas necessárias ou, digamos, lembretes do seu estatuto de neutralidade.

– Para Salazar, o Natal vem só uma vez no ano e as prendas são todas para ele. O que vão oferecer-lhe?

– Aço – disse Poser, transpirando segurança. – Aço e fertilizantes. Vamos fazer a proposta daqui a duas semanas. Salazar dar-nos--á uma garantia de licenças de exportação para três mil toneladas e, uma vez que tenhamos esse papel, as negociações com a Comissão de Metais serão meras formalidades. Vamos ter o que *nós* queremos e os ingleses vão aprender a suar para 1942.

– E eu continuo com as minhas operações? – perguntou Felsen.

— Continua, claro, a menos que venham ordens em contrário. Penso que uma abordagem mais clandestina talvez fosse de considerar, mas vai ter o campo livre.

— Donde lhe veio a informação?

— Não é uma informação, é uma observação sobre o carácter dos ingleses. O Felsen provavelmente não percebe muito de críquete? Eu também não. Mas dizem-me que se baseia em jogar limpo. Eles vão cumprir as leis e denunciar todos os seus golpes a Salazar, como meninos exemplares que são. E Salazar... se continuarmos a passar-lhe a mão pelo pêlo, ignorá-los-á.

Poser pegou num dos cigarros oferecidos por Felsen, acendeu-o e colocou-o na mão artificial. Saboreou o café, lambeu os lábios e encostou um lenço à boca, como se ela lhe doesse. Recostou-se a bater no peito, como se tivesse lá os seus trunfos.

— É só isso? — perguntou Felsen. — Fez-me vir da Beira só para me explicar como é talentoso?

— Não — disse Poser. — Para fumar os seus cigarros. Gostei da marca.

Felsen olhou para ele, dubitativo.

— Exactamente — disse Poser. — Tenho andado a aprender consigo, Felsen. Uma piada. Coisa rara nos círculos diplomáticos.

— E para quando o casamento com Salazar, Poser?

— O casamento — sorriu o outro — ainda deve demorar algum tempo.

— Feliz Natal, Poser.

— Para si também, Felsen — disse o prussiano, levantando a mão artificial numa meia saudação. — A propósito, tem uma visita no meu gabinete.

Por um momento absurdo, contagiado pelo bom humor de Poser, Felsen pensou que fosse Eva. Foi chamado à realidade pelo cheiro a queimado. Poser arrancava o cigarro da mão artificial, com a luva queimada e estragada.

— Merda — disse Poser.

— Outra coisa rara nos círculos diplomáticos? — perguntou Felsen.

No gabinete de Poser, sentado de costas para a porta e com os pés no parapeito da janela, apreciando o sol pálido de Inverno que se filtrava por entre as palmeiras do jardim, estava o Gruppenführer Lehrer.

– *Heil* Hitler – fez Felsen. – Que surpresa, Herr Gruppenführer, que boa surpresa!

– Não gaste comigo a sua sedução suábia, Herr Sturmbannführer.

– Sturmbannführer?

– Foi promovido. Eu também. Agora sou Herr Obergruppenführer, se a língua lhe chega a tanto. E a partir de Março vamos passar a trabalhar sob os auspícios da Wirtschaft-und Verwaltungshauptamt, ou WHVA, isso diz-lhe alguma coisa? – ficou à espera de um sinal de Felsen. – Pelos vistos não.

– Agora promovem-nos por não alcançarmos o alvo?

– Não. Por quase termos alcançado um alvo impossível. A situação não tem sido fácil, eu sei, e você não era o único a dirigir a campanha, mas, apesar de tudo, fez progressos consideráveis... e, o que é mais importante, permitiu ao Reichsführer Himmler fazer um brilharete perante o Führer e aborrecer Fritz Todt. Isso então é o melhor de tudo.

– Não sei como agradecer-lhe ter vindo de tão longe para me conferir esta honra, Herr Obergruppenführer.

Lehrer tirou os pés da janela e virou a cadeira para olhar Felsen de frente. A promoção marcara-o, debaixo das sobrancelhas pretas brilhava uma luz de autoridade mais forte e mais dura.

– Sabe que temperatura faz na Rússia?

– Nesta altura? – perguntou Felsen, pouco animado. – Muito abaixo de zero, calculo.

– Vinte graus negativos em Moscovo. Trinta para quem ande pelos campos e estradas. E vai descer mais. Não é fácil lembrarmo-nos disso a quinze graus positivos, com o mar azul, o casino do Estoril e o champanhe...

– Os cobertores...

– Esqueça-se dos malditos cobertores. A qualidade era péssima, aliás. Fiquei contente, palavra, fiquei *contente* por os ingleses terem feito as compras antecipadas dos lotes. Agora têm os cobertores a apodrecer nos armazéns deles, em vez de estarem a dar mau cheiro aos nossos.

– E Poser parecia tão satisfeito.

– O que você não percebeu ainda é que Poser tem um cérebro postiço. Nada aqui é real. Sabe quem foi mandado contra os nossos rapazes na frente oriental?

– Russos?

– Siberianos. Uns bárbaros de cara achatada e olhos em bico. Tipos que hibernam no Verão porque é calor de mais para eles. Só acordam quando a temperatura desce abaixo dos dez negativos. É a sua temperatura de funcionamento. As nossas tropas ainda vestem os uniformes de Verão. Nem sequer luvas têm. E enfrentam esses selvagens que dançam em louvor do frio e esfregam as baionetas com banha rançosa para que quando ferem os nossos soldados já meio gelados a ferida fique irremediavelmente infectada e eles morrem em agonia. Se os gritos deles pudessem chegar a Berlim, a retirada era amanhã.

– Porque fala assim?

– Quem comete um erro é mandado para a frente russa. Que lhe parece?

– Não estamos a ter uma vitória total.

– O verdadeiro Inverno só agora começou, mas há dois meses que o frio é insuportável. As nossas linhas de intendência têm de se desdobrar por milhares de quilómetros. Os russos retiraram e não deixaram nada. Arrasaram tudo. Não há nada que não tenhamos de transportar. Sabe o que fazemos com os prisioneiros de guerra russos? Metemo-los atrás do arame farpado e deixamo-los morrer de fome e de frio. Não temos nada para lhes dar. Não temos nem para nós. Grave é um eufemismo para descrever a situação na Rússia.

– A primeira metade da sanduíche de fígado?

– Tem andado na Beira com a cabeça numa toca? O que aconteceu a 7 de Dezembro?

– Pearl Harbor.

— Já temos todos os ingredientes para a sanduíche.

— Pelo que aqui se sabe, estamos a vinte e cinco quilómetros de Moscovo. Que diabo, são dois passos! Os americanos estão do outro lado do Atlântico. Ainda teriam de invadir a Europa. Sejamos razoáveis, Herr Obergruppenführer.

— Eu estou confiante, Herr Sturmbannführer, mas temos de ser lógicos. Ora bem. Esse campónio com quem trabalha na Beira, o...

— Abrantes.

— Sabe ler e escrever?

— Não, mas sabe assinar.

— Tem-no sob controlo?

— Tenho — respondeu Felsen, pensando que fora por pouco. — Desde que faça dinheiro, fica satisfeito. Faz bastante nas companhias de limpeza de minério que fundámos.

— Agora trata-se de outra coisa. Essas companhias não são nada, não têm património significativo. Lembra-se do que eu lhe disse uma vez no princípio do ano, que é preciso pensar sozinho?

Os olhares de ambos encontraram-se e compreenderam-se.

— No caso de uma improvável catástrofe... — Felsen deixou a frase perder-se.

— O que tenho em mente — disse Lehrer — é abrir um banco, um banco português.

— Português?

— Se chegarmos a esse ponto... se a sanduíche se completar, posso garantir-lhe que os Aliados se vão mostrar vingativos. Não sobreviverá qualquer património alemão na Europa. Será um banco português com accionistas alemães... poderosos, mas muito discretos.

— E quem vão eles ser?

— Você e eu, para já — disse Lehrer. — Trata-se de um empreendimento privado, nosso. Ninguém, sobretudo o idiota prussiano, pode saber dele.

— É uma operação das SS?

— De certo modo — disse Lehrer, tentando ler o outro mais claramente. — Mas espero que compreenda a importância de Abrantes para o plano. Tem de ser de confiança. Tem de ser um amigo.

– É um amigo – disse Felsen, sustentando o olhar de diamante de Lehrer.

– Óptimo – disse Lehrer, voltando a recostar-se na cadeira. – E agora só nos falta o nome. Um nome bem português. Há tradução para *felsen* em português?

– Rochedo, rocha...

– Rocha. Soa bem, mas precisamos de um termo grande e abrangente para acompanhar.

– O mar é provavelmente o mais importante ícone português.

– Como se diz em português?

– «Mar».

– Não, não. Mar e Rocha soa a restaurante de meia-tigela.

– Oceano e Rocha?

– Acho que sim. Banco Oceano e Rocha – entoou Lehrer, contemplando o jardim. – Eu punha o meu dinheiro nele.

18

1 de Outubro de 1942, centro de Berlim

Eva Brücke está sentada no gabinete do seu apartamento, a fumar cigarro após cigarro e a beber golos de *brandy* dum cálice que segurava com as mãos brancas, em que via perfeitamente as veias azuis a mexerem-se. O rosto tinha tão pouca cor, pensou, que, se se colocasse em frente do candeeiro, os dentes se deviam ver através da pele. E as tripas? Ora, já não tinha tripas. Sentia-se uma galinha depenada, esvaziada e gelada também.

Estavam dois no apartamento. Anónimos, claro – Hansel e Gretel, Tristão e Isolda. Os dois eram experientes, peritos em não estar presentes – mais silenciosos que insectos, mas não tão silenciosos que a tensão na casa se tornasse palpável. Há meses que corriam Berlim e esta era a sua última escala.

Eva tinha estado a arranjar-se para sair e ia levar à boca um resto afiado de *bâton* quando ouviu bater à porta, um bater educado. Pousou o *bâton*. Não queria apressar-se, podia quebrar a valiosa pontinha. A seguir veio um trovão, um murro violento na porta seguido pelas temidas três sílabas capazes de fazer tremer as pernas a um dono de bar berlinense.

– Gestapo!

Tão alto que os dois lá nas traseiras deviam ter ouvido e procurado esconder-se. Ela não tinha tempo.

— Já vou – disse, conseguindo que a voz saísse clara, ligeiramente irritada. Os murros na porta continuavam. Enfiou o casaco comprido e abriu a porta.

— Sim? – disse, eficiente, uma sombra de aborrecimento na testa. – Ia agora mesmo sair.

Os dois homens passaram por ela e entraram na sala. Ambos traziam sobretudos de cabedal preto e chapéus da mesma cor, que não tiraram. Um era magro, o outro um brutamontes.

— Entrem – disse ela.

— Os seus papéis?

Tirou os documentos da malinha e estendeu-lhos, com uma segurança a beirar a impertinência.

— Eva Brücke? – perguntou o magro, sem olhar para os papéis.

— Como pode verificar, sou eu.

— Foi denunciada.

— Por quem e porquê?

— Dar abrigo a ilegais – disse ele. – Pelos seus vizinhos.

— Não tenho vizinhos. Vivo no meio do entulho.

— Não se trata obrigatoriamente dos vizinhos do lado. Podem ser os vizinhos das traseiras, por exemplo.

— Foram evacuados na semana passada.

— Não se importa que demos uma vista de olhos?

— Eu estava para sair – disse ela, a impacientar-se.

— Não demora nada – disse o magro, farejando o ar.

— Desde que me dêem os nomes desses vizinhos e os nomes dos vossos oficiais superiores para eu poder apresentar uma queixa por difamação quando os vossos superiores aparecerem no meu clube logo à noite... e já agora os vossos nomes também.

— Para quê? Para apresentar queixa contra nós? – perguntou o grandalhão, baixando a cabeça para ficar à altura dela.

— Müller – disse o magro, apontando para o peito – e Schmidt. Quer tomar nota? E agora, podemos começar?

— As traseiras ainda estão a abanar dos bombardeamentos. Não assumo a responsabilidade se vos acontecer alguma coisa. E, se alguma parede cair por vossa causa e eu ficar a gelar no Inverno, vou...

– ... dormir na sala – terminou Schmidt, olhos sonolentos, nariz partido e virado para a direita.

– Não. Vou pedir aos meus amigos vossos superiores da RHSA que paguem as reparações.

– Uma gaita – disse Schmidt, em tom grosseiro, sem que se percebesse a que se referia.

Olharam os dois para ela. Tinha exagerado na arrogância e na importância. Nervos. Müller devolveu-lhe os documentos.

– É melhor ir eu à frente – disse. – O Schmidt pesa mais de cem quilos, se escorrega deita abaixo a casa toda.

Sorriu como se a boca fosse um corte recente, virou costas e voltou a farejar o ar. Ela não gostou. Ele parecia inteligente de mais para a Gestapo. Que tinha acontecido aos burros? Teriam sido todos mandados para Estalinegrado?

Sentou-se na sala e enterrou as mãos nos bolsos do casaco. Schmidt encostou-se à ombreira da porta, a espreitar o avanço do colega corredor adiante.

– Diga-lhe que tenha cuidado nos dois quartos do fundo. Pode cair pelo soalho.

Schmidt olhou para ela, acenou que sim e voltou a espreitar sem uma palavra. Eva queria fumar, mas não se atrevia a tirar as mãos dos bolsos. Sabia pelo estado do estômago que estavam a tremer.

– Ele fareja-os primeiro – disse Schmidt, ao fim de uns minutos.

– Como?

– Os judeus. Diz que cheiram a queijo azedo.

– Avise-o de que tenho um na cozinha.

– Um judeu? – perguntou ele, com naturalidade.

– Um bocado de queijo. Ele que não me vá fazer a casa em fanicos só por eu ter um bocado de Gruyère que me deram há mais de seis semanas.

– Mas esse azeda? – perguntou ele. – O Gruyère?

– Onde é que vos vão desencantar...?

Ele despregou-se da ombreira da porta e atravessou a sala a passo rápido, como se tivesse acabado o recreio e fossem horas de voltar ao trabalho. Enganchou as mãos grossas nos braços do cadeirão de Eva e aproximou tanto a cara que ela distinguia cada fio de barba a despontar-lhe sobre o lábio superior.

– Gosto das suas pernas – disse.

– E eu não gosto das suas maneiras.

– Espero que a apanhemos na Prinz Albrechtstrasse – disse ele, lançando-lhe um olhar às pernas e depois novamente aos olhos. – Lá podemos fazer o que quisermos.

– Schmidt! – gritou Müller das traseiras. – Chega aqui!

Schmidt sorriu e afastou-se do cadeirão. Saiu para o corredor. Eva meteu uma mão entre as pernas, sem a tirar do bolso, e apertou as coxas, com medo de se urinar. Sentia a bexiga líquida e trémula.

– Agarra-me pelo cinto – dizia Müller.

– Este chão está todo lixado – dizia Schmidt, com a precisão dum mestre-de-obras.

Eva obrigou-se a deixar a cadeira e ir até ao corredor.

– Por amor de Deus tenham cuidado – avisou. – É uma queda de sete metros até à rua. Se não morrer esmagado, morre da queda.

– Ela está preocupada contigo, Müller!

Müller avançava cautelosamente, espreitando para dentro da divisão. Schmidt segurava-o, sorrindo, piscando o olho a Eva.

– Parece que ela gosta dos magros – continuou.

– Cala a boca, Schmidt, e puxa-me daqui para fora.

Schmidt, sem tirar os olhos de Eva, levantou o antebraço e Müller foi projectado para trás, indo bater no peito do outro. Schmidt passou-lhe um braço à roda do pescoço.

– Não é assim que se faz – disse Schmidt. – Tem de se avançar com segurança. Não se pode tremelicar. É só ir em frente.

Deu dois passos no corredor e entrou no quarto da esquerda. O soalho da casa balouçou. As vigas rangeram. Estuque e alvenaria começaram a cair, levantando nuvens de pó. Houve um estrondo. Schmidt reapareceu, cor de cinza, a cabeça a tremer-lhe nos ombros. Uma racha abriu-se no estuque por cima das suas cabeças.

– Maldito idiota – disse Müller, recuando pelo corredor.

– Não está ninguém lá dentro – disse Schmidt, com um andar apertado, as nádegas a chiar.

– Vamos embora daqui.

– Não te cheirou a nada? – perguntou Schmidt, recuperando a fleuma.

– Só à merda que tens nas calças.

Eva encaminhou-os de novo para a sala. Müller apertava os lábios, furioso e frustrado. Schmidt abriu a porta e olhou para Eva.

– O que tem ali? – perguntou, apontando para uma velha arca que ela tinha trazido do quarto atingido. Uma arca pequena, em que não cabia um homem adulto.

– Livros – disse Eva. – Veja como pesa.

Müller quis levantar a tampa. A arca estava fechada à chave.

– Abra – disse ele.

– Há anos que está fechada. Nem sei da chave.

– Procure-a.

– Eu não... – Eva interrompeu-se. Schmidt tinha aberto o sobretudo e tirado uma Walther PPK. – O que está a fazer?

– É o melhor detector de judeus que conheço – disse ele.

– E, se não estiver aí nenhum judeu, está disposto a pagar-me seis meses do seu salário?

– Seis meses?

– É uma arca do século XVII e os livros também são valiosos. Porque lhe parece que me dei ao trabalho de a trazer do outro quarto?

Schmidt baixou a arma, depois apontou-a a Eva.

– Sabe o que acontece a quem alberga ilegais?

– Penso que passa uns anos num KZ.

– Pum! – fez ele.

– Vamos embora – disse Müller.

Saíram. Eva foi direita à casa de banho e teve um fluxo de diarreia. Acendeu o primeiro cigarro ainda antes de baixar o vestido e o casaco.

Tinha de sair de casa. Tinha-lhes dito que estava para sair, por isso não podia ficar. Sabia que eles iam estar à espera, lá fora no carro. Acabou o quarto cigarro, bebeu o resto do *brandy*, bochechou com água e obrigou-se a sair para a rua. Foi andando. Os passeios estavam cobertos de pilhas de entulho e havia sempre checos e polacos a tirarem-no às carradas dos edifícios meio desmoronados. O carro da Gestapo alcançou-a e Schmidt baixou o vidro da janela.

– Quer boleia? – perguntou. – Devemos ir para o mesmo lado.
– Vou a pé, obrigada.
– Até à vista. Na Prinz Albrechtstrasse, 8.

Chegou ao clube no Kurfürstendamm. Apesar do frio da rua, transpirava. Encontrou Traudl no escritório, deitada numa cama desmontável atrás duma cortina. Vivia ali quando não conseguia arranjar homens que tomassem conta dela, ou seja a maior parte do tempo. Estava magra e branca, os ossos do rosto claros e frágeis como porcelana. Eva mandou-a limpar o bar e sentou-se com outro *brandy* e mais cigarros. O corpo, que tinha começado a sentir tão desconjuntado como a visão dum cubista, voltava aos poucos ao seu lugar. O interior aquecia, enchia-se, os intestinos firmavam-se. Fez a contabilidade de Setembro e afastou Hansel e Gretel do pensamento.

Às sete e meia voltou a casa para vestir o seu trajo de noite. A noite estava fria. Pequenos grupos de judeus, todos eles com a estrela amarela que desde o princípio de Dezembro eram obrigados por lei a usar, passavam apressadamente para chegarem a casa antes do recolher das oito horas. Eram trabalhadores das fábricas de armamento, todos eles legais.

Antes de entrar na ruazinha empedrada perpendicular à Kurfürstenstrasse levantou a cabeça para o céu estrelado. Aspirou o ar. Era fresco e não havia carros da Gestapo à vista. Mas era uma noite de bombardeiros. O Verão tinha sido terrível. Primeiro Lübeck, depois Colónia, Dusseldorf, Hamburgo, Osnabrück, Bremen, e, claro, Berlim. O cheiro a podre tinha impregnado o ar. Só os ratos engordavam. Mas esta noite estava limpa. Subiu ao apartamento, abriu e foi espreitar os quartos.

– Tudo bem – disse baixinho.

Houve um movimento gradual no quarto dos fundos. Um rapaz novo deslizou pela porta, o rosto contorcido da rigidez do corpo.

– A rapariga? – perguntou Eva.

A rapariga apareceu atrás dela.

– Onde estavas tu?

– Na arca. Estava a ver se lá cabia quando eles chegaram.

Eva imaginou-a a espreitar por dentro da arca. Arrepiou-se.

– Partem esta noite para Gotemburgo – disse, passando às boas notícias.

A rapariga sorriu para o tecto. O rapaz apertou o braço de Eva. Houve uma pancadinha tímida na porta. O rapaz esgueirou-se outra vez pelo corredor abaixo e pela porta. A rapariga tinha desaparecido. Eva aclarou a garganta.

– Quem é?

Outra pancadinha tímida.

Abriu a porta. Duas adolescentes – uma com 17 ou 18 anos, a outra com 14 no máximo. Estrelas amarelas.

– Sim? – perguntou Eva, olhando para a caixa da escada.

– Pode ajudar-nos? – pediu a mais velha. – Vimos da parte de Herr Kaufman.

– Não posso – disse Eva, e ouviu-as suster a respiração como se tivessem sido apunhaladas. – Estou a ser vigiada.

– Que havemos de fazer?

– Têm de ir para outro lado.

– A esta hora?

– É perigoso de mais para vocês ficarem aqui.

– Para onde havemos de ir?

Eva pestanejou. Porque não teria Kaufmann avisado que ia mandar mais duas? Bateu na testa com o punho fechado e tentou lembrar-se de um sítio próximo.

– Conhecem Frau Hirschfeld? – perguntou.

Abanaram a cabeça.

– Conhecem Berlim?

O mesmo gesto.

Escreveu as instruções. Não era muito fácil chegar lá depois das oito e sem documentos. Apressou-as e foi tratar do que era preciso para Hansel e Gretel. Foi à escrivaninha, abriu e retirou a segunda gaveta. Tirou o que lá havia dentro e virou-a. Colados na parte de baixo da gaveta estavam os papéis falsos para Hansel e Gretel, em nome de Hans e Ingrid Kube.

Outra pancadinha tímida na porta.

Que mais haveria?

Voltou a pôr a gaveta e o seu conteúdo na escrivaninha.

Outra pancadinha tímida.

Estas raparigas... Que ideia a de Herr Kaufmann!

Atravessou a sala e abriu a porta. Lá estavam as duas, casaquinhos abotoados, pezinhos juntos, meninas bem-comportadas. Atrás, com as mãos nos ombros delas, estava Müller. A mão enorme de Schmidt apareceu no círculo de luz, brandindo as instruções escritas por ela – um momento de desatenção. A rapariga mais nova começou a chorar.

– Frau Hirschfeld manda cumprimentos – disse Schmidt, e, com a mão espalmada entre os seios de Eva, deu-lhe tal empurrão que ela caiu para trás e foi aos trambolhões pela casa fora.

– Quanto disse que a arca custava? – perguntou ele, e fechou a porta com estrondo. Pegou na arma. Passos a descer as escadas. Destravou o fecho de segurança.

– Não – disse Eva.

– Não? Porquê?

– Encontrei a chave.

– Tarde de mais. Não tenho tempo para chaves.

Meteu duas balas na arca. Ouviu-se um grito abafado. Eva atirou-se ao braço que segurava a arma e Schmidt bateu-lhe na testa com o cano. Ela caiu, mas não desmaiou por completo. Schmidt meteu outra bala na arca, depois Eva sentiu que a levantavam e foi aterrar com o rosto no tampo trabalhado da arca. Schmidt levantou-lhe a saia e meteu-lhe a mão brutalmente entre as pernas, abrindo caminho com os dedos.

Um grito vindo das traseiras, um gemido incoerente. Qualquer coisa caiu – uma coisa grande e pesada, como um guarda-fatos. Eva não conseguia mover-se. A mão deixou-a. Houve um estrondo tremendo e depois um brevíssimo silêncio antes de a parede traseira de todo o prédio se desmoronar com um ruído interminável.

Eva deslizou para o chão. Schmidt estava de pé a olhar na direcção da infindável derrocada, de boca aberta, incapaz de se mexer, perguntando a si próprio que mais iria desabar e se eles seriam também aniquilados.

Pela primeira vez em dois anos, Eva deixou de ter medo. Sentia o alívio de tudo ter acabado. Alívio que durou até a casa ficar em silêncio, o chão continuar sob os seus pés e ouvir Schmidt dizer:

– Realmente este sítio não é nada seguro, pois não?

1 de Outubro de 1942, Largo do Rato, centro de Lisboa

Felsen tinha apanhado no Largo do Rato um táxi a gasogénio, uma novidade introduzida quase um ano antes, quando o combustível começara a escassear. Por qualquer razão, sentia-se menos seguro com um fogão a lenha montado na mala do carro a produzir vapor para um cilindro colocado à frente que com um sistema semelhante, mas à base de gasolina. Estava ansioso por sair, o que acabou por fazer a menos de setenta metros da Rua da Escola Politécnica, embora não fosse por ter perdido a coragem.

Pensou que se tivesse enganado, mas a semelhança era tal que teve de se apear para verificar. A rapariga virou à direita, na Rua da Imprensa Nacional, e ele correu, a coxear, até a alcançar. Não se tinha enganado. Era Laura van Lennep. Agarrou-a pelo pulso quando ela ia virar novamente à direita e ela voltou-se, tentando libertar-se dele.

– Lembra-se de mim? – perguntou ele sem a largar.

Ela fitava-o, inexpressiva.

– Chave d'Ouro, Casino do Estoril, Hotel Parque, Março de 1941. A história dum grande amor – disse ele, sarcástico.

Ela piscou os olhos e ele olhou-a com mais atenção. Havia qualquer coisa em falta, qualquer coisa errada no cérebro que se reflectia no rosto dela.

– Tenho de ir para a América – dizia ela, contorcendo o braço a tentar livrar-se dele.

– Klaus Felsen – insistiu ele, sem a largar. – Talvez se lembre... roubou-me os botões de punho. Tinham gravadas as minhas iniciais, KF. Não? Quanto lhe deram por eles? Não chegou para a passagem para a América, pelos vistos?

Ela recuou, não por medo, mas por saber que tinha de fugir da pressão. Detestava a pressão. Queria chegar à casa. A casa onde eram bons para ela. A casa onde tomavam conta dela. Torceu-se. Felsen largou-a, hesitou e depois seguiu-a. A rapariga entrou na Travessa do Noronha, onde havia uma cozinha económica e um hospital da Comissão Portuguesa de Assistência aos Judeus Refugiados. Eram horas de almoço e havia mais gente a entrar no edifício. Felsen viu-a tomar lugar na fila e receber a comida. Não falava com ninguém. De vez em quando olhava furtivamente à sua volta, com a cabeça inclinada sobre a colher. Felsen aproximou-se dum médico de bata branca que estava à espera de vez, apontou para a rapariga e perguntou por ela.

– Não sabemos bem o que lhe sucedeu – disse o médico, num português de pronúncia vienense. – Já tivemos um caso muito parecido, com a mesma obsessão neurótica de ir para a América. Tratava-se duma rapariga que os pais meteram no comboio, na Áustria, dizendo-lhe que fosse para a América a qualquer custo. Mais tarde ela veio a saber que toda a família tinha sido mandada para um campo de concentração. A notícia provocou-lhe uma reacção curiosa, uma necessidade profunda de obedecer aos pais combinada com um sentimento obsessivo de culpa que a impedia de partir. Pensamos que se passe o mesmo com esta jovem holandesa porque vimos no passaporte que a certa altura ela teve um visto americano e entre os seus papéis encontrámos um bilhete validado para um navio saído há muito. É triste, mas olhe à sua volta...

O médico voltou à fila das refeições. Felsen olhou em volta, sem perceber o que queria o outro dizer. A rapariga já não estava à mesa. Ele saiu do prédio, parou na escadaria, acendeu um cigarro e atirou o fósforo para o chão. Foi andando para o Bairro Alto no quente sol de Outono até chegar ao Largo do Carmo, onde apanhou o elevador para a Rua do Ouro.

Subiu ao 2.º andar do edifício que tinham alugado para o Banco Oceano e Rocha. Os escritórios ocupavam o rés-do-chão e o 1.º andar e por cima ficavam dois apartamentos – o dele no andar superior, o outro habitado por Abrantes e família. Abrantes tinha-o convidado para padrinho do segundo filho. Telefonara-lhe para a Legação Alemã nessa manhã a comunicar que Maria tinha tido alta do hospital e ele já podia ir ver o seu afilhado.

A criada levou Felsen para a sala de estar. Maria estava deitada numa *chaise-longue*, com um casaco de peles que a temperatura não justificava. Felsen mal podia olhar para ela. Em menos de um ano a camponesa tinha-se transformado na caricatura duma estrela de cinema dos anos 40. Não sabia ler, mas folheava as revistas, escolhendo tudo o que lhe apetecia, e Abrantes fazia-lhe as vontades. Felsen acendeu um cigarro para ocultar um sorriso trocista. Maria acendeu outro e soprou o fumo numa voluta estudada.

Abrantes olhava para a Rua do Ouro pelas janelas onde se cruzavam as tiras adesivas de protecção contra os ataques aéreos, que os portugueses continuavam a esperar que chegassem da Europa como uma frente quente. Felsen tinha até ouvido as sirenes de alerta e visto os soldados sentados em sacos de areia por trás de barricadas de arame farpado na Praça do Comércio, perguntando-se que diabo estavam ali a fazer.

Abrantes trazia um fato cinzento e passara a usar óculos, embora nunca fingisse saber ler. Fumava charuto. A sua transformação de camponês da Beira tinha sido mais bem sucedida que a de Maria. Tinha certa presença e um ar sinistro que impunha respeito aos citadinos. Tinha aprendido noções de comportamento e boas maneiras, tal como Felsen quando chegara da Suábia.

Cumprimentou Felsen exuberantemente, como competia a um empresário próspero dos tempos de guerra, e levou-o até ao berço no qual Maria pousava uma mão de proprietária.

– O meu segundo filho – disse. – O seu afilhado. Chamámos-lhe Manuel. Gostava de lhe ter dado o seu nome, mas... Klaus... Decerto compreende que um rapaz português não se pode chamar Klaus. Por isso tem o nome do meu avô.

Felsen acenou com a cabeça. O bebé dormia, entrouxado no que lhe pareceu ser roupa de mais. Parecia-se com todos os recém-nascidos, só que um pouco menos enrugado que o costume. Maria fez-lhe cócegas com um dedo e Felsen sentiu o olhar dela sobre si. Uma bolha apareceu ao canto da boca cerrada do bebé. Abriu de repente os olhos, surpreendidos e grandes no pequenino rosto. Felsen lançou um olhar de estranheza a Maria.

– Este saiu à mãe – disse Abrantes ao lado dele.

Os olhos eram claros e talvez um pai visse neles uma semelhança com os olhos verdes de Maria, mas para Felsen eram olhos azuis, os seus próprios olhos.

– Uma criança linda – disse automaticamente, e Maria recostou-se na *chaise-longue*.

Abrantes tirou o bebé do berço e levantou-o nos braços. Rosnou. A criança piscou os olhos diante do grande urso mau.

– O meu segundo filho. A maior felicidade dum homem é ter dois filhos.

– E porque não três? – perguntou Maria, atrevida, segura da sua posição.

– Não, não – fez Abrantes, a superstição visível nele como o vento na giesta da Beira. – Um de três, o Diabo o fez.

O bebé reuniu as suas impressionantes forças infantis e emitiu um longo guincho agudo.

19

21 de Dezembro de 1942, SS-WHVA, 126-35 Unter den Eichen, Berlin-Lichterfelde

– Estalinegrado – dizia Lehrer, sentado de lado à secretária, um cotovelo pousado num mata-borrão, a mão em riste no ar, como uma faca. – Falam de Estalinegrado lá em Lisboa? Brindam a Estalinegrado no maldito Hotel Parque no Estoril?

Felsen era o seu único interlocutor, sentado do outro lado da secretária. Fumava sem responder. Ninguém falava de Estalinegrado.

– Falam? – insistia Lehrer.
– No jantar de ontem não.
– Era só o tilintar dos talheres nos pratos.
– Também não tanto assim.
– E Poser? Que cara tinha ele? – quis saber Lehrer, mexendo-se na cadeira, com o cinturão, mais comprido que uma cilha de mula, a estalar a cada movimento da barriga.
– A de sempre, mas mais enjoada.
– Hum – murmurou Lehrer, como um terramoto à distância. – Zeitzler, o chefe do estado-maior do Exército, passou duas semanas a comer rações de Estalinegrado, em sinal de solidariedade com os soldados da frente. Emagreceu doze quilos. Que diz a isto?

Felsen fechou os olhos. Mais uma pergunta-teste. Apetecia-lhe dizer que Zeitzler provavelmente podia perder mais que doze quilos, mas um olhar ao cinturão esticado de Lehrer fê-lo compreender que isso não aligeiraria o tom da conversa.

— O VI Exército está numa situação muito difícil — atirou ele para a discussão. O melhor aluno de Lehrer.

— Como sabe, Herr Sturmbannführer, tenho os meus contactos no quartel-general da Prússia Oriental, em Rastenberg. Tenho informações seguras de que o marechal-de-campo Paulus e os seus duzentos mil homens estão liquidados — disse Lehrer, e baixou a mão, guilhotinando o VI Exército.

— Não podem fazer uma investida, retirar e reagrupar-se?

— O Führer não o permite. Está obcecado com a desonra da retirada, a desonra de perder toda a nossa artilharia pesada. Parece que não percebe o que Zeitzler diz, que, deixando-os lá ficar, vai perder tudo, e não apenas Estalinegrado... vai perder toda a campanha da Rússia.

— Mas Estalinegrado tem alguma importância estratégica vital?

Lehrer levantou as mãos para Deus ou para os estores do *blackout*.

— É um mito — disse. — Ter Estalinegrado nas mãos é ter nas mãos os tomates de Estaline.

Falaram de volfrâmio. Lehrer estava apático e desinteressado. Nem sequer se animou com a mais recente operação de contrabando de Felsen, que tinha carregado duzentas toneladas em vagões de comboio em Lisboa e as tinha visto viajar com documentos de manganésio através da fronteira, sem que a alfândega abrisse um caixote sequer. Os agentes dos Aliados quase tinham andado ao murro com os chefes de alfândega que carimbaram a carga em Lisboa e Vilar Formoso. Não tinham percebido que esses dois funcionários embolsavam um total de cinco mil contos, o que fazia o seu salário mensal de um conto parecer a conta de bar de Felsen.

Lehrer lá conseguiu fazer algumas perguntas distraídas sobre o banco, cuja actividade quase se limitava a fazer empréstimos para a compra de concessões mineiras na fronteira.

A tarde caía quando Felsen acabou o seu relatório, mas, antes de o dispensar, Lehrer levantou-se de repente, cambaleando, deu a volta à secretária a coxear e foi sentar-se num canto.

— Nós dois temos um acordo — disse Lehrer, de repente muito sério. — Quando o tirei da sua fábrica de Berlim prometi-lhe que seria devidamente recompensado pelo trabalho que tem estado a fazer. No ano que vem, provavelmente, terá uma tarefa diferente. É um trabalho de que tem experiência, mas doutra natureza. Tem de confiar em mim. Não fique assustado por eu lhe dizer que nessa altura podemos já ter chegado ao princípio do fim.

— Uma coisa que Poser me disse foi que desde a nomeação de Speer para ministro do Armamento, no princípio deste ano, a nossa capacidade de produção tem aumentado muito. E eu posso confirmá-lo. A pressão para enviarmos volfrâmio tem sido enorme...

— É verdade — rebateu cortesmente Lehrer —, mas os meus pés dizem-me que isso serve apenas para prolongar a agonia. E os meus pés nunca me enganam.

Os dois olharam para a agonia abotinada de Lehrer.

Eram seis da tarde, já estava escuro e um vento gélido soprava directamente da perpétua escuridão da Finlândia. O carro avançava devagar, como criatura meio cega que era. Felsen, no banco de trás, sentia-se confuso. Seria verdade o que Lehrer dizia? Ele sempre se apresentara como um visionário, mas teria o futuro do Terceiro Reich alguma coisa que ver com os seus vinte quilos a mais, o facto de passar demasiado tempo sentado à secretária e uns pés em mau estado? Poderia o grande exército alemão, que tinha pisado a Europa, aberto caminho pela Rússia até ao Cáucaso, chegado a 25 quilómetros de Moscovo — um passeio, valha-nos Deus! —, poderia tudo isso estar perdido devido à perda de uma cidade? Felsen fumava, abrigando o cigarro na mão em concha, e ia vendo a devastação dos bairros periféricos de Steglitz, Schönberg e Wilmersdorf. Recordava agora uma coisa que Poser lhe tinha dito no princípio de Junho e em que ele não tinha acreditado: na noite de 30 de Maio, em pouco mais de hora e meia, os Aliados tinham lançado mais de duas mil toneladas de bombas sobre a cidade. Poser tinha-lhe dito isso quatro dias mais tarde e Berlim ainda estava em chamas. Felsen não tinha acreditado, havia tentado passar pelo prussiano enlouquecido e sair da sala, mas Poser tinha-lhe fincado a mão artificial no cotovelo, dizendo-lhe em voz baixa ao ouvido:

– Eu vi a estimativa das perdas. A verdadeira, não a versão de Goebbels. Vá desenterrar volfrâmio. Precisamos de todo o que houver.

Ao chegarem à Potsdamerstrasse, a sul de Berlim, mandou o motorista seguir em frente e virar à esquerda na Kurfürstrasse. A rua estava irreconhecível, com montes de entulho de ambos os lados, os edifícios desmoronados e queimados. O prédio de Eva parecia estar ainda de pé. Pegou na lanterna do motorista e desceu a ruazinha transversal até às traseiras da casa, onde um portão se abria num quarto de círculo de entulho e um carreiro estreito levava à porta da casa. Toda a parede das traseiras tinha caído, de modo que se podia ver a cozinha de Eva.

O lugar não estava habitável e ia retroceder quando ouviu uma voz, fina como porcelana, a cantar uma canção infantil absurdamente vigorosa da sua terra:

Ich bin ein Musikant, ich komm vom Schwabenland,
Du bist ein Musikant, du kommst vom Schwabenland.
Ich kann aufspielen auf Meiner Geige,
Du kannst aufspielen auf Deiner Geige.
Dela schum, schum, schum,
Dela schum, schum, schum,
Dela schum, schum, schum,
Dela schum.

Felsen subiu as escadas, ainda sólidas e inteiras. A voz continuava com o refrão maníaco do arco sobre o violino. A porta do apartamento estava aberta. A sala estava completamente nua, até algumas pranchas do soalho tinham sido arrancadas. Seguiu a voz até ao gabinete de Eva. Encolhida num canto, vestida com uma estranha mistura de roupas – lenços, camisolas, saias, até um colete de homem – estava Traudl. Parou de cantar.

– Trouxeste-me alguma coisa hoje?

O rosto tinha regredido completamente, era o rosto duma criança esquelética. A pele branca sobre os ossos mais fina que a mais fina luva de pelica, as têmporas encovadas. Felsen ajoelhou-se ao pé dela.

– Oh – disse ela, ao ver que era um homem. – Queres dormir comigo?

– Traudl, onde está a Eva?

– Não faz mal, deixa-me ficar ao pé de ti, só ficar ao pé de ti...

– Podes ficar, mas diz-me também onde está a Eva.

– Foi-se embora.

– Para onde?

A rapariga lançou-lhe um olhar desconfiado e não respondeu. Felsen tentou passar-lhe a mão pelo cabelo, mas tão emaranhado estava que não conseguiu. A canção recomeçou.

Passos nas escadas. Uma luz vacilante vinda da sala. Uma mulher apareceu na moldura da porta.

– Que está aqui a fazer? – perguntou, agressiva, antes de ter visto o uniforme.

– Procuro Eva Brücke.

– Frau Brücke foi presa pela Gestapo já há meses.

A rapariga interrompeu a canção dissonante.

– Porquê? – perguntou Felsen.

– *Judenrein, judenrein, judenrein* – cantou Traudl.

– Por dar abrigo a ilegais – disse a mulher. – Esta apareceu uns dias depois. Não sai daqui, nem mesmo quando há bombardeamentos. Eu trago-lhe alguma coisa de comer de vez em quando. Mas não pode ficar aqui muito mais tempo, com um Inverno destes.

Felsen levou a rapariga para o seu apartamento, que tinha sido requisitado pela Organização Todt e estava ocupado pelos operários da construção de Speer. Deu a uma das mulheres que lá encontrou todas as suas senhas de racionamento e algum dinheiro, entregando Traudl aos seus cuidados.

Mandou o motorista levá-lo à Wilhelmstrasse e instalou-se num quarto absurdamente luxuoso do Hotel Adlon.

Às 8h30 do dia seguinte estava no n.º 8 da Prinz Albrechtstrasse, no gabinete do SS Sturmbannführer Otto Graf. Enquanto esperavam que o processo fosse trazido, Graf ia fumando um cigarro de Felsen e contemplando a manhã ainda escura.

– Qual é o seu interesse neste caso, Herr Sturmbannführer?
– Eu conhecia-a.
– Intimamente?
– Há anos que ela dirigia clubes e bares em Berlim. Muita gente a conhecia.
– E o senhor conhecia-a bem?
– O suficiente para saber que ela não se deixava conhecer.
– Talvez que para fazer o que ela fazia se tenha de ser assim.
– Eu conheci-a antes da guerra. Já era assim.

O processo chegou. Graf olhou para a fotografia e recordou-se. Folheou algumas páginas.

– Sim, sim. Conheço o tipo – disse. – Parece que se vai quebrar como um lápis na primeira manhã e ao fim de três semanas não tinha dito nada. Não que isso...
– Três semanas?
– Era um caso muito sério. Ela estava a fazer sair judeus. Mandava-os em vagões de mobiliário para Gotemburgo.
– E ao fim de três semanas...?
– Teve sorte. Se o juiz de serviço tivesse sido Freisler, tinha sido enforcada. Assim foi condenada à perpétua em Ravensbrück.

Felsen ofereceu outro cigarro, que foi aceite. Eram cigarros americanos, Lucky Strikes trazidos de Lisboa. Deu a Graf o resto do maço e outro que tinha no bolso. Disse que poderia arranjar uma caixa ou duas. Graf acenou com a cabeça.

– Volte cá pela hora de almoço, que tem a autorização de visita pronta.

Arranjar um carro não era difícil, mas gastou uma tarde inteira e mais dois cartões para cigarros para conseguir combustível. Poderia ter apanhado o comboio para Fürstenberg, mas alguém lhe disse que a estação ficava muito longe do campo e nem sempre havia transporte disponível.

Ao fim da tarde foi às traseiras do edifício incendiado do Reichstag e comprou quatro barras de chocolate no mercado negro. Não dormiu muito nessa noite. Deitado na luxuosa cama do Hotel Adlon, bebeu de mais e encheu o peito de fantasias de salvamento. Via Eva, a seu lado, a subir a escada do avião no aeroporto de Tempelhof, trocando a devastada Berlim pelo mar azul, pelo vasto Tejo e por uma nova vida em Lisboa. Nunca tinha estado tão perto de chorar de emoção desde que era adulto.

Na manhã seguinte não havia nuvens, e o horizonte, nos sessenta quilómetros para norte de Berlim, era gelado e polvilhado de branco, com uma geada dura como ferro que o fraco sol de Inverno não conseguia derreter. Os olhos de Felsen ardiam, raiados de vermelho. Tinha o estômago a arder de azia, mas ainda conseguia sentir parte do heroísmo da noite anterior.

Parou o carro fora do campo e foi admitido, por entre muros de arame farpado, a um complexo constituído por barracões baixos de madeira. Levaram-no para um deles e deixaram-no sozinho com quatro filas de bancos de madeira. O tempo foi passando. Horas. Não entrou mais nenhuma visita. Felsen sentou-se num banco e foi-se movendo com o sol que entrava pela janela, para apanhar o calor.

À hora de almoço apareceu uma guarda de sobretudo cinzento e boné. Felsen levantou-se para protestar, mas viu que ela era seguida por um vulto com um uniforme prisional larguíssimo, com um triângulo verde no bolso do peito. A guarda mandou a prisioneira de cabeça rapada para os bancos, na direcção de Felsen, e ela avançou a marchar como um soldado num treino.

– Têm dez minutos – disse a guarda.

Felsen não estava preparado para aquilo. A prisioneira tinha um aspecto tão diferente dos seres humanos para lá do arame farpado que ele duvidou que falassem a mesma língua. Levou quase meio minuto a descobrir sinais de Eva Brücke, dona dum clube nocturno de Berlim, naquela caveira encovada e cinzenta de *papier-maché*. Tinha pensado por um instante que aquela prisioneira o iria conduzir a Eva – loira, branca, a fumar cigarro sobre cigarro algures no campo.

– Vieste – disse ela, sem entoação, e sentou-se ao pé dele.

Felsen estendeu a mão maciça. Ela cruzou no colo as suas – engelhadas, enegrecidas, patas de macaco. Ele partiu um bocado de chocolate, que ela meteu inteiro na boca e engoliu. O chocolate entrou imediatamente em combustão dentro dela.

– Sabes – disse –, eu costumava sonhar que os dentes me caíam. Pesadelos. Diziam-me que sonhar com dentes é ter preocupações de dinheiro, mas eu sabia que não era isso. Nunca pensei muito no dinheiro. Não sou como tu. Eu sabia que tinha pavor de perder os dentes por ter visto tantas mulheres desdentadas nas aldeias, com a cara chupada, a beleza perdida, a personalidade diminuída. Ainda tenho oito, Klaus, ainda sou humana.

– Que aconteceu às tuas mãos?

– Faço uniformes todo o dia, todos os dias. É da tinta.

Olhou para a mão dele, ainda estendida para ela, e depois para o seu rosto. Abanou a cabeça.

– Vou...

– Estou no meu intervalo de almoço, Klaus – interrompeu ela ferozmente. – Dá-me mais chocolate, é só isso que quero. Não quero esperanças, nem promessas, e muito menos sentimentalismos. Só chocolate.

Ele partiu outro bocado que lhe deu.

– E também não te vou fazer perder tempo – disse ela. – Suponho que vieste pedir uma explicação. Pois bem, viste-me mesmo naquela noite em Berna. O porco do Lehrer... Ele sempre foi mau perdedor. Eu avisei-te, lembras-te?

– Porquê o Lehrer?

– Eu conhecia-o. Conheci-o antes de ti, anos antes. Ele ia a todos os meus clubes. Nem sei como nunca se encontraram. Uma noite perguntou-me se conhecia alguém que falasse línguas estrangeiras e tivesse faro para negócios, para fazer as coisas correrem a seu talante. E encaixou-se tudo. Tu, ele e o que eu fazia. Devias estar feliz... se ele não te tivesse mandado para Lisboa, a esta hora podias estar em Dachau. Era uma solução – Lehrer tirava-te de cena e a minha relação com ele fazia com que as pessoas não reparassem muito em mim.

– Mas porque não me contaste?

Estava furioso. Fitava-lhe o rosto destroçado, as crateras proeminentes das órbitas, os dentes restantes enegrecidos pelo chocolate derretido, as veias sobressaindo na cabeça rapada, as crostas de lanhos na penugem que se formava sobre o crânio fino como porcelana. E ela viu que ele estava furioso.

– Mais chocolate – disse, sem se dignar responder à pergunta do homem que vestia o uniforme SS, o homem que tinha sido um *Förderndes Mitgleid* das SS, o homem que fazia atrelagens para as SS, meu Deus, o homem que comprava volfrâmio para as SS, permitindo à máquina de guerra nazi continuar a troar... Porque não lhe tinha contado? A *ele?*

Ele partiu outro bocado de chocolate.

– Não penses que foi uma questão de coragem, Klaus. Aconteceu por acaso... depois do que sucedeu às duas raparigas judias, lembras-te, nessa altura contei-te *tudo*, não foi? As raparigas que mandei ao Lehrer e ao amigo. Arrisquei-me a contar-te isso... não voltei a arriscar-me quando vi... – interrompeu-se, a retomar o controlo. – Bem, mandei para fora de Berlim as outras duas judias que tinha e bastou isso, fiquei envolvida. Eles continuavam a vir ter comigo e eu não os podia mandar embora. Tinha-me tornado um elo da cadeia.

– Um minuto – disse a guarda.

– Quando viste o quê? – perguntou Felsen.

– Nada.

– Diz-me.

– Quando vi que isso te era indiferente – disse ela, baixinho.

– Vou falar ao Lehrer – disse ele, apressadamente, para não ter de pensar muito no que ela acabava de dizer.

– Não percebes, pois não, Klaus? Foi ele que me mandou para cá. Para se livrar de mim. Eu tinha-me tornado um estorvo para o Obergruppenführer. A única pessoa que pode tirar-me daqui é o Reichsführer Himmler em pessoa. Nem penses nisso. Mais chocolate.

Felsen deu-lhe as três barras que tinha no bolso e que ela fez desaparecer na roupa. Eva levantou-se, e ele também. Ela pôs-se em posição de sentido. Ele tomou-lhe a nuca infantil na palma da mão. A cabeça dela teve um brusco sobressalto de espanto e ela virou-se, afastando-se da mão e da vida dele.

– Terminou a visita – disse a guarda.

Eva marchou para a porta sem olhar para trás, direita ao sol de Inverno. Foi a última vez que a viu.

20

24 de Julho de 1944, Hotel Riviera, Génova, Itália

Felsen, deitado na cama, com as janelas do quarto de hotel abertas de par em par, o sol a banhar-lhe o corpo e o tabuleiro do pequeno-almoço. Exausto e sonolento como um cão na praça da aldeia. A mão que segurava o cigarro pesava vinte quilos, tinha de a arrastar do peito para a boca. Sentia-se a flutuar como um balão de barragem, só com um fio a ligá-lo à terra.

Tinha trabalhado dezasseis meses seguidos, com um único dia de pausa – e esse para ir a Berlim ver como ficara totalmente destruída a Neukölln Kupplungs Unternehmen no bombardeamento de 24 de Março de 1944. Speer não ia sequer tentar recuperá-la. Tinha sido arrasada.

A única razão que Felsen podia imaginar para Lehrer o ter convocado para esse triste funeral era mostrar-lhe o que tinha acontecido à capital do Terceiro Reich. Lá de cima, do avião, parecia a mesma cidade, exceptuando os vários repuxos de fumo. Só quando o avião baixou a aproximar-se do aeroporto de Tempelhof é que Felsen viu que onde ainda havia paredes os edifícios eram esqueletos, sem janelas, sem telhados, esventrados. Não podiam ser habitados. Toda a gente vivia debaixo do chão. A cidade tinha sido virada às avessas – uma colmeia por baixo, uma catacumba por cima.

Tinha andado pelas ruas cobertas de destroços, cruzando-se com os bombeiros de 14 anos que continuavam a tentar controlar incêndios deflagrados há várias noites – as ruas um prato de macarrão de mangueiras, carris de eléctricos torcidos, cabos eléctricos caídos, canos de água e de esgotos, com as extremidades esmagadas por autocarros tombados e eléctricos queimados. Tinha andado, porque não havia outra opção. Não havia S-bahn nem U-bahn – todas as estações estavam apinhadas de gente. Não havia combustível. Tinha andado até chegar ao n.º 8 da Prinz Albrechtstrasse, para fazer ao Sturmbannführer Otto Graf uma pergunta que não queria confiar a um telefone. Por uma caixa de Lucky Strike, Graf disse-lhe que Eva Brücke morrera a 19 de Janeiro. Quando à tarde apanhou o avião de regresso, não tinha qualquer razão para alguma vez voltar a Berlim.

Lehrer tinha-lhe prometido uma mudança de trabalho, mas até ao fim de Abril de 1943 ele continuou apenas a passar volfrâmio de contrabando para fora de Portugal. Só no princípio de Maio começou a carregar ouro em barras. A primeira operação foi o transporte de quatro camiões com mais de 4000 quilos de ouro desde a fronteira suíça até Madrid, onde o ouro ficou depositado no Banco Nacional de Espanha. Em Junho fez mais duas viagens idênticas. No princípio de Julho, pela primeira vez desde o princípio da campanha do volfrâmio, levou um comboio para Portugal e depositou 3400 quilos de ouro na caixa-forte do Banco Oceano e Rocha. Quatrocentos e oitenta quilos foram vendidos ao Banco de Portugal para comprar escudos, o resto embarcou para o Banco Alemão Transatlântico de São Paulo, no Brasil. Depois veio a batalha de Kursk, e a 13 de Agosto de 1943 foi encontrar-se com Lehrer em Roma.

Lehrer tinha perdido dez quilos em três meses, o rosto adquirira uma vermelhidão permanente que não se devia ao sol. Foram a um restaurante. Lehrer mal comeu, mas bebeu duas garrafas e meia de vinho tinto antes de encetar a *grappa*, teve contracções nervosas e apertou o estômago com os dedos três ou quatro vezes durante a refeição. Acabou os cigarros que trazia e começou a fumar os de Felsen.

– Perdemos Kursk – disse.

– Eu sei – disse Felsen. – Foram dias negros em Lisboa.

– A guerra acabou por lá chegar, não é? – disse Lehrer, rancoroso.

– Poser matou-se com um tiro.

– Espero que não fosse na cabeça, que isso não o matava.

– E o volfrâmio?

Estou-me a cagar para o volfrâmio! Não percebe o que Kursk significa? – explodiu Lehrer, subitamente ultrajado, e Felsen teve de cerrar os punhos para se manter calmo. – Kursk foi o fim do nosso exército de tanques. A *Blitzkrieg* acabou. Nunca poderemos substituir os Panzers que perdemos em Kursk. Os soviéticos abriram mais uma fábrica em Chelyablinsk, as nossas são diariamente destruídas pelos bombardeiros aliados. O Exército Vermelho está a mil e quinhentos quilómetros de Berlim. Não precisamos de volfrâmio, precisávamos era dum milagre, porra!

– E para as blindagens?

– Speer está a usar uma coisa chamada urânio, dum projecto duma bomba especial que foi abandonado.

– Então é o fim do volfrâmio?

– Para si é. O Abrantes pode continuar a tratar disso. A sua missão agora é levar da Suíça todo o ouro possível e depositá-lo em Espanha e Portugal. Depois receberá instruções sobre o que fazer com ele.

No ano que decorrera desde esse encontro em Roma, Felsen tinha levado da fronteira suíça para a Península Ibérica quase 250 camiões de barras de ouro. Da Península o ouro era transportado para bancos na Argentina, Uruguai, Brasil, Peru e Chile. Durante esse tempo, Felsen tornou-se o subordinado de maior confiança de Lehrer. Fez tudo para isso. Não queria apenas ser colega de Lehrer, queria ser pelo menos um filho. Quando Salazar decretou um embargo total ao volfrâmio, em 1 de Junho de 1944, já Felsen alcançara o seu propósito. Agora, quando se encontravam, Lehrer e ele não apertavam as mãos, abraçavam-se. Lehrer até se deixava tomar pela emoção. Tuteavam-se, tratavam-se por Oswald e Klaus. Para Lehrer, Felsen tinha-se tornado o único pedaço de terra sólida numa Europa no caos.

Uma pancada na porta fez Felsen saltar da cama. Esmagou o cigarro, vestiu um roupão e foi abrir a porta. Lehrer entrou apressadamente, com um grande rolo embrulhado em pano debaixo do braço e um envelope castanho na mão.

– O camião já foi carregado, Klaus?

– Foi posto no convés do *Juan Garcia* às seis da manhã.

Lehrer encostou o rolo à parede e pousou o envelope na mesa. Serviu-se de parte do pequeno-almoço de Felsen. No decorrer desse ano tinha recuperado o peso e controlado a úlcera.

– Estou preocupado – disse, sorvendo ruidosamente o café. – Os americanos não tardam a aparecer-nos na Riviera Francesa.

– O navio tem bandeira espanhola e os americanos têm mais em que pensar. O que é esse rolo?

As sobrancelhas negras de Lehrer saltaram.

– Um Rembrandt – disse. – Vê o envelope.

Felsen despejou o envelope sobre a cama. Fotografias e dados pessoais de Lehrer, Wolff, Fischer e Hanke.

– Sabes o que tens a fazer – disse Lehrer. – Documentos, passaportes, vistos para o Brasil. Arranja uma propriedade em Portugal, perto da fronteira. Não na zona do volfrâmio, que aí és conhecido… mais para o sul, talvez. Dizem-me que aquilo é um deserto.

– Alentejo. Já lá estivemos a comprar cortiça. Há sítios bons na fronteira, basta atravessar o rio Guadiana – disse Felsen. – Mas chegar de Berlim até lá…

– Vai ser um caos, podes crer.

– E o Rembrandt?

– Vai contigo no camião e fica guardado com o ouro na caixa-forte do Banco Oceano e Rocha.

Felsen olhou para a cama. As fotos, os dados…

– Acabou-se, Oswald?

– Este é o último.

– Trataste da escolta em Tarragona?
– Não há escolta. Ninguém deve saber deste carregamento, nem espanhóis nem portugueses.
– Queres que o passe para Portugal de contrabando?
– Para quem passou mais de mil toneladas de volfrâmio nestes anos, o que são duas toneladas e meia de ouro?
– E depois?
– Esperas.
– Quanto tempo?
– Isso não sei. Se o Führer capitulasse, podia ser amanhã, mas ele não quer. Não pode.
– Porquê?
– Leste os documentos de embarque?
– Lê-los? Não. Já não leio nada. Limitei-me a assinar.
– Não reparaste na origem dos três lotes?
– Não.
– Lublin, Auschwitz e Majdanek.
– Ouro polaco.
– De certo modo.
– Não percebo.
– E é isto o meu pupilo mais brilhante – disse Lehrer, abanando a cabeça. – Não há minas de ouro nessas cidades e o ouro nacional polaco foi retirado de Varsóvia há muito tempo.

Felsen não disse nada.

– Lisboa tem estado muito afastada desta guerra – disse Lehrer. – Ninguém te falou da Solução Final. Não é conversa que se tenha à mesa na Lapa. Este ouro vem dos judeus. Relógios, óculos, jóias, dentes.

– Dentes? – disse Felsen, passando a língua sobre os seus próprios molares.

– O Führer não capitula porque, apesar da sua loucura, sabe que o mundo não pode admitir o extermínio sistemático dos judeus da Europa. Vamos ter de cair de armas na mão.

A 11 de Agosto de 1944 iniciou-se a Operação Dragão, com o desembarque de tropas americanas na Riviera Francesa. Por essa altura, 2714 quilos de ouro proveniente de jóias e dentes de judeus, mais uma tela enrolada de Rembrandt, estavam depositados na caixa-forte do Banco Oceano e Rocha, na Rua do Ouro, na Baixa de Lisboa. Só daí a nove meses o Obergruppenführer Lehrer os foi procurar.

21

11 de Maio de 1945, Quinta das Figueiras, Alentejo, Portugal

A casa era enorme e ficava a quinze quilómetros da aldeia mais próxima, por uma estrada acidentada de ardósia e lama seca. Ninguém lá ia, excepto algum pastor errante para tirar água do poço no pino do Verão. A casa ficava numa elevação numa paisagem de colinas onduladas com manchas de sobreiros e oliveiras. Do lado do nascente avistava-se a confluência do Lucefecit e do Guadiana e havia um grande terraço pavimentado a ladrilho, cercado por um muro baixo e sete figueiras, debaixo das quais as pessoas se sentavam, numa frescura perfeita, a ver o rio para lá do laranjal murado desaparecer numa garganta pedregosa, a caminho do Atlântico.

Estava calor. Não o calor brutal do Verão, que vem quando se abre a porta da fornalha do Sara, mas calor bastante para que depois do meio-dia as aves se calassem, as ovelhas baixassem a cabeça e se juntassem à sombra larga dos sobreiros e o Guadiana abrandasse a sua marcha, parecendo quase parar. Um carro ouvia-se uma hora antes de chegar e toda a gente das redondezas ficava à escuta, tão raros eles eram.

Felsen e Abrantes iam numa camioneta de três toneladas por um terreno vermelho de papoilas em flor que levava às traseiras da quinta. Levavam consigo comida enlatada para duas semanas, oito garrafões de cinco litros de vinho, uma grade de *brandy*, outra de vinho do Porto, quatro malas com roupa, uma pilha de roupas de cama e duas Walther P48 metidas debaixo do assento. Entre eles via-se uma pasta que continha passaportes e documentos para quatro homens, quatro grossos maços de notas de mil e um saquinho de veludo com vinte e quatro diamantes em bruto. Felsen tentava fumar, mas os solavancos eram tão violentos que não conseguia levar o cigarro à boca. Eram seis e meia da tarde.

Chegaram ao pátio de terra batida nas traseiras da quinta e pararam o carro diante da porta da cozinha, que Felsen abriu de par em par. A frescura da casa de grossas paredes envolveu-os. Descarregaram os mantimentos e arrumaram a camioneta no celeiro ao lado da casa. Abrantes levou duas bilhas de barro para ir enchê-las ao poço, Felsen pegou na pilha de roupa e entrou com ela no interior fresco e sombrio da casa. Atravessou a grande sala de jantar, com o seu tecto abobadado, e abriu as portas duplas que levavam a um corredor de três metros de largura, para onde davam oito quartos, quatro de cada lado. Janelas e portadas estavam fechadas em todos os quartos, só um fio de luz intensa as contornava. Também aqui as paredes tinham meio metro de espessura e todos os tectos eram de abóbada. Felsen distribuiu a roupa branca pelos quatro quartos virados a nascente e pelos dois últimos do lado contrário. Na parede ao fundo do largo corredor estava pendurado um crucifixo que ele endireitou. Sentia arrepios de frio, ainda ensopado do calor da viagem.

Abriu as portas que davam da sala de jantar para o terraço, retirando as pesadas trancas. Parou no meio do terraço, a deixar o sol aquecê-lo através da camisa molhada. Acendeu um cigarro e ouviu um estalido metálico inconfundível. Virou-se e encarou com um homem que não conhecia, mas que viu imediatamente ser alemão, de pé ao lado das portas, com um revólver na mão esquerda.

– Boa tarde – disse. – Sou o Felsen. Ainda não nos conhecemos.

O homem era mais corpulento que Felsen e de aspecto brutal, com pálpebras meio fechadas e o nariz partido.

– Schmidt – apresentou-se, e sorriu.

Das figueiras vieram risos e uma voz familiar.

– O Schmidt é um maníaco da segurança. Foi uma sorte tê-lo connosco, Klaus.

Lehrer, Hanke e Fischer, todos três de camisa sem colarinho, colete e calças pretas, apareceram de baixo da espessa folhagem das figueiras. Felsen abraçou-os um por um.

– E o Wolff?

– Está aqui – disse Wolff, aparecendo ao lado de Schmidt, trazendo Abrantes à sua frente na ponta duma Mauser.

– Só vos esperava daqui a uns dias – disse Felsen.

– Saímos mais cedo – disse Lehrer, e todos se riram. – Passámos duas noites no celeiro.

– Há notícias da Alemanha? – perguntou Hanke.

– Weidling entregou Berlim a 2 de Maio. Jodl rendeu-se a Eisenhower a 7, e Keitel a Zhukov no dia seguinte.

– Não lhes chegava uma rendição? – disse Hanke.

– E o Führer? – perguntou Wolff.

– Julga-se que esteja morto, mas tem havido certa confusão – disse Felsen. – O corpo não foi encontrado.

– Ele volta – disse Wolff, e Lehrer lançou-lhe um olhar céptico.

– Trouxe roupas novas, caso queiram vestir-se para o jantar – disse Felsen.

– Não, não – disse Lehrer. – É muito confortável esta roupa de trabalhadores, depois de dez dias vestidos de padres. Vamos é comer. Há dois dias que nos alimentamos de figos verdes.

Depois do jantar ficaram sentados à mesa, à luz das velas, com as portas abertas para o terraço. Todos bebiam *brandy* ou porto, excepto Schmidt, que era abstémio e mantinha a mão esquerda pousada no revólver, acariciando com os dedos da mão direita a fractura do nariz.

Felsen tinha distribuído os documentos de identidade, que eles iam examinando à luz fraca.

– Schmidt trouxe fotografias? – perguntou Felsen, como se Schmidt não estivesse na sala.

Schmidt tirou do colete um pacote que atirou para cima da mesa.

– Isso pode demorar umas semanas a organizar – disse Felsen.

– Não temos pressa – disse Lehrer. – Estamos a gozar esta tranquilidade. Não fazes ideia do caos que tivemos de atravessar.

Os cinco homens acenaram solenemente. Felsen serviu mais álcool e ficou a olhar para eles, a ver como essa travessia os tinha marcado. Hanke tinha os olhos ainda mais enterrados e as sobrancelhas tinham-se-lhe tornado grisalhas, tal como a barba forte nas faces encovadas. Fischer tinha mais pregas nos papos por baixo dos olhos e mais linhas vermelhas nas faces rapadas, que tinham perdido a sua firmeza. Wolff perdera o seu aspecto juvenil, o cabelo loiro era agora ralo em cima, os olhos enrugados e dois vincos fundos desciam-lhe das narinas aos cantos da boca. Lehrer tinha o cabelo todo branco, cortado curto como o dum recruta. Tinha perdido muito peso e a pele esvaziada pendia do rosto e do queixo sobre o pescoço. Curiosamente, as sobrancelhas continuavam escuras. Todos eles estavam fatigados, mas a comida e o álcool tinham-nos animado, fazendo-os parecer um grupo de reformados numa excursão às termas locais.

Beberam até à meia-noite. Beberam até Hanke, Fischer e Wolff se afastarem em passo incerto, seguidos pelo vigilante Schmidt. Abrantes, aborrecido com as conversas dos alemães, tinha-se ido deitar às dez horas. Lehrer e Felsen levaram para o terraço um candeeiro a petróleo e outra garrafa de *brandy*. Acenderam cigarros, cujo fumo ficava a pairar antes de desaparecer na noite agora perfumada com os restos de flor de laranjeira ainda nas árvores do pomar murado.

– Correu tudo bem – disse Lehrer, fitando a brasa na ponta do seu charuto. Correu tudo estupendamente. Obrigado, Klaus.

– Se há alguém que tenha de agradecer – disse Felsen, entrando na onda de sentimentalismo – não és tu, Oswald.

– É importante agradecer às pessoas – disse Lehrer, oscilando um pouco na cadeira. – Tu sempre soubeste demonstrar a tua gratidão, já desde os tempos da Neukölln Kupplungs. Foi assim que ouvi falar de ti pela primeira vez. Foi uma das razões de te escolher.

– E esse Schmidt, porque foi escolhido?

– Ah, pois. O Schmidt era da Gestapo e um católico muito devoto. O padre dele era uma peça-chave no nosso plano. Viemos para cá através do Vaticano.

– Com aqueles nervos arrisca-se a chamar a atenção sobre vocês. Tem de aprender a descontrair-se.

– Ah, eu sei... mas é bom ter alguém a velar por nós. É a natureza dele. Os homens da Gestapo são sempre desconfiados.

Lehrer bebeu um golo de *brandy*, bochechou e engoliu-o. Deixou tombar os braços, balouçando o cálice e o charuto, a libertar-se do *stress*. Aspirou a noite quente, o cantar monótono dos grilos, o coaxar das rãs, impertinentes como bêbedos.

– Quanto tempo vais ficar no Brasil? – perguntou Felsen.

– Um par de anos – disse Lehrer, e depois pensou melhor, rolando o charuto entre os lábios. – Talvez mais.

– Num ano passa tudo – disse Felsen. – Toda a gente está ansiosa por voltar ao normal.

Lehrer virou devagar a cabeça na luz balouçante do candeeiro, os olhos escuros, mas baços, como se a saúde os tivesse abandonado definitivamente.

– Nada vai voltar ao normal depois desta guerra.

– Disseram o mesmo quando acabou a outra. Tantos homens mortos por uns metros de lama sem sentido...

– Lembras-te do que te disse sobre a origem do ouro? – a voz de Lehrer soava muito baixa e cansada, como se ele estivesse no seu leito de morte. – Há outros nomes com que é preciso ter cuidado... Treblinka, Sobibor, Belzec, Kulmhof, Chelmno...

Na mesma voz cansada, Lehrer deu a última lição a Felsen. Falou-lhe dos vagões de caminho-de-ferro, os vagões de gado ligados pelas atrelagens cm tempos fabricadas pela Neukölln Kupplungs Unternehmen. Falou-lhe das selecções, dos chuveiros de Zyklon B, dos fornos. Falou-lhe dos números: o número de pessoas por vagão de gado, o número de comboios, o número tatuado no antebraço... o número dos que cabiam numa sala de duche e o número que um crematório podia receber por dia... E repetiu-lhe os nomes, para ele não se esquecer.

– Disse-te tudo isto – disse Lehrer – porque pode levar cinco anos até o mundo esquecer, e durante esse tempo qualquer associação com as SS pode ser muito perigosa. Se tu queres ficar aqui... e não há razão para não ficares... tens de guardar silêncio sobre estas coisas, não dizer uma palavra quando elas forem mencionadas.

Felsen fez isso mesmo. Foi fumando devagar o seu charuto, bebendo devagar o seu cálice. Lehrer levantou-se e sacudiu os ombros, a livrar-se do peso da sua história. Apertou os rins com as mãos e deitou a cabeça para trás, a olhar o claro céu nocturno.

– Já é tarde – disse. – Bebi de mais, tenho de ir dormir.

– Leva o candeeiro, Oswald – disse Felsen. – Vais precisar dele para dares com o quarto.

– Aqui tenho dormido bem – disse Lehrer. – É uma paz magnífica.

– Boa noite.

– Não vais também para a cama?

– Daqui a pouco. Ainda não tenho sono.

Lehrer entrou na casa a coxear – os pés ainda o faziam sofrer, mas já não lhe diziam nada. Felsen ouviu o estalido ténue da lingueta quando o outro abriu e fechou a porta do quarto. Ficou uma hora sentado no escuro, os olhos habituando-se gradualmente a distinguir as folhas das figueiras, a linha do muro e os campos que se estendiam do outro lado. Filtrou o zumbir dos insectos e ouviu os estalos das vigas no telhado que arrefecia e o ressonar rítmico que saía duma janela aberta.

Baixou-se sob os ramos das figueiras e rastejou para lá do muro baixo. Soltou uma lousa de ardósia do muro de pedras sobrepostas e retirou uma trouxa de pano que continha uma faca de mato e um cutelo de magarefe. Eram 2h30 da manhã.

Voltou à casa e abriu a porta do segundo quarto do lado poente. Abrantes estava à espera dele diante da janela aberta. Felsen estendeu-lhe a pequena faca de magarefe e atravessou o corredor.

O primeiro quarto ecoava com o ressonar de Fischer, que estava deitado de costas, com o pescoço completamente exposto. Sem uma hesitação, Felsen cravou-lhe a faca na traqueia até sentir a ponta tocar nas vértebras. Fischer abriu de repente os olhos, a boca abriu-se para aspirar o ar. Felsen arrancou as cobertas e enterrou-lhe a faca até ao cabo nas costelas. Saiu do quarto. Abrantes, que acabava de enviar Hanke para um sono mais profundo com um único golpe no córtex cerebral, já estava à sua espera. Felsen apontou-lhe o quarto de Schmidt, ao fundo da casa.

Felsen empurrou a porta de Wolff e percebeu que qualquer coisa se passava. A porta abria-se apenas uma nesga. Meteu-lhe o ombro, empurrou e sentiu a cama a arranhar no chão. Espremeu-se para passar pelo palmo de abertura. Wolff acordou com a mão já a segurar a coronha da sua Mauser. Felsen atirou-lhe um murro que o apanhou de lado no pescoço. O golpe fez Wolff bater com a cabeça na parede caiada, mas não o impediu de disparar um tiro cujo estrondo pareceu rebentar o telhado. Felsen agarrou a mão que segurava a Mauser e enterrou a lâmina da faca de mato no alto da caixa torácica do outro. Atravessou-o, mas apenas perfurou um pulmão. Arrancou a faca, cravou-a de novo, mas ela bateu no osso e caiu no chão. Arrancou a arma da mão enfraquecida de Wolff, que se agarrou a ele sem o largar. Cuspiu um jorro negro e quente sobre o pescoço e o peito de Felsen. Felsen encostou-lhe o cano da arma ao estômago e disparou duas vezes. A força das balas fez saltar o corpo, mas Wolff não o largou e caíram os dois sobre a cama, exaustos como dois amantes. Felsen soltou-se e cambaleou para fora do quarto, em direcção ao quarto de Lehrer.

– Ele não está lá dentro – silvou Abrantes, do outro lado, apontando para o quarto vazio de Schmidt. – A janela estava aberta e ele não estava lá.

– Antes ou depois do tiro?

– Não estava lá – disse Abrantes, confuso.

– Vá procurá-lo.

– Onde?

– Está lá fora. Procure-o.

De repente as feições de Abrantes destacaram-se da escuridão, iluminadas por um candeeiro a petróleo. Lehrer estava em frente deles, em camisola interior e cuecas. Na mão direita tinha uma Walther PPK.

– Que se passa? – perguntou, sem vestígios de sono, bem desperto e com toda a sua antiga autoridade.

– Hanke, Fischer e Wolff estão mortos. Schmidt não está no quarto – disse Felsen, sem parar para pensar.

– E este? – perguntou Lehrer, indicando com a arma Abrantes, que balouçava na mão a pequena faca brutal. – E tu? A tua camisa...

A frente da camisa de Felsen estava preta do sangue da hemorragia de Wolff. Os dois homens olharam um para o outro. Os olhos de Lehrer dilataram-se, numa compreensão horrorizada.

A pistola de Lehrer não estava apontada a nenhum deles. Felsen lançou-se sobre ela e uma bala fez ricochete pela porta aberta do quarto de Schmidt. Felsen disparou a Mauser de Wolff contra o corpo de Lehrer, só para lhe meter uma bala, sem se dar ao trabalho de levantar o cano e dar um tiro mortal. Lehrer caiu com um berro e a arma dele deslizou pelo chão. O candeeiro partiu-se e o petróleo floriu em chamas amarelas.

Lehrer em posição fetal, agarrando o joelho ensanguentado, aos gritos. As chamas envolviam-lhe os tornozelos, as canelas e as cuecas. Felsen passou por cima do corpo e apanhou a arma caída. Foi ao quarto de Lehrer, tirou o lençol da cama e abafou as chamas. Lehrer rangia os dentes e soltava silvos de agonia. Abrantes vigiava-o, de faca na mão. Felsen deu-lhe a PPK de Lehrer e mandou-o procurar Schmidt.

Felsen agarrou Lehrer pelos sovacos e arrastou-o para a sala de jantar, com o homem a gritar de dor todo o caminho. Acendeu as velas da mesa. Içou Lehrer para uma cadeira e ele caiu sobre a mesa, arquejante. Uma perna tinha grandes queimaduras, com a carne enegrecida e empolada. A outra tinha uma bala abaixo da rótula. Felsen sentou-se em frente dele, a Mauser quente entre os dois. Pegou no *brandy* e em dois cálices sujos. Encheu-os e empurrou um para Lehrer.

– Bebe, Oswald. Isso aguenta-te pelos próximos dez minutos.

A cabeça de Lehrer ergueu-se, o suor da dor e do esforço correndo-lhe pela cara, as lágrimas a espalharem-se pelas faces. Bebeu. Felsen voltou a encher.

– Tenho morfina no quarto.

– Sim?

– Um estojo de cabedal ao pé da janela. Uma seringa e quatro ampolas.

– Para quê?

– À cautela, bem sabes.

Felsen não se mexeu a não ser para acender um cigarro.

– Nunca pensei que um homem com o teu conhecimento da dor pudesse receá-la.

– Ao pé da janela... um estojo pequeno de cabedal...

Felsen recostou-se na cadeira, a fumar. Lehrer soltava grunhidos rítmicos como se estivesse com prisão de ventre.

– Qual foi a pior coisa, Oswald?

– Dá-me a morfina, Klaus... por favor.

– Conta-me qual foi a pior.

– Não posso.

– Porquê? Por terem sido muitas, ou por haver uma horrível de mais?

– Não posso... Não sei o que queres dizer.

– Só quero saber se houve alguma coisa que te tenha feito sofrer... pessoalmente, entenda-se.

– Faz-me um favor e mata-me, Klaus. Não vou jogar...

– Só depois de teres tentado.

Felsen acendeu outro cigarro e estendeu-o a Lehrer, que o aceitou e escondeu a cara no ângulo do cotovelo, como um aluno diante de uma prova difícil.

– Eu ajudo-te, Oswald – disse Felsen, bebendo um golo de *brandy*. – Havia uma mulher que tinha sido uma prostituta, que juntou uns tostões e abriu um clube. Não era muito mais que um bordel com bebidas e uns números manhosos, mas tornou-se popular entre os militares porque a mulher conseguia sempre descobrir qualquer coisa especial para oferecer aos seus clientes... É a tua vez, Oswald.

Lehrer levantou a cabeça, desorientado por se ver ali. Deixou tombar o cálice de *brandy*. Felsen voltou a levantá-lo e a enchê-lo. Lehrer tentou levar o cigarro à boca. Felsen empurrou-lho para dentro.

– Um dia recebeu um telefonema dum Gruppenführer a pedir-lhe que mandasse duas raparigas judias a uma morada no Havel. Foram levadas para uma bela sala de tectos altos, com grandes janelas que davam para o lago. Estavam presentes dois oficiais, o Gruppenführer e o seu superior directo. Mandaram as raparigas despirem-se e depois mandaram-nas vestir outra vez o casaco. O superior do Gruppenführer pregou-lhes uma estrela de David na lapela. Lembras-te, Oswald?

Lehrer não respondeu. O cigarro ardia-lhe nos lábios. Continuava a suar.

– Deram um pingalim a cada uma e mandaram-nas bater no traseiro nu do oficial superior. Eram raparigas novas, não tinham muita força e os pingalins eram pequenos de mais, de modo que acabaram por lhes dar bengalas. Depois de elas terem marcado riscas no rabo do oficial, mandaram-nas ajoelhar e, ainda com as calças pelos tornozelos, o oficial SS meteu uma bala na cabeça de cada uma.

– Será verdade? – perguntou Lehrer, como se o tivesse sonhado.

– Tu estavas lá. Viste. Contaste à Eva. Tinhas de lhe dizer o que tinha acontecido às pequenas dela. Foi por isso que ela começou a dar abrigo a ilegais. Foi por isso que a Gestapo um dia apareceu.

– Ah! – fez Lehrer, inclinando-se para a luz – Era aí que querias chegar. Eva Brücke. Afinal és um sentimental, hein, Klaus?

– Mandaste prender Eva.

– O Schmidt disse-me o que ela andava a fazer. Não tive escolha.

– Será verdade? – perguntou Felsen.

– Não tens de justificar-te – disse Lehrer. – Não precisas de tentar enobrecer as tuas acções com uma razão sentimental. Mata-me e fica com o ouro, Klaus. Mereceste-o. Jogaste melhor que eu. Eu escolhi bem de mais.

Ficaram ali sentados em silêncio mais alguns minutos. Felsen não estava completamente satisfeito, queria tirar mais qualquer coisa da situação. Lehrer fitava a luz vacilante da vela e fumava. Um tiro rasgou a noite. O eco repercutiu-se pelo terraço. Felsen pegou na Mauser e deu a volta à mesa. Inclinou-se para Lehrer como um criado solícito, pôs um braço à volta dele e levantou-o. Lehrer enganchou um braço à roda do pescoço de Felsen. Saíram para a noite fresca, atravessaram o terraço, passaram as espessas folhas verdes das figueiras, através da abertura no muro, pelo trilho esburacado e até um campo de relva e flores silvestres fechadas pela noite. Ao fim de uns cinquenta metros as pernas de Lehrer cederam e Felsen pousou-o no chão. Ficou deitado de lado, ofegando e pestanejando como um animal acossado que se isola em si mesmo. Felsen encostou o cano à têmpora de Lehrer e disparou um tiro. O recuo da arma foi violento, uma convulsão percorreu o corpo e ouviu-se uma tosse aguda, como se lá dentro houvesse qualquer coisa que não podia esperar para sair.

Felsen regressou a casa com a frescura do fim da noite nas narinas. Abrantes esperava-o, a beber *brandy*, a cara suja e suada.

– Encontrou o Schmidt – disse Felsen.

Abrantes acenou que sim.

– Onde estava ele?

– À beira do rio.

– Matou-o.

– Está no rio. Pus-lhe pedras para fazer peso.

Felsen foi ao camião e voltou com uma pá e uma picareta. Na sala deu a picareta a Abrantes e pôs a garrafa à boca. Abrantes cuspiu nas mãos. Atravessaram o terraço com a primeira luz da manhã a romper as trevas.

PARTE II

22
✑

Sábado, 13 de Junho de 199..., Rua Actor Taborda, Estefânia, Lisboa

O apartamento da professora estava na penumbra, de modo que a tarde me tinha parecido mais adiantada do que realmente estava. Atravessei o Largo de D. Estefânia, com o Neptuno da fonte sobre os seus dois golfinhos a caminho da eternidade, e dirigi-me para a Avenida Almirante Reis, para a estação do metro de Arroios. Ruas vazias, não havia trânsito. As árvores altas estavam imóveis sob o calor da tardinha, não havia uma única criança no parque, nem sequer um par de velhotes a jogar às cartas; só os pombos. Era como se a população soubesse de qualquer coisa que eu não sabia e tivesse abandonado a cidade.

Telefonei a Carlos, que não estava, e deixei a mensagem de que ia a Alfama falar com Jamie Gallacher.

Tirei o casaco, percorri o silencioso corredor de mosaicos azuis da estação deserta e fiquei uns quinze minutos à espera no túnel iluminado a néon. Havia uma música fraca no sistema sonoro. Não consegui reconhecê-la e de qualquer modo era distorcida pelo barulho dum comboio na direcção oposta. Imaginei como seria ter conhecido Luísa Madrugada em circunstâncias diferentes, mas nenhuma das minhas conversas com ela foi muito longe, porque o que eu queria mesmo era voltar à sala sombria do apartamento dela, com todas as suas sugestões de intimidade. Como seria ter uma mulher diferente ao fim de dezoito anos? Um cheiro diferente, champô, perfume, suor?

O vento ecoava pelo túnel, empurrando o cheiro de borracha queimada. Quando entrei numa carruagem vazia, a música tornou-se mais distinta. Era Al Green, e era absurdo, porque ele cantava «*I'm so tired of being alone*» («Estou tão cansado de estar sozinho»). Porque acontecem estas coisas? Olhei para o meu reflexo desfocado, duas imagens ligeiramente diferentes em sobreposição até que a porta se fechou e deixou só um contorno nítido da minha nova cara.

Saí do metro no Martim Moniz e apanhei um eléctrico cheio de turistas espanhóis, todos eles a falar como se no dia seguinte começassem um retiro de um mês na Trapa. O eléctrico rangia a subir a colina íngreme, farto daquilo. Saí mais cedo e fui a pé até ao Largo das Portas do Sol, à procura de uma brisa, talvez de uma cerveja, e para espreitar, por sobre os telhados vermelhos de Alfama, o Tejo azul, naquele ponto vasto como o mar. A invasão espanhola seguiu-me; sentaram-se no café para onde eu ia e mandaram vir cinquenta bebidas diferentes. O empregado recebeu o pedido sem mudar de expressão.

Mudei de rota, segui a Rua das Escolas Gerais até à esquina e entrei no dédalo de vielas de Alfama. O velho bairro árabe não cheirava lá muito bem depois da noite de Santo António, em que meio milhão de sardinhas são assadas e consumidas.

Jamie Gallacher vivia à saída do Beco do Vigário, por cima duma barbearia onde um velhote fazia a sua barba semanal, recostado numa velha cadeira articulada de cabedal preto. Um miúdo de cabelo à magala estava ao lado dele a ver, curioso, e o velho passava a mão pela camisa da criança, a recordar como era ser novo.

Subi uma escada tão estreita que mal dava para os meus ombros e bati à única porta do patamar. Jamie Gallacher demorou um bocado a vir abrir. Tinha a barba por fazer e o cabelo parecia um colchão que tivesse explodido. Trazia uma *T-shirt* dos Led Zeppelin, amachucada e desbotada, e um par de *boxers* apertados com um nó à volta da braguilha. Tinha um charro apagado na mão esquerda.

– *Yeah?* – disse em inglês, com uma ligeiríssima pronúncia escocesa, um olho ainda colado de ramela. – Quem é o senhor?

– Polícia – disse eu, e mostrei-lhe o cartão.

Ele fechou a mão sobre o charro e abriu o olho rameloso.

– É melhor entrar – disse, em tom de desculpa. – Não repare na balbúrdia. Tivemos uma farra em grande na noite passada.

Tudo o que era superfície estava coberto de garrafas vazias de vinho e cerveja, copos e pratos de plástico cheios de beatas, cinzeiros a transbordar e maços de tabaco vazios. Os quadros pareciam querer mergulhar das paredes abaixo. A carpeta estava manchada de fresco. Um gato pequeno remexia os destroços, à procura de qualquer coisa não alcoólica.

– Vou-me vestir. É só um momento.

Agarrou no gato e saiu da sala. Soaram vozes mais ao fundo do corredor. Segui-o até uma porta entreaberta. Uma rapariga nua, com uma juba frisada, sentava-se à alfaiate num colchão no chão, enrolando despreocupadamente um charro. Aos poucos um pé negro apareceu-lhe no colo e o dedo grande esfregou-se nos pêlos púbicos. Ela inspirou fundo.

– Que porra – disse Jamie, e abriu a porta toda.

O dono do pé preto estava atravessado no colchão, com os olhos semicerrados. A rapariga acariciava-lhe a perna preta. Jamie bateu com a porta.

– Porra de gente.

– Amigos seus? – perguntei em inglês.

– Nem na minha cama posso dormir sem ter gente a foder nela, de dia e de noite.

Voltámos à sala. Jamie procurou nos cinzeiros uma beata aproveitável. Achou uma, acendeu-a e fez uma careta.

– Onde é que dormiu? – perguntei eu.

– Onde caí.

– Conte-me o que aconteceu ontem depois de sair da escola.

– Vim para casa pelas cinco, dormi umas horas...

– Sozinho?

– Sozinho, sim. De momento não tenho namorada.

– Quando foi que teve a última?

Ele puxou uma fumaça, fez uma careta e meteu-a num copo meio cheio de vinho tinto, que deu um silvo.

– Parece-me uma pergunta pouco vulgar, inspector Coelho – disse, cuspindo o fumo. – Zé Coelho. Um bom nome para um detective. Joe Rabbit. Já tinha pensado nisso?

– Fale-me da sua namorada.

– Depende do que entenda por namorada. Tive relações com uma rapariga ontem à noite, mas ela não é minha namorada.

– Onde?

– Como?

– A sua cama estava ocupada. Onde é que teve relações?

Ele encostou-se à parede, cruzou as pernas nos tornozelos e coçou a cara com uma unha.

– Na casa de banho. Ela ajoelhou-se na sanita. Não me sinto orgulhoso do facto, inspector, mas perguntou e a resposta é esta.

– Ontem à tarde, pelas quatro e meia, foi visto a sair da escola com Catarina Sousa Oliveira.

Um grunhir rítmico vinha do quarto ao lado.

– Porra – disse Jamie, dando um murro na parede. – Eu disse-lhes que estava cá a bó... a polícia, e nem assim!

– Vamos lá, Mr. Gallacher. Às quatro e meia, ontem... Que se passou?

– Mas o que se passa, porra? O que quer saber da Catarina? Que espécie de polícia é você?

– Responda à pergunta, Mr. Gallacher.

– Só estivemos a conversar, que raio!

– Sobre quê?

– Estive a tentar convencê-la a vir à festa.

– Para aulas práticas de inglês?

Ele começou outra vez a vasculhar os cinzeiros. Dei-lhe um cigarro. Sentou-se na única cadeira vaga e dobrou-se sobre os joelhos. A pressão no quarto ao lado parecia estar a subir. Pele a bater contra pele. Jamie olhou por cima do ombro e voltou a fitar o chão. A rapariga gritou.

– Estamos na ressaca da festa, Jamie. Tenho uma boa ideia do que foi. Porque não me fala de si e da Catarina e do que pretendia?

– Eu tinha andado com ela.

– Andado? Quer dizer que a tinha conhecido, no sentido bíblico?

– Fala muito bem inglês para um polícia – disse ele. – Pronto, eu andava a dormir com ela.

– Alguma vez ela passou cá a noite?

Ele respirou fundo.

– Andámos um com o outro uns seis meses, até há coisa de duas semanas. E ela nunca passou cá a noite. Nunca.

– Alguma vez lhe deu dinheiro?

Ele olhou-me de esguelha.

– Às vezes ela pedia um empréstimo.

– E pagava-o?

– Não.

– O que aconteceu então há duas semanas?

O par do quarto ao lado tinha chegado ao fim do caminho – o homem rosnava como se lhe estivessem a dar duche com uma mangueira de água fria, a rapariga choramingava.

– Eu disse-lhe que estava apaixonado por ela.

– Então não era só sexo da sua parte?

– O sexo era óptimo. Dávamo-nos bem na cama.

– Mas também falavam.

– Claro.

– De quê?

– De música.

– Nada de pessoal?

– A música é pessoal.

– De famílias, relações, amigos... sentimentos, emoções?

Ele não respondeu.

– Ela falava dos pais?

– Só para dizer que estavam à espera dela.
– O que disse ela quando lhe confessou que estava apaixonado?
– Não disse.
– Nada?
– Nada.
– Isso não foi uma desilusão?
– Foi uma porra duma desilusão!
– Vamos voltar à tarde de ontem. Saíram da escola, estão a conversar. Convida-a para a festa. O que faz ela?
– Recusou. Disse que tinha de voltar para Cascais, que os pais estavam à espera dela. Eu disse-lhe que telefonasse a dizer que queria ficar em Lisboa para ir às festas de Santo António em Alfama... Ela não quis. Disse-lhe outra vez que estava apaixonado e ela virou costas para se ir embora. Agarrei-a pelo pulso. Ela soltou-se.
– Onde estão nesse momento?
– Ao pé da escola, na Duque de Ávila.
– Sozinhos?
– Sim. A maior parte dos outros miúdos já se tinha afastado, alguns estavam à conversa na esquina.
– E então...?
Ele franziu a testa e inalou com força um dos meus cigarros de imitação.
– Bati-lhe.
– Com quê?
– Dei-lhe um estalo na cara.
– Como reagiu ela?
– Pois... foi esquisito... ela só fez um sorriso. Não levou a mão à cara. Não disse uma palavra. Só sorriu.
– Como se dissesse «chamas a isto amor»?
Ele acenou, a pensar noutra coisa.
– Eu fui-me abaixo. Disse que lamentava. Pedi-lhe perdão. Essas coisas.
– O que fez ela?
– Deu meia-volta e desceu a porra da rua. Eu deixei-me cair contra um carro estacionado, o alarme disparou... Ela nem se voltou.

Ao fundo da rua, nos semáforos, parou um carro. Ela olhou, desceu do passeio, falou um minuto com o condutor... as luzes mudaram, ela meteu-se no carro e o carro arrancou.

– Descreva-me esse carro.

– Não percebo nada de carros.

– Não tem carro?

– Nem sequer sei guiar.

– Vamos começar pelo mais simples. Era grande ou pequeno?

– Grande.

– Claro ou escuro?

– Escuro.

– Algum emblema?

– Estava ao fundo da rua.

– Pareceu-lhe que ela conhecia o condutor?

– Não sei dizer.

– Quanto tempo falaram exactamente?

– Raios. Menos de um minuto. Quarenta segundos ou coisa assim.

– Donde vinha o carro?

– A descer a rua. Não sei. A porra do alarme estava a tocar e eu estava... bem, estava transtornado.

– Tem de ser mais preciso, Mr Gallacher.

– Não sei se consigo, porra.

– Vai ter de conseguir, e eu vou tratar disso – disse eu. – Vai acompanhar-me à Polícia Judiciária para pormos tudo por escrito.

– Quer que eu faça um depoimento? Mas o que se passa, porra?

– Catarina morreu, Mr Gallacher. Foi assassinada ontem à tarde, por volta das seis horas, e eu quero saber se a matou.

Ele não parecia ter matado ninguém. Parecia é que um alçapão se lhe tinha aberto debaixo dos pés e ele ia em queda livre para o abismo. Quando se levantou, as pernas tremiam-lhe.

– E aqueles dois ali dentro? – perguntou.

– Já saem.

Fui ao corredor e atirei com a porta. O preto estava tombado de costas, ainda ofegante, luzidio de suor no quarto abafado. A rapariga estava de bruços, as pernas abertas. Com um pontapé atirei-lhes as roupas para cima. A rapariga virou-se, faces vermelhas, olhos desfocados.

– Vocês dois. Rua!

23

15 de Abril de 1955, escritório de Abrantes, Banco Oceano e Rocha, Rua do Ouro, Baixa, Lisboa

– O absinto corrói o cérebro – disse Abrantes. Abrantes, que de repente sabia tudo de tudo, cheio do seu sucesso na associação de negócios de Lisboa. Felsen tomou mais um golo do líquido verde que tinha no cálice e continuou a olhar para baixo, para os pelotões de guarda-chuvas pretos na rua batida pelo vento. Eram dez da manhã e o segundo absinto do dia. Passou a mão pela cabeça, perguntando-se por onde começaria a apodrecer e porque o teria Abrantes feito sair do seu apartamento antes da hora do almoço.

Felsen tinha regressado de África há duas semanas, depois de lá ter passado a maior parte da última década a abrir sucursais do banco em Luanda, Angola, e em Lourenço Marques, Moçambique. Sentia-se deprimido, como sempre que voltava a pôr os pés na Europa actual.

Berlim tinha sido isolada pelos Vermelhos, a Cortina de Ferro enferrujava no seu lugar a meio do continente, e a Península Ibérica parecia ter sido cortada e lançada à deriva no Atlântico com Salazar e Franco, dois loucos, na ponte de comando, desfraldando as suas obsoletas bandeiras fascistas. Os grandes impérios desmembravam-se. Os ingleses tinham perdido a Índia. Os franceses tinham perdido Marrocos, a Tunísia e a Indochina, culminando na humilhação de Dien Bien Phu em Maio do ano anterior. O poder transferia-se para os americanos, enquanto os europeus viam as suas nações exauridas pelos custos da guerra, com as unhas partidas e ensanguentadas da última e desesperada tentativa de manterem o domínio do mundo.

Para Felsen, toda a Europa cheirava a morte, à putrefacção do declínio, e, para afastar esse cheiro das narinas, deitava o fio verde do absinto no segundo café da manhã.

No fim da guerra os Aliados tinham entrado em Portugal. Os americanos tinham-se instalado no velho palácio da Legação Alemã, na Lapa. Mas Felsen e Abrantes tinham tido sorte. As minas de volfrâmio tinham sido seladas, mas o volfrâmio pouco valor tinha agora. As suas reservas de cortiça, azeite e sardinhas em lata tinham sido confiscadas, consideradas como bens alemães em depósito. Mas o banco, com a sua curiosa estrutura administrativa, tinha resistido a várias tentativas dos homens de fato escuro enviados pelos Aliados para lhe congelarem o património. Foram as ligações de Abrantes ao governo de Salazar que os salvaram. Quando a guerra acabou, a construção civil floresceu em Portugal, e Abrantes lá estava, à cabeceira da mesa, ignorando tudo sobre construção, mas sabendo tudo sobre suborno. Funcionários das Obras Públicas receberam terrenos e casas construídas para eles, os filhos obtiveram empregos que não mereciam, os projectistas e os arquitectos municipais de Lisboa, o próprio presidente da Câmara, começaram de repente a achar a vida mais acessível. O Banco Oceano e Rocha abriu uma companhia imobiliária com um ramo de construção civil, facilitava projectos aos amigos e conquistou a protecção dos mais altos escalões do Governo.

E o ouro lá continuava, dez metros abaixo dos pés de Felsen, depositado na caixa-forte subterrânea por cima da qual trovejava o trânsito da Rua do Ouro.

Abrantes tomava a sua terceira meia chávena de alcatrão da manhã. Ia bebendo até conseguir fazer funcionar os intestinos, o que geralmente acontecia à quinta ou à sexta chávena. Depois dum movimento conseguido tomava um anis, caso contrário, outro café.

Tinha passado a fumar charutos. Parecia-lhe que também eles o ajudavam a soltar os intestinos, tinha um problema de obstipação desde que deixara a Beira para trabalhar a uma secretária e comer carne de mais.

– Ainda não tem a sua casa acabada? – perguntou a Felsen, sabendo bem que sim.

– Porquê, precisa do meu apartamento para alguma das suas amantes? – ripostou Felsen, deixando a janela, rápido em respostas ácidas naquela manhã.

Abrantes chupou o charuto. Sabia qualquer coisa que Felsen não sabia. Olhou para o tecto à procura de inspiração. Uma mancha de humidade infiltrada estava a formar-se, depois das chuvas de Inverno e dos aguaceiros de Abril. Era grande e larga ao canto, onde uma racha a atravessava como um rio, e depois estreitava-se num traçado que lembrava a Argentina e Tierra del Fuego perto da rosácea do tecto.

– Tem pensado no Brasil? – perguntou Abrantes.

– Pode ficar com o apartamento, Joaquim – disse Felsen. – Eu vou-me mudar, palavra. Não se preocupe.

Riram-se um para o outro.

– O Brasil é um passo natural – disse Abrantes. – Talvez devêssemos ter ido para lá primeiro. Os brasileiros...

– Não conhecíamos lá ninguém... nem conhecemos.

– Ah – disse Abrantes, e aspirou teatralmente o charuto, divertindo-se muito a agastar Felsen. Depois expeliu o fumo num gesto largo.

– Diga por uma vez – pediu Felsen, aborrecido.

– Sempre foi o alemão que falava português com sotaque brasileiro. Foi a primeira coisa que ouvi contar de si.

– Já lhe contei, foi uma brasileira que me ensinou em Berlim.

– Susana Lopes – disse Abrantes –, não era esse o nome?

Uma imagem passou pela mente de Felsen – Susana a traçar as pernas por trás dos joelhos dele, a pressionar o sexo contra ele... Aclarou a garganta. O pénis avolumou-se-lhe nas calças.

– Falei-lhe dela?

Abrantes abanou a cabeça. É agora, pensou Felsen.

– Acho que nunca lhe disse o nome dela.

– Tive um telefonema ontem à noite. Susana Lopes, à procura do seu velho amigo Klaus Felsen, que lhe tinham dito ser agora um director do Banco Oceano e Rocha.

O coração de Felsen deu um salto e ele quase se agarrou à cadeira.

– Onde está ela?

– Uma mulher encantadora – disse Abrantes, brincando com o corta-charutos.

– Está cá? – abriam-se novas possibilidades.

– Falámos do Brasil.

– Eu contei-lhe como nos conhecemos?

– Não, contou ela – disse Abrantes.

– Ela trabalhava num clube... – Felsen interrompeu-se, um grande bloco duma história complicada soltava-se-lhe do glaciar da memória e precipitava-se-lhe na mente.

– Mulheres desse género conhecem toda a gente – dizia Abrantes.

– Como? – perguntou Felsen, ainda no meio da avalanche.

– Ela parece ter-se dado bem por lá. É dona de um clube, numa praia perto de São Paulo... uma terra chamada Guarujá.

– Conversaram bastante – disse Felsen, a sentir-se aborrecido.

– São diferentes de nós, os brasileiros. Gostam de falar, de se divertir, olham sempre em frente. Os portugueses, sabe, os portugueses... – sacudiu com a mão o tempo borrascoso, a rua escura, a mancha que aumentava no tecto para o tamanho da Rússia.

Felsen recostou-se na cadeira, não querendo dar mais corda a Abrantes. O sócio viu que a brincadeira tinha acabado.

– Disse-lhe que iria ter com ela para almoçar. No Estoril. Hotel Palácio.

Felsen, sentado na sala de jantar do Hotel Palácio, com um fato azul-turquesa e uma gravata de seda amarela. A luz lá fora brilhava ou velava-se, conforme as nuvens se chocavam no céu que começava a serenar, provocando ainda aguaceiros que corriam pelo jardim e embatiam contra as palmeiras da praça. Sentia tonturas, depois fome, novamente tonturas. O passado voltava-lhe em ondas, em grandes, palpitantes vagas atlânticas. Engoliu dum trago outro copo de vinho branco e estendeu a mão para a garrafa no balde do gelo, a que já faltavam três quartos. Mandou vir outra.

Olhava para as pessoas que chegavam, as mulheres que se sentavam, até que descobriu uma que continuou a avançar, a avançar para ele. Era mais alta do que ele recordava. A juventude passara – o comprido cabelo brilhante e preto era agora curto, a adolescente delgada tinha dado lugar ao que um americano chamaria «uma mulher com classe». Trazia um vestido branco e justo, teso, cujo decote quadrado parecia emoldurar o conteúdo, e as pernas de *nylon* assobiavam como um chamamento. Os homens tinham de fazer um esforço para não voltar a cabeça a olhá-la.

Susana sabia o efeito que produzia. Tinha-o planeado. Mas não deixava que um homem ficasse muito tempo de boca aberta.

– Então? – disse, e os talheres voltaram a tilintar nos pratos.

Felsen levantou-se. O empregado apareceu com outra garrafa de vinho. Dançaram à volta um do outro, beijaram-se, sentaram-se, aproximaram-se.

– Há quanto tempo...? – perguntou Felsen, desorientado por um instante.

– Quinze anos...

– Não, não. Dezasseis, acho eu – disse ele, e aborreceu-se consigo próprio por ser tão alemão nessas coisas.

Ergueu o copo, que ela tocou com o seu. Beberam sem tirar os olhos um do outro.

– O meu sócio disse-me que eras uma mulher de sucesso – disse ele.

– Foi o que eu lhe disse.

– *Tens* ar disso.

– Estive em Paris e trouxe uns trapos.

– Isso prova qualquer coisa.

– Tive sorte – disse ela. – Tive bons amigos. Homens ricos, que queriam um lugar para onde ir...

– ... escapar às mulheres?

– Aprendi muito em Berlim – disse ela. – Com a Eva. Ela ensinou-me tudo o que eu precisava de saber. Ainda a vês?

O nome roçou-o como um animal selvagem na noite, deixando-o aturdido, abalado. A sala escureceu. A chuva fustigava as janelas, fazendo virar as cabeças.

– Eva morreu na guerra – disse ele, um tanto abruptamente, afundando a cara no vinho. Susana abanou a cabeça.

– Soubemos dos bombardeamentos.

– Tu saíste mesmo a tempo – disse Felsen.

Com uma pinça de prata, o empregado de mesa colocou um pãozinho no pequeno prato lateral.

– Então o que aprendeste com Eva?

– O que os homens querem – disse ela, e não foi mais adiante, levando Felsen a pensar que tinha aprendido mais, por exemplo a arte de não dizer as coisas. Isso excitou-o.

O empregado deu-lhes as ementas. Encomendaram imediatamente.

– Perdeste o sotaque brasileiro – disse Susana.

– Tenho estado em África.

– A fazer o quê?

– A trabalhar para o banco. Minérios. Explorar o terreno.

– Devias vir para o Brasil. Ainda não estão no Brasil, pois não?

– Temos pensado nisso.

– Bem, eu estou lá, caso precises de alguma ajuda.

– Com os teus amigos – disse ele, e ela sorriu, sem responder ao que ele queria saber.

Chegou a sopa de caranguejo. Foram comendo devagar. O vento batia nas janelas da sala de jantar e a chuva fustigava as pétalas das rosas do jardim.

– Gostava de saber – disse ele – se alguma vez te cruzaste em Berlim com um homem chamado Lehrer. Oswald Lehrer.

Ela pousou o copo. O empregado levantou os pratos de sopa.

– Não gostava dele – disse Susana, fitando um ponto por sobre a cabeça de Felsen. – Tinha umas tendências muito desagradáveis.

– Foi ele que me mandou trabalhar para aqui durante a guerra. Sabia que eu falava português.
– É mesmo do Lehrer – disse ela. – Ele queria sempre saber tudo.

Uma posta de rodovalho em molho branco foi colocada à frente dela, um bife de espadarte diante de Felsen. Ele sentia vontade de fumar, de beber, de comer, de tudo o resto humanamente possível. Susana encetou o peixe. Felsen partiu um pãozinho. Tinham tocado em toda a sua história comum, com os seus pontos de dor e de prazer. Sentia laços com ela.

– Estás muito bonita, Susana – disse, expressando os seus pensamentos em voz alta.

– Mesmo com dois filhos – disse ela, fitando-o para ver a reacção.

– Mãe de família!

– Mas não esposa – disse ela. – E tu?

Ele pousou o talher e abriu as mãos.

– Calculei que não – disse ela.

– E porquê?

– Um fato turquesa e uma gravata amarela não são de pai de família.

Ele sorriu. O sol entrou na sala como projectores de teatro ligados no máximo. Mandaram vir mais vinho e falaram dos filhos dela, que estavam com a avó em São Paulo. Ela não se referiu ao pai ausente.

Tomaram café noutra sala e Felsen fumou uma das finas cigarrilhas escuras que Susana preferia. Sem falar, subiram ao quarto dela. Ela abriu a porta. Beijaram-se. A mão dela estendeu-se para a frente das calças dele, firme, conhecedora, possessiva.

Felsen despiu-se e estava nu antes que ela tivesse acabado de tirar a *lingerie*. Atirou-se a ela. O cinto de ligas roçou-lhe as coxas. Fizeram amor com pouco menos sofreguidão que dezasseis anos antes. A única diferença – depois de Felsen, ainda a tremer, ter chegado a uma pausa – foi que ela lhe empurrou a cabeça para o colo e o puxou para si. Ele teve dúvidas. Nunca tinha feito aquilo. Não gostava. Mas ela manteve-o ali até que ele a sentiu tremer nas suas mãos.

Susana ia ficar mais uma semana em Portugal. Tinha pensado ir a Berlim, mas não conseguira visto, e isso deixava-a com tempo livre em Lisboa. Passaram juntos a maior parte da semana. Felsen mudou-se para o quarto dela no Hotel Palácio. Passavam o tempo indo de automóvel até à casa dele, a mais ocidental do continente europeu – só urze, tojo, escarpas e o farol do cabo da Roca entre ela e o oceano. Passeavam pelas divisões vazias que ainda cheiravam a tinta e estuque mal secos. Compraram duas cadeiras e sentavam-se no terraço fechado sobre o telhado, a beber *brandy* e a assistir às tempestades no mar. Falavam. Crismaram a casa – A Casa do Fim do Mundo. Mobilaram-na juntos, com móveis comprados no leilão de um velho palácio da serra de Sintra, onde Susana licitou ferozmente por um par de velhos divãs cor-de-rosa que baptizaram na tarde seguinte. Deitavam-se nos lençóis ásperos contando um ao outro os seus planos e depois, finalmente, tornaram-se num só.

Felsen comprou bilhete no mesmo avião para São Paulo. Passou uma tarde a falar com Abrantes sobre a abertura da sucursal de São Paulo, de como Susana o ia apresentar aos seus amigos, lançar o negócio... No dia seguinte almoçaram os três, com Abrantes num dos lados da mesa, impressionado com Susana e quase com ciúmes de Felsen.

No dia da partida, Felsen acordou com uma erecção dura como pedra e a cabeça cheia do futuro. Chegou-se a Susana e sentiu-a retesar-se. Ela virou-se e ele sorriu por cima do monólito. Ela deu um piparote na ponta. O menir desmoronou-se.

– Vim-me durante a noite – disse ela. – Olha que chegamos atrasados.

A bagagem era tanta que o paquete do hotel endireitou o boné. Felsen desceu para pagar a conta, que era enorme e se estendia por várias páginas. Passou um cheque, a pensar noutras coisas.

Mandaram a bagagem num táxi e seguiram noutro. Era um dia claro, luminoso, fresco, e o mar, na Marginal, era azul-escuro coroado de branco. Não falavam. Susana olhava pela janela. Felsen tamborilava nos estofos, ainda um tanto irritado da rejeição matinal.

No aeroporto, Felsen deu instruções ao bagageiro. Susana andava dum lado para o outro numa geometria estreita, os saltos nervosos sobre o passeio. Entraram na fila para o balcão de *check-in*. Susana entregou o passaporte a Felsen e foi à procura dos sanitários das senhoras. Ele folheou distraidamente o passaporte, viu a fotografia, tirada há alguns anos, o cabelo mais comprido, as sobrancelhas mais grossas, não depiladas... Passou as páginas. Um papel caiu e ele apanhou-o. Era o talão dum voo interno Frankfurt/Munique/Frankfurt com a data de 28 de Março de 1955, três semanas antes. Virou o talão. Tinha um número de telefone apontado, um número do estrangeiro.

Olhou com mais atenção para o passaporte e viu o visto alemão e um carimbo de entrada em Frankfurt. Março, dia 24. Ao lado um carimbo de saída de Lisboa e por baixo os carimbos de regresso, com a data de 13 de Abril. Noutra página estavam os carimbos de saída de São Paulo e de entrada em Lisboa, de 20 de Março. Não havia mais carimbos. Não havia nenhum visto francês. Olhou outra vez para o número de telefone, a pensar mais depressa do que o fazia há um mês. Pegou na factura do hotel e desta vez reparou na astronómica conta de telefone. Virou as páginas. Sete chamadas para o número que figurava no talão.

Dirigiu-se ao balcão duma companhia de aviação e pediu para telefonar. Chamou a central e deu-lhe o número, perguntando donde era. A telefonista informou imediatamente que era um número do Brasil, e ao fim de um minuto acrescentou que era da cidade de Curitiba. Sentiu de repente o peito frio como uma catedral.

Susana apareceu ao pé da bagagem, olhando em volta à procura dele. Felsen atravessou o soalho muito encerado com as pernas rígidas, a sentir os músculos das coxas fracos e frios. Susana perguntou se tinha acontecido alguma coisa. Ele abanou a cabeça. Fizeram o *check-in*. O voo foi atrasado para as três da tarde. Susana manteve um silêncio irritado ao receber o passaporte e o cartão de embarque. Foram para o restaurante, onde se sentaram frente a frente. A sala estava tão cheia como a cabeça de Felsen. Mandou vir vinho e ficou a olhar pela janela para as quatro hélices dum avião de carga que descolava com um ronco seguido dum longo, infindável uivo.

O vinho foi servido no silêncio denso. Susana olhava em volta, sentindo que o homem à sua frente não era a paisagem em que queria pousar os olhos. Felsen desenterrou a cabeça dos ombros, recostou-se.

– À tua! – disse, levantando o copo, forçando um tom leve.

Ela correspondeu.

– Nunca te perguntei como me descobriste – disse ele, acendendo um cigarro.

– Por acaso – disse ela. – Estava à procura do número de telefone dum amigo meu chamado Felizardo e o teu nome vinha a seguir. Pensei que não devias ser tu, mas mesmo assim telefonei. Ninguém atendeu. No dia seguinte, como estava em Lisboa, fui à morada da lista e encontrei o teu apartamento por cima do banco. O pai do meu amigo sabia quem eras. Quando voltei a Lisboa depois da viagem, como tinha uma semana por minha conta, voltei a telefonar, mas desta vez para o banco. Ligaram-me ao teu sócio.

Ele acenou, era plausível. Uma longa e elaborada plausibilidade.

– Mas não chegaste a ir a Paris, pois não?

– Isto... – ela fez uma pausa – é um interrogatório?

Ele pôs-lhe na frente o talão do bilhete.

– Estive na Alemanha – disse ela, friamente, a olhar para outro lado.

– Esse número no verso – disse Felsen – é de Curitiba, no Brasil. Telefonaste para lá todos os dias que passámos no Palácio. De quem é? De amigos teus?

– Parentes.

– Um número diferente do da tua mãe e dos teus filhos, em São Paulo?

– Sim – disse ela, agora num desafio, os dentes cerrados atrás dos lábios.

– Nunca me mostraste fotografias dos teus filhos – disse ele, e agarrou-lhe a mala.

Ela arrancou-lha da mão.
— Não pediste para as ver.
— Peço agora.

Ela puxou duas fotografias e pôs-lhas diante dos olhos por uma fracção de segundo. O rapaz era escuro, de ar brasileiro, mas a menina, embora bronzeada, tinha cabelo louro e olhos azuis. O sorriso de Susana era sarcástico.

— Já ouvi falar de Curitiba — disse Felsen. — Há lá uma grande comunidade alemã. Sei o que costumam fazer... devem tê-lo feito há três dias, de facto... Todos os anos, a 20 de Abril, pelo aniversário do Führer, içam a bandeira. Quem te mandou, Susana?

Ela não respondeu.

— Não consigo lembrar-me de ninguém que me conhecesse, excepto talvez a ODESSA. Esses teriam os recursos, a informação... A *Organisation der SS-Angehörigen*... foram eles, Susana?

— A coisa mais importante que aprendi com a Eva — disse ela, endireitando-se, o queixo alto, irradiando desprezo — foi que Klaus Felsen só é capaz de pensar com a cabeça que tem entre as pernas.

A frase doeu muito, e ele bateu-lhe por tê-la dito. Deu-lhe uma bofetada com a mãozorra aberta. O som parecia o de um pneu a rebentar e toda a gente olhou para as janelas. Susana girou na cadeira e levantou-se com a marca da mão dele no rosto. Tinha os olhos fixos e sombrios, a brilhar de raiva, um ódio intenso. Murmurou qualquer coisa. Ele sentiu vontade de a esbofetear de novo, tão grande era a sua humilhação, mas todos os olhos estavam postos neles. Virou costas e foi levantar a sua bagagem.

1 de Julho de 1955, apartamento de Abrantes, Rua do Ouro, Baixa, Lisboa, Portugal

Maria Abrantes, sentada no braço da *chaise-longue*, com uma saia travada azul e blusa branca, o casaco do fato aberto. Tinha um fio de pérolas rente ao pescoço, que estava vermelho duma fúria que a tingia até às orelhas e lhe subia às faces. A fumar e a escutar, que era o que fazia há três quartos de hora, cruzava, descruzava e recruzava as pernas entre cada três ou quatro minutos, esperando que aquilo que se passava no quarto ao lado chegasse ao fim.

Já por três vezes tinha pensado que acabara e se tinha endireitado, apertado a boca, cerrado os punhos. Mas das três vezes aquilo tinha recomeçado e ela tinha respirado fundo, inspirando devagar pelo nariz, abrindo a boca para expirar. Na mão livre segurava um cromo do género que os quiosques de tabaco distribuíam há dez ou quinze anos. Ia batendo com ele no braço da *chaise-longue*. O cromo trazia a fotografia duma actriz conhecida por Pica, mas cujo verdadeiro nome era Arminda Monteiro. Maria olhou-a pela centésima vez – Pica, uma loira pintada, com uma grande boca brilhante a tentar passar por americana. Maria correu a mão pelo seu cabelo loiro natural, como se ele lhe conferisse um estatuto superior.

A porta do quarto entreabriu-se e fechou-se outra vez. Maria Abrantes começou a bater o pé e deteve-se. A porta foi aberta com uma risada, e Pica, a olhar para trás, entrou na sala. Os saltos altos feriam o soalho de madeira. Não viu logo Maria, mas a sensação duma presença hostil na sala afrouxou o ritmo dos saltos. Quando a viu, os saltos recuaram quatro pequenos passos e os ombros tocaram a metade fechada das portas duplas do quarto. Lançou um olhar lá para dentro e esticou o pescoço a assumir uma dignidade teatral. Levantou o queixo e retomou o percurso sobre o chão de madeira nua, balouçando a malinha branca na mão esquerda.

– Puta – disse Maria Abrantes em voz baixa.

A palavra bateu nas costas da actriz e fê-la virar-se. O peito cresceu-lhe. Maria Abrantes esperava um chorrilho de insultos, mas o seu rosto de pedra foi de mais para a outra. A actriz só conseguiu emitir um assobio do género que devia ter ouvido das últimas filas da plateia, em más noites de semana.

Joaquim Abrantes apareceu à porta do quarto, sentindo intrusos na sala. Trazia as calças cinzentas dum fato completo, uma camisa branca com os punhos já apertados e na mão uma gravata de seda que Maria nunca tinha visto.

– Que estás tu aqui a fazer? – perguntou.

Pica deu meia-volta, os saltos bateram com força no soalho, a porta do apartamento abriu-se com uma rajada de vento e fechou-se com o barulho dum tiro. Abrantes fez devagar o nó da gravata e esticou o pescoço para fora do colarinho. Tudo o que Maria tinha ensaiado para dizer baralhou-se e varreu-se-lhe da mente, deixando só um rancor sem palavras.

– Pensei que ficasses hoje pelo Estoril – disse Joaquim Abrantes, e voltou ao quarto a buscar o casaco.

– Eu estava... – começou ela.

– O que vieste fazer à cidade? – perguntava ele, como se Pica nunca tivesse estado no apartamento. – Compras?

Sentou-se numa cadeira em frente dela e puxou os punhos. Abriu uma caixa de prata e tirou de lá um cigarro, que bateu na tampa. Acendeu-o e recostou-se, aspirando grosseiramente para a boca trocista. Isso enfureceu-a.

– Não, não vim às compras – respondeu.

– Não?

– Vim porque já não posso suportar o que dizem no Estoril das putas que recebes aqui dentro.

– No Estoril falam das putas daqui? Não acredito.

– Falam. Podem não lhes chamar putas, podem chamar-lhes... actrizes, por exemplo, mas são pagas em presentes e jantares como as prostitutas das docas são pagas em dinheiro.

Abrantes perguntou-se quem a teria ajudado a ensaiar a frase. Não lhe parecia que as palavras fossem dela. Nas esplanadas do Estoril talvez vissem o corte parisiense da roupa, as meias americanas de *nylon*, os chapéus de Londres, mas o que ele via era uma moça da Beira com um cântaro de água à cabeça.

– E tu? – perguntou, cruel perante aquela imitação de lisboeta.

– Eu sou a tua mulher! – gritou ela, e atirou-lhe com o cromo de Pica para o colo.

Abrantes pegou no cromo, reconheceu-o e pousou-o na mesa a seu lado. Lançou-lhe um olhar categórico, directo, com os olhos baços de ónix preto. Ela imobilizou-se e emendou:

– Sou a mãe dos teus filhos, dos teus dois filhos – disse, pensando que isso o enfraqueceria, mas desta vez não obteve resultado.

– Tive notícias da Beira – disse ele. – Há duas semanas.

– Há duas semanas? – repetiu ela automaticamente, uma estranha escuridão a invadi-la como a sombra num pulmão radiografado.

– A minha mulher morreu.

– A tua mulher? – disse ela, confusa por um momento.

– Pára de repetir o que eu digo! Sei o que estou a dizer. A *minha mulher* morreu. Lembras-te dela, não lembras?

Lembrava-se. A velha da colina, que tinha sido posta fora por causa dela. Acenou que sim.

– Morreu – disse Abrantes. – Estás a perceber?

– Estou – disse ela, a ideia a subir por ela como cicuta.

– Vou casar outra vez – disse ele, levantando-se e afastando-se dela. – Vou anunciar o meu casamento com Arminda Monteiro no fim desta semana.

Ela gritou qualquer coisa incoerente, que o fez virar a grande cabeça lenta, mais escura que as entranhas dum touro.

– E eu? – gritava ela. – E eu?

– Tu continuas a tomar conta dos rapazes no Estoril.

– Como uma ama – disse ela, pondo-se em pé dum salto. – Como uma ama inglesa!

– És a mãe deles – foi a resposta glacial. – Precisam de ti.

– E tu és o pai deles – gritou ela, a bater o pé – e nós...

As palavras ficaram em suspenso. Não terminou a frase. Abrantes viu um clarão de malevolência pura iluminar-lhe os olhos. Estava roxa, os punhos cerrados nos quadris. Pensou que era melhor dar-lhe um estalo para lhe fazer passar o ameaço de ataque e avançou dois passos com essa intenção.

– Lembras-te do Natal de 1941? – perguntou ela, e ele ficou a meio dum passo.

– Não – disse, refreando a mão.

– Tinhas ido vender o teu volfrâmio ao outro lado quando Felsen chegou mais cedo e te apanhou.

– Que sabes tu disso? Eras uma criança.
– Estavas a querer enganá-lo. Eu sabia disso e ele também. Vi-o à tua espera todo o dia, furioso... – fez uma pausa antes de desferir o golpe. – Mas ele também te enganou.
– Enganou-me?
– Violou-me na nossa cama nessa noite, e na noite a seguir, e...
Viu o que lhe tinha feito. Viu o vácuo momentâneo de autocomiseração nos olhos dele e os músculos do rosto a bambear, atingidos em cheio pelas palavras dela. Sentiu-se de repente forte, demasiado forte, porque estava a gostar. Esticou a cabeça para ele.
– Manuel não é teu filho – disse tranquilamente, e riu-se, a tensão na sala demasiado alta para ela. A risada raspou-lhe a laringe como garras num vidro.
Abrantes baixou a cabeça, os olhos a pestanejar na testa grossa. O vácuo do cérebro foi rapidamente preenchido. O punho levantou-se devagar e foi bater na cara dela. O nariz estalou, ela sentiu-o estilhaçar-se nos ossos do rosto e no crânio. Sangue quente e espesso correu-lhe num jorro rápido sobre os lábios, o gosto de metal a entrar-lhe na boca. Caiu para trás e a cabeça bateu no braço da *chaise-longue*, deixando-a atordoada. Uma larga gravata vermelha abria-se pela blusa abaixo. Pressentiu outro golpe e conseguiu levantar as mãos. O punho de Abrantes meteu-lhe as costas da sua própria mão na boca, partindo-lhe os dois dentes da frente e estilhaçando-lhe os nós dos dedos. Caiu de lado, sufocada, e viu o sangue golfar e manchar a borda da carpeta.
– Vais voltar para a Beira e viver com os porcos.

24

Sábado, 13 de Junho de 199..., Alfama, Lisboa

Mandei vir um carro buscar-nos. Deixei Jamie Gallacher comprar cigarros e ele foi todo o caminho até à Judiciária a fumar e a mexer no fecho da porta, até que o condutor não aguentou mais. Não lhe tinha dado tempo para se lavar ou barbear. Ainda vestia a *T-shirt* amachucada e uns *jeans* manchados de cerveja, mas tinha um par de Nikes novinhos nos pés, que talvez não fossem seus por muito mais tempo nos *tacos*, que era para onde eu tencionava mandá-lo depois de ter o depoimento feito. Não é que não acreditasse nele, mas não gostava dele.

A pista do carro grande e escuro coincidia com o que eu estava inclinado a pensar, que um tarado tinha aparecido depois de Valentim e Bruno, depois de Jamie Gallacher, e a tinha sodomizado e morto porque ela sabia que género de pessoa ele era. Ajustava-se, também, que a vítima tivesse tido um arrufo e se afastasse zangada. É fácil acontecer às raparigas – ficam abaladas, tornam-se vulneráveis e é nessa altura que um pervertido pode abordá-las e violá-las ou matá-las. Já vi casos desses – não muitos, Lisboa não é uma cidade violenta. São cruéis, esses tipos. Oferecem-lhes consolo – um ombro amigo, uma carícia, um beijo, um abraço, um apertão e depois um massacre.

Era possível que o condutor do tal carro escuro já a conhecesse. Talvez tivesse estado à espera dela à saída da escola, tivesse visto Gallacher esbofeteá-la e então avançasse. O meu estômago dizia-me coisas. O problema é que me estava a dizer coisas desde que eu tinha estado no apartamento de Luísa Madrugada.

Jamie Gallacher fez o seu depoimento e eu mandei-o engaiolar. Ele protestou, argumentando que tinha de dar aulas na segunda de manhã.

– É suspeito de assassínio, Mr. Gallacher. Confessou ter tido relações sexuais com uma menor que era sua aluna – disse-lhe eu. – Posso mantê-lo numa cela por um ano sem acusação formada enquanto faço as minhas investigações. Estamos em Portugal e a nossa lei é assim. É culpado enquanto não for provado que está inocente. Bom fim-de-semana.

Carlos já tinha o mandado de busca. Voltámos a Odivelas. Estava a fazer-se tarde, mas eu tinha de ir ver.

O percevejo abriu a porta e leu o mandado de fio a pavio, depois levou-o à mãe de Valentim, que estava sentada à mesa da cozinha, a fumar, de costas para a televisão, que na sala ao lado mostrava uns tipos gordos a fazerem de ricos e a tentarem ter graça, sem qualquer resultado. O percevejo emborcou uma garrafa de Sagres. Ela levantou os olhos vermelhos, com as órbitas negras de pintura, o *bâton* gasto. Tinha a voz pastosa de beber e chorar.

– Por onde querem começar? – perguntou.

– Só vamos ao quarto dele. Está fechado?

Ela encolheu os ombros. O percevejo fez sinal que sim.

– Tem a chave?

O percevejo sacudiu a cabeça. Sabia tudo, aquele.

Dei a volta ao puxador e empurrei. Abriu-se sem dificuldade, a porta era pequena de mais para a moldura. Comecei por um canto do quarto e Carlos pelo canto oposto. Ele estendeu-me um par de luvas de cirurgia e calçou outro. Era metódico, cuidadoso. Já sabia que seria assim. Viu cada página de cada livro, tratando-os como se fossem seus. Fez o mesmo com as partituras. Eu dediquei-me à mesa-de-cabeceira. Na gaveta não havia nada de especial. No armário, apenas cadernos de lombada em espiral, cheios de notas de livros de estudo. Folheei-os. Carlos deslizou para debaixo da cama, com uma lanterna de bolso na boca. Momentos depois grunhiu e voltou a aparecer, trazendo uma chave presa a uma etiqueta de plástico que dizia «7D». Pegámos nela e saímos do quarto.

– Encontraram o que queriam? – perguntou a mãe.

Perguntei-lhes se sabiam alguma coisa sobre a chave. O percevejo abanou a cabeça, mas sabia. A mulher baixou os olhos para o cinzeiro que tinha à frente, com a alça do *soutien* a cair-lhe pelo braço.

Sentados no carro mirámos a chave à luz do candeeiro da rua.

– Que lhe parece? – perguntou Carlos.

– Duma garagem, talvez.

– Um carro?

– Pode ser. Ou apenas um sítio onde ter as suas coisas em privacidade.

Um rosto apareceu à janela do lado de Carlos. O percevejo queria mais sangue.

– Querem saber qual é a porta em que essa chave entra?

– Você não gosta mesmo dele, hein? – perguntei eu.

– É um merdas.

– Entre lá.

O percevejo fez-nos percorrer menos de dois quilómetros até uma zona de indústria ligeira, com pequenos armazéns, oficinas de bate-chapas, reparações de automóveis, mobiliário de espuma de borracha e outras empresas de pequeno investimento. O 7D era um módulo do tamanho de uma garagem dupla, com uma porta grande para entregas e descargas e uma porta pequena de escritório. Um sítio barato para quem não fosse estudante e ganhasse aqui o seu dinheiro. Meti a chave. Entrou e deu a volta. Retirei-a.

– Não vai entrar? – perguntou o percevejo.

– Não tenho mandado de busca.

– *Eu* não vou contar a ninguém.

– Quero lá saber – disse eu. – Caso haja alguma coisa lá dentro, não me vou arriscar a não poder apresentá-la como prova. E, além disso, não sei de que lado você joga. Sei lá se não vai mudar de campo.

Deixámos o percevejo num bar perto do bloco de apartamentos. Entrou, içou o rabo para um banco alto e levantou um dedo a pedir uma cerveja. Nós voltámos ao Saldanha e preenchemos os papéis da chave. Carlos estava carrancudo, de modo que o levei ao outro lado da rua e ofereci-lhe uma cerveja no único sítio aberto. A cidade parecia morta em pé por estes lados, depois da longa semana e do calor. Sentámo-nos em silêncio debaixo do clarão do néon e bebemos Super Bock com o casaco pendurado nas costas da cadeira. O dono do bar estava a ver futebol. Perguntei-lhe o resultado sem grande interesse.

– Zero a zero – disse ele, mal me ouvindo.

– Agora pode-se ver futebol todo o ano – disse eu.

Não respondeu. Voltei-me outra vez para Carlos, que estava a fazer contas de cabeça.

– Fala inglês como um inglês – disse-me.

– Passei lá quatro anos e meio, dos quais quatro anos e um quarto no *pub* – respondi. – Só falava com a minha mulher em inglês e ainda o falo com a Olívia.

– Não chegou a dizer-me porque esteve em Inglaterra.

Acendi um cigarro e olhei-o de frente.

– Não está cansado? – perguntei.

– Tenho de passar o tempo enquanto bebo a cerveja.

– Não quer falar de futebol?

– Não percebo nada de futebol.

– Merda! – disse o homem do balcão.

Levantámos a cabeça a tempo de ver a bola desviar-se para as bancadas.

– O meu pai era militar, como lhe disse. Esteve na Guiné, na boa velha guerra colonial, sob o comando do general Spínola. Talvez já saiba disso também...

– Continue.

– Era uma guerra impossível de ganhar. Rapazes da sua idade a morrer todos os dias sem grandes razões além de Salazar querer ser imperador. O general Spínola teve uma ideia brilhante e inconformista. Em vez de matar homens para fazer deles cidadãos portugueses, porque não tratá-los como gente? Decidiu lançar-se na chamada acção psicossocial, conquistar corações e cabeças. Melhorou os serviços de saúde, a educação, forneceu livros, esse género de coisas... e depressa os africanos passaram a adorá-lo e os rebeldes perderam a sua razão de existir. Com isso os homens do meu pai deixaram de ser mortos e o meu pai tornou-se um admirador de Spínola.

Carlos apoiou as costas à cadeira, já a começar a construir uma resistência. Isso fez-me sentir cansado.

– Por isso, depois da revolução, depois de a euforia ter passado, quando Portugal era uma massa fervilhante dos mais diversos partidos e programas, com os comunistas a controlar uma boa parte do poder real, o meu pai decidiu que a solução do seu velho amigo Spínola para o problema desse caos era a melhor.

– Um segundo golpe – disse Carlos.

– Exactamente. E, como sabe, foi descoberto, e o meu pai teve de sair do país à pressa. Tinha amigos em Londres, pelo que fomos para lá. É só.

– Devia ter sido fuzilado – disse Carlos para a cerveja.

– Como?

– Eu disse... que o seu pai... devia ter sido fuzilado.

– Foi o que me pareceu ter dito.

– Tinha havido uma revolução. O processo democrático estava em marcha, aos trambolhões, de acordo, mas isso é natural. Do que menos se precisava era de outro golpe e duma ditadura militar. Acho, sem qualquer espécie de dúvida, que o seu pai e os outros todos deviam ter sido fuzilados.

Tinha sido um dia muito longo e muito quente. Eu bebera uma cerveja sem ter comido nada. Tinha passado o dia com a minha nova cara exposta à leitura de gente que não me conhecia de lado nenhum. Havia montes de razões para que ouvir um miúdo condenar calmamente à morte o meu pai morto me fizesse... bem, fizesse crescer em mim qualquer coisa que não vinha à superfície há muito tempo. Para usar uma expressão inglesa, *I lost it* («perdi-o»). Até àquela altura nunca tinha percebido bem o que era que se perdia.

Agora sei. É o controlo que nos torna humanos. Escoucinhei, as garras de fora por uma vez.

Bati com os punhos na mesa, as duas cervejas saltaram e caíram, o homem do bar agarrou-se ao balcão de inox.

– Quem diabo julga você que é? – berrei. – A acusação, o juiz e o júri numa só pessoa? Você andava de fraldas nesse tempo. Nem dentes tinha. Não conheceu o meu pai. E não faz a mais vaga ideia do que seja viver numa ditadura fascista, ver os seus homens a morrer, vê-los salvos pelas ideias de um homem, ver o seu país atirado para a sarjeta por uma corja de filhos da puta ávidos de poder e de importância... Quem raio pensa você que é para condenar homens à morte? Você é precisamente a razão de acontecerem merdas destas.

Carlos inclinara a cadeira para trás, quase a entrar pela montra, a camisa e as calças molhadas de cerveja, mas o rosto calmo, impassível, nada acobardado.

– E a si parece-lhe que isso é parte do processo democrático, não? Voltar para os tanques e descer a Avenida da Liberdade. Acha que é a melhor maneira de resolver diferenças políticas num mundo moderno? Talvez devessem tê-lo fuzilado a si também.

Atirei-me a ele, sem sequer ver a mesa, tropecei nela, cortei a mão em vidro partido, escorreguei na cerveja, levantei-me, tomei impulso, atirei-me a ele... e choquei com o ombro gordo do dono do bar, que já devia ter visto este género de cenas antes e com os seus cem quilos tinha pulado por cima do balcão mais depressa que um ginasta chinês. Agarrou-me pelos braços.

– Filho da puta! – berrei eu.

– Cabrão! – berrou Carlos.

Atirei-me a ele mais uma vez, arrastando o gordo comigo, e caímos os três por cima uns dos outros, diante da porta de vidro do bar. Só Deus sabe o que teria alguém pensado olhando de fora – outra acalorada discussão de futebol.

O dono do bar foi o primeiro a levantar-se. Pôs Carlos na rua e levou-me à força para as casas de banho, nas traseiras. Sentei-me a tremer, o sangue a correr-me do pulso, ensopando-me o punho da camisa. Lavei a ferida debaixo da torneira. O homem deu-me guardanapos.

– Nunca na vida o tinha visto assim – dizia o homem. – Nunca.

Voltou para trás do seu balcão. Eu peguei no casaco e abri a porta.

– Porra – disse o homem, de volta ao televisor – Como é que chegaram a 2-1?

Atravessei a rua para o edifício da Judiciária e prestei os primeiros socorros à minha mão. Voltei para casa com o sangue ainda em ebulição, com melhores e maiores argumentos a acudirem-me à cabeça. Estava quase a conseguir uma imitação insegura de calma quando cheguei a Paço de Arcos e fui até minha casa.

Olívia tinha saído e a porta estava fechada. Procurei as chaves no bolso.

– Inspector? – chamou uma voz feminina atrás de mim.

Teresa Oliveira, a mulher do advogado, estava poucos metros mais abaixo na rua, com um ar diferente, o cabelo preso atrás, usando *jeans* e uma *T-shirt* vermelha com a palavra Guess no peito. Fiz um esforço para ser educado.

– É muito importante, minha senhora? Foi um dia mau e infelizmente ainda não tenho notícias para lhe dar.

– Não demoro – disse ela, mas eu não acreditei muito.

Entrámos para a cozinha. Bebi um copo de água. Ela assustou-se ao ver sangue na minha camisa. Fui trocá-la e perguntei-lhe o que bebia. Quis uma Cola.

– Por causa dos medicamentos – sentiu-se na obrigação de explicar.

Servi-me dum uísque, duma velha garrafa de William Lawson's que há seis meses não via a luz do dia.

– Deixei o meu marido, inspector – disse ela, e eu acendi um cigarro.

– Terá sido oportuno? – perguntei. – Dizem que não é bom fazer mudanças traumáticas logo a seguir a uma tragédia.

– Deve ter compreendido que isto já se estava a preparar.

Acenei sem fazer comentários. Ela remexeu na carteira à procura de cigarros e isqueiro. Só com a minha ajuda conseguiu acender um.

– Nunca correu bem desde o princípio. Correu sempre mal – disse ela, referindo-se ao seu casamento.

– Há quanto tempo?

– Quinze anos.

– É muito tempo para um casamento não correr bem – disse eu, tentando ver onde ela queria chegar.

– Convinha-nos mantê-lo.

– E agora vai deixá-lo – disse eu, e encolhi os ombros. – A morte da sua filha fez precipitar os acontecimentos?

– Não – disse ela, terminante, a mão do cigarro a tremer de tal maneira que teve de a segurar com a outra. – Ele andava a molestá-la... sexualmente.

A Cola fervilhava no copo.

Pronto, era aqui que ela queria chegar.

– É uma acusação muito grave – disse eu. – Se vai apresentar uma queixa formal, sugiro que procure um advogado e que consiga provas fortes. E, a ser verdade, isso poderia reflectir-se na investigação do crime, mas não é comigo que deve falar.

Pus as cartas na mesa para ela saber que eu sabia.

– É verdade – disse ela, sentindo-se mais forte. – A criada pode confirmar.

– Há quanto tempo acontecia isso?

– Que eu saiba, há cinco anos.

– E tolerou-o?

A mão dela ainda tremia ao levar o cigarro à boca.

– O meu marido foi sempre um homem poderoso, tanto em público como em privado. Estendia esse poder aos seus relacionamentos... comigo e com os filhos.

– Foi isso que a atraiu nele?

– Nunca me interessei por homens da minha idade – e encolheu os ombros. – O meu pai morreu quando eu era criança... talvez fosse essa a razão.

– Tinha vinte e um anos quando...
– Sempre me atraíram homens com a vida feita – interrompeu ela. – E ele mostrou-se interessado em mim. Ele sabe ser muito sedutor... Senti-me lisonjeada.
– Como o conheceu?
– Trabalhava para ele. Era sua secretária.
– Então sabe tudo a respeito dele.
– Antigamente sim, quando era secretária. Como provavelmente sabe, as mulheres não estão tão bem informadas.
– Então não sabe quem são os poucos clientes para quem ele ainda trabalha?
– Porque pergunta?
– Quero saber com o que posso contar.
– Sei para quem ele trabalhava há quinze ou dezasseis anos.
– E eram?
– Nomes importantes.
– Por exemplo?
– A Quimigal, o Banco Oceano e Rocha, a Martins Construções, Limitada...
– Muito importantes mesmo – disse eu. – Acha que a senhora, a sua empregada e o melhor advogado que puder pagar estão em condições de enfrentar gente desse género?
– Não sei – disse ela, o polegar a tremer por cima do filtro do cigarro.
– Foi por isso que cá veio esta noite?
Ela levantou os olhos encovados e borrados de pintura. Já não tinha os papos da manhã, a gravidade tinha-se sobreposto à retenção de líquidos.
– Não compreendo.
– Este caso já é bastante trabalhoso, minha senhora – disse eu, fugindo a uma verdade pequena, mas importante. – A sua filha era muito promíscua.
– Não é natural numa vítima de violação?
– É um comportamento que não afecta só as vítimas de violação – disse eu. – Mas essa causa é sua, não minha. Pelo que já apurámos

hoje, ela fazia sexo com o seu ex-amante, fez sexo com dois rapazes da banda numa sessão de grupo, numa pensão da Rua da Glória, e o dono dessa pensão à hora costumava vê-la às sextas-feiras, no intervalo do almoço, com outros homens que pensa serem clientes pagantes. Venho agora do interrogatório dum professor dela, com quem ela teve uma relação de seis meses. A Catarina podia ter ido com qualquer um, e eu cheguei a um ponto do inquérito em que preciso dum bocado de sorte para avançar.

– Eu sei disso – disse ela. – Só quero ajudar. Queria mostrar-lhe que há razões psicológicas...

– Não estou do lado de ninguém, minha senhora – disse eu, calma e firmemente.

Ela levantou-se e mexeu no cinzeiro, acabando por apagar o cigarro. Pôs o saco ao ombro. Acompanhei-a à porta com uma pergunta a queimar-me a boca: Catarina era sua filha? Mas estava cansado de mais para a resposta. A porta da frente fechou-se. Abri outra vez para a chamar, mas ela já ia a meio da rua, à luz amarela dos candeeiros municipais, os saltos a meterem-se nas pedras da calçada.

25

23 de Agosto de 1961, Casa do Fim do Mundo, Azóia, 40 km a leste de Lisboa

Da varanda de sua casa, Felsen olhava para o pátio em baixo. Estava cheio de gente que ele não conhecia, amigos e relações comerciais de Abrantes, uns de pé, outros sentados às mesas, outros a debicarem o resto do bufete com o desapontamento monótomo de urubus atrasados para o abate.

O dia estava quente, mal soprava uma aragem, coisa que acontecia cerca de uma vez por ano no ventoso cabo da Roca. O mar estava duma calmaria podre, lento e viscoso debaixo do sol. Felsen ia fumando e bebendo champanhe por um copo baixo. A festa celebrava o seu regresso definitivo de África, para onde tinha regressado em meados de Junho de 1955 e onde tinha passado praticamente os seis últimos anos. Mas agora acabara-se. A guerra de Angola tinha rebentado e os negócios tinham ido por água abaixo.

Virou a cabeça para o jardim murado do lado sul da casa. Uma das suas actuais namoradas, Patrícia, a única que convidara, estava ao lado de Joaquim Abrantes num grupo constituído por Pedro, o filho mais velho de Abrantes, Pica, a mulher de Abrantes, e os Monteiros, pais de Pica. Abrantes tinha uma das mãos na anca de Patrícia e a outra na cintura da mulher. Inclinava-se para a frente a escutar Pedro, que, como de costume, estava a encantar toda a gente com uma das suas longas e divertidas histórias, que Felsen provavelmente já ouvira, mas a que nunca conseguia perceber a graça.

Não lhe apetecia ir fazer-lhes companhia. Estava habituado ao brilhantismo de Pedro e, como o bom *brandy*, bastava-lhe pouco. Procurou com a vista o irmão mais novo, Manuel, o que tinha os seus olhos. Descobriu-o também no jardim murado, uns quatro metros atrás do grupo, de pé e sozinho à sombra duma buganvília, talvez a esconder-se, confundindo-se com as sombras, ignorado por todos, invisível aos outros, à espera que acontecesse alguma coisa de particular interesse para ele. Felsen já o tinha visto na mesma atitude noutra festa dada por ele. Alguns amigos de Pedro estavam junto da buganvília, entre eles uma rapariga de cabelo loiro. A mão de Manuel surgiu da sombra, tocou na cabeça da rapariga e ela quase morreu de susto.

Pedro era o filho mais velho, alto, seguro de si, de cabelos claros, olhos castanhos, jogador de futebol, o melhor aluno da sua turma de Económicas. Manuel, aos 19 anos, era mais baixo, mais gordo e começava já a perder o cabelo escuro duma maneira estranha que deixava uma penugem irregular sobre o couro cabeludo castanho. O queixo continuava o pescoço, os mamilos tufavam-lhe a camisa e as calças metiam-se-lhe sempre no rego do traseiro, por mais largas que ele as comprasse. Tinha era um magnífico bigode. A compensar a perda capilar, o bigode era farto, luxuriante, luzidio, como se toda a energia da cabeça se concentrasse nele. E havia os olhos – pestanudos, azuis com um leve tom do verde de sua mãe. A sua melhor feição.

Manuel era um rapaz taciturno. Ressentira-se mais da ausência da mãe que o irmão. A escola era uma tortura. Tirava notas fracas, não era capaz de dar um pontapé numa bola sem arrancar metade do relvado, e a lembrança da sua tentativa de jogar hóquei em patins ainda trazia lágrimas aos olhos das pessoas. Nem a sua impopularidade tinha a distinção de ser grande, era apenas mediana – não era hostilizado, apenas esquecido.

Se havia medidas correctivas a tomar pelo pai – e era o que não faltava quando chegavam as notas escolares –, eram sempre dirigidas à cara ou ao traseiro de Manuel, nunca a Pedro. Mas isso não o fazia odiar o irmão. Gostava imenso dele, como aliás toda a gente, e Pedro tomava sempre a sua defesa. Também não odiava o pai, mas tornou-se desconfiado e manhoso para evitar confrontações. O que o preocupava eram as mulheres. Não sabia falar com elas, não conseguia encontrar dentro de si nada que pudesse interessar-lhes, e daí que elas não gostassem dele. Manuel queria aprender coisas sobre as mulheres e as gavetas de roupa interior pareciam-lhe um bom lugar para começar.

Essas investigações desenvolveram no rapaz uma paixão adolescente por espiar pessoas. Achava electrizante observar sem ser visto, absorver informações que ninguém sabia que ele tinha. Sentia que isso lhe dava poder sobre a indiferença dos outros e lhe ensinava muito sobre as pessoas e sobre o sexo.

A educação sexual de Manuel tinha começado com a criada dos vizinhos do lado e o motorista do pai. Tinha entrado na casa dos vizinhos e vagueava por lá, a remexer gavetas e a apalpar o conteúdo dos armários, quando os ouviu entrar. Escondeu-se na rouparia e esperou que saíssem, mas eles foram também para lá. A princípio não percebeu bem o que estava a ver, quando o homem e a mulher se puseram a lutar de leve, com um estranho riso trocista. Só tinha doze anos na altura. Mas, quando viu as saias da rapariga arregaçadas, as pernas nuas e um arbusto cor de cobre no vértice, a excitação que sentiu fê-lo compreender que este prazer era totalmente diferente de remexer na gaveta de roupa íntima de Pica.

Ficou chocado com o procedimento do motorista – o homem baixou as calças como se fosse fazer cocó em frente da rapariga, depois de a ter levantado e posto em cima da mesa. Era nojento. Mas, quando viu o equipamento do homem, o tamanho, o estado, onde o pôs, a maneira como investia com ele contra o arbusto brilhante da rapariga e a estranha gratidão assustada dela, a selvajaria crescente das arremetidas do motorista e a confusão após a qual o sémen do homem se esparramou por todo o lado –, percebeu que estava diante duma descoberta extraordinária. O estado das suas próprias calças confirmava-lho. A mente dizia-lhe algo diferente – meio entusiasmada, meio enojada, com um estranho pressentimento de calamidade iminente: que isto era o que ele ia ter de fazer.

Parte do mistério esclareceu-se dois dias depois (a rouparia era agora um dos seus esconderijos permanentes) quando o pai entrou com a mesma criada. Manuel convenceu-se que só gente de baixo nível espalhava o sémen por toda a parte, enquanto gente fina, mais educada, achou ele, e mais asseada, deixava tudo no arbusto da rapariga.

Só vários anos e várias criadas depois compreendeu cabalmente a situação, e mesmo assim foi preciso uma visita a uma prostituta, por volta dos seus dezoito anos, para esclarecer por completo a actuação. Foi ela quem, com um joelho bem colocado, lhe provou que a técnica da retirada era uma prática transclassista numa sociedade católica.

Felsen mudou de posição para poder ver melhor o que fascinava Manuel. Seria o traseiro de Pica? Se fosse, era um sinal saudável, porque também ele sentira muitas vezes os olhos atraídos para essa zona. Ela mantinha a sua bonita figura. Não tinha tido filhos. Abrantes tinha proposto levá-la à velha Santos da Beira e fora acolhido com um silêncio piedoso. Em vez disso tinha-a levado várias vezes a Londres e gasto uma fortuna em Harley Street, mas ela nunca chegara a engravidar sequer, muito menos a ter um aborto. Por isso os pais dela eram tão cerimoniosos sempre que iam a casa de Abrantes ou a uma das suas festas. Não tinham assunto de conversa.

Felsen voltou a olhar para Manuel, que nesse preciso momento se endireitou como se tivesse visto aquilo de que estava à espera. A mão do pai tinha deslizado da anca de Patrícia e estava agora inequivocamente a agarrar uma nádega da rapariga, enquanto com a outra mão brincava, por cima do vestido de Pica, com o cinto de ligas que ela trazia por baixo. Bode velho, pensou Felsen. Pica virou-se e viu o branco da camisa de Manuel atrás da buganvília. Afastou a mão do marido do seu traseiro e a outra mão de Abrantes retirou-se do traseiro de Patrícia, mais rápida que um lagarto.

A tarde passava. As pessoas começaram a partir à medida que a comida se ia acabando. Abrantes foi ter com Felsen à varanda, levando dois cálices de *brandy* e uma garrafa de aguardente trazida da Beira. Puxaram cadeiras com assentos de ráfia e uma mesinha de ferro forjado, e ali ficaram a beber e a fumar. Abrantes batia suavemente no parapeito de madeira pintada.

– É mesmo de portugueses – disse Felsen ao ver as pessoas que partiam –, não fazem nada sem comida.

Abrantes não o escutava. Atirava a cinza por cima do parapeito, sem cuidar de saber onde ela iria cair.

– Tem sido um ano mau – disse, retomando o papel de um empresário muito bem-sucedido, mas pessimista por natureza.

– Saímos de África sem prejuízo.

– Sim, sim, eu não estava a falar de negócios. Os negócios correram bem. Estava a falar do... das colónias. O problema africano não vai desaparecer.

– Salazar há-de imitar os ingleses. Já deram a independência ao Gana e à Nigéria, o Quénia não tarda... Salazar fará o mesmo. Daqui a uns anos estamos outra vez em África a fazer dinheiro com os novos governos independentes.

– Ah – fez Abrantes, inclinando-se para a frente, joelhos afastados, tornozelos cruzados, satisfeito por poder, desta vez, corrigir o alemão – se pensa isso, é porque não conhece Salazar. Já se esqueceu do que aconteceu quando os australianos entraram em Timor durante a guerra? Salazar nunca renunciará às colónias. São o Império. São Portugal. São parte do seu Estado Novo.

– Ora, Joaquim... o velho tem setenta e dois anos.

– Se julga que ele não tem forças para isso, engana-se. É a paixão dele. Toda a gente o sabe. Porque lhe parece que ele tem tido tantos problemas por cá?

– O Moniz a tentar fazê-lo reformar-se? – Felsen teve um riso de troça e levantou a mão no ar, como se estivesse a atirar sal por cima do ombro.

– E não se esqueça do general Machedo. Continua activo.

– No Brasil, a milhares de quilómetros de distância.

– *É* um homem com apoio popular – disse Abrantes, ignorando Felsen. – É um homem que faria tudo para chegar ao poder... e, não conseguindo pôr do seu lado as chefias militares, é bem capaz de falar com os *outros*.

– Quais outros? – perguntou Felsen.

Abrantes girou a mão várias vezes, batendo no parapeito, para mostrar que havia muitos mais – dois homens de negócios gesticulando um para o outro como se estivessem a representar uma forma de teatro ritual.

– Eles estão a querer chamar as atenções. Assaltaram aquele paquete, o *Santa Maria*. Desviaram o avião da TAP. Eles...

– Eles *quem*? Quem são esses eles, esses outros? De quem está a falar?

– Os *comunistas* – disse Abrantes, dilatando os olhos no que Felsen pensou ser medo teatral, mas era de facto espanto. – São gente a ser temida. Devia saber isso melhor que eu... Veja o que eles fizeram em Berlim.

– O Muro? Isso não dura.

– É um muro – disse Abrantes. – Não se levanta um muro se não se quer que ele dure. Acredite. E estão a reunir forças aqui também. Eu sei.

– Como?

– Tenho amigos... – disse Abrantes – ... na PIDE.

– E a PIDE fala assim de Salazar?

– Não compreende, meu amigo. Passou muito tempo fora do País. Eu fiquei sempre em Lisboa. A PIDE – e estendeu a mão num gesto de evangelizador –, a PIDE não é só uma Polícia, é um Estado dentro do Estado Novo. Eles vêem as coisas como são. Compreendem os perigos. Vêem as guerras em África. Vêem os distúrbios na metrópole. Vêem a agitação. Vêem o comunismo. Tudo isso é uma ameaça para a estabilidade do... Sabe o que os comunistas fazem aos bancos?

Felsen não respondeu. Conhecia Abrantes como um animal de muitas facetas – o sócio astuto, o patrão desumano, o unhas-de--fome, o negociador –, mas nunca, que soubesse, tinha visto o animal político.

— Nacionalizam-nos — disse Abrantes, estendendo a mão como se empunhasse uma Bíblia.

Felsen passou a mão pelos cabelos grisalhos. Abrantes irritou-se com a sua aparente despreocupação.

— Ficamos sem *nada* — insistiu na tragédia.

— Eu sei o que são as nacionalizações — disse Felsen. — Sei o que é o comunismo e tenho medo dele. Não é preciso catequizar-me. Mas o que propõe afinal? Que vendamos tudo e fujamos? Eu é que não vou para o Brasil.

— O Manuel vai entrar para a PIDE — disse Abrantes, e Felsen reprimiu uma gargalhada. A solução era *aquela*?

— E a universidade? — perguntou automaticamente.

— Não tem boas notas — disse Abrantes, levando à têmpora a ponta do cigarro. — Quando olho para o Pedro e para o Manuel, nem posso crer que sejam filhos dos mesmos pais. Mas não me interprete mal... acho que o Manuel se vai dar bem na PIDE. Apresentei-o e gostam dele. Assim passa a ter uma vida estruturada. E ele também não gosta de comunistas. Verá, vamos ficar a ganhar. Se tivermos comunistas nas nossas fábricas ele descobre-os e manda-os para a prisão de Caxias. Lá sabem o que fazer com os comunistas.

Felsen murmurou qualquer coisa, já cansado. O fanatismo do outro dava à aguardente um travo áspero que antes não tinha. Abrantes recostou-se na cadeira, meteu o charuto na boca e endireitou a gravata sobre a barriga.

A cabeça felpuda de Manuel recolheu à escuridão do terraço fechado, atrás da varanda.

Abrantes foi-se embora à hora do jantar, levando a família e Patrícia, que pretextava não estar a sentir-se bem, mas cuja razão era ver Felsen completamente bêbedo. Tão bêbedo que teve de fazer várias tentativas até conseguir levar um cigarro à boca.

Conseguiu pôr *Jailhouse Rock* no gira-discos e chegar até à varanda, onde aspirou com força o ar salgado ainda morno e ficou a olhar para a escuridão da noite. Quando a música chegou ao fim, só lhe deixando a estática e o arranhar rítmico da agulha, desceu em passo incerto e bebeu água até mal poder respirar.

Uma pequena eternidade passou e deu consigo miraculosamente no quarto, a abrir as janelas de par em par, a puxar a fralda da camisa para fora do cinto e a pisar as calças caídas no chão. Sentia calor e queria ficar nu e inconsciente debaixo de lençóis frescos.

Puxou as cobertas, endireitou-se de repente e recuou dois passos espantados.

No meio da cama estava um lagarto enorme. Vivo. A cabeça a acenar para cima e para baixo, as patas firmadas no lençol branco. Felsen deu uma corrida para fora do quarto, agarrou numas ferramentas e voltou com um rolo de massa e um martelo. O primeiro golpe falhou o alvo e fez o lagarto saltar para o chão. A luta durou dez minutos e pôs o quarto num caos, até que Felsen conseguiu atordoar o animal com o rolo da massa que lhe atirara num gesto de frustração. Bateu com o martelo no lagarto e só parou quando um incidente num caminho quente e poeirento da Beira lhe veio à memória. Agarrou no lagarto pelo rabo – era muito mais pesado do que parecia – e atirou-o para o pátio.

De manhã acordou com o coração a martelar-lhe o peito. Ainda estava embriagado. Deu-se conta disso porque a cabeça não lhe doía e não ficou incomodado ao ver sangue nas almofadas e lençóis. Uma fraca luz acinzentada e o frio fino do mar aberto entravam pelas janelas. O quarto estava cheio de névoa. Eram dez da manhã e a casa estava mergulhada num nevoeiro denso.

Felsen tinha na testa um golpe fundo cujo sangue já formara crosta. Limpou a ferida no quarto de banho e meteu-se debaixo do chuveiro a recuperar a consciência. Saiu para ir buscar o carro, com um fato completo e um sobretudo de lã. Contornou o lagarto, recuando para a garagem, ainda espantado com ele, um animal enorme, meio metro com o rabo. Voltou atrás e virou-o com o pé. Não era bicho da zona, pensou.

Abriu a garagem e olhou para baixo como se tivesse recebido instruções. Atrás do carro, por baixo do pára-choques, estavam cruzadas no chão duas ferraduras ferrugentas. Acocorou-se. Atrás das rodas traseiras havia mais ferraduras. Pegou nelas e atirou-as por cima do muro com uma força desnecessária. Uma fez ricochete e ele encarniçou-se contra ela.

Ofegava quando saiu da garagem. Ao voltar para fechar a porta, viu mais duas ferraduras que tinham estado debaixo das rodas da frente. Correu para elas e atirou-as para o mato com uma força de doido. Rumou ao Estoril, sentindo que os olhos começavam a latejar-lhe.

A menos de um quilómetro de casa entrou de repente num dia de sol brilhante. Chegou ao Estoril a transpirar e tomou um café na praça principal, o que pareceu atacar-lhe a zona do cérebro responsável pela respiração. O coração batia-lhe precipitadamente, como se estivesse a bombear éter em vez de sangue forte e espesso. Deixou o sobretudo no carro e foi a pé até à casa de Abrantes, com o casaco do fato pelos ombros. Chegou lá com as sobrancelhas encharcadas de suor e escuros países africanos na frente e nas costas da camisa. A criada por pouco não lhe negou entrada. Fê-lo sentar-se na sala de estar com um copo de água, mas Felsen estava demasiado agitado para ficar na cadeira e pôs-se a andar dum lado para o outro como uma pantera enjaulada.

Joaquim Abrantes apareceu, cheio de energia e determinação até ver Felsen com a camisa manchada, a cabeça ferida e a ressaca à mostra.

– Que aconteceu?

Felsen contou-lhe.

– Um lagarto? – estranhou Abrantes.

– Gostava de saber quem o pôs lá.

Manuel foi chamado e acusado de uma brincadeira de mau gosto. O rapaz, que se perfilara como um soldado, ficou estupefacto. Negou veementemente e foi mandado em paz.

– É estranho este moço – disse Abrantes. – Anda sempre a espiar as casas alheias.

Felsen falou-lhe então das ferraduras. Abrantes ficou petrificado, curvado, e Felsen teve uma visão do camponês da Beira – supersticioso, pagão, farejando coisas malsãs.

– Isso é mau – disse ele. – Muito mau. Teve aborrecimentos com os seus vizinhos?

– Não tenho vizinhos.

– Gente da aldeia, então.

– Não conheço ninguém da aldeia excepto a minha criada, e essa está muito satisfeita com o que lhe pago.

– Sabe o que tem de fazer?

– Esperava que mo dissesse. Estamos na sua terra.

– Tem de ir à velha Santos.

– À Beira?

– Não, não, a uma de cá. Pergunte na aldeia. Eles indicam-lha. Isto não é bruxedo da Beira.

– *Bruxedo?*

Abrantes acenou gravemente com a cabeça.

Felsen voltou para a Azóia, que continuava envolta em nevoeiro – um mundo parado, fechado, embuçado, com uma temperatura que o regelou depois do sol de Agosto do Estoril. Foi à tasca onde estavam quatro pessoas, três delas vestidas de preto, e o dono. Ninguém falou. Ele fez a sua pergunta e eles mandaram chamar um garoto, o Chico.

Chico foi ensinar-lhe o caminho pelas ruazinhas estreitas, num nevoeiro tão denso que Felsen, de ressaca, parava de vez em quando e recuava como diante de um muro. O garoto levou-o a uma casa baixa à saída da aldeia. A humidade tinha-lhe coberto o cabelo preto como se fosse orvalho matinal.

Uma mulher de avental azul às flores veio à porta, limpando as mãos ensanguentadas a um trapo – ou tinha acabado de matar o almoço ou de fazer uma leitura de entranhas. Tinha uma cara redonda com olhos muito pequenos que só abriam uma fresta minúscula. Olhou para o garoto, que era da altura dela, mas foi Felsen quem falou.

– Tenho um problema. Gostava que viesse ver a minha casa.

Ela mandou embora o garoto, a quem Felsen deu uma moeda. Dirigiram-se ao pátio das traseiras, onde havia um pombal abobadado do tamanho da cúpula duma igreja. A mulher meteu lá o braço, pondo os pombos a esvoaçar e a arrulhar, e trouxe um na mão, branco com desenhos castanhos nas asas. Ela aconchegou-o ao peito, acariciando-o. Felsen sentia-se estranhamente calmo.

Seguiram no carro para casa de Felsen, num nevoeiro tão espesso que ele deitava a cabeça fora da janela a tentar ver melhor o caminho.

A mulher de virtude examinou o lagarto morto, já coberto de formigas.

– Diz que o encontrou na cama?

Felsen acenou que sim, o cepticismo empoleirado no ombro.

– Antes não o tivesse morto.

– Porquê?

– Vamos ver dentro de casa.

Mal passaram a porta a respiração da mulher tornou-se arquejante, como se estivesse a ter um ataque de asma. Atravessou a casa, cada passo uma luta, a cara a avermelhar-se e, apesar do vento frio que vinha do mar, a suar em bagas. Felsen quase se riu com o absurdo da cena. Ia andando atrás dela, nada impressionado, como numa vaga inspecção militar.

A mulher de virtude olhou para a cama, ainda suja de sangue da testa de Felsen, como se lá estivesse um cadáver cheio de punhaladas. A cambalear deixou o quarto, desceu as escadas e saiu para o pátio, seguida por Felsen, cheio da curiosidade mórbida dum garoto da escola.

A respiração da mulher normalizou-se, a cara voltou ao tom natural. O pombo não teve a mesma sorte. Caiu-lhe das mãos morto e já rígido. Ficaram a olhar para ele, a mulher com tristeza, Felsen afrontado com a charlatanice dela, certo de que fora ela que matara o pombo.

– Que lhe parece? – perguntou.

Ela ergueu um semblante pouco animador, os olhos agora bem abertos em vez das nesgas de antes. Pretos, todos pupila, sem íris.

– Isto não é bruxedo nosso – veio a resposta.

– Mas qual é o significado? O lagarto, as ferraduras...?

– Matou o lagarto na sua cama. Quer dizer que vai destruir-se a si mesmo.

– Matar-me?

– Não, não. Vai ser o causador da sua desgraça.

Ele soprou de incredulidade.

– E as ferraduras?

– Vão fazer com que não possa ir a lado nenhum. Vão...

– Mas agora mesmo fui. Viemos os dois no carro!

– Não é no carro, senhor Felsen – e ele perguntou-se como sabia ela o seu nome.

– Então?

– Na sua vida.

– Mas o que é esse... esse... – disse ele, girando as mãos à procura da palavra.

– É macumba.

– Macumba?

– Magia negra brasileira.

26

Sábado, 13 de Julho de 199..., Paço de Arcos, Lisboa

Durante esses difíceis seis meses de controlo de calorias para voltar a pôr-me em forma, eu tinha planeado celebrar a vitória cozinhando uma iguaria deliciosamente gorda para Olívia e para mim. Algures no meu corpo havia um clamor por qualquer coisa como arroz de pato – embebido em gordura, recamado de chouriço, a carne soltando-se em lascas, a pele estaladiça – e um tinto intenso, robusto, xistoso, para acompanhar. Mas um prato desses leva horas a preparar, já era tarde, quase meia-noite, Olívia não estava em casa e não havia nada no frigorífico. Deitei no lava-louças o resto do uísque. Tomei um duche e mudei de roupa.

Vagueei descalço pela cozinha e descongelei em água quente uns bifes de peru encontrados no congelador. Cozi um punhado de arroz, uma lata de milho, e abri uma garrafa de Esteva tinto.

Por volta da meia-noite e meia estava sentado com um café e uma aguardente, a fumar o meu penúltimo cigarro, quando Olívia entrou, a cheirar a perfume e a cerveja. Sentou-se e fumou-me o último cigarro. Protestei. Passou-me os braços em volta da cabeça e deu-me um beijo repenicado na orelha. Apertei-a contra mim e resisti a mordê-la, como fazia quando ela era pequena. Ela soltou-se e perguntou o que me tinha acontecido à mão.

– Um acidente sem importância – disse eu, não querendo voltar ao assunto.

– *So* – disse ela, bebendo um golo do meu café e falando em inglês, como fazíamos de vez em quando.

– Estás com um ar feliz – disse eu.

– E estou.

– Encontraste alguém de que gostasses?

– Mais ou menos – a meia mentira automática de qualquer idade. – Como lhe correu o dia?

– Ouviste dizer alguma coisa?

– A rapariga da praia, pai. Paço de Arcos não fala de outra coisa.

– E Cascais?

– Cascais também.

– Deixaram de falar dos Manic Street Preachers por dois segundos?

– Tanto também não.

– Estava morta na praia, pronto. Um golpe na cabeça e estrangulamento. Nada bonito. Só que...

– Que idade tinha ela?

– Pouco mais nova que tu.

– Dizia o pai «só que...»?

Minha menina de ouro, minha pequenina. Era assim que eu ainda a via, apesar da roupa, do penteado, da pintura e do perfume. Preocupava-me à noite, porque sou um homem e conheço os homens, pensando em todos os galifões que não a veriam assim, que veriam... que veriam o que ela queria que eles vissem. Suponho que é isso. As raparigas não querem ser meninas pequeninas para sempre... nem sequer por dez minutos actualmente.

– Talvez a conhecesses – disse eu, desviando a conversa.

– Eu?

– Porque não? São da mesma idade. Os pais dela vivem em Cascais. Ela estudava em Lisboa, na Escola Secundária de D. Dinis. Chamava-se Catarina Sousa Oliveira. As meninas privilegiadas também são assassinadas.

– Não conheço ninguém da D. Dinis, não conheço nenhuma Catarina Sousa Oliveira... e isso não era o «só que». O pai mudou de ideias, conheço-o. Não quer...

– Tens razão. O caso é que... ela nem dezasseis anos tinha e, para uma moça dessa idade, tinha uma longa história de truca-truca.

– Truca-truca?

– É uma maneira de referir o acto... aquilo que as prostitutas fazem, o...

– Eu *sei* o que é. Só estava a achar o termo curioso.

– Aí tens uma coisa que não aprendeste com a tua mãe.

– A mãe e eu falávamos de tudo.

– De truca-truca?

– Chama-se «educação sexual». Ela nunca teve, pelo que achou melhor dar-ma.

– E chamava-lhe isso?

– É o que as mulheres fazem, pai. Enquanto os rapazes andam atrás da bola nos parques, nós falamos de... de tudo.

– Menos de futebol.

– Trouxe-lhe uma prenda – disse ela.

– Que mais te disse a tua mãe?

– Veja – e apresentou-me uma gilete, cinco lâminas e uma lata de espuma de barbear. Puxei-a para mim e beijei-lhe a cabeça.

– Para que serve isso? – perguntei.

– Não se faça difícil.

– Continua.

– O quê?

– Estávamos a falar da tua mãe.

– O pai estava era a meter o nariz nas nossas conversas... e se a mãe não lhe dizia do que falava comigo, é porque naturalmente pensava que isso não lhe dizia respeito. Ou, mais provavelmente, que não lhe interessava.

– Experimenta.

Ele concentrou-se, fumou um pouco, passou a língua pelos dentes.

– Comece o pai.

– Eu?

– Diga-me qualquer coisa pessoal de que falasse com a mãe, para provar... a sua boa-fé.

– Por exemplo?

– Uma coisa pessoal – disse ela, agora animada. – Sexo, por exemplo. Nunca falavam de sexo?

Fiquei algum tempo a olhar para a aguardente.

– Ela falava-me de como era ter sexo consigo.

– Falava? – espantei-me eu.

– Dizia, deixe ver se me lembro... «É uma coisa maravilhosa fazer sexo com um homem que se ama. Quando sentires a ternura, a intimidade da sua atenção total a ti, o prazer dessa união mental, nunca mais te esquecerás.» Acho que foi mais ou menos assim. Disse-mo depois da minha primeira vez, quando eu me queixei de que não era a maravilha que apregoavam.

Olívia calou-se. Eu sentia-me mal, incapaz de engolir, os olhos a arder, o estômago apertado. O silêncio encheu a cozinha. Um cão ladrou na noite, muito distante. A minha filha pôs-me a mão nas costas, massajou-me entre os ombros. Afastei-me do precipício. Ela encostou a testa ao meu braço. Acariciei-lhe o sedoso cabelo preto. Passou mais algum tempo. Ela beijou-me o pulso. Na sala, o diálogo recomeçava.

– A tua primeira vez? – disse eu, voltando a mim.

Olívia endireitou-se.

– Ela não lhe disse, pois não? Não pensei que dissesse.

– Porquê?

– Pedi-lhe para não lhe dizer. Achei que o pai era capaz de o prender.

– Quando foi isso?

– Há algum tempo.

– Não sei muito bem o que é «algum tempo». Às vezes é muito, outras vezes é pouco.

– Há cerca de ano e meio.

– Quando, exactamente? Quero lembrar-me da data.

– Em Fevereiro do ano passado, no Carnaval.

– Mal tinhas feito quinze anos.

– Pois é.
– O que se passou?

Ela espreguiçou-se e teve um arrepio nervoso. Não estava habituada a termos conversas destas. Nem eu.

– Sabe como é...
– Diz-me.
– Foi numa festa. Ele tinha dezoito anos...

Um homem pensa nessas coisas e depois descobre que elas aconteceram sem ele saber. Porque não tinha eu visto? As mulheres não ficam com o tal brilho nos olhos quando comem o fruto proibido? Sei que os rapazes não – esses são uns lorpas antes, e depois são apenas uns lorpas felizes.

E aconteceu outra vez. Eu julgava-me descontraído, mas estava mais tenso que uma mola de metal. Donde vinha toda esta... esta raiva? Pela segunda vez nessa noite bati com os punhos na mesa. Gritei contra o desconhecido filho duma cadela que tinha desflorado a minha filha. Recriminei a minha mulher. Insultei o meu reflexo na janela por ser tão cego. Censurei asperamente Olívia, que saltou da cadeira e me atirou à cara toda a sua vida amorosa. Gritando com todas as suas forças, de modo que a tripulação de todos os navios que partiam para o Atlântico nessa noite se juntasse no convés a ouvir. Não se calou até que se atirou a mim, com as lágrimas a correrem-lhe pela cara abaixo, me bateu com os punhos no peito e saiu violentamente, as portas a bater atrás dela, os saltos a bater pelas escadas, um bater de porta final... e eu podia vê-la a abater-se de bruços sobre a cama.

Depois o silêncio, salvo pelo sangue que me rugia nos ouvidos e o barulhinho do caruncho a roer uma perna da mesa.

Após meia hora de permanente pensar subi as escadas. A luz do quarto de Olívia estava apagada. Continuei a subida para o meu quarto do sótão, para a fraqueza a que me vinha entregando nos últimos seis meses.

Tinha posto uma secretária diante da janela do sótão, com uma cadeira simples de assento de ráfia. Na secretária tinha uma fotografia da minha mulher, um grande plano do rosto –

um instantâneo tirado por mim à noite no terraço duma casa em que estávamos, perto de Lagos, no Algarve. Na fotografia o rosto dela era luminoso. O rolo era colorido, mas o *flash* só apanhou branco e preto e uma aura amarela. Ela não gostava que a fotografassem. Tinha-a apanhado de surpresa, mas ela não ficou com os olhos abertos e assustada: estava a olhar atentamente, intensamente, no exacto momento anterior a escusar-se.

Pus a fotografia numa moldura preta em cima da secretária, virada para a janela. O rosto dela aparecia numa das vidraças, como se estivesse lá fora a olhar para dentro.

Também tinha na secretária, numa gaveta fechada à chave, um saco de erva e um pacote de mortalhas Rizla+. Costumava fumá-la em África, quando era pequeno. Era o álcool dos pobres e os jardineiros fumavam-na constantemente. Eu não fumava desde o meu regresso de Londres, mas, quando tive de deixar de beber para perder peso, percebi que não seria capaz de ultrapassar os momentos ocasionais de dura solidão sem qualquer coisa para amortecer os golpes.

Há seis meses que fumava dois ou três charros por semana. Quando fumava, falava com a minha mulher à janela e o estranho era que depois de a droga tomar conta de mim ela falava comigo.

Sentei-me, acendi o candeeiro da secretária para obter o reflexo e pus-me a fumar. Não foi preciso muito. Era material bom. Não era local. Claro que bastaria sair de casa para em cinco minutos comprar uma dose, mas isso não servia. O antigo motorista do meu pai na Guiné abastecia-me. O meu irmão preto.

– Foi o raio de um dia – disse eu.

Não respondeu, o olhar firme como a obstinação dum navio na água.

– Gostas da minha nova cara?

Os lábios, ligeiramente separados, escuros no rosto branco, não se moveram.

– Perdi a cabeça duas vezes hoje. O que está a acontecer? Nunca me descontrolei assim, nem mesmo tendo bebido. Foi a história do meu pai... ouvir o Carlos a falar assim do meu pai. Não aguentei.

– Talvez por te sentires culpado – disse ela.
– Como? Não percebi.
– Talvez te sintas culpado em relação ao teu pai.
– Culpado, como? Estava a defendê-lo.
– Mas eras à esquerda da esquerda, quando te conheci.
– Isso era a minha revolta contra o... contra o fascismo.
– Seria? Seria só isso?

Um silêncio. Corri uma maratona de obstáculos na cabeça. Sabia a resposta, mas como exprimi-la?

– Podes dizer – disse ela. – Estamos só tu e eu.
– Ele não devia ter feito aquilo – disse eu.
– É o que pensavas?
– Ainda penso o mesmo.
– É uma coisa difícil de admitires – disse ela. – Sei quanto o admiravas.
– Mas porque perdi a cabeça daquela maneira? Aos murros na mesa...
– Sempre disseste que os portugueses preferem viver no passado. Talvez tenhas agora decidido viver o presente e o futuro – disse ela. – Estás a mudar. Sentes-te sozinho e estás a mudar. Talvez já não queiras estar só.
– Tive saudades tuas esta noite. A ouvir a Olívia dizer as tuas palavras, tive saudades.
– Não te importas que eu lhe tenha dito?
– Não, não. Não é isso.
– O que é então?
– Passou-me agora pela cabeça que, mesmo quando eras viva, eu estava sempre um tanto solitário.
– Não estavas solitário. Tu *és* um solitário. É isso que te faz o homem que és, mas pode destruir-te, também.
– No meu trabalho? É isso?
– Não tens de pensar constantemente no teu trabalho, Zé.
– Tens razão. Penso demasiado nele.
– Sempre tiveste a obsessão da verdade sobre tudo e sobre todos. Ninguém gosta disso. Nem mesmo os polícias. E mesmo

aqueles que te estão mais próximos nem sempre querem dizer-te a verdade... ou a conhecem sequer.

– Não atinjo.

– Especialmente quando tu não revelas as tuas pequenas verdades. Quando te escondes.

– Claro. Sabia que havíamos de aí chegar. A barba.

– Qual barba – desdenhou ela. – A barba não interessa.

– Metaforicamente falando.

– Claro, se quiseres – disse ela. – Mas lembra-te que foi a primeira vez que me disseste o que pensavas da opção do teu pai.

– Porque não me disseste da Olívia? – perguntei, sem poder conter-me.

– Ela confiava em mim.

– Entendo.

– Disse que não poderia suportar a tua desilusão.

– A minha *desilusão*?

– Ela lembra-se dos tempos em que a levavas a passear, quando era pequenina. Das horas que passaste com ela, a falar-lhe das coisas e de como ela era maravilhosa e de tudo o que significava para ti. Ficaste desiludido?

Levei o charro ao fim e esmaguei-o no cinzeiro de metal em forma de concha. Sentia outra vez aquela sensação de aniquilamento de quando uma rapariga por quem nos apaixonámos nos abandona despreocupadamente.

– Somos umas criaturas estranhas – disse eu.

– O amor é uma coisa complicada.

Olhei para o meu próprio reflexo na vidraça de cima.

– Conheci hoje uma pessoa – disse.

– Quem?

– Dá aulas...

– Ele ou ela?

– Ela.

– Como é ela? – estava um nadinha picada.

– Eu... eu gostei dela.

– Gostaste como?

– Senti-me atraído por ela.

Um silêncio.

– É a primeira mulher que encontro que gostaria de...

– Não é preciso entrares em pormenores, Zé.

– Não queria dizer...

– Então não digas.

– É só que...

– Zé?

A imagem dela estremeceu, levantava-se uma brisa marinha mais forte que sacudia as vidraças, cuja massa desaparecera há muito. O candeeiro zunia ao canto da mesa. Inclinei-me para trás e dei comigo agachado, apoiado contra a beira da secretária. As telhas batiam umas contra as outras, a brisa arrefecia mais. A descarga, quando veio, parecia vir de trás do meu esterno. Atirou-me para a frente, para a secretária. A fotografia caiu, a vidraça escureceu, o candeeiro tombou. Fiquei estendido no chão às escuras, as mãos cruzadas sobre o estômago. Tinha a cabeça debaixo da secretária, não conseguia respirar o suficiente. Um médico pensaria que eu estava com um ataque de coração, e de certo modo era isso mesmo. Ao fim de uma breve eternidade lá me agarrei à cadeira, consegui chegar à porta e desci as escadas aos trambolhões.

Despi-me aos repelões, a roupa a colar-se a mim como a um amante enlouquecido. Deitei-me na cama, com a mão na cova que ela deixara no colchão. As lágrimas corriam-me por um lado do rosto, por sobre as orelhas, e encharcavam a almofada.

27

24 de Dezembro de 1961, Monte Estoril, arredores de Lisboa

Felsen tinha-se sentado na borda duma arca de madeira, de costas para a janela escura e batida pelo vento. À luz do Sol via-se dali o mar cinzento e, para a direita, o Forte de Cascais, atarracado, robusto, fazendo frente às ondas. Observava a família de Pica, que se despedia depois dum jantar de Natal. Pedro, o filho mais velho de Joaquim, lá estava com as visitas, beijando e apertando mãos. Manuel encostava-se à parede, tornozelos cruzados, mãos nos bolsos, vigilante. Seguro na sua vigilância.

A festa terminada, Pica subiu para o andar superior, Pedro e Manuel desapareceram dentro de casa. Abrantes e Felsen serviram-se dum Armagnac de antes da guerra e acenderam cada um o seu charuto cubano. Abrantes sentou-se na sua peça de mobiliário favorita, um cadeirão de cabedal de espaldar alto, com o topo arqueado. Gostava de bater leve e distraidamente no braço da cadeira, de tal forma que já havia uma mancha mais escura onde o óleo da palma da mão se tinha embebido no cabedal.

– Você não tem boa cara – disse Abrantes. – Não anda a comer bem.

Era verdade. Felsen tinha perdido o apetite há umas semanas. Sentia-se como que na expectativa dum grande momento, e para estar pronto para ele queria estar desperto, faminto, concentrado. Olhou pela janela negra, vendo o reflexo de Abrantes.

– A beber com o estômago vazio dá cabo de si – dizia Abrantes, exibindo os seus conhecimentos, como se as suas idas a Harley Street com Pica tivessem sido parte da sua educação e o habilitassem a pontificar sobre qualquer assunto médico. Felsen soprou uma baforada, a ponta acesa do charuto a enviar-lhe mensagens em código Morse.

– Fumar também faz mal... a menos que se coma – continuou Abrantes, e Felsen sentiu-se tentado a anunciar que ia dar um mergulho nocturno, só para ver se o sócio também dizia que isso podia matá-lo. – Não há nada que entre com um homem que coma bem.

Felsen passeou ao longo da janela, a olhar para fora, para lá das outras casas, para o oceano.

– E anda nervoso – dizia Abrantes. – Não consegue estar quieto. Não trabalha. Passa tempo de mais com mulheres de mais. Devia tomar assento, casar-se...

– Joaquim?

– Que foi? – perguntou o outro, olhando da sua posição de sentado, inocente, uma vítima. – Só estou a tentar ajudar. Não é o mesmo homem desde que voltou de África. Se fosse casado, já eu não tinha de me preocupar consigo... é para isso que servem as mulheres.

– Não me quero casar – disse Felsen, pela primeira vez em voz alta.

– Mas tem de casar, tem de ter filhos... senão...

– Senão quê?

– Acaba-se tudo. Não há-de querer ser o último do seu sangue!

– Não sou exactamente o último Habsburgo varão, Joaquim.

Abrantes não sabia bem o que era um Habsburgo, de modo que se calou. Beberam. Felsen voltou a encher o cálice e foi outra vez postar-se à janela. Viu o reflexo de Abrantes com o pescoço esticado para ver o que estava ele a ver.

– O Manuel está a dar-se muito bem na PIDE – disse Abrantes.

– Já me tinha dito.

– Dizem que tem um talento natural para a carreira.

– Um espírito desconfiado, talvez?

– Um espírito curioso – disse Abrantes. – Dizem que ele gosta de saber tudo... Vai ser promovido a agente de 1.ª classe!

– Isso é assim tão extraordinário?

– Com menos de seis meses no lugar? Acho que sim.

– O que faz ele?

– Bem... investiga as pessoas. Fala com os informadores. Descobre os bichos nas maçãs.

Felsen acenou que sim, mal o ouvindo. Abrantes remexeu-se no seu cadeirão favorito sem conseguir achar uma posição confortável.

– Queria perguntar-lhe uma coisa – disse Abrantes. – Ando há meses para lhe perguntar...

– O quê? – Felsen deixou de olhar para a janela, interessado pela primeira vez naquela noite.

– Chegou a falar com a mulher de virtude por causa do seu problema deste Verão?

– Claro que sim.

Abrantes recostou-se, pernas afastadas, aliviado.

– Estava com receio que não levasse isso a sério. É um assunto sério, sabe.

– Ela não fez nada – disse Felsen. – Disse que não era o seu tipo de bruxedo.

Abrantes saltou do cadeirão como se um mecanismo o tivesse empurrado pelas costas. Agarrou o cotovelo de Felsen, apertando-o com força para o convencer da gravidade do caso.

– Agora percebo – disse, com os olhos muito abertos a fitá-lo. – Agora percebo porque está tão diferente. Tem de ir falar com alguém. Quanto mais depressa melhor.

Felsen soltou o cotovelo do torno, acabou de um golo o seu Armagnac e saiu.

Dez e meia da noite. Estava bêbedo, mas não tanto que não pudesse guiar até ao cabo da Roca. Levou o Mercedes pelas ruas silenciosas, negras e brilhantes da chuva. Reduziu a velocidade ao aproximar-se de duas ou três casas de Cascais, mas acabou por não parar em nenhuma – não que lhe faltasse o desejo físico, mas não tinha paciência para a necessária conversa preliminar. Ia fumando o resto do charuto e tamborilando com os dedos no volante quando lhe ocorreu, na escuridão tempestuosa da estrada do Guincho, com as nuvens de tempestade amontoando-se em expectativa sobre o Atlântico, que, numa crise de loucura, Maria poderia ter dito a Abrantes que Manuel não era filho dele. Seria por isso que tinha voltado para a Beira? Seria por isso que Abrantes lhe falava de dar seguimento à família e logo a seguir de Manuel e do seu sucesso na PIDE? Abrantes também já tinha dito qualquer coisa, naquela festa de Verão, sobre Manuel não parecer filho dos mesmos pais que Pedro... Abanou a cabeça, aborrecido com a indecisão do limpa--pára-brisas e com a chuva que em rajadas pela estrada fustigava e empurrava o carro. Os seus pensamentos desassossegavam-no. Começou a ter uma sensação de desconforto entre os ombros e pelo pescoço acima, suspeitando de repente que o banco traseiro do carro não ia vazio.

Estás bêbedo outra vez, suspirou.

Numa longa recta do caminho vinha um carro em sentido contrário. Fizeram sinais de luzes um ao outro. Quando o carro se aproximou mais, Felsen aproveitou a luz para ver o banco traseiro pelo retrovisor. Ninguém. Estendeu a mão para trás e passou a mão pelos assentos. Bêbedo estúpido!

As luzes vermelhas recuaram na escuridão e depressa desapareceram.

A estrada subia pelo negrume denso dos pinhais, passava Malveira da Serra, dando voltas sobre si mesma; o volante magoava-lhe as mãos, sentia o lábio superior molhado de suor, o álcool a ressumar-lhe do corpo.

Virou no alto e desceu pela aldeia de Azóia e na direcção do farol, para onde a sua casa, aninhada no pátio, arcava com a tempestade. Saiu do carro para ir abrir o portão. O vento encheu-lhe os pulmões, a chuva fustigou-lhe as orelhas febris. Levou o carro até à porta da garagem e voltou atrás a fechar o portão. Tinha deixado um candeeiro aceso fora de casa, à esquina, e à luz que iluminava o pátio viu brilhar a lama de pegadas que seguiam para o lado da casa.

Pousou um pé sobre uma pegada. Sobrava pegada. Coçou o queixo e engoliu em seco. A GNR tinha-o avisado, andavam bandidos nas estradas à volta da serra de Sintra. Meteu o carro na garagem. Abriu o porta-luvas e tirou uma velha Walther P48 que lhe tinha ficado da guerra. Verificou o carregador e meteu-a no cós das calças. Lembrou-se que o ar do mar corrói as munições e tentou recordar quando tinha pela última vez limpado e oleado o raio da coisa. Mas o mais importante era tê-la na mão.

Entrou em casa aos tropeções e no espelho da entrada viu-se como uma máscara de borracha. Talvez fosse isso. Estava bêbedo, só isso, e as pegadas eram do jardineiro. Tirou o sobretudo molhado, sacudiu-o e pendurou-o. O jardineiro era baixinho, nem lhe chegava ao ombro, tinha os pés dum elfo. Apurou o ouvido, a tentar detectar algum movimento, e só distinguiu os zumbidos de que sofria desde o seu regresso de África.

Limpou os pés e avançou pelo corredor. As solas de cabedal ecoavam no soalho de madeira. Acendeu a luz da cozinha. Vazia. Atravessou para a sala de estar. Acendeu a luz. O Rembrandt baixou os olhos para ele. Foi ao aparador e serviu-se da aguardente de uma garrafa sem rótulo. Cheirou-a, o álcool quase puro clareou-lhe o espírito, a paranóia baixou um grau. Acendeu um cigarro, deu duas fumaças rápidas e apagou-o. Tirou a arma da cintura e virou-se.

Um homem estava de pé junto da porta, cabelo cinzento-penteado para trás, gabardina azul com os ombros molhados a brilhar à luz. Tinha na mão um revólver.

– Schmidt – disse Felsen, surpreendentemente calmo, já que o nome lhe viera à ideia como uma granada despoletada.

Schmidt apertou melhor o revólver 38 e o cano cilíndrico de dez centímetros percorreu um pequeno círculo. Espantava-o que

Felsen não tivesse desabado contra a parede ao vê-lo. Espantava-o ver a Walther na mão do outro. Como é que ele estava armado e prevenido? Saberia alguma coisa?

– Era melhor pousar isso – disse Schmidt.

– Digo o mesmo.

Nenhum deles se moveu. Schmidt respirou ruidosamente pelo nariz quebrado, com a boca cerrada, o *stress* da situação a agitar-lhe os músculos da queixada, o cérebro a fazer cálculos tão difíceis como os dum mestre de xadrez, mas sem a mesma clareza.

– Um cigarro? – disse Felsen.

– Deixei de fumar. Os meus pulmões não se deram com os trópicos.

– Um copo, então?

– Bebi um *brandy* há bocado.

– Julgava que não bebia.

– Geralmente não.

– Então beba outro, pode ser que lhe apanhe o gosto.

– Largue a pistola.

– Acho que não – disse Felsen, o coração a bater-lhe no céu da boca. – Mas porque não pousamos os dois as armas ali no aparador?

Schmidt avançou por entre a mobília, atrás da arma. À medida que se aproximava, o cinzento do rosto tornava-se mais evidente. Era um homem doente, o que o tornava ainda mais perigoso. Com um aceno pousaram as armas ao mesmo tempo sobre o tampo encerado. Felsen serviu bebidas.

– É uma surpresa – disse Felsen, dando a entender que não era. O álcool de um dia inteiro e a descarga de adrenalina tinham produzido nele um efeito curioso. – Tinham-me dito que estava no fundo dum rio, com as algibeiras cheias de pedras e uma bala na cabeça.

Estendeu-lhe um cálice de aguardente. Schmidt cheirou-a.

– O seu sócio? Nem sequer veio atrás de mim. Eu vi-o. Ficou ao pé da casa, como se quisesse dar-me tempo para fugir, e, quando pensou que eu já ia longe, entrou no campo das papoilas e disparou para o ar. Não é de herói, mas também não é de estúpido. Eu tinha dado cabo dele.

– Porque não voltou para nos apanhar em casa?

– Como nos filmes – e Schmidt inclinou a cabeça para o lado, sardónico. – Pensei nisso, mas achei que era arriscado de mais, e, ainda por cima, matar-vos aos dois não era o mais importante naquela altura.

– Foi por isso que mandou Eva procurar-me?

– Eva?

– Susana. Queria dizer Susana Lopes, de São Paulo.

– Ela esteve quase. Cometeu um erro de principiante, que afinal era mesmo...

– Está a trabalhar para alguém, Schmidt?

– É um assunto pessoal.

– Porque não começa por dizer o que quer? – propôs Felsen. – Ponha as cartas na mesa. Não anda atrás do ouro, suponho?

– O ouro... – disse o outro, e não era nem uma pergunta nem uma resposta.

– Você está doente, Schmidt – disse Felsen, perturbado pela desorientação do homem. – Vê-se.

– Fibrose pulmonar – disse Schmidt.

– Onde vive agora?

– Outra vez na Alemanha. Em Bayreuth – e ia beberricando a aguardente. – Eu sou de Dresden, sabia? Deve saber o que eles fizeram a Dresden. Não voltei lá.

– A sua família salvou-se?

– Estão em Dortmund.

– Filhos?

– Dois rapazes e uma rapariga. Já estão bastante crescidos.

– Imagino – disse Felsen, sentindo-se estranhamente como um gerente de banco. – Esse revólver que traz é americano.

– Uma lembrança.

– Toca o *Stars and Stripes* quando dispara?

Schmidt sorriu. A tensão diminuiu. Felsen contornou cautelosamente as armas e foi sentar-se no braço dum sofá de cabedal, diante de Schmidt, empoleirado no braço duma cadeira, os joelhos quase a tocarem-se.

– Tenho uma ideia deste quadro – disse Schmidt.
– Outra lembrança.
– Não parece uma cópia barata.
– Comprei-o na Bayswater Road, em Londres.
– É uma cópia de... – perguntou Schmidt, fazendo menção de se levantar.

Felsen pousou-lhe a mão no ombro.

– É um Rembrandt, Schmidt. E agora conte-me a razão da sua amável visita. Tive um jantar interminável e estou cansado.

O pescoço enrugado de Schmidt remexeu-se dentro do colarinho puído. Tinha uma mancha de pêlos cinzentos visível por baixo do queixo, escapados à navalha matinal. Um tufo de cabelo escuro saía-lhe da orelha.

– Não sou o único a ter um passado melindroso – disse.
– Ah – fez Felsen, percebendo o jogo. – Outra importação americana, Schmidt? Constou-me que a chantagem está agora muito em voga pelos seus lados.

Os olhos de Schmidt voltaram-se outra vez para as armas em cima do aparador, sob o olhar do velho de Rembrandt.

– Certos círculos estão muito interessados... – disse, sem grande convicção.
– Pensei que tivessem o tempo todo ocupado com os russos.
– Têm sempre tempo livre quando se trata duma corporação multimilionária criada no tempo da guerra com fundos das SS.
– Claro, há sempre o perigo de a bomba lhe estalar nas mãos, Schmidt. Não tem qualquer prova a não ser o seu próprio passado pouco límpido...

Schmidt atirou-se ao aparador. Felsen, que tinha estado meio à espera desse momento, descobriu que a outra metade não estava tão alerta como devia. Projectou o pé com toda a força e apanhou Schmidt na canela. Schmidt esbracejou, mas conseguiu agarrar-se ao aparador. Ouviu-se o ruído duma arma a bater no canto nu do soalho. Schmidt caiu e torceu o corpo. Felsen deu consigo de joelhos a fitar o cano da sua própria arma segura nas mãos de Schmidt.

– Julguei que estávamos a conversar, Schmidt.
– Estávamos, mas mudei de ideias. A chantagem é uma coisa complicada... Faz correr muitos riscos.
– Digo o mesmo de assalto e receptação de um velho mestre.
– Estava mais a pensar em homicídio.
– Matar-me? – perguntou Felsen. – O que ganha com isso? Já pouca saúde tem, devia era pensar no futuro dos seus filhos.
– Eles não me conhecem. Eu tenho-os visto... mas eles nem me conhecem.
– A que vem isto tudo? – perguntou Felsen. – Já nem sei do que se trata.
– Trata-se de lealdade – disse o outro.

Felsen susteve a respiração. Schmidt puxou o gatilho. Houve um estalido seco. Schmidt fez deslizar o carregador. Felsen saltou para o canto da sala, a mão estendida para o revólver de Schmidt. Houve uma explosão atordoadora, muito mais forte que a detonação duma bala num espaço fechado, e Felsen sentiu uma queimadura intensa na orelha e no braço. A seguir ouviu o som atroz da Prinz Albrechtstrase, o som dum homem à beira do orgasmo. Agarrou o revólver e rolou sobre si mesmo.

Schmidt estava caído contra o aparador, as pernas estendidas à sua frente, a olhar para o coto sangrento na ponta do braço direito. Tinha o peito e a barriga cobertos de sangue. A gabardina aberta, o rosto e o cabelo grisalho pintalgados de vermelho. Schmidt queria gritar, mas, como acontece nos pesadelos, a mente esforçava-se, mas a voz apenas sussurrava.

A quantidade de sangue que jorrara da artéria braquial cortada fazia uma mancha que alastrava já pela carpeta em direcção à mobília de cabedal.

– Estou de partida – disse numa voz estranha, cortesmente, como se tivesse vindo buscar alguma coisa e agora fossem horas de ir andando.

Felsen pôs-se em pé. O seu reflexo na janela mostrou-lhe riscas escuras na cara. No espelho viu que tinha perdido metade da orelha. Sentia o braço esquerdo em fogo, do ombro ao pulso. Apalpou-o com os dedos da mão direita e sentiu-os desaparecer numa ferida profunda do tríceps. Os joelhos cederam e quase desmaiou.

Na casa de banho tirou o casaco e lavou-se como pôde. Deixou correr a água sobre a ferida, mas não serviu de nada. Era como se tivesse uma brasa a arder lá dentro. Deixou pender a cabeça sobre o lavatório. Não só tinha de fazer desaparecer Schmidt como de mudar de lugar a mobília e uma grande carpeta antiga de Arraiolos.

Embrulhou o braço numa toalha e voltou à sala. Estendeu o braço por cima de Schmidt, abriu a garrafa de aguardente e bebeu pelo gargalo. Depois sentou-se no divã com a garrafa ao colo e do telefone mais ocidental da Europa pediu uma chamada para Abrantes. A central fez a ligação.

A criada atendeu e recusou-se a ir incomodar Abrantes. Felsen teve de argumentar meio minuto. Calculava o que Abrantes estaria a fazer. Bebeu mais e descobriu outro maço de cigarros. Finalmente o sócio veio ao telefone.

– Preciso de ajuda – disse Felsen.

– Não pode esperar? – irritou-se o outro.

– Preciso de ajuda dos seus amigos... daqueles para quem o Manuel trabalha.

Fez-se silêncio. Conseguira a atenção do outro. Bebeu mais álcool, pestanejou para afastar as lágrimas.

– Houve um seguimento daquela situação com a Susana Lopes. Tenho aqui um homem morto.

– Chega – disse Abrantes. – Não fale mais. Vou mandar aí alguém. Está ferido?

O rosto de Felsen ardia do álcool. A boca, com o cigarro colado ao lábio inferior, formigava. O bigode era uma lixa de que escorria suor.

– O meu braço...

– Deixe a porta aberta – disse Abrantes.

Felsen pousou o auscultador. Conseguiu chegar à porta da frente e depois voltar até meio da casa. Caiu no limiar da sala, o rosto branco de Schmidt como sua última imagem.

Deu-se vagamente conta de haver gente na sala. Luzes e sombras nos olhos, mobília a ser arrastada, vozes remotas e indistintas, o vento continuando a entrar na casa, a abanar as janelas. Estava a ser transportado. Um relâmpago na abóbada do crânio e sentiu-se de novo a flutuar para longe, a jangada a ranger sob a vaga dum grande mar.

Acordou várias vezes, num período que não saberia calcular. Sempre a sentir um terrível calor interior, como se o corpo estivesse a queimar combustível fóssil. Da última vez havia um cheiro, um cheiro horrível que o assustou e o deixou tão fraco como o cachorrinho enfezado duma ninhada de doze.

Brilhava a luz da manhã quando voltou a si. O primeiro milímetro da manhã, quando o primeiro cinzento se esgueira do preto. A cabeça pesava de mais para a levantar da almofada. Desta vez estaria acordado? Estaria consciente? Esperou para ver onde estava, a certificar-se de que já não estava fechado no seu próprio cérebro. Entrou mais luz no quarto, um pouco de branco, cor de osso. Sentia-se fresco. Já não lhe doía tanto o braço ferido e para o outro gotejava um tubo de soro. Não estava ressequido como antes. Ouviu no corredor vozes que falavam duma tentativa de golpe em Beja, do general Machedo... mas escutar exigia demasiado esforço, e ele deixou de prestar atenção.

Levantou o braço direito. Estava preso à armação da cama por um par de algemas. Levantou o braço esquerdo, com cautela, porque ainda lhe doía. O braço ergueu-se facilmente. Olhou para o peito, mas não viu o braço. Sentia-o, mas ele não estava lá. A mão estava lá, mas não estava. O pulso. O cotovelo. O bíceps. Tudo no sítio, mas não estavam lá. Gritou, alto bastante para rebentar os sacos dos pulmões.

Dois guardas armados entraram a correr.

– Que diabo se passa? – perguntou o primeiro, que era o mais velho.

– O meu braço – gritou Felsen. – Não tenho o braço!

Olharam para ele estupidamente.
– Pois não – disse o mais novo. – Cortaram-lho.
O mais velho deu-lhe uma cotovelada.
– Que foi? – perguntou o mais novo.
– Ele ficou sem o braço, valha-te Deus!
– Cheira muito melhor agora do que quando o trouxeram.

O guarda mais velho deitou-lhe um olhar de censura e saiu para ir chamar um médico. O mais novo ficou a andar dum lado para o outro no quarto.

– Porque estou preso à cama? – perguntou Felsen.
– Matou um gajo – disse o guarda. – Estava bêbedo que nem um cacho e matou um gajo. Logo que possa ser transportado, vai outra vez para Caxias.
– Não me lembro do julgamento.
– Há-de tê-lo.

Felsen deixou cair a cabeça na almofada e ficou algum tempo a piscar os olhos para o tecto.

– Faz-me um favor?
– Não me parece que tenha muita massa consigo.
– Se eu lhe der o número, telefona a Joaquim Abrantes? Ele paga-lhe.

O guarda abanou a cabeça. Não valia a pena.

Duas semanas mais tarde, Felsen voltou para a prisão de Caxias. Uma semana depois foi levado da humidade fria da sua cela a uma sala com uma mesa, uma lata de sardinhas vazia a servir de cinzeiro e duas cadeiras. Um guarda prisional fez entrar Abrantes. Ele e Felsen apertaram as mãos. Abrantes bateu-lhe no ombro e tentou uns acenos de encorajamento. Felsen tentou não mostrar frieza – Abrantes era o único homem do exterior que podia ajudá-lo. Sentaram-se, e Abrantes puxou dos cigarros turcos favoritos de Felsen e duma garrafa achatada de *brandy*. Acenderam os cigarros e ergueram os copos um ao outro.

– O que se passa afinal? – perguntou Felsen.
– É uma questão muito difícil e agora burocrática.

– Não me lembro de quase nada depois de lhe ter telefonado.
– Foi esse o primeiro problema. Recebi a chamada através da rede de Cascais. Quando consegui contactar os meus amigos da PIDE já uma outra brigada tinha sido informada pela central telefónica de que havia um morto e o Felsen não tinha telefonado à polícia a comunicá-lo. Suspeito. Muito suspeito.
– Ele assaltou-me a casa e estava armado.
– Também o Felsen. O revólver, que nem sequer estava registado, tinha as suas impressões digitais, e uma bala desse revólver foi encontrada no corpo do morto.
– Eu não... – a voz de Felsen foi-se apagando e ele roeu a unha do polegar que lhe restava.
– Está a ver como tudo se complicou.
– Não era a *minha* arma. *Ele* é que tinha a minha arma. A *minha* arma explodiu na cara *dele*.
– Como é que ele tinha a sua arma e o Felsen a dele?
Felsen fechou os olhos e apertou a cana do nariz. Contou a Abrantes tudo o que se lembrava de ter acontecido. Abrantes escutava-o, deitando olhares ao relógio e bebendo mais que o seu quinhão de *brandy*. Ia murmurando e acenando para fazer Felsen continuar.
– Se quer saber – disse por fim Abrantes, quando viu que o alemão tinha terminado –, acho que não pode contar essa história em tribunal.
– Tribunal?
– Tem de haver um julgamento.
– E os seus amigos da PIDE?
– Como lhe disse... a situação é muito difícil, e agora é uma questão burocrática... Entrou na engrenagem. Não é fácil fazê-lo sair.
– Não me lembro de ter sido acusado.
– A acusação, meu amigo, é homicídio.
Felsen empurrou a lata de sardinha dum lado para o outro da mesa com a ponta do cigarro.
– Sabe quem ele era, não sabe?

– Quem?

– O morto.

– Pelos seus documentos era um turista alemão chamado Reinhardt Glaser.

Felsen abanou a cabeça, com um olhar tão intenso que Abrantes se sentiu agarrado pelo pescoço.

– Tem uma dívida para comigo – disse.

– Uma dívida?

– O morto era o Schmidt. Lembra-se dele?

– Schmidt?

– O que me disse que tinha morto naquela noite no Alentejo. Disse-me que o atirou ao rio...

– Não, não.

– Sim, Joaquim – disse Felsen, tirando-lhe a garrafa da mão. – Era ele. Você mentiu-me. Ele contou-me que nem o tinha seguido e que disparou um tiro no campo das papoilas. Ele viu-o. O Schmidt viu-o.

– Não, não... Chamava-se Reinhardt Glaser. Está enganado.

– Não estou enganado e você sabe disso.

– Eu? Como? Eu nem cheguei a vê-lo!

O silêncio dava para se ouvir o tabaco a arder nos cigarros.

– Está em dívida comigo, Joaquim.

– Ouça – disse o outro. – Você perdeu um braço, sinto imenso, foi uma experiência terrível... Ainda está em choque. A memória está a pregar-lhe partidas. O que eu vou fazer é contratar um dos melhores advogados criminalistas do País para o ajudar a sair desta alhada. Se ele não conseguir fazê-lo absolver, ninguém consegue. Vá, beba. Eu tenho de ir andando. A Pica está à minha espera no Chiado e quanto mais eu demorar mais ela gasta. Força, meu amigo!

Foi a última vez que Felsen viu Abrantes. O advogado nunca apareceu. O seu velho sócio não apareceu no julgamento, nove meses mais tarde, e não estava presente para ouvir Felsen ser condenado a vinte anos de prisão pelo homicídio de um turista alemão, de seu nome Reinhardt Glaser, segundo constava no passaporte.

Nos primeiros tempos das duas décadas de prisão em Caxias, Felsen teve um sonho breve e muito nítido. Via quatro ferraduras que gradualmente se endireitavam formando uma grade de barras de metal, e atrás da grade estava um lagarto vivo, a cabeça uma massa sangrenta, as pernas da frente fincadas, a abanar... Acordou em sobressalto e veio-lhe à memória um troço sombrio da estrada do Guincho, numa noite de Natal borrascosa. Compreendeu que, mesmo no seu estado de embriaguez, o seu instinto não se enganara – Maria tinha dito a Abrantes que Manuel não era filho dele. Recordou o seu último encontro com Abrantes. O sócio parecia ter vindo trazer-lhe cigarros, vinho e a possibilidade duma esperança, mas Felsen via agora que ele viera gozar a sua satisfação, esfregar as mãos ao fogo da vingança cumprida.

Duas semanas depois do julgamento, a 18 de Novembro de 1962, Joaquim Abrantes chamou o seu novo advogado, o Dr. Aquilino Dias Oliveira, para uma revisão dos estatutos do Banco Oceano e Rocha. Entre os accionistas e directores deixou de figurar o nome de Klaus Felsen, homicida condenado.

28

Sábado, 14 de Junho de 199..., Paço de Arcos, arredores de Lisboa

Olívia ainda estava a dormir quando fui espreitá-la de manhã, deitada de bruços sob o cabelo preto. Desci. Comi fruta, bebi café, e falei com o gato, que se espreguiçava até ser o gato mais comprido de Paço de Arcos. O tempo foi-se fatiando até às nove da manhã e eu fui ver o telefone.

O telefone tinha tido algum interesse anos atrás, quanto tínhamos um monstro de baquelite cujo peso fazia encurtar as conversas de adolescentes. Agora tínhamos um elegante aparelho cinzento-grafite, de teclas, que contrastava absurdamente com o mobiliário envelhecido da casa, e tão leve que dava para Olívia o prender atrás da orelha e cortar um fato completo sem deixar de falar de rapazes. Endireitei o telefone na mesinha, verifiquei o fio. Olívia entrou com uma *T-shirt* que lhe chegava aos joelhos, os olhos ainda perplexos de sono.

– O que está a fazer? – perguntou ela.
– Estou a olhar para o telefone.
Ela fez o mesmo.
– Ele vai fazer alguma habilidade?
– Estava a pensar fazer um telefonema.

O gato entrou e foi sentar-se ao lado dela, as patas juntas, pressentindo um momento emocionante. Bocejou longamente.

– A quem vai telefonar?

Agarrei o meu queixo e olhei para ela, sentindo de repente que me faltava alguma coisa e não era só a barba. De repente acumulara-se tudo na minha cabeça – ia telefonar a uma possível testemunha dum caso de homicídio para a convidar para almoçar, ia ter de falar dela à minha filha, ia ter de explicar a loucura da véspera à noite...

Tocaram à campainha.

– Queria falar contigo sobre ontem à noite – disse eu, mudando o peso dum pé para o outro.

Tocaram outra vez, e Olívia apressou-se a ir atender, satisfeita por poder sair dali. O gato fez uma breve inspecção a ver se havia alguma coisa que se comesse e saiu também. Dei um salto para o telefone e marquei o número de Luísa Madrugada. Ela atendeu antes que ele chegasse a tocar.

– É o inspector Zé Coelho – disse eu, as palavras a atropelarem-se de pânico. – Gosta que lhe interrompam o trabalho?

– Gosto sempre de ser interrompida no meu trabalho, inspector, já ontem falámos nisso. Depende é de por quem e porquê.

– Almoço – disse eu. – Quer vir almoçar...?

– Inspector? – a voz tornara-se grave e fria. – É assunto de serviço?

Senti um arrepio. Senti-me doente de arrependimento.

– De modo algum – respondi, mudando de ideias, forçando as palavras a sair.

Ela riu-se e disse-me que fosse ter ao apartamento dela à uma da tarde.

Olívia voltou a entrar na sala, seguida por Carlos, que trazia um jornal debaixo do braço, e pelo gato, que não desistia do seu banquete.

– Fez progressos – disse Olívia, pouco impressionada.

Pousei o auscultador, revivendo a roda gigante do início de uma relação nova – a esperança, o desespero, a alegria, tudo em dez segundos. Tinha-me esquecido da coragem que exigia.

Carlos avançou e estendeu-me a mão. Apertei-lha. Sem ma largar, de cabeça baixa, lançou-se num longo pedido de desculpas que o deve ter ocupado a noite inteira. Olhei para Olívia, que estava petrificada, até que se lembrou de qualquer coisa mais importante e saiu da sala.

Pus a mão no ombro de Carlos. O rapaz estava a sofrer e ainda não conseguia olhar-me de frente. Senti o peito amplo como uma abóbada de catedral. Se tivesse aberto a boca, teria saído dela o ribombar solene dum órgão. Passei-lhe o braço pelo ombro.

– Você é um tipo fixe – disse. – Pedir desculpa nunca é fácil, sobretudo quando a culpa não é só nossa.

– Eu nunca devia ter dito aquilo sobre o seu pai. Foi imperdoável. É o meu problema... digo as coisas quando me vêm à cabeça, não penso nos outros. Eu bem quero pensar antes de falar, mas não consigo. É por isso que me mudam de secção. Irrito as pessoas. Já viu como é.

– A revolução é um assunto delicado. Não devíamos ter falado nisso depois de um dia como o de ontem.

– Foi o que o meu pai disse. Disse que ainda nem passou uma geração, que ainda está em carne viva.

– Você... a vossa geração... podem ser objectivos a esse respeito. Eu ainda estou... estive... envolvido – disse eu. – E o seu pai?

– Era comunista, activista sindical num dos estaleiros. Passou quase quatro anos em Caxias.

Ficámos ali a acenar com a cabeça. Uma gravidade demasiado grande e demasiado incómoda para comentários. Senti-me como quem aperta a mão de outra pessoa em roda do tronco duma árvore maciça. Levei Carlos para a cozinha e dei-lhe café. Ele pousou o jornal já lido na mesa.

– Traz alguma coisa interessante? – perguntei.
– Traz a Catarina Oliveira.
– Sim?
– Não calculava...

Li o artigo. Era o caso factual – onde e quando tinha o corpo sido encontrado, a hora da morte, a escola que frequentava, a sua rotina de sexta-feira ao sair das aulas, a forma do crime e – isso, sim, surpreendente – o meu nome era mencionado,

– Que lhe parece? – perguntou Carlos.

Encolhi os ombros. Não sabia. Era muito estranho. Se eu fosse desconfiado, poderia pensar que era a maneira de o Dr. Oliveira avisar os amigos para verem com quem falavam. Comecei a pressentir um perfil mais alto no caso, um rosto público.

– Pode ser que traga à luz alguma coisa útil – disse. – E que mais há?

– Um extenso artigo sobre a questão do ouro.

– Qual questão do ouro?

– Vamos nomear uma comissão para estudar o caso. Temos estado a ser pressionados pelos Estados Unidos, pela Comunidade Europeia e pelas organizações judaicas e temos tentado esquivar-nos, mas desta vez temos de fazer alguma coisa.

– Vamos, temos, quem? Fazer o quê? Você parece um jornalista português, desses que dizem tudo menos o cerne da questão.

– O Governo nomeou uma comissão para estudar a cumplicidade portuguesa em aceitar ouro de pilhagens nazis em troca de matérias-primas durante a Segunda Guerra Mundial e, perto do fim da guerra, em branquear o ouro para a América do Sul.

– O Governo?

– De facto, não – disse ele, abrindo o jornal. – Foi o governador do Banco de Portugal. Já nomearam um tipo e franquearam-lhe os arquivos.

– Quem é ele?

– Um professor qualquer.

– Vai ser uma manobra muito bem orquestrada – disse eu. – Quem nos está a obrigar a lavar a roupa suja em público?

– Os americanos. Há um senador que diz ter provas do envolvimento português. Ouça só esta: em 1939 as nossas reservas de ouro rondavam os mil e quinhentos milhões de escudos; em 1946 eram quase onze mil milhões. Que lhe parece?

– Vendemos muita matéria-prima durante a guerra. Isso não é branqueamento. Donde veio esse ouro todo?

– Da Suí... – começou ele, e deteve-se.

Segui-lhe os olhos. Olívia tinha entrado na cozinha e sentava-se à mesa, de lado na cadeira. Trazia a sua minissaia mais mínima e uns sapatos altos da mãe, às tiras. Tinha as pernas compridas já cor de mel, de um dia de praia. Cruzou-as e serviu-se de uma chávena de café. O cabelo escovado brilhava, negro-azulado, os lábios eram cor de pimentão. Os seios jovens empinavam-se por baixo dum *top* azul-violeta que acabava cinco centímetros acima do cós da saia, mostrando a pele lisa e castanha.

– Vais a algum lado? – perguntei.

Ela atirou o cabelo por cima do ombro como se tivesse ensaiado o gesto.

– Vou sair. Mais logo.

– Carlos Pinto, o meu novo parceiro.

Ela virou a cabeça como se tivesse no pescoço um aparelho caríssimo de alisar a pele. Tinha a língua colada ao lábio superior.

– Já nos vimos à porta.

Carlos pigarreou. Olhámos os dois para ele. Ele não quisera chamar a atenção sobre si, mas agora tinha mesmo de dizer alguma coisa. Atenção, pensar antes de falar...

– Ontem à noite briguei com o seu pai – foi o que ele disse. É para esquecer.

– *Brawling in pubs* – recitou Olívia, no seu sotaque mais caprichado. – E eu a julgar que eram polícias – terminou em português.

– Estávamos só nós os dois – disse ele.

– E o homem do bar? – interferi. – Não se esqueça desse.

– Ontem à noite o meu pai brigou com toda a gente. Você, eu, a minha falecida mãe, o homem do bar... Falta alguém?

– A culpa foi minha – disse Carlos.

– Porque é que brigaram? – perguntou ela.

– Por nada – apressei-me eu a dizer.

– E consigo? – perguntou Carlos.

– Eu? – e não sei como deteve o vermelho que lhe subia do pescoço para a cara. – Por nada também.

– Na altura era importante – disse eu.
– E o que foi todo aquele barulho no sótão a noite passada? – insistiu ela.

Carlos ficou a olhar. O gato entrou aos saltinhos.

– Tropecei no escuro – disse eu. – Onde disseste que ias... mais logo?

– Os pais da Sofia convidaram-me para almoçar.

– Sofia?

– A filha do banqueiro. Aquele que deu um balúrdio pela sua barba.

– Conheces bem esses Rodrigues?

– A Sofia anda na minha turma. Ela... – Olívia hesitou, olhou para Carlos, que não tinha tirado os olhos dela. – Ela é adoptada. Há um ano que nos damos. Sabe como é.

Carlos parecia saber.

– Eu passo a tarde em Lisboa – disse eu.

– E eu vou andando – disse Carlos.

– Se vai para a estação – disse Olívia, a voz a prendê-lo, esquecendo que ainda não era «mais logo» –, podemos ir juntos.

Beijou-me e esfregou o *bâton* na minha cara, gesto que gostava de fazer porque o considerava de pessoa crescida.

– Não se esqueça de fazer a barba – disse, esfregando os dedos.

Saíram os dois. Eu fiz a barba, desci e fui tomar uma bica com António Borrego. Sentia-me tranquilo depois daquele desempenho de Olívia. Se uma miúda de dezasseis anos é capaz de manipular dois homens adultos, então eu bem podia entregar-me nas mãos de Luísa Madrugada e deixá-la considerar-me um homem ou fazer de mim gato-sapato.

Fiz o trajecto para Lisboa em luta com a minha consciência octópode. Seria correcto convidar para almoçar uma possível testemunha antes de saber qual o seu grau de importância no caso? Foi uma discussão feia. A palavra *possível* tornou-se vital, e por uma vez deixei o indivíduo impulsivo levar a melhor sobre o profissional responsável.

Na Rua Actor Taborda passei vinte minutos sentado no carro, à espera que deixasse de ser tão escandalosamente cedo. A paisagem era a entrada dum cinema pornográfico, o que me fez pensar vagamente no género de pessoas que teria disposição para sessões contínuas num domingo à hora de almoço. Pelos vistos, nenhum.

Toquei a campainha à uma em ponto e fiquei um tanto desapontado por Luísa descer ao meu encontro. Não sabia o que o meu subconsciente esperava, mas o meu estômago dizia-me que não queria perder o almoço. Queria que ela me agarrasse o braço, como faria a Olívia, e marchasse comigo rua abaixo, o que finalmente me fez controlar as esperanças e instaurar uma certa serenidade. Fomos a uma cervejaria da Avenida Almirante Reis, duma cadeia célebre pelo seu marisco. Por mim ficaria ao balcão, porque gosto de comer marisco sem cerimónias, mas agora a área do balcão pareceu-me pobre e desmazelada, mesmo com os grandes tanques de caranguejo e lagostas perplexos.

O empregado deu-nos uma mesa de janela. Havia dois outros pares e o resto do interior cavernoso estava vazio. Mandámos vir uma travessa de camarões grandes, uma salada de caranguejo e duas cervejas.

– Confesso que fiquei surpreendida – disse ela.

– Com o meu telefonema? Também eu.

– Sim, claro... mas queria dizer que fiquei surpreendida por ser polícia.

– Não pareço?

– Os que se vêem ficam escondidos pelas botas e os óculos escuros. Os que não se vêem, assim como vocês da Judiciária, não sei... imaginava-os severos, duros... e abatidos também.

– Eu estava abatido.

– Abatidos pela vida... pelos piores aspectos da vida. O Zé estava cansado.

Chegaram as cervejas. Ofereci-lhe um cigarro e ela desdenhou dos Ultralights e puxou dum maço de fortes Marlboro. Acendeu os cigarros com um *Zippo* a gás, que esfregou na toalha, olhando para fora, para a rua ladeada de árvores. Pousou o queixo nas costas da mão, a fumar e a pensar em qualquer coisa que lhe tornava os olhos mais verdes.

– Sempre pensei – disse – que Lisboa é a cidade ideal para quem queira estar triste.

– Está triste?

– Quando muito... melancólica.

– Sempre é melhor, mas...

– E triste também, sentada diante do computador no primeiro domingo bonito do Verão.

– Já não está.

– Tem razão – disse ela, e sacudiu a cabeça, a esquecer o assunto. Os brincos grandes e estranhos bateram-lhe na cara.

– Esses brincos...? – perguntei.

– Um amigo meu faz jóias do lixo de restaurantes. Estes são feitos da rede dourada duma garrafa de vinho.

– Vi ontem as colheres.

– As colheres – disse ela, ainda a pensar noutra coisa, talvez na praia com outra companhia. Voltou a olhar pela janela.

– Sabe porque é Lisboa tão triste? Nunca recuperou da sua história. Aconteceu aqui uma coisa terrível que a marcou para sempre. Todas essas ruelas estreitas e sombrias, os jardins escuros, os ciprestes nos cemitérios, as ladeiras empedradas, as praças com calçada a preto e branco, a vista sobre os telhados vermelhos para o rio vagaroso e o oceano... nunca esqueceram que quase toda a população da cidade foi aniquilada num terramoto que aconteceu há quase duzentos e cinquenta anos.

Um silêncio. O queixo dela girou sobre as costas da mão, os olhos pestanejaram a fitar-me. Que tinha eu feito?

– O polícia poeta – disse ela.

– A Igreja do Carmo. Imagina algum outro lugar do mundo onde deixassem o esqueleto duma catedral no centro da cidade, como monumento aos mortos?

– Não – concordou ela, depois de pensar um instante.

– Hiroxima – disse eu. – Foi à mesma escala. Acha que alguma vez Hiroxima será um lugar feliz?

— O polícia pensador — disse ela, e desta vez não estava a brincar.

— Também tenho o polícia perigoso — disse eu, pensando que Hiroxima não era conversa para um encontro destes.

— Mostre.

Lancei-lhe o meu olhar sinistro, reservado a matricidas mendazes. Ela estremeceu.

— Quantos mais tem?

— O polícia porreiro — e fiz-lhe a minha melhor cara de Páscoa.

— Não acredito em polícias porreiros.

Deixei-me escorregar na cadeira, a cabeça sobre o peito.

— E esse?

— O polícia que toda a gente quer ver... o polícia póstumo.

— Tem uma mente depravada.

— Ossos do ofício.

O empregado trouxe o camarão e o caranguejo. Mandámos vir mais duas cervejas. Comemos os camarões. Gostei de ver. Ela chupava as cabeças, pouco ralada que fosse feminino ou não.

— Não parece nada uma professora.

— Porque não sou. Sou a pior professora que conheço. Adoro miúdos, mas não tenho paciência. Sou agressiva. Mais duas semanas e acabou-se.

— E depois?

Olhou-me por um instante, a medir se valia a pena dizer-me, a ver se queria ir já tão longe.

— Tenho andado a resistir, mas agora aceitei. Vou dirigir uma empresa do meu pai.

Chupou com força uma cabeça de camarão, lambeu os lábios, limpou-os e bebeu três quintos da cerveja em três golos.

— Só uma? — perguntei, e ela parou de limpar as mãos para ver se eu estava a troçar.

— Tenho ambições — disse, atirando o guardanapo para o lado.

O empregado pousou mais duas cervejas à nossa frente.

— De quê?

— De uma vida em que a escolha, pelo menos na maior parte, seja minha.

– É uma ambição recente?

Sorriu e baixou os olhos para as cascas de camarão no prato.

– Isso é o polícia perspicaz?

Acabei a minha primeira cerveja e encetei a segunda.

– Já trabalhou noutras coisas?

– Trabalhei quatro anos para o meu pai, quando acabei o curso. Depois brigámos. Somos muito parecidos... Despedi-me e fui fazer o doutoramento.

– Em quê?

– Esse é o polícia patareco? Disse-lhe ontem, já não se lembra?

– Estava a concentrar-me noutras coisas.

– Eu sei – disse ela, e de repente a física quântica voltou à minha vida, tornando-me consciente de cada fotão entre nós.

– A professora perspicaz.

– A política económica de Salazar – disse ela devagar. – A economia portuguesa de 1928 a 1968.

– Não temos de falar disso agora, pois não?

– Só se quiser falar sozinho.

– Que empresa do seu pai vai dirigir?

– Ele tem uma editora.

– E edita o quê?

– Demasiados autores do sexo masculino, pouca ficção, nenhuma ficção de género, como policiais ou épicos. Nem livros para crianças. Quero dar uma volta nisso. Quero pôr a ler as pessoas que não lêem. Meter-lhes o vício no corpo, cultivá-las.

– Para os portugueses a literatura é como a comida – um assunto sério.

– É polícia e nunca leu um romance policial?

– Receio que seja tão aborrecido como a realidade... e, se não for, soa a falso.

– Não se trata disso. Um miúdo não vai ler José Saramago aos treze anos, mas dêem-lhe romances policiais e quando tiver dezassete anos lê-o.

– E o que acontece ao nosso grande país de futebolistas?

— Teremos futebolistas leitores — disse ela, com uma gargalhada profunda, baixa, provavelmente causada por fumar Marlboro, mas que, raios, me fez encher o peito e arrepiar a espinha. Comemos o caranguejo, bebemos mais cerveja e falámos de livros, filmes, actores, celebridades, drogas, fama, sucesso, e eu mandei vir uma lagosta grelhada e Luísa disse que pagava um vinho verde Soalheiro Alvarinho 96, que foi o mais brioso de quantos verdes eu tinha bebido na vida. Mandámos vir outra garrafa e bebemo-la em goles faiscantes, e duas horas e meia depois de termos chegado saímos do ar condicionado para as ruas quentes e vazias, sem trânsito, sem gente, com as árvores ainda mergulhadas no silêncio da sesta.

Fomos de braço dado. À porta do prédio de apartamentos ela agarrou-me pelo pulso e quase me puxou pelas escadas. Só me largou para tirar as chaves. Entrámos no corredor escuro aos beijos e ela fechou a porta com o pé, com tal força que as louças da cozinha tilintaram.

Levou-me pela sala, já a tirar as sandálias, para o quarto, onde se virou, me arrancou a camisa das calças e me passou as mãos pelo peito. Abanou os ombros e as alças caíram-lhe dos ombros e o vestido no chão. Puxou-me os *jeans* pelas coxas abaixo. Eu debati-me com a camisa. Ela agarrou-me pelos *boxers* e olhou para cima, a desafiar-me. Puxou os *boxers* e despiu-se até ficar só com as calcinhas. Puxei-a para mim e ela deu um salto e enrolou as pernas à minha cintura, passando-me um braço à volta do pescoço. Deixou-se descair devagar, os pêlos púbicos a roçar a minha barriga, escaldante, mais quente do que permitia a força humana, até que nos unimos e ela se manteve ali até estarmos ambos a tremer, a tiritar. Endireitou os braços e inclinou-se para trás, a sorrir-me, a sorrir à minha agonia, e, quando caímos sobre a cama, fui o surfista que sente a onda arquear-se por baixo dele, toneladas de oceano a levantar-se, a tensão, a oscilação, a terrível velocidade e a queda fantástica.

O trânsito acordou-nos. Os lisboetas voltavam a casa ao entardecer. Sem palavras, chegámo-nos um ao outro e fizemos amor outra vez. O espelho olhava-nos escuramente. Uma luz vermelha passou no retalho de veludo do céu que se via da janela aberta, seguida pelo som das pás dum helicóptero. O quarto cheirava a sexo – suor, perfume e qualquer coisa doce como sumo de morango espalhado na pele. A vida era de repente cheia, a cidade madura, o quarto escuro como vinho e cheio de possibilidades fáceis e complexas.

Não sei como saí do apartamento. Houve um breve e incómodo momento, e estava no carro, a deixar a cidade pelo parque de Monsanto, que escurecia, com o cheiro do corpo dela ainda em mim e algo que se desfraldava no meu peito como as velas duma armada ao partir.

Senti a terra firme sob os meus pés em Paço de Arcos. Entrei em casa como um homem com dinheiro no banco e o frigorífico cheio, nenhuma das coisas sendo verdade.

Eram dez da noite. Havia luz e vozes na cozinha. Olívia estava enroscada debaixo da mesa da cozinha a ouvir o Faustinho, um pescador local, que se esparramara numa cadeira distante da mesa, mal dando para chegar à sua cerveja. O homem falava das suas preocupações com o Governo, as quotas de pesca da União Europeia e o Benfica, por ordem ascendente. Pôs-se em pé com certo esforço quando entrei. Olívia pareceu-me aliviada e cansada. Beijámo-nos.

– Tem um cheiro diferente – disse ela, e foi-se deitar.

Faustinho, cinzento como um lobo, bebeu a cerveja dum trago e pôs-me um braço pelos ombros.

– Venha comigo, tem de ver o chavalo. Ele viu qualquer coisa na noite passada. Vai ser útil para a sua investigação. Tem de falar com ele. Traz dinheiro?

Atravessámos o jardim e a passagem subterrânea até ao parque de estacionamento do outro lado da Marginal. Faustinho avançava à frente, a espreitar debaixo dos barcos e nos barracões. Eu atrasava-me a segui-lo, a gozar o passeio.

– Qual é a pressa? – gritei-lhe.

– Já se passou uma hora – disse ele.

– Não disse que ele ia passar aqui a noite?

– É um miúdo vadio, pode ter-lhe acontecido qualquer coisa. Pode ter-se assustado.

– Não lhe foi dizer que eu era polícia!

– Não, claro, mas deixei-o há uma hora e ele pode ter-se posto a pensar.

– Conhece-o?

– Já o tenho visto. Um tipo magrizela, pequenito. Acho que tem sangue negro. Usa um casaco onde cabiam dois dele.

Revistámos o depósito e o parque de estacionamento. Nada. Sentei-me na quilha dum barco a fumar e a olhar para o mar, sentindo-me útil. Voltámos para o Bandeira Vermelha e bebemos aguardente destilada de vinho verde, que António tinha trazido do Minho em garrafões de cinco litros.

Faustinho fez uma descrição mais pormenorizada do miúdo; tinha-se-lhe metido na cabeça que eu não acreditava nele. António e eu encostámo-nos um ao outro, um de cada lado do balcão, impassíveis, a ver Faustinho medir o moço com a ajuda do seu próprio ombro.

Voltei devagar para casa na noite cálida. Hesitei no patamar do sótão, tentado. Fui para o meu quarto, despi-me e meti-me entre os lençóis com o cheiro dela ainda em mim.

29

16 de Julho de 1964, Pensão Isadora, Praça da Alegria, Lisboa

Manuel Abrantes acordou em sobressalto, a olhar para o desenho central do puído tapete à beira da cama. Tinha o bigode alagado em suor, a cabeça confusa de álcool mal digerido. Não reconheceu o quarto até que o cheiro de perfume barato lhe penetrou a espessa pelagem nasal e um leve ressonar do outro lado lhe trouxe mais algumas recordações. Virou a cabeça, tentando lembrar-se dum rosto ou dum nome. Em vão. A mulher era jovem e a dar para o rechonchudo. Estava deitada de costas, com o lençol pela cintura. Seios muito separados, que tinham escorregado pelas costelas para baixo dos sovacos, e um ligeiro buço. Lembrou-se do sotaque alentejano.

Levantou-se, limpou o suor do bigode e sentiu-se enjoado pelo cheiro da rapariga no seu próprio corpo. Encontrou uma toalha e foi à casa de banho ao fundo do corredor. De pé na banheira de ferro tomou duche debaixo dum fio de água choca. Começava a sentir doer-lhe a cabeça, coisa que não o preocupava, e o pénis, o que já era mais sério. Elas dizem sempre que estão limpas, mas...

Vestiu-se. A camisa estava num estado lamentável. O dia anterior tinha sido tórrido e ele bebera demasiado, o que o fizera suar ainda mais. Tinha de passar pela casa da família, na Lapa, e vestir uma camisa em condições antes de ir para o trabalho. E já agora um fato. Este estava todo amachucado. Parecia um caixeiro sem vintém, e não um agente de 1.ª classe da Polícia Internacional e de Defesa do Estado que ainda nem completara vinte e dois anos.

Fez tilintar uma moeda na mesinha-de-cabeceira e saiu. Procurou o carro na Praça da Alegria e acabou por se lembrar que o tinha deixado no Bairro Alto. Desceu a Rua da Glória e apanhou o elevador para subir a colina, indo encontrar o carro parado na Rua D. Pedro V. Rumou para a Lapa. A casa estava em silêncio, o resto da família passava o Verão no Estoril. Fez a barba, tomou um duche, aliviou maciçamente os intestinos e vestiu roupa lavada, que lhe refrescou o pénis irritado.

Endireitou-se diante do espelho, experimentando a camisa por dentro e por fora das calças, sem saber como ficaria melhor. Tinha querido estar em boa forma para o trabalho daquele dia e o princípio não fora auspicioso, mas esperava que já tudo tivesse voltado ao normal.

Seguiu pela Marginal e só já fora da cidade se deu conta de que o ar estava mais fresco e mais puro. Depois de cinco dias duma vaga de calor, o mar estava de novo azul, o céu limpo e as torres de aço da Ponte Salazar, a nova ponte suspensa em construção sobre o Tejo, erguiam-se perfeitamente nítidas na calmaria do estuário. Os operários estavam já na maciça rampa de cimento, preparando-se para desenrolar o primeiro cabo para a outra margem.

Fez escala em Belém para o seu café e pastel de nata na Antiga Confeitaria. Comeu três e fumou um cigarro. Agora, que sentia o corpo limpo e o estômago aconchegado, começou a apreciar o seu trabalho. Estava na PIDE há dois anos e meio e não o lamentava nem um momento. Tinha passado o primeiro ano na sede, na Rua António Maria Cardoso, no Chiado, onde demonstrara aos seus superiores um talento natural para o trabalho. Nem era preciso dizer-lhe como recrutar informadores. Ele sabia. Descobria as fraquezas das pessoas, insinuava o interesse da PIDE pelas suas actividades e depois salvava-as da prisão e da famigerada Caxias, fazendo-as entrar para a sua rede. Para sua surpresa, descobriu que a sua arma mais poderosa era a sedução. Sempre se julgara desprovido nesse campo, mas tinha aprendido mais do que julgava com Pedro, o irmão mais velho, e agora, que estava num mundo diferente, onde não tinha história, podia pôr em prática o que antes se limitara a observar. Era muito fácil. A sedução era uma questão de comportamento. Quando sorria, as pessoas gostavam dele. O sorriso fazia-lhe brilhar os olhos glaucos, com as longas pestanas que atraíam a atenção das pessoas, e o bigode dava-lhe um ar benevolente, o cabelo ralo fazia-o parecer vulnerável, de modo que geralmente as pessoas confiavam nele. Nunca cometeu o erro de as desprezar por isso, gostava que gostassem dele. Assegurou-se apenas de que os superiores soubessem que aquele exterior cuidadosamente composto escondia uma persistência impiedosa, uma severidade inflexível e um prazer insuperável em levar a missão até ao fim.

Pediu ao empregado da Antiga Confeitaria que lhe embrulhasse seis pastéis de nata, esmagou o cigarro, pagou e prosseguiu o seu caminho para a prisão de Caxias.

No seu primeiro ano de PIDE tinha sido muito bem-sucedido no desmantelamento da contestação universitária. Tinha sido mais fácil do que esperava – o irmão estudava na universidade, era muito popular e os amigos frequentavam-lhe a casa. Manuel escutava. Apontava nomes e dava-os à sua rede. Fazia novos recrutas. Persuadia, ameaçava e manipulava, até que no fim de 1963 tinha compilado *dossiers* sobre dois professores, que não voltaram a ensinar, e oito estudantes, cujo futuro terminou antes mesmo de ter começado. Os superiores ficaram impressionados. O pai queria que o mandassem extirpar os sindicalistas e os comunistas das suas fábricas e ficou aborrecido por ver que não tinha sobre a PIDE a influência a que estava habituado noutros círculos. Manuel foi transferido para o centro de interrogatórios de Caxias, onde o Estado Novo detinha os dissidentes políticos mais importantes e mais activos. Era gente que necessitava de métodos mais convincentes para se resolver a ajudar a PIDE a descobrir a rede de células comunistas que ameaçavam não só a estabilidade do governo, mas até os brandos costumes do País.

Os primeiros meses em Caxias foram passados a afinar as suas técnicas de interrogatório, com uma parte prática, mas inicialmente observando homens mais experientes através dum espelho de duas faces recentemente instalado. Esse novo espelho excitava Manuel, trazia-lhe à memória cenas da sua infância. Gostava de se sentar junto do espelho, quase a tocá-lo com o nariz, e às vezes com o rosto do prisioneiro empurrado contra o vidro do outro lado. Era para ele um prazer intenso, quase sexual, observar abertamente, sem ser visto, o rosto desfeito dum homem a ser levado ao limite da sua resistência.

Era outra cadeira do seu curso – fazer vergar o preso. O método preferido era uma combinação de privação de sono e de espancamentos esporádicos. Tinham instalado um equipamento de som que com um mínimo de supervisão podia manter acordado um prisioneiro durante dias seguidos. Ainda se usava o velho método da estátua, em que o preso era obrigado a ficar inclinado contra uma parede, com o peso do corpo suportado pelas pontas dos dedos, mas isso fazia perder tempo e exigia espancamentos regulares, ou seja, mão-de-obra.

Manuel estacionou o carro no exterior do Forte, vestiu o casaco, pegou na pasta e nos bolos e recordou com prazer a razão que o levara a comprar a rapariga na noite anterior, e porque quisera especificamente uma que tivesse sotaque alentejano. Mostrou o passe ao guarda, que nem o olhou, e atravessou o pátio interior para ir ter ao centro de interrogatórios. No seu gabinete já tinha à espera Jorge Raposo, um agente de 2.ª classe das Caldas da Rainha, com 21 anos e peso a mais. Raposo e outro agente falavam dum conjunto inglês chamado Beatles e do seu novo *single*, *Can't Buy Me Love*. Jorge estava a traduzir o título para português, mas calou-se mal Manuel apareceu, e o outro agente eclipsou-se com um «bom dia» apressado.

– Que foi que lhe deu? – perguntou Manuel, pousando a pasta e o embrulho. Jorge encolheu os ombros, a olhar para os bolos.
– Ainda não andamos a denunciar-nos uns aos outros por ouvir música *pop!*

Jorge voltou a encolher os ombros, acendeu um cigarro e ficou a dar voltas à caixa de fósforos sobre a secretária.

– Quer dizer que gostas dos Beatles – disse Manuel.

– Claro – disse Jorge, recostando-se na cadeira, a mandar anéis de fumo para o tecto.

– «*She loves me, yeah, yeah, yeah*» – citou Manuel, para mostrar que também estava na onda.

– «*She loves you...*» – disse Jorge.

– Como?

– É «*She loves you, yeah, yeah, yeah*», não é «*me*».

Manuel resmungou qualquer coisa e sentou-se, mãos espalmadas sobre a secretária. Jorge arrependeu-se de o ter corrigido, receando que isso tivesse influência na questão dos bolos.

– O que temos hoje? – perguntou Manuel.

Jorge voltou a prender o cigarro ao canto da boca e olhou para os papéis que tinha à frente, procurando maneira de remediar a situação. O nome saltou-lhe à vista.

– Ainda temos a tal Maria Antónia Medinas – disse, e viu que tinha acertado à primeira.

– Ah, pois – disse Manuel, fazendo cara de quem se tinha esquecido –, a moça de Reguengos.

– A loira de olhos azuis.

– E eu a pensar que para aqueles lados só havia árabes – disse Manuel. – Sabes como é... escuros... mouros...

– *Esta* pelo menos não é – disse Jorge, lambendo os beiços.

– Ora cala-te, Jorge, e come um bolo – disse Manuel apressadamente.

Jorge abriu o embrulho e tirou dois pastéis.

– São mesmo bons. Devíamos cá ter canela.

– Manda buscar a Medinas – disse Manuel.

Jorge pegou no telefone interno.

– Queres falar tu com ela, ou...?

– Não, não, desta vez eu fico a ver – disse Manuel.

A rapariga estava de pé na sala de interrogatórios. Jorge levou-a para diante do espelho. Manuel fitou o rosto agora macilento pela privação de sono. Os olhos azuis estavam encovados e sombrios. Pestanejava repetidamente sob a crua luz fluorescente. O cabelo começava a ficar oleoso. Estava assustada, mas mantinha-se controlada. Manuel sentiu pena e admiração ao vê-la à sua frente, com os ombros direitos numa camisola justa com quatro botõezinhos que iam do meio do peito saliente até ao pescoço. Vestia uma saia cinzenta pelo meio da perna e sapatos lisos pretos. Estava composta e ainda tinha um ar limpo, excepto pelo cabelo.

Jorge repetiu o rosário de perguntas de rotina sobre os exemplares do pasquim comunista *Avante!* que tinham sido encontrados na posse dela quando ia apanhar o barco no Cais do Sodré. As respostas foram as mesmas. Não sabia nada disso. Tinha pegado no embrulho por engano. Ninguém lho tinha dado. Não sabia nada de impressoras clandestinas. Não sabia os nomes de ninguém. Não sabia nada de casas de apoio.

Jorge trabalhou-a durante duas horas, e ela não se desviou um milímetro da sua versão. Quando as perguntas de Jorge se espaçavam e ela começava a cair no sono, ele acordava-a à bofetada e fazia-a abrir os braços em cruz e fazer flexões dos joelhos até ela não conseguir conter os soluços. Ao fim da terceira hora, Jorge mandou-a outra vez para a cela.

A ala dos políticos estava superlotada e tinham sido obrigados a pôr o equipamento de privação de sono numa das celas do bloco de condenados a penas mais longas. O guarda levou-a, amarrou-a com correias à tarimba de madeira dura e puxou-lhe os auscultadores para os ouvidos. Felsen espreitava através duma fresta da grade na porta da sua cela; estas idas e vindas eram interessantes para um homem a quem nada acontecia há dois anos. Isto para já não falar de ver uma mulher.

Jorge e Manuel foram almoçar fora. Comeram peixe, beberam uma garrafa de vinho branco e dois bagaços cada um. À tarde interrogaram outros quatro presos. Às cinco, Jorge foi para casa e Manuel desceu à cela do som. Pediu as chaves ao guarda e abriu pessoalmente a porta da estreita cela. Maria Antónia Medinas lá estava deitada na tarimba, o corpo a agitar-se convulsivamente sob as correias. Do barulho que lhe trovejava nos ouvidos chegava um som fraco à porta. Manuel desligou a máquina. O corpo imobilizou-se. Inclinou-se para ela, mãos atrás das costas. O bom doutor. Ela parecia desorientada, confusa, assustada... a sobrevivente dum acidente de automóvel a olhar por uma janela estilhaçada.

Manuel tirou-lhe os auscultadores. Ela engoliu com esforço. Ele afastou-lhe da testa uma madeixa de cabelo, fria e pegajosa de suor. Limpou devagar as mãos frescas e macias uma na outra e sentou-se à beira da tarimba. Sorriu sem mostrar os dentes. O pai carinhoso. A criança doente.

– Tem sido duro – disse ele, na sua voz mais suave, mais tranquilizadora. – Sei como foi. Mas agora acabou. Já pode dormir. Um longo sono descansado. Depois vamos conversar um bocadinho e, verá, a seguir vai tudo ficar bem.

Deu-lhe uma palmadinha carinhosa na face. As pálpebras da rapariga descaíram, a boca teve um esgar estranho e pelo rosto correu-lhe uma lágrima, que Manuel limpou com o polegar. Os olhos dela abriram-se e ele leu neles a gratidão.

– Não diga nada ainda – disse. – Durma primeiro. Depois temos tempo, muito tempo.

Ela voltou a fechar os olhos, a boca perdeu a rigidez. Manuel voltou a colocar-lhe os auscultadores desligados e saiu, dando ordens ao guarda para que ninguém entrasse na cela.

Dali seguiu para o Estoril. Sentia-se bem. Sentia-se feliz. Por uma vez apetecia-lhe a companhia da família. Jantou com eles – o pai, Pedro e Pica. A casa tinha um ambiente de festa, as pessoas tinham recuperado o apetite perdido durante a onda de calor. Combinaram ir passar as férias de Agosto na frescura das serras da Beira.

Manuel dormiu até o despertador tocar às duas da manhã. Acordou com o coração alvoroçado, uma excitação na garganta. Vestiu-se, fez uma sanduíche com o melhor queijo da Serra que encontrou e meteu-se outra vez no carro para Caxias.

O guarda estava a jogar às cartas noutro piso, e Manuel demorou algum tempo a encontrá-lo para lhe pedir as chaves. Abriu a porta e voltou a fechá-la por dentro. Ouviu o respirar rítmico da rapariga. Soltou as correias da tarimba. Ela virou-se de lado e aninhou-se. Ele sentou-se, pousando-lhe a mão na anca. Abanou-lhe um ombro. Ela gemeu. Ele insistiu, sacudindo ligeiramente o ombro fino entre o polegar e o indicador. A rapariga acordou com um gemido de agonia. Virou-se e os olhos abriram-se bruscamente para encarar o medo.

– Não tenha medo – disse ele, levantando as mãos, sem armas, sem maldade.

Ela endireitou-se na tarimba e sentou-se de costas apoiadas à parede, os joelhos unidos debaixo do queixo. Tinha-lhe caído um dos sapatos. Manuel apanhou-o do chão e colocou-lho diante do pé descalço. Ela calçou-se. Lembrava-se dele. O bonzinho. O mais perigoso.

– Trouxe-lhe uma coisa – disse ele, e entregou-lhe a sanduíche de queijo embrulhada num guardanapo de papel.

– Água – disse ela, rouca.

Ele foi buscar a bilha de barro do guarda, cheia de água fresca. Ela bebeu avidamente, sem tocar com os lábios no bico da bilha. A água espalhou-se-lhe pelos lábios e pingou pelo queixo, fazendo uma mancha escura sobre o seio esquerdo. Inspeccionou o conteúdo da sanduíche e comeu-a. Depois voltou a beber, não sabendo quando aquela bondade chegaria ao fim.

Manuel ofereceu-lhe um cigarro, mas ela não fumava. Ele acendeu um e pôs-se a andar dum lado para o outro. Deu-lhe o último pastel de nata que tinha comprado nessa manhã e ela devorou-o. Quando acabou de comer, apoiou a cabeça à parede. Este é esquisito, pensava, mas por dentro são todos iguais. Manuel sentou-se de repente ao pé dela e ela recuou os pés. Ele pisou o cigarro e fitou-lhe a garganta.

– Que faz você lá em Reguengos?

– Sou operadora de tear. Faço mantas.

– A fábrica fecha no Verão?

– Não. Deram-me dispensa para vir ver o meu tio.

Tentou recuar logo que o disse. Até agora nunca tinha falado do tio. Manuel notou-o, mas ignorou o óbvio. Ela acabaria por dizer tudo. A rapariga apertou as mãos à roda dos joelhos, como que a segurar-se para não deixar escapar mais nada. Cuidado com este.

– Há uma grande feira de mantas lá no Sul, não é?
– Castro Verde.
– Nunca lá fui.
– Não há muitos lisboetas a comprar mantas – disse ela, e ele sentiu-se um tanto estúpido.
– Tem razão – disse. – Eu sou da Beira.
– Eu sei.
– Sabe? Como?
– O queijo da sanduíche – disse ela, para lhe mostrar que estava bem acordada.
– O meu pai manda vir de lá queijo, chouriço, morcela, presunto... São realmente os melhores de Portugal.
– Não se pode dizer mal dum bom paio alentejano.
– O calor não é bom para os enchidos. Azeda a carne.
– Nós sabemos manter as coisas frescas.
– Claro, a cortiça...
– E o sobreiro produz bolota, que é comida pelos porcos, o que faz...
– É capaz de ter razão – disse ele, a gostar de falar assim com uma mulher. – Quando pensamos no Alentejo, só nos lembramos do calor.

E dos comunistas, pensou ela.
– E do vinho – disse.
– Sim, o tinto é óptimo, mas eu prefiro Dão.
– Claro, é lá de cima.
– Quando isto tudo tiver passado, gostava de lhe mostrar... – deixou a frase inacabada.

Ela crispou-se por dentro e fitou intensamente a orelha do homem, que olhava para a parede em frente, a sorrir. Ele virou-se. Os olhares encontraram-se.

– Quando tiver passado o quê? – perguntou ela.

– Essa resistência.
– Que resistência? De quem?
– A sua resistência – disse ele, e olhou para baixo.

Passou o polegar e o indicador à volta do tornozelo fino e depois desceu-os pelo pé até à orla do sapato. O contacto fê-la sentir a garganta apertada de pânico. Queria gritar. Encostou mais a cabeça à parede, fechou os olhos por um instante para se controlar. Ele sorria. Quando ela voltou a abrir os olhos, ele estava mais perto, o rosto macio a aproximar-se, os lábios cheios, debaixo do bigode, entreabertos.

– Filho da puta – disse ela baixinho, mas estavam tão próximos que o seu hálito se misturou com o dele e ele lançou para trás a cabeça como se tivesse sido esbofeteado.

A cara do homem mudou. A bondade desapareceu. O queixo avançou. Os olhos apertaram-se, tornaram-se de pedra. As grandes mãos macias estenderam-se por cima dos joelhos dela e agarraram uma madeixa de cabelo louro oleoso, puxando-lhe a cabeça com tal força que todo o corpo da rapariga seguiu o gesto.

Ela ficou de joelhos na beira da tarimba, o pescoço esticado para trás. Ele empurrou-lhe a cara para o canto, com o punho grosso por cima da nuca. Uma mão deu a volta e arrancou-lhe a saia de debaixo dos joelhos. Ela ficou sem voz. A garganta não conseguia produzir um som. Os malares doíam-lhe, comprimidos contra o ângulo onde ele lhe enfiara a cabeça. Sentiu a saia subir-lhe pelas coxas. Lançou às cegas o punho, a tentar atingi-lo. Ele puxou-lhe a cabeça para trás e bateu-lhe com a cara na parede. A saia à volta da cintura. A roupa de baixo rasgada por um animal selvagem. A cabeça dela mareava, não conseguia sequer pensar. Só por um momento emitiu um grito fraco de criança na noite. Um relâmpago de dor entre as pernas. O corpo a dar um salto. A testa a bater contra a parede.

Durara menos de um minuto. Ela descaiu devagar da tarimba para o chão, o rosto frio contra o áspero soalho de cimento. Vomitou a sanduíche de queijo e a água. Ele tentou levantá-la, mas ela era um peso morto. Deu-lhe um pontapé no estômago, com mais força do que tencionava, e qualquer coisa, qualquer órgão pareceu quebrar-se dentro dela. Agarrou-a pelas pernas, pôs-lhe um joelho na barriga e içou-a para a tarimba. Dentro da cabeça dela a dor subiu até ao alto do crânio.

Ele virou-a, prendeu-a, pôs-lhe os auscultadores. A respirar com dificuldade, apertou o nariz com dois dedos e deitou um novelo de suor e ranho para o chão. Ligou a máquina de som. O corpo da rapariga teve uma convulsão. Ele fechou a braguilha com um puxão breve e brusco. Pegou na bilha e saiu da cela.

Ao fechar a porta por fora sentiu um arrepio na nuca. Uma voz chamava por ele baixinho – Manuel, Manuel, Manuel... O corredor estava vazio. A tremer, agarrou na bilha e quase correu para a cadeira vazia do guarda.

Voltou para a casa da Lapa ansiando por solidão e sossego. Bebeu sofregamente aguardente pelo gargalo da garrafa. Dormiu um sono profundo e horrível até muito tarde. Foi acordado pela luz do Sol que entrava pelas janelas a que não correra as cortinas, o bater das folhas de palmeira num jardim próximo, as vozes de crianças que brincavam. Tinha a cara inchada, escaldante e suada. Por dentro sentia-se péssimo.

Tomou um duche e ensaboou-se até a pele chiar, mas não conseguiu livrar-se do peso nas vísceras. Parou em Belém a tomar café, mas não conseguiu fazer passar um só pastel de nata pela garganta apertada. Chegou hora e meia atrasado ao trabalho. Jorge Raposo estava à espera dele.

– Temos um problema – disse, e as entranhas pesadas de Manuel gelaram.

– Sim?

– A Medinas. Morreu.

– Morreu? – repetiu ele, sentindo o sangue descer-lhe da cabeça de tal maneira que teve de se sentar.

– O guarda encontrou-a esta manhã. Sangue por todo o lado – informou, indicando com um gesto de repugnância a zona genital.

– O médico já a viu?

– Por isso é que soubemos que morreu. Teve um aborto. Morreu de hemorragia interna – e, pelos vistos, externa.
– Um aborto? Sabíamos que estava grávida?
– Não, ninguém sabia. A propósito, o chefe quer falar-te.
– Narciso?
Jorge encolheu os ombros e olhou para as mãos de Manuel.
– Não trouxeste bolos hoje?

O major Virgílio Duarte Narciso pousou o telefone e fumou os últimos milímetros do cigarro como se cada hausto lhe lacerasse os pulmões. Manuel estava a tentar cruzar as pernas, mas suava tanto que a roupa se lhe colava ao corpo e ele não conseguia pôr uma perna em cima da outra. O major – «o chefe» – esfregou a ponta do nariz, que era grande e moreno, tão grosso como uma luva de boxe e com todos os poros visíveis, como se os tivesse aberto com alfinetes.
– Vai ser transferido – anunciou.
– Mas...
– Neste assunto não há «mas». As ordens vieram do próprio director. Vai chefiar uma brigada responsável por trazer esse charlatão do general Machedo à justiça. Tivemos informações de que ele está em Espanha a preparar outra tentativa de golpe. Vai ser promovido a chefe de brigada com efeito imediato, agente Abrantes, e vai receber instruções do director esta tarde, em Lisboa. Que lhe parece? Não tem um ar muito satisfeito.
Manuel continuava a fitar o abismo gelado do seu próprio pensamento.
– É uma honra – balbuciou. – Julgava que era novo de mais para uma promoção dessas.
O major fechou um olho e fitou-o argutamente com o outro.
– Caxias não é lugar para um homem com as suas capacidades.
– Pensava que me tinha chamado por causa da presa Medinas.
– Quem?
– Morreu na cela, a noite passada. Teve um aborto. Hemorragia

interna.

O instante de silêncio foi quebrado pelo toque do telefone, que fez sobressaltar os dois homens. O major atendeu. Era a secretária a informá-lo de que o seu filho Jaime tinha sido levado para o hospital com um pulso partido por ter caído duma árvore. O major Narciso desligou, fitando sem ver o espaço entre ele e Manuel, depois lá conseguiu concentrar-se de novo. Manuel tentava em vão engolir.

– Ora – disse Narciso, esmagando finalmente o cigarro, cuja ponta já lhe queimava as unhas –, menos uma comunista a chatear-nos.

A 19 de Fevereiro de 1965, Manuel Abrantes jantava num pequeno restaurante de Badajoz, em Espanha, a uns dois quilómetros da fronteira portuguesa. Os seus dois companheiros de mesa estavam bem-dispostos, e Manuel era uma máscara de afabilidade. Daí a duas horas os três iam encontrar-se, num local discreto a pouca distância dali, com um oficial português do quartel de Estremoz, que lhes ia delinear a estratégia que podia ser o princípio duma nova vida para oito milhões de portugueses: os companheiros de mesa de Manuel eram o general Machedo e o seu secretário Paulo Abreu.

O encontro tinha levado seis meses a preparar, sem falar já dos quatro anos que a PIDE levara primeiro a infiltrar os círculos de confiança do general. Manuel tinha aparecido na melhor altura. Tinha trazido ideias novas a um homem que passara quase dez anos no exílio. Tinha curado a melancolia que cercava o general e tinha-lhe injectado novo optimismo. Com Manuel a seu lado, o general tinha começado a acreditar no futuro.

A noite de Fevereiro era fria e o aquecimento do restaurante insuficiente. Os comensais não tinham tirado os sobretudos e iam bebendo *brandy* para combater os arrepios. Às onze da noite entrou um homem que bebeu um café com eles. Passados quinze minutos pegaram nos chapéus e percorreram os breves duzentos metros que os separavam do cemitério onde o encontro devia realizar-se. Brilhava uma meia-lua no céu claro e gelado, via-se bem o caminho. O homem que viera ter com eles ia uns metros à frente. Não falavam. O general enristava os ombros contra o frio.

Dentro do cemitério o homem mandou-os esperar numa passagem estreita entre jazigos de mármore. O general olhou pela porta de vidro dum jazigo e comentou a pequenez dos caixões.

– Parece que eram crianças – disse o secretário, e foram as suas últimas palavras. Um martelo atingiu-o na base do crânio e ele foi partir com a testa o vidro da porta do jazigo. O general recuou um passo, chocado, e viu que tinha dois homens atrás de si. Tiraram-lhe as mãos dos bolsos e prenderam-lhas atrás das costas. Horrorizado, viu o secretário ser estrangulado à sua frente. Mesmo inconsciente, Paulo Abreu tentava resistir, mas as pernas foram-se tornando rígidas até ficarem imóveis e os pés frouxos.

O general foi forçado a ajoelhar-se. O homem que tinha ido ao restaurante tirou dos bolsos uma pistola e um silenciador, ajustou-os e estendeu a arma ao chefe de brigada, Manuel Abrantes, que baixou os olhos para o general, cujo chapéu tinha tombado à sua frente. O rosto e o corpo do velho ficaram de súbito completamente exaustos. O general abanou a cabeça, mas o pescoço não a suportou e ela descaiu-lhe para o peito.

– Parece que fomos crianças – disse com amargura.

Manuel Abrantes encostou a boca do silenciador à nuca do general e premiu o gatilho. Houve um ruído surdo e o corpo foi projectado para a frente com tal força que os braços se soltaram da mão dos dois pides.

Manuel devolveu a arma ao agente, inclinou-se para o general e procurou a pulsação na veia do pescoço. Nada.

– Onde ficam as campas? – perguntou.

O homem da pistola foi à frente pelo corredor entre os mausoléus e virou à esquerda. A um canto do cemitério havia duas covas com pouco mais de trinta centímetros de fundo.

– Mas que raio é isto? – perguntou Manuel.
– O chão estava muito duro.
– Cambada de incompetentes.

30

Segunda-feira, 15 de Junho de 199..., Avenida Duque de Ávila, Saldanha, Lisboa

Às sete da manhã já eu estava lavado, canhestramente barbeado, vestido e a trabalhar no exterior da Escola Secundária de D. Dinis, na esquina da Duque de Ávila com a Avenida da República, gozando a frescura das primeiras horas da manhã. Tinha acordado às cinco, desejando estar nas minhas férias de Verão, só tendo de me preocupar com a escolha do livro, a posição na praia e o almoço. As fotos de Catarina Oliveira no bolso fizeram-me voltar à realidade. Ia bater as ruas à volta da escola, a tentar confirmar a história do carro contada por Jamie Gallacher.

Tomei uma bica na Pastelaria Sequeira, na esquina em frente do edifício *art nouveau* da escola, e decidi confiar na sorte. Tinha de ter sorte, depois deste fim-de-semana – e apanhei imediatamente uma nega do pessoal da pastelaria. Fui até ao Bella Italia, onde o empregado tinha visto Catarina entrar para tomar café depois da cena na Pensão Nuno. O empregado era outro, mas indicou-me uma velha senhora sentada ao pé da montra.

– Está no primeiro turno – disse ele. – De manhã, ao almoço e à tardinha. Não lhe escapa nada do que acontece naquele passeio.

Fui falar com ela. Tinha uma pele de papel crepe, usava luvas brancas com um só botão no pulso, um vestido azul todo às pregas e pesados sapatos brancos de cabedal, de salto baixo. Acenou que sim ao ver a foto. Tinha visto a rapariga com um homem que, pela descrição, correspondia a Jamie Gallacher.

– Não estavam bem – disse, devolvendo-me a foto.

Cinquenta metros mais abaixo ficava o semáforo onde a 5 de Outubro cruzava com a Duque de Ávila. Era ali que Jamie Gallacher dizia ter visto Catarina entrar para o carro. O cruzamento era rodeado por prédios de apartamentos e de escritórios. Um local de trabalho. Àquela hora da tarde devia haver muita gente na rua a caminho do fim-de-semana. Fui até à paragem de autocarro em frente do Bella Italia. À medida que se aproximavam as oito horas ia chegando mais gente. Se Gallacher tinha esbofeteado Catarina, alguém deste lado da rua, na paragem do autocarro, devia ter visto.

Pôr organização num grupo de portugueses não é coisa fácil, nem mesmo quando são da mesma família e vão almoçar juntos, mas, quando estão a sair dum autocarro a caminho do emprego, tornam-se uma horda trovejante. Mas afinal sempre era o meu dia de sorte e de Jamie Gallacher também. Descobri uma executiva de *marketing* com 25 anos que trabalhava para uma companhia internacional de computadores na 5 de Outubro e tinha visto o homem bater na rapariga e ela descer a Duque de Ávila. Estavam três carros parados no semáforo. O primeiro era pequeno, prateado; o segundo era grande e escuro; o terceiro era branco. O condutor do segundo carro, que mal se distinguia atrás dos vidros fumados, tinha-se chegado à janela e gritado qualquer coisa. A rapariga tinha descido do passeio. Trocaram algumas palavras. A luz tinha mudado, o carro prateado arrancou e a rapariga entrou para o lugar do passageiro. O carro tinha tomado a direcção do Museu Gulbenkian e do complexo do Centro de Arte Moderna.

– Viu a marca do carro?

– Eu estava mais a olhar para a moça – disse ela. – Tinha visto o homem bater-lhe e, se ele tivesse ido atrás dela, eu metia-me... Mas não, ele encostou-se a um carro e o alarme começou a tocar.

– Parecia um carro caro, esse em que a moça entrou?

– Era novo e tinha janelas fumadas... não sei dizer-lhe mais nada. Mas fale com o meu colega de trabalho que estava comigo. É homem, deve saber de carros.

O colega lembrava-se do carro. Era um Mercedes preto, sem qualquer dúvida.

– Se eu lhe mandar umas brochuras de Mercedes, acha que é capaz de reconhecer o tipo de série e o número do modelo?

Ele encolheu as sobrancelhas.

Fiquei com os números de telefone dos dois e voltei ao edifício da Polícia Judiciária, fazendo um pequeno desvio de modo a percorrer a Rua Actor Taborda e olhar para a janela das águas-furtadas de Luísa. Sabia que ela não estava em casa, mas apetecia-me sentir-me jovem e tolo. Só consegui uma das coisas.

Passei pelos Recursos Humanos do edifício da PJ para dar seguimento à dica de Jorge sobre o detective particular que tinha andado a perguntar por Catarina na Pensão Nuno. Perguntei a um dos funcionários mais velhos se sabia de alguns polícias reformados que se dedicassem agora a investigações privadas. Deu-me uma lista de seis nomes.

– Conhece-os de vista?

– A maior parte. Se não os conheço pessoalmente, pelo menos as fotografias.

– Baixo, entroncado, cabelo cinzento, cara barbeada, olhos castanhos... usa um chapéu preto de aba, que nunca tira da cabeça.

– Lourenço Gonçalves. Tinha uma grande coroa e um sinal de nascença encarnado na nuca, por isso nunca tirava o chapéu.

– Tem o telefone dele?

Disse-me que consultasse a lista telefónica e forneceu-me o nome completo.

Fui para o meu gabinete. Carlos já tinha o mandado de busca para a garagem de Valentim. Mandei-o ir buscar os folhetos da Mercedes e levá-los à firma de computadores. Mandei trazer Jamie

Gallacher dos *tacos*. Telefonei para casa de Lourenço Gonçalves, em Benfica, sem obter resposta.

Metralhei Gallacher com mais perguntas sobre o carro. Ele estava em baixo de forma, mas aliviado e ansioso por ajudar. Quando vi que começava a inventar coisas, mandei-o de volta.

Sentei-me e passei hora e meia a escrever um relatório de seis páginas sobre a investigação. Ao fim desse tempo, Carlos regressou e disse-me que o carro tinha sido identificado como sendo da série C. Terminei o relatório, juntei-lhe os depoimentos e mandei tudo a Narciso. Voltei a telefonar a Lourenço Gonçalves. Não respondia. O homem devia ter um local de trabalho. Deixei isso para mais tarde.

Pelas 11h30 estava no gabinete de Narciso, a vê-lo fumar os seus SG Gigantes e a folhear o meu relatório como se ele talvez valesse alguma coisa. Foi até à janela – um homem pequeno, nos quarenta e picos, de aspecto tão cuidado como se fosse aparecer na televisão a qualquer momento. Mesmo no tempo mais húmido conseguia que as camisas tufassem nas costas e os vincos das mangas fossem finos como lâminas. Tinha um aspecto mais poderoso e mais fresco que qualquer outro polícia da casa.

– Como se está a portar o agente Pinto? – perguntou. Eu já me tinha esquecido do assunto.

– O agente Pinto vai bem. Há-de dar um bom investigador.

– Importa-se de responder à pergunta, inspector?

– Ninguém gosta dele, já sei.

– E o Zé?

– Dou-me bem com ele.

– Constou-me que no sábado à noite andaram à pancada ali em frente e que ficou com a mão cortada.

– E que não foi a primeira briga dele?

– Fiquei surpreendido por se darem bem, só isso.

– Tem um feitio difícil, mas isso não me incomoda.

Narciso virou para o meu lado o rosto escanhoado e bem-parecido. O sol do fim-de-semana tinha-o queimado sem o aquecer – continuava tão impassível e frio como sempre.

– A única observação ao seu relatório é esta declaração descabida de Teresa Oliveira sobre a filha ter sido violada.

– Deduzo que ela não formalizou a queixa.

– Não, não formalizou – disse ele. – Morreu ontem.

Um silêncio. O ar condicionado gelou-me até ao tutano.

– Pela maneira como fala, morreu de causas naturais?

Ele abanou a cabeça.

– *Overdose* – disse. – Foi encontrada dentro do seu automóvel, estacionado numa rua de S. João do Estoril, a uns trezentos metros da casa de uma amiga onde tinha passado a noite.

– Uma mulher atenciosa – disse eu, com outra carga de culpa nos ombros.

– Estamos já a tratar disso.

– Quem?

– O inspector Abílio Gomes.

– Ele que verifique se o Dr. Dias Oliveira pode responder por cada minuto da noite de sábado.

– E isso faz-nos voltar ao seu relatório.

– À acusação dela, quer dizer.

– Uma declaração feita à pessoa errada, em conversa pessoal, sem qualquer prova a corroborá-la, por uma mulher desequilibrada com um passado de dependência de barbitúricos.

– A criada disse alguma coisa?

– Que eu saiba não.

– Acha que não vale a pena incluí-la no relatório.

– Foi um trabalho bem feito, inspector. Vejamos o que se encontra na tal garagem do Valentim Almeida. Quero ver o seu relatório sobre isso e a entrevista com ele.

Arrebanhei Carlos, requisitei um carro de serviço e fiz rumo a Odivelas. Em Campo de Ourique ficámos meia hora parados num engarrafamento. Disse-lhe o que tinha acontecido a Teresa Dias Oliveira e ficámos calados alguns minutos. Buzinas soavam, indiferentes. Música *techno* tocava alto por trás dumas janelas fumadas, ao nosso lado.

– Tinha razão quanto à Olívia – disse ele, vendo à nossa frente uma carrinha com esse nome na porta.

– Estamos a falar da minha filha?
– Ela é diferente.
– Meio portuguesa e três quartos inglesa – disse eu. – De que lhe falou ela?
– Disse-me que um miúdo da escola dela tem um Range Rover.
– Nem parece dela, ficar impressionada com isso.
– Não estava impressionada. É isso que quero dizer. É diferente. Perguntou-me a que poderia aspirar um garoto de dezassete anos que já tem o seu Range Rover.
– Uma pergunta-teste. Que respondeu?
– Disse-lhe que isso podia deixá-lo livre para aspirar a coisas mais importantes que a riqueza material.
– E ela foi nessa?
– Não. Achava que ele já devia estar corrompido. Gostei. Dei comigo a discutir comigo mesmo, uma vez na vida.
– Ela gosta disso – disse eu, olhando para ele, que olhava obstinadamente para a janela. – Discussão de ideias. Agressão intelectual. É uma coisa que encontra pouco nos jovens da idade dela. Como lhe chamaria você?
Virou a cabeça.
– Uma galinha de raça? – perguntei.
O engarrafamento desfez-se. As vértebras de cobra de metal distenderam-se. A música *techno* atrás da janela fumada enfraqueceu. Carlos estava a pensar noutras coisas.
– Esteve muito tempo lá dentro – disse-me.
– De que estamos a falar agora?
– Com o engenheiro Narciso. Foi só disso que falaram, do suicídio de Teresa Oliveira?
– E da acusação que ela fez ao marido.
– Mais alguma coisa sobre a investigação em geral? – contornou ele.
– Perguntou como nos estávamos a dar, sim.
A mão de Carlos apertou com mais força a alça do tecto.
– Quer dizer que soube da briga – disse.
– Que, pelos vistos, não foi a sua estreia.

– Tive uma com o Fernandes da Segunda Secção.

– Não conheço esse Fernandes – disse eu. – Como foi?

– O Fernandes é um porco – disse ele, espetando a cara para o pára-brisas. – Tinha um esquema montado com uns proxenetas e as pequenas deles. Queria iniciar-me no seu joguinho. Eu recusei, ele perguntou-me se tinha mais queda para rapazinhos e eu bati-lhe.

– Tem de ver se arranja um pavio mais comprido.

– Exagerei mesmo. Dei-lhe um murro nas tripas e ele levou um quarto de hora a levantar-se. Fui transferido no dia seguinte.

– Ainda bem que não fomos tão longe.

– Nunca levantaria a mão para si. O inspector tinha todo o direito de estar zangado. Quando contei ao meu pai o que lhe tinha dito, quase levei uma sova dele.

– Deve ser um homem bom.

– É um alentejano puro e duro, ainda come rabo e orelha de porco no Natal.

– Cozidos?

– Não, grelhados.

– Deve ser um homem rijo.

Chegámos ao renque de módulos à hora do almoço. Encontrámos quase tudo fechado, só havia uma casa de pneus a trabalhar. Abrimos a porta pequena e demos de caras com uma divisória pintada de preto e um cheiro de morrer.

A luz não funcionava. Acendemos lanternas. Carlos espremeu-se para passar ao lado de uma escadaria de madeira e através dum cortinado preto que havia por baixo. Eu subi a escada. Carlos conteve um vómito, o cheiro tornava-se mais forte. Eu fui dar a uma plataforma na empena do tecto. Continuava a não ver onde estaria a caixa dos fusíveis. Encontrei um conjunto caro de equipamento de computador, uma câmara de vídeo e uma televisão. Ao longo da parede alinhavam-se sete cabeças de esferovite com cabeleiras. Todas tinham os olhos queimados por pontas de cigarro.

– Porra! – disse Carlos.

– Que foi?

– Este fedor. Encontrei-o. Há aqui uma data de pintainhos mortos.

– Pintainhos?

– Foi o que eu disse. E uma cobra. Uma cobra muito maldisposta.

– Não gosto de cobras. Está numa gaiola?

– Acha que eu ficava aqui na conversa se ela estivesse solta?

– Vou descer.

Fui encontrá-lo num palco com três lados. Atrás do cenário havia sete pares de sapatos de salto agulha, três vestidos de borracha, uma cama, uma arca, uma *scooter*, uma lata de gasolina de reserva e um quadro de ferramentas.

– Já viu o que falta ali no quadro? – perguntou Carlos.

A julgar pelo desenho, faltava um volumoso martelo de cabo curto.

– Vamos ver da luz.

– Está aqui uma caixa no chão, ao pé da *scooter*.

– Acenda e vamos ver a obra artística de Valentim.

Carlos passou por cima da arca e abriu a caixa. Deu um piparote no fusível principal e baixou os outros quatro. Houve um estalo forte e quatro grandes projectores de halogéneo acenderam-se no tecto.

– Merda! – gritou Carlos. – Isto está... Fuja! Saia!

As luzes do estúdio apagaram-se de repente, prendendo-nos numa escuridão mais intensa, só que essa escuridão não era total. À volta da caixa da electricidade dançavam chamas amarelas. Carlos tropeçou na *scooter*. Corri para a divisória preta e embati-lhe com o ombro. Caiu e eu arranquei-a da parede. Carlos estava atrás de mim quando ouvi o baque surdo da lata de gasolina a incendiar-se e quase arranquei a porta dos gonzos. Saímos para a zona de estacionamento, o fumo e o fogo a seguirem-nos. Entrei no carro e fiz marcha-atrás, a afastá-lo do módulo. Carlos chamou os bombeiros. Sentei-me na capota do carro, à sombra dos módulos do lado oposto, a ver arder o 7D. Carlos estava furioso, a suar, ainda assustado e a andar dum lado para o outro em frente do carro.

– Estava armadilhada!
– Tem a certeza?
– Não, não tenho, não tive tempo para estudar a porra do esquema das ligações...
– Calma, pá, calma...
– O inspector viu o que aconteceu!
– Estou a perguntar-lhe.
– Liguei os fusíveis. A coisa começou a assobiar. Faíscas por todo o lado. Aquilo tinha gasolina, cheirava a gasolina.
– Da *scooter* ou da armadilha?
– Será melhor perguntar-lhe a ele.

Às três da tarde estávamos numa sala de interrogatórios onde Valentim tocava guitarra, com os olhos fechados num êxtase simulado. Apresentei o elenco ao gravador e convidei Valentim a declarar o nome completo e morada. Ele obedeceu, sem interromper o exercício musical.

– Gosta de filme? – perguntei.
– De filmes?
– Filme, para filmar. Ou prefere vídeo?
– Gosto de filme.
– Foi coisa que não vi no seu estúdio. Só vídeo. Calculo que seja barato, mas produz um efeito feio. Tem de se ter uma iluminação forte ou perde-se tudo, é o mal. O filme é mais subtil. Até mesmo o de 16 mm.
– Mas é caro.
– E traz outros problemas, não é?

Valentim parou de tocar guitarra e pôs-se a bater com um só dedo na mesa, marcando o compasso. À espera.

– Que outros problemas?
– Tem de se revelar o filme, montá-lo, tirar o original, passá-lo para *videotape* e, por fim, fazer as cópias.
– Como eu dizia, é caro – concordou ele.
– E não é muito privado também.
– É verdade.

– Mas trabalhar em vídeo requer um investimento inicial muito pesado. Pode ficar em quanto? Trinta mil contos?
– Não percebe mesmo nada de equipamento computadorizado, pois não, inspector?
– Elucide-me.
– O conjunto custou mil contos – disse ele. – Baratinho, não acha?
– É preciso trabalhar muito tempo no McDonald's para juntar esse dinheiro.
– Se não o quiser arranjar de outra maneira.
– Como o arranjou você?
– Como as pessoas normais. Fui ao banco.
– E eles emprestam assim dinheiro a estudantes?
– Eu não sou polícia, inspector Coelho. Não tenho a obsessão de ser totalmente honesto a dizer quem sou e o que faço. Os bancos querem emprestar dinheiro. Têm muito. As taxas de juro vão descer logo que entremos no euro. Pago as prestações. Que lhes interessa o resto?
– Quantos filmes fez da Catarina? – perguntou Carlos.
Um silêncio.
– Não nos obrigue a ir ver a sua colecção toda.
– Não iam apreciar.
– Como sabe?
– Não me parecem ter um temperamento muito artístico.
– Responda. Quantos filmes?
– Três. Eram filmes mudos, não era pornografia. Lamento desapontá-lo, agente Pinto.
– Ah, estamos a falar de arte... com pintainhos, uma cobra, vestidos de borracha...?
– Vá vê-los. Gostava de saber a sua opinião.
– De que eram os três filmes?
– O rosto dela a olhar para a câmara.
– Parece interessante.
– Ela tinha um ar diferente.
– Que era...?

– Por isso é que era diferente – disse Valentim, a olhar para mim.

– Como interpretou esse... ar?

– Isto parece mais uma sessão de terapia que de interrogatório. Carlos reagiu mal.

– Vou dar cabo de si, grande porco – disse em voz baixa. – Vou metê-lo na choça por homicídio.

– Olhe que vai ter um trabalho difícil, agente Pinto, porque *eu* não a matei.

– Que fez ao martelo?

– Ao martelo?

– O do seu quadro de ferramentas. Não estava lá.

– Há-de estar por lá. Procurem bem.

Um silêncio, enquanto Valentim tocava um solo de tambor na mesa.

– Onde passou a tarde de sexta-feira? – perguntou Carlos, começando a desesperar.

– Já lhe disse.

– Diga outra vez.

– Fui para a Biblioteca Nacional e fiquei lá até à hora de fechar, ou seja, sete e meia. Pode perguntar à bibliotecária. Discutimos, porque ela não me queria deixar usar o computador depois das sete.

– Conhece alguém que tenha um Mercedes preto, série C?

Valentim riu-se e fez uma careta.

– Não pedi assim tanto dinheiro ao banco!

– Como paga as prestações?

– Trabalho. Vendo os meus vídeos. Ganho dinheiro.

– Pornografia?

– Como lhe disse... o inspector não tem um temperamento muito artístico. Talvez seja por causa do seu trabalho. Deve ser bastante maçador...

Carlos já tinha fechado o punho.

– No seu lugar desligava o gravador, inspector Coelho. O agente Pinto quer recorrer a métodos de polícia mais convencionais.

Terminei o interrogatório poucos minutos antes das quatro. Carlos e eu fomos a pé para a Duque de Ávila.

– Ele está metido nisto – dizia Carlos, ainda furioso. – Aposto que está. Devíamos ter-lhe perguntado se armadilhou a caixa dos fusíveis, só para ver a cara dele.

– Acho que ele já nos tinha achincalhado bastante. Vamos esperar que os bombeiros nos dêem essa informação.

Às 16h25 estávamos a falar com as pessoas nas paragens de autocarro dos dois lados da Duque de Ávila, mostrando-lhes a fotografia de Catarina. Moral da história: não se dedique ao crime, porque há sempre alguém algures a vê-lo. Quatro pessoas tinham visto Catarina entrar no Mercedes preto. Um tipo lembrava-se da cena como se pertencesse ao seu filme favorito: o carro da frente era um Fiat Punto cinzento-metalizado; o Mercedes preto era um C200 a gasolina, com as letras NT na matrícula; o carro de trás era um velho Renault 12 branco, com uma jante traseira enferrujada. O carro sobre o qual Jamie Gallacher tinha caído era... Disse-lhe que nem precisávamos de tanto e fiquei com o nome dele. Mandei Carlos voltar para a Polícia Judiciária e dar a informação ao Trânsito. Dei-lhe também o nome de Lourenço Gonçalves para ele descobrir uma morada de trabalho e um número de telefone. Por mim, fiz o que todo o dia tinha querido fazer – fui ter ao meu apartamento favorito, na Rua Actor Taborda.

31

24 de Abril de 1974, Rua do Ouro, Baixa, Lisboa

Joaquim Abrantes estava às escuras diante da janela aberta. Era tarde, perto da meia-noite. Pica, a mulher dele, estendida na *chaise--longue*, fazia girar os botões do rádio, à procura de um programa que não enervasse o marido. Ainda há pouco o aparelho quase tinha ido parar à rua, quando ela apanhara uma estação estrangeira e os Rolling Stones se puseram de repente a cantar *Angie* a plenos pulmões.

– Desliga isso! – tinha Abrantes gritando. – Quando ouço músicas dessas, julgo que é o fim do mundo!

– E para que estamos nós aqui, afinal? – tinha ela perguntado, aborrecida. – Porque não vamos para a Lapa descansar? Tu ficas sempre assim quando não fazes um intervalo no trabalho.

– Estou preocupado – foi a resposta que teve.

Pica decidiu-se pela Rádio Renascença. Reconheceu a voz de José Vasconcelos, que tinha encontrado várias vezes quando trabalhava no teatro. Abrantes grunhiu outra vez. Não gostava de música, era uma coisa que lhe ofendia a sensibilidade. Tirou uma fumaça de um dos quatro cigarros acesos que tinha em quatro cinzeiros diferentes espalhados pela sala.

– E agora – anunciou a voz tranquila do locutor – Zeca Afonso canta *Grândola, Vila Morena*...

– Não vejo razão para estares preocupado.
– Estou preocupado – disse Abrantes, esmagando uma beata noutro cinzeiro e pegando no cigarro aceso que lá ardia – porque está para acontecer alguma coisa.
– Acontecer alguma coisa? – disse Pica, com um espanto trocista. – Não acontece nada. Nunca acontece nada.
– O Manuel disse-me que acha que está para acontecer qualquer coisa.
– Ora, o que sabe ele? – Pica nunca tinha gostado de Manuel.
– É inspector da PIDE. O que ele não souber, ninguém sabe. Vou-lhe telefonar.
– Já passa da meia-noite, Joaquim.
– Desliga esse rádio – disse Abrantes, reconhecendo a letra. – Esse Zeca Afonso é um comunista.

Marcou o número de Manuel. Pica baixou o volume do rádio.
– É um comunista – disse Abrantes, a olhar para o tecto – e não o quero cá em casa. Desliga isso.

O telefone tocava sem que ninguém atendesse. Pica desligou o rádio.
– O Manuel já está a dormir, e eu vou fazer o mesmo – anunciou.

Abrantes não pareceu sequer ouvi-la. Foi pôr-se à janela com o telefone na mão. Desligou e marcou outro número, mas não conseguiu linha.

Quatro homens estavam sentados num carro à entrada do Parque Eduardo VII, no centro de Lisboa: um major, dois capitães e um tenente. O capitão do banco da frente tinha no colo um rádio para o qual todos olhavam, mal ouvindo o que dizia. O major inclinou-se para olhar o relógio à luz do candeeiro da rua. O tenente bocejou de nervoso.
– E agora – disse no rádio a voz tranquila de José Vasconcelos – Zeca Afonso canta *Grândola, Vila Morena*...

Os quatro homens retiveram a respiração por um instante, até Zeca Afonso começar a cantar. O capitão virou-se no banco.

— Começou, meu major — disse, e o major concordou com a cabeça.

O carro desceu dois quarteirões e parou diante dum prédio de quatro andares. Os oficiais saíram e cada um tirou do bolso uma pistola. Entraram no prédio, que tinha uma pequena placa à porta: Rádio Clube Português.

Manuel Abrantes adormecera ao volante do seu grande Peugeot 504. O pneu direito da frente embateu num buraco e ele acordou a ver a erva a correr diante do carro. Guinou o volante para a esquerda e o carro voltou a aterrar no alcatrão. Parou e respirou em grandes haustos até o susto lhe passar. Abriu a janela e aspirou com força o ar frio. Estendeu a mão para o banco do lado e encontrou a pasta. Abriu-a e lá estava a ficha, a sua ficha pessoal dos ficheiros da sede da PIDE/DGS, na Rua António Maria Cardoso. Voltou a guardá-la. Estava tudo bem. O sonho assustador que tivera ao volante era apenas um sonho. Desapertou as calças, que estavam a trilhar-lhe a barriga, e surpreendeu-se com um traque alto e inesperado. Ainda tinha o estômago transtornado. Pôs o carro em movimento e prosseguiu caminho, já mais calmo.

— Onde estou? — perguntou em voz alta, como se um passageiro no banco de trás fosse responder-lhe.

Uma tabuleta apareceu ao fim duma longa recta. Agarrou melhor o volante e sacudiu o sono. Madrid 120 km.

Zé Coelho tinha dezoito anos. Estava numa tasca forrada de ladrilhos brancos no coração do Bairro Alto, a beber bagaço barato com três colegas de curso, quando o dono desceu precipitadamente as escadas de sua casa, que ficava por cima.

— Passa-se qualquer coisa — disse, ofegante e agitado. — Eu estava a ouvir rádio... uns oficiais do Exército interromperam o programa. Agora só há música.

— Diga que quer ir para a cama, pá, não é preciso inventar um golpe — brincou Zé.

— A sério.

Os sete ocupantes do bar ficaram a olhar para o homem até verem que era mesmo a sério. Levantaram-se todos ao mesmo tempo e saíram para a rua. Zé Coelho atirou o cabelo, que lhe dava pelos ombros, para cima da gola de pele de raposa do seu comprido capote alentejano e largaram a correr pelas estreitas calçadas para a praça próxima.

Não eram os únicos. Formava-se já uma multidão na Praça de Luís de Camões e as palavras «golpe» e «revolução» ouviam-se dum lado ao outro da praça. Ao fim de um quarto de hora o crescendo de excitação culminou num grito de marchar para a sede da PIDE/DGS, na António Maria Cardoso. Entraram na rua pelo lado do Chiado e encontraram outro grupo que vinha da Rua Vítor Cordon.

Por trás do portão em arco e dos muros altos, as portas estavam fechadas e não havia luz na fachada da casa, mas um fraco clarão nas janelas fez saber à multidão que havia luzes acesas dentro do edifício. Começaram a esmurrar os portões, com gritos incoerentes. Zé estava de pé no meio da rua, de punho no ar, a gritar «Revolução!» e, inclinado a exageros, «Cortem-lhes a cabeça!».

Abriram-se janelas no último andar, figuras escuras debruçaram-se sobre a rua. Quatro tiros cortaram o ar da noite. A multidão cindiu-se em dois grupos ao longo da rua, com gritos e imprecações. Os tiros perseguiram-nos. As botas trovejavam no empedrado. Zé subiu a colina a correr e caiu numa confusão de pernas à sua volta. Rolou sobre si, e lá em baixo na rua, em frente da PIDE, ouviu um som horrível que provinha da garganta de um homem. Olhou outra vez para o topo do edifício, mas não viu nada. Baixou-se, voltou a descer a rua a correr, agarrou o homem pela gola do casaco e puxou-o pela calçada acima. Quando estavam fora de alcance parou e estendeu as mãos para o homem. Sentiu nos dedos o calor escorregadio duma ferida na garganta.

Joaquim Abrantes tinha dormido mal. Acordou às seis da manhã sentindo-se tonto e maldisposto, como se tivesse bebido de mais na véspera. Tentou ligar para os filhos, sem conseguir. Abriu a janela e olhou para a rua vazia. Havia qualquer coisa que não estava bem.

A rua não devia estar vazia. Aspirou o ar, estava diferente, como o primeiro sopro de Primavera depois dum longo Inverno – mas a Primavera já ia a meio. Um rapaz de olhos desvairados apareceu a correr, vindo do lado do elevador do Chiado. Ergueu o punho fechado e gritou para a rua vazia:

– ACABOU-SE!

Depois continuou a correr para o Rossio.

Havia buzinas a apitar e um longínquo fervilhar de vozes e canções. Abrantes debruçou-se mais na janela. Era isso mesmo. Havia gente a cantar nas ruas.

– Isto está mau – disse em voz alta, e voltou a pegar no telefone.

– O que foi? – perguntou Pica, à porta do quarto no seu roupão de seda vermelha.

– Não sei ainda, mas não gosto. Há gente a cantar nas ruas.

– A cantar? – repetiu Pica, encantada e espantada por alguma coisa estar realmente a acontecer. – Bem, mesmo que tenha havido um golpe...

– GOLPE! – gritou Abrantes. – Não percebes? Não é um golpe. É uma revolução! Os comunistas estão aí!

– E depois? – disse Pica, espreguiçando-se na ombreira da porta. – Porque te hás-de preocupar? Metade do teu dinheiro está em Zurique, a outra metade em São Paulo, e até o ouro está fora do País.

– Não fales em ouro – resmungou Abrantes, sacudindo um dedo em frente dela. – Nem sequer digas a palavra «ouro». O ouro não existe. Nunca existiu. Nunca houve ouro nenhum. Percebeste?

– Perfeitamente – disse ela, e bateu com a porta ao voltar para o quarto.

Abrantes vestiu o casaco e saiu para a rua, encaminhando-se para o Terreiro do Paço. A praça estava cheia de soldados, mas o que eles faziam era rir e galhofar uns com os outros. Abrantes passou por entre eles, atordoado.

Um pouco antes das oito apareceu uma coluna de tanques vinda do quartel de cavalaria 7. Abrantes tomou posição na arcada a norte da praça.

– Agora é que vamos ver – disse a um soldado, que o mirou de cima a baixo como se ele fosse um Neandertal.

A coluna de tanques fez alto. A torreta do primeiro tanque abriu-se. Na praça, um capitão avançou para ele. O tenente do tanque gritou e a sua voz era clara na frescura da manhã e no silêncio total da praça.

– Tenho ordens para disparar sobre vocês – disse o tenente, e os soldados da praça agitaram-se – mas o que eu realmente quero é rir.

A agitação cessou e um murmúrio correu a praça.

– Prossiga – disse o capitão.

As tropas da praça aplaudiram. O tenente ergueu a mão, abriu os dedos e apontou para a coluna atrás de si. O capitão enviou um pelotão ao quinto tanque e quatro homens subiram-lhe pelos flancos. A torreta abriu-se, um coronel apopléctico pôs a cabeça de fora e ficou a olhar para quatro canos de espingarda.

No Tejo, o *Almirante Gago Coutinho*, da Marinha de guerra, veio colocar-se em frente da Praça do Comércio, com os canhões apontados ao coração da cidade. Os soldados e os tanques na praça olhavam em silêncio, preparando-se para a primeira rajada. Passaram vários minutos. Do navio não chegava um som. Os canhões não se moviam. Não houve sinal algum até que, devagar, um a um, os canhões do navio se desviaram da cidade e ficaram virados para a margem sul do Tejo. Pareceu aos artilheiros que um bando de pombos se erguia em revoada quando, na Praça do Comércio, um milhar de bonés foram atirados ao ar com um rugir de tempestade. Joaquim Abrantes deu meia-volta e regressou à Rua do Ouro.

Eram dez da manhã quando Zé Coelho chegou a casa. Ele e os amigos tinham levado o ferido para o hospital, e as enfermeiras das Urgências, ao ver-lhe a roupa ensanguentada, tinham-no separado dos outros e não o deixaram sair antes de ser visto por um médico, o que levou o seu tempo. Tinham-no lavado o melhor que puderam, mas a gola de raposa estava irremediavelmente manchada de sangue do ferido. A mãe abriu-lhe a porta e soltou um grito que fez o pai sair do quarto. A irmã de Zé pegou no casaco dele e foi pôr um banho a correr. O telefone tocou. O pai atendeu. Zé e a mãe ficaram calados a ver o coronel falar baixo, em tom grave, olhando para o chão e fugindo a encará-los. Por fim pousou o pesado auscultador de baquelite. A irmã de Zé voltou a aparecer.

– O general Spínola – disse o pai, assumindo um tom grave e pausado para corresponder ao peso da ocasião – pede-me que vá ao Quartel do Carmo, onde está Marcelo Caetano com os ministros, para os convencer a permitir que o general aceite a rendição incondicional do Governo.

– Tu sabias disto? – perguntou a mulher, a voz trémula de medo e de choque ao pensar nas tremendas consequências para ela e para os filhos se o golpe tivesse terminado de maneira diferente.

– Não, e o general também não. Pelos vistos, o golpe foi organizado por oficiais subalternos, mas o general sabe que a eles nunca Caetano se renderá. O primeiro-ministro não quer que o poder caia à rua.

– Nas mãos dos comunistas, quer ele dizer – riu-se Zé.

– E tu o que andaste a fazer? – perguntou o coronel, lançando um olhar de águia ao filho ainda manchado de sangue.

– Estava à porta da PIDE quando eles abriram fogo. Houve feridos e nós levámos um ao hospital.

A mãe de Zé teve de se sentar.

– O general disse-me que não houve vítimas.

– Pode dizer-lhe da minha parte que houve mais de uma na António Maria Cardoso.

– Viste levar mais alguém para o hospital enquanto lá estavas?

– Fecharam-me num quarto para eu não poder sair.

O coronel acenou com a cabeça, a testa franzida, mas a sorrir ao filho.

– Agora ficas em casa e tomas conta da tua mãe – disse, puxando a filha para si e dando-lhe um beijo na testa. – Ninguém sai desta casa antes de eu dizer que não há perigo.

– Vá ver – Zé brincava agora com o pai. – Lá fora estão a dançar nas ruas.

– Meu filho, o comunista – disse o coronel, abanando a cabeça.

Ao meio-dia e meia, o guarda entrou na cela de Felsen em Caxias com um tabuleiro de comida. Pousou o tabuleiro na cama. O barulho do resto da prisão, que tinha começado de manhã, não dava sinais de diminuir. Os presos políticos entoavam pela quinquagésima vez a canção antifascista *Venham Mais Cinco* e os guardas tinham há muito renunciado a fazê-los calar.
– Posso saber o que se passa? – perguntou Felsen.
– Nada que o vá afectar – disse o guarda.
– Só estava a comentar a atmosfera diferente que a prisão tem hoje.
– Alguns dos nossos amigos estão de partida.
– Sim? Porquê?
– Houve uma revoluçãozinha... Como lhe disse, nada que o vá afectar.
– Obrigado – disse Felsen.
– De nada – disse o guarda.

O Dr. Aquilino Oliveira deveria sentir-se feliz ao seguir a enfermeira pelo corredor da ala da maternidade do Hospital de S. José. Tinha acabado de saber que o seu quarto filho era um rapaz, pesava 3,700 quilos e estava de excelente saúde. A enfermeira ia falando em rajadas por cima do ombro enquanto abria caminho pelas portas de vaivém. Não parecia precisar de resposta para continuar.
– ... quatro mortos e três feridos. Foi o que disseram nas Urgências, só quatro. Nem querem acreditar. Eu ainda nem acredito. Há tanques no Terreiro do Paço e no Largo do Carmo, mas não estão a fazer nada. Só estão lá. Os soldados prenderam os agentes da PIDE, mas não lhes fizeram mal... foi só para os proteger. Os soldados... eu não vi, mas dizem que os soldados puseram cravos vermelhos nas espingardas para o povo ver que não querem matar ninguém. Estão ali para os libertar. Só quatro mortos numa noite destas, com tanques nas ruas e navios de guerra no Tejo! Não acha incrível, senhor doutor? Eu ainda nem acredito. Palavra, senhor

doutor, nunca pensei poder dizer isto na minha vida, mas sinto orgulho. Sinto orgulho em ser portuguesa.

Abriu a porta da enfermaria num gesto largo e levou o advogado para o canto onde estava a mulher, separada por um biombo de outras seis parturientes. Os sapatos do homem escorregaram no chão muito encerado e ele teve de se agarrar a uma cama para não cair.

– Cuidado – disse a enfermeira, cujas solas de borracha rangiam.

O advogado contornou o biombo. A mulher estava sentada na cama, preocupada.

– Estás bem?

– Ia caindo ao chão – disse a enfermeira. – Estou farta de lhes dizer que não ponham tanta cera. Para nós está bem, mas para quem entra aqui com solas de cabedal é um perigo. Já sabem que nome lhe vão dar?

– Ainda não.

– Pelo menos não há perigo de se esquecerem em que dia faz anos.

Ana Rosa Pinto estava com a mãe na cozinha. De mãos dadas, choravam as duas, com os olhos postos em Carlos, que na altura tinha três anos e brincava no chão. Ana Rosa tinha começado o dia aborrecida porque não a deixaram apanhar o barco para atravessar o rio e levar Carlos à sua consulta em Lisboa. Depois tinham-lhe mostrado o *Almirante Gago Coutinho* com os canhões virados para cima e ela voltara para casa assustada, mas excitada, à espera de notícias.

Ao fim da manhã, o pai de Ana Rosa tinha ido para a primeira reunião pública do Partido Comunista Português, nas docas de Cacilhas. Ana Rosa e a mãe tinham esperança de que ele trouxesse notícias sobre a libertação dos presos políticos de Caxias.

O pequeno Carlos nunca tinha visto o pai. A mãe estava grávida de seis meses quando a GNR dispersou uma reunião sindical nos estaleiros e o pai foi levado para a outra margem para interrogatórios. Duas semanas antes de Carlos nascer a mãe tinha sabido que o marido estava em Caxias a cumprir cinco anos de pena por actividades subversivas.

Esperaram todo o dia, e a noite caía quando alguém bateu à porta. Ana Rosa soltou a mão da mãe e foi atender. Um garoto estendeu-lhe uma mensagem e saiu a correr sem esperar resposta. Ela leu e as lágrimas que julgara ter esgotado durante o dia voltaram a saltar-lhe.

– Que é? – perguntou a mãe.
– O barco já saiu para Lisboa. O Rossio está cheio de gente. Vão marchar sobre Caxias esta noite.

Às três da manhã de 26 de Abril a chave rodou na fechadura da cela de António Borrego, na prisão de Caxias. O guarda não disse nada, nem sequer abriu a porta, limitou-se a passar à cela seguinte e repetir o gesto. António espreitou para o corredor mal iluminado. Outros homens faziam o mesmo. Havia aclamações e abraços. António abriu caminho e desceu rapidamente os três lances de escadas que levavam ao pátio, onde encontrou mais cinquenta e tal homens a olhar em expectativa para os portões da prisão. Atravessou o pátio quase a correr, entrou no bloco hospitalar e subiu os degraus dois a dois. Teve de parar no fim para respirar, estava mais em baixo de forma do que julgara.

Estavam três homens na enfermaria. Dois dormiam. O terceiro, Alexandre Saraiva, sentado na beira da cama, tentava calçar as meias, mas só conseguia tossir. António pegou nas meias e calçou-as ao amigo. Encontrou as botas, calçou-lhas e atou-lhe os atacadores. Alexandre cuspiu para o prato de metal que tinha à cabeceira e inspeccionou o muco.

– Ainda tem sangue – disse, sem se dirigir a ninguém em particular. – Vieste para me levar para casa?
– Vim – disse António.
– E quem paga o táxi?
– Vamos a pé.
– Não sei se consigo. Só de me vestir pensei que morria.

– Consegues.

António passou o braço de Alexandre pelo seu próprio pescoço. Puseram-se de pé. António enganchou o polegar no cós das calças do amigo e os dois desceram para o pátio, onde agora estavam mais de cem homens. Chegou-lhes o som duma multidão que vociferava do outro lado dos portões, nomes que eram gritados e se perdiam no barulho. António encostou Alexandre à parede e pôs-lhe de leve uma mão no peito, a segurá-lo.

Os portões abriram-se ao pandemónio da enorme multidão, que tinha vindo de Lisboa em carreiras grátis. Os presos saíram, encandeados com as luzes das câmaras, procurando rostos que lhes dissessem alguma coisa.

António esperou que o pátio se esvaziasse e só depois ajudou Alexandre a sair para uma liberdade que não conheciam há nove anos. Contornaram a euforia e foram descendo a encosta. Não tiveram de andar muito, um motorista de táxi lavado em lágrimas levou-os de graça até Paço de Arcos.

O táxi deixou-os à porta do café de Alexandre, ao lado do jardim público. O azulejo ainda estava na parede. Mostrava um desenho à pena do farol do Bugio e tinha escrito por baixo *O Farol*. Alexandre bateu de leve na janela iluminada da casa ao lado. Respondeu uma voz feminina, velha e cansada.

– Sou eu, D. Emília – disse Alexandre.

Uma mulher desdentada, vestida de preto, abriu a porta e espreitou para a noite, com os olhos já fracos. Viu Alexandre, agarrou-lhe a cara com dedos aduncos e tortos e beijou-o nas duas faces, com força, com muita força, como se quisesse dar-lhe vida com os seus beijos. Tirou do bolso do avental a chave do café, como se há nove anos estivesse pronta para aquele momento. Foi buscar velas à cozinha de sua casa.

Alexandre abriu a porta. Às escuras, António fê-lo sentar numa cadeira de metal junto de uma mesa de madeira. Depois acenderam as velas.

– Deve aí estar uma coisa atrás do balcão – disse Alexandre. – Já deve estar no ponto.

António trouxe uma garrafa de aguardente e dois copos a que soprou o pó. Serviu o líquido amarelo-pálido. Beberam à liberdade e Alexandre teve um ataque de tosse.

– Amanhã vamos ao notário – disse Alexandre.
– Para quê?
– Quero ter a certeza de que, quando morrer, tu ficas com a casa.
– Homem, não fales nisso.
– Com uma condição.
– Deixa-te disso, estás...
– Dá-me outra aguardente e ouve – disse Alexandre.
– Estou a ouvir.
– Tens de mudar o nome da casa para «Bandeira Vermelha». Para ninguém se esquecer.

A 2 de Maio de 1974, Joaquim Abrantes, Pedro, Manuel e Pica almoçavam num pequeno restaurante do centro de Madrid. Estava combinado que Manuel iria para São Paulo, no Brasil, abrir uma sucursal do Banco Oceano e Rocha. Joaquim e Pedro iriam para Lausanne, e de lá acompanhariam a situação política em Portugal. Pica bem perguntou porque não podiam fazer o mesmo em Paris, mas ninguém lhe prestou atenção.

A 3 de Maio de 1974, à hora em que o voo Madrid-Buenos Aires de Manuel Abrantes deixava a costa ocidental de África, trinta e seis ex-agentes da PIDE/DGS ofereciam os seus préstimos ao novo regime para controlo de trânsito e registo de veículos.

32

Terça-feira, 16 de Junho de 199..., Polícia Judiciária, Saldanha, Lisboa

A sede parecia uma colmeia de tanta azáfama, mas eu não estava incluído. A secretária de Narciso estava à minha espera no corredor e levou-me directamente para a sala dele, mas, evidentemente, ele não estava disponível, e os cinco minutos prometidos pela secretária transformaram-se em vinte, mas ela não me deixou sair.

Às 8h30 estava eu de pé diante da mesa de Narciso, também ele de pé, com a cadeira encostada à parede, as mãos abertas agarrando a beira da mesa, como se fosse atirá-la para cima de mim. Era muito raro poder ler-se uma emoção no rosto dele, mas nesta manhã havia uma – fúria. Não uma fúria eruptiva, vulcânica, antes a variante glacial, penetrante.

– Ainda não recebi o seu relatório revisto.

– Ainda não tive oportunidade de entrar no meu gabinete esta manhã.

– Também não recebi o seu relatório sobre o que aconteceu ontem.

– Pela mesma razão, Sr. Engenheiro.

– Em compensação, já ouvi falar do perigo que correu com o agente Pinto e da destruição de todas as provas num incêndio.

– Foi um contratempo.

– O que lhe disseram os bombeiros?
– Ainda não...
– Ouvi a gravação do interrogatório ao suspeito. É duma incompetência tão flagrante que não acredito que algum de vocês estivesse a pensar no que estava a fazer.
– Estamos concentrados no que estamos a fazer, Sr. Engenheiro.
– A que horas saiu ontem daqui?
– Pelas quatro e um quarto. Fomos procurar testemunhas nas filas das paragens de autocarro da Duque de Ávila, onde a rapariga foi vista pela última vez, a entrar para...
– E não voltou cá.
– Mandei o agente Pinto...
– Para onde foi?
– Não tinha mais...
– Foi visto a entrar num prédio de apartamentos ali em cima, na Rua Actor Taborda.
– É a morada da professora da vítima.
– Quanto tempo lá esteve?
Um silêncio.
– Não ouvi a sua resposta, inspector.
– Quatro horas.
– Quatro horas! E o que ficou a saber em quatro horas?
– Foi uma visita particular, Sr. Engenheiro.
Narciso não se surpreendeu. Tinha a cena ensaiada ao pormenor.
– Faz ideia da pressão que tenho em cima?
– Não duvido que seja considerável.
– Pediu que o inspector Abílio Gomes verificasse onde estava o Dr. Aquilino Oliveira à hora da morte da mulher.
– Era só uma ideia.
– Pois estava a jantar na residência particular do ministro da Administração Interna.
Calei-me. Não era a altura de fazer comentários sobre a amizade entre o advogado e o ministro. Narciso deixou cair a cabeça e pôs-se a olhar para o tampo da mesa.

– Vou retirá-lo deste caso – disse em voz neutra. – O Abílio Gomes fica com ele a partir de hoje. Quero que vá a Alcântara investigar um corpo encontrado num contentor de lixo nas traseiras do clube Doca Um.

– Mas, Sr. Engenheiro, não me...

– Não está em posição de defender o seu profissionalismo no caso Catarina Sousa Oliveira. «Inspector da PJ tem um caso com testemunha» – e estendia a mão com o suposto título de primeira página do *Correio da Manhã*. – Pegue no agente Pinto e vá para Alcântara.

Sentei-me no meu gabinete a roer as unhas. Carlos tinha-me deixado um bilhete com o telefone de Lourenço Gonçalves e a direcção dum escritório na Avenida Almirante Reis. Marquei o número, a perguntar-me porque me teria Narciso elogiado na manhã anterior por olhar para o outro lado e me punha no congelador vinte e quatro horas mais tarde, quando eu estava a chegar a algum lado. O telefone não respondia. Carlos entrou e sentou-se do outro lado da secretária. Desliguei o telefone.

– Temos um problema – anunciou.

– Já sei.

– O Trânsito não me dá informações.

– Fomos substituídos no caso.

– E o Trânsito *sabe* disso? – perguntou ele, enterrando-se na cadeira.

– Talvez – disse eu, e peguei no telefone.

Liguei a um amigo meu do Trânsito, sempre pronto a fazer-me um jeito. Pediu-me que esperasse um momento. Cinco minutos mais tarde disse-me que o computador tinha uma avaria. Desliguei.

– Temos um problema interno – anunciei.

Carlos pareceu ficar de repente desnorteado e com frio, como um garoto que se tivesse perdido dos pais na praia. Resumi-lhe o que ouvira de Narciso.

– Mas o que quer isso dizer?

– Que estávamos a nadar perto da praia mas que agora a maré nos varreu para a placa continental e temos dez braças de água fria e escura por baixo dos pés.

Carlos inclinou-se para a frente, sério como uma pedra tumular.
- De que está a falar, inspector?
- Já não sei.

Fazia calor no complexo das docas de Alcântara e o cadáver do contentor já cheirava o bastante para fazer toda a gente trabalhar com o lenço no nariz. O fotógrafo já tinha vindo e já se tinha ido embora, e a patologista, uma mulher que eu não conhecia, estava a ter dificuldades com as luvas de borracha. Olhei de relance para o corpo – homem, cerca de dezoito anos, pele escura, cabelo preto ondulado, magro, vestindo apenas um par de cuecas curtas cor de vinho com uma cara sorridente por cima da área genital. Toquei-lhe nos pés. Macios. Ou o assassino lhe tinha roubado os sapatos ou alguém aparecera depois.

A patologista veio ter comigo.
- Dois elementos do pessoal estavam a acabar a limpeza do clube – disse-me. – Despejaram o lixo às cinco, e às sete, quando fecharam para sair pelas traseiras, encontraram o corpo. Dizem-me que era um prostituto conhecido. Posso remover o corpo?

Fiz sinal que sim. Ela era rápida e competente. Dei instruções a Carlos sobre o que havia a fazer e ficámos à espera do primeiro relatório da patologista.
- Ora bem. Causa de morte: hemorragias cerebrais múltiplas, provocadas por repetidos golpes violentos na cabeça – de cima, de trás, de lado... O assassino queria-o bem morto. Vou fazer uma análise de HIV, pode ser um motivo. Dei uma olhadela ao recto, e ele tinha estado a trabalhar. Dou mais pormenores logo que o tenha visto no laboratório.

Deixei Carlos com o seu bloco de notas e a sua inteligência intuitiva e fui a pé até à estação de comboios de Alcântara. Enquanto esperava o comboio telefonei ao meu amigo do Trânsito.
- O computador continua avariado?
- Lamento, Zé.
- Quer isso dizer que vai estar avariado sempre que eu telefone?

– Não sei dizer-te.

Telefonei para casa do advogado e respondeu-me a criada. Disse-lhe que queria falar com ela e ela respondeu que estava sozinha em casa.

Apanhei o comboio de Cascais e pelas dez da manhã estava a atravessar a vila antiga em direcção à casa do advogado. Toquei à campainha. A criada veio abrir, mas atrás dela, no corredor, estava o Dr. Aquilino Oliveira.

– Obrigado, Mariana – disse ele, e mandou-a trazer café. Levou-me para o gabinete, mas não se sentou. Eu fiquei também de pé.

– Não o esperava, inspector – disse ele. – Telefonei-lhe para a PJ e disseram-me que estava desligado do caso. Passaram-me ao inspector Abílio Gomes. Não é um homem do seu calibre, claro, mas parece competente. Em que posso ajudá-lo?

– Vim apresentar as minhas condolências. Pela morte da sua esposa. Custa a crer tudo o que o senhor teve de passar nestas quarenta e oito horas.

Ele sentou-se devagar, sem tirar os olhos de mim.

– Obrigado, inspector Coelho. Não pensei que os polícias pudessem dar-se ao luxo de ter sentimentos.

– É uma das minhas fraquezas... e talvez seja uma força, também.

– É isso que o move, inspector?

– É – disse eu. – Isso e ainda acreditar no valor da verdade.

– Deve ser um homem solitário, inspector – disse ele, e isso abalou-me.

– E há também o mistério – disse eu, disfarçando o meu mal-estar. – O homem precisa de mistério.

– Fala por si.

– Sim, talvez advogados e mistérios não liguem bem.

– Oh, nós adoramos fazer mistério... é o que me dizem os clientes.

Mariana trouxe o café. Serviu. Ficámos à espera. Ela saiu.

– A sua esposa foi falar comigo na noite anterior ao dia em que morreu, senhor doutor. Sabia disso?

Ele ergueu os olhos do café, pestanejando, mas galvanizado, a querer ler-me os pensamentos.

– Ela já tinha tentado matar-se antes, inspector. Sabia disso?

– Quantas vezes?

– Pergunte no hospital de Cascais. Já por duas vezes tinham tido de lhe fazer uma lavagem ao estômago. Da primeira vez, a Mariana deu com ela mesmo a tempo. Da segunda fui eu. No Verão passado.

– A que atribuiu essas tentativas?

– Não sou psiquiatra. Não sei como actuam as neuroses no cérebro humano. Não sei nada de desequilíbrios químicos e coisas dessas.

– A neurose resulta geralmente dum trauma original que a vítima tenta suprimir.

– Acho que é isso, inspector. Como sabe dessas coisas?

– A minha falecida mulher interessava-se pela obra de Carl Jung – disse eu. – Tem ideia do que poderia...?

– A minha... O que lhe disse a minha mulher nessa noite?

– Disse-me que o vosso casamento corria mal desde o princípio, e eu pensei que quinze anos é muito tempo para uma relação correr mal. Pareceu-me ter medo de si e ser dependente de si. O seu pequeno exercício de humilhação no princípio da investigação confirma-o.

– E eu não fui humilhado com aquela ligação a um rapaz dez anos mais novo que ela, inspector? – disse ele, rápido e feroz, quase a silvar.

– Quando soube dessa ligação?

– Não me lembro.

– No Verão passado, talvez?

– Sim, sim... foi no Verão passado.

– Como?

– Encontrei a factura duma camisa duma loja de que não gosto.

– Confrontou-a com a factura?

– Fiquei de prevenção. Afinal, a camisa podia ser para o irmão dela... Eu sabia que não era, mas a minha formação profissional exige que me certifique das coisas.

– Então como abordou o assunto?

A pergunta atingiu-o em cheio. Tentou disfarçar a sua reacção com uma complicada mudança de posição. Tinha sido um despertar brusco da tranquilidade do diálogo. Tinha passado o dedo pela verdade e descobrira-a cortante como uma navalha. A sua temperatura de superfície desceu rapidamente abaixo de zero.

– Nada disso é relevante para a investigação da morte da minha filha, inspector. Sobretudo agora que o senhor já não trabalha no caso.

– Pensei que estivéssemos a conversar.

Ele inclinou-se para a frente e bebeu um pequeno gole de café. Tirou um charuto pequeno duma caixa que tinha sobre a secretária, ofereceu-me outro. Declinei e acendi um dos meus cigarros. Ele inspirou e descontraiu-se. A minha pergunta queimava-me a boca.

– Estava a contar-me o que a minha mulher lhe disse naquela noite – disse ele.

– Falou de coisas, coisas muito graves, mas não as explicou e eu estava muito cansado, tinha sido um dia duro... Disse-me que o vosso casamento nunca tinha corrido bem, mas não disse porquê. Disse que o senhor era um homem poderoso e que exercia esse poder nas suas relações pessoais, mas não disse como. Fez uma acusação muito séria, mas não apresentou qualquer prova a apoiá-la. Não era...

– ... a conversa de alguém em seu perfeito juízo – completou ele.

– Tinha traços de verdade, ao que me pareceu.

– Qual era essa acusação séria?

– Disse que o senhor abusava sexualmente de Catarina.

– Acreditou nisso?

– Ela não apresentou provas...

– Mas acreditou?

– Sou um investigador de homicídios, doutor. As pessoas mentem-me, não apenas ocasionalmente, mas *sempre*. Eu escuto-as, cruzo as referências, investigo mais. Examino as provas. Descubro testemunhas. Quando tenho sorte, consigo juntar *factos* suficientes para ter um processo. Mas uma coisa posso garantir-lhe, doutor, quando uma pessoa me diz uma coisa, eu não acredito automaticamente. Se acreditasse, podíamos tirar da prisão todos esses inocentes e reconvertê-las em pousadas.

– O que lhe disse a ela?

Senti o estômago a crispar-se. A memória a acusar-me. A responsabilidade a morder-me.

– Disse-lhe que tivesse muita cautela... e que ia precisar de um advogado e de provas.

Ele chupou o charuto, o advogado a observar o ponto fraco.

– Um bom conselho – concordou. – Disse-lhe que não era a si que devia dirigir-se, que se...

– Disse.

– Então porque pensa que ela foi ter consigo, inspector?

Não respondi.

– Acha que talvez estivesse a tentar influenciá-lo... na sua atitude para comigo, por exemplo?

Continuei a não responder e o advogado inclinou-se sobre a secretária, a aproximar-se de mim.

– Talvez ela apresentasse como prova a promiscuidade da nossa filha, o seu completo desprezo por qualquer moral sexual, provocado pelo quê? Por uma confusão. O homem em cujo amor incondicional ela confiava teria tirado partido da sua inocência... Sim, imagino que fosse isso. Isso contaria como trauma e a promiscuidade como neurose. Terei razão? Era isso o que a minha mulher pensava?

A pressão da inteligência daquele homem, o seu instinto de ave de rapina, tinha a intensidade fervente dum cardume de piranhas devorando a vítima até ao esqueleto. Porque casaste tu com ela?, perguntava eu. Porque casou ela contigo? Porque continuaram juntos?

– Foi isso – disse ele, voltando a recostar-se. – Sei que foi.

Esmagou o charuto com raiva, até sentir que estava a ser observado. Eu pus-me de pé, aborrecido e confuso, a iniciativa perdida.

Abri a porta para sair, com a pergunta ainda sem resposta, ainda sem peso para a fazer em voz alta.

– Há dois géneros de violência familiar, doutor – disse eu. – O que aparece nos jornais é a violência sexual. É o mais chocante. Mas o outro pode ser igualmente brutal.

– E é...?

– Negar amor.

Saí para o corredor, fechei a porta e voltei a abri-la.

– Esquecia-me de perguntar, senhor doutor. Tem algum carro além do Morgan? Presumo que o Morgan seja o seu carro de recreio e tenha outro mais formal.

– Um Mercedes.

– Era esse carro que a sua esposa dirigia no sábado à noite?

– Era, sim.

Deixei-me ficar sentado no jardim público perto da casa do advogado, à espera de ver sair Mariana, a empregada. Saiu à hora do almoço, e eu segui-a. Era uma mulher pequena, atarracada, com pouco mais de metro e meio. Cabelo preto e brilhante, muito frisado. Era o género de pessoa em quem se confia à primeira vista, o tipo de mulher, talvez, que o Dr. Oliveira não merecesse ter a trabalhar para ele. Alcancei-a numa ruazinha íngreme, quase que a assustava.

– Podemos falar uns minutos? – perguntei.

Ela não queria.

– Vamos andando – disse eu, descendo para a rua para lhe dar lugar à sombra no passeio estreito. – Está muito abalada.

Acenou que sim.

– A senhora Oliveira era boa pessoa?

– Era, sim. Uma mulher infeliz, mas uma pessoa boa.

– A Mariana vai continuar a trabalhar para o Dr. Oliveira?

Não respondeu. Os saltos baixos matraqueavam nas pedras.

– E a Catarina? Era uma pessoa boa?

– Trabalho para o Dr. Oliveira há nove anos. Conheço a Catarina desde essa altura, havia nove anos que a via todos os fins-de-semana e todos os Verões... e não, inspector, ela não era uma pessoa boa, mas a culpa não era dela.

– Mesmo quando tinha seis anos?

– Eu sei o que é o sofrimento, inspector. O dos ricos não é muito diferente do nosso. O meu marido bebe. Fica um homem diferente, faz sofrer os filhos. Mas pelo menos quando está sóbrio continua a amá-los.

– E o Dr. Oliveira não?

Ela não respondeu. Era uma coisa que não conseguia dizer.

– A D. Maria Teresa tentou dar à filha todo o amor que tinha, mas Catarina nunca o quis. Detestava a mãe, e... sabe o que é mais estranho? Adorava o pai.

– A D. Maria Teresa veio ver-me na noite anterior à sua morte.

Mariana benzeu-se apressadamente.

– Disse-me que o Dr. Oliveira estava a abusar sexualmente da filha.

Mariana escorregou nas pedras. Agarrei-a. Encostou-se à parede e ali ficou, aterrada.

– A D. Maria Teresa disse-me que a Mariana podia confirmar essa acusação. É verdade, Mariana? Diga-me.

Ela engoliu em seco e abanou a cabeça. A rua estava quente, clara e vazia. O céu era azul-profundo contra as paredes brancas batidas pelo sol. O ar do mar trazia o cheiro do almoço. Mariana olhava para mim como se eu lhe estivesse a apontar uma faca. Sacudiu do ombro um fiapo de cal.

– Eu não seria capaz de ficar lá em casa.

Gostaria de deixar o assunto, mas não pude resistir a fazer a pergunta que não tinha podido fazer a nenhum dos Oliveiras.

– De quem era ela filha, Mariana?

– Quem? – perguntou ela, desorientada.

– Catarina.

– Não percebo.

Fiquei por ali. Um carro roncava a subir a rua, os pneus a bater no empedrado. Subi para o passeio e segui Mariana até à rua principal e à frescura das árvores. À porta do supermercado despedi-me com uma última pergunta fácil. Mariana ficou aliviada por poder dizer-me que a amiga de Teresa Oliveira era uma inglesa chamada Lucy Marques, e deu-me a direcção em São João do Estoril.

Voltei a apanhar o comboio da linha para São João do Estoril e depois andei cerca de um quilómetro para o interior até dar com uma casa de estilo tradicional, mas de construção recente, com portões, uma pista circular e largos degraus conduzindo a um pórtico. Cheirava a dinheiro, mas não muito. Apresentei-me ao intercomunicador e à câmara de vídeo do portão electrónico. Havia uma grande parabólica no telhado.

Uma vistosa empregada cabo-verdiana levou-me pelos soalhos de mármore branco a uma sala de estar donde vinha o som duma telenovela inglesa. Lucy Marques estava sentada com os pés em cima do sofá, embalando um comando de televisão e um grande copo do que vi depois ser um *gin and tonic* dos fortes. No chão, ao alcance da mão, uma pilha de revistas *Hello!*. Desligou a televisão quando entrei.

– Deixei de falar o maldito português – disse em inglês, a pôr-me à distância – por isso se não fala *gin and tonic* pode dar já meia-volta.

– O meu *gin and tonic* não é mau – disse eu na mesma língua.

– Será? Passe-me um prego.

– Um quê?

– Chumbado à primeira, inspector. Um prego de caixão. Uma pilha cancerígena. Um maldito paivante, que diabo... daquela caixa em cima da mesa.

Tirou dois cigarros e pôs um atrás da orelha. Acendi-lhe o que levou à boca.

– Sirva-se – disse ela. – Beba qualquer coisa. Esteja à vontade. Sempre tem um ar mais inteligente que o Gumbo Gomes. Que tipo mais deprimente.

– Abílio...

– Abílio-o-Habilidoso – disse ela, achando-se muito engraçada.

Ao ver-lhe as costas das mãos calculei que andasse pelos cinquenta e picos, mas a cara e o corpo pareciam ter parado nos trinta e oito, o que era uma proeza considerando a sua dieta. Vestia uns *jeans* brancos e uma *T-shirt* com um motivo náutico.

– Podemos falar de Teresa Oliveira?

– Só se beber comigo. *Gin and tonic*. Foi o combinado.

Servi-me dum *gin* fraco e acendei um cigarro.

– A Teresa, a Teresa... – suspirou ela, e bebeu um longo golo. – Que coisa chata.

– Eu estava a investigar a morte da filha.

– Estava?

– Fui desligado do caso. Políticas internas. O Gumbo Gomes substituiu-me.

– O Gumbo Gomes? É mesmo o género de português que detesto. Muito sério, muito soturno... Não se conseguia iluminar aquela cara nem oferecendo-lhe um *cocktail* Molotov e um fósforo.

– Mrs. Marques, poderíamos...?

– Claro. O *gin* faz-me divagar. A Teresa. Não, a Catarina. Pois olhe, não fiquei admirada com o fim triste que teve. Era o que se chama uma serigaita, essa. Sabe o que é uma serigaita, inspector?

– Mais ou menos.

– Uma calculistazinha descarada, uma cabra... – ajeitou-se no sofá, preparando-se para a má-língua. – Sabe, a Teresa teve um amante no ano passado.

– Paulo Branco.

– Esse.

– E apanhou a Catarina na cama com ele.

– Não foi bem apanhá-los debaixo dos lençóis, inspector Coelho. Apanhou-os no acto, ao vivo e a cores. As nádegas a batucar. Os tornozelos dum nas orelhas do outro. A cena completa, faço-me entender? Durante umas semanas a Teresa sentia-se mal de cada vez que pensava nisso.

– Ao que sei, Catarina telefonou a chamá-la, para que ela os fosse surpreender.

– Está bem informado. Deve gostar de bisbilhotar, inspector.

– Fui casado com uma inglesa.

– Não seja impertinente.

– Não atacou os portugueses?

– Um a um – disse ela, lambendo um dedo e erguendo-o no ar a marcar a pontuação.

– Estava a falar do amante, Mrs. Marques.

– Ah, pois. Teresa estava convencida de que foi ele o encenador.

– Quem?

– O Aquilino. Convenceu a Catarina a fazer a fita. A descobrir quem era o amante da mãe e a levá-lo para a cama.

– Valha-nos Deus – disse eu. – O que a levou a pensar uma coisa dessas?

– Pois, eu até lhe disse: «Tu estás é paranóica, minha querida.» Mas ela contou-me que um dia encostou a Catarina à parede e sabe o que a filha lhe disse? «Não andasse a dormir com outros homens.» Uma família simpática, não acha?

– Porque é que a Teresa não o deixou?

– Vocês, portugueses, e os vossos malditos contratos de casamento – resmungou Lucy Marques, abanando a cabeça. – O Aquilino e a Teresa casaram com... como se chama aquele contrato em que tudo o que cada um tem passa a ser dos dois?

– Comunhão total de bens.

– Isso. Quando a Teresa casou, não tinha um tostão. Ela trabalhava para ele, não se esqueça. A fortuna era toda do Aquilino. Ele não ia divorciar-se e deixá-la levar metade, que era aquilo a que tinha direito.

– Mas...

– Exactamente. Ele era doido por ela. Deixou a primeira mulher por causa dela, e olhe que *essa* tinha tudo... dinheiro, nome...

– Mas então...?

– Qualquer coisa aconteceu logo no princípio, mas não sei o que foi. A Teresa nunca falava disso. E pode acreditar que eu bem tentei – acrescentou, batendo com a mão na rima de revistas *Hello!* – Esta gente pagava bem por isso, posso garantir-lhe.

De repente fiquei sem saber se gostava muito de Lucy Marques.

– Teresa veio cá no sábado à noite.

— Dormiu cá, inspector.

— Antes de vir, foi procurar-me. Disse-me que o marido tinha abusado sexualmente de Catarina.

— Ela passava a vida a dizer-me que ele era impotente... aliás, não sei como podia ela sabê-lo, porque me dizia que não voltaram a fazer amor depois de a Catarina nascer... Eu não sei o que pensar, inspector.

— Que fez ela no domingo?

— Deve ter tomado uma dose de cavalo de comprimidos para dormir, porque só se levantou ao meio-dia. Eu estava preocupada com ela, fui várias vezes ao quarto ver se estava a respirar. Saiu daqui à uma, dizendo que ia almoçar fora, e não voltei a vê-la.

— Ela tinha um Mercedes. De que cor?

— Preto.

— Modelo, número de série?

— Não faço ideia.

— Matrícula?

— Posso parecer-lhe uma velha esponja, inspector Coelho, mas sempre tenho mais que fazer do que decorar as matrículas dos carros dos meus amigos. Aliás, o Gumbo Gomes tem o carro. Pergunte-lhe a ele.

Apanhei o comboio para Lisboa perguntando-me se teríamos chegado a tal ponto. A mãe a matar a própria filha? Não estava a ver. Não me cheirava. Fiquei a olhar para o mar, hipnotizado pelas ondas que rebentavam na corcova dum banco de areia a meio do estuário e a pensar nos Oliveiras, nas suas esperanças desfeitas, a família separada e morta... e porquê? Porque tudo tinha corrido mal desde o princípio.

Não desci em Alcântara. Do comboio vi que o palco nas traseiras do Doca Um estava já vazio. Eram horas de almoço quando cheguei ao Cais do Sodré. Comecei a atravessar os trilhos do eléctrico da Avenida 24 de Julho para ir a um restaurante perto do mercado. Um eléctrico da nova geração, uma bala electrónica ronronante de 7Up efervescente, aproximava-se. A pequena multidão que à minha volta esperava para atravessar pareceu contrair-se e abrir-se de repente. Alguém me deu um encontrão nas costas. Caí para fora do passeio, o meu tornozelo deu de si, o joelho bateu no alcatrão. Os dedos deslizaram nas tiras prateadas dos trilhos que cintilavam com a aproximação do eléctrico. A vida passou a câmara lenta. O som aumentava. Pela retina passaram-me rostos. Uma rapariga escura de cabelo encaracolado, magra como um cabide, estendeu a mão, não para me ajudar, mas para me apontar. Um homenzarrão com uma grande barriga e os antebraços dum lutador deu um passo para a frente e recuou outra vez. A mulher que estava ao lado dele tinha sobrancelhas pintadas que desapareciam nas rugas da testa; abriu a boca e soltou um ulular estranho e distante. A bobina de filme na minha cabeça saltou dos carretos. Cores claras e escuras precipitaram-se pelo rasgão. Os músculos descongelaram-se-me. Rolei sobre mim. Metal a chiar, a assobiar. Os meus dedos soltaram-se da calha prateada. Uma roda de aço passou a guinchar.

Estava a olhar para o céu através dos fios cruzados por cima da minha cabeça, e tudo o resto parecia de repente muito simples depois das complexidades da vida. Um dossel de rostos debruçados sobre mim. Alguém me pegou na mão, que estava gelada, e a esfregou para ma aquecer. Eu devia estar a sorrir como um parvo, porque toda a gente me sorria também. Não tinha sido desta. Sentei-me. Ajudaram-me a levantar. Uma mulher sacudiu-me a roupa. Alguém me disse que tinha tido sorte. Respondi que já sabia, ri-me, e todos se riram comigo, como se também tivessem escapado. Vi-me arrastado para um restaurante com três ou quatro desconhecidos que se sentaram comigo numa mesa comprida e contaram a todos os comensais que eu ia ficando numa rodela de limão debaixo do eléctrico do 7Up.

Depois do almoço, ainda tonto, resolvi que o metro era mais seguro. Mantive distância dos trilhos na estação do Cais do Sodré. O comboio levou-me aos Anjos e subi as escadas para a Almirante Reis. Foi aí que descobri que a temperatura tinha subido aos 35 °C. Foi aí que me senti estranho e frio por dentro. Foi aí que vomitei o almoço e percebi que não estava tão em segurança como dantes.

33

20 de Abril de 1975, Banco Oceano e Rocha, São Paulo, Brasil

A chuva da tarde tinha parado. As luzes voltaram a piscar. Manuel Abrantes passou a mão pela careca e pegou no telefone. Também já funcionava. Carregou num botão para obter uma linha externa e marcou um número. Recostou-se na cadeira, alargou mais uma vez a gravata e deu um berro a chamar a secretária.

– O ar condicionado não funciona – disse à jovem licenciada, de vinte e cinco anos.

– Estava...

– Mas agora não está, porque de cada vez que falta a corrente... Um momento – a última frase era dita ao telefone.

– Vou chamar o técnico.

– ... é a única coisa que não volta a funcionar.

– Vou chamar o técnico.

– Pois vá – e despachou-a com um gesto. – Roberto?

– Sim, Sr. Manuel – disse a voz.

– O que tem para mim?

Um silêncio.

– Está a ouvir, Roberto?

– Estou, mas... Não gostou da última que lhe mandei, Sr. Manuel?

– Era boa.

– Então mando-lha outra vez.

Bateram à porta.

– Espere. Estou muito ocupado, tenho de falar com um engenheiro. Entre! Não desligue.

O técnico entrou. Manuel indicou-lhe o aparelho de ar condicionado.

– Não saia da linha, é só um momento – disse e voltou-se para o técnico. – Quando a corrente vai abaixo, ele não volta a funcionar. Acha que é...?

– É o fusível – disse o técnico, impassível, superior. – Quando a corrente volta, há um aumento súbito de tensão e rebenta com o fusível.

O técnico mudou os fusíveis e saiu. O condensador deu sinal e o ar fresco soprou pelas costas de Manuel abaixo.

– Roberto?

– Vou mandar a mesma.

– Não tem ninguém que tenha um fato?

– Um homem? – perguntou Roberto, baralhado.

– Uma mulher, seu idiota. As mulheres também usam fatos. Não quero mais garotas em minissaias brilhantes laranja e verde, com as costas à mostra... Isto é uma empresa séria.

– Oh. *Okay*.

– Compre-lhe um fato, que eu pago-lho.

– Mando-a já?

– Deixe arrefecer a sala, houve um corte de corrente.

– Então quando?

– Daqui a vinte minutos.

Manuel desligou. O telefone tocou imediatamente.

– O seu irmão Pedro na linha dois – anunciou a secretária.

Ele carregou na tecla. Adorava tecnologias.

– Estás bem? – perguntou Pedro.

– Tudo bem, só cheio de trabalho. A corrente falta constantemente.

– O pai está outra vez doente.

– O que foi agora?

– Sabes que lhe tiraram um bocado do intestino.
– O tumor?
– Sim. Agora dizem que há uma infecção e que o... o mal invadiu os linfáticos.
– E isso quer dizer o quê?
– Acho que devias voltar.
Um silêncio. Manuel limpou o suor frio da testa.
– É assim tão grave?
– Não te dizia para vires se não fosse.
– Sabes qual é o problema.
– Apanhas o avião para a Suíça.
– É na Europa... sabes como é.
– Que queres tu dizer?
– Mesmo que Franco morresse amanhã, eu não gostaria de aterrar em Espanha.
– Não és nenhum criminoso na...
– Cuidado com as palavras. Sabes que aqui ainda celebram o aniversário dele. E os jornais falam do que acontece todos os dias desse lado.
– De que diabo estás tu a falar?
– Do aniversário de Hitler.
– Mas o que é que acontece deste lado?
– Os comunistas.
Um silêncio, só um sopro de Lausanne.
– Nacionalizaram os bancos em Portugal – disse Pedro.
– Estás a ver – disse Manuel. – É o nosso fim.
– Não vens, é isso?
– Ainda não me atrevo. Posso falar com o pai?
– Tem um ventilador.
– Não me falaste nisso! Disseste que era o intestino e os linfáticos... Ele não respira?
– Não te queria assustar. Deixou de respirar.
– Quanto tempo lhe resta?
– Pode ser a qualquer momento. Os médicos não dizem.
– Vou tentar seguir no primeiro voo.

Desligou e o telefone voltou a tocar. Abanou a cabeça, revirou os olhos. «Trabalho, trabalho», disse consigo.

– A senhora Xuxa Mendes à sua procura – anunciou a secretária, sem disfarçar a troça. – Diz que é assunto de negócios.

Uma mulata muito pintada, com um fato baratucho azul-claro, entrou. Trazia uma pasta de plástico com um ar ainda mais ordinário que a cara. O traseiro incontrolável começava já a fazer abrir a costura da saia muito curta.

– Senhora Mendes – disse ele, apertando-lhe a mão e fechando a porta na cara da licenciada. – Que tem nessa pasta?

A rapariga estava confusa, mas abriu a pasta, tirou o maço de papel de jornal e estendeu-lho. Ele empurrou a cadeira e mandou-a aproximar. Pôs-se em pé, puxou as calças e mandou-a dobrar-se sobre a secretária.

34

Terça-feira, 16 de Junho de 199..., Avenida Almirante Reis, saída da estação de metro dos Anjos, Lisboa

Enfiei por um café ao lado da estação. Se tinha nome, não o fixei. Se tinha gente, não vi ninguém. Fui aos lavabos e lavei a cara. Pedi um copo de água e bochechei. Mandei vir um chá com dois saquinhos. Catarina de Bragança pode ter dado a conhecer o chá aos ingleses, mas a herança dela em Portugal é o Lipton's. Pus uma dose dupla de açúcar no chá e bebi-o. Depois pedi qualquer coisa mais forte e sentei-me. Estava outra vez a suar, a respiração difícil, descompassada. O empregado não tirava os olhos de mim. A televisão aconselhava-nos a fazer férias na Madeira.

Uma figura volumosa veio das traseiras do bar, parou a meu lado e tapou uma parte da luz fluorescente.

– Será que todos os velhos detectives vêm para aqui lamber as feridas? – disse, sentando-se à minha mesa.

Eu conhecia-o. Conhecia aquele nariz grande, aqueles olhos mortiços. Conhecia aquele bigode preto sedoso, aparado nas pontas.

– Tive um acidente – disse. – Ia ficando debaixo dum eléctrico. Sinto-me um bocado tonto, tinha de me sentar.

– Numa cidade de eléctricos como esta é espantoso que tão poucas pessoas desapareçam debaixo deles.

– Sei que o conheço, mas não me recordo do seu nome.
– Você é o Zé Coelho. Quase não o reconhecia sem a barba. João José Silva... chamavam-me Jojó. Lembra-se agora?

Não me lembrava.

– Reformei-me há três anos. Digamos que fui convidado a reformar-me.
– Não era de Homicídios, pois não?
– Costumes. Agora chamam-lhe a 2.ª Secção.
– Estava a dizer que os velhos detectives vêm para aqui lamber as feridas?
– Pelo menos vinham. Até há três dias.
– O que aconteceu?
– Lembra-se dum tipo chamado Lourenço Gonçalves?

O nome perseguia-me.

– Não o conheço, mas já ouvi falar dele – respondi.
– Era de Costumes, também.
– Eram parceiros?
– Mais ou menos – disse ele, evasivo. – Ele costumava cá vir... até há três dias.
– Creio que se estabeleceu por conta própria.
– Intitula-se consultor de segurança. Um nome chique para detective particular. Segue as mulheres dos ricaços, a ver se elas fazem alguma coisa além das compras... Você não faz ideia do que é aquilo!
– Não?
– Ele não fazia... e os maridos também não, de modo que nem sempre pagavam a factura.
– Estava a dizer que ele deixou de cá vir?

Jojó encolheu os ombros.

– Era costume bebermos um copo e irmos para o jardim jogar às cartas no Verão.
– Ele é casado?
– Era. A mulher voltou para o Porto. Não suportava os sulistas, como ela dizia. Achava que éramos todos mouros. Levou os miúdos.

Esvaziei o copo. O homem deprimia-me, sem eu saber porquê. Talvez por causa daqueles olhos mortiços.

– Tenho de me pôr a andar – disse-lhe. – Não quero uma reforma antecipada.

– Não quer saber o que aconteceu ao Lourenço?

– Homem, não o vê há três dias, é caso para alarme?

– Ele vinha cá todos os dias.

– Já foi ao escritório dele?

– Claro que fui. É ali do outro lado da rua, um 2.º andar. Não responde.

– Naturalmente foi de férias.

– Não tinha dinheiro para férias.

– Telefone-me se ele aparecer – disse eu, dando-lhe um cartão. – E telefone-me também se ele não aparecer até ao fim da semana.

Não esperei pela resposta. Tinha de sair dali antes que a luz fluorescente me fizesse explodir a cabeça. Fui andando até ao prédio de Luísa. Ela tinha saído. Fui para o edifício da PJ. Carlos não estava. Tomei duas aspirinas e comecei a sentir-me mais forte. Abílio Gomes passou por mim e disse-me que eu parecia um fantasma. Vi-o desaparecer ao fundo do corredor, entrei no gabinete dele e abri o *dossier* Teresa Oliveira, que estava em cima da secretária. Era quase a primeira coisa na primeira página. Encontrada morta dentro dum Mercedes preto E 250 a *diesel,* matrícula 14-08-PR.

Fechei o *dossier.*

Desci a pé até à Avenida da Liberdade, a ver se arejava os pulmões. Não foi um passeio agradável. O trânsito era intenso e a poluição alta no calor da tarde. Desci até à Pensão Nuno e aí subi outra vez a tira de linóleo, que devia ser de meados dos anos 70, os lances de escada mal iluminados, que deviam ser do século XVIII, até ver o tubo de luz fluorescente por cima da recepção, que devia ser a coisa mais moderna da casa. Jorge Raposo ainda lá estava, a fumar e a ler outro jornal. Pus a mão em cima do balcão

– Procura o Nuno? – perguntou ele, sem levantar a cabeça.

– Já ouvi essa.

– Inspector – disse ele, pouco satisfeito por me ver. – É o senhor.

– Está a recuperar a memória. Já reconhece as pessoas.

Ele chupou os dentes e pensou no assunto.

– Só as pessoas que *tenho* de reconhecer. Intrometidos, por exemplo.

– Os três chavalos que cá estiveram sexta-feira à hora de almoço.

– Está a ver, inspector – suspirou ele, baixando as pálpebras, que depois não levantou por completo.

– Saiu alguém atrás deles?

– Três ao subir e quatro ao descer? – disse ele, os ombros a tremer de riso fingido. – Leva um bocadinho mais de tempo, ao que me dizem.

Deitei-lhe um olhar penetrante, que ele enfrentou sem problemas.

– Quantas vezes por ano leva uma sova, Jorge?

– Neste último quarto de século? Nunca.

– E antes?

– As forças policiais eram as mesmas, só as fardas é que eram diferentes... e os métodos. Sabe como é... eram menos delicados.

Passei de rompante para o outro lado do balcão e meti-lhe o joelho na virilha. Caiu como um pau sobre o bocado de carpeta velha que forrava o chão. O cigarro saltou-lhe da mão. Apanhei-o e apaguei-o.

– Um programa de nostalgia, Jorge – disse-lhe. – Agora, sempre que acordar de manhã, vai pensar, «Merda, o inspector Coelho é capaz de aparecer hoje. Tenho de ver se me lembro do que aconteceu com a tal miúda que chegou cá sexta-feira à hora de almoço, saiu e quatro horas depois foi assassinada.» A sua memória vai ficar com uma linha directa para a dor, e quando julgar que já passou e começar a subir as escadas devagarinho, eu volto e trato do outro lado.

Subi ao quarto e olhei em roda. A cama tinha sido outra vez encostada à parede. Tirando isso, estava tudo na mesma. Sentei-me na cama a fumar, mas não descobri nada. Vi-me ao espelho. Ainda não tinha boa cara.

Jorge continuava caído atrás do balcão, a resmungar. Olhou-me de esguelha e fechou os olhos com força.

— Vá tentando, Jorge — aconselhei, e saí.

Telefonei a Luísa. Já estava em casa. Telefonei a Olívia para avisar que chegava tarde. Apanhei o autocarro para o Saldanha e de lá fui a pé para casa de Luísa. As escadas pareceram-me altas e cansativas. Ela abriu a porta e fez-me sentar com um copo de chá gelado. Falei-lhe do acidente. Empoleirou-se na cadeira com os joelhos levantados e agarrando os tornozelos, sem pestanejar.

— Eu recebi um bilhete — disse, quando me calei. — Estava debaixo do limpa-pára-brisas.

Estendeu a mão para a mesa e depois para mim. Era uma folha de papel A4, em que um marcador vermelho escrevera a palavra Puta.

— Que valentes — disse eu, pouco impressionado.

Contei-lhe a minha conversa dessa manhã com Narciso e como ele me afastara do caso.

— Mas eles conhecem-me?

— Viram-me entrar no prédio e agora conhecem o teu carro, não é?

— Mas não tens a certeza de quem sejam os «eles».

— Não me parece que seja uma operação concertada — disse eu. — Se fosse, a esta hora já tinha sido suspenso. Penso que se trata apenas de alguns elementos da Polícia a quem foi dito que o rumo que a minha investigação estava a tomar não agradava a certas pessoas influentes.

— Tudo isso por causa da Catarina?

— Ela tinha uma história sexual complicada. Há muita gente por aí a querer dormir com miúdas. Uns usam a persuasão, outros oferecem dinheiro, e alguns, poucos, recorrem à força. A Catarina foi sodomizada. Mesmo nesta época permissiva, sodomizar uma menor é um acto vergonhoso. A ideia de ser levado a tribunal por essa acusação podia ser o suficiente para o violador a matar. Há alguns figurões importantes metidos neste caso. O pai, por exemplo. E ele é muito ligado ao ministro da Administração Interna: estava a beber um copo com ele quando a filha foi morta e a jantar com ele quando a mulher se matou.

– A Teresa Oliveira suicidou-se?
– Domingo à noite... a hora da solidão.

A notícia perturbou-a e ela levantou-se e começou a andar dum lado para o outro. Eu fui fumando, bebendo o chá gelado e discutindo o assunto com Luísa, sem conseguir identificar a origem da pressão. Viria de Narciso, ou ele era apenas um canal? Ela beijou-me para me encorajar. Eu beijei-a porque me sabia bem. Ela voltou a deixar-se cair na cadeira.

– Mas também tive boas notícias hoje.
– Já não tens de fazer o doutoramento?
– *Tão* boas assim não. O meu pai deixa-me fazer o lançamento duma revista que tem há dois meses no prelo.
– Julgava que querias editar livros.
– E quero, mas assim podia entrar em glória na cena editorial de Lisboa, o que ia ajudar o negócio dos livros. Há sempre mais interesse por uma revista nova, e isso tornava-me conhecida...
– Mas...?
– Tenho de ter uma cacha para o lançamento. Uma coisa que faça a revista destacar-se das outras.
– E o teu pai não a encontrou.
– Por isso me oferece generosamente toda essa publicidade grátis, mas primeiro há que desatar o nó górdio.
– Precisas de um bom escândalo sexual à moda antiga. Gente apanhada com as calças em baixo.
– Tem de ser uma coisa mais séria, Zé. É uma revista empresarial para a Península Ibérica, não é um tablóide para o cabeleireiro.
– Porque não disseste logo? Se eu soubesse...
– Sim?
– Tinha sugerido um empresário com as calças em baixo.
– Ninguém vai aparecer com as calças em baixo numa revista editada por mim.
– Então vais ter problemas de circulação, porque nos tempos que correm é a única coisa que interessa às pessoas.
– Queres é deprimir-me.
– Então bebamos à frivolidade.

Eram quase nove da noite, e ainda havia sol – os dias estavam a crescer e o tempo a diminuir – quando saí na estação de Paço de Arcos. Fui andando por entre os blocos de apartamentos. Uma sirene atroava os ares, corriam homens para o edifício dos Bombeiros Voluntários. Momentos mais tarde dois carros de bombeiros lançavam-se à estrada, deixando-me a impressão de que nada pára nunca. Já não há espaços em branco para colorirmos a nosso gosto.

Hesitei ao chegar à esquina, pensando numa cerveja com António Borrego. Era mais cedo do que esperava. Tinha-me sentido cansado de mais para jantar com Luísa, mas durante a viagem voltou-me a energia. Mas primeiro precisava dum duche.

Dentro de casa senti que não estava sozinho. O gato estava sentado numa cadeira na cozinha escurecida, patas e rabo muito bem compostos. Fechou os olhos amarelos quando me viu e eu deixei-o a planear a caçada da noite.

Subi as escadas, parei no patamar e pareceu-me ouvir um gemido muito leve. As luzes estavam apagadas. Segui a tira de passadeira até ao quarto de Olívia e abri a porta, deparando-se-me os olhos dela escancarados e a boca a começar a abrir-se de horror. Sacudi a cabeça e recuei um passo, mas a imagem permanecia. Ela deitada de costas, as pernas nuas enroladas no tórax de Carlos, os tornozelos cruzados sobre as nádegas dele. Ele crescia sobre ela, nu, direito como uma prancha sobre os braços esticados. Virou de repente a cabeça. Bati com a porta e cambaleei dois passos para trás no corredor como se tivesse levado um murro na cara.

E depois, como se *realmente* tivesse levado um murro na cara, fiquei furioso. Tão furioso que os olhos me pulsavam. Estendi a mão para o puxador, o sangue latejava-me no antebraço e alguém começou a bater furiosamente à porta da frente. Agarrei o puxador e senti-o agarrado pelo outro lado. A batucada à porta não parava. Lembrei-me dos bombeiros, por uma estranha associação de ideias.

Desci a escada a correr. O gato já não estava na cadeira da cozinha. Abri a porta de repelão. Vi um homem que conhecia, mas não naquele contexto, com outros seis homens atrás dele e uma carrinha atrás de todos.

– Inácio? – disse eu, completamente baralhado, estendendo-lhe a mão.

– Lamento muito, inspector – disse ele, ignorando a mão estendida. – Venho em serviço.

– Serviço? Dos Estupefacientes? Aqui? – perguntei eu, ouvindo movimentos na escada.

– Exactamente – disse ele. – Ainda estou nos Estupefacientes.

– Mas não disse que vinha em serviço? Não estou...

– Viemos passar uma busca à casa – disse ele, estendendo-me um mandado que não li. – Conhece um pescador local chamado Faustinho Trindade?

– Conheço o Faustinho – disse eu, e pus-me a ler o mandado. – Ele era...

– É um conhecido traficante de droga. Foi visto a entrar nesta casa, donde saiu acompanhado por si, indo os dois para o clube náutico.

– Reviste a casa, Inácio. Rebusque o quiser. Esteja à vontade – disse eu.

Inácio entrou e deu instruções aos homens. Dois foram à carrinha e trouxeram grandes caixas de ferramentas. Olívia e Carlos cruzaram-se com eles quando vinham a descer as escadas. Inácio mandou-nos para a cozinha. Sentámo-nos os três à mesa, com um agente ali especado a vigiar-nos enquanto os outros faziam uma barulheira infernal pela casa toda. Olívia prendeu os olhos nos meus.

– Quem são estes tipos? – perguntou em inglês.

– Uma brigada dos Estupefacientes. Estão a revistar a casa. Se tens alguma coisa no quarto, é melhor dizeres-me já.

– Não tenho – disse ela, sem desviar os olhos.

– Tens a certeza?

– Por *mim*, tenho.

Só nessa altura me dei conta de cada célula e de cada plaqueta nas minhas veias. Senti o estômago entrar em queda livre. O saco de erva no quarto do sótão!

Carlos parecia um cão arrependido de ter comido carne estragada do caixote.

Ouvimos um grande estalo no andar de cima. Perguntei ao agente o que se passava.

– Os tacos do soalho, parece-me – disse ele. – Virem as algibeiras sobre a mesa.

Esvaziámos as algibeiras. Carlos tinha na carteira quatro contos, alguns trocos, quatro preservativos, coisa que me deu um certo alívio, uma esferográfica, o bilhete de identidade e o cartão da Polícia Judiciária.

– Não sabia que era polícia – disse o agente, a olhar para o cartão de Carlos. – São namorados?

Ninguém lhe respondeu. O agente encolheu os ombros, pegou no bilhete de identidadde de Olívia e comparou a data do nascimento com a de Carlos.

– Talvez não – disse.

Estiveram na casa quarenta minutos. Não encontraram nada. Inácio desculpou-se e desta vez apertou-me a mão, que estava encharcada em suor. Os homens saíram. Eu fiquei na escuridão da entrada a olhar para a cozinha iluminada. Olívia e Carlos estavam de pé lado a lado, como um casal de cinema que tivesse sobrevivido a um tornado. Apontei um dedo a Carlos.

– Já pode sair. Desapareça! Ponha-se na rua!

Ele avançou em direcção a mim e esgueirou-se pela porta. Não encontrei palavras para a minha menina. Não tinha nada para dizer à minha filha. Subi as escadas devagar até ao sótão. Acendi o candeeiro de mesa. Sentei-me à secretária. Abri a gaveta. O saco de erva não estava lá. Nem as mortalhas. Peguei no retrato da minha mulher, que estava virado para cima, e não como eu o tinha deixado. Fechei a gaveta. Pus o retrato na secretária, virado para mim. Sentia-me traído, enxovalhado, desonrado, o mundo a desabar, e estava reduzido a uma constante – a imagem inquebrantável da minha mulher morta.

Passaram trinta minutos e três navios na noite.

Olívia apareceu, reflectida nos vidros escuros da janela.

– O seu saco de erva está lá fora nas buganvílias... e as mortalhas também.

– Já aqui tinhas estado? – perguntei, cansado, já não zangado.

– Depois das aulas, só para ver a mãe. Mas eu não falo com ela como o pai.

– Julga-se que um ano é muito tempo, mas não é – disse eu.

– Outro dia estive aqui sentada a pensar como seria se ela voltasse... e se queria que ela voltasse.

– Não querias?

– Nunca deixei de pensar «a mãe vai gostar de saber isto, tenho de lhe contar quando chegar a casa...». E depois chego a casa e não está ninguém e nunca mais vai estar. Absolutamente nunca. É nessa altura que tenho saudades dela. Queria tê-la de volta, mas teria de ser como dantes. Este buraco... este ano sem ela mudou tudo.

Fiz um aceno um tanto exagerado, como um bêbedo. Acendi um cigarro. Olívia roubou-mo. Acendi outro e fiquei a brincar com o cinzeiro de lata em forma de concha.

– Perder alguém é como ser ferido por um estilhaço de granada – disse eu –, quando um bocado de metal fica preso num sítio onde os cirurgiões não podem chegar e decidem deixá-lo ficar. A princípio é uma dor atroz e a pessoa não acredita que possa sobreviver. Depois o corpo envolve o corpo estranho e ele deixa de ferir. Pelo menos não dói tanto como dantes. Mas de vez em quando vem de repente uma picada e compreendemos que ele ainda lá está e vai sempre estar. Faz parte de nós. Uma ponta dura e afiada cá dentro.

Ela beijou-me a cabeça. Abracei-a pela cintura. Pus o retrato na gaveta.

– Conheci uma pessoa – disse-lhe.

– Eu sei.

– Sabes?

– A história do telefone no domingo. O cheiro que trazia quando voltou. E... talvez o pai não saiba, mas anda mais feliz.

– Não sei bem como fazer... Conhecer outra vez alguém...

– Como é ela?

– Ainda não te sei dizer. Até agora tem sido uma viagem de foguetão. É diferente da tua mãe, mas também é parecida nos aspectos importantes. É uma pessoa boa, uma pessoa a sério. Uma pessoa em quem se pode confiar.

Ela acariciou-me a cabeça.

– Como o Carlos – disse.

Resisti a replicar, mas não neguei.

– Estou sentido com ele. Não vou fingir que não. Se o Inácio não tivesse aparecido...

– Porquê?

– Ele sabe o que está a fazer. Sabe que és vulnerável. Sabe que tem mais dez anos que tu. Até sabe que é contra a lei. Conheceu-te num domingo de manhã e terça-feira à noite está na tua cama! Abusou.

– Ele *não* sabia o que estava a fazer. Já lhe falei da mãe. O que são dez anos? A lei é estúpida. E então? A mãe disse-me que vocês dormiram um com o outro em menos de uma semana, e eu sabia que o queria a ele mais do que a qualquer coisa na vida. E foi o que fiz. Ele *não* me seduziu. Não abusou de nada. Ele é... Ele tem qualquer coisa. Uma coisa que os meninos «bem» da minha escola não têm.

– O quê? O que tem ele...? – comecei, e engoli a tempo o resto da frase: que eu não tenha.

– É essa a questão, pai – disse ela, passando-me a mão pelo cabelo.

– Que questão? Estás a ficar tão enigmática como a tua mãe.

– Não sei... mas quero saber. O prazer da união mental, lembra-se?

35

23 de Outubro de 1980, Banco Oceano e Rocha, São Paulo, Brasil

A secretária de Manuel Abrantes levou-lhe ao escritório um pacote almofadado que tinha sido entregue por mensageiro.
– Tem de ser assinado por si – disse.
Manuel fez sinal ao mensageiro para entrar e assinou. Automaticamente os olhos focaram os poucos centímetros visíveis das pernas da jovem, entre a mesa e a bainha da saia. Ainda gostaria de saber se usava roupa interior tão discreta como ela. O mensageiro saiu. Manuel pediu à jovem que arrumasse as revistas da mesinha e espreitou pelo ângulo da mesa. Ela acocorou-se. Trabalhava para ele há seis anos, conhecia-lhe as manhas.
Aborrecido, mandou-a sair. Talvez devesse convidá-la para jantar antes de se ir embora, levá-la ao seu apartamento, mostrar-lhe umas coisas... Abriu o pacote. Dentro encontrou um passaporte, um bilhete de identidade, um envelope com cheques, uma carteirinha de cheques dum banco português, um cartão Visa e outro Amex. Vinha também a fotografia duma mulher de 32 anos chamada Lurdes Salvador Santos. Parecia simpática, apesar do penteado severo e dum ligeiro buço. Uma carta de quatro páginas assinada por Pedro explicava os documentos e a fotografia.

Examinou o B. I. e o passaporte, que era usado e ostentava uma série de carimbos. Abriu o envelope de cheques. Tirou três e meteu os outros na carteirinha. Inventou três quantias fictícias e inscreveu-as na folha de movimentos que vinha na carteirinha. Leu a carta quatro vezes até ter decorado todos os pormenores, depois queimou-a com os três cheques em branco.

Tirou mil dólares da gaveta e saiu do escritório. Percorreu a pé seis quarteirões na humidade insalubre da tarde, até a uma loja de carimbos onde já tinha à sua espera um carimbo de entrada no Brasil. Foi a uma agência de viagens e comprou bilhetes de São Paulo para Buenos Aires e daí para Madrid. Passou na Embaixada da Argentina, apresentou os bilhetes e pediram-lhe que esperasse um momento pelo visto. Depois regressou ao seu escritório.

Retirou das algibeiras e das gavetas todos os seus velhos documentos e passou-os pelo retalhador. Esvaziou o aparelho e queimou o conteúdo no cesto de papéis.

Ao sair passou pela secretária e deteve-se um momento. Olharam um para o outro. Complicado de mais, pensou ele. Fez um aceno de despedida e saiu. Ela ergueu o dedo médio mal o viu de costas.

Às duas da tarde do dia seguinte o passaporte recebeu o carimbo de saída na sala de embarque do Aeroporto de São Paulo. O funcionário da imigração não estava interessado em saber o que levava o cidadão português Miguel da Costa Rodrigues do Brasil à Argentina e não fez qualquer pergunta.

A 25 de Outubro, depois de duas viagens de avião e uma de automóvel, Miguel da Costa Rodrigues sentava-se no escritório de Pedro Abrantes, director do recém-privatizado Banco Oceano e Rocha, ainda nas antigas instalações da Rua do Ouro.

– Nem posso acreditar em como Portugal mudou – dizia Miguel, acabando de ver a mais recente fotografia da mulher do irmão, Isabel, e dos três filhos do casal.

– O Governo quer que entremos no Mercado Comum ao mesmo tempo que a Espanha. Temos de apresentar serviço – disse Pedro.

— Não é isso. O que me espanta é o sexo. Há sexo por todo o lado, em todos os anúncios. Já viste o quiosque do Rossio? Tudo nu. É incrível. Nunca poderia pensar-se...

— Pois, o salazarismo era todo católico e respeitador da mulher — disse Pedro, franzindo a testa. — Havia a censura... Tu, melhor que ninguém, sabes disso.

— Eu melhor que ninguém? — repetiu Miguel, alarmado pelo involuntário lapso do irmão.

— Desculpa, Rodrigues, esqueci-me — disse Pedro. — Verás... isso já foi tudo posto para trás das costas.

— A única coisa que os portugueses põem atrás das costas é a cadeira à hora das refeições. Vivemos com a história como se tudo continuasse a acontecer. Há gente nesta terra que ainda espera que D. Sebastião *o Encoberto* volte ao fim de quatrocentos anos para nos levar a cumprir Portugal... Ainda pode haver gente à minha espera.

Pedro não respondeu. Gostava muito do irmão, mas achava que ele exagerava a sua importância no antigo regime. O irmão nunca lhe tinha falado do general Machedo — achava Pedro um ingénuo. Inteligente, encantador, um banqueiro talentoso, uma pessoa respeitada e estimada, mas um ingénuo.

— Vendi o ouro — disse Pedro, desviando a conversa para um terreno em que se sentia confiante e para o futuro.

— Isso vem a propósito de estarmos a falar da história?

— Serviu-me para capitalizar o banco.

— Quem o comprou?

— Um colombiano estabelecido na Suíça.

— Quanto pagou?

— Pareceu-me a altura ideal para vender. A crise do défice orçamental dos Estados Unidos é passageira. Vai...

— Quanto?

— Seiscentos dólares a onça.

— Não chegou a estar a oitocentos?

— Esteve, mas tratava-se do comprador certo no clima certo. Não fizeram perguntas, se é que me entendes.

– Esse défice orçamental dos Estados Unidos não põe em causa o valor real do dólar? – perguntou Miguel, tentando parecer que percebia do assunto, falando em coisas de que pouco sabia, depois de ter lido a *Time* no avião.

– Por isso investi em imobiliário.

– Se os Estados Unidos se afundarem, pouco interessa no que tenhas investido.

Pedro levantou-se e rodou o mostrador dum cofre na parede atrás de si. Miguel recordou-se dele em garoto, na excitação da véspera de Natal.

– Os Estados Unidos não se afundam, mas em todo o caso... – disse, abrindo a porta.

Dentro do cofre estavam duas barras de ouro. Miguel foi pôr-se ao lado do irmão e passou o polegar sobre a efígie da águia e da suástica do antigo Reichsbank alemão.

– Espero que o valor continue a ser puramente sentimental – disse Pedro.

– Fala-me do trabalho – pediu Miguel, voltando a sentar-se, a transpirar ligeiramente, perguntando-se, com o seu quê de paranóia, se seria aconselhável guardar semelhantes recordações.

– Comprámos terrenos ao pé do Largo de Dona Estefânia. Casas velhas, degradadas. Estamos a expandir-nos, já não cabemos nestas instalações. Vamos portanto demolir as casas velhas e construir um prédio de escritórios. Ficamos com os três andares superiores e arrendamos os outros. Quero que fiques à frente do projecto. O arquitecto não me larga, e eu não tenho tempo para tratar disso.

– Quando queres que comece? – perguntou Miguel, pouco animado com a perspectiva imediata de responsabilidades pesadas.

– Logo que estejas instalado. Tens um gabinete montado no andar de cima. Tivemos de reconverter as habitações para cabermos aqui dentro.

Miguel levantou-se e sacudiu-se.

– Dá-me só algum tempo para me habituar a ter voltado. Queria ir à Beira cheirar o ar, comer um peixe na praia do Guincho... essas coisas.

Último Acto em Lisboa

Pedro, subitamente comovido por ter o irmão de volta a casa, deixou a secretária para o abraçar.

– Antes de fazeres qualquer dessas coisas temos de ir amanhã ao notário. Agora, que és Miguel da Costa Rodrigues, há umas coisas a resolver. A primeira, e a mais importante, é seres nomeado tutor dos meus filhos para o caso de nos acontecer qualquer coisa, a mim e à Isabel. O Dr. Aquilino Oliveira já tem tudo preparado.

– Claro – disse Miguel, quase emocionado.

Bateram nos ombros um do outro e Miguel dirigiu-se à porta.

– Só mais uma coisa – disse Pedro. – Klaus Felsen foi libertado há um mês.

– Não lhe faltava cumprir um ano?

– Não me perguntes porquê. Mas é preciso que saibas, e também é preciso que não te esqueças de que uma das últimas vontades do nosso pai foi que não voltássemos a ter contacto com ele.

Para surpresa de Miguel, Pedro benzeu-se.

– O Felsen apareceu cá?

– Tentou telefonar-me.

– Bem, ele não vai interessar-se por Miguel Costa Rodrigues.

– Só te estou a avisar porque... ele tem boas razões para estar sentido. Não connosco, talvez, mas...

– Devias pagar-lhe qualquer coisa.

– O pai fez-me prometer, no seu leito de morte... Não posso.

Miguel encolheu os ombros. Era agradável sentir um fato de fazenda nos ombros, não sentir o gelo do ar condicionado.

Pedro endireitou o retrato na secretária e notou como os ombros largos do irmão quase preenchiam a moldura da porta. Não lhe tinha falado da outra última vontade do pai – que o filho mais novo não herdasse nada do Banco Oceano e Rocha nem das companhias suas associadas. Pedro não tinha compreendido e o pai não tinha dado explicações, mas agora, estranhamente, estava desobrigado da promessa. Manuel Abrantes já não existia, e Miguel da Costa Rodrigues teria de fazer parte do conselho de administração.

Miguel da Costa Rodrigues era uma pessoa diferente de Manuel Abrantes. O antigo Manuel não era apenas um passaporte queimado ou uma pele velha deixada num apartamento de São Paulo – era um homem morto. Miguel da Costa Rodrigues provou ser mais que uma simples troca de identidade. Não era um homem que tivesse torturado, violado, assassinado e executado sumariamente alguém. Era um licenciado duma universidade americana, com um MBA e sete anos de experiência bancária no Brasil. Era simpático e afável, com um longo repertório de anedotas de salão. Gostava de crianças e as crianças gostavam dele. Era bem-visto no seu trabalho, respeitado pela sua relação estreita com o dono do banco e pelo seu talento instintivo para manobrar as pessoas, conhecer-lhes as fraquezas e as forças.

Pela segunda vez na vida fez uma carreira de sucesso.

A 19 de Janeiro de 1981 casou com a mulher que o irmão lhe tinha descoberto – Lurdes Salvador Santos. Nem mesmo o nome o preocupou. Tanta santidade tê-lo-ia assustado dez anos antes. Agora revia-se, se não na sua beleza, pelo menos no seu feitio doce e, naturalmente, na sua total dedicação. O único desgosto de ambos foi ela ter tido dois abortos a pouca distância um do outro e o médico dizer-lhes que era melhor não pensarem mais em ter filhos.

O último aborto veio numa altura em que ele acreditava que nada lhe podia correr mal. Em Junho tinha entregado os alvarás de construção para um prédio de vinte andares no terreno do Largo de D. Estefânia. Uma semana mais tarde começaram os trabalhos, e a comunidade empresarial de Lisboa passou a conhecê-lo como o director-geral da Oceano e Rocha Propriedades, L.da, com assento no conselho de administração do banco e uma quota elevada.

Saber que a mulher não poderia dar-lhe filhos desapontou-o e, inconscientemente, passou a refugiar-se no seu trabalho. Comprou terrenos à volta do Saldanha para futuras construções. Comprou velhas fábricas nos arredores de Lisboa para as reconverter em módulos de indústrias ligeiras e pequenas empresas. Comprou um bloco de apartamentos na zona da Graça, com vista panorâmica sobre a cidade, e nos dois andares superiores instalou a sua residência de

Lisboa. Restaurou a casa da mulher, na parte velha de Cascais. Engordou e tornou-se cada vez mais simpático.

No dia de Ano Novo de 1982, Miguel e Lurdes Rodrigues tinham convidado o casal Abrantes e os filhos para almoçar em Cascais. O Sol tinha brilhado todo o dia, mas estava frio, e, quando, ao fim da tarde, o Sol se pôs, a temperatura desceu quase ao zero.

A mulher de Pedro estava grávida de sete meses e meio. Era a sua quarta gravidez e estava enorme, o que a surpreendia, porque com os três primeiros mal tinha engordado. Isso fez que na viagem de regresso a Lisboa ficasse com as filhas no banco traseiro, indo o pequeno Joaquim à frente com o pai.

Estavam a sair de S. Pedro do Estoril no seu Mercedes de seis meses, pela via rápida da Marginal, quando três coisas aconteceram simultaneamente. O pequeno Joaquim levantou-se do seu lugar; um carro que se aproximava em sentido oposto guinou por um momento sobre o traço branco da via rápida e um BMW ultrapassou Pedro pela faixa interior. Pedro estendeu a mão para puxar Joaquim para o seu lugar, rodou o volante para a direita, mas não viu o BMW, que bateu no pára-choques da retaguarda. O Mercedes girou duas vezes, virou-se sobre a berma da estrada, capotou sobre uma rampa alta que descia para os rochedos à beira-mar. Rolou, torceu-se e escorregou pela rampa. Foi afocinhar sobre as pedras, estilhaçando o pára-brisas. As três crianças foram cuspidas. O carro deu uma cambalhota por cima delas e foi cair de rodas para cima no gélido Atlântico.

Os Bombeiros Voluntários chegaram daí a dez minutos. Já havia gente a chorar à vista dos corpos das três crianças esmagadas nas pedras. Os bombeiros depressa verificaram que Pedro não tinha sobrevivido, mas Isabel ainda respirava, presa entre o banco da frente e o de trás. Foi preciso uma hora para conseguirem retirá-la dos ferros, sendo levada de urgência para Lisboa com uma escolta policial. O feto, uma menina de 2,700 quilos, sobreviveu à cesariana e deu entrada numa incubadora. O coração da mãe, enfraquecido pelo choque, não resistiu à operação.

Os funerais realizaram-se vinte e quatro horas mais tarde em

Belém, no Mosteiro dos Jerónimos. Os caixões iam fechados e a assistência comovia-se à vista dos três mais pequenos. Os cinco Abrantes foram sepultados no jazigo de família do Cemitério dos Prazeres, em Lisboa, onde já repousava Joaquim Abrantes pai, cujo corpo fora transladado de Lausanne em 1979.

Miguel da Costa Rodrigues não tirou os óculos escuros semanas a fio e, quando os tirou, tinha os olhos pisados e engelhados. A morte do irmão ensombreceu-o como só uma vez lhe acontecera. Pouco consolo lhe deu ver sair da incubadora a menina, a quem deram o nome de Sofia, como estava previsto.

Logo nos princípios de Janeiro de 1982, Miguel da Costa Rodrigues começou a receber visitas de Manuel Abrantes. O Banco Oceano e Rocha mudou-se da Baixa para instalações temporárias na Avenida da Liberdade, enquanto a construção do edifício do Largo de D. Estefânia prosseguia. Miguel resolveu manter o escritório do irmão na Rua do Ouro. Começou a rondar pelas ruas da Praça da Alegria à procura de raparigas novas.

A 26 de Março de 1982 viu-se a subir as escadas dum velho prédio setecentista da Rua da Glória, seguido por uma prostituta de Sines com 23 anos. Os andares superiores pertenciam à Pensão Nuno, que alugava quartos à hora. Tocou à campainha e ouviu um jornal a ser dobrado numa divisão próxima. À luz do tubo de néon por cima da recepção apareceu-lhe Jorge Raposo, seu velho colega dos tempos de Caxias.

Miguel da Costa Rodrigues deixou de rondar as imediações da Rua da Glória. Jorge Raposo encarregava-se de mandar as raparigas ao seu escritório da Rua do Ouro.

A partir do princípio de Abril, passou a trabalhar no escritório da Rua do Ouro todas as sextas-feiras. Ia para lá à hora de almoço e ficava toda a tarde. Quaisquer papéis que necessitassem da sua assinatura eram-lhe levados por secretárias da sede, que sabiam onde os deixar.

Em 4 de Maio de 1982, uma secretária dos advogados do banco precisou duma assinatura urgente. Não havia nenhuma empregada do banco disponível, por isso ela levou pessoalmente os papéis ao escritório da Rua do Ouro.

36

Quarta-feira, 17 de Junho de 199..., Lisboa

Apanhei cedo o comboio para o Cais do Sodré. Fui caminhando ao longo do rio, apanhando encontrões de pessoas resolutas que chegavam nos barcos para o trabalho. Era mais um dia de calor, e eu tinha posto o casaco ao ombro. Olhei para o outro lado do rio e vi o gigantesco guindaste de cavalete da Lisnave a erguer-se na névoa da manhã. Lembrei-me de Carlos Pinto. Pensei como ia ser vê-lo de novo, trabalhar com ele, aceitá-lo.

Um homem pensa que se conhece até as coisas acontecerem, até perder a protecção acolchoada da normalidade. Eu tinha-me considerado um entendido até ter perdido a minha mulher. As pessoas, por exemplo o Narciso, olhavam para mim e pensavam, «lá vai o Zé Coelho, um tipo que se conhece». Mas sou como todos os outros. Escondo-me. A minha mulher tinha razão. Tenho a obsessão da verdade, mas escondo-me quando chega a minha vez. Os pesos que tenho carregado comigo em silêncio!

O meu pai – um homem bom, que achava que estava a fazer o que era melhor para o seu país. Morreu com um ataque de coração, sem voltar a falar comigo. Talvez uma conversa de duas linhas tivesse sido o bastante e nos permitisse desabafar um com o outro.

A minha filha, incapaz de suportar a minha desilusão... como uma amante infiel. Que ideia horrorosa. A cena dela e de Carlos no acto... Uma imagem passou-me pelo espírito a descrição de Lucy Marques sobre o que Teresa Oliveira tinha visto. A filha e o amante. Nádegas a batucar, tornozelos pelas orelhas... Que acto absurdo e que crucial. Uma situação irremediável.

Foi então que compreendi, ali a olhar para as águas brilhantes do Tejo. Compreendi que podia pegar noutro saco de pedras, pôr aos ombros outro saco de culpa ou de passado e suportá-lo pelo resto dos meus dias. Ou podia aceitar, confiar, harmonizar... dar tréguas a mim próprio.

Mas, para fazer isso, queria primeiro ver uma coisa.

Virei costas ao rio, cruzei a Baixa até ao Largo de Martim Moniz e apanhei o metro para cima.

Carlos e eu fomos chamados ao gabinete de Narciso sem termos tempo de trocar uma palavra.

– Mandei-os para Alcântara ontem – disse Narciso, cuja disposição não mudara nestas últimas vinte e quatro horas.

– E nós fomos, Sr. Engenheiro – respondi eu.

– Foram, mas não ficaram, inspector. Um agente da PSP viu-o deixar a cena do crime e apanhar o comboio na direcção de Cascais. Quero saber o que andou a fazer em horas de serviço.

– Fui ver o Dr. Oliveira – disse eu, e Narciso ficou roxo – para lhe apresentar condolências.

– Isso faz parte do serviço completo, inspector Zé Coelho?

Não respondi. Narciso fitava um ponto exactamente entre a cabeça de Carlos e a minha.

– E o que me pode dizer sobre a morte do chavalo de Alcântara, inspector? O mariconço no contentor... como se chama ele?

– Não tem nome, Sr. Engenheiro – disse Carlos. – Era conhecido por Xeta.

– Cheta? Como em «não tenho cheta»?

– É brasileiro. Significa «beijo», Sr. Engenheiro.

a gente... Meu Deus. Bem, quero saber em que ponto

– A investigação... – começou Carlos.
– Quero o relatório do encarregado do caso – interrompeu Narciso.
– O rapaz era um prostituto conhecido na zona. Durante as... – comecei eu.
– Não me venha com mais tretas, inspector. O senhor não sabe de nada. Não fez nada. Arrisca-se a ser suspenso, sabe disso? Suspenso sem vencimento. Quanto ao agente Pinto...
– Sim, Sr. Engenheiro?
– Os agentes dos Estupefacientes que vigiavam a casa do inspector Coelho viram-no entrar às seis e meia da tarde. Que diabo foi fazer a Paço de Arcos?
– Comunicar ao inspector os novos factos vindos à luz...
– Não havia nenhum.
– Discutir abordagens alternativas.
– Com a filha do inspector Coelho?
– Ela mandou-me entrar. Fiquei à espera que o inspector chegasse.
– Você está no fim da corda, agente Pinto. Se a sua transferência para o gabinete do inspector Coelho não der resultado, acabou-se. Vai para a rua. Vai pedir emprego à PSP. Está a ouvir?
– Perfeitamente, Sr. Engenheiro.
– Podem sair os dois.

Carlos foi o primeiro a chegar à porta. Narciso chamou-me outra vez. Fechei a porta. Ele meteu um dedo no colarinho a alargá-lo – o sangue tinha-lhe subido à cabeça e o colarinho não o deixava descer.
– Essa gravata, inspector. Onde a comprou?
– Gravata? – fiz eu, a ganhar tempo, a ver onde quereria ele chegar.
– O que tem à volta do pescoço, inspector?
– Foi a minha filha que ma fez.
– Estou a ver – disse ele, embaraçado. – Acha que ela me faz uma?
– Terá de lhe perguntar, Sr. Engenheiro... Ela teria de o ver pessoalmente para decidir o que lhe ficaria bem.

Ele limpou a cara com a mão e fez-me sinal para sair. Deixei o gabinete dele, que cheirava à sua loção de barba, e fui para o meu. Carlos estava à janela, a olhar para as filas de pessoas nos quiosques de fotografias da Rua Gomes Freire. Atirei-me para a minha cadeira, acendi um SG Ultralight e aspirei com gana, a morrer por um trago decente de nicotina.

– Quem vai buscar o café?

Carlos saiu sem uma palavra e voltou com dois copos de plástico com 2,5 centímetros de café em cada.

– Falamos ou não? – perguntou, pousando a minha bica.

– Já falou com o seu pai?

– Sobre quê?

– Sobre o que aconteceu ontem à noite.

– Não.

– Não. Foi o que calculei. Era difícil vir para o trabalho com as pernas partidas por ele o ter atirado da varanda abaixo.

Ele olhava para a porta entreaberta, com as mãos apertadas entre os joelhos.

– Mas se quer falar, falemos – disse eu. – Podemos falar de como o agente Carlos Pinto entrou na minha vida com um par de botas cardadas, esmagando tudo pelo caminho.

Ele passou a mão pelo cabelo curto e esfregou vigorosamente o nariz com o polegar e o indicador.

– Ela tem dezasseis anos, você vinte e sete. Gaita. Já começo a falar como aquele maldito advogado. Há leis sobre essas coisas, agente Pinto. Já não se aprende isso na Escola da Polícia?

– Há leis, sim, e estudamo-las, sim, mas o senhor também sabe que se pode ser experiente aos catorze anos ou inocente aos vinte e quatro. Há uma zona cinzenta de dez anos.

– Vinte e quatro? – disse eu, fitando-o nos olhos.

Ele estendeu o queixo a enfrentar-me.

– Exactamente, inspector. Vivo com os meus pais. Não é assim tão fácil.

Olívia tinha dito que ele não sabia o que estava a fazer.

Ele teve um esgar nervoso.

– Você é um homem de sorte, agente Pinto. Teve a sorte de a secção de Estupefacientes ter aparecido. Teve a sorte de eu ter falado com a Olívia. Teve a sorte de eu ter sido casado com uma inglesa metade da minha vida. Teve a sorte...

– De a ter conhecido – disse ele, arrumando-me com um olhar. – Tenho a sorte de ter conhecido a sua filha... e a si também.

– Foi o que ela me disse – disse eu, cavalgando a onda, a ter de lutar em várias frentes.

– Estou apaixonado por ela – afirmou ele sem floreados.

– Não sei se ela tem idade suficiente para saber distinguir entre alguém que esteja apaixonado por ela e alguém que só queira papar uma frangainha.

Uma chama de indignação acendeu-se nele, rápida e brilhante como um clarão de magnésio. Era o que eu queria ver.

– Pelo menos não sou preto – disse ele, e provavelmente eu merecia-o.

Apontei-lhe um dedo, o meu dedo mais comprido e mais penetrante, e sacudi-lho na cara.

– Confio em si, Carlos Pinto, e essa é a última razão de você ter sorte.

Ele recostou-se na cadeira, a piscar os olhos. A indignação desaparecera-lhe do rosto, que tinha agora uma expressão de sofrimento. Acenou com a cabeça. Eu baixei o dedo e correspondi. Abri a gaveta da secretária, pus-lhe os pés em cima e levei cinco minutos a beber o café, fazendo caretas.

– Que foi? – perguntou Carlos, ainda nervoso.

– Este dente aqui debaixo do meu novo implante dói-me quando bebo qualquer coisa quente.

Telefonei à minha dentista, que me disse que passasse pelo consultório durante a tarde.

– E o Xeta? – perguntou Carlos.

– Narciso sabe que é um beco sem saída.

– O relatório da patologista diz que ele tinha três tipos de sémen no recto, dois diferentes no estômago, e que era seropositivo.

Levantei as mãos.

— Não gosto de não dar tudo por tudo num caso, mas temos de saber reconhecer quando não há hipóteses. Narciso sabe disso. Fomos postos na prateleira.
— Então... — ele pesou as coisas — vamos almoçar a Alcântara?
— Está a aprender. Está a aprender depressa de mais.

Sentámo-nos na esplanada do restaurante Navegador, a duas portas de distância do clube Doca Um, com uma grande travessa de sardinhas, batatas cozidas, pimentos assados e salada. Partilhámos uma garrafa de vinho branco. As sardinhas estavam óptimas, do tamanho ideal e fresquíssimas. Demos cabo delas sem falar. O empregado veio retirar os pratos. Pedimos café.
— Vamos lá ver o que temos — disse eu.
Carlos pegou no bloco e foi virando as páginas. Começou a resumir.
— Temos uma adolescente promíscua, Catarina Oliveira, vista pela última vez a entrar para um Mercedes 200 preto, série C, motor a gasolina, com vidros fumados e as letras NT na matrícula. Local: a uns cem metros da sua escola, na Avenida do Duque de Ávila. Cerca de uma hora depois foi assassinada.
«Ao que parece, a vítima faria tudo para agradar ao pai, mas desprezava a mãe a ponto de ser capaz de ser conivente com o pai para a humilhar, provavelmente numa tentativa desesperada para fortalecer a sua relação com ele.
«Pensamos que o advogado não é o pai verdadeiro dela — concluiu.
— Verificou as fichas da maternidade?
— Claro. Não há qualquer dúvida, Teresa Oliveira era mãe de Catarina.
— Fico impressionado.
— Não é preciso dizer-me tudo o que há para fazer. Também já confirmei a história da Biblioteca Nacional e os restantes álibis.
— Não estou habituado a tanta iniciativa — disse eu. — Continue.
— A vítima era ligada a Valentim Almeida, o guitarrista da banda, que suspeitamos ser um pornógrafo e que tinha influência

suficiente sobre ela para a convencer a praticar um acto sexual pouco habitual na Pensão Nuno, à hora de almoço do dia em que foi morta.

Carlos continuava a passar as folhas para trás e para diante.

– Até agora não há indícios de que o assassino a tivesse seguido da pensão à escola, ou antes ao café perto da escola.

– Volte às notas que tomou quando entrevistámos as pessoas das paragens. Quatro pessoas viram-na entrar no carro. Alguma disse donde vinha o carro?

– Não perguntámos isso. Só queríamos saber como era o carro.

– Você tem os números de telefone. Ligue e pergunte-lhes. Se era um carro de passagem, é uma coisa, mas se estava à espera que ela saísse da escola, então é que já a tinha marcado.

– O empregado do Bella Italia disse que ela estava sozinha quando lá foi beber a bica.

– Já tentei falar com ele, mas estava de folga – disse eu. – Passo lá outra vez quando sair do dentista.

– E ainda há o Valentim – disse Carlos. – Há qualquer coisa que ele ainda não nos disse. Não sei o quê, mas... há qualquer coisa.

– Gostava de encontrar uma ligação entre ele e o Dr. Oliveira.

– Já temos uma. Foi o advogado que nos deu o telefone dele.

– Falo duma ligação mais directa.

– Financeira talvez... O equipamento vídeo?

– Talvez. É uma possibilidade interessante. Ele não nos vai dizer nada, mas talvez possamos apanhá-lo de surpresa. Ainda está nos *tacos*?

– Vou saber.

Deixei Carlos a fazer os telefonemas e disse-lhe que continuasse a trabalhar no caso Xeta em Alcântara, enquanto eu ia ao dentista no Campo Grande. Apanhei o autocarro 38 nas docas. Demorou a chegar.

Na sala de espera sentei-me a passar os olhos pela revista *Caras*, a ver os colunáveis e a pensar em Luísa e na sua consternação perante a ideia de um escândalo sexual numa revista de negócios séria. Larguei a *Caras* e peguei na *VIP*, outra do mesmo género.

Começando a folheá-la pelo fim, dei com uma série de fotografias de eventos de caridade. Havia um no Ritz e a fotografia mostrava Miguel da Costa Rodrigues e a mulher num grupo de gente importante. Rodrigues usava uma gravata da Olívia, a mesma que tinha posta na sexta-feira à noite, em Paço de Arcos, e a mulher um vestido que eu tinha visto a minha filha fazer no mês anterior. Rasguei a fotografia e meti-a na carteira para a mostrar a Olívia.

A dentista remendou um buraquinho entre o implante e o dente, coisa de trinta segundos, e disse-me que tinha de lá voltar para uma obturação. O remendo custou-me oito contos, a obturação iria custar mais doze. Uma boa maneira de ganhar dinheiro para quem conseguisse passar o dia a espreitar para bocas podres.

Saí do Campo Grande e fui beber um café para ver como reagia o dente. Dei por mim a olhar para o edifício da Biblioteca Nacional. Entrei e vagueei por entre as pilhas de livros até chegar à secção de psicologia. Vi-o primeiro de costas, com a sua trunfa de anéis escuros. Já não estava nos *tacos*. Tinha sido rápido, pensei eu. Fui sentar-me ao lado dele. Ele lançou-me um olhar distraído que logo passou ao alerta total.

– Interessa-se por livros, inspector?
– Gosto de José Saramago.
– Sim? Surpreende-me.
– Ele faz a pontuação como eu.
– Mas o inspector não precisa.
– Ou talvez ele não saiba – reflecti eu. – É uma solução, não é?

Valentim quase sorriu. Fiz um sinal em direcção à porta e saímos do edifício. Sentámo-nos nas cadeiras de plástico branco da esplanada do café. Ele pediu uma bica, eu desta vez quis uma água. Ele pegou num dos meus cigarros. Deixei-o pegar.

– Como vai o caso, inspector?
– Já não trabalho nele.
– Veio fazer-me uma visita de cortesia?
– Estes últimos dias têm sido difíceis.
– Sim? Foi parar aos *tacos*?
– Eu não disse que os seus foram um mar de rosas.

– Não foram.
– Viraram-me a casa do avesso.
– Não fui eu.
– Não. Foi os Estupefacientes.
– Dizem que os tubarões até se comem uns aos outros.
– De quem terá sido a ideia?
– O detective não sou eu.
– Porque foi você parar aos *tacos*?
– Porque o inspector me mandou para lá.
– E quem me deu o seu número de telefone?
Ele encostou-se de súbito às costas da cadeira de plástico.
– É mais inteligente do que parece, inspector.
– Por isso usava barba, para não se ver a estupidez.
– E agora está tudo a descoberto.
– É capaz de imaginar uma razão para o Dr. Oliveira se preocupar consigo?
– Seria engraçado se começasse agora... – disse ele. – Nunca nos vimos.
– Antes de o seu estúdio ir pelos ares tive tempo de ver os seus extractos de conta – menti.
– Pois, é uma pessoa curiosa, inspector.
– Não encontrei qualquer pagamento de prestações na sua conta-corrente.
– O que está a querer dizer, inspector? Que o Dr. Oliveira me comprou o equipamento? Se é isso, não está bom da cabeça.
– Não? – disse eu, e deixei-o com uma nota pequena para pagar a bica e a garrafa de água.
Telefonei a Carlos, que já tinha falado com todas as pessoas das paragens.
– Duas mulheres viram o carro parado à saída da escola, com o motor ligado, durante cinco ou dez minutos.
– À espera da saída dos alunos.
– Parece que sim.
– Vou agora falar com o empregado do Bella Italia. Descobriu alguma coisa sobre o Xeta?

– Nada. Perguntei ao sargento pelo Valentim...
– Falei agora mesmo com ele.
– Melhor. O sargento disse-me que um tal João José Silva tem andado à sua procura.
– Na Polícia Judiciária?
– Foi o que ele disse.
– Deixou recado?
– Disse que ainda não tinha notícias de Lourenço Gonçalves. Isto diz-lhe alguma coisa?
– Não sei. É um daqueles nomes que estão sempre a aparecer.

37

Sexta-feira, 12 de Junho de 199..., Pensão Nuno, Rua da Glória, Lisboa

Como é que agora elas fazem isto? Como é que esta miúda está a fazer isto? Como é que chegámos a este ponto? Meu Deus! – acabou Miguel por dizer em voz alta, mas não tão alto que a pessoa que ele espiava no quarto ao lado, para lá das costas do espelho, pelo buraco tosco na argamassa, entre as margens irregulares das ripas, pudesse ouvir-lhe a voz pastosa de luxúria.

Tinha sido uma longa e lenta descida até este último pequeno vício. Tinha deixado de ir às putas. Espantoso como isso se tornava aborrecido tão depressa. A pornografia era apenas biologia. Ir às putas era apenas dissecação prática. Não tinha gostado. Não era isso que queria.

A pressão dos nomes também o tinha esgotado. Todas essas Teresas, Fátimas, Marias... todas as santinhas, como ele lhes chamava, com os olhos levantados para ele... Podia bem passar sem isso. Já lhe bastava a igreja ao domingo.

Farto de putas. Farto de santinhas. Pensou que talvez estivesse curado, mas ainda continuava à procura de qualquer coisa, como um artista que pinta repetidamente o mesmo quadro tentando descobrir o que tem afinal para dizer.

Tinha dito ao Jorge que não lhe mandasse mais nenhuma, e

assim fora. Mas o Jorge... o Jorge tinha uma carta na manga. Tinha uma coisa especial, mas Miguel teria de ir à pensão para a ver.

Tinha ido numa sexta-feira à hora do almoço. Quando? Há anos ou há dias? Jorge levou-o ao quarto, falou-lhe do espelho de duas faces e saiu. Ele sentiu na garganta um aperto familiar e beliscou a pele do pescoço entre o polegar e o indicador. Levantou o espelho do seu lado e viu, irregularmente emoldurado, um famoso arquitecto de Lisboa, seu conhecido pessoal, valha-nos Deus! com uma rapariga, uma rapariga muito nova, de pernas abertas, os calcanhares escorados contra o lavatório.

Estava a espreitar quando de repente se sentiu retalhado pelo medo de que aquilo não fosse um espelho e sim uma janela. Depois percebeu que os olhos muito pintados da rapariga estavam fitos noutro ponto. Claro. Teria havido uma algazarra se tivessem visto a sua cabeça careca a mergulhar na alcova. Acenou, para ver a reacção do par. Continuaram na sua faina, absortos. Miguel sentou-se na cama e não pestanejou durante os minutos que o arquitecto levou a completar a obra. Viu, fascinado, quando voltaram a cair sobre a cama e o homem fez rolar a rapariga do seu colo para as almofadas. Estremeceu ligeiramente quando o homem parou diante do espelho a inspeccionar o rosto à procura de marcas comprometedoras e quando ele começou a lavar freneticamente o pénis de camarão descascado, maxilas cerradas, dentes à vista. Sentiu-se incluído no teatro daquela cena íntima. O arquitecto a pegar na roupa, a puxar pela camisa, ansioso por estar vestido outra vez. A atirar dinheiro, dinheiro de mais, para cima da cama, onde a rapariga não se mexia. Miguel sentiu o coração martelar-lhe no peito quando a porta se fechou e ele ouviu os passos que se afastavam nos degraus de madeira. Passou a mão pela cabeça, pelo gel do cabelo bem cortado, até ao pescoço gordo e aos ombros, que abraçou.

A rapariga continuava com a cara escondida nas almofadas. Estendeu para trás uma mão pequenina, e ele sentiu-se comovido ao ver-lhe um anel de brinquedo no dedo médio. Meteu a mão no meio das pernas e com o polegar e o indicador, como se estivesse a arrancar uma farpa, puxou o preservativo usado. O espectador gordo deixou-se cair de joelhos com um gemido baixo. Isto tinha satisfeito qualquer coisa nele, tinha virado uma velha crosta de terra cinzenta e encontrado por baixo um escuro solo fértil.

Miguel admirava a história. Gostava do seu peso, da sua imensa, glacial, imparável marcha em frente. Gostaria de ter moldado a história. De certo modo, tinha... mas não o bastante. Pensou que por isso gostara tanto de ver aquela breve cena – um instantâneo da história secreta dum homem. Da sua história real. A que nunca seria publicada mas que seria conhecida, que *tinha* sido vista.

Mais tarde viu *a* rapariga.

Jorge tinha razão. Ela era diferente. Era «uma coisa especial». Jorge lembrava-se de coisas que o assustavam.

Agora ali estava ela despida, a olhar para o espelho do outro lado do quarto. Gostava de a ver na cama, de frente para o espelho. Nunca fechava os olhos. Os grandes olhos azuis ficavam a olhar em frente com uma terrível inocência e era isso que o unia a ela. Em todas as coisas ela procurava uma só. Como ele. Remexendo, revolvendo as coisas, recomeçando uma e outra vez, sem nunca conseguir chegar à fonte, sem saber o que era a fonte.

Já tinha decidido. Tinha de falar com ela. Já sabia que escola ela frequentava, tinha-a seguido. Ia ser hoje.

Sentou-se na beira da cama e segurou a barriga com as duas mãos. Saíam-lhe pêlos pretos por uma abertura da camisa onde um botão saltara da casa. Desapertou a camisa e pôs-se de pé diante do espelho. Meteu a barriga para dentro. Mais gordo que um porco alimentado a bolota. Voltou a abotoar a camisa, levantou a gola e colocou a gravata, aquela que lhe tinha sido feita pela amiga da Sofia, a filha do inspector. Meteu-se no casaco, e dum porco gordo fez um banqueiro distinto.

Olhou à roda do quarto como se fosse a última vez. A cornija gretada, as manchas concêntricas no tecto, o soalho irregular remendado com tapetes rapados, a cobrir buracos do linóleo quebradiço, o guarda-fatos de porta sempre aberta, sempre estúpido. Meteu as mãos nos bolsos e esfregou a perna com os cartões de crédito. Saiu do quarto, desceu a escadaria de madeira pouco iluminada com a sua tira de linóleo azul, passou pela recepção iluminada a luz fluorescente onde Jorge não estava, desceu mais escadas, e ainda mais escadas até às grandes portas de madeira. Entrou na sombra e na escuridão da rua e no distante clamor do trânsito. Respirou fundo. Era a última vez. Absolutamente a última.

Ficou à porta da escola na Avenida Duque de Ávila, no Mercedes da mulher, com o motor a trabalhar. Ela devia estar a sair. Sentiu uma coisa afiada no bolso a picá-lo. Meteu a mão e... que era aquilo? Um tubo de lubrificante. Como tinha ido ali parar? Não era isso que ele queria fazer. E preservativos. Não era isso que planeara. Atirou com tudo para o porta-luvas.

É ela. Com quem vem ela? Com quem está a falar? Ele anda atrás dela. A cara dele... os olhos dele... Já a papou. Vê-se à distância. Ela vai-se embora. Não era assim que devia ser. Vejam só como ela anda. Um pé à frente do outro, como um manequim. Ele não a deixa. Anda atrás dela. Agarrou-a pelo pulso, mas ela virou-se, torceu o braço e soltou-se. Ela não quer. Meu Deus. Ele bateu-lhe. Aquela expressão na cara dela. O que quer *isto* dizer?

Miguel engoliu em seco. Estava a acontecer mais depressa do que esperava. Mais do que esperava. Toda aquela gente na rua... Pôs o carro em movimento. Ela estava outra vez a andar, a descer a passarela.

Parou no semáforo e desceu o vidro da janela.

– Por favor – gritou.

Ela virou-se para ele. Tem os olhos em cima dele. Será ele capaz de falar?

– Como é que vou daqui para o parque de Monsanto? – perguntou.

Ela desceu do passeio. Encostou um cotovelo ao peitoril da janela. Olhou para o banco de trás. Porquê? O que quer ela agora? Tem as unhas roídas até ao sabugo.

– Para o parque de Monsanto... É um bocadinho complicado – disse ela.

As mãos dele começaram a suar.

– Mas vou na direcção certa?

– Mais ou menos. É que fica complicado depois de Palhavã.
– Não vai para esse lado, por acaso?
– Vou apanhar o comboio para Cascais.
– Também vou para Cascais. Só não queria ir por uma das estradas principais a esta hora, numa sexta-feira. Queria cortar por Monsanto e apanhar depois a auto-estrada. Posso dar-lhe uma boleia. Deixo-a em casa. Quer?

Ela olhou para Miguel. Aqueles olhos azuis olharam para os dele. E o que viram? A vulnerabilidade dum velhote gorducho. Nada de meter medo.

– A menos – disse ele, inspirado pela tensão do momento – que tenha primeiro de ir ao seu escritório, ou outra coisa a fazer.

A psicologia certa. Ainda se lembrava de como era.

Ela entrou. As luzes mudaram. Miguel tirou o pé do travão cedo de mais e o carro foi projectado para a frente com os pneus a protestar. Ele voltou a encostar-se no seu lugar. Acalmou-se. Já estavam os dois juntos. Tinha conseguido. Tinha estabelecido contacto.

Ela trazia um saco pequeno, que colocou entre os pés. Não pôs o cinto de segurança. Ele fechou a janela. Estava-se bem no ar condicionado.

– Vá seguindo em frente – disse ela, abanando-se um nadinha para a frente e para trás.

A tristeza bateu de leve no peito dele como uma bandeira a meia haste.

Meteu a mudança e os nós dos dedos roçaram-lhe a coxa morena. Ela não se afastou. Ele pousou a mão na alavanca das velocidades.

– Como se chama? – perguntou.
– Catarina.

Ele sorriu sob o bigode. Ela não lhe tinha perguntado o nome. As crianças não perguntam.

Falou-lhe da filha, Sofia. Era a filha do irmão, mas não lhe disse isso. Tentou calar a outra voz que dentro da sua cabeça lhe dizia que sabia o que ele estava a fazer. Estava a ser simpático. Sabia ser simpático, e já estava a ter resultados. Ela tirou uma das pesadas socas e levantou a perna, pousando o tornozelo na beira do banco.

– Siga e vire na primeira à esquerda – dizia ela.

– Gosta de música? – perguntou ele, e ficou a pensar se não seria uma pergunta estúpida.

– Claro – disse ela, e encolheu os ombros finos.

– Que género de música?

– Talvez não seja o seu género.

– Experimente. Sei-as todas. A minha filha passa o tempo a ouvi-las.

– Os Smashing Pumpkins.

Ele acenou que conhecia e desafiou-a a traduzir o nome da banda para português, mas havia tantos sentidos possíveis, tantas espécies de abóboras que não conseguiram decidir. Foi nessa altura que ela lhe disse que cantava numa banda e que ele deixou passar a saída para Monsanto. Foram para norte, passaram as ruas de Sete Rios à volta do Jardim Zoológico, desceram de novo para o gigantesco Aqueduto das Águas Livres, que avançava em grandes passadas pela tarde quente, e finalmente pela estrada certa, passando sob a linha do comboio e entrando no parque.

Enquanto falavam, enquanto ia respondendo às perguntas dele, ela prendia o cabelo louro na nuca com o punho, roendo uma unha inexistente. Estudava o pára-brisas procurando as respostas. Como uma criança, pensou ele. Às vezes parecia ter quinze anos, outras vezes vinte e cinco. Às vezes era uma aluna da secundário, outras vezes era capaz de ir para uma pensão fazer sexo com... Esquecer isso. Riscar do texto.

Subiram o parque, o pinhal cruzado por trilhos alcatroados desertos, uns a dirigirem-se às instalações militares e ao Forte de Monsanto, outros levando à auto-estrada, outros ainda embrenhando-se pelo parque dentro.

– Que horas são? – perguntou ela, inclinando-se para ver o painel de instrumentos.

Ele cheirou-lhe o cabelo.

– Cinco horas.

Ela voltou a encostar-se nos estofos, voltou a calçar a soca e estendeu as pernas no espaço confortável.

– Há ali um sítio com uma vista espectacular de Lisboa, quer ver? – perguntou ele, querendo que fosse apenas um passeio.

– Está bem – disse ela, encolhendo os ombros.

Ele entrou com o carro no parque vazio do restaurante do Alto da Serafina e parou junto do muro baixo. Saíram. A cidade estendia-se diante deles. Enormes, atarracadas, as torres de vidro escuro das Amoreiras dominavam a linha do horizonte.

– Aquelas torres... – disse ela.

– Antigamente, toda aquela área era coberta de amoreiras para a indústria de seda de Lisboa – disse ele, falando-lhe como falaria à sua própria filha, à filha do seu irmão.

– São estranhas, aquelas torres. Parece que vão matar a cidade, sugar-lhe a energia.

Surpreendido, ele não respondeu.

– Eu não o conheço? – perguntou ela, andando pelo muro baixo como se fosse uma passarela.

Ele sobressaltou-se e olhou-lhe para as pernas.

– Acho que não.

– Tenho ideia de já o ter visto.

– Vamos voltar para o carro – propôs ele. – Não quero chegar atrasado.

Ela desceu do muro e ele viu-lhe a parte inferior das calcinhas.

Tirou o carro do parque de estacionamento e continuou pelo meio dos pinheiros, os infindáveis pinheiros mansos. Virou mal num cruzamento. Saiu do sol. Ela não reparou. Ele parou o carro.

– Não pode ser – disse ele, o coração a pulsar-lhe na garganta.

Meteu o carro entre as árvores.

– O que foi? – perguntou ela.

– Só quero dar a volta.

Avançou um pouco mais, até uma clareira. Já não podiam ser vistos da estrada. O motor parou. O sol brilhou dentro do carro. As janelas fumadas escureceram. Ela olhou para a mão do homem na alavanca de mudanças.

– Que aconteceu? – perguntou.
– Não sei.
– Já o vi antes, sim – disse ela. – Agora me lembro. Entrou no café ao pé da escola. Ficou mesmo atrás de mim.
– O café? Qual escola?
– O Bella Italia, ao pé da minha escola.
– Não era eu. Não pensei que andasse na escola.
– Tenho a certeza. Vi-lhe a gravata. No espelho.
– No espelho? – repetiu ele, e sentiu um choque eléctrico correr-lhe nas veias.

Estava a ver tudo com uma nitidez aumentada, tudo, até ao mais milimétrico pêlo louro nas pernas dela. Ela chegou-se para o seu canto e pôs os pés no assento, desta vez sem tirar as socas.

– Também já a vi antes – disse ele, e ela pousou o queixo nos punhos. – Na Pensão Nuno, à hora do almoço, com os seus dois amiguinhos. São os seus colegas de banda?

A informação petrificou-a.

Como tinha aquilo acontecido? O que tinha corrido mal? Não devia ser assim. Ele engoliu em seco, a olhar para ela, não, a olhar para o seu reflexo no pára-brisas.

– O que quer? – perguntou ela, a voz a tremer.

Ainda ia a tempo. Podia parar já, voltar a falar, voltar aos Smashing Pumpkins. Não era preciso...

Estendeu a mão. Uma mão felpuda, com pêlos que subiam pelos dedos quase até às falanges superiores. Mãos de animal. Rodeou-lhe o tornozelo com o polegar e o indicador.

Ela empurrou-o com o pé e o salto pesado da soca apanhou-o acima do coração. Ele segurou-lhe o tornozelo com força. Ela agarrou-lhe a gravata. Ele apertou-lhe o pulso na outra mão e ela gritou e soltou a gravata. Ele torceu-lhe o braço. Ela empurrou-o com o outro pé e desta vez apanhou-o no alto do peito. Ele torceu-lhe mais o braço e ela foi obrigada a virar-se. Ele lançou o peso do corpo para cima dela, empurrando-lhe a cara para o ângulo formado pelo canto do assento e o chão.

– Não me faça mal – dizia ela. – Por favor não me faça mal.

Ele grunhiu. A voz dela chegava-lhe abafada. Puxou-lhe a saia para cima e as calcinhas para baixo, para baixo dos joelhos, por cima daquelas estúpidas socas. Ela sentiu as costas a estalar debaixo do peso dele. Ouviu-o mexer no porta-luvas, tão perto da cabeça dela. Com um puxão, soltou o braço preso debaixo do corpo e tentou bater-lhe. Ele empurrou-lhe a cabeça para baixo.

– Não – disse ela. – Não, por favor. Não me faça mal. Faça o que quiser, mas não me faça mal.

38

15h30, quarta-feira, 17 de Junho de 199..., Café Bella Italia, Avenida Duque de Ávila, Lisboa.

O Bella Italia estava vazio àquela hora, à excepção da senhora idosa sentada à mesa com vista para a rua e do empregado que servira a Catarina o seu último café.

– Recorda-se de mim? – perguntei à velha senhora, que trazia um vestido de seda cor-de-rosa com bastante classe e idade.

– É o inspector – disse ela, erguendo os olhos por baixo dumas pálpebras mais pregueadas que o vestido.

– No dia em que a moça foi esbofeteada ali na rua, lembra-se de ter visto um carro, um Mercedes preto, perto da escola, na altura em que isso aconteceu?

– Como um táxi dos antigos, mas sem o tejadilho verde.

– Exacto – disse eu. – Eu gostava dos táxis antigos, pretos com tejadilho verde.

– Esses eram Lisboa – disse ela. – Estes beges... Penso sempre que estou a entrar por engano num carro particular. Mas é assim a Europa. Quando entrámos, em 1984, o meu marido dizia que no ano 2000 já não havíamos de falar português.

– Por enquanto são só os táxis.

– E os McDonald's. Os meus netos não comem pastéis de bacalhau.

– Os McDonald's são americanos.
– É a mesma coisa – disse ela. – Nós comemo-los e eles engolem-nos.

Fui ao balcão e pedi outra água. Já tinha cafeína a mais no sistema, a mostrar-me a vida demasiado brilhante e afiada para meu conforto.

– E você, lembra-se de mim? – perguntei ao empregado. – E da moça, lembra-se?

Ele acenou que sim.

– Disse-me que ela estava sozinha quando entrou.
– E continuo a dizer.
– E ninguém entrou atrás dela?
– Não.
– A casa estava completamente vazia?
– Tirando aquela senhora – disse ele, indicando a velha. – Ela estava a levantar-se para sair.
– Como se chama ela?
– Dona Jacinta – respondeu a velha senhora, que pelos vistos ouvia bem.
– Tem o aparelho auditivo ligado – sussurrou-me o rapaz.
– Pois tenho – disse ela. – Quanto à rapariga, entrou sozinha, e na sexta-feira passada ninguém entrou atrás dela.
– O que quer dizer, Sr.ª D. Jacinta?
– Que isso foi na sexta-feira passada. Na sexta-feira anterior foi diferente. Eu estava cá. Aquele casal que passa a vida a discutir por causa do cão estava naquele canto. Era você que estava de serviço, não era, Marco?
– Era eu – disse ele, um tanto enfastiado.
– A rapariga entrou e um homem ficou lá fora no passeio uns instantes antes de entrar atrás dela.
– Tem razão, D. Jacinta – Marco voltara à vida de repente. – Ele sentou-se naquela cadeira, mesmo atrás dela, a olhar-lhe para as pernas... Como vê, não sou o único, inspector.
– Ele fez alguma coisa?
– Mandou vir um café, por cima da cabeça dela. Acho que olharam um para o outro no espelho.

– Era grande, gordo e careca – enumerou D. Jacinta. – Tinha bigode e um fato caro.

– E a gravata – acrescentou Marco. – A gravata dele...

– Que tinha a gravata dele?

– Foi comprada na loja onde comprou a sua, inspector – disse D. Jacinta.

– Esta foi a minha filha que ma fez – disse eu, automaticamente.

– Então foi a sua filha que fez a dele – respondeu ela.

Sentei-me devagar na borda duma cadeira.

– Beba a sua água – disse Marco, estendendo-me o copo.

– Você também viu a gravata?

– Vi.

Abri a carteira e tirei a fotografia que tinha rasgado da *VIP*. Alisei-a sobre o balcão e bati com o dedo na figura de Miguel Costa Rodrigues.

– Merda – disse Marco. – É ele. Mostre isso à D. Jacinta. É ele!

Bebi a água e aproximei-me da porta. D. Jacinta tinha posto os óculos. Pegou na fotografia e acenou que sim.

– E a gravata é esta também – disse.

Dobrei a fotografia e metia-a outra vez na carteira.

– Não falem disto a ninguém. Nem uma palavra.

Um homem de óculos escuros entrou no café, olhou para nós três e voltou a sair.

Desci a correr para o Saldanha. Dentro de segundos estava a suar. Apanhei um taxi, mandei-o seguir para a Rua da Glória, e o homem lançou-me um olhar entendido. Fui a acelerar todo o caminho, sentado no banco de trás dum desprezível táxi bege, a suar, apoiando-me nas duas mãos. O trânsito estava denso na direcção da Praça do Marquês de Pombal, e o motorista cortou pelas ruas secundárias à volta dos hospitais de Miguel Bombarda e de Santa Marta.

Subi a correr o linóleo azul da recepção da Pensão Nuno. Não vi Jorge. Bati e martelei no balcão. Toquei a campainha. Jorge apareceu nas escadas, os chinelos de dedo a bater-lhe nos calcanhares, descendo os degraus um a um, agarrado ao corrimão.

– Essa perna não parece boa, Jorge.
– Não está – disse ele, instantaneamente agressivo. – O que quer?
– Vim esclarecer as coisas consigo.
Ele parou nas escadas.
– Ouça... Já lhe disse que estive doente...
– Vai responder às minhas perguntas?
– Pergunte primeiro, para eu saber.
– Catarina – disse eu. – A rapariga assassinada. Você disse que ela já cá tinha vindo. Às sextas, à hora do almoço.
– Disse.
– E na penúltima sexta-feira?
– Esteve cá.
– Onde?
Ele hesitou, percebendo que desta vez eu sabia mais alguma coisa. Comecei a subir os degraus.
– Deixe-se estar onde está – disse ele. – Só preciso de pensar.
– Mostre-me o quarto.
– Foi o mesmo que da última vez.
– Mostre-mo.
Ele virou-se e arrastou-se pelas escadas, vinte anos mais velho em outras tantas horas. Segui os chinelos. Tinha os pés azuis nos tornozelos.
– Com quem estava ela, Jorge?
Não respondeu, tinha dificuldade em respirar. No patamar dobrou-se sobre o corrimão. Do quarto vinham ruídos, os ruídos de êxtase desvairado que uma profissional aprende com o seu primeiro cliente.
– Com quem estava ela, Jorge?
– Tanto quanto sei, podia ser um vendedor de torneiras de Braga.
– Vamos ver o quarto ao lado, talvez isso lhe espevite a memória.
– Ela não esteve lá.
– Não quero estragar a sequência, por isso vamos entrar neste.

– Está ocupado.
– Está muito silencioso para um quarto ocupado.
– Já lhe disse...
– Abra a porta.
– Está fechada à chave.
– Quero-a aberta.

Ele bateu à porta como se tivesse receio de acordar uma princesa.

– Assim não vale, Jorge.

Mas a porta abriu-se. Um tipo baixinho, com um fato ordinário e uma grande barriga, olhava para nós da escuridão do quarto.

Fiz-lhe sinal para desaparecer e ele desceu as escadas mais depressa que um ladrão. Acendi a luz, que era fraca. O quarto estava vazio. Não havia nenhuma mulher ali dentro. Espreitei para o guarda-fatos, já aberto devido ao desnível do soalho.

– Interessante, Jorge.

A cama não tinha sido desfeita. Havia uma única cova, perto dos pés da cama, diante do espelho. Sentei-me nela. Estava muito quente. No espelho havia duas dedadas. Tirei o espelho dos pregos. Fiquei com uma bela vista para o outro quarto, onde um tipo fazia o que podia com uma mulher algemada à armação da cama.

– Quem foi que esteve aqui na sexta-feira, Jorge? – gritei. – E na outra sexta-feira, e todas as sextas-feiras, tanto quanto sei?

O homem do quarto ao lado deteve-se e olhou em volta.

– Responda, Jorge!

O homem saiu da rapariga e aproximou-se do espelho. A rapariga seguiu-o com os olhos. Bati no meu lado do espelho. O homem deu um salto para trás como se tivesse visto a legítima esposa à janela e começou precipitadamente a vestir-se, sem sequer tirar o preservativo. Puxei da fotografia de Miguel Rodrigues e pu-la à frente de Jorge.

– Era este o tipo que aqui estava na sexta-feira à hora de almoço?

Ele acenou que sim.

– Mais alto, Jorge.

– Era.

O homem do quarto ao lado apareceu à porta, com cara de assassino.

– Se quer colaborar na investigação policial, deixe a sua morada na recepção – disse eu, e ele precipitou-se pelas escadas abaixo sem uma palavra. A mulher, emoldurada no buraco deixado pelo espelho, olhava dum pulso acorrentado para o outro.

– Há quanto tempo o conhece, Jorge? – perguntei. – Já devem ser velhos amigos.

– Há uns trinta e cinco anos.

– Uns trinta e cinco anos? Princípios dos anos 60. Um amigo de longa data.

Olhei-o de cima a baixo – aquele homem cansado, destruído.

– Acho que preciso dum cigarro, inspector. Os meus estão lá em baixo.

Dei-lhe um cigarro e acendi-lho, porque as mãos dele tremiam. Ele sentou-se aos pés da cama.

– Você e o Miguel Costa Rodrigues... – disse eu. – Parece que os vossos comboios seguiram por vias diferentes.

– Ele tinha vantagens que eu não tinha.

– Família?

O quarto era mal ventilado, abafado. Jorge chupou o cigarro e soltou a camisa das pregas de pele vazias à volta da barriga. O rosto, já cinzento e desfeito, começava a ficar esverdeado à luz fraca da lâmpada de 40 watts. Os olhos fixos olhavam para dentro dum poço profundo, um poço sem água, raso de amargura.

– O pai dele era dono dum banco.

– O Banco Oceano e Rocha? – perguntei, e ele disse que sim. – Foi aí que se conheceram?

– Não. Conhecemo-nos em Caxias. Na Prisão de Caxias.

Olhei para a fotografia do sofisticado Miguel da Costa Rodrigues na sua festa de caridade no Ritz.

– Vocês não têm ar de comunistas. Pelo menos ele.

Jorge abanou a cabeça.

– Burlões? – perguntei. – Já é mais plausível.

– Éramos da PIDE – disse Jorge, sacudindo cinza da braguilha. – Trabalhávamos no centro de interrogatórios.

– Espere aí, Jorge – disse eu. – O pai dele era dono do banco? Há uns quinze anos, se bem me lembro, veio nos jornais de todo o mundo... O dono do Oceano e Rocha morreu num acidente de automóvel na Marginal, com a família toda. Não me recordo do nome, mas não era Rodrigues.

– Era Abrantes. Ele chama-se Manuel Abrantes.

– Porque foi que mudou de nome?

Jorge atirou o cigarro para o lavatório, onde ele silvou e ficou entalado.

– Já que chegámos até aqui, Jorge...

– Ele fez... coisas, inspector. Todos nós fizemos coisas. Manuel Abrantes fez coisas maiores que a maior parte de nós. Era inspector da Polícia, sabia?

– Que espécie de coisas?

– Matou uma mulher na Prisão de Caxias. Foi um acidente, acho eu. Ela teve um aborto. Não sei. Talvez ele lhe tenha batido... De qualquer maneira, depois disso foi promovido a chefe de brigada.

– Isso parece o pão nosso de cada dia da PIDE. De certeza que há muitos...

– Era ele o chefe do comando que matou o general Machedo em Espanha.

Senti uma gota de suor pela espinha abaixo.

– Está agora a perceber porque é preciso ter cuidado?

Acendi um cigarro, desta vez para mim, e as minhas mãos não estavam lá muito firmes.

– Não tenho mais nada a ver com ele. Protegi-o nesta história. A rapariga... Não tenho mais nada a ver com ele. Olhe para mim, inspector – disse ele, e eu levantei os olhos do chão, sem qualquer vontade de olhar para ele. – Pareço-lhe um homem que alguma vez tenha comido à mesa de Manuel Abrantes?

Saí do quarto, e do corredor olhei para ele. Um ser humano destruído, a olhar para o nicho por cima do lavatório sem ver mais longe que a sua própria cabeça.

– Não tenha pressa, inspector – disse ele. – Isto ainda está longe do fim.

– Não se preocupe, Jorge. Ainda não estou pronto... mas se alguma coisa me acontecer, sei onde procurá-lo.

– Não tem que se preocupar comigo.

– Onde vive ele?

– Na Lapa, onde havia de ser? Ficou com a casa do irmão. Não sei a direcção.

Do quarto ao lado veio um fraco grito por socorro. Jorge deu-se bruscamente conta do quadro que tinha à frente. Abanou a cabeça e lá se pôs de pé.

Desci os degraus a dois e dois. Passava das cinco da tarde. Telefonei a Olívia e pedi-lhe a direcção de Miguel da Costa Rodrigues na Lapa. Telefonei a Carlos.

Às 17h45 estávamos diante duma casa da Rua do Prior, encostados a um velho muro do outro lado da rua.

Às 18h15 um velhote abriu os portões da casa. Uma das duas portas da garagem abriu-se electronicamente, e um Mercedes C200 preto saiu para a rua. Pude sentir o cheiro do motor a gasolina e a matrícula era 18-43-NT, mas não tinha vidros fumados. Via-se perfeitamente Lurdes Rodrigues através das janelas. Parou ao sol, saiu do carro e voltou a entrar em casa. Apareceu outra vez com um envelope na mão. Nesses breves minutos os vidros das janelas tinham-se tornado pretos.

39

20h30, quarta-feira, 17 de Junho de 199..., apartamento de Luísa, Rua Actor Taborda, Lisboa

Estávamos deitados na cama. Ela fazia um ângulo recto comigo, a cabeça pousada no meu estômago. Ambos nus, nem um lençol tínhamos em cima. Pelas janelas abertas entrava um pouco de frescura e de luz do fim de tarde. A fumar, partilhando um pesado cinzeiro de vidro pousado num canto da cama e um copo de uísque pousado noutro. Calados, olhávamos para o tecto. Eu tinha passado os últimos quarenta minutos a contar a Luísa Madrugada tudo o que sabia sobre o assassinato de Catarina Oliveira. Há um quarto de hora que não trocámos uma palavra. Molhei o dedo num pequeno poço de uísque derramado entre os seios dela e levei-o à boca.

– Tenho andado interessada no Banco Oceano e Rocha há já uns meses – disse ela.

– Não abras lá conta.

– Tenho andado a procurar uma ligação entre eles e o ouro nazi.

– Esconde o dinheiro debaixo do colchão, como uma boa camponesa.

– Ouve o que eu digo.

– Estou a ouvir – disse eu, metendo mais uísque na boca com o dedo. – Para que queres saber do ouro nazi?

– Porque é um tema quente. Com todas essas comissões, os bancos de todo o mundo estão a ser obrigados a abrir os seus arquivos. Fazia um brilharete com a minha tese se pudesse descobrir qualquer coisa aqui em Portugal. De qualquer modo, um estudo sobre a economia salazarista que não aborde as transacções de ouro do tempo da guerra enferma de uma grave lacuna.

– Carlos leu-me no domingo um artigo sobre as nossas reservas terem septuplicado durante a guerra.

– À custa de vendas de volfrâmio, estanho, sardinhas, azeite, cobertores, peles... tudo o que havia nós vendemos. Aos dois lados.

– Há quem veja nisso um problema ou fique surpreendido – disse eu. – Para mim é uma questão de negócio. O dinheiro não tem moral.

– A minha teoria é a de que os fundos para as obras públicas de Salazar – as auto-estradas, a Ponte de 25 de Abril, o Estádio Nacional, todas as urbanizações de Lisboa e periferia – terão vindo não só do seu talento para especular durante a guerra, mas também de ele ter permitido, nos últimos meses da guerra, que os nazis levassem o seu saque para fora da Europa. E no meio dessa história está o Banco Oceano e Rocha.

– Pode ser uma conclusão precipitada – disse eu. – Explica-me como chegaste a ela.

– Quase em frente do edifício do Banco Oceano e Rocha, perto do metro dos Anjos, na Rua Francisco Ribeiro, há um prédio feíssimo que pertence ao Banco de Portugal. É lá que o Banco guarda as suas informações sobre bancos e companhias e todos os estatutos de todas as companhias registadas em Portugal desde o século XIX. Um coca-bichinhos triste que vá para lá folhear os estatutos do Banco Oceano e Rocha descobrirá que os três directores originais do banco se chamavam Joaquim Abrantes, Oswald Lehrer e Klaus Felsen.

– Quando foi isso?

– Durante a guerra – disse ela, tomando outro golo de uísque. – Em 1946 havia só dois directores – Joaquim Abrantes e Klaus Felsen, um com cinquenta e um por cento das acções e o outro com quarenta e nove.

– Julgava que todos os bens alemães em Portugal tinham sido confiscados depois da guerra.

– Foram. Mas Joaquim Abrantes tinha cinquenta e um por cento. Era ele o dono. O banco era português – disse ela. – Outra coisa curiosa é que tenho andado a vasculhar um velho arquivo que pertenceu a um industrial belga cuja neta é minha amiga. Adivinhas que nome lá encontrei?

– Klaus Felsen.

– Era exportador de volfrâmio.

– Então achas que estás quase a chegar lá – disse eu. – O que aconteceu a Klaus Felsen depois da guerra?

– Figura nos estatutos da companhia até 1962, data em que desaparece e nunca mais é mencionado. Perguntei ao meu pai se tinha alguma ideia do nome e ele disse-me que foi um escândalo na comunidade empresarial lisboeta. No Natal de 1961, Klaus Felsen matou a tiro um turista alemão em sua casa e passou quase vinte anos na Prisão de Caxias por homicídio.

– Curioso.

– E sabes quem era o advogado da companhia?

– Deixa-me adivinhar. O Dr. Aquilino Oliveira.

– Ele alterou radicalmente os estatutos do banco, excluindo o nosso amigo Klaus Felsen.

– Quanto tempo foi advogado deles?

– Até 1983.

– E nessa altura o que aconteceu?

– Deixou de ser advogado deles. Essas coisas não são eternas, mas talvez tivesse que ver com a morte de Pedro Abrantes, que tinha herdado tudo do pai. Morreu num acidente de automóvel.

– Até eu me lembro disso. As crianças.

– Miguel da Costa Rodrigues tornou-se o novo director e principal accionista do banco. Quando isso acontece, há sempre mudanças. De advogados, por exemplo.

– Há qualquer coisa, mas não estou a ver lá muito bem a ligação. Não vejo motivo para a morte de Catarina. Não vejo como pode isso...

– Queres interrogar Miguel da Costa Rodrigues?
– Quero apanhá-lo sem lhe dar tempo a esconder-se atrás dos seus amigos importantes, para ter de se apresentar na Polícia Judiciária a responder-me diante dum gravador.
– Para isso terias de ter a opinião pública do teu lado.
– Por intermédio da comunicação social? Mas é que eu não tenho uma história que possa apresentar-lhes. Havias de ver o tal Jorge Raposo, é um ex-pide e é a criatura mais patética, mais sebenta de Lisboa.
– E Klaus Felsen?
– Esse deve ter mais de cento e dez anos.
– Oitenta e oito.
– Ainda está vivo?
– Havia um endereço nos velhos estatutos. Comecei pelo mais simples, fui ver à lista telefónica se ele ainda vivia no mesmo sítio. Klaus Felsen, Casa do Fim do Mundo, Azóia..., e estás a ver aquela folha na mesa-de-cabeceira? É o número do telefone.
– Telefonaste-lhe?
– Não sabia bem o que lhe perguntar. Achei que tinha de adiantar mais o meu trabalho antes de poder ter com ele uma conversa que valesse a pena.
– E agora?
– Acho que devíamos ir os dois ver o que tem ele a dizer.
– Ah – disse eu. – Agora percebo.
– O quê?
– É a tua cacha para o lançamento da revista, não é?
– Pode ser.
– Não, não pode.
– Porque não?
– Tu disseste, se bem me lembro: «Ninguém vai aparecer com as calças em baixo numa revista dirigida por mim.» Foi ou não foi?
– Esse é o teu ângulo da história. O meu é que um dos maiores bancos internacionais do país foi fundado directamente com ouro nazi. Tu podes ocupar-te das calças. Deixo-te acrescentar isso no fim.

– Achas que Klaus Felsen te vai contar tudo assim que te vir?
– Primeiro vamos ver se está vivo – disse ela, indicando com a cabeça a folha de papel.

Peguei no telefone e marquei o número. Respondeu-me uma mulher a falar alemão. Perguntei por Klaus Felsen.

– Está a dormir – disse ela.
– Qual é a melhor hora para falar com ele?
– Qual é o assunto?
– O Banco Oceano e Rocha.

Um silêncio.

– Quem fala?
– Sou da Polícia Judiciária de Lisboa. Estamos a investigar a morte duma jovem e penso que o Sr. Felsen poderá ajudar-nos nessa tarefa.

– Eu digo-lhe. Mas ele não tem horas certas para nada. Às vezes acorda a meio da noite, outras vezes de manhã cedo, e outras vezes dorme todo o dia. Se ele concordar em falar consigo, terá de vir quando eu lhe disser.

Dei-lhe o número de telefone de Luísa e desliguei. Pus-me a andar dum lado para o outro, a roer uma unha. Luísa fumava virada para o tecto. Liguei para o telemóvel de Olívia e disse-lhe que ia chegar tarde, ou talvez até passasse a noite fora, e que fosse comer a casa da minha irmã.

– Não se preocupe comigo – disse ela.
– Estás num carro? – perguntei, porque o sinal começava a ter interferências.
– Estou com a Sofia e a mãe. Vamos para Cascais. Convidaram-me para jantar e passo lá a noite. Está bem?
– Não!
– Como? Estou a ouvir mal.
– Não, não está bem – disse eu.
– Porquê... Posso... Maldita geringonça!...
– Quero que vás para casa.
– Mas o pai disse que não vai estar lá!
– Eu sei o que disse.

– Então seja lógico. Porque hei-de eu ir...
– Porque...
– Não ouço!
– Olívia!
– A linha está a falhar. Adeus.
A linha foi abaixo.
– Problemas? – perguntou Luísa.
O telefone, ainda na minha mão, tocou. Dei-lhe um puxão.
– Olívia?
– Inspector Coelho? – perguntou uma voz de sotaque alemão.
– Sim.
– Herr Felsen está disponível agora. Diz que fala consigo. Conhece a casa?
– Não.
– É a última casa de Portugal. Mesmo diante do farol.
– Podemos levar uma hora a lá chegar.
– Venham assim que possam.

Tomámos um duche juntos e vestimo-nos. Tentei falar de novo com Olívia, mas o telemóvel estava desligado. Luísa disse-me que não me preocupasse, que não ia acontecer nada nessa noite, mas a tensão invadiu-me e rastejou por mim acima, fazendo uma aresta viva nos meus ombros. A minha filha podia ir passar a noite a casa dum assassino de adolescentes.

Luísa conduziu, e pelo caminho foi-me acalmando. Eu levava o computador portátil e a máquina fotográfica dela nos joelhos e controlava o meu pânico. O que podíamos nós fazer? Correr os restaurantes de Cascais à procura dela? Eu nem sequer sabia onde era a segunda residência dos Rodrigues em Cascais e na lista telefónica não figurava o nome dele – a casa era provavelmente da mulher e ainda devia estar no seu nome de solteira.

Chegámos ao fim da auto-estrada e dirigimo-nos para oeste, por Aldeia de Juzo e Malveira. Subimos a estrada tortuosa. Era a hora em que o fim do dia morria por trás da alta capela da Peninha. Luzes de casas isoladas suspensas no veludo negro da urze. Navios no escuro Atlântico rumo ao último momento azul-cinzento.

Na Azóia virámos à esquerda no ponto mais alto da estrada, passámos por velhos moinhos transformados em bares, atravessámos a aldeia onde ladravam cães e entrámos novamente na urze e no tojo, com as pás de luz do farol a cortar a escuridão, agora total.

Saímos do alcatrão para um caminho de terra batida que nos levou a uma casa baixa e murada, com um terraço fechado no telhado, onde brilhava uma luz fraca.

À luz dos faróis vimos uma mulher que se curvava a abrir o portão. Um pastor-alemão ladrava furiosamente no pátio. Quando nos viu lançou-se em grandes saltos até ao limite da corrente que o prendia.

– Sou Frau Junge – disse a mulher, numa voz doce que parecia prestes a entoar uma canção tirolesa. Fez calar o cão, que gostou da voz e se sentou com a cabeça de lado.

Frau Junge levou-nos pela escadaria exterior até ao terraço fechado. Ao pé da luz fraca estava uma trouxa numa cadeira de rodas, com a cabeça caída para o peito – não parecia uma pessoa muito animada. Uma das pás do farol varria o telhado da casa.

Frau Junge falou ao ouvido do homem embrulhado em cobertores na cadeira de rodas, que levantou a cabeça. Ela puxou duas cadeiras de junto da parede e colocou-as ao pé da cadeira de rodas. Dos cobertores saiu uma só mão, que fez sinal de aproximar mais uma das cadeiras. A mulher suspirou como se ele fosse uma criança birrenta e obedeceu.

– Ele quer que a senhora se sente ao pé dele. Cuidado com a mão. Só tem essa, mas é rápida e... abusadora – disse, e saiu.

Luísa parecia arrependida de não ter trazido uma saia mais comprida.

– Agora dou-me mal com o frio – disse Felsen numa voz de cana rachada a que faltassem já alguns fragmentos.

Os ossos da caveira, as placas do crânio, pareciam dolorosamente salientes debaixo da pele fina esticada, com as veias a aparecer à superfície. As pálpebras formavam bolsas junto das pestanas e os cantos dos olhos descaíam para os malares, dando-lhe um ar inconsolável. O nariz era aguçado e esfolado.

Apresentámo-nos e ele agarrou-se à mão de Luísa.

– Sabe porque viemos? – perguntou ela.

– Podem fumar, se quiserem. Não me importo que fumem ao pé de mim.

– Frau Junge disse-lhe porque viemos cá.

– Sim, sim – disse ele –, mas por favor fumem. Gosto do cheiro.

Acendi um cigarro. Luísa acendeu um dos dela.

– Sou metade do homem que fui. Estou a encolher, e eles vão-me cortando aos bocados. Na prisão fiquei sem um braço e metade da orelha. Quando saí cortaram-me a perna direita pelo joelho. Já não me lembro porquê. Passei tempo de mais deitado na prisão... ou seria o tabaco? Pode ter sido.

Luísa apagou o cigarro e coçou a barriga da perna.

– Claro que não cortaram a perna aleijada – continuava ele. – Sou coxo desde criança. Não, essa ficou. Cortaram a boa. Eu disse ao cirurgião, «Este hospital está a comer-me vivo», mas pensam que ele ligou?

Riu-se, e o esforço quase lhe quebrou a voz.

– O banco, pois. É por isso que aqui estão, querem falar do banco. Há quinze anos que estou à espera de falar do banco, mas vocês são os primeiros que querem ouvir. Já ninguém olha para trás. Ninguém quer saber donde vem. Só lhes interessa saber para onde vão.

– Preciso das mãos para escrever enquanto o senhor fala – disse Luísa, retirando a mão e preparando o portátil.

– Posso pôr-lhe a mão no ombro? – disse ele.

Klaus Felsen contou a sua história em duas partes. A primeira, com intervalos, levou quase quatro horas. Hesitou por duas vezes. A primeira foi quando contou a emboscada ao carro do agente britânico. Interrompeu-se, ficou uns minutos calado e eu pensei que tivesse novamente perdido as forças e precisasse de descansar. Mas, quando recomeçou, o tom de voz mudara. Tornara-se confessional. Descreveu como a brutalidade tinha irrompido e ele matara o motorista, e a seguir, em termos arrepiantes, o que tinha feito ao inglês Edward Burton. Luísa parou de escrever.

Voltou a hesitar ao falar do seu último encontro com Eva Brücke. Deu-nos duas versões. A primeira era nobre, um amor separado pela guerra, e depressa se calou ao ver que Luísa parava de carregar nas teclas. Ficámos à espera. Ele concentrou-se e contou-nos a versão real.

A morte do Obergruppenführer Lehrer pareceu esgotá-lo. Deixou descair a cabeça e adormeceu. Esperámos uns minutos, vinte ou trinta voltas do farol. Luísa soltou-se suavemente da mão que tinha no ombro e descemos os dois.

Frau Junge, ainda a pé, estava a ver televisão por satélite, enquanto comia tarte de maçã e bebia chá de camomila. Aconselhou-nos a esperar, porque ele provavelmente não dormiria mais que uma hora. Ofereceu-nos tarte de maçã, que devorámos.

– Habitualmente sou eu que tenho de lhe ouvir as histórias – disse ela. – Ah, a guerra foi há tanto tempo! Os meus pais nunca falavam da guerra. Nunca. Mas ele não fala de outra coisa, como se tivesse sido ontem. E a mão, tem-se portado bem?

– A mão tem estado bem – disse Luísa, ainda atordoada do trabalho e do horror.

– Se ele agarrar a *sua* mão, cuidado. Não o deixe levá-la onde ele quer.

Voltei a tentar apanhar Olívia, que continuava com o telemóvel desligado. Luísa telefonou ao pai, falou rapidamente com ele e ligou o computador à ficha do telefone, mandando a primeira metade da história pela linha. Meia hora mais tarde ele telefonou e Luísa deu-lhe mais elementos sobre a minha investigação.

– Ele quer provas documentais – disse quando desligou. – Não pode dar uma notícia destas sem ter documentos a comprová-la.

Olhei para Frau Junge, que beberricava o seu chá. Ela encolheu os ombros.

– Eu tenho fotografias, mas, quanto a documentos, terão de falar com ele.

Uma lâmpada vermelha acendeu-se na parede, perto da cabeça dela, com o som fraco dum besouro.

– Já acordou – disse Frau Junge.

A segunda parte da história era mais breve, mas levou mais tempo a contar porque Felsen precisou de fazer várias pausas. A memória divagava, voltava a pormenores que já conhecíamos. Falou repetidamente duma mulher chamada Maria Antónia Medinas, que garantia ter sido morta por Manuel Abrantes. Eu disse-lhe que isso encaixava no que Jorge Raposo me tinha dito, mas não conse-guimos saber o que lhe era essa mulher. Estava na prisão com ele? Presa comum ou política? Já a conhecia antes?

Havia coisas que ele não dizia, fosse de propósito, fosse porque o cérebro as passava em branco – não saberíamos dizê-lo. Foi já perto do fim que nos deixou estupefactos com a revelação de que tinha sido incriminado pelos amigos de Joaquim Abrantes na PIDE, que o tinham metido na cadeia por vinte anos e que Manuel Abrantes era seu filho. Quisemos saber quem era a mãe. Não se lembrava do nome, mas era possível que ainda estivesse viva, lá para a Beira.

A madrugada veio gradualmente. O farol deixou de espadeirar luz e tornou-se numa sirene de nevoeiro. Uma densa névoa marinha veio das falésias e submergiu a casa, de tal modo que mal se via o portão do outro lado do pátio.

– Temos dias destes – disse Felsen. – Ainda se ao menos soubéssemos que é assim em toda a parte... mas não, a cem metros daqui o sol está a brilhar.

– Só mais uma coisa – disse Luísa. – Precisamos de documentos, sem eles a história não vale nada. Tem provas documentais de que esse ouro existiu?

A mão dele desapareceu debaixo dos cobertores e voltou com uma chave morna.

– Têm tudo o que precisam no arquivo de metal do meu escritório. Frau Junge leva-os lá.

Levantámo-nos. A mão dele estendeu-se para a de Luísa, que lha apertou. Ele levou-lhe a mão aos lábios e ela arrepiou-se.

– Teve uma vida extraordinária, Sr. Felsen – disse ela, a disfarçar.

– Todos tínhamos grandes vidas naquele tempo – disse ele, a olhar para a manhã nublada. – Mesmo um SS-Schütze podia ter uma grande vida, mas podia não ser a vida que queria... Passei vinte anos em Caxias a pensar que preferia ter tido uma vida menos extraordinária. Preferia ter menos remorsos.

– Qual é o seu maior remorso? – perguntou Luísa.

– Talvez a senhora seja uma romântica. Talvez pense... – interrompeu-se, à espera duma resposta que Luísa não lhe deu. – Mas, depois de tudo o que lhe contei, talvez possa dizer-me qual deveria ser o meu maior remorso?

Ela não respondeu. Pareceu esvaziar-se.

– Não foi Eva. Tenho pena que ela acabasse por me desprezar, mas isso foi devido ao que *não* fiz – e debateu-se por um momento com os cobertores, como um bebé. – Daquilo que fiz, o que mais lamento é o que fiz a Edward Burton, o agente inglês. Não sei como aconteceu. Ao longo dos anos deitei as culpas a Abrantes, ao álcool, até à holandesa por me ter roubado os botões de punho. Mas depois de vinte anos em Caxias, sem muito mais em que pensar, não consigo encontrar uma razão, sou obrigado a concluir que tive um acesso de autêntica maldade... Senhora Madrugada, não sou um homem com futuro – disse por fim.

Baixou a cabeça e nós saímos. No arquivo encontrámos cópias dos documentos provando a origem do ouro e fotografias de Felsen com Joaquim e outros membros da família Abrantes, incluindo o jovem Manuel.

Luísa deixou-me em Paço de Arcos e seguiu para Lisboa. Fui tomar o pequeno-almoço ao café de António Borrego, onde não estava mais ninguém.

– Tem um ar cansado, Zé – disse ele, pondo-me à frente o café e a torrada.

– Foi uma longa noite.
– Não comeu decentemente.
– Não.
– Quer que lhe cozinhe qualquer coisa?
– Não, isto chega.
– Porque é que não foi à cama?
– Trabalho, como de costume.

– Ouvi dizer que lhe revistaram a casa e prenderam o Faustinho.

Cravei os dentes na torrada e bebi um gole de café.

– E que caiu debaixo dum eléctrico – continuou ele.

– Caí?

– Estava a ser diplomático.

Limpei a manteiga derretida do queixo.

– É sua namorada a moça que o deixou agora mesmo?

– O mundo inteiro passa aqui à sua frente, não é, António? – disse eu. – Você nem precisa de sair à rua. Vem tudo cá ter.

– É o que acontece a quem tem um café – disse ele. – Não estava aqui se fosse só para servir copos.

Deitei mais café e juntei o leite.

– António, estava em Caxias quando aquilo acabou, em 74, não estava? – perguntei.

– Nesse tempo eu saía à rua e fazia coisas, e olhe onde fui parar.

– Alguma vez ouviu falar de um Felsen, Klaus Felsen?

– Ouvimos. Preso por homicídio. Os presos políticos e os comuns não tinham muito contacto, mantinham-nos separados.

– E de uma mulher chamada Maria Antónia Medinas?

Um silêncio. Levantei os olhos da torrada. António, de olhos fechados, apertava a cana do nariz.

– Estou a ver se me lembro – disse. – Era dos comuns?

– Não sei. Não sei nada dela a não ser o nome.

– Na ala dos políticos não estava, que eu saiba.

– Ainda tem amigos a quem possa perguntar?

– Amigos?

– Camaradas, então – disse eu, e ele riu-se.

Voltei para casa e encontrei Olívia a lavar os dentes na casa de banho.

– Que te aconteceu? – perguntei em inglês.

– Obedeci às ordens do meu papá – replicou ela, aborrecida.

– Passaste cá a noite?

– Foi o que me disse, não foi? Sou uma *menina* obediente.
– Como é que voltaste?
– O Dr. Rodrigues trouxe-me depois do jantar.
– Sozinha? – as minhas mãos tinham gelado de repente.
– Mais ninguém quis vir. Senti-me uma idiota chapada.
– De que é que falaste com o Dr. Rodrigues?
– Sei lá. Falámos pouco.
– Vê se te lembras. É importante.
– Ah, ele esteve a falar dos Smashing Pumpkins.
– Smashing Pumpkins?
– É uma banda, pai – disse ela, contristada com a minha falta de cultura. – Acho que no seu tempo se chamava um grupo musical.
Então eu disse-lhe, sem lhe dizer porquê, que não queria que ela voltasse a dar-se com a família Rodrigues.

40

5h30, sexta-feira, 26 de Junho de 199..., Paço de Arcos, Lisboa

Eu estava na cama sem conseguir dormir, a ouvir o trânsito, a fumar cigarros, a ler o relatório de Fernanda Ramalho pela centésima vez. Faltavam duas horas para uma tempestade mediática que ia mudar a minha vida, e agora não era isso que eu queria. Queria outra vez a minha vidinha.

Tinha sido uma semana medonha. Quando Luísa me disse que o pai dela, Vítor Madrugada, tinha uma revista no prelo, parti do princípio que estava tudo pronto e ele só tinha de carregar no botão. Mas ele nem sequer tinha ainda uma gráfica e gastou uma fortuna para a arranjar, porque as gráficas não ficam paradas à espera de um determinado trabalho – trabalham o tempo todo. Levou uma semana, o que significa que ele teve tempo para pensar.

Vítor Madrugada queria uma história de sensação para lançar a sua nova revista de negócios e tinha apanhado uma história monumental que iria ser lembrada por tanto tempo como o marquês de Pombal na praça com o seu nome. Precisava de garantias absolutas. Tive de fazer uma apresentação diante dele, do conselho de administração, onde Luísa figurava, e do director da revista, expondo todo o caso contra Miguel da Costa Rodrigues e as minhas razões para o atacar por esta via.

O director da revista estava nervoso. Era um homem inteligente, mas vinha dos tempos em que os meios de comunicação ainda respeitavam as figuras públicas, provavelmente uma sequela dos dias em que os jornalistas escreviam o que lhes mandavam. Para ele, o director-geral do Banco Oceano e Rocha era um homem muito importante, com amigos influentes e uma mulher também de excelente família, muito religiosa, enquanto Catarina Oliveira...

– Não estou a declará-lo culpado no meu artigo – tive de responder. – O que pretendo é fazer que Miguel Rodrigues, também conhecido por Manuel Abrantes, vá à Judiciária responder às minhas perguntas. Ele fez tudo o que pôde para bloquear esta investigação. Usou os amigos para ter a certeza de que eu não conseguia informações sobre o seu carro. Fez com que me retirassem o caso. Mandou-me empurrar para debaixo dum eléctrico. Tive a casa invadida pelos Estupefacientes e a filha do seu patrão teve mensagens de ameaça afixadas no carro. Temos uma certa justificação.

O director tinha olhado para o pai de Luísa.

– Espero que tenha razão – disse-me Vítor Madrugada. – Esta história é uma bomba – famílias importantes, uma dinastia fundada sobre o ouro nazi, um PIDE assassino, sexo, drogas, o homicídio duma inocente, aliás duma criança que não merecia morrer. É uma história que vai explodir em Portugal como os fogos florestais no Verão.

– E o senhor não quer ser visto como pirómano.

– Não – disse ele. – Não quero. E acho que não sou.

Tinha carregado no botão.

Eu tinha saído da reunião com a euforia num ombro e o pavor no outro. Andei uns dias à deriva. Jojó Silva telefonou-me por causa de Lourenço Gonçalves, que ainda não tinha aparecido. Disse-lhe que fizesse uma participação, que eu me encarregava de lhe fazer dar seguimento. Carlos e eu continuávamos a trabalhar às apalpadelas no caso Xeta, com pouco sucesso.

Às 7h fui fazer café e já corria um murmúrio na rua. Em menos de dez minutos a calçada diante de minha casa encheu-se de jornalistas e operadores de câmara. Telefonei à esquadra da PSP e pedi-lhes que mandassem uns homens e um carro.

Às 7h30 saí para a rua e dei com uma barragem de perguntas e disparos de *flash*. Não abri a boca e encaminhei-me em passo rápido para o carro da PSP. Fomos seguidos por uma caravana até Lisboa, até ao edifício da Judiciária, onde já estavam outros jornalistas à espera. O carro da PSP deixou-me nas traseiras e eu fui direito ao gabinete de Narciso. Desta vez não tive de esperar e encontrei do outro lado da porta um engenheiro Jaime Leal Narciso muito diferente.

Mandou-me sentar e sentou-se do mesmo lado da mesa. Fumámos. A secretária trouxe café. Discretamente, Carlos e eu fomos reintegrados no caso e recebi autorização cabal de chamar Miguel da Costa Rodrigues para um interrogatório.

– Terei também de passar busca às coisas dele – disse eu.
– O mandado já está pronto – disse ele.

Às 7h45 chegou ao gabinete de Narciso um telefonema do advogado de Miguel da Costa Rodrigues, oferecendo-se para levar o seu cliente à Polícia Judiciária para ser interrogado.

Às 8h15, Miguel da Costa Rodrigues entrou no edifício. O advogado foi lá fora fazer uma declaração aos jornalistas. Acusou a Polícia Judiciária de ter encenado um julgamento pelos *media* e sublinhou que o seu cliente se apresentava voluntariamente. Não respondeu a nenhuma das perguntas que lhe foram feitas.

Às 8h25, Narciso deu-me uma palmada nas costas e mostrou-me um punho encorajador, pronto a ajudar-me a esmagar Miguel da Costa Rodrigues. Depois vestiu o casaco e foi para a entrada do edifício. Reduziu a pó a declaração do advogado e recebeu oitenta e cinco por cento do crédito pelas descobertas da investigação, deixando quinze por cento para mim e para Carlos. Era para isso que lhe pagavam, e realmente era um mestre na matéria.

Às 8h30, Miguel Rodrigues foi conduzido à sala 3, a que tinha a maior janela de reconhecimento. Alguns dos homens que lá estavam nunca eu tinha visto no edifício. Parecia um *cocktail party*.

Às 8h32 fiz as apresentações da praxe ao gravador. Miguel da Costa Rodrigues não deu qualquer sinal de me conhecer. Parecia um homem com uma história decorada na cabeça, da qual só uma máquina de terraplanagem o conseguiria fazer desviar. Era um antigo PIDE. Tinha prática de interrogatórios. A minha única vantagem é que não devia ter prática de ser interrogado.

Lançou um olhar ao painel envidraçado da parede. O advogado sentou-se ao lado dele, como um falcão treinado, mal tocando a mesa com as pontas dos dedos. Comecei por pedir ao Dr. Rodrigues que esclarecesse a questão da sua identidade e ele revelou calmamente que era Manuel Abrantes e que tinha mudado de nome para reduzir as possibilidades de o seu anterior posto se reflectir negativamente no banco. Não lhe pedi mais pormenores, não queria desviar-me do cerne do meu primeiro interrogatório.

– Dr. Rodrigues – comecei –, onde estava à hora de almoço, cerca da uma da tarde, na passada sexta-feira 12 de Junho?

– Na Pensão Nuno.

– A fazer o quê?

– A ver um acto sexual praticado por três pessoas.

– Como?

– Eu estava num quarto contíguo a vê-los através dum espelho duplo pendurado na parede.

– Conhecia algum dos três?

– Não.

– Já tinha visto algum deles?

Ele conferenciou com o advogado.

– Já tinha visto a rapariga.

– Onde?

– Na mesma pensão.

– Quando?

– Exactamente uma semana antes.

– A praticar um acto sexual?

– Sim.

– Quantas vezes viu essa rapariga?

– Várias vezes.

– Não pode ser mais preciso, Dr. Rodrigues? Deve saber que o Sr. Jorge Raposo, o gerente da pensão, está a colaborar com a Polícia Judiciária.

– Não sei bem. Talvez umas doze vezes.

– Sempre na Pensão Nuno?
– E sempre a praticar actos sexuais com homens diferentes, embora essa sexta-feira dia 12 tenha sido a primeira vez que a vi com dois homens ao mesmo tempo.
– Em alguma dessas ocasiões tentou segui-la?
Ele inclinou-se outra vez para o advogado.
– Há duas semanas segui-a da Pensão Nuno à escola que ela frequentava, na Avenida do Duque de Ávila.
– Não foi exactamente assim, Dr. Rodrigues.
– Tem razão. Ela parou primeiro num café perto da escola.
– E o senhor entrou no café?
– Entrei.
– Lembra-se do nome?
– Não.
– Como soube que ela era aluna da Escola Secundária de D. Dinis?
– Segui-a quando saiu do café e vi-a entrar.
– Portanto, quando na sexta-feira passada a esteve a ver na Pensão Nuno já sabia que se tratava duma aluna do secundário.
– Sim.
– Pode descrever-nos o acto sexual que presenciou na sexta-feira, dia 12?
– A rapariga estava de joelhos entre dois rapazes; um deles tinha o pénis na boca dela, o outro estava a sodomizá-la.
– A sodomizá-la? – perguntei eu, começando a perceber a estratégia.
– Sim.
– Como sabe que ele estava a sodomizá-la?
– Donde eu estava via-se bem.
– Como era isso possível?
– Eles tinham posto a cama diante do espelho e eu podia ver perfeitamente o que faziam.
– Pode dizer-nos se ela tinha prazer no que estava a fazer?
– Nada na cara dela indicava o contrário.
– Seguiu-a nessa ocasião?

– Não.
– Mas estava num carro à espera que ela saísse da escola, nesse mesmo dia, por volta das quatro e meia.
– Sim.
– Pode descrever-nos o carro?
– Um Mercedes preto C200, gasolina, matrícula 18-43-NT.
– É o *seu* carro?
– Está em nome da minha mulher.
– Dizíamos então que estava à espera da jovem.
– Sim.
– Com que intenções?
– Falar com ela.
– Falar? De quê?
– Da possibilidade de fazer sexo com ela.
– E o que sucedeu?
– Ela saiu da escola a falar com outra pessoa, um homem mais velho, talvez um professor. Não sei. Estavam a conversar, ou antes a discutir, porque a certa altura ele bateu-lhe, deu-lhe uma bofetada na cara. Ela afastou-se dele e foi pela rua em direcção à Avenida 5 de Outubro. Quando vi isso, saí da berma, parei ao pé dela diante do semáforo e perguntei-lhe se estava bem e se queria boleia para algum lado.
– E o que disse ela?
– Entrou no carro.
– Sem dizer nada?
– Que eu me lembre, não.
– Várias testemunhas dizem que os dois falaram quase um minuto, até as luzes mudarem.
– É verdade. Agora me lembro. Eu perguntei-lhe o caminho para qualquer lado. Ela começou a explicar e depois disse que era mais fácil mostrar-me.
– Do que falaram no carro?
– Música. Falámos de música.
– Só?
– Sim.

– Para onde seguiram?
– Eu queria voltar para Cascais. Resolvi cortar pelo parque de Monsanto para apanhar a auto-estrada.
– Não disse que queria fazer sexo com ela?
– Sim.
– Quando discutiram isso?
– Quando estávamos no parque de Monsanto.
– Ela ficou surpreendida?
– O que quer dizer?
– O senhor tinha começado por lhe perguntar o caminho para qualquer lado. Para onde, exactamente?
– Não me recordo.
– Ela pareceu achar que era complicado.
– Monsanto. Perguntei-lhe o caminho para Monsanto. É um bocado complicado chegar a Monsanto saindo de onde estávamos – disse ele, começando a ficar nervoso.
– Mas, depois de o levar a Monsanto, certamente ela não tencionava ficar ali no meio do parque.
– Quando começámos a falar, ela disse-me que ia para Cascais e eu disse que lhe dava boleia. Eu ia...
– Não, não ia. Nessa tarde o senhor ia só a Paço de Arcos – disse eu, usando a velha táctica para desmontar uma história inventada, que é concentrarmo-nos num pormenor e extrair as meias-mentiras.
– Ouça, inspector – disse ele, já frustrado – eu perguntei-lhe o caminho já não sei para onde. Ela disse que ia apanhar o comboio para Cascais. Eu disse-lhe que ia para Cascais de carro. Ela pareceu satisfeita por arranjar boleia. Entrou no carro. Não a forcei a vir comigo, ela entrou porque quis. Se as suas testemunhas dizem que eu a forcei...
– Não dizem. Eu só quero saber o que aconteceu exactamente, Dr. Rodrigues. Para a fazer entrar no carro, o senhor disse-lhe que ia para Cascais.

Não lhe agradava muito, mas ele queria era passar adiante.
– Ela entrou no carro. Eu arranquei. Começámos a conversar – disse firmemente.

– Sobre música e o caminho para Cascais... E como é que surgiu a questão do sexo?

Não estava calor na sala de interrogatórios, mas Miguel Rodrigues estava a achá-la desconfortável. Tinha o colarinho apertado à volta do pescoço e o suor começava a borbulhar-lhe na testa. Mudou várias vezes de posição na cadeira e passou um braço pelas costas da cadeira do advogado.

– Eu disse-lhe que a tinha visto na pensão.
– Ela deve ter ficado surpreendida.
– Porquê?
– Vejamos. Ela julga que entrou num carro que ia a passar por acaso. Julga que vai mostrar a alguém o caminho para Monsanto. Julga que vai ter boleia para Cascais. Estão a falar de música... que espécie de música, já agora?
– Ela disse que gostava dos Smashing Pumpkins.

Senti um arrepio pelas costas abaixo.

– Estão portanto a falar dos Smashing Pumpkins enquanto atravessam Monsanto, e de repente... o senhor muda. De repente é um cliente, é um homem que esteve a espreitá-la por um espelho duplo na pensão. De repente, Dr. Rodrigues, o senhor deixa de ser um tipo simpático que dá boleia a uma estudante e transforma-se num tarado.
– Agradeço que não use esse tipo de linguagem ofensiva em relação ao meu cliente – disse o advogado.

Olhámos os dois para ele.

– Dr. Rodrigues? – insisti.
– Qual era a pergunta? Já não sei...
– Qual foi a reacção dela quando lhe disse que já a tinha visto antes a fazer sexo na Pensão Nuno?
– Ela era uma prostituta, valha-me Deus!
– Não foi uma prostituta que entrou no seu carro. Foi uma miúda do secundário que tinha tido um arrufo com um homem e que ia ensinar-lhe o caminho para Monsanto para depois ser levada a casa. Pense outra vez, Dr. Rodrigues, e diga-me como mudou e qual foi a reacção dela.

– Como mudei? Eu não mudei nada. Mudar o quê?
– Como mudou a situação, Dr. Rodrigues.

Um silêncio. O advogado olhou para o seu cliente, sem perceber bem qual era o problema, mas começando a notar que o leite da verdade não estava a correr num jacto de contínuo.

– Talvez tenha presumido qualquer coisa, Dr. Rodrigues?
– Presumir? Não estou a compreender.
– Terá presumido que, se lhe tocasse dum modo mais sensual, ela perceberia... ou talvez que, por ser um fulano simpático, ela gostaria de si? E, quando ela não percebeu, foi obrigado a dizer-lhe que já a tinha visto, e a fazer o quê, e que sabia que ela era uma prostituta? Se foi esse o caso, acho que ela não deve ter gostado, Dr. Rodrigues.
– Porque não? Era o que ela era.
– Porque estava tudo a correr tão bem, Dr. Rodrigues, o senhor estava a ser tão simpático e de repente, com uma pequena frase, talvez um pequeno gesto, mostrava ser outra coisa. Um tarado.
– Inspector, por favor! – disse o advogado, exasperado com a minha falta de respeito.
– Ela lutou, Dr. Rodrigues? Debateu-se? Talvez lhe tenha dado um pontapé e o senhor tivesse de ser firme?
– Não, não, não – disse ele, vendo a sua história tomar o freio nos dentes e galopar para fora do seu alcance.
– Estamos presos aqui, Dr. Rodrigues. Tem de colaborar para avançarmos com o interrogatório.
– Eu parei o carro nos pinheiros de Monsanto. Perguntei-lhe se queria fazer sexo comigo. Ela... Tem razão, inspector, ela ficou um tanto surpreendida. Eu disse-lhe que a tinha visto na pensão, mas não lhe disse que a tinha visto em actos sexuais. Só lhe disse que pagava dez contos.
– Para quê?
– Para fazer sexo comigo – disse ele, aborrecido.
– Não era a primeira vez que falava a uma prostituta, pois não, Dr. Rodrigues?
– Não, não era.

– Tanto quanto sei, o costume é dizer exactamente o que se quer pelo preço.
– Ofereci-lhe dez contos para fazer sexo normal comigo.
– E como se processou esse sexo normal?
Ele fez uma inspiração profunda.
– Ela ajoelhou-se no banco e baixou a roupa interior.
– Tirou a roupa interior por completo?
– Não, acho que não.
– E o que fez o senhor, Dr. Rodrigues?
– Desapertei as calças e ajoelhei-me no assento. Ela ajoelhou-se do outro lado do travão de mão.
– Levantado?
– Destravado.
– Estavam em terreno plano?
– Sim.
– Continue.
– Ajoelhei-me atrás dela e...
– Já lhe tinha dado o dinheiro?
Ele hesitou.
– Já.
– Ela deve ter ficado furiosa.
– Furiosa? Porquê?
– Quando a sodomizou, Dr. Rodrigues. Isso não estava combinado.
– Não fui *eu* que a sodomizei, inspector – disse ele, calmamente. – Foi um dos rapazes, na pensão.
– Ele diz que não.
– Mente.
– Neste ponto, Dr. Rodrigues, tenho uma vantagem sobre si, porque li umas cem vezes o relatório da patologista e tenho estado a escutá-lo com toda a atenção. Portanto...
– Não a sodomizei – repetiu ele, pacientemente, pondo a mão na mesa como sobre uma Bíblia.
– Já o avisei de que não se trata da sua palavra contra a do rapaz, Dr. Rodrigues. Estou a dar-lhe a oportunidade de dizer a verdade.

Ele mediu-me cuidadosamente e concluiu que eu estava a fazer *bluff*. Lançou-me um olhar sardónico.

– Não a sodomizei, inspector.

– Segundo o relatório médico da Dr.ª Fernanda Ramalho, Catarina Oliveira foi sodomizada. Foi utilizado um preservativo e um lubrificante à base de água. O exame do esfíncter anal da vítima mostrou que estava rasgado, o que indica que a vítima não estava habituada a esse tipo de actividade sexual. Sabe o que isso quer dizer, Dr. Rodrigues?

– Não sei... Eu não...

– Quer dizer que seria extremamente doloroso, Dr. Rodrigues. Ela gritou?

– Não fui *eu* que a sodomizei!

– Desculpe, enganei-me, Dr. Rodrigues. Claro que não gritou, visto que, cito as suas palavras, «nada na cara dela indicava»... que não estivesse a ter prazer. Catarina Oliveira não gritou na Pensão Nuno nessa sexta-feira, pois não, Dr. Rodrigues?

Um silêncio.

– Gritou, Dr. Rodrigues?

– O meu cliente nada mais tem a acrescentar – disse o advogado.

– Gostaríamos de revistar as duas residências do Dr. Rodrigues e o carro de sua esposa. Estão de acordo?

– Desde que tenha um mandado – disse o advogado.

O resto do interrogatório foi uma série de negações. Rodrigues confessou ter tido relações com a rapariga. Disse que a seguir ela tinha saído do carro e ele tinha ido devagar, de modo a chegar a Paço de Arcos a tempo de entregar o cheque ao presidente da Câmara na festa de Santo António. Negou tê-la golpeado na nuca, negou tê-la despido, negou tê-la metido na mala do carro e negou ter atirado o corpo nu para a praia de Paço de Arcos durante a noite. Eu dei por findo o interrogatório e fui com uma equipa para a casa da Lapa.

O Dr. Rodrigues e o advogado receberam-nos na Lapa. O advogado examinou o mandado de busca e foi sentar-se com o cliente na sala de estar. Já estava a evitar olhar para o cliente, como é próprio dos seres humanos traídos por alguém em quem confiaram. Eu dei uma volta rápida à casa e disse à equipa que queria assistir à revista do guarda-fatos e do escritório do suspeito. Quatro homens ocuparam-se do resto da casa, da garagem dupla e do jardim. Carlos e eu começámos pelo Mercedes.

Tinha sido limpo, mas limpo a fundo. Parecia um carro novo por dentro, até cheirava a novo. Disse a Carlos que perguntasse o nome da firma de limpeza e fosse lá falar, não com o gerente, mas com os homens que tinham feito a limpeza. Comecei pelos bancos da frente. Debaixo do banco do passageiro encontrei um par de calcinhas brancas bem dobradas. A marca era Sloggi. Meti-as no saco. Quando Carlos saiu, disse-lhe que trouxesse consigo a pessoa que tinha encontrado as calcinhas. Não vi mais nada de interesse no carro.

Levei Rodrigues até ao guarda-fatos e pedi-lhe que me mostrasse a roupa que trazia vestida na tarde de sexta-feira, 12 de Junho. Ele apontou um *blazer*, um par de calças pretas e a gravata que Olívia lhe tinha feito. O *blazer* e as calças tinham sido limpos a seco, mas a gravata não e tinha atrás uma mancha minúscula, dum vermelho-acastanhado. Foi metida num saco e mandada para o laboratório.

No escritório, atrás duma velha arca setecentista, encontrámos um armário embutido na parede. Tinha dentro quinze vídeotapes, duas caixas de vinho cheias de revistas pornográficas e atrás de tudo, muito bem dobradas, uma *T-shirt* branca e uma minissaia azul-clara com quadradinhos amarelos, por cima de um par de socas pesadas com pedras de cor nos saltos. Metemos a roupa e o calçado em sacos. O resto do conteúdo do armário foi levado para a Polícia Judiciária.

O homem que na firma de limpeza tinha encontrado as calcinhas disse que tinha hesitado sobre o que devia fazer. Tinha-as encontrado metidas ao lado do assento. A princípio pensou que fossem da filha do Dr. Rodrigues e esteve para as deixar em cima do banco; depois lembrou-se de que tinha sido o Dr. Rodrigues a trazer o carro para ser limpo, na segunda-feira de manhã, e que isso podia ser embaraçoso, de modo que as meteu debaixo do assento e não disse nada.

À uma e meia da tarde, Miguel da Costa Rodrigues foi formalmente acusado do homicídio de Catarina Oliveira. Quando foi mandado despir, viu-se que tinha duas grandes equimoses no peito. Fotografaram-no, deram-lhe roupa da prisão e levaram-no para as celas.

41

Segunda-feira, 23 de Novembro de 199..., Palácio da Justiça, Rua Marquês de Fronteira, Lisboa

Nunca procurei a fama. Se quisesse ser famoso, não tinha ido para a Polícia. A fama sempre me pareceu uma forma perversa de prostituição. Basta representar o papel, ou simplesmente aparecer, e em troca recebe-se uma enorme atenção, um amor incondicional. Ninguém conhece os famosos e os famosos não conhecem ninguém, no entanto, a intensidade da emoção, a adoração por atacado, é maior e mais impressionante que qualquer amor pessoal. Para mim, a maior invasão de privacidade foi ter de aceitar a fama. Ser incapaz de a aceitar significaria que a fama me tinha mudado e para pior. O que eu não podia suportar era ter obrigação de gostar dela.

Tornei-me famoso. Era um herói. Era o anónimo da Linha que tinha cortado a barba para fins de caridade (note-se como as mais pequenas coisas eram distorcidas a meu favor), que tinha enfrentado o poder e o tinha feito sentar no banco dos réus. Os *media* adoravam-me, mas ter-me-iam adorado da mesma maneira com a barba, os dentes por arranjar e quinze quilos a mais? Aprendi o valor dum bom fato e dum sorriso permanente.

Era uma sofreguidão feroz. O Tejo correu cor-de-rosa com o sangue do passado. Saber que a verdadeira identidade de Miguel da

Costa Rodrigues era Manuel Abrantes, o famigerado inspector da PIDE, o homem que controlava uma rede de centenas de bufos que espiavam a vida de milhares de pessoas comuns, o homem directamente responsável pelo sofrimento de muitos dos desventurados presos em Caxias, abalou a Nação. Os programas de actualidades e os *talk-shows* subiram nas tabelas durante semanas, enquanto houve gente a arejar as suas memórias de opressão, perseguição e tortura – as frigideiras do Tarrafal, em Cabo Verde, os curros do Aljube, as masmorras inundadas do Forte de Caxias. Mas esse filão pouco durou e, quando as telenovelas voltaram a subir nas sondagens, os responsáveis de programação perceberam o seu erro – o público não queria história, queria histórias. Histórias de pessoas.

Depressa foram descobrir Jorge Raposo na sua alegre casinha e num programa especial de meia hora ele reconstituiu a infiltração da PIDE nos círculos do general Machedo, a cilada armada no cemitério de Badajoz, a morte do secretário e a sumária execução do general às mãos de Manuel Abrantes. Um programa fascinante. Eu não conseguia tirar os olhos do ecrã. Levantei-me para ver se mais de perto conseguia descobrir o velho e sórdido Jorge, mas a sua maquilhagem de estúdio era impenetrável, o seu novo fato assertoado tão liso e hermético como uma placa de armadura. Mal podia imaginar os tornozelos encardidos metidos nos mocassins novos em folha. Na sequência do programa, o governo espanhol anunciou que ia abrir um inquérito, já que o caso se tinha passado em solo espanhol.

Descobriram-me a mim. O viúvo heróico, lutando contra forças superiores que não o intimidavam. Descobriram Luísa, a professora empenhada que se tornara a editora corajosa e a amada do herói. Descobriram Olívia, a filha do herói, que tinha cortado a gravata que fora o grande trunfo da investigação, a nova estilista que Miguel da Costa Rodrigues tinha querido patrocinar pessoalmente.

Finalmente – e talvez fosse isso que mais prejudicou a minha privacidade – a publicação das provas documentais sobre a origem do ouro levou ao imediato congelamento de todos os bens do Banco Oceano e Rocha. Seguiu-se uma busca às suas instalações, incluindo os velhos escritórios da Rua do Ouro, onde duas das barras de ouro originais foram encontradas num velho cofre de parede. A Polícia Judiciária aproveitou a oportunidade dum golpe publicitário e o meu retrato veio na primeira página de todos os jornais, enquadrado pelas duas barras de ouro nazi. Pelo menos numa revista apareceu o título «Um inspector de ouro». Logo a seguir foi anunciado um inquérito governamental às origens, financiamentos e negócios do banco desde a sua fundação.

Nessa altura receei perder totalmente o controlo da minha vida, mas a sorte virou. Vieram a lume novas revelações sobre um escândalo financeiro que envolvia as companhias que tinham construído a Expo 98 e os promotores da caríssima zona residencial circundante. As câmaras desviaram-se. Os *media* recarregaram baterias. Mas o *Zeitgeist* era o mesmo – a impunidade dos tubarões.

No fim de Junho fui promovido. Não me deram um lugar novo porque não existia nenhum na altura. Fui aumentado, o que não era necessário, porque passei semanas sem conseguir pagar um copo ou uma refeição. Toda a gente me pagava as contas. Mais amor incondicional.

Deram-me temporariamente uma secretária para filtrar as minhas chamadas, o que equivale a dizer que raramente falava com alguém que não fosse jornalista ou produtor de televisão. Tempo tinha pouco, trabalho nenhum. A PJ estava nos píncaros com o sucesso da investigação. Eu era invejado e ostracizado pelos meus colegas e solicitado na fraternidade dos meus superiores.

Foi um alívio quando, depois de forte pressão governamental, o julgamento finalmente começou em tempo recorde, a meio de Novembro. A acusação levou o caso muito a sério. Fui infindavelmente treinado e ensaiado.

A defesa baseava os seus argumentos na história de Catarina: apesar de ser uma menina de boas famílias, era simplesmente uma prostituta comum e uma drogada. Insistiram no facto de ela ter entrado no carro por sua vontade e na sua disponibilidade para fazer sexo normal (não havia sinais de violência contra ela); além disso não tinha sido encontrada a arma do crime, não havia motivo para o crime, e também não havia qualquer testemunha que tivesse visto o acusado bater-lhe, despi-la, metê-la na bagageira do automóvel ou atirá-la para a praia de Paço de Arcos. Empolaram o carácter bondoso de Miguel Rodrigues, as suas obras de caridade e as de sua mulher e a esmerada educação da filha do irmão.

A acusação dependia de o acusado ter ou não sodomizado a vítima. Seria esse o motivo do crime. Com o meu testemunho, o primeiro interrogatório de Miguel Rodrigues e as fotografias das equimoses que ele tinha no peito, não só puseram em dúvida a veracidade de tudo o que o acusado pudesse dizer, mas também provaram, para lá de uma dúvida razoável, que ele tinha sodomizado Catarina Oliveira. Isso decidiu o caso. Não havia arma do crime porque o acusado tinha morto a vítima pelas suas próprias mãos, estrangulando-a. Ninguém o tinha visto despi-la, mas a roupa dela tinha sido encontrada em sua posse. Ninguém o tinha visto atirar o corpo, mas ficara provado que ele tinha estado em Paço de Arcos, tinha saído de lá à noite e tinha portanto tido oportunidade de o fazer. Deixaram-lhe a reputação em tiras.

Na segunda-feira, 23 de Novembro, às quatro da tarde, o juiz deu o seu veredicto. Miguel da Costa Rodrigues, também conhecido por Manuel Abrantes, foi considerado culpado de homicídio e condenado à pena máxima.

Fui convidado pelo ministro da Administração Interna para a celebração no Jockey Club, com directores de revistas, jornalistas, produtores e apresentadores de televisão e os mais altos escalões da Polícia. Quando declinei, mandaram Narciso atrás de mim. Foi nessa altura que compreendi porque era ele o meu chefe. Ali estava no seu território. Eu era um peixe fora de água. Luísa e eu fomos fotografados na recepção com direito a champanhe e ao fim de meia hora Narciso fez-me saber que eu já podia ir-me embora.

Fomos para Paço de Arcos. Olívia já tinha jantado e tinha ido ver televisão para casa da minha irmã. Levei Luísa para o Bandeira Vermelha, e um António Borrego de ar feliz serviu-nos o prato do dia. Era um dos seus cozinhados alentejanos favoritos – ensopado de borrego –, uma grande terrina de caldo de borrego com costeletas e peito guisados até a carne quase se separar do osso. Ninguém o fazia como ele. Abriu uma garrafa de tinto Borba Reserva 94 e deixou-nos com ela.

Provei o vinho e petisquei queijo e azeitonas. Não me apetecia sequer falar. Luísa estava amuada por eu a ter feito sair da festa. Para ela era uma oportunidade de trabalhar em directo, no seu novo papel de editora destemida, e teria preferido ficar.

– Ainda me hás-de dizer qual é o problema – disse, acendendo um cigarro enquanto não vinha o prato principal.

– Estou deprimido.

– É uma doença dos polícias a depressão pós-julgamento? Assim uma coisa como a depressão pós-parto das mulheres?

– Acho que não.

– Talvez estejas com a depressão pós-caso... agora tens de voltar à vida real.

– É *isso* o que eu quero, voltar à vida real.

– Não me vais fazer enumerar todas as razões que tens para não estar deprimido. Promoção. Aumento. Ponto alto da carreira. Um criminoso retirado da circulação para o resto da vida.

– Nada disso me interessa. O que interessa é estar aqui, a comer o ensopado de borrego do António e a beber vinho tinto contigo. É a melhor coisa...

– A melhor?

– Está bem, nós...

– Descontrai, Zé, estou a brincar!

Chupei mais ossos de borrego, bebi mais vinho tinto. Acabámos a refeição. António levantou a mesa e trouxe dois cálices de aguardente e duas bicas. Fumámos. Luísa recusou-se a fazer tagatés para me animar. O café foi ficando vazio. António ligou a máquina de lavar. Chiaram pneus na Marginal. Um vento amargo agitava as árvores do parque.

– Não foi ele – disse eu.

– De que estás a falar? – perguntou Luísa.

– Estou deprimido – expliquei – porque Miguel Rodrigues, ou Manuel Abrantes, não é o assassino de Catarina Oliveira.

– Há quanto tempo pensas isso?
– Queres a verdade ou a versão jornalística?
– Não sejas chato, Zé.
– Desculpa, tens razão. Estou a ser chato para a última pessoa com quem devia sê-lo. Duvidei que tivesse sido ele desde o momento em que encontrei a roupa da miúda no escritório.
– O que foi uma das provas mais concludentes no julgamento.
– Exactamente. Com essa roupa na posse dele, passou a ser ele quem despiu o corpo e portanto o mais provável assassino.
– E tu achas que alguém pôs lá a roupa?
– Há duas coisas. Miguel Rodrigues estava supostamente a fazer-me a vida negra com este caso. O Trânsito não me dava informações sobre o carro, fui retirado do caso, atirado para debaixo dum eléctrico... Se ele estava assim tão preocupado, como é que não se livrou duma prova tão incriminatória? Segundo: porque é que as calcinhas da rapariga não estavam com o...

Foi nessa altura que os parasitas ficaram fora de controlo e a mais virulenta e debilitante doença dos famosos me atacou como uma crise de paludismo. Apanhei uma forte e feia carga de paranóia.

Ninguém conhece os famosos e os famosos não conhecem ninguém.

– Com o quê? – perguntava Luísa, e sobressaltou-se. – Porque estás a olhar para mim com essa cara?
– Que cara? Não queria...
– Parece que estás a olhar para dentro de mim... como se quisesses ler a minha cabeça por dentro...
– Não é nada. Já nem sei no que estava a pensar.

Não era verdade. Sabia o que tinha estado a pensar. Tinha estado a pensar que tinha tido muitos aborrecimentos até ao momento em que lacei Miguel Rodrigues, e que nas circunstâncias em que o apanhei precisava de arranjar maneira de pôr a opinião pública do meu lado. E o que acontece então? A minha namorada de uma semana dedica-se ao estudo da economia salazarista, já estudou o Banco Oceano e Rocha, tira da cartola o nome de Klaus Felsen, tem um pai que é um magnata da comunicação e que anda à procura duma grande história para lançar uma revista que tem no estaleiro... E mal a história saiu, tudo tão fácil! Narciso de repente tão doce como um pastel de nata da Antiga Confeitaria de Belém. E eu desesperadamente agarrado à crina do cavalo sem sela dos *media*, a galopar pela imensa pradaria.

É da natureza da paranóia que coisas que parecem mais naturais na altura fiquem de repente envenenadas pela suspeita. E, uma vez que tinha começado a pensar nessa linha, outras ideias me ocorreram. Quem me tinha dado o telefone de Luísa Madrugada? O Dr. Aquilino Oliveira.

Tal como o quinino puro para um forte ataque de paludismo, só há uma cura para a paranóia – a verdade pura e simples. A verdade composta, mesmo que haja nela uma certa justiça, não é suficiente, não cura os mais atingidos.

Eu estava doente e precisava da única cura eficaz.

Se, nessa altura, fosse capaz de ver mais longe que os círculos estreitos da minha mente, teria compreendido que ao procurar a verdade absoluta ia interferir com a versão relativa. Se ela tinha sido fabricada, então alguém a tinha fabricado. Alguém poderoso e vingativo, que não ia levar a bem a interferência.

Olhei de novo para Luísa, tentando não cavar mais fundo. António Borrego, o único homem que ainda me deixava pagar o que eu comia e bebia, pôs a conta à nossa frente.

42

Terça-feira, 24 de Novembro de 199..., edifício da Polícia Judiciária, Rua Gomes Freire, Lisboa

Sentei-me à secretária, liguei o computador, abri a lista dos desaparecidos e procurei Lourenço Gonçalves, para ver se tinha reaparecido ou sido encontrado. Não havia registo de qualquer participação de desaparecimento. Olhei pela janela – o sol brilhava lá fora – e senti-me a tiritar.

Fui buscar Carlos e levei-o a dar um passeio pela Avenida Almirante Reis. O dia estava frio, muito seco e o vento era uma nortada cortante. Ainda não tinha chovido nesse ano. Nos três anos anteriores chovera todo o mês de Novembro, a ponto de eu me sentir tão deprimido como um inglês. Este ano tinha sido estranho. Não chovia. Dia após dia de Sol brilhante e céu limpo. E, em vez de satisfação, isso trazia consigo a ideia arrepiante de que o planeta estava irremediavelmente atingido.

No cafezinho estreito entre as estações dos Anjos e de Arroios, onde pela primeira vez tinha encontrado Jojó Silva, acotovelavam-se os bebedores de bicas do meio da manhã. Fomos direitos ao fundo da sala. Jojó Silva estava sentado a uma mesa, a olhar para uma chávena de café vazia como se esperasse ler nela o número da sorte grande da semana. Pus-me entre ele e a luz. Ele olhou para cima.

– Já o deixam atender o telefone, inspector? – perguntou.
– A partir de ontem deixei de ser um semideus.
– Bem-vindo de regresso à mortalidade.
– Que se passa, Jojó?
– Nada, como de costume.
– Não chegou a participar o desaparecimento do seu amigo.
– Lourenço Gonçalves? – disse ele. – Participei, sim, inspector. Era o mínimo que podia fazer por ele. Porque pensa que há três meses lhe telefono só para ouvir dizer que não pode atender-me? Ainda ontem lhe telefonei.

– Ontem? – perguntei eu, sabendo que o nome dele não figurava na lista das mensagens.

– Quer saber porque lhe telefonei num dia como o de ontem? – perguntou ele. – O aluguer do escritório do Lourenço vai caducar. Ele não está em posição de renovar o contrato, por isso o senhorio vai pôr os tarecos na rua e alugar a casa a alguém que exista. E quando isso acontecer, inspector... ele fica perdido para sempre. Apagado do mapa.

Atravessámos os três a Almirante Reis e fomos a um incaracterístico prédio de escritórios dos anos 60. Carlos e eu subimos ao 2.º andar enquanto Jojó ia à procura do senhorio e da chave. Levou um certo tempo.

– Tem algum plano para esta noite? – perguntei eu, encostando-me à parede exterior do escritório sem tabuleta, a tentar desviar o pensamento do monstro que se estava a formar no meu cérebro.

– Vou ao cinema com a Olívia.
– Ver o quê?
– *Cidade dos Anjos*.
– *Outra vez?*
Carlos encolheu os ombros.
– Ela gosta.
– É um filme romântico.
– Não é o romance que lhe interessa – disse ele. – Ela gosta da ideia de haver uma coisa maior que nós lá fora, agindo duma

maneira imprevisível. Nem sempre bom nem sempre mau. Diz que a faz sentir segura.

– Talvez seja preciso ser-se jovem para se ter esse tipo de fé nas coisas.

– Teve uma noite má, hein?

– É só que tenho o pressentimento de que há qualquer coisa escura do outro lado desta porta.

– Porquê?

– Lourenço Gonçalves. Esse nome... De cada vez que penso nele sinto a necessidade de fazer qualquer coisa, mas nunca descobri o quê. E agora alguém o considerou tão importante que o nome foi apagado do ficheiro de Desaparecimentos. Nunca se apaga, mesmo que a pessoa apareça.

O senhorio abriu a porta e deixou-nos. Jojó sentou-se na cadeira do amigo ausente. Não havia muito mais mobília no escritório – uma secretária, outra cadeira e um arquivo. O arquivo tinha quatro pastas de processos e três gavetas vazias. Os processos eram todos de trabalhos feitos no ano anterior. Carlos começou a desmontar a secretária. Jojó não se mexeu.

– Ele estava a trabalhar, da última vez que o viu? – perguntei.

– Ele dizia sempre que estava a trabalhar – respondeu Jojó. – Queixava-se era de não lhe pagarem.

– Nenhum destes trabalhos é recente.

– Na secretária não há nada – anunciou Carlos.

Afastei o arquivo da parede. Não havia nada por trás. Deitei-o de costas. Carlos foi ver a porta. Eu verifiquei o soalho por baixo do arquivo.

– Há qualquer coisa grande do outro lado da porta – disse Carlos, batendo-lhe de leve.

A porta estava quase completamente coberta por um cartaz. Era o cartaz de um filme, com um grande urso de Kondiak em combate mortal com um homem.

– Ele era obcecado por esse filme – disse Jojó. – Foi daí que tirou a sua divisa.

– Qual era? – quis saber Carlos.

– Vou matar o urso.
Rimo-nos.
– Tinha sentido de humor, o Lourenço – disse Jojó.
– Bata aí outra vez, Carlos – disse eu.
Soava a oco dos lados e a sólido no meio. Era uma daquelas portas baratas com duas placas de folheado metidas numa moldura, mas essas portas soam geralmente a oco de cima a baixo.
– Tire o cartaz.
Atrás do cartaz estava um painel. Carlos desaparafusou-o com um canivete. Presa à porta estava uma pasta volumosa, fechada com elásticos.
– Sabem o que isso parece – disse Jojó. – Um seguro.
– É melhor você sair – disse-lhe eu. Ele não queria. – É melhor para a sua própria segurança.
– Se o que encontraram for o urso – disse ele, já a caminho da porta –, matem-no.
A capa da pasta dizia OLIVEIRA/RODRIGUES. Era o único trabalho recente, e percebemos porquê ao abrirmos os *dossiers*. O cliente era Aquilino Oliveira e o investigado era Miguel da Costa Rodrigues. A pasta continha três grandes *dossiers* com os movimentos pormenorizados de Miguel Rodrigues entre 30 de Agosto do ano anterior e 9 de Junho do corrente. Nove meses de vigilância contínua. Nos últimos cinco meses só tinha faltado três vezes à sexta-feira na Pensão Nuno.
– E nesse o que há? – perguntei.
– Fotografias. Instantâneos de moças na rua, com datas atrás. Provavelmente raparigas que Rodrigues tinha engatado. Repare.
– São todas loiras.
– Uma obsessão.
– E esta última?
– Catarina Oliveira.
Arrepiei-me de alto a baixo, como se um fio de lama me tivesse corrido pela espinha. Carlos interrogou-me com as sobrancelhas.
– Estava só a pensar – expliquei – que espécie de homem é o Dr. Oliveira, para usar a própria filha como isco numa armadilha de morte.

— Não era filha *dele*.

Enfiei os punhos nas órbitas e não me mexi durante cinco longos minutos. Quando retirei as mãos a sala estava estranhamente sombria, como se o Outono tivesse de repente passado a Inverno.

— Diz-me ou não? — perguntou Carlos, sentado à minha frente, jovem e despreocupado.

Eu tinha estado a pensar que podia ficar por ali, destruir os papéis e fechar a porta. Podíamos aceitar a versão original e oficial dos acontecimentos e virar a página. Mas não, eu não podia, tinha de ter a resposta, ter a certeza de que Luísa Madrugada não estava implicada. Se não o fizesse... estava a ver-me deitado na cama, a vê-la dormir, um homem como milhões de outros, perguntando-me porque não conseguia dar o passo definitivo, mas sabendo porquê.

— Que fazemos? — perguntou Carlos, sentindo a crise de decisão.

— Guardou os seus apontamentos sobre o caso de Catarina?

— Tenho-os algures, mas está tudo nos relatórios.

— Pode parecer que está tudo, mas você e eu sabemos que não. Não está absolutamente tudo, e é disso que precisamos agora. Quero cada linha do caso Catarina e vou ler tudo dez vezes, do princípio ao fim. E amanhã vamos a Caxias falar com Miguel da Costa Rodrigues.

— Que espera que ele nos diga?

— Entre outras coisas, porque acha que alguém passaria nove meses a segui-lo.

Saí cedo do meu gabinete com as fichas e os blocos de notas de Carlos e levei tudo para casa. Li tudo de fio a pavio várias vezes, até ser tarde e escuro e ter fome. Comi um bife rápido no Bandeira Vermelha e bebi dois cafés. Voltei para casa e remexi outra vez nos papéis. Olívia chegou pelas onze horas e foi logo para a cama. Eu abri mais um maço de cigarros.

Pela meia-noite começava a ter três ideias. A primeira tinha a ver com datas e horas, mas faltavam-me elementos. A segunda era muito mais interessante, mas requeria uma fotografia que não estava no arquivo do caso Catarina. A terceira precisava da ajuda de Lurdes Rodrigues e de outra fotografia que eu não tinha. Fui para a cama e não consegui dormir.

Carlos já estava no gabinete quando cheguei. Eu tinha acabado por dormir profundamente uma hora, das seis às sete, e acordei moído como se tivesse sofrido tratos de polé. Mandei-o descobrir a data do casamento de Aquilino e Teresa Oliveira, enquanto eu ia aos Recursos Humanos pedir a antiga ficha de Lourenço Gonçalves na PJ. Fiz votos para que ele não tivesse embranquecido muito, porque a última fotografia que havia, tirada nas suas últimas semanas de serviço, tinha mais de dez anos.

Carlos voltou com a data de casamento dos Oliveiras – 12 de Maio de 1982. Mandei-o aos arquivos procurar uma fotografia reconhecível de Xeta, o prostituto encontrado assassinado em Alcântara, e outra de Teresa Oliveira, tão jovem quanto possível. Assentei com a Prisão de Caxias ir falar com o preso número 178493 às 11h30. Telefonei ao Inácio dos Estupefacientes para saber se o pescador Faustinho Trindade ainda estava preso. Já não.

Fomos primeiro à casa dos Rodrigues na Lapa. A empregada veio à porta e deixou-nos à espera nos degraus. Lurdes Rodrigues demorou algum tempo a aparecer e não nos mandou entrar. A expressão dela era de inequívoca hostilidade.

– Que deseja, inspector? – perguntou.

– É só uma pergunta, minha senhora. Entrou nesta casa alguém que não conhecesse entre sábado, 13 de Junho, e sexta-feira, 19 de Junho?

– Que pergunta, inspector! Acha que eu podia...

– Refiro-me a vendedores, fornecedores, leitores de contador...

– É melhor perguntarem à empregada – disse ela, recuando para dentro de casa. – Ela nem me incomodava por uma coisa dessas.

A empregada voltou a aparecer, sozinha. Voltei a fazer a pergunta. Ela pensou algum tempo e arregalou os olhos ao recordar-se.

– O único que eu não conhecia foi o homem dos telefones, mas esses são sempre diferentes.

– Como é que se lembra dele, passado tanto tempo?
– Trazia um chapéu que não tirou nem quando entrou em casa, por mais que eu olhasse para ele.
– O que disse ele que o telefone tinha?
– Parece que uns vizinhos se tinham queixado da estática. Ele vinha verificar as linhas.
– Trazia alguma coisa?
– Uma caixa de ferramenta e um daqueles telefones que usam para fazer testes.
– Viu o interior da caixa?
– Ele abriu-a, mas eu não reparei.
– Onde estiveram?
– Há três linhas na casa. Uma na sala de estar e duas no escritório do Dr. Rodrigues, sendo uma do *telefax*.
– Deixou o homem sozinho?
– Claro que sim. Não ia ficar ali especada meia hora!
– Meia hora?
– Talvez menos.
– Viu a carrinha dele?
– Não. Não trouxe carrinha.
– Deixou-o então no escritório meia hora?
– Não. No escritório, uns quinze minutos.
Mostrei-lhe a fotografia de Lourenço Gonçalves.
– É o homem que cá veio?
Ela lançou um olhar rápido à fotografia, sem mostrar surpresa.
– Está mais velho – disse – mas é ele.

Seguimos pela Marginal para Caxias. A prisão, no cimo da colina, devia proporcionar a alguns dos prisioneiros uma das vistas de mar mais caras da área. Deixámos o carro do lado de fora, sob o olhar pouco interessado de alguns residentes em *T-shirt* atrás do gradeamento.
Sentámo-nos numa sala de interrogatórios vazia enquanto o preso era trazido da cela. O corpo de Miguel Rodrigues beneficiara

com a dieta da prisão, tinha abatido uns quinze quilos. O rosto, porém, estava cinzento de depressão, os olhos baços. Tinha perdido o seu verniz de sofisticação, a sua aura de milionário.

– Se é por causa da história do general Machedo – disse, sem se sentar –, só falo na presença do meu advogado.

– Isso é assunto dos espanhóis – disse eu. – Só quero uma ajuda sobre umas datas.

– Já não tenho grande interesse por datas – respondeu.

– Isto pode ajudá-lo.

– Ou não.

– Sabia que foi seguido durante nove meses antes da sua prisão?

– Pela Polícia?

– Por um detective particular.

– Quem?

– Já lá vamos.

– Para responder à sua pergunta – disse ele enfaticamente –, não, inspector, não sabia que estava a ser seguido.

– O senhor tinha dois escritórios. Um no último andar do edifício do Banco Oceano e Rocha, no Largo de D. Estefânia, e outro na Rua do Ouro.

– Exactamente.

– Até há cinco meses costumava passar a sexta-feira de manhã no prédio do Largo de D. Estefânia e à hora de almoço ia para o escritório da Baixa, onde passava a tarde. Tinha alguma razão para isso?

– Gostava da minha privacidade no fim-de-semana.

– Quer dizer que recebia lá mulheres?

– Julgava que queria saber de datas.

– Já lá vamos.

– O Jorge Raposo costumava mandar-me raparigas a esse escritório.

– E o que aconteceu para começar a ir à Pensão Nuno?

– Estava farto. O Jorge ofereceu-me outro serviço.

– Só recebia mulheres no escritório da Rua do Ouro?

– Era um escritório particular. Não tinha lá empregados. Quando era preciso assinar papéis, a minha secretária mandava alguém entregar-mos. Era o meu escritório das sextas-feiras.
– Foi sempre assim?
Um silêncio que se prolongou alguns longos momentos.
– Desde a morte do meu irmão. Era o escritório dele, não quis desfazê-lo. Fiquei com ele, e...
– Quando foi isso?
– Ele morreu no dia de Ano Novo de 1982 – disse ele, e o desespero e a tristeza leram-se-lhe no rosto já acinzentado, como se a data tivesse sido uma linha divisória. – Foi pouco depois que começou tudo.
– Tudo o quê?
– As mulheres. Nunca o fiz em vida do Pedro.
– Quem era o advogado do banco nessa altura?
– O advogado? – Rodrigues parecia surpreso. – Era o Dr. Aquilino Oliveira. Já era o advogado do meu pai antes da revolução.
– E o que lhe aconteceu?
Miguel Rodrigues pestanejou, o cérebro a procurar uma associação de ideias que o ajudasse a entender como tinha ele acabado na prisão pela morte da filha do seu ex-advogado.
– Não sei. Não percebo bem a que se refere.
– Ele já não é o vosso advogado, pois não?
– Não, não é. Retirou-se há anos.
– Retirou-se?
– Quero eu dizer que deixou de trabalhar para nós. Era uma altura muito complicada no banco e lembro-me que eu lhe pedi que ficasse, queria manter a continuidade, mas ele não cedeu. Disse que tinha uma mulher nova e não queria passar os seus últimos anos a trabalhar sob pressão. Foi categórico. Tive de aceitar.
– Conheceu a mulher dele?
– Não, nunca.
– Não foi ao casamento?
– Não tínhamos esse tipo de relações.
– Alguma vez viu a mulher dele?

– Se a vi, não me recordo.

– Disse que nos princípios de 1982 começou a receber mulheres no seu escritório da Rua do Ouro. Lembra-se de alguma em particular, nesses primeiros tempos?

– Eu era um homem saciado de tudo, inspector. É capaz de ser uma doença. Não podia evitá-lo. Costumava ficar muito excitado com a ideia, mas depois não ficava nada. A experiência apagava-se-me do espírito. Se uma mulher voltasse três ou quatro vezes, talvez me recordasse dela...

– Eram todas loiras?

Ele sentara-se com os pulsos cruzados entre as pernas. Franziu a testa, não como se estivesse a tentar recordar, antes como se estivesse perante um facto novo.

– Nessa altura, sim, eram quase sempre loiras – acabou por dizer. – Nunca tinha pensado nisso. Nunca pedi loiras, mas parece que era assim.

– Nesses primeiros meses de 1982, quando começou a receber mulheres, lembra-se de alguma vez ter sido obrigado a ser violento com uma? Lá para Abril, talvez?

– Violento?

Puxei da fotografia de Teresa Oliveira, em que ela estava deitada, com o cabelo oxigenado à sua volta. Parecia descontraída, adormecida, não muito jovem, certamente não tão fresca como devia ser aos 21 anos. Estendi a fotografia a Miguel Rodrigues, que a examinou sem lhe pegar.

– Não é nenhuma armadilha – assegurei. – Não vai ser acusado de nada. Esta mulher morreu há pouco tempo. É capaz de se lembrar se ela alguma vez foi ao seu escritório da Baixa e o senhor teve de recorrer à força para ter relações com ela?

– Não me lembro – disse ele. – Palavra que não. Era uma altura muito má para mim. Tinha perdido o meu irmão e toda a família dele, era uma época terrível...

– A sua secretária do banco ainda lá está?

Ele encolheu os ombros, um tanto agressivo.

– É a mesma que tinha em 1982?

– É. Mas, inspector, não me diz quem é esta mulher? – perguntou ele, batendo com um dedo na fotografia.

– Espero que mo diga – disse eu.

Deixámos Miguel Rodrigues angustiado, ainda a gritar perguntas quando o levaram outra vez para a cela. Sabia ainda menos que nós a razão de ter sido seguido durante nove meses. Voltámos para Lisboa e fomos direitos à torre do Banco Oceano e Rocha. Apanhámos uma das bolhas de vidro a toda a largura do átrio e subimos ao último andar.

O último andar do banco soava a vazio. A maior parte dos empregados tinha sido despedida. Os que ainda lá estavam eram os trabalhadores-chave, a serem interrogados diariamente pelos investigadores nomeados pelo Governo. Tivemos de esperar meia hora para falar com a secretária de Miguel Rodrigues, uma mulher que beirava os 50 anos, usava óculos e tinha um ar eficiente e levemente feroz provocado por rugas recente de *stress* à volta da boca. O género de mulher que sabe tudo sobre a companhia onde trabalha. Reconheceu-me dos jornais e a boca tornou-se mais dura.

Depois de um olhar aos arquivos recordou-se daquele período da história do banco. O princípio de 1982 tinha sido um inferno. Estavam numas instalações provisórias na Avenida da Liberdade, maiores que as da Baixa, mas não muito.

– Talvez se lembre se numa sexta-feira, em fins de Abril ou princípios de Maio – perguntei – uma jovem do escritório dos advogados da firma veio cá pedir umas assinaturas? Provavelmente papéis urgentes e provavelmente à hora do almoço.

– Geralmente uma empregada nossa ia...

– Uma rapariga loira, duns vinte e um anos.

– Sim, estou a lembrar-me – disse ela. – Casou com o nosso advogado, o Dr. Oliveira. Era a secretária dele. Ainda outro dia pensei nela. Costumava vê-la na *VIP*. Morreu, sabem?

– Alguma vez ela foi ao escritório do Dr. Rodrigues por volta de Abril ou Maio de 1982... sozinha?

A secretária pestanejou por trás da armação de ouro dos óculos.

– Foi, sim. Foi na semana anterior ao casamento. Depois nunca mais cá voltou. É isso, não havia ninguém disponível para levar os papéis ao Dr. Rodrigues e ela ofereceu-se para lhos levar pessoalmente.

Mostrei-lhe o retrato de Teresa Oliveira e ela acenou devagar com a cabeça.

– Essa foto não a favorece – disse.

43

Terça-feira, 24 de Novembro de 199..., Banco Oceano e Rocha, Estefânia, Lisboa

Fizemos um almoço tardio numa pequena marisqueira da Avenida Almirante Reis. Eu pedi lulas grelhadas e Carlos chocos com tinta, o prato a que a minha mulher costumava chamar sapatilha em alcatrão. Bebemos meia garrafa de branco e rematámos com café.

– Talvez devesse ter dito a Miguel Rodrigues quem era a mulher da fotografia – disse Carlos, referindo-se a Teresa Oliveira.

– Tinha de lhe explicar tudo – disse eu – e a prisão é um sítio solitário, onde só há o cheiro de homens amontoados e as horas vazias. Miguel Rodrigues está a cumprir um mínimo de vinte anos por um crime que não cometeu. Eu não gosto dele, não acho que seja boa peça, acho que é provavelmente um psicopata. Mas não vou ser eu a gravar-lhe no espírito o facto de ter sodomizado a própria filha.

Houve um silêncio prolongado, enquanto Carlos mexia o café até ao ponto de xarope desejado.

– Se ele a violou, porque é que ela não apresentou queixa? – perguntou.

– Era uma mulher muito nova no limiar duma nova vida. Ia casar dali a uma semana. Sem contar que se estava em 1982.

O movimento feminista ainda não tinha grande força nessa altura. Era difícil encontrar uma mulher, mesmo em Inglaterra, disposta a apresentar queixa por violação. Repare... isso teria consequências no casamento, teria afastado uma grande fatia da clientela do marido, teria levado a uma longa e invasiva investigação, talvez com um julgamento no fim. Não... ela pensou que mais valia esquecer, e talvez tivesse esquecido se não tivesse ficado grávida. Quando a criança nasceu com aqueles olhos azuis ela deve ter tido um mau dia.

Pagámos a conta e voltámos para trás, pisando as folhas secas, até onde tínhamos deixado o carro. As crianças enchiam o parque de Arroios e corriam por entre os pombos que levantavam voo e desciam em voo picado sobre os velhotes de barrete de lã que jogavam às cartas.

– Já temos um motivo – disse Carlos.

– Acho que ainda falta qualquer coisa. Isto era só a obsessão do homem – ele queria derrubar Miguel Rodrigues. Mas não creio que isso fosse tudo.

– E o assassino?

– Havemos de o encontrar.

– Não pensa que o Dr. Oliveira tenha pago a alguém para a matar...

– Por exemplo, Lourenço Gonçalves?

– Possivelmente.

– Acho que não. A obsessão dele era um tanto mais retorcida.

Parámos debaixo do toldo duma loja. Rajadas de ar frígido varriam o Largo de D. Estefânia.

– E agora? – perguntou Carlos.

– Vamos a Paço de Arcos procurar Faustinho Trindade.

– Não parece muito entusiasmado com isto tudo.

– Não estou.

– Se acha que de certo modo foi feita justiça, porque não põe uma pedra sobre o assunto?

– Não quer apanhar o Dr. Oliveira? – perguntei, furioso comigo mesmo por perguntar.

– Seria uma intromissão, não é?
– Sim.
– Eles atingiram um certo resultado.
– Esse «eles» inclui o ministro da Administração Interna?
– Provavelmente.
– E todos os figurões que foram assistir ao primeiro interrogatório de Miguel Rodrigues... esses espectadores do coliseu, que tanto gostam do cheiro do sangue dos outros?

Ele fez uma careta de repugnância. Passei-lhe o braço pelo ombro.

– Vamos a Paço de Arcos. Depois logo se vê.

O trânsito em Lisboa estava terrível, e na Marginal tinha havido um choque em cadeia de quatro carros, o sangue ainda fresco e brilhante no alcatrão sob o sol poente. Só ao fim da tarde chegámos a Paço de Arcos, com o mar já escuro, mas agitado pelo vento, com debruns brancos ainda visíveis na luz que baixava. O horizonte era apenas uma aberta de luz com duas longas tiras melancólicas de nuvens. Fiz um pequeno circuito pela vila e voltei à Marginal, na direcção de Lisboa. Parámos no parque de estacionamento ao pé do ancoradouro do Clube Náutico.

Havia dois ou três pescadores no cais de pedra. Não sei o que esperavam eles apanhar com semelhante tempo, mas a pesca nem sempre é uma questão de apanhar peixe. O farol do Bugio já estava a funcionar. Havia três barcos ancorados ao largo da costa do Estoril, com as luzes dos camarotes acesas. Faustinho estava no seu barracão, com um fato-macaco azul e um casaco grosso, a reparar, com pouca luz, um motor fora da borda desmontado. Tinha as mãos secas e escamosas do frio. O cão dele levantou-se para nos cheirar.

– Quando saiu, Faustinho? – perguntei.
– Há menos de uma semana e não quero falar disso, Zé. Desculpe se lhe arranjei sarilhos, mas não vou falar disso. Acabou-se.
– Devia arranjar uma oficina para trabalhar – disse eu.
– É muito dinheiro.

– Lembra-se daquele chavalo...
– Ouça, Zé, já lhe disse... – interrompeu-se. – Qual chavalo?
– Lembra-se de me ter falado dum chavalo que tinha visto qualquer coisa na noite em que a rapariga foi atirada para a praia?
– Nunca mais o vi. Ele costumava passar aqui uma boa parte do Verão... mas este ano...
– É este?
Carlos estendeu-lhe a fotografia de Xeta.
– É ele – e Faustinho levou a fotografia para a luz, a examiná-la mais de perto. – Está morto, não está? Isto é o retrato dum morto.
Fiz um sinal afirmativo. Carlos voltou a guardar a fotografia.
– Que quer isto dizer? – perguntou-me.
Eu olhei para lá da Marginal, para a vila escura por trás das árvores do parque.
– Quer dizer que talvez tenhamos de procurar mais perto de casa – respondi.
Atravessámos a passagem subterrânea e o jardim público, que estava vazio. O vento agitava as árvores, os carreiros estavam cobertos de folhas secas que crepitavam quando pisadas. Limpei um banco e sentámo-nos. O café de António Borrego estava fechado, as luzes apagadas, e nós bem gostaríamos de um copo.
– Lembra-se do que eu lhe disse no primeiro dia, sobre o corpo ter aparecido aqui, perto de sua casa? – disse Carlos.
– Demos a volta completa – disse eu. – Perdemos isso de vista. Aliás, perdi isso de vista.
Um carro branco parou ao pé do Bandeira Vermelha. António saiu e foi abrir o porta-bagagem. Tirou um caixote de fruta, hortaliças, outro caixote de carne. Foi abrir a porta do café e acendeu as luzes. Voltou para o carro.
– Deve ser dos poucos que ainda andam na estrada – disse Carlos.
– Até que enfim você começa a falar de carros.
– *Aquele* – disse Carlos – é um Renault 12. Chegou a ser carro do ano já não sei quando, nos anos 80. O meu pai tinha um... mas o dele era um monte de sucata. Passei anos da minha juventude a repará-lo.

Os meus ventrículos gelaram. Subitamente, o sangue começou a correr com dificuldade e o oxigénio a faltar-me.

– Venha comigo – disse.

Saímos do jardim em direcção do que tinha sido o velho cinema cor-de-rosa, onde começava agora a erguer-se um novo bloco de escritórios. Virámos à esquerda duas vezes e parámos atrás do carro de António.

– Lembra-se do seu bloco de notas? O que disse aquele tipo que viu o Mercedes de Miguel Rodrigues? Que mais viu ele?

– Não me recordo.

– Viu à frente do Mercedes um Fiat Punto cinzento-metalizado novinho em folha e atrás...

– Um Renault 12 branco com uma jante ferrugenta.

– Uma jante traseira.

À luz fraca da rua e do café iluminado viam-se distintamente as bordas ferrugentas da jante traseira. António saiu para ir buscar mais qualquer coisa ao porta-bagagem. Viu-nos. Eu acenei-lhe.

– Como vai tudo? – perguntou ele.

– Tudo bem – respondi.

– Querem comer alguma coisa? Tenho umas costeletas lindas já marinadas.

– Boa ideia.

António pegou noutro caixote e entrou no café.

– Quando Faustinho me trouxe para falar com o Xeta e não o encontrámos – disse eu, quase a falar comigo mesmo –, voltámos para trás, para o Bandeira Vermelha, e Faustinho fez-nos uma descrição pormenorizada do miúdo... a mim e ao António.

Carlos não virou a cabeça, continuava a olhar fixamente para a luz que vinha do café. Disse-lhe que entrasse e fosse entretendo António, falando-lhe de qualquer coisa menos do óbvio, enquanto eu telefonava à PSP local. Se ele tinha assassinado Catarina e Xeta, não havia razão para não querer resistir. Fui até à esquina fazer o telefonema. Levei uns dois minutos a explicar a situação e que não queria que entrassem de rompante e o provocassem a atacar. Quando voltei sentia-me doente, frio e cansado. Não queria uma coisa destas. Não estava preparado para isto.

Pisei o tapete de luz que saía da porta do café. Caído de bruços no chão, num lago de sangue que não compreendi como podia ter atingido aquele tamanho nos poucos minutos da minha ausência, estava Carlos. A gola da camisa era vermelha sobre a camisola e o casaco. A cabeça numa posição estranha, a mão a estremecer, o polegar em convulsões no seu próprio sangue. António estava de pé entre os pés de Carlos, com o martelo levantado. Era o martelo que guardava atrás do balcão, ao lado da foice. As suas relíquias. As suas ferramentas. As suas armas.

Pus o pé na soleira da porta. Ele virou-se para mim.

– O que fez você, António? Que diabo fez você?

Os olhos tinham desaparecido. Havia uma pontinha de luz neles, mas era a ponta dum alfinete ao fundo dum túnel de cinco quilómetros, como se eu estivesse a olhar directamente para dois entalhes de osso no interior do crânio.

– Deixe-me chamar uma ambulância – disse eu.

Virado para mim, com o martelo erguido, deu um passo em frente.

– O que lhe disse ele, António? O que foi que ele disse para você o atacar?

– Maria Antónia Medinas – disse ele, cada um dos nomes em separado.

– Foi por causa disso? Por isso é que matou a rapariga?

– Ele assassinou-a. Aquele maldito pide... Assassinou-a.

– E o que lhe era a si Maria Antónia Medinas?

– Era minha *mulher* – disse ele, rancoroso. – E ele matou-a, a ela e ao nosso filho na barriga dela.

– Deixe-me chamar uma ambulância, António. Isto ainda tem remédio, se me deixar telefonar à ambulância.

Dei um passo. Ele apertou mais o martelo.

– Você a matar raparigas, António? Você? Como o convenceram a matá-la?

– Ela pertencia-lhe.

– Foi *ela* quem matou Maria Antónia Medinas?
– Pertencia-lhe.
– Ela estava inocente.
– Pertencia-lhe.
– Deixe-me só chamar uma ambulância.

Ele correu para mim, o martelo erguido, os dentes arreganhados, os olhos mortos, negros, sem luz. Fechei a porta sobre ele. O martelo bateu no vidro, o sangue correu-lhe pelo pulso. Abriu a porta de repelão. Eu recuei para a rua, meio a correr, meio a cambalear. Ele desviou-se de mim e correu para o carro.

Arrancou no Renault enferrujado, com a bagageira ainda aberta. Meteu pelo jardim, atropelando os canteiros, por cima da relva, directamente à Marginal. O trânsito guinchou e abriu-se. O Renault cortou a direito através de duas filas de carros para a faixa de Lisboa. A PSP chegou a correr. Disse-lhes que chamassem uma ambulância e avisassem o hospital de que ia entrar um polícia gravemente ferido na cabeça. Corri pelo jardim, pela passagem subterrânea, e meti-me no meu carro. Passei todos os sinais vermelhos a caminho da cidade.

Vi a porta da bagageira do Renault a bater para cima e para baixo ao passar nas lombas do alcatroado à volta de Caxias. Pus-me atrás dele e fiz sinal de luzes. Ele pisou o acelerador.

Os nossos dois velhos carros rugiram por Belém e trovejaram sob a gemebunda Ponte de 25 de Abril. Ele virou para a esquerda, a subir para o Largo de Alcântara, onde havia uma entrada para a ponte, mas que não era acessível do nosso lado. António passou com as luzes que tinham acabado de acender o vermelho e guinou por entre os dois automóveis e o camião que começavam a avançar. Os carros desviaram-se, pararam, mas o camião bateu-lhe no guarda-lamas traseiro e o Renault deu um salto lateral de um bom metro. Eu ataquei o cruzamento atrás dele, com o antebraço na buzina e uma mão fora da janela. As pessoas saíam dos carros. Chegámos à rampa que subia para a ponte. António triturou as mudanças até encontrar uma que o fizesse subir a curva íngreme. Eu ia colado a ele. Íamos cada vez mais devagar.

O Renault chegou ao acesso principal da ponte. Não íamos a mais de cinquenta e então vi o problema. O pneu traseiro do Renault estava furado, e o guarda-lamas amassado ia cortando a borracha, até que o pneu ficou em tiras e corria sobre o metal, a deitar faíscas na escuridão. António parou e saiu do carro, sempre com o martelo na mão. Começou a correr.

Os carros uivavam nas faixas centrais metálicas da ponte, as buzinas clamavam atrás de nós. O vento gélido, ainda mais frio ali em cima, soprava furiosamente de oeste e assobiava alto através dos cabos de suporte. Corri atrás de António. Ele virava a cabeça de vez em quando, o rosto iluminado – branco com duas órbitas negras – pelas luzes do trânsito contrário. De repente subiu para o parapeito da ponte e saltou pela borda como se não fosse nada, como se não tivesse declaração alguma a fazer. Gritei com todas as minhas forças, mas a minha voz foi coberta pelo ruído infernal.

Cheguei ao local onde ele se atirara e vi-o a andar de cá para lá numa pequena plataforma poucos metros mais abaixo. O que queria eu? Apanhá-lo, prendê-lo? Era isso o que eu queria? E percebi que não fora o meu dever de polícia que me levara até ali. Tinha de falar com ele. Tinha de lhe dizer. Tinha de o fazer acreditar. Ele era parte do ciclo. Todos nós éramos parte do ciclo viciado.

Passei a perna esquerda por cima do parapeito, procurei com o pé a primeira travessa. A plataforma era o que restava dos trabalhos da ponte e destinava-se aos homens que pintavam o parapeito do novo tabuleiro. Havia um elevador que descia sobre um carril, ao longo dum dos pilares de cimento, até às docas. O elevador não estava a funcionar. António estava a planear descer pelo carril. Senti-me estremecer à passagem dos camiões, cujo peso fazia ondular o tabuleiro como uma maré, o vento a ribombar batendo perpendicularmente nas partes laterais. Estávamos tão alto que me sentia a voar – e com aquele vento forte e cortante sabia que isso podia acontecer não tardaria muito. Gritei o nome dele.

A resposta dele foi subir ao corrimão da plataforma e meter o pé no carril. Desceu umas travessas. Eu saltei para a plataforma.

As pranchas de madeira fizeram-me ressaltar como se estivesse num trampolim e caí de joelhos. Gatinhei para o elevador e deitei a cabeça fora da beira. António estava três metros mais abaixo, agarrado ao carril. Para oeste, as luzes da Marginal estendiam-se pela escuridão. Era como um voo planado nocturno.

– António!

Gritei-lhe que voltasse para trás, mas o vento levou-me a voz e dispersou-a através das traves do novo tabuleiro.

António ergueu para mim os terríveis olhos religiosos dum santo mártir ou dum pecador torturado a caminho do próximo círculo do Inferno. A cara parecia partida em pedaços, como fragmentos de porcelana flutuando miraculosamente juntos numa profunda luz cor de púrpura. Olhou por cima do ombro e viu o que eu tinha visto, as luzes contornando o planeta negro. O mar e o céu densos e vazios e só o vento escuro e frio a chamar.

O martelo caiu primeiro, um fio de prata na noite. A outra mão soltou-se do parapeito e ele inclinou-se para trás. O vento bateu contra ele e segurou-o, mas logo cedeu ao seu peso. Ele abriu os braços e gritou qualquer coisa que o vento cobriu. Um pé prendeu-se na travessa do carril, o tornozelo deu de si e ele despenhou-se, a cair através da escuridão uivante, com a gravidade a transformá-lo numa formiga em segundos, e noutros tantos segundos em nada.

As sirenes chegaram. Luzes de aço a girar na noite. Rolei para longe da beira e senti-me como um homem que por um momento tivesse tido tudo – amigos, família, amor – e no momento seguinte os perdesse.

44

5h30, quarta-feira, 25 de Novembro de 199..., Hospital de Egas Moniz, Santo Amaro, Lisboa

Carlos estava nos Cuidados Intensivos, com a cabeça e o pescoço apoiados num estranho aparelho destinado a manter a cabeça totalmente imóvel e a nuca livre de qualquer contacto. Tudo funcionava normalmente, todos os órgãos, até o cérebro dava sinais de actividade normal, mas não tinha recuperado a consciência e nenhum neurocirurgião de Lisboa nos sabia dizer quando despertaria do coma.

Velávamo-lo. A mãe tinha vindo juntar-se ao pai, que parecia de pedra, a querer transmitir ao filho a sua força. Olívia em choque devido ao estado de Carlos, mas também porque tinha conhecido António Borrego toda a sua vida. E eu, atormentado pela culpa. Se Carlos não resistisse, se não recuperasse por completo, seria o fim de todas as possibilidades. Eu passaria a ser, como Klaus Felsen, um homem sem futuro.

Tinham-no tirado do ventilador após algumas horas, depois de se confirmar que respirava normalmente. Agora estava ligado e entubado, e depois da transfusão de sangue ficara apenas com o soro no braço. As máquinas funcionavam por ele. Os músculos não estremeciam. Os olhos fechados não piscavam. O rosto tranquilo, o corpo em paz, enquanto a mente recuperava. Para onde vai um homem em coma? Que escuras paisagens atravessa? Há nelas alguma luz, ou é um poço negro, sem sequer uma suspeita de luz ambiente, só o que o cérebro imagina ser luz?

Às 7h deixei Olívia com os pais de Carlos, fui para o meu gabinete e sentei-me à secretária. Os meus colegas vieram ter comigo, perguntar por Carlos, embora nenhum gostasse dele, e eu respondi a todos. Às 8h30 fui procurar Narciso, que emitiu os sons profissionais, correcto, quase humano. Disse-lhe que ia abrir um inquérito ao desaparecimento de um antigo elemento da Polícia Judiciária chamado Lourenço Gonçalves. Não me respondeu.

Meti-me num carro de serviço e fui para Odivelas, onde fiquei à espera diante do prédio de apartamentos de Valentim. Para minha surpresa não tive de esperar muito – talvez também ele não conseguisse dormir de noite. Estava a atar a trunfa encaracolada quando baixei o vidro da janela e o mandei entrar no carro.

Meti-me no meio do intenso trânsito a caminho do sul, da cidade.

– Conheces um tipo chamado Lourenço Gonçalves? – perguntei.

Ele repetiu o nome para si próprio e franziu a testa, a preparar-se para mentir. Parei o carro no meio do trânsito. Fez-se espaço à nossa frente e barulho atrás de nós. Passei-lhe a fotografia de Gonçalves.

– Era consultor de segurança – disse-lhe –, que é uma maneira perfumada de dizer detective particular. Seguia pessoas, trabalhos desses.

– Porque havia eu de conhecê-lo?

– Não terá sido ele quem te sugeriu um curioso espectáculo de sexo ao vivo na Pensão Nuno? Estás a ver, uma coisa pouco habitual, por exemplo tu, Bruno e uma menor loira... – disse eu. – Lembras-te do que aconteceu à menor logo a seguir, depois de tu teres arranjado maneira de ela ir à Pensão Nuno fazer sexo com dois tipos ao mesmo tempo?

– Ela... ela... – hesitou, e o condutor dum carro atrás de nós começou aos socos na minha janela. – Ela voltou para a escola.

Pisei o acelerador até ao fundo sem tirar os olhos de Valentim. Soltei-lhe o cinto de segurança. Ele estendeu as mãos para a frente. Carreguei no travão. Os antebraços bateram no *tablier*, a cabeça foi de encontro ao pára-brisas. Apareceu-lhe uma linha de sangue na testa. Chegou-se outra vez para trás, a apalpar o rasgão na pele. Peguei na fotografia e arranquei-lhe as mãos da cara.

— Responde, Valentim, se queres sair daqui.

— Ele ofereceu-me dinheiro.

— Quanto?

— A princípio mil contos.

— A tua aparelhagem computadorizada.

Ele quase pareceu envergonhado, mas não tinha reservas para tanto.

— Depois disse-me que provavelmente eu teria de aguentar algumas chatices com a polícia e... e eu dobrei o preço.

— Bom trabalho, Valentim. Deves ter a consciência tranquila.

— Eu pensava...

— Pensavas que fosse uma oferta desinteressada? Já reparaste no preço a que está o dinheiro?

Encostei e fi-lo sair com um pontapé no rabo. Ele enroscou-se no passeio como um cachorro de aldeia.

Dei a volta, regressei à 2.ª Circular e apanhei a auto-estrada para Cascais. Segui para o cabo da Roca, para a última casa do continente europeu. Ali o vento soprava com mais força e no ar gélido a casa desenhava-se muito nítida, em traços definidos.

Felsen estava no seu terraço fechado, a cabeça dobrada para o peito como um pássaro morto. Acordou quando me sentei.

— Ah — disse, sem conseguir lembrar-se donde me conhecia.

— Inspector Coelho — recordei-lhe, e dei-lhe mais uns segundos para assimilar. — Quem é o seu advogado, Sr. Felsen?

— Fui acusado de alguma coisa? — perguntou ele, confuso por um instante. — Não sei se ainda tenho advogado.

— Teve um advogado na prisão?

— Não precisei. O mal estava feito. Depois de estar lá dentro... é o diabo para sair.

– E quando saiu?

– Durante anos não tive... Depois veio um procurar-me. Ou fui eu que fui procurá-lo? Chamava-se... – um dedo trémulo apareceu a querer localizar o nome, mas não o encontrou.

– Dr. Aquilino Oliveira?

– Sim, isso mesmo. Foi meu advogado uns... uns dez anos. Não sei. Talvez ainda seja.

– Contou-lhe as suas histórias?

– Era um bom ouvinte... coisa rara num advogado. Eles gostam é de falar, não é? Falar de leis e de como tudo é complicado e de como nos são indispensáveis.

– Não me tinha dito que conheceu em Caxias um preso político chamado António Borrego.

– Fez a limpeza da minha cela durante vários meses. Perguntou-me por aquela mulher, a... Já não sei o nome.

– Maria Antónia Medinas – disse eu. – Da última vez que cá estive falou muito nesse nome. Pode dizer-me o que queria António Borrego saber acerca dela?

– Perguntou se eu tinha visto ou ouvido alguma coisa sobre ela.

– E tinha?

– Bem, sabia que ela tinha morrido.

– Como?

– Tinha sido assassinada... se é que na prisão se chama assim.

– E sabe quem a matou?

– Vi-o. Chamei-o: Manuel! Era meu filho, meu filho ilegítimo. Mas ele não me ouviu, e na manhã seguinte o corpo foi removido – disse ele, e pareceu-me que ia chorar, até perceber que era um esgar de repugnância. – A saia estava ensopada de sangue, tanto sangue que o peso a fazia arrastar pelo chão. Deixava uma esteira castanha.

Já estava de novo a dormitar. Fiquei por um momento ali sentado, a ver a claridade luminosa, a pureza do frio Sol de Inverno. A visibilidade era admirável mas dura, impiedosa.

Perguntei a Frau Junge pelo advogado. Disse-me que ele tratara de algumas coisas para Felsen no princípio dos anos 80, mas por pouco tempo.

– Ele falou-me em dez anos.

– É um velho, mas ainda tem a sua vaidade – disse ela.

Tinha conseguido ligar os factos e agora estava pronto para a luta. A casa do Dr. Aquilino Oliveira em Cascais estava vazia, fechada durante o Inverno. Telefonei para a casa de Lisboa, mas também não encontrei ninguém. A tarde ia adiantada quando voltei ao hospital. Olívia e os pais de Carlos continuavam quase no mesmo sítio em que os tinha deixado. Não havia novidades, excepto que dois homens tinham vindo à minha procura.

Encontraram-me no corredor dos sanitários. Dois homens de gabardina azul-escura, que à primeira vista pareciam clones – devia ser da maneira como tinham sido treinados.

– Podemos falar consigo? – perguntou um. – Lá fora, de preferência.

– Quem são vocês?

– Somos do ministério.

– Qual deles?

– Vamos lá para fora.

Fomos os três, de mãos enterradas nos bolsos, sentar-nos num banco gelado no claustro escuro do hospital, com as luzes à volta. Só um deles falava. O outro lançava em redor o olhar desconfiado duma galinha que sabe o que aconteceu a outras galinhas.

– Viemos dizer-lhe que desista da investigação sobre o desaparecimento de Lourenço Gonçalves.

– Ele foi investigador da Polícia Judiciária. Tenho um dever a...

– Tem um dever a cumprir, inspector Coelho – disse ele, cortesmente, concordando comigo até esse ponto. – Um dever patriótico, que é agora guardar silêncio. O resultado final é justo, e é melhor deixar as coisas como estão.

– Não vi o final – disse eu. – Nem sabia que alguém tinha ganho. Eu perdi? Tenho a sensação de ter perdido.

Inclinaram-se os dois para a frente, olhando um para o outro. O que não falava fechou os olhos por um instante.

– Temos um bode expiatório – disse o que falava.

– O Banco Oceano e Rocha?

Ele acenou que sim, esperando que isso fosse suficiente.

– Está ali dentro um polícia que pode não voltar a acordar – disse eu. – Acho que os pais são capazes de querer saber em que dever patriótico o filho se envolveu.

– Chamam-lhe o Inspector de Ouro – disse ele, enfático. – Deve saber do que se trata.

– Então eu começo – concordei. – Ouro nazi... Podem completar.

Ele suspirou e lançou um olhar em redor do relvado escuro.

– A todos os países neutros da Segunda Guerra Mundial está a ser cobrada a sua libra de carne – disse ele, apertando as mãos uma na outra. – Deve saber que recentemente alguns bancos suíços pagaram 1,25 mil milhões de dólares às vítimas do Holocausto. O Banco Oceano e Rocha vale 2,3 mil milhões de dólares. Achamos que podemos mostrar-nos generosos.

– Miguel Rodrigues – disse eu. – Acabaram-se-lhe os amigos.

O homem abriu as mãos a mostrar-me que estavam vazias.

– Aquelas barras de ouro – disse – com a cruz suástica gravada, a emoldurar a sua linda face... Não foi um simples golpe publicitário da PJ. Poupou-nos muitos problemas. Mostrámos ao mundo que tínhamos encontrado a libra de carne e estávamos dispostos a entregá-la. Tem de concordar, inspector Coelho, que há nisto uma certa justiça.

– Fecha-se o círculo, desde os nazis que primeiro o roubaram, através de Lehrer, de Felsen, de Abrantes e agora de volta... se não aos primitivos donos desse ouro, pelo menos aos seus descendentes – disse eu. – Sim, o resultado é justo, mas preocupa-me o método.

– Nada neste mundo é o que parece – disse o homem, tocando-me no ombro e indicando com um olhar que pela parte dele a conversa estava terminada.

– E Lourenço Gonçalves? – perguntei, para apanhar essa ponta da meada por Jojó Silva.

– Esse é um homem feliz, inspector, mas não vai regressar a Portugal.

– Vendeu a alma ao Diabo... ou devo dizer ao Dr. Aquilino Oliveira?

– Esqueça o Dr. Oliveira, caso contrário pode acontecer qualquer coisa muito desagradável – disse ele, e falava a sério.
– A vaca sagrada – disse eu.
Olharam para mim com os olhos mortos de homens que já fizeram acontecer coisas muito desagradáveis.
– Gostava de falar com ele.
– Acho que não.
– Não lhe vou *fazer* nada – disse eu. – Só quero falar com ele... esclarecer alguns pontos.
– Estamos entendidos?
– Desde que eu possa falar dez minutos com ele.
O que não falava levantou-se, tirou um telemóvel do bolso e afastou-se de nós. Fez duas chamadas, guardou o telemóvel e partimos.
Levaram-me num Mercedes preto até ao escritório de Aquilino Oliveira, no Chiado. Saímos. Descemos uns metros da calçada coberta de folhas secas e crepitantes. Tocaram a uma porta sem qualquer dístico, que se abriu. Subimos a pé até ao 1.º andar. Revistaram-me de um modo muito abusivo e levaram-me a uma porta.
Entrei numa ante-sala de luz velada que dava para um corredor. Ao fundo do corredor estava o Dr. Oliveira, sorridente, impecavelmente vestido, de mão estendida a indicar-me a porta do seu escritório, tão cordial como se eu fosse um cliente que ainda lhe devesse uma grande conta.
O escritório era forrado de madeira, com gravuras de caça inglesas – homens de casaca encarnada a correr dum lado para o outro numa exuberância de futilidade e cornetins. Sentei-me numa cadeira de cabedal preto que me colocava num plano imperceptivelmente inferior ao dele, sentado do outro lado duma secretária com embutidos de cabedal verde. Ele recostou-se na cadeira e ficou à espera.
– A propósito, onde está Lourenço Gonçalves? – perguntei, só para iniciar a conversa.
– Na Califórnia – disse ele. – Quis ir para um sítio onde houvesse sempre sol.

– Bem, podia ter acabado nos alicerces de um prédio de apartamentos na zona da Expo. Não deixava de ser justo.

O Dr. Oliveira inspirou e fechou os olhos como se estivesse a concentrar-se em nobres pensamentos para afastar os desagradáveis.

– Creio que tem algumas perguntas – disse.

Debati-me com a pergunta que me diria o que eu queria saber, mas não consegui enunciá-la. Era o jogador de *rummy* que não sabe que cartas tem o adversário. Tentei uma tangente.

– O senhor sabia da existência de Klaus Felsen desde o seu primeiro trabalho para Joaquim Abrantes, que foi precisamente riscar Felsen dos estatutos do banco. Sabia a razão?

– Ele tinha sido condenado por homicídio.

– E sabia que Abrantes o tinha mandado prender?

– Nessa altura, não.

– Só soube disso quando foi procurar Felsen?

– Foi ele que me procurou quando saiu da prisão. Pedro recusava-se a falar com ele. Felsen descobriu que tinha sido eu a redigir os novos estatutos, e veio contar-me a sua história, que na altura considerei uma fantasia.

– Mas foi procurá-lo depois de...

– Fui – cortou ele, áspero.

– Quando é que descobriu que Manuel Abrantes tinha violado a sua mulher?

– *Violado*? – repetiu ele, com ênfase na pergunta.

– Não foi isso que sucedeu?

– Se ele a tivesse violado, ela ter-mo-ia dito, não lhe parece, inspector? Não teria esperado até eu olhar para uma criança que vi imediatamente não ser minha filha. Certamente teria contado ao marido, inspector.

Não consegui distinguir se havia uma dose de loucura em acção. Acreditaria ele realmente que a mulher tinha consentido, ou estaria a seguir a lógica oblíqua dos maridos enganados para justificar as suas acções?

– Ela disse-lhe que tinha sido violada?

– Ora! – fez ele, e virou a cabeça para uma das cenas de caça, recusando-se a encarar-me, recusando aceitar mais perguntas sobre esse assunto.

– O que sabia Klaus Felsen do seu... plano? – perguntei.

– Ele era a chave – respondeu, voltando a cravar os olhos em mim. – Eu sabia muitas coisas por ter trabalhado para Joaquim Abrantes, mas ignorava tudo sobre esse ouro. Ele nunca falou disso, e Pedro, como bom filho, também não.

– Então não sabia das duas barras restantes.

– Pura sorte – disse ele.

– Felsen também lhe falou de Maria Antónia Medinas.

O advogado mordeu uma unha e concordou com um aceno.

– Como contactaram António Borrego?

– Como toda a gente. Através de Lourenço Gonçalves.

– Quando resolveu usar a sua filha como isco?

– A *minha* filha?

– Catarina – disse eu. E acrescentei: – Oliveira.

– Soube por Gonçalves que frequentavam a mesma pensão. Ele investigou mais e descobriu que Abrantes estava sempre no quarto contíguo quando ela lá ia. Mais tarde foi a esse quarto e descobriu o espelho. Foi a partir dessa situação que o plano tomou forma.

– Gonçalves não teve dificuldade em convencer António a matá-la?

– Fiquei surpreendido por ele a ter matado. Só posso imaginar que qualquer coisa deve ter corrido mal, que ela lhe tenha visto a cara e ele tenha sido obrigado a estrangulá-la... Não sei como foi que Gonçalves apresentou inicialmente o plano a Borrego. O que ele me disse foi que, depois de saber quem ela era e qual a sua ligação a Miguel Rodrigues, Borrego passou a ser difícil de controlar. Acho que ele era um tanto desequilibrado. Afinal, Manuel Abrantes *tinha-lhe* matado a mulher e o filho por nascer.

– Alguém falou com Borrego depois?

– Gonçalves, quando foi buscar a roupa.

– E ele não perguntou a Borrego o que tinha acontecido?

– A versão de Borrego é que tinha seguido o carro até ao parque de Monsanto. Viu o Mercedes sair da estrada, estacionou e foi a pé por entre as árvores. Viu o carro a balouçar, ouviu a... – pigarreou – ouviu a rapariga gritar. A seguir, Abrantes saiu do carro, abriu a porta do passageiro, arrastou-a para fora e deixou-a estendida no chão. Borrego esperou que o carro se afastasse e...

– E quê? – perguntei, decidido a fazê-lo dizer as palavras todas.

– E bateu-lhe.

– Com quê?

– Bateu-lhe com um martelo na cabeça, inspector. Isso já sabe. Agora vamos...

– Nos quinze anos que Catarina viveu em sua casa, nunca teve por ela um sentimento paternal?

– Ela era uma recordação constante, inspector – disse ele, devagar.

– De quê? Da sua desilusão, do seu...?

– Vamos despachar-nos, inspector? O combinado são dez minutos.

– Se não esperava que Borrego matasse Catarina, o que esperava então que ele fizesse?

O advogado tamborilou na beira da mesa com as pontas dos dedos. Uma sonata para aclarar o espírito.

– E o ministro da Administração Interna? – perguntei. – Que sabia... que sabe ele?

– É um político, um político de sucesso. Os resultados, por exemplo ganhar eleições, são importantes para ele. A maneira como são conseguidos interessa-lhe menos. O que ele pretendia era a cabeça desacreditada de Miguel Rodrigues.

– Sim, supunho que isso era importante... que ele fosse desacreditado.

– Não queríamos que tivesse um canto onde se esconder.

Ficámos em silêncio enquanto eu tentava fazer passar a pergunta pela laringe. O Dr. Oliveira parecia fazer rabiscos mentais.

– Perguntou-me há pouco por Felsen – disse ele. – Se ele estava implicado. Ele não teve nada a ver com este... assunto. Claro, era importante que ele fosse encontrado por si, inspector, e lhe contasse a sua história, mas... ele está muito velho. Já só é capaz de contar e recontar a história da sua vida em múltiplas versões.

– Mas tinha os documentos, que eram essenciais.

– Sim, eu sabia. Ele tinha-mos mostrado.

– Por isso ele era muito importante para esse seu... enredo. Mesmo muito.

– Era – disse ele, e olhou para mim. – Porque pergunta, inspector?

– Como podia ter a certeza de que eu iria encontrar Felsen? – perguntei, as palmas das mãos a escorrer suor, o coração a debater-se contra as costelas.

Uma nuvem correu-lhe pela testa, mais rápida que um lagarto sobre uma estrada quente.

– Que lhe parece? – disse, o cérebro a fazer cálculo de probabilidades.

Tentei de novo, agora de modo mais directo.

– Como é que Luísa Madrugada chegou a Felsen?

– Ah! – disse ele, percebendo. – Estou a ver... Não, inspector, ela não estava envolvida. Não se preocupe com isso. Pergunte-lhe... pergunte-lhe por umas notas interessantes, uns apontamentos que encontrou nos livros que andava a consultar na Biblioteca Nacional, mas...

– Isso também foi pura sorte? Que o investigador do caso tivesse um caso com...

– Não é *obrigado* a acreditar em mim. Isso não me preocupa – disse ele. – Eu tinha de o fazer descobrir Felsen, fosse na cama de Luísa Madrugada ou noutro lado. E não a censure, inspector, por ela não lhe ter revelado essas... essas pistas vitais. Está apaixonada por si, e um apaixonado, sobretudo no princípio, quer sempre mostrar-se ao outro sob o seu melhor aspecto.

– Uma coisa que o senhor devia saber, doutor.

– Eu?

– Uma mulher quer sempre ter o seu melhor aspecto no dia do seu casamento. Teresa não era excepção.

Foi como se qualquer coisa se fechasse nele. A luz desapareceu-lhe do rosto, a fonte da sua plácida afabilidade secou, substituída pela feroz intensidade intelectual que eu tinha visto no seu gabinete de Cascais.

– Esquece-se facilmente, inspector, que a história não é o que se lê nos livros. É uma coisa pessoal e as pessoas são criaturas vingativas. É por isso que a história nunca nos ensinará nada.

– Sim, o senhor teve a sua vingança e... facilitou a dos outros. António Borrego, Klaus Felsen... até Jorge Raposo teve a sua meia hora...

– E os judeus – disse ele. – Não se esqueça deles. Vão finalmente reaver o que lhes pertence.

– Dr. Oliveira, se acredita que isso o autoriza a corrigir pessoalmente os caprichos da história punindo a sua falecida mulher e assassinando a filha ilegítima dela... então de duas uma, o senhor ou é um perverso ou um louco. O que é?

Ele inclinou-se sobre a secretária, o pescoço curvado, os olhos brilhantes e penetrantes como os duma águia sobre o seu território.

– Todos somos loucos – disse.

– Só dou por isso quando estou ao pé de si – disse eu, encaminhando-me para a porta.

– Todos somos loucos, inspector, pela simples razão de que não sabemos porque existimos, e esta... – agitou a mão à trama da existência que tinha à sua frente – esta vida é a maneira de nos distrairmos para não termos de pensar em coisas difíceis de mais para a nossa compreensão.

– Há outras formas de distracção, Dr. Oliveira.

– Há quem tenha gostos mais *recherchés*.

– Sim, suponho que o *frisson* foi bastante substancial para si, saber que Miguel Rodrigues tinha sodomizado a própria filha antes de António Borrego lhe esmagar a cabeça e a estrangular.

Ele fez girar a cadeira e ficou virado para a janela, a concha de cabedal a embalá-lo.

Fechei a porta, segui o corredor iluminado, desci as escadas de madeira e saí para a calçada ressequida. A noite estava lancinantemente clara, com o ar mais fresco que ainda se respirou em Lisboa. Havia uma fatia pequena de lua e na praça assavam castanhas.

O agente Carlos Pinto saiu do coma na sexta-feira, 27 de Novembro. Duas semanas mais tarde inseriram-lhe uma placa de aço na face posterior do crânio. Quando o tempo está bom, garante que ouve os Bee Gees do outro lado do Atlântico. Já lhe expliquei que são zumbidos. A sorte dele foi ter uma cabeça dura, e gosto de pensar que aquele cabelo curto, denso, incontrolável, tenha amortecido o golpe.

A única coisa que Carlos não conseguia recordar era a razão de António Borrego o ter agredido. Contei-lhe como depois de ter ouvido a história de Felsen eu tinha ido ao Bandeira Vermelha e perguntado a António por Maria Antónia Medinas. Ele tinha fugido à questão. Por isso, quando, cinco meses mais tarde, depois da nossa breve conversa na rua ao pé da jante ferrugenta do Renault 12 branco, Carlos apareceu sozinho no café a perguntar pela mesma mulher – a única pessoa que podia ser o motivo de António Borrego assassinar Catarina Oliveira –, a paranóia de Borrego fez o resto. Ele não podia adivinhar que Carlos e eu nunca tínhamos discutido Maria Antónia Medinas, não podia saber que para nós era apenas um nome que gostaríamos de identificar. Pensou que estava liquidado.

Ainda não choveu. O tempo continua seco e frio. As folhas continuam a arranhar a calçada. O Bandeira Vermelha está fechado, tive de descobrir outro sítio para beber a minha bica, outra pessoa para fazer a minha torrada.

Olívia ainda não ensinou Carlos a vestir-se, ele continua a andar por aí com aquele casaco grande de mais, mas compensa-a à sua maneira, não lhe falando de crimes. Fá-la feliz como ela não era há mais de um ano.

Luísa Madrugada dispensa-me uns quartos de hora roubados à sua editora e eu ocasionalmente levanto a cabeça do livro que ela anda a obrigar-me a escrever. Nada sobre crimes, claro. É uma história infantil.

Voltei a ver o intocável advogado, o Dr. Oliveira, no seu Morgan, acelerando Marginal abaixo com uma loira ao lado. Não parecia aborrecido.

Vou sair desta casa. O senhorio propôs vender-me um apartamento a um bom preço se eu me mudasse e o deixasse converter a velha mansão. Julguei que seria uma decisão difícil de tomar, mas concordei assim que ele me falou nisso. Ficámos espantados a olhar um para o outro.

E comprei um carro novo. O velho nunca me perdoou tê-lo deixado na ponte naquela noite. O novo não é nada de especial, mas o vendedor, ao gabar todos os extras incluídos, só faltou dizer que ele podia entrar em órbita e acoplar com o *Discovery*. Sabia tudo, e eu fiz imensas perguntas, porque isso está na minha natureza. Finalmente perguntei-lhe:

– Como são pintadas as janelas, para ficarem claras à sombra e escuras ao sol?

– Quer saber? – disse ele, sem fazer sequer uma pausa, levantando um dedo. – É interessante, é o único elemento português deste carro.

– Isso é uma invenção publicitária?

– No vidro – continuou ele, sem me ouvir – é aplicada uma camada fina, muito fina, menos de um mícron, uma fracção de mícron, do mais fino volfrâmio português.

Fiquei a pensar nisso.

O obscuro talento do volfrâmio.